长篇电视连续剧文学剧本

洪湖兄弟

上

章轲　等◎著

总编剧　章　轲
编　剧　楚　良　王槐荣　张　好

中国言实出版社

图书在版编目(CIP)数据

洪湖兄弟：上下册 / 章轲等著. -- 北京：中国言
实出版社, 2023.5
ISBN 978-7-5171-4466-3

Ⅰ.①洪… Ⅱ.①章… Ⅲ.①电视文学剧本—中国—
当代 Ⅳ.①I235.2

中国国家版本馆CIP数据核字(2023)第080829号

洪湖兄弟（上下册）

责任编辑：王蕙子
责任校对：邱　耿

出版发行：中国言实出版社
　　地　　址：北京市朝阳区北苑路180号加利大厦5号楼105室
　　邮　编：100101
　　编辑部：北京市海淀区花园路6号院B座6层
　　邮　编：100088
　　电　话：010-64924853（总编室）　010-64924716（发行部）
　　网　址：www.zgyscbs.cn　电子邮箱：zgyscbs@263.net

经　　销：新华书店
印　　刷：四川科德彩色数码科技有限公司
版　　次：2023年6月第1版　　2023年6月第1次印刷
规　　格：880毫米×1230毫米　1/32　28印张
字　　数：590千字

定　　价：198.00元（上下册）
书　　号：ISBN 978-7-5171-4466-3

目录

第一集

盛夏时节，万里长江，洪水滔滔。

江岸的大片芦苇半浸江水里摇曳，几条小渔船在芦苇荡边捕捞作业。

字幕：1927年9月，洪湖

1-1　洪湖上　日　外

花篮（一种竹篾编制的呈鼓状的渔具）出水，七八条大鳊鱼迎着阳光乱跳。

一条小渔船中，一个稍小的少年船生在船尾荡着桨，高兴地用桨拍着船舷。

船生："兴亭哥，今天好运气呀！"

黄兴亭站在船头，手执带钩竹竿挑起花篮，高高举起，轻轻落下。

黄兴亭："船生，把鱼腾出来吧！"

船生忙跳过去，抱起跟他个子一样高的大花篮，喜滋滋地将鱼倒进船舱。

不远处传来敲锣打鼓的声音，风中伴随着隐隐约约的喊声："祭湖神！交祭湖费喽！"

黄兴亭："装神弄鬼，交交交他娘个屁！洪湖又不姓宋，渔家的血汗钱都被宋家渔行榨干了……"

船生："就是，我姓洪，洪湖也不是我的呀！可我们捞了鱼，要换粮食、油盐填肚子，只能卖给他……"

黄兴亭："船生，你有没有胆量，跟我下趟汉口，今天捕到的鱼，不给他姓宋的，卖到汉口去！"

船生："就我跟你？下汉口，走私水？违反湖规抓着罚款不说，凭咱们这条瓢瓢芽的小划子下汉口啊？"

黄兴亭："到大江里淘淘，去十里洋场见见世面，欺穷啊，越穷他越欺你，越欺你就越穷。老子才不信富贵天生的！"

船生："去了……能回来吗？"

黄兴亭："你会记路呀！蒙着眼你不是也能从芦苇林里走出来吗？"

船生："这倒不是吹牛。"

黄兴亭："所以，我只带你去。你嘴不骚，能保密。"

船生还是胆怯："长江那么宽，浪又大，万一翻倒江里喂了江猪……"

黄兴亭："有我！保你丢不了小命。"

船生犹犹豫豫地："那就陪你去闯一趟吧。哎，你可别把我丢在汉口啊！"

1-2 宋家墩 日 外

宋家祠堂前的渔船码头张灯结彩，锣鼓喧天，唢呐阵阵。

一群宋家的家丁正在忙碌地设香案，摆供品。

渔霸宋老爷坐在一把太师椅子上，挥着拐杖指挥，几个丫头给他撑伞、摇扇。

带着几分书生气的宋友卿站在父亲旁边，他穿白色长衫，戴洋草帽、太阳镜，俨然一副公子派头。

一个家丁敲着锣，沿着湖岸一边敲一边高喊。

家丁："祭湖神，开渔船，顺风顺水下汉口喽！凡是宋家墩的渔民，每条船缴上好的鲜鱼五十斤作为祭神费，不得延误！"

一条大鲜鱼船上风帆高挂，船头摆着香烛，供着鱼和猪头。

船中的桅杆上挂着一面"宋"字旗，船尾的两面三角旗，飘着"顺风顺水""一本万利"八个大字。

湖岸边已停泊着一些渔船，还有不少渔船驶来。

渔民们抬着渔篓向宋家缴纳鲜鱼，一篓篓活蹦乱跳的鲜鱼倒进了宋家的鱼舱内。

渔民黄登庸背着倒空的渔篓走下船来。

黄登庸发牢骚："年年搞祭湖神，收管湖费，坑穷了我们打鱼摸虾的，喂肥了他姓宋的！"

黄妻拉他袖子，又指指不远处的管家。

黄妻："他爹，轻点儿，管家他是兔子耳朵，灵着呢。"

黄登庸偏要大着喉咙："怕鬼，越怕越有鬼。三天白忙了！"

管家走过来："还带兔子来了啊？"

黄妻向管家赔个笑脸，拉拉丈夫。

黄妻："快走，快走。"

1-3　大船上　日　外

宋友卿搀扶宋老爷登上船头。

锣鼓声大作，鞭炮齐鸣。

宋老爷点香祭拜毕。

宋老爷看着满舱的鲜鱼，用拐杖敲了敲船舷。

宋老爷："友卿，这回你押船下汉口吧！到邬家大渔行给我卖个好价钱回来。"

账房先生韩德升："老爷，这船鱼，鲜，准能有白花花的八百大洋。"

宋老爷："好，账由你结，钱由你管，回来交给我。可不能让他瞎花哟。"

韩德升："放心，少爷当家，我管钱。我正好想去看看眉眉哩。"

宋友卿眼睛一亮："韩叔，我陪你去，陪你去。"

宋老爷对韩德升招招手。

韩德升连忙贴过去："老爷还有啥吩咐？"

宋老爷："少爷去广州上黄埔军校的事，上次托了邬老板，你去打听一下，能办快点办。"

宋友卿："爹，你给我盘缠，我自己去广州。考不考得取，凭我的本事，您就不要花钱托人了。"

宋老爷："这年头，该托还得托。"

1-4　湖上　日　外

一条小渔船箭一般地从芦苇林的湖汊里射出来。

立在船尾撑竿的是黄兴亭。

船头坐着的是船生，他光着身子，头上拿荷叶当帽子遮着太阳。

小船无声地靠近了大船。

管家发现黄兴亭的小划子里满是大鲜鱼。

管家叫起来："兴亭！兴亭！你爹还三十斤祭湖鱼没缴哩，正好，你赶上了！"

黄兴亭："我才不信湖神呢！我自己下汉口卖去。"

宋友卿瞧着黄兴亭："嘿，你小子挺牛的，还下汉口哩。你知道汉口有多大，不撒泡尿照照你的影子？哈哈哈……"

宋友卿手一挥。

几个家丁一拥而上，将小船拖住，拿起捞子，三下两下就把小船舱里的鱼捞光，扔进了大船里。

黄兴亭奋起，将一个家丁推倒在湖中，挥起竿子乱打。

船生吓得抱着头哭了起来。

船生："别打了别打了！"

宋友卿站在船头笑着，甚至有点欣赏黄兴亭的样子。

宋友卿："小子，有几分胆量，像条汉子！"

黄兴亭当然敌不过人高马大的家丁，他跳进湖里，潜水逃了。

宋友卿："嘿嘿，别跟小孩子闹了，开船！"

1-5　湖边码头　日　外

船生手里捏着荷叶帽子，坐在小船尾哭丧着喊。

船生："兴亭哥，你该没淹死吧，要不要我跟舅舅报信去？你没死就快出来呀！"

黄兴亭从船底下钻出来，一个鲤鱼翻身，跳进船舱，抹了一把脸上的水。

船生一把抱住他："哥，你没死呀！"

黄兴亭："老子是水猫子，死得了吗？宋友卿把老子的鱼全抢走了，我要他还我，加倍地还我。"

船生："还你？哥，你打条胯睡中觉——白天做梦说胡话吧？"

黄兴亭比画着："你赶快回家，拿两天的干粮，带一张床单，到汉河口等我。记得，不要喊我名字，学野鸭叫三声，我就出来。"

船生："汉河口等你干吗？还带干粮、床单。"

黄兴亭："听我的，对谁也不说。偷偷地，快去快回。汉河口，出江的地方等我。"

船生："那就听你的，我把船荡到汉河口等你。"

黄兴亭："要快！"

船生："嗯，快。"

黄兴亭从船舱里拿起一个网兜缠在腰上，夺过船生手里的荷叶帽子。

船生："哥！你要干吗去呀？"

黄兴亭："照我说的去做，少问。"

他拿起撑竿，将小船拨开，飞快地向大船追去。

1-6　湖汊　傍晚　外

小船从一片荷叶林里钻出来，赶上了大船。

黄兴亭一跃潜入湖中，冒了几个水泡就不见了。

船生连忙荡起小船，飞快地回转。

宋家大渔船扯着风帆，宋友卿坐在船头品茶观景。

船在湖面上慢慢航行。

远远望去，就是滔滔长江了。

1-7　水底　傍晚　外

一片荷叶在湖面漂移着，逐渐漂向大船。

荷叶底下，黄兴亭凫着水，渐渐接近大船，他时而探出半个头来辨别方向，换口气。

他扔掉了那片掩护的荷叶，一个猛子，扎向大船。

1-8　大船上　傍晚　外

湖上一片霞光。

宋少爷哼着小调。

韩德升："少爷，顺风顺水，你进舱歇着吧。明天天亮就到了集家嘴渔行。赶早市，卖个好价哩。"

宋友卿："我爹，就晓得几个钱，我们这一代人，比他有抱负。"

1-9 水中船底 夜 外

黄兴亭紧紧地趴在船体上，使劲地用铁钳撬开鲜鱼舱的活水隔板上的铁筛。

鱼一条条从漏洞里钻出来。

黄兴亭抓住船体，露出头来吐了口气，又钻到船底。他解开腰间的网兜，套在漏洞上，那逃脱的大鱼，一条条钻进了他的网兜里。

网兜渐渐盛满了鱼。

黄兴亭一脚蹬开了船体，借着夜色，向芦苇荡缓缓游去。

大船渐渐驶出了洪湖汊口，进入了长江。

水手们："进长江喽！"

黄兴亭拖动着网兜，月色下的鱼闪烁着银光。

1-10 船底下 夜 内

其中一口鱼舱空空荡荡只剩江水。

船上舱口，有人揭开舱盖。

下人："少爷少爷！不好了！活鱼舱的漏筛被什么东西刮破了，一整座舱的鱼全逃到江里去了。"

1-11 船上 夜 外

韩德升、宋友卿和几个水手站在舱口，吃惊地望着涌进涌出的江水。

韩德升："出了落水鬼……跑了一舱鱼，损失起码一百大洋啊！"

宋友卿一点儿也不急，嬉皮笑脸。

宋友卿："哪来的落水鬼，我跟鬼无冤无仇呀！"

韩德升乱得团团转："赶快烧香吧！这可怎么办，跟老爷不好交代……"

他连忙在船头烧香祈祷起来。

1-12　汉河口处　夜　外

船生荡着小船赶到。他把小船停在芦苇边。

船生低声呼唤："兴亭哥！我来了！"

船生想到什么，连忙住口并掴了自己一个嘴巴。

船生学野鸭叫："嘎——嘎——嘎——"

黄兴亭拖着网兜，闻声游向岸边。

船生低声喊："兴亭哥！兴亭哥！"

黄兴亭有几分倦怠地坐到岸上，网兜还拖在水里。

黄兴亭："叫你学野鸭叫……"

船生："嘎！嘎！嘎！"

黄兴亭："叫魂哪！饿死我了，吃的东西带来没有？"

船生一看，网兜里有上百斤大活鱼。

船生吃惊地："哥！哪来这么多鱼？"

黄兴亭伸手："菜粑子！"

船生连忙从怀里掏出两个菜米粑粑递给黄兴亭。

黄兴亭大口咬着："宋友卿赔给我的呀！我说加三倍就三

倍。老子还把他整舱鱼放生了。我黄兴亭没那么好欺负，给他点颜色瞧瞧。"

船生："咋回事呀？"

黄兴亭："上船，咱们也下汉口。船上慢慢跟你说吧。"

船生："船往哪走哇？"

黄兴亭："跟着他们大船走。叫他给老子引路呗。"

船生："是，跟着大船走。可……可他们扯起了帆，我们跟不上啊！"

黄兴亭突然想起什么："叫你拿的床单呢？"

船生一抖床单："在这儿！"

黄兴亭得意地："老子的小船扯被窝篷，鼓满风跑得比他们快哩。"

黄兴亭把被单的角系上绳子，绑在竹竿上，插在船中间。

风鼓起床单，小帆牵动着小船，向长江驶去。

1-13 江上 夜 外

一轮明月，繁星点点。

滔滔的江水拍打着黄兴亭和船生驾驶的小划子，江浪涌过来，小船在浪潮间摇晃。

黄兴亭以双桨当舵，立在船艄，他双眼盯着江心里航行的大船。小船小帆顺流而下，在江风中疾驶。

一艘江轮迎面驶来，涌起的巨浪把小船掀起又摔落。

浪花扑了黄兴亭一脸，他双手紧撑双桨，险而不惊。

船生抱着船舷。

船生惊叫："兴亭哥——我的姆妈娘耶！赶紧靠岸吧！别把小命丢了。"

黄兴亭："船头顶着浪，翻不了的。有我在，你怕啥！"

船生两腿发软："浪都打进舱里了，该不会沉吧？"

黄兴亭镇定地指挥："快把江水戽出去！把被窝篷扶正，跟上宋家的大船！"

船生连忙拿起戽水的戳瓢，使劲地将船舱里的水往江外戽。

1-14　宋家大渔船上　夜　内

水手们驾着船在江中行着，船头香烛光微弱如萤火。

舱内宋友卿跟韩先生吃着夜宵。

宋友卿："韩叔，别再唠叨什么落水鬼了，鬼在哪里，能把一整舱活鱼放生长江？"

韩德升："少爷，信则有，不信则无，就算是赊财免灾吧。我和船老大作证，鬼搞的。老爷难道去找鬼算账不成？"

宋友卿将一杯残茶泼向窗外，他发现离他们大船不足百米的江面上有只小划子，还挂着被窝帆，尾随而来。

宋友卿："韩叔，您来看看，这么小的一只划子，夜里竟然敢在长江上跑风？不要命啦！"

韩德升趴到窗口一看："耶！还真有不要命的哩。"

宋友卿拿起一只大电筒，出舱，站在船头，电筒光直射向黄兴亭的小船。

宋友卿："你们是谁？别不要命了！靠上来吧，搭上我们的边，带你们一程。"

1-15　小船上　夜　外

电灯光照到船生头上，船生连忙抱起脑袋。

船生低声："哥！他发现我们啦！"

黄兴亭把头一扭避开光柱。

黄兴亭："别理他，我们靠边走。"

1-16　大船上　夜　外

宋友卿捏着手电筒，光柱在小船上扫来扫去。

宋友卿："喂——喂——小船搭上大船边，让你当神仙，你居然不干，想溜——怕什么？我又不收你钱。"

韩德升："少爷，少管闲事吧，丢了一舱鱼，你还有心思做好事呀！"

宋友卿："好事做到底呗。靠近点，捎上他们。"

韩德升："也许人家是讨夜生活，下大钩的渔船呗。"

宋友卿："下大钩，怎么会挂个被窝篷，跑顺风呢？把船靠近他，我倒要看个究竟。"

水手们将大船逼近小船。

1-17　小船上　夜　外

小船被逼得接近岸边了。

大船的浪把小船差点掀到岸上搁浅。

船生趴在船舱里不敢抬头，也不敢吱声。

黄兴亭索性站起来，挺直腰杆："是我！黄兴亭！你走你的阳关道，我过我的独木桥。我不搭你的边，不讨你的好！"

1-18 大船上 夜 外

宋友卿将柱光照射在黄兴亭脸上。

宋友卿仰天大笑："哈哈哈……黄登庸的儿子哟！我说今天碰了鬼，这鬼原来是你小子呀！趴在舱里的是谁？你们去哪里？夜闯长江啊！有胆儿。宋家墩出人物啦！哈哈哈……去哪儿？敢告诉本少爷吗？"

1-19 小船上 夜 外

大船离小船只有十多米远。黄兴亭不躲不闪，手执双桨。

黄兴亭："去汉口！汉口不是你宋家的，你能去，我也能去!"

宋友卿："长江又没有盖子。你去吧！我没拦你呀！我问你是去干啥呢？"

黄兴亭："你管我去干啥？"

宋友卿："别好心当了驴肝肺，我是怕你把小命丢了，搭上我的船边，带你一程。"

黄兴亭存有戒心："谢谢宋大少爷好心，我不想让你拖着走。"

宋友卿："哈哈哈！独往独来呀！有胆量。"

黄兴亭："我这样子——爽！"

宋友卿："船里装的什么货？不会是鲜鱼吧？"

黄兴亭："是又怎样？长江不是洪湖，你管不了！"

船生抬起头："鲜鱼不会也姓宋吧？不信，你过来问问鱼？哪条鱼姓宋？"

黄兴亭："我船舱里倒是有个乌龟，船生，问问它姓什么？"

韩德升从舱里出来："少爷，这小子居然还敢骂你？"

黄兴亭："我在跟王八说话，没惹谁呀！"

韩德升："咦，昨天打的鱼不是全替他爹交了吗？怎么还有啊？是偷来的吧？"

黄兴亭："你才偷来的。"

另一个水手："你再惹少爷，我扯了你的被窝篷！"

他伸出长长的搭竿企图把小船上的被窝篷扯掉。

宋友卿制止："别把小划子弄翻了。人命关天，可不是玩笑。"

黄兴亭："船生，不理他，我们走！"

黄兴亭荡起双桨，船生拿起撑竿，顺着江岸浅滩，飞快地划走。

宋家大船无法靠滩，只能看着黄兴亭溜掉。

1-20 汉口邬家渔行水码头 日 外

好几艘卖鱼船停在码头上。

码头上在收购鲜鱼，有掌秤的，喊价的，装鱼、运鱼的，拿着算盘算账的。一片吆喝声，好不热闹。

黄兴亭和船生的小划子挤进去靠上码头。

一个戴着洋草帽、摇着纸扇子、穿着短袖衫的中年男人一脚踏上船头。

黄兴亭礼貌地迎上去："先生！我们卖鱼。"

船生揭开舱盖："老板，看，活蹦乱跳的大鲜鱼。"

黄兴亭立即递过捞子："先生，您看看！昨天刚捕的。"

中年男人接过捞子，在鱼舱里搅动了两下，捞起几条看了一眼。

中年男人："洪湖来的？"

黄兴亭瞪大了眼睛，抬头望了片刻，转而笑着。

黄兴亭："嗯嗯嗯……"

黄兴亭不敢多说。

船生十分惊讶："老板怎么知道我们是洪湖来的？"

中年男人一扔捞子："我做这行几十年了，看鱼形，看水色，错不了的。你们的鱼不错，全收了。"

黄兴亭："谢谢先生！"

船生："谢谢老板。"

中年男人一摇纸扇："我不是老板，是专帮老板收鱼的。你们的鱼，鳜鱼五条，十二斤八两；青鱼八条，二十七斤六两；鲤鱼五条，一十五斤四两；团头鲂二十多条，二十七斤；鲇鱼九条十七斤五两。杂色鱼一斤以下三十一斤，价钱要便宜一些的。"

黄兴亭："先生，您没过秤啊，怎么就知道斤两？"

中年男人："你小毛孩子，嘴上还没毛哩。我的眼睛比秤还准。"

黄兴亭："我信、我信。多少钱？"

中年男人从衣兜里掏出六个筹码："去柜台上兑钱去，亏不了你们的。我收鱼从来都是童叟无欺。"

他把扇子一挥，两个装鱼工过来把舱里的鱼捞光抬上码头。

船生："我的妈妈耶，好厉害！"

黄兴亭："我爹常说，天下之大，无奇不有。你不也是个奇人吗？天生会认路，比狗还灵。小狗狗记得七天路，走丢七天也能回家，你蒙着眼也能从芦荡里走出来哩。"

船生抢过黄兴亭手里的筹码。

船生："这铁片片不是钱哪！"

黄兴亭："这叫码子，邬家渔行的码子。要去柜台上兑钱。你看人家卖了鱼都拿码子去兑现。"

船生："去哪里换？"

黄兴亭："你不是有眼睛有嘴巴吗？看，问，人家咋办咱咋办嘛，下汉口来就是要学本事的。见洋广，只要不出洋相。"

船生："我懂我懂。柜台就是账房，跟宋家渔行一回事。"

黄兴亭用手指着岸上："在那里。"

马路对面，高门大户，门口有大招牌："邬氏渔行"。

1-21 岸上 日 外

两人爬上岸。

船生："我的妈妈耶！好大的房子，恐怕连宋家大祠堂也装得进去哩。"

黄兴亭看着有卖鱼人往里走，判断柜台就在里面。

黄兴亭："下汉口就是来长见识的嘛，走，进去看看。"

马路上车水马龙，人群熙熙攘攘，时而有汽车鸣笛而过。

船生看得眼花缭乱，举足不前："兴亭哥！瞧！好大的乌龟耶，还会叫会跑，肚子里有人哩？"

黄兴亭："别叫喊，出洋相。听我爹说过，恐怕是汽车吧。"

船生："汽车吃人咧！吃进去吐得出来吗？"

黄兴亭："它是供人坐的，比马还快。听说是洋人造的东西。"

黄兴亭过马路，船生拉着他的衣角。一辆车一闪而过。他们差点被车撞了，一阵急促的喇叭声。

1-22　邬家大院　日　外

两个乡下大男孩儿，就像刘姥姥进了大观园东张西望，满眼全是新鲜。

船生："兴亭哥，好大的房子呀！我还以为宋家渔行天下第一哩！比起邬家来，简直算个小屁虫儿。"

黄兴亭："所以，这叫汉口。"

船生："兑钱的柜台在哪儿？"

黄兴亭："先别兑钱，进来一趟不容易。兑了钱，人家赶你出门，你只好干瞪眼的。我们先走走看看，有人问，就说是来兑钱的，找不到柜台。"

船生："哦哦，我知道你这是找借口。"

黄兴亭："有筹码在我手里，钱少得了我的吗？"

他们走进一道长廊。

船生："好长的房子呀！天上有盖的，只有柱子，没有墙，这叫啥房子。"

黄兴亭："这叫廊。"

船生："嘿嘿嘿，你到底多读了两年书，比我有见识。廊是干吗的？"

黄兴亭："是房子与房子之间的过道，下雨不用伞，天热好乘凉。"

船生："瞧，那边还有水塘、荷花池子、亭子、小山，山上还开着花哩。"

黄兴亭："那叫花园。有钱人家都有花园。"

船生："花园里是不是有小姐，戏文里都是这么唱的。"

黄兴亭："我怎么知道？"

他们穿过一道月门，走进内院。

船生用手摸着门墙："这门怎么是圆的？"

黄兴亭："这叫月门。"

船生这里摸摸，那里敲敲。

黄兴亭："别乱摸瞎敲。弄坏了人家的东西，把你押在这里，我可没钱取你的。"

船生小心翼翼走到长廊尽头，一头撞在一面大镜子上。

船生："哎哟！我的妈，这是怎么啦？"

他摸着额头，好生奇怪。

黄兴亭伸手一摸，是面落地大镜子。

他们两人的全身映在镜子里。

黄兴亭："好大的镜子！能把整个人都照出来？"

船生："天哪！真稀奇。"

黄兴亭整了整衣衫，摸了摸脸庞，立正站定，好生看着自己。

黄兴亭："这是我吗？黄兴亭！"

船生指了指黄兴亭又指着自己的鼻尖。

船生："当然是你。洪船生！是我。"

1-23 花园 日 外

园内有栋小楼。

楼内传出音乐。

黄兴亭和船生蹑手蹑脚带着好奇心踅进园内。

两人绕过假山，走过荷塘上的曲桥，走近小楼，躲藏在假山旁的花丛间往楼里张望。

黄兴亭示意船生别出声，当心被人抓住。

船生回过头，发现墙边有一道水沟，有个小洞，院内的水潺潺地流向洞外。

他们俩趴在假山上往里窥视。

1-24 小楼 日 内

陈设豪华，桌上有一架留声机放着舞曲。

几对衣着时髦的青年男女随着音乐翩翩起舞。

1-25 小楼 日 外

黄兴亭和船生趴着窗口往里瞧。

船生轻声地："哥！还真的有小姐和公子在唱戏哩。男女抱着扭，真是不怕丑。"

船生捂着眼睛不敢看。

黄兴亭打了他一巴掌："那玩意儿叫留声机，宋老爷家也有一个。他们在跳文明舞，不是唱戏。"

1-26 房间 日 内

邬家大少爷邬晨曦在主持秘密会议，传达省特委指示，参加会议的有二十来个地下工作者。

客厅的舞会是在打掩护。

邬晨曦公开身份是武汉高中的老师。他在法国留学时就参加了革命运动。毛泽东在武昌办农民运动讲习所时，他任过教员。他父亲是武汉水产商会会长。

邬晨曦情绪激昂："同志们！共产国际的代表来到武汉，我党主要领导也从苏联回国指导革命。省特委指示我们，抓紧时间，建立工农政权，组织武装暴动……"

窗外传来轻微的响声——

女青年学生打扮的韩眉警惕地转过身，撩开窗帘往外一看。

她向邬晨曦递了个眼色，连忙开门走出小楼。

韩眉在假山边察看寻找。

黄兴亭拉着船生钻进山洞，机灵地躲开。

韩眉仍不放心，四下探寻着。

她回到客厅，跟跳舞的人说了些什么，转身又出来追踪。

1-27 厨房 日 内

黄兴亭和船生顺着长廊，拐了两个弯，猫着腰绕过荷池，钻进了厨房。

韩眉见到荷池边有人影一晃而过，迅速追过来。

船生："我的妈妈耶，这是厨房吗？邬家的伙房比宋家的客厅还要大哩。"

韩眉走进来："你们哪儿来的？"

黄兴亭："嘿嘿嘿……姐，我们是来卖鱼的。鱼卖了，来兑钱的。"

船生："不信？我们有码子，拿给她看看。"

黄兴亭将筹码给韩眉看。

黄兴亭："我们找柜台走错了，嘿嘿，找到伙房里来了。"

船生："肚子正饿得慌哩。也算是找对了地方。"

韩眉严肃地问："刚才在假山旁是不是你们？老实说！"

黄兴亭："嘿嘿，姐，我们听到唱歌跳舞，好奇地看看……"

韩眉："听口音，是洪湖来的。"

黄兴亭："对对对，洪湖宋家墩来的。"

韩眉笑笑，摸着船生的脑袋。

韩眉："我也是宋家墩的。我姓韩，叫韩眉，在武汉读书。宋家渔行的账房先生是我爹。"

黄兴亭："哦——眉眉姐，你这打扮让我认不出来了咧！好洋气，真像大小姐哪！我爹叫黄登庸。他是我姑妈的儿子，我表弟，叫洪船生。"

韩眉："登庸叔的儿子兴亭？"

黄兴亭："是啊！我是黄兴亭。眉眉姐还记得我的名字？"

韩眉："三四年不见，你都长成大小伙子哪！自己来汉口卖鱼？"

黄兴亭："嗯。自己闯一趟汉口，才知道汉口的鱼价比宋家高十倍。"

邬晨曦进了厨房，打量着两个男孩儿。

韩眉："王师傅！"

厨师从里面出来："韩小姐，您来了！哟——大少爷，您也……"

韩眉："给我这两个小兄弟几个大馒头，再包点点心。"

邬晨曦疑惑地："刚才是他们俩？"

韩眉："洪湖宋家墩的，来汉口卖鱼。找兑钱的柜台走错了地方，跑到厨房里来了。乡下孩子第一次下汉口嘛。"

邬晨曦："给他们弄点儿吃的，填填肚子。"

厨师："我这就弄。"

厨师将四个大馒头和一包点心交给韩眉。

韩眉把点心和馒头塞给黄兴亭。

韩眉："往前面走，快去兑钱吧。"

黄兴亭："眉眉姐，你回去我请你吃五斤的大鳜鱼。"

刚从厨房出来，韩眉看到一个人冲进院子，手里提短枪，朝天放了一枪。

韩眉大叫一声："有情况——危险！快跑！"

她一把将黄兴亭和船生推进侧门，拼命奔向小楼。

1-28　邬家大院　日　外

街上响起密集的枪声。

黄兴亭拉着船生往走廊里跑去。

落地大镜里照着他们奔逃的影子。

"砰——"一颗子弹打在镜上，镜子"啪"地一声碎成一片。

黄兴亭拉着船生跑向侧门，刚想关门掩护，那个赶来向韩眉报信的人撞了进来。他中弹了，浑身是血。他推门进来时倒在了黄兴亭的身上，差点儿把黄兴亭扑倒。他手里还提着短枪，却因伤势过重几乎说不出话来。

黄兴亭仔细一看，正是早上码头上收鱼的那个中年男人。

黄兴亭："先生——您——"

受伤男人："快躲起来，危险，警察来抓人了！"

他支起身子，穿过侧门，向小楼踉踉跄跄跑去。一边跑，一边举枪向追击他的警察还击。

他奔上小桥。迎面四个警察阻住了他的去路。

他果敢地站起来，高举着枪，朝天开了三枪示警。

一阵乱枪将他击倒，倒在假山旁小桥头的栏柱上，他的手枪掉进池塘。

他的血顺着桥头流向假山边的甬道。

更多警察冲进花园和小楼。从小楼里冲出来的人被打死在假山旁，小桥上，荷池边。

枪声一片，叫喊声一片。院子里混乱一片。

1-29　花园假山　日　外

黄兴亭拽着船生，借着荷篷的掩护，逃向假山，钻进花丛，躲在假山洞里。

荷枪实弹的警察闯进来，前后门、侧门都被封住了。

黄兴亭把船生塞进山洞隐蔽处，用花草藤子遮住身子。

船生："哥呀！哥呀！"

船生吓得发抖，头都钻到黄兴亭的裤裆里去了。

死者的鲜血一直流到他的脚下。

荷塘里的水也被血染红了。

黄兴亭观察着地上的血流往一个水道，顺着墙根，流向墙外，而且有一条荆棘覆盖着的隐蔽的小沟。

他埋伏在石洞里一动不动，盯着小楼发生着的惨景。

船生不敢看，只在发抖。

小楼内的人冒着枪林弹雨往外冲。

冲出一个被击倒一个。

小桥头持枪守着的武装警察守株待兔似的击杀逃出小楼的人。小楼四周被紧紧围住。

突然，从走廊那边出现了一个人，他紧贴着墙角，伸出手枪，连发三枪将死守在桥头的警察击毙了两个。

警察懵了，没被击中的连滚带爬跳进池塘里逃生。

四五个人从小楼内逃出来，冲过了小桥。

黄兴亭发现刚才击倒警察的人正是刚刚在厨房里见过的大少爷。

黄兴亭小声地："瞧，大少爷好厉害！把警察打死了，救出了好几个人。"

船生："我不敢看……"

黄兴亭突然拉起吓瘫了的船生："这里不能久留，走！"

船生："往哪里走哇！哥——"

黄兴亭："你问我，我还要问你哩！往哪里出去？快想想！"

船生晃晃晕乎乎的脑袋。

闪回：一条弯弯曲曲的小路呈现在他脑子里。

船生一拍脑门："记起来了！"

船生扯着黄兴亭的手，钻进了小沟，爬到院墙跟前。

他们从一个小圆洞里钻了出来。后面是一条小溪，一片小竹林子。

他们滑溜进溪里，逃出了邬家大院。

1-30　溪边小巷　日　外

他们潜了一段水，露出头来。环视四周，没有警察了，放心地从溪水里爬上岸来。

船生抹了一把脸上的水。

船生："妈妈耶，差点把小命丢了咧。"

黄兴亭："他们抓的肯定是闹革命的人。韩眉姐难道也是……她逃掉了没有？"

船生："只要我们逃出来，回得了家。小孩子管得了大人的事吗？走走，找我们的船去。"

1-31　小巷　日　外

邬晨曦和韩眉向小巷里奔跑而来。后面有警察追赶着，放着枪。眼看没有退路了。

小巷内墙角。

黄兴亭和船生伸出半个头来。

黄兴亭小声地喊："眉眉姐，这边，进来！"

韩眉拉着邬晨曦，闪进小巷。

邬晨曦惊慌未定，看到两个大男孩儿怀疑诧异，端起手枪。

韩眉："就刚才那俩孩子……你们从哪里逃出来的？"

黄兴亭："快跟我们走吧，我们的小船就在江边。"

船生："从这巷子出去，再拐两个巷子，就到我们小船停的地方。"

黄兴亭："躲到我们船上去，肯定找不到你们。"

邬晨曦："可靠吗？"

韩眉："可靠。"

黄兴亭："你们是闹革命的吧？我爹也参加过农会哩。快跟我们走！"

船生在前面引路，韩眉和邬晨曦跟着黄兴亭，七弯八拐，逃离追捕。

1-32　江边小船　日　外

黄兴亭荡着小船，离开了江岸。

岸上，时而还传来枪声。

船生也拿起撑竿，帮着撑船。

韩眉和邬晨曦伏在船舱里，用两张芦苇席盖着。

两个孩子划桨撑竿驾着小渔划子悄悄离开渔码头，谁也不会在意。

小船逆流而上，离开了汉口，进入汉阳鹦鹉洲。

韩眉掀开芦苇席，邬晨曦站了起来。

邬晨曦："啊！脱险了。这里是汉阳了。"

韩眉："得感谢这两个小兄弟危难之时伸手相救哩。"

黄兴亭将船靠岸。

黄兴亭有几分自豪地："你们脱险了，我们也算没事了。什么救不救，感个什么谢，就不必了，小事一桩。"

韩眉和邬晨曦上岸。

韩眉："兴亭，回去问你爹妈好！我再回去一定登门去看叔叔婶婶。"

邬晨曦一拱手："小兄弟，你爹要卖鱼，到汉口来直接找我。记住，我叫邬晨曦。"

船生惊叫起来："哎呀！不好了。"

黄兴亭："什么事，大惊小怪的。"

船生急得跺着脚："我们卖鱼的码子还没有兑钱哩！这趟汉口不是白跑了吗？"

邬晨曦站住了："什么码子？兑钱？"

黄兴亭掏出六个铁牌子："这个，卖鱼的钱。"

邬晨曦惊讶："你们的钱没兑？"

黄兴亭："刚从厨房出来，就……就碰上了打枪杀人的……"

邬晨曦接过码子看了看，从衣兜内掏出六块大洋。

邬晨曦："我兑给你们！"

黄兴亭看着白花花的大洋，吃了一惊。

黄兴亭："你家都被打成那样了，你恐怕也回不去了，哪来钱赔我。再说，我们那篓鱼，也值不了这么多钱的。"

船生伸过手去："那篓鱼能卖这么多大洋哪！我长到十五岁，还是第一次看到……"

黄兴亭一巴掌打下船生的手："你好意思吗？邬先生是想借口给我们救命钱哩，不能要。"

韩眉笑着解释："这位邬先生就是邬氏渔行的大公子，人家家大业大，钱多着哩。他还去法国留过学……"

邬晨曦："小兄弟，拿着吧。这筹码是我们家渔行的，没错，正是六块大洋。我是不折不扣给你兑现的，不是感恩费。我们家做生意讲信用的。"

邬晨曦将钱塞到黄兴亭手里。

邬晨曦："公平交易。拿着。"

黄兴亭："你们家——"

邬晨曦："可能是有叛徒告密了，死了好几个同志。没抓到我们，我们就没暴露。我回去要把事件查清楚的。我们家没事的，我父亲是商会会长，了不起出点钱就把事摆平了，渔行照开，生意照做。"

黄兴亭："那……这钱，我就收下了。"

邬晨曦："当然，这是你的劳动所得。"

1-33 宋家　日　内

宋友卿和韩德升沮丧地回来。

韩德升："老爷！我们回来了，路上遇到点事。"

宋老爷很不高兴："土匪打劫哪？"

韩德升："那倒没有——碰到落水鬼……扒开漏筛……"

宋友卿："鱼跑了一舱——"

韩德升："刚卖完鱼，还没来得及结账，碰上邬家出大事，抓共党，死了好些人。管账先生也跑了。"

宋老爷一拍桌子站了起来。

宋老爷："我的钱呢？一分没拿到？"

韩德升扶着老爷坐下："老爷息怒，有账算讹不了，结账凭据在这里。下次去一起结。老爷放心，邬家渔行家大业大，垮不了的。"

宋老爷："那一舱鲜鱼怎么会跑掉？白花花的银子呀！平白无故丢了，你们是死人？谁搞的鬼，给我查！"

韩德升："我们倒是见到黄登庸的儿子下汉口卖鱼了……"

宋友卿打断他："韩叔，不关他的事，是落水鬼。"

宋老爷却盯住不放："他哪来的鱼？哪来的这么大的胆子，违反湖规？"

宋友卿："一个大孩子，出于好奇，驾船下汉口，玩玩嘛，何必大惊小怪的。"

韩德升："有人怀疑他的鱼是偷的……"

宋友卿："毫无凭据，张口瞎说。我累了，休息去。"

宋老爷坐下，面对韩德升："你坐下细说，邬家渔行出了共党？"

韩德升："我当时陪少爷去柜台结账，事发突然，不敢细问，警察冲进邬家渔行，枪声一片，鬼哭狼嚎，人们四散奔逃，眼看枪打死了几个人。我拉着少爷逃出门，险哪！"

宋老爷："事后没见到邬老爷？"

韩德升："哪敢哪！事后我想找女儿眉眉也没找到。听说，邬老爷也被请到警察厅去了。这是结账凭据，五百二十块大洋，您收好。"

宋老爷若有所思："看来真得让他去广州考军校，历练历练，混个一官半职，守住这份家业。"

1-37 湖汊口 日 外

黄兴亭的小船驶进湖汊。

两条巡湖船从芦苇丛和荷叶林里蹿出来，截住了黄兴亭。

家丁站在船头双手撑腰。

家丁："哈哈……你小子可回来啦！"

黄兴亭："我没惹你们哪！"

两家丁同时伸出长长的挽竿，一头一尾将黄兴亭的小船搭住，拖了过去。

船生趴在舱里，一脸胆怯。

黄兴亭怒目而视："你们想干吗，土匪吗？"

家丁甲跳上小船，揪起船生。

家丁甲："你小子去汉口卖鱼了吧？是不是？"

船生："我们只是去汉口玩玩，玩玩……哪来的鱼卖呀！鱼不是让你收走了吗？"

两个家丁抓住黄兴亭："前天夜里在长江上碰到的不是你吗？有胆的承认哪！"

黄兴亭："我认哪！好汉做事好汉当。你们别找船生的麻烦。是我叫他陪我去的。"

家丁甲放开船生："有种，我喜欢你这样的人。说，去汉口干吗？"

黄兴亭："玩。玩你管得着吗？"

家丁乙："玩？你玩兴还真大呀！玩到汉口去了，连你爹妈都不知道。给我老实交代，是不是偷了鱼，下汉口走私水？"

黄兴亭："你有何证据，污我偷鱼？"

家丁甲："嘿嘿！你还挺犟的。给我搜！"

家丁乙跳过小船，一番仔细搜寻，没发现钱，只发现船生手里的花布。

家丁甲："这新布料哪来的？哈哈哈……鱼卖了多少钱？哪里来的鱼？"

黄兴亭一时无话可说。

家丁甲揪着黄兴亭的耳朵："你玩，玩，玩得过我吗？带回去细审。"

1-38　宋家墩祠堂　日　外

黄兴亭和船生被家丁押上岸来。

村里的大人小孩儿都围上来看，议论纷纷。

群众甲："兴亭和船生胆子真大呀！敢驾上划子闯长江、下汉口哩。有出息。"

群众乙："出息个啥呀！抓起来啦。"

群众丙："听说宋家大渔船漏筛被落水鬼撬开，一舱鲜鱼全逃进了长江。"

群众丁："那怎么找黄家儿子呢？"

宋老爷从祠堂里出来。

韩德升："老爷，黄兴亭小子抓来了，请您亲自审问。"

黄登庸和妻子也赶了过来。

黄妻："老爷，孩子不懂事，您放了他吧！"

宋老爷："你说放就放？我得问个清楚明白。"

家丁端过一把太师椅，宋老爷坐下。

家丁甲递上两块布："老爷，这小子不认账，让我抓到两件物证。"

宋老爷："这不就是两块布吗？证个屁？我要看见钱。"

家丁甲："这两块布是新的，不是用钱买的吗？小孩子哪来钱？他们下汉口，连他爹妈都不知道，鱼肯定是偷的。"

宋老爷："嗯，有几分理……"

黄兴亭："就算是我卖了鱼也没犯法，汉口的鱼价比宋家渔行高十倍，大叔大婶们听着，宋家欺行霸市，盘剥我们渔民！"

宋老爷一拍椅靠，一拐杖往黄兴亭头上打来。

宋老爷："嚯！你还真的招认了，居然敢骂我欺行霸市，压低鱼价，你他娘的是湖盗！我教训教训你小子……"

宋友卿从祠堂里跑出来。

宋友卿："爹，没说清楚就打人，不好吧！"

黄兴亭："湖是天生的，鱼是水养的，老天赐的，人人有份，我是渔民，捕鱼卖鱼，天理人情。你说我是湖盗，有证据吗？"

宋老爷："你前天施花篮的鱼我收了，当天你哪里来的鱼下汉口？这满湖的花篮、凉网、挂钩、络子、丝网，夜里无人看管。巡湖查匪，防盗治安，都是我花钱保一方平安。"

黄登庸："宋大爹，孩子初犯，我管教不严，您高抬贵手吧。"

宋老爷："黄老大，你们姓黄的在宋家墩也有十来户人家，你也是个渔老大，湖有湖规，你该懂得的。"

黄登庸："说我儿子闯汉口，走私水，我认；说他是湖盗，得有证据，孩子虽小，不能污了名声。"

好几个男孩儿挤进来。

男孩儿们："呵呵呵——兴亭哥，下汉口哪！怎么不叫我一声哩。"

宋老爷发火了："这群毛头小子，无法无天，闹！闹！闹什么？在我的地盘上闹革命吗？不怕杀头的到戴家湾、瞿家湾闹去！"

黄兴亭嘀咕着："你以为我怕？瞿家湾又不远，我个子再长高点，就去找红军。"

宋老爷："你嘀咕啥？不服周(沔阳话,管制)吗？家有家法，湖有湖规，句句刻在这石碑上的，祖宗数代传到今天，在宋家墩，就得守宋家的家规、湖规。不守规矩的，你明天就搬家走人，我不拦你。宋家墩不是戴家湾、瞿家湾，你敢造反不成？"

黄兴亭笑："迟早也是会的。"

宋老爷："你小子说什么？"

黄兴亭："我说，我认了，我下了汉口，走私水，卖了鲜鱼，给我妈买了条床单，船生是我叫去的，放了他，全由我担着。"

宋老爷："好。认了好，是条好汉。给我绑在湖规碑上，晒他三天，饿他三夜。白天让他烤日头，夜里让他喂蚊子。"

黄兴亭："放了船生，我一个人受罚。"

宋老爷："好好，放了船生，直到你讨饶。"

家丁将黄兴亭绑在石碑上。

黄兴亭："不就三天三夜吗？我不会讨饶的。"

1-39 宋家墩 夜 外

黄兴亭被赤膊绑在石碑上。一轮淡淡的月光照在他身上。天很热，他汗水满面，饥肠辘辘，他用舌头舔着额头上流下的汗水解渴。

数十只蚊子叮在他的背膀上，他使劲地扭动着身子，痛苦不堪，忍受着。

两个家丁背着枪站在一旁打瞌睡。

船生悄悄抱来一把艾蒿，在离黄兴亭十多米远的上风处放了一堆，用干草点燃。艾蒿的烟顺着风一阵阵向黄兴亭飘过来。

黄兴亭身上的蚊子落地。空中的飞蚊被艾蒿气味熏跑了。

家丁被烟熏醒："谁他妈来给他熏蚊子的。"

一个家丁跑过去，一脚将烟堆踢散。

另一个家丁还在昏昏欲睡，说着梦话。

船生又从小巷里出来。他提着十来个粽子和一个葫芦，偷偷地躲在石碑后面的阴影里，伸手将拆开的粽子递到黄兴亭的嘴边。

船生轻声呼唤："兴亭哥，吃粽子……"

黄兴亭扭头，看不到人，但一只手将粽子喂到他嘴边。他大口吞咬着。

船生："慢吃，管你饱，还有米酒。"

黄兴亭口里塞着半个粽子。

黄兴亭感动地："船生……"

船生又递过一个粽子："别喊，只管吃。"

黄兴亭大口吞咽着。

船生递过葫芦："米酒，喝吧，我尝过，很甜的。"

黄兴亭昂起头来喝了个够。

船生："我再给你把艾蒿点燃熏走蚊子。"

1-40　村头　晨　外

家丁提着一柄破锣，一边敲，一边喊："黄家小子黄兴亭违反湖规，私自走水，他还协同洪船生撩人花篮，收人晾网，盗取鲜鱼下汉口，现在被人赃俱获，小子供认不讳，现已绑在湖规碑上，烤晒三天，以示惩戒！"

黄登庸提着渔网下湖。

黄妻："孩子他爹，找人跟少爷求个情，放了我们兴亭吧？"

黄登庸："他这一着儿狠毒呀！想毁了咱们孩子的名声，不让他在宋家墩做人。哼！我不会跪着求他的。"

1-41　宋家大院　晨　外

宋老爷在晨练，打着太极拳。

宋友卿走过来："爹，趁早把那小子给放了吧，真绑三天，要出人命的。"

宋老爷："友卿，你太文弱，心也非常软，是得去历练历练。"

宋友卿："都是乡亲，惹急了他们，未必就是好事。瞿家湾的人不就都投了红军了……"

宋老爷："我问你，两人同时举起枪，你先放下了，死的会是谁？"

宋友卿："不一定是谁死。"

宋老爷："幼稚！"

他用手指做出手枪的样子抵住儿子的胸口，嘴里模拟发出一声沉闷的枪声。

宋友卿："爹，实话说，前天晚上头一眼看到黄兴亭舱里的鱼，我就知道是他干的，哪来的落水鬼。"

宋老爷："那你不吭声，假装糊涂，为的是什么？"

宋友卿："这天下已经乱了，卖趟鱼，都赶上出好几条人命了。说不定哪天夜里，还没等掏出枪来，就砍了我们的脑袋。想砍我们脑袋的人，是多一个好呢还是少一个好？"

宋老爷："友卿，没想到，你还是有点心计的……"

1-42　宋家墩　晨　外

宋友卿来了。他拍拍黄兴亭的光肩膀。

宋友卿："小子，好受不？你不吃点苦，能做好汉、硬汉吗？"

黄兴亭："你凭什么赖我？"

宋友卿："你小子有胆量。我还真有点欣赏你。来宋家渔行做事，怎么样？"

黄兴亭哼一声："你家太小了，洪湖大多了，我在洪湖上做事！"

宋友卿笑笑："好样的，有出息。我放了你。"

家丁还犹豫："少爷，才一夜……"

宋友卿："快解开吧，我跟老爷求过了！"

家丁忙为黄兴亭松绑。

黄兴亭也挣脱了一下，把绳子扔在地上，踩了一脚，转身就走。

1-43　宋家墩渔码头　日　外

一艘小客船靠岸。

韩眉从客舱里出来。她拎着一个箱子，打着伞，一身学生打扮。

她登岸，避开人群，悄悄向家里走去。

1-44　宋家祠堂前　日　外

宋友卿发现韩眉，赶紧奔过来。

宋友卿："韩眉，你回来了，怎么不先来个信，我好派船到新堤去接你。"

韩眉有点冷淡："谢谢你的好意了。"

宋友卿却很热情："放暑假了吧，这次回来多住些日子。"

韩眉不好说自己是避难回来的。

韩眉："回来看看我爹，大半年没回过家了。"

宋友卿："前几天，邬氏渔行出大事了，你知道吗？"

韩眉："出事？我不知道，你怎么晓得？"

宋友卿："那天我跟你爹正好到汉口卖鱼，账还没来得及结哩。你没去过邬家？邬晨曦不是你老师吗？"

韩眉："好像没大事儿，昨天路过，还照常营业哩。"

宋友卿："你能到我书房里坐坐吗？我有大事儿想跟你商量……"

韩眉笑笑："宋家大少爷的大事儿跟我商量？高抬我了吧？"

宋友卿："眉眉，我们从小……请，屋里喝口茶再回家吧，你爹还在渔行里忙着。"

1-45　书房　日　内

宋友卿："听说，武汉局势紧张，那天警察抓共党，我是第一次见到那种血腥场面……"

韩眉："你害怕啦？"

宋友卿："我觉得共产党打打闹闹，成不了大气候，弄不好还丢了性命……"

韩眉："那你想……"

宋友卿："去广州正规的黄埔军校——"

韩眉："求个一官半职的，光宗耀祖，保家护产？"

宋友卿："总比闹革命、拿人头当儿戏保险吧。"

韩眉："那你就去吧！"

宋友卿："我想带你一块儿去广州。"

韩眉笑："带我？我是你什么人？"

宋友卿："你跟邹晨曦……"

韩眉："他是我老师。"

宋友卿："他该不会是共产党吧？"

韩眉："这我就无可奉告了。你打听共产党，难道也想参加革命？"

宋友卿："不不不。我不希望你也……太危险了。"

韩眉："如果我是呢？"

宋友卿："别开玩笑了，你肯定不是，你爹和我爹就像一家人。"

韩眉："我爹是我爹，我是我。人各有志。"

宋友卿："也是，你的志向是做学问，当女才子，听说霍大胡子来洪湖了，这里不安全，所以我想带你去广州……"

韩眉："嘿嘿嘿……我不怕。"

宋友卿盯着她看。

宋友卿笑了笑："我喜欢你的脾气，你不去，我也不会拉你，吃饭去吧！"

韩眉："我回家，自己烧饭自己吃。"

1-46 韩家 夜 内

韩德升："这次你回来正好。"

韩眉："好什么呀？"

韩德升："你不是秋季就毕业了吗？我就你这么个独生女儿，宋家提亲也不是一次两次了，还在你刚出生时，宋老爷就说过，要娶你做宋家儿媳妇……"

韩眉："我不是说过了，不嫁宋家，我要自立，在武汉找工作。"

韩德升："眉眉，我都六十出头的人了，你妈走得早，我把你……"

韩眉："爹！相信我，我给你养老送终，女婿我自己找，不要你包办。"

韩德升："可宋家……我跟宋老爷半辈子，他待我不薄哇！再说，友卿他人也不错的。你不是劝他读书吗？他准备去广州上黄埔军校哩。他爹和他，都想你们订了亲再走。"

韩眉："我跟他志趣不投。"

韩德升："这事我已经答应……"

韩眉："您要逼，我明天就走。"

韩德升："这叫我两头为难哪！"

韩眉："我不会为难您的。我去登庸叔家里看看。"

韩德升："去他家做什么？他正纠结一伙渔民想搞什么农会哩。"

韩眉："那我更要去看看了。"

韩德升："你——该不是闹什么革命吧？"

韩眉走出。

第二集

2-1 黄家 内 夜

草棚里聚集了五六个渔民。

一盏豆油灯下，他们议论着什么。

黄兴亭、船生在屋里听大人说话。

韩眉进屋："登庸叔，大婶娘，你们好！哟，大叔们都在呀！"

黄兴亭："眉眉姐！"

黄妻："听兴亭说，这回下汉口，你和邬先生帮了他们，还给他们好吃的东西。"

韩眉："兴亭机灵勇敢，是他救了我们。我是来登门感谢的。"

黄兴亭欲言又止："眉眉姐和邬先生都是——"

黄登庸："宋家墩的渔民也正要组织农会。我们正在商量，听说，霍总的部队要过江，要到洪湖来……"

韩眉："先头部队已经到了新堤。省特委也发了指示，发展农村组织，跟湖霸渔霸地主恶霸公开斗争，建立苏维埃政权。"

黄登庸："眉眉，你尽快给我们联系党组织。宋家墩也要闹革命。"

黄兴亭："我们也要参加！"

韩眉："你们可以成立少年团，协助农会，参加武装斗争。"

黄兴亭："我们要组织起来，跟湖霸斗！"

船生："霍总什么时候到洪湖来呀？"

黄兴亭："我们跟着霍总，闹他个天翻地覆。"

黄妻："闹！闹！这回差点儿丢了小命。"

韩眉："婶，你放心，兴亭胆大心细，不会出事，说不定闹出个大名堂。"

2-2　湖上　月夜　外

黄兴亭带着一群少年，荡着三两条小船，在荷花丛里采莲捕鱼，用土枪打野鸭。

黄兴亭："听说，峰口也成立了少年团，领头的叫杨洪山。韩眉姐走的时候，把我们的申请带到沔阳支队去了。宋家墩也要成立少年支队。"

船生："兴亭哥胆子大，点子多，脑子灵活，汉口都敢闯。我们选他当队长好不好？"

小伙伴们："好！我们举双手赞成。"

船生："兴亭哥当队长，我拥护。"

黄兴亭："霍总带着红军到洪湖来了，只要大家齐心，我们一定把宋家大院闹他个底朝天。"

黄兴亭朝天放了一枪，惊起一群野鸭。

寂静的夜空，传来几声鹤鸣。

又是几声枪响。

小伙伴们放声唱起来："老子本姓天，家住洪湖边。没人敢捉我，除非是神仙。枪口对枪口，刀尖对刀尖。有他就无我，有我就无他，他见阎王，我登上天！"

那歌声响彻夜空，传到宋家大院。

2-3　宋家大院　夜　内

管家慌慌张张跑来："老爷老爷！大事不妙。"

宋老爷跋着鞋子从房内出来："什么事？好像有枪声？"

管家："霍大胡子带着红军到新堤了。"

宋老爷："消息准确吗？"

管家："千真万确，我亲眼所见哩。不敢怠慢，连夜赶回来向老爷报告。"

宋老爷急得团团转："快快，给我把韩先生叫来。友卿，友卿！"

宋友卿披衣出房："爹，啥事，深更半夜的。"

宋老爷："红军到新堤啦！火都烧眉毛了，你还不急？我这家大业大的——哎哟！怎么办？"

宋友卿："你带娘和家眷去汉口嘛，汉口房子也有，铺子也有的。"

宋老爷："这个家……"

宋友卿："我来管。"

宋老爷："你管得了吗？你是我宋家的独苗，你快去广州吧！"

韩德升跑进来："老爷！半夜找我有事？"

宋老爷："霍大胡子带红军来了，来革命了，我这条老命，唉！这家……"

韩德升："您就先出去躲躲……"

宋老爷："韩眉呢？"

韩德升："跟我闹气，回汉口了。"

宋老爷："婚事放一放再说吧。我把这个家暂托给亲家你管吧。"

韩德升："您放心，你带家眷连夜去汉口吧！事不宜迟，夜长梦多。"

宋老爷："有卿，你明天带几根金条去峰口镇，请县民团关照一下宋家墩。"

宋友卿："爹，我们家也有十多条枪，我也拉起一个民团来保家护院。"

宋老爷："那你就去沔城找找王团总，给宋家墩挂个卯，登个记，再买几条枪。"

宋友卿："我一早就去办。"

宋老爷："备船，连夜启程，下汉口避避风头再说。"

全家搬箱抬柜地忙碌起来。

2-4 湖上 日 外

黄兴亭、洪船生和六七个同村伙伴驾着一条小船，在芦苇荡里穿行。

黄兴亭："听说红军到吴家湾了，大猎户吴麻子吓跑了。"

船生："我们去看看红军是什么样的人吧！"

船生："吴麻子不是有围铳、推炮吗，能单手甩猎枪，连天上飞的雁都能打下来，他也怕红军？"

小伙伴："听我爹说，吴麻子有三十杆大火铳，那家伙一杆有一丈多长，小碗口粗，一次装进硝药好几升，铁砂子弹半提篮子，放起来惊天动地，烟雾一片，一次打死的野鸭装满一小划子哩。"

船生："那叫开邀，打围场，我爹打过推筢子，我懂。"

黄兴亭："我们去看看，能不能弄一杆回来试试，把宋友卿的保安中队轰他个窟窿，叫他尝尝少年支队的厉害。"

一小伙伴："妙！搞点威风出来，红军要来了，咱们也显显胆量，参加红军去。"

他们撑着船向吴家湾进发。

2-5　吴家湾吴家院　日　内

这个湖心岛的小村子十来户人家，全是草屋。他们是洪湖猎户，主要猎物是大型水鸟。

黄兴亭一帮人上岸，没发现人，也没看到红军，村子里空空荡荡的。

船生："没见到红军哪！连船也没见有一条。"

黄兴亭："他们都是猎户，肯定听说红军来了，全跑到湖里躲藏起来了。"

小伙伴甲："去吴麻子家看看。"

黄兴亭等推门而入。

两只猎狗猛扑过来。船生吓得就地十八滚。

船生："妈呀！狗！猎狗！"

黄兴亭捡起一根棍子朝狗冲去。

两条狗嗷叫着躲进屋里不敢出来。

黄兴亭满屋子一看，发现两杆长铳绑在房子的中柱上。

黄兴亭眼睛一亮："好家伙，这不是大铳吗？"

船生翻着柜子："嚯，这里有硝药和铁砂哩。"

小伙伴乙在屋廊里看到一支推筢挂在屋檐下。

小伙伴乙："还有推炮架子！"

黄兴亭："借他一杆大铳，加上推炮架子一副，火药、铁砂一提篓。"

船生："借？你还打算还啊？"

黄兴亭："吴麻子只是个大猎户，又不是恶霸地主。你们把火铳和推炮架子抬上船去，我给他留个借条，明人不做暗事。他跟我爹还是朋友哩。"

船生和伙伴四个人抬着长铳。

黄兴亭扛着火药和砂弹上了小船。

小船向宋家墩驶去。

2-6　宋家墩民团中队　日　外

村头，面朝湖口，搭起了一个哨楼。

哨楼上有一个民团团丁在放哨。

宋友卿挂着盒子枪在指挥家丁筑工事。

管家："少爷！要是红军真来了，这玩意儿经得起一打吗？我们就十七八条破枪。"

宋友卿："放好哨，一有红军的影子，就放信号，峰口的民团会来支援的。"

2-7　芦苇荡里　日　外

黄兴亭等四人将火铳抬进芦苇林，放到炮架上，灌上火药，装上铁砂弹。

几个人弄得满头大汗。

火铳填足弹药之后，他们又将炮架用芦苇蒿草将推炮伪装起来。

四个人趴在推炮架下匍匐着，在一片芦苇沼泽地里向哨楼移近。

一轮红日渐渐落下地平线。洪湖水被晚霞染红。

2-8　村头哨楼　日　外

宋友卿站在哨楼上用望远镜看着遥远的湖面。

管家："少爷，今晚不会有事吧？"

一团丁："红军先头部队已占领瞿家湾了，离宋家墩不到二十里，一个时辰就能到。"

宋友卿："你制造紧张空气，想当逃兵？"

团丁："少爷，我哪敢……"

天渐渐黑了下来。

湖面上吹来的风呼呼啦啦，芦苇起伏摇曳，长空时而传来鹤的悲鸣，气氛很是瘆人。

哨楼上吊着马灯，鬼影幢幢。

宋友卿用大电筒扫射着那片湖汊边的沼泽地。

2-9 沼泽地 夜 外

伪装着的推炮缓慢地在沼泽地里移动。

四个小子全身趴在泥里推动炮架。他们借着风的呼啸、芦苇的摇摆潜行着。

黄兴亭："不要慌，再近一点儿。"

万才宝："瞧，宋友卿站在哨楼上哩。"

黄兴亭："不要吱声。前进三十步。"

四个人使劲地推动炮架。

黄兴亭："停！"

大家停住，望着黄兴亭。一个个满面是泥，只见眼睛眨巴眨巴。

黄兴亭："把铳口抬起来，对准哨楼。"

伙伴甲用肩顶起炮架。伙伴乙将一捆芦苇塞在底下，垫起炮口。

黄兴亭移到炮尾，瞄准："行了。身子不要挨在炮后。炮响后，后坐力非常大的。当心伤人。我点火时，你们离开炮身五尺远，卧倒。"

船生："不会打死人吧？兴亭哥，乡里乡亲的，最好吓他们一下，打伤也可以。"

伙伴甲："你个胆小鬼，他们平时欺负咱们还少吗？打死个宋友卿，让宋家断子绝孙才好咧。"

黄兴亭："炮响后，我们立即撤退。"

伙伴乙："这杆大铳怎么办，推炮架子也扛不走的。"

黄兴亭："丢了，让他们查去吧，反正不是咱宋家墩的东西。"

船生："兴亭哥，妙计呀！"

黄兴亭："我点火了，你们撤开！"

引线被点燃，轻微的吱吱声，火星渐渐接近炮眼。

音乐声里，"轰——"震天价响，一缕青烟腾起，一道火光射向哨楼，像是一只凌空而起的凤凰。

哨楼在火光中腾起四散，开花似的，一个人影在空中翻滚几下坠落。

哨所的工事轰开了一个大口子。

一片鬼哭狼嚎："红军来了！红军来了！"

2-10　沼泽地里　夜　外

黄兴亭领着大家爬出沼泽，溜进了芦苇荡，消失在夜色中。

2-11　哨楼　日　外

宋友卿一只胳膊吊着绷带，他站在被炸毁的哨楼前，看着那残垣断壁，旁边还站着四五个伤兵。

宋友卿："这不像是红军来了，怎么只放一炮，也没有放枪，就再也没动静啦？这炮威力不小，却很像是土铳，射过来的也全是铁砂弹，如果是真炮弹，我们还有命吗？这里头肯定有鬼，给我全村搜查！"

2-12　沼泽地　日　外

宋友卿带着伤，在沼泽里查寻。

团丁："少爷！炮丢在这里哩，果然如你所说，是土地铳。大家伙，一丈多长，半截坐在泥里了。还有推炮架子哩。"

宋友卿仔细察看："这好像是吴大麻子的家伙，我跟他无冤无仇，他为什么要打我？怪哉！难道又是那小子干的？"

管家："派人去暗中查查，看那小子昨天夜里在哪里。有证据，立马抓来。"

团丁："是。"

2-13　祠堂　日　内

团丁甲跑进来："报告！黄兴亭、洪船生这俩小子不见了，听村里有人说，他们去瞿家湾投奔红军去了。"

宋友卿一拍桌子："好小子，你一上来，对着我的不是枪，是炮啊！爹啊，你们这一辈作的什么孽哩，搞得他们跟宋家势不两立！"

管家慌慌张张跑来："少爷！不好了，不好了！"

宋友卿："慌什么，说！"

管家："据可靠消息，红军不出三天就要来宋家墩了。"

宋友卿："真的？"

管家："我见到韩眉也在瞿家湾，还穿着红军军装哩。"

宋友卿一怔："没看错？"

管家："绝对是她。"

韩德升："这该死的丫头！少爷，我对不起你……"

管家："我们凭这几条枪是挡不住红军的。少爷，您快走吧！"

宋友卿："韩叔，这个家和渔行就交给您吧！我决意去广州。但愿韩眉手下留情，她总不至于拿她爹开刀吧！"

韩德升："一切有我挡着。少爷，你还是去谋个前程吧。"

2-14　宋家墩祠堂　日　外

黄登庸将一块写着"苏维埃宋家墩农民协会"的大牌子挂在宋氏宗祠的大门口。用一块红布罩上。

渔民们吹着喇叭，敲着锣鼓欢庆农会成立。

几个民兵押着宋家大管家来到祠堂。

黄登庸："宋家父子究竟跑到哪里去啦？大洋藏在哪里？你要老实交代！现在是广大渔民说了算。"

管家："我一个看门守院的，哪晓得大洋藏哪儿呀？大少爷他听说红军要来，就急急忙忙去了广州呀。"

韩眉和两个穿红军服装的军代表前来。

黄登庸和几个农会执委上前迎接："欢迎红军代表和韩眉同志前来指导农会工作。"

2-15 农会办公室 日 内

军代表和韩眉以及农会主要负责人黄登庸等人在审问管家。

黄登庸："你老实交代，一箱元宝，还有一万大洋，究竟埋在哪里？"

红军代表挥了挥手上的东西："这是宋氏渔行的账本！宋家父子跑了，跑得了和尚跑不了庙。"

管家："一万大洋，一箱元宝，我哪里交得出来呀！我只是个看门守户的。"

军代表一拍手枪："你想给宋家当守财奴？"

管家看了看坐在一旁的韩眉。

韩眉："你说呀！我劝你别给宋家父子当替罪羊。"

管家："宋老爷最相信的不是我呀！"

黄登庸："那是谁？"

管家："韩……韩先生——韩德升，钱都是他管的。元宝埋在哪里，只有他知道。渔行有多少钱，也只有他晓得。你们枪毙我，我也是个冤死鬼。"

众人看着韩眉，面面相觑，无言。

韩眉极尴尬。

2-16 韩家 夜 内

屋外下着大雨，风声一阵紧似一阵……

父女俩面对面坐，气氛严峻。

韩眉："爹！我说了半夜了，你总得给我一点儿答复吧？"

韩德升面容憔悴："你是我的亲闺女，他是我的老东家。我跟宋家几十年了。别说还带着点表亲关系，就是一条狗，也该恋主。闺女呀！忘恩负义的事，我干不出来！"

韩眉："他的财产是剥削渔民的血汗来得的，应该没收，归还给渔民。再说，我们还要为红军就地筹款。"

韩德升："我是个算账的，算了一辈子账，宋家的钱，也不都是抢来的。宋家对我不薄，对你也不薄，仅凭我这把算盘，能送你去读洋学堂吗？我看你也是鬼迷心窍，革上什么命了。你看上邬家公子哪儿？"

韩眉："对！是他引导我参加革命的。"

韩德升："我就想不通，你们这些人活得好好的，也闹革命，找死呀！"

韩眉："爹！你不理解革命，但我能理解你。你忠于宋家，就是站在革命的对立面，我也拉不动你。革命可不是请客吃饭，革命是暴风骤雨……"

韩德升："我听说了，瞿家湾的瞿老爷被枪毙了……宋老爷不逃，也会被枪毙。"

韩眉："打土豪，分田地……"

韩德升抓起一把算盘："我没田、没地，就这把算盘！你领人来抓我，枪毙我？"

韩眉："爹！你给宋家当挡箭牌，革命的队伍冲过来，会把你踩死的！"

韩德升举起算盘："来！从我身上踏过去，踩死我！元宝我知道，银元在哪里我也知道，我不会背叛东家，告密，出卖，我姓韩的决不干小人勾当！"

韩眉："爹，您怎么这么顽固不化呀！"

韩德升将算盘砸得粉碎："我生了你这个无情无义的女儿，罪孽深重啊！"

韩眉："我为了劳苦大众……"

韩德升："你别来蛊惑我。我不吃你那一套！我只知道人伦道德、忠义礼信。"

韩眉："爹！"

韩德升："你滚！韩家没有你这个逆女！"

韩眉气愤出走，冲向大风大雨中。

2-17 宋家院子 夜 内

大雨滂沱。

韩德升头戴斗笠，身披蓑衣，在院子里搬动着一口养莲花金鱼的大缸。他拿起铁锹在缸底位置挖坑，将一个箱子埋进坑里，再把鱼缸移还原位。

雨水冲掉了一切痕迹。

他仰望着天井，朝天作拜。

韩德升："老天保佑吧！"

韩眉打着雨伞，躲在墙角里。雨帘遮蔽着她，没被父亲发现，但她看到了父亲的一切行动。

2-18 村后 日 外

红军的一小队武装人员，加上民兵和农会干部，在黄登庸和韩眉的带领下走向宋家大院。

人声嘈杂，村民向大院围过来。

有人领喊口号："打土豪，分田地！"

很多人手里举着小三角旗，旗上写着标语，人们摇动着小旗冲向宋家大院。

管家被民兵五花大绑押出来。

管家哭丧着脸："我冤枉啊！我真的不知道元宝埋在哪里。你们别枪毙我。韩眉她爹全知道——"

黄登庸手一挥，两个民兵过来。

黄登庸："给我把这鱼缸移开！往下挖！"

鱼缸被移开。

民兵拿过铁锹挖起来。

韩德升见此情景，猜到了几分。

韩德升仰天长叹，老泪纵横："东家，我对不起你呀！我无脸再见到您了。"

他随手拿了一根绳子，从后门踉跄走出。

民兵从坑里抬出箱子，揭开盖子，一大堆元宝和银元。

大家揍管家："挖到了，看你鸭子死了嘴壳子硬吧！"

管家："不是我埋的，肯定是韩先生——"

两个民兵跑上来："韩德升不见了！"

军代表："搜！他跑不掉的。"

2-19　后院　日　外

一棵桑树上，吊着韩德升。

韩眉带着一群人冲进来。

黄登庸指着桑树桠上吊着的人："韩先生他——"

韩眉奔跑过去，抱住韩德升的双腿大哭："爹——您这是何必呀！谁让您去当他宋家的替罪羊啊！"

一群村民拥进来，围在桑树下。

韩眉凄惨地哭泣。

2-20　洪湖瞿家湾　日　外

瞿家祠堂的大匾上挂着一块红布，上面写着"中国工农红军军事政治学校第二分校"。

门口有红军战士把守。

门外一个大操场。

场上有红军的旗帜飘扬。

列队整齐的士兵在进行训练。

口号声，哨声，还有歌声，气氛热烈而紧张……

黄兴亭穿着略显宽大的红军军装走在队伍的最前排，个子显得有点矮小，所以特别显眼。

操场旁的墙角边伸出一个头来。

船生向黄兴亭招手。

船生低声叫唤："兴亭哥……"

队列中的黄兴亭斜了一眼，扭过头只当没看见。随着口令："一——二——一，一——二——三——四。"

训练队绕过墙边。

船生又伸头招手。

队列中的黄兴亭不理睬他。

2-21　小巷墙角　日　外

船生捏着一块米粑，靠着墙脚咬着。

船生自言自语："你以为上军校我就跟不上来吗？哼！蚂蟥缠住了鹭鸶的脚——想甩你也甩不脱！这辈子我算跟定你。"

2-22　唐校长办公室　内　日

穿着军装的黄兴亭站在门口，试了几下口。

黄兴亭终于大胆地喊："报告。"

军校唐校长抬起头往门口一看："进！"

黄兴亭进来站到办公桌前，立正敬礼："新学员黄兴亭有事特向校长报告。"

唐校长："黄兴亭？"

黄兴亭："是，沔阳洪湖宋家墩人，去年参加红军，在警卫营一连当战士，由指导员和连长推荐进入军校，现为洪湖军校第三期学员。"

唐校长："嘿！自报家门，还挺详细的。我记得你，你是目前军校年龄最小的学员。瞧你这身军装，上衣都盖着膝盖了，像裙子，细肉嫩皮的，长得像个姑娘娃。"

黄兴亭拍拍双腿："报告校长，我明年就会长高——军装就合身了……"

唐校长笑道："这我知道。你就来报告这个？"

黄兴亭："不，有个比我更小一点儿的学员，我认为军校不招收他是个损失。"

唐校长："你才进校几天？你推荐？哪儿来的？什么人？"

黄兴亭："同我一道参加红军的，也是警卫营一连战士。"

唐校长："嘿嘿嘿……战士推荐战士，破天荒，没先例呀！你也真敢想的。"

黄兴亭："他有特殊本领——"

唐校长："比你还小，特殊本领？军校就是看你有点特殊才收你的。还有比你更特殊的吗？"

黄兴亭："有。"

唐校长："哪里人？"

黄兴亭："也是宋家墩人，我表弟，比我小十个月。"

唐校长："嘿！还举贤不避亲哩。说说，他有什么特殊本领？"

黄兴亭："如果把他丢在芦苇林子里，蒙上双眼，他也能走出来。他辨别方向能力非常强。会记住路线，过目不忘，天生的，村里人叫他神娃。天生的侦察员料子。"

唐校长："这我倒要看看，人在哪里？"

黄兴亭手往门外一招："进来吧！"

船生顺着门帘一溜就进来，站在办公桌前。

船生："报告唐校长，我叫洪船生，跟黄兴亭一块儿参加红军的。我哥上了军校，我也想进军校。"

唐校长："洪船生——"

黄兴亭："我姑妈在洪湖上打鱼时，在船上生了他，取名叫船生。"

唐校长走到船生身边，拍拍他的肩膀："哈哈哈……我看你两个小家伙，一对活宝。警卫员！"

警卫员进来："校长，啥事？"

唐校长："你领着这位小战士，沿着军校走一圈，然后把他领回来。"

警卫员："任务是什么？"

唐校长："没任务。就让他跟着你走。"

警卫员："是。"

警卫员带着船生出去。

船生不解地望了黄兴亭一眼："哥——让我走——不要？"

黄兴亭一时也没明白企图："跟着走吧！不就走一圈吗？记住。"

船生点点头："嗯嗯嗯。"

2-23 校外 日 外

警卫员领着船生，走出大门。绕过小巷，穿出小街，走过小树林，小河旁。

警卫员在前面走。

船生跟着，他东张西望，却一步不落。

船生："校长是不是不要我，让你把我甩掉？"

警卫员："我怎么知道？不是说还要回去的吗？你来军校

干吗？"

船生："我哥来军校了，我也想进军校。"

警卫员："你亲哥？"

船生："表哥，叫黄兴亭。"

警卫员："黄兴亭？最小的那个。哼！军校又不是儿童团。"

船生："我看你也大我不了多少……"

警卫员："走，少啰唆。"

2-24 唐校长办公室　日　内

警卫员将船生领进来："报告校长，走了一圈。"

唐校长一看怀表："你去吧！"

警卫员出去，留下船生一个人。船生很紧张，脚手不知往哪里放，站着发抖。

唐校长："你冷吗？"

船生："不冷。"

唐校长："那你抖什么？"

船生："我没抖哇！"

唐校长拿过一张白纸："你过来！会写字吗？"

船生："只会写名字，但我会画……"

唐校长取过一支铅笔放在纸上："那你就画吧，把你刚才走过的路线，路两旁看到的东西都给我详细地画在这张纸上。纸上方是北，下方是南，左边是西，右边是东。记住了吗？"

船生："嗯嗯嗯。记住了。"

唐校长："方位不许搞错。给你二十分钟时间。"

船生一喜："就这？"

唐校长："你还嫌不够？"

船生："够够够。"

船生拿过纸笔，到会议桌前站了一会儿，他确定了方位，开始画。

2-25 村口 日 外

黄兴亭独自一人站在村口的小桥上，他在等船生。

他整了整自己的军装，把军帽正了正，躬身看桥下水中自己的倒影。

水面中一个英俊的少年军人形象渐渐高大起来威武起来。

水中叠影出两个骑马而来的人。

一个正是霍总，另一个是他的警卫，他们刚到军校办过事出来。

两匹马一先一后从黄兴亭身边飞驰而去。

黄兴亭瞪大眼睛凝望着远去的霍总。

霍总的马跃过小桥，一路马蹄声声，尘土飞扬。

黄兴亭自语："好威风——"

他目送着那人那马远去，直到消逝在天尽途。

2-26 校长办公室 日 内

船生把画好的路线图交给了唐校长。

船生："唐校长，我画好了。您看对不对？"

一张现场图非常清晰地呈现在唐校长面前，路线，路两边的树、房子、井、桥，物状明晰。

唐校长捧着这张草图，简直看呆了。

唐校长一看怀表："时间还没到哩。"

船生："我记得的都画在上面了。"

唐校长指着图上的桥和一棵树："从桥头到这棵树距离是多少？"

船生："两千八百五十步。"

唐校长："从东边操场到西边河边，大约是多少步？"

船生："两千二百步。"

唐校长："你还真神啦？！"

船生："不信，您派人去量量。"

唐校长："警卫员！"

警卫员进来："校长！"

唐校长："领他去报到。"

船生："唐校长，收我啦？"

唐校长："我破例，收了。我这就跟警卫营打电话，把你调到军校来。"

2-27　湖边小桥　日　外

船生奔跑而来："兴亭哥！"

黄兴亭从桥上走下来："收下你啦？"

船生一把抱住黄兴亭："收了！唐校长打电话给警卫营，调我进军校。"

黄兴亭："这么简单？给我详细讲讲。"

船生："唐校长要我画了一张图就通过了。"

黄兴亭："太好了！"

船生："跟着哥走，没错。"

黄兴亭："我好像看见霍总了。"

船生："你做梦吧？什么时候？"

黄兴亭："就在刚才……就在这里……霍总和他的警卫员骑着马从桥上跑过去……"

船生："真的？哥，你太幸运了，你见到了霍总？哥，我相信他还会来的。我们一定能见到他。"

2-28　旧祠堂里的房间　日　内

几个老兵在整理内务。

一个四十来平方米的房间，挨墙周边搭着一圈统铺，住一个排的学员。

黄兴亭领着船生进来。

黄兴亭礼貌地向老兵们敬了个礼："报告各位，唐校长让我领来个新学员。"

船生讨好似的："大哥大叔们好！"

老兵甲歪着脑袋，不屑一顾地瞟了黄兴亭一眼，没吭声。

汤福林笑嘻嘻地摸了摸船生脸蛋："又来了个娃娃？"

老兵乙："该不会又是个尿床的吧？"

船生："我才不哩。我表哥——有这……有时'下汉口'。"

众人一阵哄笑。

老兵甲："再'下汉口'叫一声，我们搭洋船哪！"

黄兴亭揪着船生的耳朵一拧："你嘴痒啊！"

一位老兵回过头："'下汉口'可是黄兴亭同志的特点加优点，别笑话。"

船生："兴亭哥十五岁那年就带我驾着鱼划子真的下过汉口。"

老兵："你怎么把船生也弄来啦？"

黄兴亭："他是唐校长亲自招收的新学员。他凭本领考进来的，不是我弄进来的。我个小兵喇子，哪有那么大的面子。"

汤福林："嘿嘿嘿！再来几位，我们就成了儿童团啦！"

老兵甲："我倒要看看你们这些沔阳洪湖的娃娃有什么特别的本领。"

黄兴亭把船生的行李包往自己的铺位旁一放。

老兵甲一手拎起行李包，扔到门边的墙角里去。

老兵甲："爹生娘养也有个先后，革命也要讲资历的。"

黄兴亭被这突如其来的举动弄懵了。不敢顶嘴，更不敢采取行动，战战兢兢地退了两步。

老兵甲："不服吗？"

他毫不客气，接二连三，将黄兴亭的行李包也扔到墙角靠门的地铺上。

地铺只是临时用几块木板搁在砖头上，明显是新增的床位。

汤福林笑嘻嘻："娃娃们人小，睡低铺嘛，睡在高铺上，半夜里尿床了，岂不是要把我们冲到汉口去？"

一个身体壮实、嘴上长着绒毛的大个子兵冯伢子果敢地站上前。

冯伢子："你这不是以大欺小吗？"

老兵甲："嘿！你想跟老子比试比试？"

冯伢子："比就比，怎么着？别以为你是湖南桑植跟着霍总来的资格老，我们就怕你。"

老兵甲："你小子哪来的？也是洪湖兵？"

冯伢子："是呀！我是峰口来的。"

老兵甲一把拧住冯伢子的胳膊，腿往冯伢子的胯下一伸，冯伢子被按倒在铺上。

冯伢子在铺上一个鹞子翻身，弹了起来，双腿夹住了老兵甲的脖子。

黄兴亭上前劝阻："大叔……您大人……"

老兵甲甩了两下挣脱。

冯伢子一个空心筋斗立在铺位上。

老兵甲："你小子还真有两刷子。"

黄兴亭："他练过武功。"

老兵甲："你也想试试？老子跟霍总从桑植到江西，南昌起义时，第一枪虽然不是我打的，前一百枪之内绝对有我。"

众学员翘起拇指："哇！"

老兵甲："从湖南到湖北……老子革命时，你他娘还在门角里摸鸡屎吃哩。"

老兵们哈哈大笑："罗营长是老资格，是霍总从桑植老家带出来的。"

黄兴亭："营长？"

汤福林："军校里来的营长排长多着哩。起码也是班长。唐校长也是参加过南昌起义的二十军干部。还有几位教员也是国民革命军里正式授过军衔的带长的军官。你们嘛，还没有长大，不带'长'，也就是个带巴什么的。"

众人又是哄堂大笑。

老兵乙："老汤也是连长哩。"

黄兴亭："汤连长！"

汤福林："进了学校，都是学员了，嘿嘿嘿。"

有个年轻的老兵摸着黄兴亭的嫩脸蛋："连毛都没长出来哩，嘿嘿嘿，简直像个姑娘娃的，能打仗？枪一响，吓得你尿裤子吧？"

黄兴亭感到莫大侮辱："人不可貌相，海水不可斗量。十年后，谁管谁说不定哩。"

老兵甲："嚯！这小子口气还不小哩。你再'下汉口'时别忘了叫我一声，搭你的小火轮，免票去汉口玩玩，哈哈哈……"

黄兴亭简直要暴怒了："我尿床的毛病好了。"

老兵们哄堂大笑。

陈排长进来："啥喜事，笑得这么欢。"

笑声立即停止。

汤福林："报告陈教员，我们跟新兵开玩笑，没啥事。"

黄兴亭："报告！老兵欺负新兵，瞧不起咱们。"

老兵甲："还敢告我们的状，胆子不小啊。"

船生："他把我们的行李包甩到墙角里去了。"

陈排长看了眼，笑道："军校借用的民房，地方不宽，大家挤一挤。我来调剂一下吧。"

2-29 墙角 日 内

黄兴亭很不高兴地去低铺上拎起行李包。

汤福林走过来,抚着他的肩头。

汤福林低声亲切地安慰:"老罗脾气暴,但人耿直。人家战功累累,身上的伤疤都十几块哩。陈排长是霍总亲自派来的,黄埔军校出来的,参加过北伐哩。"

黄兴亭用怀疑而又敬佩的眼神盯着陈排长:"黄埔军校……怎么是霍总手下的?投降的?"

汤福林:"国共合作时党派过去的。早期党员。我也挺服他的。人家是正统军人出身,受过正规训练的。在那边领少校军衔哩。"

陈排长走过来,接过黄兴亭手里的行李包,往自己的铺位旁一放。

陈排长父亲般的慈爱:"我看过你的登记资料,你跟我挨铺吧,尿床不是丑事,生理现象,我夜里会叫醒你的。"

黄兴亭感动得泪差点流出来。

2-30 操场 日 外

一群学员在练擒拿格斗。

冯伢子是班长,他背着双手,像武堂的拳师一样晃来晃去,朝对打的学员指手画脚,弄不好还用脚踢两下。

船生被对手甩了个大背摔。

船生瘫在地上直叫:"哎哟——哎哟——"

冯伢子伸过大手，船生以为他是好意拉他一把。刚伸手过去，被冯伢子像老鹰抓小鸡一样拎起来，双手托举着船生，耍杂技一样，丢上去，接起来，抛出去，甩过来。

船生吓得大喊大哭起来："兴亭哥！救救我！冯班长，我怕——放下我吧！"

学员们鼓起掌来："好好好！"

黄兴亭挺身而出："冯伢子！放下他！"

冯伢子停下手，把船生夹在腋窝里："我这是在教他练他，你不服气？"

黄兴亭："有这样教练的吗？别以为你是格斗教练，懂点武术，拿人耍呀！"

冯伢子："我教了他三天，一点儿进步也没有，胆小得像只小鸡娃子。上手就软得像稀狗屎，简直是稀泥巴糊不上墙。"

黄兴亭："那你就拿他当玩意儿耍猴哇，这不是明着欺负弱小吗？"

冯伢子："我把他举过头，甩他，抛他，没让他受伤，也没让他摔倒，这是在试他的胆子，他却像杀猪一般地叫。这种胆小鬼能上战场吗？"

黄兴亭："你怎么知道他不能上战场？打仗不光靠力气的。仅凭一身蛮力，你打得过几个敌人？"

冯伢子放下船生："黄兴亭，我也听说你鬼点子多，有点能耐。来！你们兄弟俩能扳倒我，我就不算师父，反拜你为师。"

众学员起哄："黄兴亭，试试，试试！"

船生爬起身来站稳身子拉开马步："哥！干他。他欺负我十多次了，我再也忍不住了！"

冯伢子："不服，是吗！来试试！"

黄兴亭拉开马步。

船生前跳后跳耍猴似的转移冯伢子的视线。

船生："哥，踢他，揍他！"

黄兴亭瞅准时机，与船生配合，前后夹攻。

冯伢子左闪右躲，一手拎住一个，甩了出去。

黄兴亭和船生被甩出一丈多远，仰八叉倒在地上。

众人一片掌声："好好好！"

冯伢子站定："再来呀！"

船生就地滚了过去，抱住冯伢子的一条腿。

船生："哥！上！"

黄兴亭弹起身，虚晃一下，猛扑上去，双拳击打在冯伢子的背上。

冯伢子岿然不动。

黄兴亭拉起船生，抱拳："领教了，冯师父！"

冯伢子大笑："哈哈哈……黄兴亭，吹得神，不经打。"

哨声响起。

冯伢子："午饭时间到。训练结束，吃饭！"

学员们跑向饭堂。

黄兴亭拍拍冯伢子肩膀："冯师父！"

冯伢子："嘿嘿嘿，不好意思，别叫我师父，我跟你同年的。"

船生："傻大个儿，你把我腰都摔疼了。那天，你敢跟罗营长干，我还以为你帮兄弟们哩。"

黄兴亭："人家也欺软怕硬嘛。"

冯伢子："你说我欺软怕硬？"

黄兴亭："我弟弟新来的,你也不能拿他当猴耍呀! 哥们儿,多教几手呗。"

冯伢子："好好好。咱们都是沔阳兵。"

黄兴亭："改天,我请你吃洪湖莲藕炖野鸭。"

冯伢子："真的? 一只野鸭,五斤藕,炖一满罐子,我一个人吃个精光。"

船生："你教我几手,我保证弄只野鸭来炖莲藕谢师父。"

黄兴亭："你力大饭量大嘛。我们为你开点小灶。"

冯伢子："好。"

2-31 伙房 日 内

黄兴亭和船生进来。

万才宝在灶头忙着叠蒸笼,厨房内热气腾腾。

黄兴亭："喂! 小师傅!"

万才宝掸了掸围腰："干吗呀! 想开小灶?"

船生："我们是新兵,哪有资格开小灶。"

万才宝仔细打量了黄兴亭一眼："你——是——黄兴亭,对对对,黄兴亭。"

黄兴亭端详一会："你是万——"

万才宝："万才宝!"

黄兴亭："宋家的老大厨,万师傅的儿子。"

万才宝："你是宋家墩黄老大的儿子黄兴亭。我爹老跟我说你本事大,十五岁就闯汉口卖鱼,是不? 我听我爹还说,你用土地炮轰跑了宋友卿,我佩服!"

黄兴亭："小时候我见过你两次，跟你爹到宋家来玩。"

万才宝："对呀！我还从伙房里偷包子出来给你们吃过。"

船生："才宝，才宝，记起来了。"

黄兴亭："你怎么到军校啦？"

万才宝："红军来了，宋老爷一家全跑了。我爹回家也参加农会闹革命。"

黄兴亭："你家是——"

万才宝："南套湾。离宋家墩才五里地。我家没地没湖，就靠厨子手艺养家糊口。我和我爹参加红军，当伙头军了。我被分到军校来。"

船生："你也会烧饭做菜？"

万才宝："厨子的儿子嘛。红、白两案我都会。给一条八斤重的黑鱼，我可以做出十道不同味道的鱼席。"

黄兴亭："吹吧！一条鱼做十碗不同的菜？没听说过。"

万才宝掰着指头："蒸、煮、滑、溜、煎、炒、炖、酥、烟烤、火秋。"

船生："火秋就是熏吧？"

万才宝："对。"

黄兴亭："还真有你的。一张油嘴。"

万才宝："有油水，嘴也就吃滑了，说起话来，舌头也就滑溜呀！你别看我参军不久，这伙房里的事，班长管一半，我管一半。"

黄兴亭："嘿，还蛮有点权哩。"

万才宝："穷人革命嘛，首先就是混个肚儿圆。当红军，吃大锅饭，热闹，气派，跟着走天下，不像种田打土巴，打鱼摸小虾，土里刨食，水里捞财，鸡啄命似的。朝不保夕，忍饥挨饿，革命爽快！打土豪，分田地！"

黄兴亭："哟歪！你还一套套的。"

万才宝："你们怎么进军校的？军校学员大多数是红干部，营长、连长、排长打堆哩。我是当伙头军。你们干啥？来当官也太小了点吧？"

黄兴亭："我们是考进来的。学军事，受训练。"

万才宝："当官的料。日后当了官，照顾一下老弟喽。"

船生："乡里乡亲嘛。我可不想当官，我是跟我表哥来的。"

黄兴亭拍拍万才宝："才宝兄弟，如果我搞只野鸭来，请你帮我炖罐藕汤……"

万才宝："小事一桩。"

黄兴亭："不违反纪律？"

万才宝："你是我首长嘛。少年团的首长。当然，要保密点。"

黄兴亭："那就先说好。"

黄兴亭和船生出来。

2-32　村边小道　日　外

船生："哥，冯伢子太欺负人了，你还巴结他呀！"

黄兴亭："冯伢子人不坏，心粗，耿直，脑子不会转弯。得想个法子治治他。"

船生："治他？"

黄兴亭："让他吃点苦头，有苦说不出。叫他输一回，向你求饶。"

船生："他向我求饶？办得到吗？"

黄兴亭附耳低语一阵。

船生连连点头："妙招儿。"

黄兴亭："他的强项是会打，弱点是饭量大，这两个馒头先给他送去。"

2-33　操场上　日　外

早操训练刚散。

一个戴眼镜、穿着西装、打着领带、骑马的人走进操场。

马鞍上还驮着两个沉重的木箱子。

马后跟着七八个背着枪的战士，看来是护送他来的警卫人员。

唐校长和陈排长迎上去。

罗营长和汤福林等也围上来。

黄兴亭和船生也跟了过去。

马上的人下马，把缰绳交给警卫员。

唐校长上前握手："邬晨曦同志，欢迎你到军校来指导工作。"

邬晨曦十分谦恭："湘鄂西特委派我是来向大家学习的。你们都是有实战经验的同志，我只是一个知识分子，我打心眼里佩服搞武装斗争的同志。"

陈排长："邬特派员同志，你可是我党的理论家呀！在毛委员办的武昌农民运动讲习所，我听过你的课哩。"

邬晨曦："见笑见笑。党派我来参加办校，主要还是来讲讲马列主义政治理论。"

黄兴亭从欢迎人群里挤出来："邬先生——邬大哥——邬特派员？"

船生也挤上前："邬大哥！你也到军校来啦？"

邬晨曦抓住两人的手："你们俩也到军校啦？"

黄兴亭："我们参加红军了。"

船生："韩眉姐也回家闹革命了。"

大家见邬晨曦认识这两个新兵，一时摸不着头脑。

邬晨曦："那好那好！唐校长，这两小子机灵，差不多两年前吧，在汉口我家里，因叛徒告密，我们牺牲了许多同志，我在危难之际，正是他们俩救了我一命哩。"

众人投过惊诧的目光。

陈排长："邬特派员，房间已经给你安排好了，我们早等你来哩，路上还安全吧？"

邬晨曦："一路有人护送，安全。黄兴亭，洪船生，帮我把两只箱子扛到房间里去吧！当心点，很沉的。"

黄兴亭高兴地跳过去，从马背上解下木箱。

船生："我的姆妈娘耶，真的好重，啥宝贝，该不是大洋吧？"

邬晨曦："全是书，马列教材。"

罗营长："两箱书？他是来干革命还是来卖书的？瞧那书呆子样。"

汤福林："别瞎议论，你当心点。"

警卫员牵走了马。

黄兴亭和船生扛着箱子进了祠堂。

唐校长和陈排长陪同邬晨曦进了院子。

2-34　房间里　日　内

这是一间单房，邬晨曦的寝室兼办公室，陈设简单。

门口钉着一块牌子，上面写着"特派员办公室"。

黄兴亭和船生将书箱扛进来。

勤务员在打扫房间。

黄兴亭："特派员的书箱，放在哪儿？"

勤务员："放在桌子上吧！书柜还没弄来哩。"

邬晨曦进来："先放在床上吧。我来我来。"

黄兴亭："特派员，还有什么要帮忙的吗？"

邬晨曦："我自己会的，还有勤务员嘛。你们坐坐吧！小朱，给他们倒点水。"

勤务员："是。"

勤务员拎着开水瓶走出。

邬晨曦："你们坐呀！"

黄兴亭："特派员，邬先生，真没想到你也来军校了，嘿嘿嘿……"

船生："邬大哥来给我们当先生啦！"

邬晨曦："我们乘到了一条革命的航船上，就是战友了。见到你们参加红军，我也很高兴，听韩眉在信里讲起过你们，不错，宋友卿被你们赶跑了吧？"

黄兴亭："他爹妈跑到汉口，他跑到广州去了。"

邬晨曦："他们家和我家也算世交，常有来往，我很早就认识他。但我们所选择的道路不同。"

邬晨曦边跟他们聊天，边打开书箱，将一些书放在床上摆着。

黄兴亭好奇地站起来看。

黄兴亭感兴趣地："邬大哥，你带这么多书呀！"

船生："打仗有时间看书吗？到军校来，你的枪和子弹呢？"

邬晨曦笑了："打枪放炮我可是个外行……"

黄兴亭："不会吧，我在你家大院亲眼看你撂倒两个警察。"

邬晨曦："兔子急了，也会咬人嘛。但相比于枪，书更是我的武器。干革命，不光是扛枪放炮。革命的路线、指导思想、革命理论极其重要，迷失了革命方向，不光会失败，还会断送革命。"

黄兴亭听了有点迷糊，但他对邬晨曦满箱子的书十分敬重。他看着那些书，跟他平时看到过的完全不同。连装帧都不一样。他对邬晨曦产生了几分敬畏。

邬晨曦清理着书籍，把几本厚厚的书放在枕头边。

黄兴亭终于忍不住拿过一本，翻了下。

黄兴亭："邬大哥，这是些什么字呀！你也认识？"

邬晨曦："德文版的马克思《资本论》。"

黄兴亭："马克思，《资本论》，天哪！德国字。"

邬晨曦："太深奥，你暂时不懂的。"

黄兴亭："能借我一本看得懂的吗？"

邬晨曦顺手拿过《共产党宣言》："这本你可以试着读读，看不懂的地方我教你。"

黄兴亭捧起书，念着书名《共产党宣言》。

邬晨曦："别看这是一本小书，一切革命都是从这本书开始的。她就是我们革命的生命源泉。"

黄兴亭把书捧在胸口："革命的源泉——"

船生："什么宝贝呀！我看看！"

黄兴亭："宝书哩，你又不认字。"

邬晨曦："人生读书认字始呀！船生，你要学文化。"

船生："兴亭哥教我认字，邬大哥教我读书。"

邬晨曦："你还来得个快哩。"

黄兴亭："《共产党宣言》先借我看看行吗？"

邬晨曦："不行。这本书是陈望道先生1920年的最初译本，珍贵得很。印量极少，现存的几乎找不到几本了。不能外借的。到时候，我给你弄一本红军内部印行的简易本。"

黄兴亭："请一定给我弄一本《共产党宣言》，我一定要读这本书。"

邬晨曦："训练之余，你来我房里，我教你吧。"

黄兴亭："一言为定！"

邬晨曦："但要等我有空。"

黄兴亭："那我就钻空子来。"

2-35 芦苇荡 傍晚 外

船生领着冯伢子在芦苇林间的小路上穿行。

船生："穿过这片芦苇，有个小浅湖。我前两天仔细观察过了。天一擦黑，就有两对野鸭准时到这小湖里来淘食。"

冯伢子："用枪打野鸭是犯纪律的。用手抓得到吗？"

船生从腰里掏出一串小钩。

船生："这玩意儿叫鸭钩。野鸭觅食每天有规律。把钩挂上虾做饵子，放在野鸭的食路……"

冯伢子："瞧你人小鬼大的，还有几手。"

船生："跟你学武一样哇，师父教的。也要学两三年才行哩。"

他们七弯八绕从芦苇丛中走出来，果然是片浅水。他们突然出现，惊起一群水鸟……

冯伢子："真的！好多水鸟。"

船生："野鸭要等到日落后夜幕升起才会来，天亮时飞走。"

冯伢子："你把钩下在哪里？"

船生："你坐在芦苇丛中隐藏，千万别出声，也别露头。野鸭非常警惕。我先去看淘场，把钩下好后，你守在这里。等野鸭被钩住了，你就去抓。"

冯伢子："这么简单？"

船生："技术活儿我做了。你只抓鸭。抓到鸭后，交给兴亭哥。他跟万才宝说好了，给我们悄悄炖。"

冯伢子："莲藕我下湖去抠吧。"

船生："我下好鸭钩后，去抠莲藕。你是师父嘛，歇歇。"

冯伢子："也行。训练了一天，我也累了。正好明天休息，打顿牙祭。"

船生蹚水去下鸭钩。

冯伢子坐在芦苇丛里。

船生下好钩回到岸上："今晚准有野鸭上钩，记住，野鸭上钩，你出来抓。千万别惊动它。一有响动它们就飞走，起码三天不会再来。"

冯伢子："嗯。"

船生："那我就抠野藕去了。"

2-36　学员寝室　夜　内

船生捏着两根野莲藕回来。

黄兴亭："怎样？"

船生："肯定有戏。"

黄兴亭："把莲藕拿到伙房里去吧。"

船生："嗯。"

2-37　小湖外　夜　外

太阳渐渐沉入湖水中。

冯伢子隐藏在芦苇丛里，他渐渐睡着了。

一对对野鸭飞来落在小湖里，"嘎——嘎——嘎"叫着扑打着水面。

夜，寂静下来，没有月亮，一片朦胧。

两只野鸭上钩了，"嘎！嘎！嘎"叫着挣扎，在水面扑打着。

冯伢子跳起来，蹚着浅水。

冯伢子惊喜："上钩啦！上钩啦！"

他逮住了两只野鸭，拧断了野鸭的脖子，兴奋地回到岸上。

他钻进芦苇丛，迷路了。

他抱着两只野鸭在芦苇丛里乱转，一圈又一圈，就是走不出去，他想喊，但喊不出……他拎着两只野鸭，乱甩乱踢。

冯伢子："洪船生，你这小杂种，给我设套呀，我碰上鬼打墙啦！"

2-38　寝室　夜　内

夜很深了。

陈排长开会回来，查铺，清点人数。

船生蒙头大睡。

陈排长："黄兴亭，冯伢子呢？"

黄兴亭露出脸："上茅房去了吧？"

陈排长爬上自己的铺位睡下。

2-39　芦苇丛　夜　外

冯伢子十分恐惧地在芦苇丛里打转，手里还拎着两只野鸭。

脚下的芦苇被他踩塌了一大片。

他喊着，叫着，但无反响，只听到呼呼的风声。

2-40　寝室　夜　内

天亮时分。

陈排长起身一看，冯伢子的铺位还是空的。

黄兴亭醒来。他推了推船生。

船生也醒来。

陈排长："黄兴亭，你说冯伢子上茅房，怎么天快亮了，还不见人回来？"

船生："不会开小差，当逃兵了吧？"

陈排长："你们俩跟我起来去找。"

船生伸着懒腰，打着哈欠："我还没睡好哩。鸡才叫两遍，早着哩。"

黄兴亭拉了一把船生："快起来，找人去。"

船生："我去我去！"

2-41　芦苇丛　晨　外

大雾弥漫。

船生带着黄兴亭、陈排长钻进芦苇丛。

冯伢子傻呆呆地拎着两只野鸭站在一片倒下的芦苇上，雕塑一样地僵着。

船生："陈排长，冯伢子在这里。"

黄兴亭急步上前，将冯伢子手里的野鸭夺下。

黄兴亭："你这是违反纪律的，快给我丢掉。"

他将野鸭扔进芦苇丛里。

黄兴亭轻声提醒冯伢子："别说你是来抓野鸭的，我们会帮你瞒着。"

船生不解黄兴亭的意思："兴亭哥——"

黄兴亭："你给我少废话。"

陈排长赶过来："冯伢子？你怎么啦？一夜不归营，我关你禁闭。"

冯伢子："排长，我碰上鬼打墙了，转不出去呀！"

黄兴亭："好了好了，没事了，天亮了。鬼也没了。"

陈排长："鬼打墙？迷路了吧？"

第三集

3-1　祠堂　日　内

供奉祖宗牌位的大厅改做军校的理论大课堂。

供奉香火的位置竖着一块大黑板。

古老的香案当作讲台。

讲台上放着厚厚的一堆书，很多还是外文版的。

一张大地图盖住了"天地君亲师"五尊之位，但上边的"天"和下边的"师"字没盖住。

大厅里坐满了红军学员，主讲还没到，上课时间还没开始，大家在议论说笑着。

黄兴亭和新学员坐在前排，他们不敢乱动，也没敢说笑，敬候着老师。

唐校长走上讲坛："大家静一静！静一静！"

大厅安静下来。

唐校长："湘鄂西特委给我们分校派来了特派员邬晨曦同志，他不仅是我们分校的领导之一，而且兼任政治教员，专讲马列主义理论。老邬同志虽然还年轻，但经历丰富，学历深厚，在法国留过学，去过马克思、恩格斯的家乡，是我们党内不多的理论家之一。今天是他主讲的第一堂课。大家欢迎！"

西装革履的邬晨曦在一片掌声中登台，他礼貌地向大家深深鞠了一躬，扶了扶眼镜。

邬晨曦一口武汉腔："特委派我来分校工作，是给了我一个极好的学习机会。你们是革命的实践者，有丰富的战斗经验。而我多年从事党的另一种特殊工作，兼搞理论研究。大家一看我这副样子，就不像是个红军战士吧？哈哈哈……"

他脱下西装，拉掉领带，露出的依然是雪白的衬衫。他把西装领带往桌旁一扔。

邬晨曦："昨天来时，我就要求换装，唐校长说事先没有准备。今天我就当着大家的面，脱掉这套伪装。这里我要讲的第一个问题是：判断一个人是否是革命者，不是看装束，判断一支队伍是否革命，也不是看武器装备。关键还要看用什么来武装头脑。军事学校是学习打仗，我没有当过指挥官，不如大家。但我要讲的是为什么打仗，为谁打仗。我的武器是马克思列宁主义。他们的著作就是我的武器、我的装备。我今天都带来了。"

他一本本地亮着讲台上的教材、马列原著、报纸杂志上的论文。

邬晨曦："《共产党宣言》——《资本论》——《国家与革命》——《辩证唯物论》——《布尔什维克简史》，弗拉基米尔……普列汉诺夫……伏罗希洛夫……"

他念了一大串书名和洋人的名字。大家听得目瞪口呆，不知所云，既新鲜，又不懂。

黄兴亭睁大眼睛张着口，仰望着讲台上的邬晨曦。

　　船生："哥，邬先生在讲啥呀？什么拉呀夫呀！原来革命就是拉夫呀！"

　　黄兴亭："不懂先听着记着。你以为是抽壮丁啊！"

　　冯伢子一宿没睡觉，打着瞌睡。

　　罗营长靠在柱子上扭过头："老汤！有烟吗？"

　　汤福林："听讲，不许抽烟。"

　　罗营长："来了个洋孔子，我一句也听不懂！他那一本本书能当手榴弹甩出去炸死白狗子吗？哼！居然敢说是更重要的武器？"

　　汤福林："这叫武装思想。"

　　罗营长摸摸脑袋："枪在脑子里？不懂，不懂。"

　　邬晨曦在黑板上写了四个大字："信仰""使命"，"我们要树立崇高的信仰，要具有崇高的使命感，一个革命者不应该盲从地跟着谁谁谁去闹革命，这只是一种低俗的革命观念……"

　　他又拿起教鞭，转动着讲台上的地球仪大讲世界革命形势（无声的画面）。

　　黄兴亭低着头在本子上写着，时而抬起头仰望着讲台。

3-2　伙房　日　外

　　船生提了个瓦罐过来。

　　冯伢子："你叫我来干吗？又想调摆我吗？"

　　船生："你这样说就不够朋友了。这事，要不是黄兴亭出面打圆场，你和我都得关禁闭哩。"

冯伢子："害得我一夜没睡觉，差点吓死。"

船生递过瓦罐："我说话算话，野鸭莲藕汤炖好了！"

冯伢子揭开盖子一闻："啊！真香！野鸭不是扔了吗？"

船生："扔了就不许捡回来？"

冯伢子捧起瓦罐，大喝大吃："你们报复我。"

船生："孝敬你呢，不识好歹吧。黄兴亭和我，都佩服你的本领，别都藏着掖着，掏几手出来教我们。"

冯伢子摸摸油嘴："行行，我搞不过你们，服了，朋友朋友！"

3-3 邬晨曦房间 夜 内

邬晨曦正在给韩眉写信。

桌子上放着韩眉的相框。

黄兴亭轻轻敲门。

邬晨曦："请进。"

邬晨曦顺手将韩眉的照片反过来用一本书盖住。

黄兴亭进来："邬特派员——邬老师——"

邬晨曦："黄兴亭？还没睡？什么事？"

黄兴亭拿着笔记本摊开给邬晨曦看："你今天讲的，我记了一些……但许多话都不懂……"

邬晨曦接过笔记本，仔细地翻看着。

邬晨曦："黄兴亭啊！小伙子，你不简单。居然记了这么多。你文化水平还很低嘛。你的学习态度难能可贵，啊不像有些同志，听不懂，还发牢骚，把武装思想只当空话。冰冻三尺，非一日之寒。——觉悟啊！你这十多页全是用铅笔写的？"

　　黄兴亭手里捏着一支只剩下寸把长的铅笔："学校只发了铅笔呀！我都写完一支铅笔了。写秃了用牙齿咬出芯子来再写。"

　　邬晨曦拿出一支钢笔："这支笔送给你吧。"

　　黄兴亭："这——钢笔我还没用过哩，这么贵重——"

　　邬晨曦："看到像你这样的学员，我高兴啊！希望你树立革命信仰，牢记使命，用马克思主义武装自己的头脑，成为一名真正的共产主义战士。"

　　黄兴亭接过钢笔，敬了个军礼："我一定努力！"

　　邬晨曦拉黄兴亭在他身边坐下。

　　邬晨曦："你不是想学《共产党宣言》吗？来，我慢慢教你。"

　　黄兴亭坚定地点了点头。

　　邬晨曦翻开书，用德文先念了几句，才用中文念。

　　邬晨曦："一个幽灵，共产主义的幽灵，在欧洲游荡……"

　　烛光下，响起黄兴亭的声音。

　　黄兴亭："一个幽灵，共产主义的幽灵……"

3-4　训练场　日　外

　　黄兴亭等在陈排长的指导下，进行军事科目训练。

　　列队。拼刺。投弹。

　　钻铁丝网。过独木桥。越野障碍。滚泥坑。抬扛木料筑工事。挖战壕。

　　在一组组无声的镜头中，看得出黄兴亭吃足苦头却刻苦耐劳，不达标挨训斥，反复重来，弄得他筋疲力尽。但他顽强地爬起来，目光坚毅。

3-5　校门口　日　外

黄兴亭等人看着邬晨曦陪着一个女子往里走，他惊喜地捅捅船生。

黄兴亭："快看，那不是韩眉姐吗？"

船生："果真是哩。"

他们忙迎上去抢着拿行李："韩眉姐，你也来啦？"

韩眉面露笑容："一年没见，你们长高了！"

邬晨曦得意地："是我请求上级把她调过来的，当你们的文化课老师，好不好？"

黄兴亭："好啊，太好了！"

船生："你们也正好团聚。"

邬晨曦："没大没小！"

3-6　湖边柳树下　傍晚　外

浑身脏湿的黄兴亭仰八叉躺在草地上，口里衔着一根青草嚼着在思考什么，一副疲惫不堪的样子。

万才宝从厨房边溜过来，将一个大馒头塞进他嘴里。

黄兴亭勉强翻过身子，衔着馒头："嗯嗯嗯……"

万才宝："垮掉了吧？还挨了训，投弹过不了关吧？吃个馒头，加把劲儿，再来！冯伢子都过了，你还是咱们的头哩。"

黄兴亭翻身跳了起来，几口将馒头咽下去："你去把船生叫来，我在操场上等他。"

万才宝："他比你更不行啊！"

黄兴亭："他在训练侦察科目。叫他来帮我测距离，报数。"

万才宝："天都快黑了……"

黄兴亭："老子今天不过关，不睡觉。"

万才宝掏出两个馒头："我的份额，供你夜宵吧。"

3-7　祠堂　夜　内

船生抱着地球仪，从办公室里出来。

他像得了个无价之宝。

船生着了魔似的轻声喊着："天哪——天哪——地呀！地呀！原来是这个样子。我抱着你转吧！"

随着地球仪的转动，船生也疯癫似的旋转起来。

船生："韩眉姐！你太了不起啦！把天和地都讲清楚啦！革命革命，革命真伟大，真好，真长见识。我抱住地球啦！我要把地上的山、河、路、湖、海、江全弄清楚。我双脚站在地球上，怎么不倒不飞呢？什么叫引力？韩眉姐说的，神哪！比菩萨还神奇。邬先生说的什么拉夫斯基的，我学不了，我只想学认地图。我要当个神奇的侦察兵……从教室里把地球仪偷——不，是借了出来，要抱着它睡觉，做个好梦。我要识字，要把它认清楚。"

万才宝跑过来，一把揪住他："你疯疯癫癫在干吗？"

船生："我要认天识地，当侦察兵。地图，地球……这是什么你知道吗？"

万才宝："西瓜！你哪里抱来这么大的西瓜？想偷着吃独食呀？"

他一把夺过去，捏起拳头猛砸一下，手指砸在钉头上，他跳起来。

万才宝："哎哟！我的妈！西瓜怎么扎手？"

他握着手甩着叫痛，地球仪被扔在地上。

万才宝："你他娘的什么瓜？害死我呀！"

船生"嘿嘿"笑着捧起地球仪："你个伙头军，弄烧火棍的。不晓得吧？这叫地球仪。地球，懂吗？先生的教具，我借来学习的。瞧瞧！我们的洪湖就在这里，还没有一绿豆大哩。"

万才宝："你他娘哄鬼吧。走，兴亭哥找你有事，操场上，他等着你，快去！"

他狠狠地踢了船生一脚。

万才宝："快去呀！他等着你哩。"

船生抱着地球仪向操场跑去。

3-8 操场 夜 外

万才宝抱来一箩筐训练弹："扔吧扔吧，扔完了我去捡回来你再扔。"

黄兴亭拉起架势，投掷。

训练弹在夜空飞舞着。

船生在操场另一端喊："还差五步……还差十步……八步……三步……"

黄兴亭扔得满头大汗，不肯停歇。

万才宝："歇歇，歇歇，别把胳膊甩肿了，明天枪也端不起来。"

陈排长悄无声息地走过来，从箩筐里拿起一颗训练弹。

陈排长："要领，要得要领，不能使蛮力。你看我的动作幅度，起步，亮式，投！"

训练弹轻轻飞出，月光下划出一道抛物线，远远地落在目标处。

黄兴亭："陈排长，我懂了，再来试试——"

陈排长手把手再示范两次。

黄兴亭重新投出——

训练弹划出一道美丽的弧线，越过了目标。

船生跳起来喊："超过了五步，兴亭哥！过了，过了！"

陈排长："你很聪明，悟性非常好，你这样的学员，我很少见哩。一两遍就得要领，是个军事人才。我们走走吧。"

3-9 操场边的小桥上 夜 外

淡淡的月光照在小桥上，湖水波光潋滟。月光将两个人的影子投射在小桥上。

陈排长在栏杆上坐下。

黄兴亭恭敬地站在面前，完全是一副听话的学生样，他非常佩服陈排长。

陈排长整了整黄兴亭的军装，又将他的风纪扣扣好，用脚轻轻地踢了一下他的左脚。

黄兴亭敏感地双脚并拢，身子站直，下意识地正了正八角五星军帽。

陈排长指指桥栏杆："坐下吧，我们聊聊。"

黄兴亭："是。陈教官！"

陈排长拍拍黄兴亭肩膀："直起腰来，军人要有军人的样子。"

黄兴亭直腰挺胸收腹，双腿并齐："是，陈教官。"

陈排长："私下就不要叫我排长、教官的了，我虽然比你长一轮，算是大哥兄长，平时就叫我老师吧。我是职业军人出身。'军人'跟'土匪'一眼就能识别出来。"

黄兴亭："怎么识别？"

陈排长："记住八个字：从容不迫，一丝不苟。"

黄兴亭："从容——不迫，一丝——不苟。"

陈排长："军人的素质是长期训练出来的。从一颗扣子到一根头发都要理得整齐洁净。衣着、行李要有棱有角，有条有理。我们虽然是一支农民的军队，但不能把农民的一些坏习气带到部队里来。"

黄兴亭："难怪，陈老师走路的样子都与众不同。"

陈排长："我这是十多年军旅生活形成的。"

黄兴亭："你是怎么练的？我也想做你这样的军人。"

陈排长："军人不光是要服从命令。军容军纪，绝不能忽视。要练到站如一杆枪，坐似一根桩，卧像一门炮，走如一张弓，跑似一阵风，跃像虎腾空，冲锋蛇隐踪……冲锋时，像蛇一样弯曲起伏，子弹就打不着你了。硬冲等于挡子弹。这些都是我十多年来做军人的要诀。"

黄兴亭："我要牢记你的话……听汤福林说过，你在日本上过军校吧？又在黄埔……参加过北伐……"

陈排长："我是广州起义投身革命的，曾经追随过孙中山，现在追随共产党。"

黄兴亭："陈老师，我要跟你学军事，学技术，我也要练成一个职业军人。"

陈排长："你是个有心的青年，我相信你会成为一个有信念、有素养的军人。我会好好地教你的。还有你那个小弟弟洪船生，好像对地理方位具有特别的天赋。"

黄兴亭："村里都叫他神娃哩。他特会识别路。连野猪野兔野猫狗獾狐狸的路走过他也能认出来。走过一遍，他还能画出来，方位绝不会错。人家说他脑子里长了罗盘（指南针）。"

陈排长："他也是块好料。睡觉去吧！我还要去跟唐校长谈点事。"

黄兴亭站起来敬礼："是。你的话我记住了。"

3-10　寝室　夜　内

统铺上，学员们在酣睡，时而传出呼噜声。

船生靠在墙角的一根柱子上，用被子盖着半个身子。

柱子上吊着一盏马灯，微弱的灯光照在他脸上。

他正捧着一本什么书，专心致志地看着，时而还在书页上比画着。

黄兴亭悄悄地进来，走到船生跟前，一瞅他手里捧着的书，打了他一巴掌他才发现。

船生："哥——你才回来？"

黄兴亭坐到他的铺位上，夺过他手里的书。

黄兴亭："你看书？你识字吗？鼻子里插大葱——装

象吧？"

船生夺过书，轻声地怕吵醒别人："这不是书，是地图。上面把全世界、全中国都画进去了，比地球仪更精致、更详细。不同的符号，不同的线条，不同的颜色，高的山，低的海。铁路公路，河江湖海。县城省城，哇！我的妈妈娘耶！你快教我认字吧？"

黄兴亭："哪来的？"

船生："陈教官借给我看的。可是他的珍宝呀！好像说是从日本带回来的。"

黄兴亭翻开地图摆到马灯下细看："地图册！彩色的。"

船生："可惜我还不认字……"

黄兴亭："地球仪还回去啦？"

船生："还了。韩眉姐真了不起，她跟我讲了什么是天体宇什么宙的，跟我老爹爹说的天方地圆，四个鳌鱼用肩膀抬着的完全不是一回事……"

黄兴亭拍拍地图册："陈老师也了不起，他们都是有学问的人。"

船生："哥，我搞不懂，正想问你——"

黄兴亭："什么事？"

船生："邬先生家里那么有钱，大少爷呀，比宋友卿家里的钱更多，怎么也参加革命呢？打土豪，分田地，岂不是自打自吗？陈教官也去过日本的，怎么也参加红军呢？我想不通。"

黄兴亭："这叫信仰，叫使命吧？我也还没全懂。"

船生："你不是青年团都转了党吗？还不懂？"

黄兴亭："邬特派员讲了几堂课，稍懂了一点儿。我要找一本《共产党宣言》仔细读读。可惜他不肯放手借我。"

　　船生："陈教官好像也有一本？"

　　黄兴亭："真的？"

　　船生："我看到过一眼，没邬先生的那本漂亮。粗糙得很。书面上'共产党'三个字我还是认得的。后面两个字我弄不清。白底红字我记得清。"

　　黄兴亭："睡觉吧，明天再说。"

　　船生："等一会儿，你帮我把沔阳洪湖宋家墩在地图上找出来，教我认准了字再睡不迟嘛。"

　　黄兴亭："好吧！"

　　黄兴亭翻着地图册，找到湖北省沔阳县。找到了洪湖。只有新堤和沙湖这两个离得近的地名。

　　船生很失望："宋家墩也许太小了印不上去吧？"

　　黄兴亭："嘿！有峰口哩。宋家墩属峰口镇管的。这里就是我们的家。"

　　船生惊喜地用手指按住地名。

　　船生："这儿，峰口，峰口……峰口……两字我认得。"

　　船生："这条弯弯曲曲的蓝线是东荆河吧？"

　　黄兴亭："嘿，还真是的哩。难怪陈教官说你有天赋。睡觉吧。兴奋过头当心'下汉口'。"

　　船生："陈教官叫醒你的时候，你也叫我一声。"

　　黄兴亭："陈大哥每晚四点叫我，我那毛病也克服了。他比亲哥还好。"

　　船生抱着地图册钻进了被窝。

　　黄兴亭悄无声息走到自己的铺位前，伫立着，昏暗的灯光下,陈排长的铺位特写:白色床单洁净如雪,连褶皱也没有一条。被子叠得像一块豆干。枕头旁放着一个黄色的帆布书包,褡裢上印着一颗红色的五角星,扣带紧扣,里面的东西也方方正正。跟别人的铺位完全不一样。

黄兴亭:"(Os)(网络用语,意识为内心独白。后文同)我一定要成为一个有信念有素养的优秀的职业军人。"

他爬上床,躺下,瞪着眼望着夜空。

3-11　操场上　日　外

罗营长和汤福林坐在草堆旁抽着烟,聊着天。

黄兴亭和冯伢子带着一伙洪湖兵在练拼刺。

罗营长用嘴一挑:"过去使两招儿给这帮小子瞧瞧。这他妈的是杀敌,又不是叉鱼。"

三个老兵吊儿郎当走过来围住冯伢子,斜着眼瞧他刺靶。

冯伢子拉着架势猛刺了几下。

三个老兵哈哈笑起来。

黄兴亭收住架势:"哥们儿,咱们动作不规范吗?"

老兵甲:"哟!兵没当会,倒会打官腔咧!还规范规范的。哪学的洋词儿?规范的意思是——乌龟王八也吃饭?"

一群老兵凑过来大笑不止。

老兵乙夺过船生手里的木枪,学着冯伢子刚才的动作,故意夸张丑化。

老兵乙:"同志们,这叫叉鱼,洪湖来的把式。"

众人又一阵狂笑。

黄兴亭严肃地：“你们不就多当了几天兵，多吃了几天兵营饭吗？我们动作不规范，你们可以纠正嘛，干吗要嘲弄人！”

冯伢子抓住老兵乙的衣领：“你敢跟我过两招儿吗？”

老兵甲扯过冯伢子：“来！老子跟你亮几手。”

冯伢子毫不客气与老兵甲打了起来，好几个回合居然不分上下。

老兵乙手一挥：“这小子欠揍——”

话音刚落，一伙老兵围上来。

洪湖兵也围上去，打成一团。

黄兴亭指着在一旁看热闹的罗营长：“罗营长！你就这么看热闹吗？”

罗营长站了起来，把烟蒂一扔。

罗营长：“嚯！你想跟我也过两招儿？正规战可不是儿童团打土豪哩。”

汤福林连忙拉着罗营长：“老罗！”

陈排长跑过来吼：“住手！”

大家顿时愣住。

陈排长：“谁挑起的事端？我要按条例给予处罚。”

黄兴亭：“老兵欺负我们新兵。他们不仅不帮一把，还嘲笑我们。”

老兵甲：“陈教官，我们也就是给他们规范规范……”

陈排长：“训练继续，此事班会上处理。”

陈排长亲自指导黄兴亭等新兵训练，给他们做示范。

3-12 操场 夜 外

陈排长在给黄兴亭单独授课，教他擒拿拼刺。

一组武打的动作画面。

月光，人影，风声，雁鸣。

动作完毕。

陈排长："歇一会儿吧，你够刻苦的了。"

黄兴亭："谢谢老师，你给我开小灶都半个月了，把你也累得……"

陈排长："你的单兵科目进步惊人。你是我教过的最聪明的学生。"

黄兴亭："我要继续努力，把我学到的再教给我的洪湖弟兄。至少不让那些老兵看不起。"

陈排长："嘿嘿嘿……他们都是霍总手下的猛将啊！有实战经验，而且有组织能力。就是农民习气重了点。"

黄兴亭："他也太盛气凌人了吧？"

陈排长："人家身经百战，本来要调去当团长的。因为文化差一点儿，军事技术与政治思想都没有正规训练过。凭着对革命对首长的忠诚与勇敢，在部队树立起威信。"

黄兴亭："团长？"

陈排长："还有汤福林同志，也是准备调营长的。他们俩是霍总直接派来受训的。提高他们的军事素质和文化素质，是霍总交给我们的任务。"

黄兴亭："哦……"

陈排长："他脾气有点暴，对新兵有点粗暴。我们有时也让他三分哩。不过，他如果再逗你玩，你不妨用我教你的办法，跟他玩一次，但下手不要太重，给他留面子……"

黄兴亭："嗯。汤营长人很好，把新兵当弟弟。"

陈排长："人嘛，有个性不是坏事。你不也很有个性吗？"

黄兴亭："我记住你的话，宽容是一种美德。"

陈排长掏出一本书来递给黄兴亭："听船生说，你想读《共产党宣言》。"

黄兴亭："是呀，这本书我在邹特派员那里看到的，他教我看了几页，还跟我讲过一段。但他那本书太珍贵了，说是什么大教授陈望道的首译本，中国也找不到十本了。像性命一样不让人家摸。"

陈排长："你看看我这本吧，借给你。书的品相虽差了些，红军自己印的册子。也不多了。这本是我去瑞金的那年弄到的，借给你读吧。"

黄兴亭接过书，迎着月光一看，书面上的五个红字在月光下闪耀着。

黄兴亭："太好了！陈老师，谢谢你！"

陈排长："想多读书是好事情。"

黄兴亭："我爹妈忍饥挨饿，让我读过两年私塾。"

陈排长："这些文字是从洋文翻译过来的，有些洋词你不懂来问我吧。"

黄兴亭："老师，我还有件事想请问你，或者说跟你反映一下也行。"

陈排长："说吧。"

黄兴亭："我们新兵老是吃不饱，没有老兵吃饭快，经常挨饿。"

陈排长："添饭哪！伙食每人是定量的。"

黄兴亭："等我们去添饭时，饭桶里往往空了。"

陈排长："哈哈哈……第一碗和第二碗之间存在一个时间与速度问题。其实是个简单的算术。满碗，半碗，空碗，三只碗，你夜里好好算算吧！吃饱了再告诉我答案。"

黄兴亭："是。"

陈排长向祠堂走去。

月光下他那有几分孤独的身影显示出英武的军人气质。

3-13　饭厅　日　内

黄兴亭拿着空饭碗："船生。过来！"

船生急忙跑过来："哥！啥事，吃饭了，要快呀！"

黄兴亭："别慌。你叫他们每人先去盛半碗饭，赶快吃掉再去盛满碗慢慢吃。"

船生："先盛半碗，再盛满碗，还慢慢吃，想饿死我们哪！"

黄兴亭："听我的，管你们天天吃饱饭。"

船生："真的？"

黄兴亭："快去跟弟兄们说，不许外传。"

船生："是。"

冯伢子端着空碗走过来。

黄兴亭用胳膊拐了他一下："跟我学。"

冯伢子："吃饭我还不会吗？要跟你学？"

黄兴亭："我保你天天吃饱。"

冯伢子："真的？"

黄兴亭："第一碗只盛半碗，快吃掉，去添第二碗，盛满。这样你就能多吃半碗。吃得快，可以吃两碗半。"

冯伢子："听你一回吧。"

黄兴亭："这回我决不哄你。"

3-14　营房　日　外

公布栏里贴出了一张红榜。学员们都围上来看训练成绩。

特写：黄兴亭各科训练名列前茅。

罗营长和汤福林的名字在后十名。

洪湖的新兵们围着黄兴亭翘大拇指。

罗营长从黄兴亭面前走过，不屑一顾的样子。

罗营长："花拳绣腿摆样子，靶子是草做的嘛。有朝一日见了真敌人，恐怕吓得尿裤裆哩，哈哈……"

黄兴亭挺胸昂首："向老兵学习！"

罗营长用手摸摸黄兴亭的头，并揉乱了他的头发。

罗营长："跟我斗？你还嫩着哩。"

黄兴亭顺势将一条腿插进罗营长的裆里，将他的一只胳膊挽在自己肩上，猛一使劲，罗营长差点摔倒。

黄兴亭连忙抱住他的腰："罗大哥，你走路小心点嘛。"

学员们一阵大笑。

罗营长脸红了："你小子使阴招儿，看老子将来怎么对付你吧。嘿嘿嘿！"

陈排长走过来，吹响哨子。

陈排长："操场集合，开始训练！"

学员们跑步走向操场。

陈排长："黄兴亭！"

黄兴亭站住。

陈排长："你还真跟老罗……"

黄兴亭："嘿嘿……试了一下。报告老师，新兵们都吃饱了，有劲了。答案我找到了。就是三个碗——"

陈排长做了个打住的手势："答案不用告我了。这叫田忌赛马，《史记》上有记载的故事。这种技巧，生活上不可多用，有失厚道。但在调兵遣将时，可谓以劣胜优的良策哩。"

黄兴亭："田忌赛马？"

陈排长："你非常聪明，一点就悟。多读书吧。"

3-15　操场　日　外

一阵急骤的军号响起。

学员们纷纷跑向操场集合。

黄兴亭一边跑一边整理着装束。

俄而，操场上站满了战士。

唐校长和邬晨曦陪着霍总从祠堂里走出来。

罗营长挥手呼喊："我们的霍总来啦！"

汤福林带头鼓掌。

霍总站在军旗下的小土台上。

唐校长："霍总今天到军校来视察，现在，我们请他给大家讲话。"

操场上掌声雷动。

黄兴亭等新兵站在前列。个个盯着霍总目不转睛。

霍总："同志们！我今天来军校看看，也算是学习嘛。我没有什么大话好说的。在场的多数是我带过的兵，有不少还是班长、排长、营长。有的已经是候补团长了。我今天来，是要问你们一句，你们在这里摆了老资格没有？党派你们来学习，在这里，你们什么长都不带了，都是学员。谁要在这里摆谱拉架子，我可对你不客气喽。"

罗营长低下头，不敢抬头看。

黄兴亭昂首挺胸，一丝不动，一杆枪似的立在霍总眼前，他离首长只有十来步远。他的眼睛一直没有离开霍总。

霍总感觉到他的眼神，笑呵呵地走下台，走到黄兴亭面前。

黄兴亭神情紧张，因个子不高，仰望着首长，激动得不知说什么好。

霍总看到黄兴亭一张娃娃脸，军容整洁，上衣似乎长了点，盖到了膝盖。

军帽的八只角与众不同，棱角格外分明，五星鲜红，简直像顶校官的大盖帽。

霍总有点好奇地伸手摘下黄兴亭的帽子，露出一头整齐的短发，更像个女娃。

霍总翻过帽子一看，抑不住哈哈大笑。

霍总："我说你的军帽怎么与众不同，角那么棱，顶这么平，简直像校官的大盖帽了，原来里面是用四根芦篾撑着呀！"

黄兴亭被笑得脸通红，低下头。

霍总："沔阳洪湖学员，是你们吧？"

黄兴亭立正："报告首长，是。"

前排的洪湖新兵们等黄兴亭话音一落，立正敬礼："报告首长，是！"

霍总："你叫什么名字？"

黄兴亭："报告首长，我姓黄，黄忠的黄，名兴亭。高兴的兴，凉亭的亭。"

霍总："嘿嘿……凉亭太小喽，只能容十来个人。今年十几岁？"

黄兴亭："十七。"

霍总："上过学吗？"

黄兴亭："读过两年私塾。"

霍总："哦！还是个小秀才哩。革命可是有杀头的危险的哟！"

黄兴亭斩钉截铁回答："革命不怕死，怕死不革命！"

霍总拍了拍黄兴亭的肩膀，把帽子戴在他头上："好！是块好兵料子。"

3-16 祠堂 日 内

韩眉拿着地球仪，走上讲台，给学员上文化课。

韩眉："今天我先给大家讲个故事。早在四百多年前，西班牙王国有个冒险家叫麦哲伦。为了证明我们所生存的地球是圆的，他驾着海船，领着一帮人，从西班牙出发，一直向东航行，不改变方向，一直往前，历经两年多的时间，他的航船回到了原来出发的地方，虽然他在中途去世了……"

她转动地球仪，指着一条曲折的线。

韩眉："这条线叫作麦哲伦航线——"

3-17 祠堂 夜 内

黄兴亭一伙儿夹着书本，往韩眉住的寝室里去。

万才宝："韩眉姐讲课比邬特派员好听多了，听了还想听。我虽然是个烧火的，我也要跟她学点。天上怎么打雷，地上怎么下雨，听了韩眉姐的课，什么雷神什么电母全是鬼话了。"

黄兴亭："我们找韩眉姐补文化课，不能提的问题太多。她除了上课，有时还得赶回区里去。"

邬晨曦开门走出来："黄兴亭，你们晚上去哪里？"

船生："找韩眉姐补文化课呀！"

邬晨曦有点不高兴："新老师来了，不找我啦？"

黄兴亭："你是老师的老师，韩眉姐怕老师累着，代你教我们。"

邬晨曦："黄兴亭，《共产党宣言》不读啦？好几天没来找我。"

船生："陈教官借了他一本哩，都读几遍了。"

邬晨曦："他也有？唔——"

3-18 韩眉寝室 夜 内

黄兴亭等洪湖新兵夹着书本离开。

黄兴亭："眉姐，你休息吧。我们打扰你了。"

韩眉摇着手:"给你们补课我高兴哩。"

邬晨曦从走廊的阴影里走出来:"嘿嘿嘿……这群小子挺有趣哩。好学,务实。"

韩眉:"你吓我一跳,躲在一旁听我壁根吧?该不会吃他们的醋吧?"

邬晨曦搂着韩眉:"哪能呢?"

韩眉依偎在邬晨曦的怀里:"他们都是我洪湖的小兄弟,他们的父母把他们托付给我们……"

邬晨曦:"我们把他们引向革命征程!"

韩眉:"这还差不多。你讲的马列主义他们一时还难弄懂……"

邬晨曦:"我讲课没有你讲文化课那样深入浅出,所以,他们都来……我不会吃醋的,你放心大胆地干呗。但我要提醒你一句……"

韩眉有点诧异:"什么事?我犯什么错啦?"

邬晨曦附耳低声:"特委来了指示……夏曦同志……"

韩眉从他怀抱里挣脱出来:"什么?这怎么可能?"

邬晨曦严肃起来:"韩眉同志,注意立场!立场!即使在革命情感上也有立场的。别说我没有提醒你……我虽然深爱你,但当革命和爱情发生矛盾时……你得让我有回旋余地……"

韩眉有些慌乱:"你回去休息吧,让我好好想想……"

3-19　祠堂大厅　日　内

全体军人大会,会上气氛肃杀。

大厅里肃静无声，噤若寒蝉。

邬晨曦在台上讲话。他时而敲着桌子，表示愤怒（只有画面，无声音）。

罗营长低声跟汤福林耳语："听说段师长前几天被杀了！"

汤福林："真的？段师长可是南昌起义的功臣之一呀！"

罗营长抹着泪："来势汹汹啊！"

陈排长："谁是托派，谁是'改组派'，也得有个甄别呀？段师长一向——"

黄兴亭望着邬晨曦，百思不解，莫衷一是。

船生悄悄地拉拉他的衣袖："哥，怎么回事呀！特派员突然变了个人似的，好可怕的。"

突然进来五个保卫处的人，荷枪实弹，当场抓走了几个学员，都是连长以上的老兵。

船生："哥，该不是拉出去枪毙吧？"

黄兴亭："别问。"

3-20　邬晨曦寝室　夜　内

室内气氛有点异常。邬晨曦和韩眉两人都绷着脸。

邬晨曦："我这是事先跟你打个招呼，我的韩眉同志！这是党内的大是大非问题，路线问题，立场问题。党内产生了机会主义，妥协派，也就是托派。中国也有托洛斯基，也有孟什维克。你立场要注意！"

韩眉："不管怎样，段师长不可能是反革命。即使是'改组派'，也只是意见不同而已。思想错了，可以批判、纠正，为什么要消灭肉体？改组派也不能等同反动派呀！"

邬晨曦拍着桌子："我警告你，同情'改组派'等同'改组派'，必须彻底肃清的！这是夏曦同志的指示。"

韩眉："那你把我当'改组派'抓起来吧！"

韩眉摔门而出。

黄兴亭和船生正好在门口听着。他们无言以对，立即走开。

邬晨曦追了出来："韩眉！韩眉！"

韩眉不理睬，向黑夜走去，消逝在夜幕中。

3-21　野外　日　外

全体军校学员在进行演习实战训练。

不远处传来隆隆的炮声……

黄兴亭带着几个洪湖的学员从芦苇林里穿出来，他侧耳细听："演习怎么会有真炮？"

冯伢子举起枪："真他妈来群白狗子，老子跟他来场真的才过瘾哩。"

又是三声炮响。

船生："呀！正南方向，顶多不超过十里。"

黄兴亭："有敌情！"

突然，号兵吹起集结号。

全体学员近千人全副武装集合。

唐校长和负责指挥战斗的汤雨总队长、贺大队长等全副武装出来。

邬晨曦也换上了军装，挂了枪，一副临战指挥的态势。

黄兴亭带着洪湖新兵集合。

军号阵阵，远远地传来炮声。

唐校长："同志们！刚才得到可靠情报，趁霍总带着主力去西线作战，国民党调集军团趁机进攻我洪湖根据地。形势紧急，为保卫根据地，军校紧急动员，全体学员参战。"

邬晨曦："同志们！这是一场实战考核，检验我们的时刻到了，我们要用生命和鲜血保卫根据地。现在我宣布，演习立即终止，转为实战。真正的敌人就在十里之外了。"

战士们高呼："保卫根据地！打退反动派！"

3-22　坨子口　日　外

河岸渡口的一块高地上。

汤福林领着一队新兵坚守着。

敌人的炮火轰向阵地，有炮弹落在河水里，击起几丈高的巨浪。

贺大队长端着机枪向冲上来的敌人扫射，把敌人压在洼地里。

许多新兵听到炮声趴在战壕里不敢抬头。

一排机枪子弹扫过来，子弹在战壕上击起尘土。

船生吓得筛糠似的，怀里抱着枪鼻涕眼泪一起流。

船生："哥——哥哥——"

黄兴亭一把将船生按倒在战壕底下。

黄兴亭："别冒头！"

黄兴亭端着枪，瞄准一个冒出头来的敌人。

他扣动扳机。

敌人应声倒下。

冯伢子："你枪法好。打了个真靶，瞧我的！"

冯伢子伸出半个身子瞄准。

一颗子弹飞来，正中冯伢子右肩上。他举起的枪掉落在战壕上，人也歪倒在战壕上，鲜血从衣袖里冒出来。

黄兴亭一把抓住冯伢子，拖进战壕。

冯伢子捂住肩伤，倒在船生身上，把船生压倒在地上。冯伢子的血流到船生的脸上。

船生用手一摸，一把鲜红的血。

船生哭起来："妈呀！我中枪了！哥！你看看，打中哪里啦？"

黄兴亭用脚踢了船生的屁股："打中你屁股了。"

船生哭着："屁股上的血怎么流到脸上啦？"

冯伢子："是我身上的血，对不起。"

黄兴亭："平时陈排长怎么教我们的，上阵就忘记啦？要不是我拉你一把，你死定了。"

船生爬起来："冯伢子，你受伤啦？来，我给你包扎。"

贺大队长走过来："黄兴亭！"

黄兴亭："到。"

贺大队长："你小子不是挺有能耐的吗？"

黄兴亭："贺大队长，有任务你下达好了。我保证完成。"

贺大队长："这仗都打他娘的四五天了，老总的主力怎么还没赶回来？要不然，洪湖真的要丢了哩。"

黄兴亭："丢不了，我们拖住顶住。"

贺大队长："你们洪湖个个都是水猫子，能不能想个法子，绕到敌人的屁股后面去，狠狠咬他一口。放几枪后要大喊援军到了。然后撤下来，争取无伤亡。"

黄兴亭："明白。我这就去想法子。"

汤福林："贺大队长，你派他和一群娃娃去，去了能回来吗？慎重一点儿吧，他们还年轻，又是第一次上战场……"

贺大队长："回不回得来，就看他的本事了，我们得守住阵地，没力气去救的。"

黄兴亭："放心，我会回来的。"

又一阵猛烈的炮火，把阵地差点炸翻。

船生吓得双手握着耳朵："我的妈妈耶……"身子像筛糠似的直抖。

黄兴亭："冯伢子交给你了。"

船生："我背不起他，拉不动他。"

冯伢子疼得昏倒。

万才宝跑过来："冯伢子怎么办？"

船生："把冯伢子交给万才宝吧，他有法子的，我还是跟你去。死也跟你死一块儿。"

万才宝："船生？你也受伤了，满脸是血的？"

船生："我没有。血是冯伢子弄在我脸上的。"

万才宝："冯伢子交给我吧。卫生员！这里有伤员！"

两个卫生员跑了过来。

黄兴亭："船生，你顺着河岸溜下去，泅水去东边敌人的屁股后面，爬上坡去瞅瞅，那里有多少人，从河岸到敌人阵地有多少，多少步能跑到。河岸坡陡不陡，能否爬上去不被敌人发现……"

船生："你派我单独侦察……察……察……"

黄兴亭："你这一年多白学了吗？注意隐蔽，这是你的本领。快去快回。"

船生："是，我的班长哥——"

船生趁着烟幕的掩护，来了个就地十八滚，掉进了河里。

3-23　阵地　夜　外

阵地上枪炮齐轰，尘土飞扬。有的战士倒下，有的战士被炸得腾空飞起。

戴着眼镜的邬晨曦也在战壕里，他提着短枪，时而伸出半个头来，没目标地放一枪。

汤雨："特派员！你给我隐蔽！别壮着胆子放空枪浪费子弹。"

邬晨曦果敢站起身举起枪："你以为我怕死吗？我怀疑你指挥有问题，总是隐蔽隐蔽！隐蔽到什么时候能打退敌人？右倾，怕死。"

陈排长一把将他扯下来："你想当靶子呀！"

邬晨曦："在疯狂的敌人面前，我们不能软弱！革命就意味着牺牲。"

汤雨："特派员同志！在敌强我弱的情况下，我们不能硬拼。要保存革命实力。等待西线红军回来增援，不能作无谓的牺牲。"

邬晨曦："这仗都打了七天了。我们应该主动出击，长长我们的威风，被动挨打是右倾机会主义。给我上！"

汤雨："是你指挥还是我指挥？"

邬晨曦："同志们，给我冲！"

他带头爬出战壕……

汤雨："掩护特派员！同志们跟我上！"

好几个战士倒在阵地上。

邬晨曦的枪没响。

一颗子弹飞来，打伤了他的手指，鲜血直流。

汤雨一把按住邬晨曦，将他拖进战壕。

邬晨曦还要冲上去。

一阵机枪扫过来。

汤雨掩护邬晨曦，倒在阵地上……

3-24 河岸边 夜 外

船生像个落水鬼似的从河边的草丛里爬上来，钻进阵地。

船生："哥！有路了。"

黄兴亭："跟我来！"

黄兴亭率着一群洪湖新兵溜下河。

夜色中，他们一个个水猫子似的灵活，顺着河水，潜到敌人阵地后面。

他们趁着夜幕的掩护，绕到了敌人的屁股后面，从芦苇丛里钻出来，端着枪一阵猛射。

众人大喊："援军到了，霍总回来了！"

敌人背后受到袭击，阵脚大乱。

贺大队长带着战士，跃出战壕，趁机来了个小冲锋。

敌人慌乱中撤退了几百米。

黄兴亭："撤。船生带路，原路返回。"

洪湖兵打完一阵，一个个滚进河里，全体潜水返回。

3-25　坨子口阵地　日　外

炮火硝烟更为猛烈。

唐校长来到阵地："同志们，顶住，霍总主力回师了，襄北红三军也来增援。红军将范绍增的整个旅反包围了。"

战士们士气大振："活捉范绍增！"

贺大队长："黄兴亭！"

黄兴亭："到。"

贺大队长："唐校长，这小子还真有能耐。他带着一伙'沔牯佬'（沔阳人），潜水过河，绕到敌人屁股后狠狠咬了一口，让敌人后退八百米，迟滞五小时。"

唐校长拍拍黄兴亭肩膀："优秀学员优异战果。好样的。邬特派员呢？"

陈排长："刚才冲锋还在呀！人哩？"

贺大队长："不会是牺牲了吧？"

唐校长："快找！"

黄兴亭："我去！"

陈排长："你跟我去。他刚才是跟着我冲过来的，可能眼镜掉了，看不清路。"

陈排长和黄兴亭沿着战壕回寻。

邬晨曦独自一个躺在土坡下，右膀受伤，鲜血直流。

三个敌人端着枪向他逼过来。

陈排长端枪扫过去，敌人倒下一个，另外两个转身逃跑。

黄兴亭背起邬晨曦回到阵地。

胜利的冲锋号响起，红军大部队滚滚而来。

白匪军被团团围住，一个个举枪投降。

叠影出军校操场，全体默哀，鸣枪致敬。

在悲壮的军号声中，镜头缓缓扫过。

操场上用白布盖着的成排的烈士遗体，其中有军校总队长汤雨等。

唐校长脱帽致哀。

邬晨曦吊着绷带低头默哀。

黄兴亭和战士们脱帽致哀。

3-26　祠堂大厅　日　内

全体学员在听邬晨曦讲话。

邬晨曦："……这次反动派对根据地的围剿，虽然被我们打退了，取得了战斗的胜利，但历史的教训不能忘记。正是革命队伍里的右倾机会主义思想，给敌人提供了可乘之机！夏曦同志指示，肃清'改组派'的工作一刻也不能放松……"

唐校长接过邬晨曦的话："邬晨曦同志！军校在这场战斗中损失惨重，许多后事还没来得及处理，很多伤病员要医治，再说嘛，你的伤也还没好，我建议全校休整几天，好好总结一下，安抚死伤者，表彰有战功的学员和教师……"

邬晨曦立刻板起脸："老唐同志！我提醒你，要注意你对肃反的立场。比起肃反，我的这点伤又算什么，特委的指示……"

贺大队长站起来："我不管什么观点、立场、左啊右啊、托什么派的，能浴血奋战，不怕死的就是真正的革命者。战场上枪林弹雨的考验，比要嘴皮子嚼牙巴骨过硬得多。"

邬晨曦站起来一拍桌子："你以为你是霍总的爱将、亲兵，有战功，就蔑视党的纪律和组织原则吗？别以为你是霍总的亲信，我就不敢处置你。"

陈排长也站起来："特派员同志，党还有一条重要原则，就是容许党员发表意见嘛。"

邬晨曦："你说——你想说什么？煽动，鼓吹！"

陈排长："行了。我公开场合不跟你争论，我们个别交换意见吧？我总不会煽动你跟我走吧？"

冯伢子忍不住在下面小声嘀咕："要不是陈排长和黄兴亭把你从战场上背下来，你早就没命了，哼！还革什么命，肃什么反……"

船生："要不是他瞎指挥，硬冲，总队长也不会牺牲。"

万才宝："算他命大，枪子没打开他的脑袋。"

船生："我看着总队长为了掩护他，自己中弹的……"

3-27　特派员办公室　日　内

陈排长和邬晨曦发生争执。

邬晨曦："别以为你资格老，来头大，参加过北伐。我警告你，你有过跨党历史！"

陈排长："我的身份问题，党内高层领导清楚，我是听从组织安排，参加过许多特殊工作。这次调到军校任教，也是组织上安排的。"

邬晨曦："你救过我的命，这是事实，但我不会因为你是恩人，就放弃原则和立场。你不能再给'改组派'当挡箭牌！"

陈排长也激动起来："挡不挡箭，那要看射过来的是什么箭！我不计较个人得失，我是实事求是来跟你谈问题的，唐校长的意见你应该尊重嘛。这次牺牲了很多同志，是你缺乏理智、一时冲动造成的。你应该检讨自己的错误。"

邬晨曦："我承认有责任。一码归一码，我的一切行动是奉上级指示办事，对'改组派'决不姑息。作为一名党员，下级必须服从上级！包括你的言行，我也必须向夏曦同志汇报！"

陈排长："你去汇报好了，别以为你们的名字都带曦，就正确无比！"

邬晨曦怒："你……你这是非常严重的错误！你怎么说我都可以，但你不能攻击夏曦同志！"

陈排长："我是个军人，我只知道，我们的枪口要对准敌人，而不是自己的同志！"

邬晨曦："我不跟你争论。你去吧！"

陈排长退出。

3-28　军校保卫部　夜　内

邬晨曦下达命令，他抖动着手里的一份名单。

邬晨曦："这是隐藏在军校的第一批'改组派'骨干分子，

特委指示，立即抓捕，秘密处决。"

十多个保卫部武装人员提起短枪，子弹上膛。

保卫部武装人员："保证完成任务！"

他们杀气腾腾地出去，在黑夜中消逝。

月黑风高，夜空传来几声鹤的哀鸣，令人胆寒。

几个黑影向大寝室扑来。

门被一脚踹开。

学员们在睡梦中惊醒。

3-29　大寝室　夜　内

保卫部武装人员提着马灯进来抓人。

他们从被窝里把人拖出来，立即绑上，用短枪顶住腰，连外衣也不许穿，就押了出去。

一连抓了五个，寝室的大统铺上，一个个床位空出来。

寝室里睡觉的人不敢出声。

船生吓得缩在被窝里直发抖。

船生："兴亭哥哥……哥哥……啥事呀！要要要……枪毙人吗？我的姆妈娘耶……"

他用手一摸自己的裆下，一手的尿水。

冯伢子瞪大眼睛，不敢吱声。

黄兴亭按住船生："别说话，不要动！"

船生："陈排长长长……怎么还没有回来睡觉觉觉……"

黄兴亭："陈排长恐怕凶多吉少。"

他抓过陈排长的枕头和书包，紧紧地抱在怀里，用被子蒙着头。

3-30　湖边　夜　外

夜空一团漆黑。风呼啸着。芦苇荡传来几声雁的悲鸣。

十几个人影在黑暗里晃动着。

六个被绑着的人，看不清面目，他们被推到湖边的草滩上。

几声沉闷的枪响。

一道道火光里，被绑的人一个个应声而倒。

3-31　寝室　夜　内

被窝里，黄兴亭听到枪声，心一阵紧缩，他咬着牙，捂住双眼，泪水从指缝间溢出。

船生小声地："哥，你哭啦？"

黄兴亭："没……有……革命啊！这是怎么回事啊！"

船生："怎么自己人杀自己人？太可怕了，哥，咱们回……"

黄兴亭："忍住。"

船生："陈排长，陈大哥……这么好的人，那么有学问，待人又好，他不会有事吧？"

黄兴亭不吭声。

3-32　湖边　日　外

天刚蒙蒙亮，起床的军号还没响。

黄兴亭悄悄起床，蹑手蹑脚从祠堂后门溜出来。

哨兵："这么早，上哪儿？"

黄兴亭摸着肚子："上茅房。"

哨兵："去吧。"

黄兴亭跑向湖边。

船生也跟着溜了出来。

湖边的草滩上，刚堆起的六座小土堆。

黄兴亭震撼地双膝跪下，双手抓着地上的青草，泪流满面，却不敢放声。

船生也跪在地上："哥，这都是谁的坟哪！"

黄兴亭："陈排长肯定没了……"

一个金属香烟盒在新坟尖上的新土上露出一半来，看来是有心人故意把香烟盒当着墓碑埋在坟尖上的。

黄兴亭向立有金属香烟盒的土堆扑过去。

黄兴亭抓住烟盒，低声呼唤："陈老师……你冤吗？"

他打开烟盒一看，一个小字条掉出来。他捡起来看着，泪水雨一般地从面庞上滑落到草尖上。

陈排长的声音："兴亭！我走了，你不要因此而悲伤，迷失革命方向。这只是革命中的一个插曲而已。有朝一日会得到纠正的，虽然生命不能复归。《共产党宣言》算我赠给你的一份礼物。还有那本地图册，赠给船生。我的遗物由你处置吧。你天生是个优秀军人的料子。愿你成为我军的一名优秀将领。这是我最后的赠言，他们在审讯我时，我写了放在烟盒里，不知你能否拿到。永别了！"

黄兴亭泪流满面。

3-33　寝室　内　日

冯伢子发现黄兴亭和船生不见了，大为恐慌，连忙爬起来。他胳膊上还吊着绑带。

他跑出寝室。

冯伢子低声呼唤："黄兴亭——洪船生——"

他向湖边草滩跑去。

3-34　湖边草滩　外　日

冯伢子托着一只受伤的胳膊，边跑边哭。

冯伢子："你俩是我的救命恩人哪，虽然你们捉弄了我。我也有对不住你们的地方啊！你们千万不能死！还不到二十岁呀！做人的日子还长着哩。"

冯伢子见黄兴亭和船生跪在地上一动不动，以为他们刚被处决，他扑了过去，一把抱住黄兴亭。

冯伢子："黄兴亭——你不能死！"

黄兴亭回过头："冯伢子！你干吗呀？"

冯伢子："你没被执行？"

船生："你才被执行了咧！"

三人抱在一起。

3-35　寝室　内　日

黄兴亭站在陈排长的铺位前，默哀着。

　　陈排长的铺位依然那样一丝不苟，白色的床单连褶皱也没有。被子叠得好好的。军帽放在枕头上，书包在枕边。

　　黄兴亭把床单叠起，放进了书包。

　　他拿出《共产党宣言》和地图册。

　　黄兴亭："这本地图册，他嘱咐我送给你，你收下吧！"

　　船生接过，抱在胸前，泪水哗哗流出来。

　　冯伢子也在一旁流泪。

　　黄兴亭："忍住！"

　　起床的军号响起。

　　黄兴亭向空空的床位敬礼。

　　冯伢子和船生，也庄重地举起手来。

第四集

4-1 邬晨曦寝室内　夜　内

黄兴亭和船生走来。

黄兴亭："船生，你等我一会儿，我找一下特派员。"

船生："找他干吗？"

黄兴亭："陈排长的遗物中也有一支钢笔，我不能把他们两个赠给我的笔放在一起，见物思人，会让我很难过，这支，还给他。"

船生点点头。

黄兴亭敲门，没人应。

他又敲了一下，发现门虚掩着，便推门进入。

黄兴亭发现邬晨曦不在。他把笔放进他的抽屉。

黄兴亭发现抽屉里有一份湘鄂西特委文件，他瞧了一眼——

特写：文件下有一串名字。

陈排长和昨夜被处决人的名字被红笔勾掉了。"韩眉"的名字列在最后，名字后打了个红色的问号。

　　黄兴亭立刻关好抽屉，想了想，又把那支钢笔取回来放进口袋，踅身出来，掩好房门。

　　船生见黄兴亭神色慌张："哥，怎么啦？"

　　黄兴亭："离开这儿再说。"

　　两人快步而悄然地走开。

4-2　村头　夜　外

　　邬晨曦送韩眉回宋家墩。

　　韩眉走在前，闷声不响，不理邬晨曦。

　　邬晨曦跟上去扯着她的胳膊。

　　邬晨曦："你怎么不肯听我劝呢？我对你还会有外心吗？我们的感情是通过生死考验的呀！"

　　韩眉："对，我们是几生几死。几次差点被捕，有一次进去了，还是你父亲花大钱买出来的，可你对同志——尤其是陈排长这样的革命者……"

　　邬晨曦；"我这是执行上级的命令。韩眉，你的立场站到哪一边去啦？"

　　韩眉："你杀了我，我也不相信段师长是'改组派'。听说，段师长临死前还留下几句话，他说不要用枪打我，留下子弹去打敌人！段师长可是南昌起义的骨干哪！杀了他，让霍总心寒啊！"

　　邬晨曦拽住韩眉："眉眉，你不要命啦？幸好只对我说。要是还有别人在场，你就死定了。你若再执迷不悟，我可真的——"

韩眉："真的什么？毙了我？那你现在就处决我吧！"

韩眉把邬晨曦手里的枪提起来，指着自己的脑袋。

韩眉："你开枪吧！"

邬晨曦把枪夺过来，收进了枪套："别胡闹！又不是我——"

韩眉："你不处决我，那我走了！"

邬晨曦欲言又止："我……你……你回去好好考虑，我给你时间。"

韩眉转身向黑夜中走去。

邬晨曦又补了一句："哎，可时间不多，万一上头……"

韩眉已走出几步了，他又说得轻，不知韩眉是否听到，反正她没回头。

邬晨曦立在桥头，望着韩眉的背影，又烦躁地就地转了几圈，再看韩眉，已消逝在夜幕中。

4-3　湖边　夜　外

黄兴亭："韩眉姐这下子有危险了，她肯定还不知道。你快快溜回宋家墩，给韩眉姐送个信，千万不要让人发现，更不要告诉任何人，消息是从哪儿得来的。"

船生轻轻地："嗯嗯嗯。"

黄兴亭："晚上把守很严，不要回来，吃早饭时，准时赶到。"

船生："明白。"

一个矮小的身影潜进了芦苇荡。

4-4 饭厅 晨 内

早饭时，船生端着碗，排队打饭。

黄兴亭用胳膊轻轻碰了他一下，给他个眼神。

船生立即笑笑："没事没事。"

黄兴亭踢了踢船生的脚，示意他鞋上带着泥巴和露水，还有青草屑。

船生明白过来，他打了碗饭，跑到墙边，扯了一把干草，看看四周，把鞋擦干净后吃饭。

4-5 保卫部 日 内

船生被五花大绑推了进来。

邬晨曦威严地坐在审讯桌前。

邬晨曦："洪船生，你给我老实交代，坦白从宽，抗拒从严。"

船生哭兮兮地："特派员，你叫我交代什么呀！我犯了啥事呀？抓我来——"

保卫部头领："你自己做的事还不明白？要我们揭穿你？"

船生："我没干啥犯法的事呀！夜晚我和大家睡在一起，你们去问问。早饭我和大家一起吃，你们一查便知呀！糊里糊涂把我绑来……"

邬晨曦把枪在桌子上一拍。

邬晨曦："不说实话，就跟指使你的人同罪！"

船生哀求："邬特派员，你叫我说什么呀！你点一点、拨一拨吧？"

保卫部头领："我看你是不见棺材不落泪，我问你，昨天半夜，你在哪里？"

船生："我在床上睡觉做梦啊！不信，问黄兴亭去，我跟他挨着睡。"

邬晨曦："哼！黄兴亭——"

保卫部头领："昨天半夜，上级送来催促执行的密令，我们的人去抓韩眉，扑了个空。韩眉那么早就不见了，我们就怀疑军校里有人通风报信。"

船生壮壮胆子："邬特派员，韩眉姐是你女朋友啊，你又是上级……"

邬晨曦稍稍有点走神，指指船生，又指指自己。

邬晨曦："你……怀疑是我？我怎么会是背叛组织的人？"

保卫部头领："洪船生，你编什么故事啊？密令送到以后，我一直跟特派员在一起，特派员指示，我们到天快亮时去抓捕，谁有可能赶在我们前面？一定是你偷听到了我们说话！"

他掏出那封密令"啪"地拍在桌上，"关于对韩眉立即执行的决定"赫然在目，显然与黄兴亭看到的不是同一份文件。

船生："我脚上又没长风火轮，能飞到宋家墩去？"

保卫部头领："你别再耍花招儿了，有渔民下湖收网时，就发现你回去过。干了什么，他们不知道。但肯定是通风报信！"

船生愣住了，怯怯地看着保卫部的几个人。

邬晨曦冷笑："你行动倒快呀！人不知鬼不觉。"

船生："我……我……"

邬晨曦："我什么？说！"

船生："我想我娘，半年未见了，我回去看看她……"

保卫部头领："你又撒谎！我们的人去你家问过了，你娘根本就没见你的踪影。"

船生大哭起来："我该死，是我给韩眉姐报信了。"

邬晨曦："谁指使你去的？说！"

船生哀求："是我自己去的。"

邬晨曦："你一个小兵喇子，怎么知道党内的重要秘密？还在说谎！"

船生："陈排长不是被枪毙了吗？我们班也有人被枪毙了，所以……我哪有那胆子呀！"

邬晨曦："我想你也没这胆子！那么说就是有人告诉了你，派你回去给韩眉报信的？"

船生吓得身子像筛糠，牙齿打架了："我……我……"

邬晨曦拿起枪，打开了保险，把枪口顶在船生脑门上。

邬晨曦："再不实说，我就一枪毙了你！"

船生瘫倒在地上："我的哥耶！兴亭哥——他们要枪毙我呀！"

邬晨曦："是黄兴亭派你回去通风报信的？"

船生又像点头又像摇头，嘴里咕囔不清："嗯嗯嗯……"

邬晨曦收了枪："好！"

船生大哭："兴亭哥！我对不起你呀！让我陪你去死吧！"

邬晨曦："放了他。给我把黄兴亭带来。"

4-6　寝室　日　内

黄兴亭正在整理内务。学员们在休息聊天。

有人冒出一句："听说洪船生也被保卫部抓走了。"

黄兴亭一惊："什么时候？"

冯伢子："我吃饭时还跟他在一起呀！呀！真的吧？上午训练时没见他的人影。"

黄兴亭知道事发了，但他稳住神，静观动静。

保卫部的三个人闯进来，也不说话，直接把黄兴亭绑起来。

黄兴亭没有分辩，也没有挣扎。

学员们面面相觑。气氛凝重。

冯伢子忍不住跳出来："黄兴亭犯什么事啦，你们抓他？"

黄兴亭："伢子，我去会说清楚的。"

冯伢子："黄兴亭参加革命才几天？打仗还立过功，怎么会是'改组派'？"

保卫部的人看了一眼冯伢子，也不言语，把黄兴亭押走了。

4-7 保卫部 日 内

黄兴亭被押了进来。

邬晨曦："是你叫洪船生回宋家墩通风报信的吗？"

黄兴亭："是。"

邬晨曦："你为什么不自己去？"

黄兴亭："我目标太大，所以叫船生去。一切由我负责，你们别找船生麻烦。"

邬晨曦："你怎么知道韩眉是'改组派'？"

黄兴亭："我听你说的呀！前天，我想请你解释一下托洛斯基是什么，你正跟韩眉姐吵架。我听你批评教训韩眉，说她同情'改组派'也就是'改组派'。我没敢进去。韩眉姐气走了。你也在气头上，我也不敢再进去，怕惹你生气。"

邬晨曦："你怎么知道上级要抓她？"

黄兴亭："这不明摆着吗？陈排长和几位'改组派'都处决了，抓来不是要处决吗？"

邬晨曦："你怎么知道上级在昨天半夜下达了处决的密令？"

黄兴亭一愣，随即吸了口冷气："半夜？密令？这我真不知道，特派员同志，我倒要问问你，韩眉姐是什么大人物啊，对她，你肯定比我更了解，她为什么会被上级盯牢不放？"

邬晨曦："她当过段师长的文书……你……你问这个干什么？"

黄兴亭："我还想问呢，邬特派员，你读过那么多革命书籍，哪本书上写着，革命者应该这样去死？"

邬晨曦一时语塞："这……革命者一旦走到革命的对立面，就会成为反革命……这里不是课堂，今天我们不谈这些。"

黄兴亭从口袋里掏出那支钢笔，放到桌上："你是我尊敬的老师，但我今天，不再尊敬你了，这支钢笔，还给你。"

邬晨曦："你倒是敢作敢当。来人，先关他三天禁闭再说。"

4-8　禁闭室　日　内

黄兴亭被押送进来。

门"哐"地关上，外面传来上锁的声音。

黑暗中，黄兴亭摸索着靠墙坐下，他的眼里充满着迷茫。

4-9　军校操场　日　外

往日热火朝天的操场，变得冷冷清清。

一面军旗仍在飘扬，但旗下连一个兵也没有。

保卫部的武装人员又押着两个人往湖边走去。

万才宝挑着一担菜往厨房那边走，他看了被押的人一眼，歇下担子，取出两个烧饼。

万才宝走上前："吃个烧饼上路吧？别当饿死鬼呀！"

保卫干事："滚开些，你同情'改组派'呀！"

万才宝立即挑起担子："不敢不敢。"

4-10　校外树荫下　日　外

船生、冯伢子等一伙洪湖新兵坐在草地上。

船生沮丧中："邬特派员上午宣布的，唐校长被停职。军校恐怕要解散了。"

冯伢子："黄兴亭还被关着哩。军校解散，我们到哪里去？"

罗营长："新兵分到各连队，老兵各回原来的部队嘛。"

船生："我去看看兴亭哥，求求特派员放了他。"

汤福林走过来："你们都在这儿干吗？"

冯伢子："今天不出操，也不训练。难得聊会儿天。"

船生哭丧着脸："汤大哥，你是老红军，老资格，求求你给兴亭说个情吧，都是我惹下的祸——"

汤福林："黄兴亭已经放了，要回排里去了。我们已得到命令，回原部队。同学们，再见了！"

大家站起来，围着汤福林，依依不舍，含着热泪。

船生："黄兴亭真的放啦？"

汤福林："邬晨曦没抓到证据呀，黄兴亭这小子真灵光！"

船生："汤大哥！我们真舍不得你。"

汤福林："兄弟们，革命的路还长着哩。说不定几天后就又碰到一起了。"

大家紧紧地抱在一起。

一组惜别的无声镜头。

军校内外，走动着依依不舍的学员们，他们有的握手，有的拥抱，有的互赠物品留念。

4-11　寝室　日　内

室内空空荡荡，无人。

但床铺整齐，尤其是陈排长的铺位依然如故。

黄兴亭独自一人伫立在陈排长的铺位前……

黄兴亭："（Os）陈老师！军校要解散了，现在，我代表训练排的全体同志向你默哀致敬！我会记住你的话，哪怕千辛万苦，我也要做一个有信仰、有素质的优秀军人！"

一伙人进来。

船生抱住黄兴亭："兴亭哥，他们把你放啦？！"

黄兴亭："死不了！"

船生内疚地："都怪我是个怕死鬼。这些天，我想死的念头都有——"

黄兴亭紧紧地抱了抱船生："走到哪里，我们都是好兄弟！

别老说死啊死啊的，我们要好好地活着，这是对陈教官最好的纪念。来，大家一起再向陈教官敬个礼吧！"

他帮船生正了正衣冠。

船生一下子站得笔直。

大家齐刷刷地敬礼。

邬晨曦闯了进来："你们……你们在干什么？"

罗营长："你来干什么？"

邬晨曦："我来向大家宣布夏曦同志的命令，国民党向根据地反扑了，形势紧急，军分校临时解散，机关紧急转移。"

黄兴亭："那还有一些同志……"

邬晨曦："你是说没来得及审理完毕的'改组派'嫌疑分子？先用绳子串起来，让他们背空枪、扛粮食，跟随大部队转移。"

罗营长："当他们是牲口啊？"

邬晨曦："不是我定的。这是命令。"

集合的军号响起。

黄兴亭和他的洪湖兄弟们从此离开了洪湖。

4-12 阵地 日 外

一组行军与作战的镜头。

黄兴亭带着全排战士跟冲上来的敌人拼刺刀。

冯伢子一马当先，一连串地搏杀，摔倒了好几个敌人。

子弹打光了，船生爬过去，从被打死的敌人身上收集子弹。

黄兴亭："给我顶十分钟，军委机关就过河了！"

冯伢子挥舞着马刀把冲上来的两个敌人砍倒。

黄兴亭："撤！分散，跳河泅渡，对岸集合！"

船生跳入河水中。

冯伢子跳进河里。

战士们纷纷跃入水中。

黄兴亭最后一个跳进湍急的河流。

冲上来的敌人对着河面一阵扫射。

4-13 山道上 日 外

黄兴亭带着船生和冯伢子等几名战士在追赶部队。

黄兴亭："我们追上部队后，你们千万别说我是干部。"

冯伢子："为什么呀？你本来就是排长。"

船生："你懂个屁！现在抓到干部就当'改组派'，特别是在军委机关和军校混过的，弄不好就秘密处决。"

冯伢子一摸后脑勺："啊——我懂了。我们要给黄排长保密，班长也不是。"

众战士："对，班长也不是。"

黄兴亭："只说我们是警卫营的战士，过河被敌人打散了。"

船生拿出那本地图册指了指："我们已进入桐柏山区了。"

黄兴亭："红七师就在这儿，我们总算归队了。刚才说的话，都记住啦？"

冯伢子："别看我粗，这种事情上不含糊。"

他拍一下船生。

船生反驳："你又刺我啊？下回遇到事，我全说是冯伢子干的！"

冯伢子假装生气，老鹰拎小鸡一般又将船生托起来。船生哇哇叫。

冯伢子轻轻放下船生。

冯伢子："你小子，还真重了不少哪！"

船生："那是你的力气小了，本领退化！"

冯伢子又要上前抓他，船生发现那本宝贝地图册掉了，一把扑过去抓。

冯伢子："别闹了，地图，地图——"

4-14 桐柏山村民房 日 内

终于找到部队了。

管理科长问黄兴亭："听说你当过排长？"

黄兴亭："没有没有，绝对没有。"

管理科长："难道是我搞错啦？你不是说你们是警卫团的吗？"

黄兴亭："是呀！"

管理科长："那就是当过班长。"

黄兴亭："班长我也没当过，只是战士，战士。"

管理科长："听说你枪法很好，长短枪都行。"

黄兴亭："还算可以吧，军校受过训的。"

管理科长："那你就到手枪队当副班长好了。"

黄兴亭："吴科长——"

管理科长："这是命令。"

黄兴亭："是。"

4-15　山路上　日　外

已是寒冷的冬天。

天下着雪花，队伍在风雪中前进。

黄兴亭带着手枪队的战士在行军。

船生和冯伢子也在队列中。

军委夏特派员带着一个特务连的人站在路旁巡察，似乎在行军的队伍中找人。

黄兴亭发现那个特务连干部是军校里的同学。他赶紧拉下军帽欲遮住脸，但迟了，被特务连的人扫了一眼。

船生也发现了："兴亭哥——那人好面熟，好像是军校的。"

黄兴亭轻声地："别乱叫，找死呀，肃反还没有终止。"

船生赶紧也把帽檐压低。

特务连干部与夏特派员耳语一下，夏特派员走近一步细瞧。

黄兴亭扭过头走了过去。

4-16　宿营民房　夜　内

屋外北风呼啸，寒气逼人。

屋内手枪班战士蜷曲在一起，背靠背取暖。

门突然被推开，一阵寒风吹进来。

战士们哆嗦着："谁？谁？"

夏特派员带着特务连的人用枪逼着："黄兴亭！站起来，

跟我们走！"

黄兴亭无语地站了起来。

两个人将黄兴亭捆绑起来，带走。

船生和冯伢子目瞪口呆。

4-17 行军路上 日 外

下着雨，转移的部队在泥泞的道路上前行。

黄兴亭身背两支没有枪栓、没有子弹的空枪，扛着一个大粮袋，脚下的草鞋烂了，他艰难地一步步前行。雨水打湿了他的脸庞。

他的左胳膊上拴着一根粗粗的麻绳，身后跟着一些人，年纪比黄兴亭稍大，也拴着麻绳，身上背着没有枪栓的枪。

冯伢子和几个新兵端着枪，押着他们往前走。

冯伢子背的也不轻，六十多个枪栓全在他身上挂着。

黄兴亭扛着粮袋前行。

有人滑倒。

由于绳子的牵扯，倒下一溜十多人。

冯伢子："爬起来，爬起来！"

黄兴亭艰强地爬起来，还带起身边的同志，重新扛上粮袋。

冯伢子："用绳子串着，摔倒了还真不好爬。夏特派员，能不能松一松，我保证不让他们跑掉一个。跑掉一个你枪毙我。"

夏特派员："执行任务，不许多嘴。"

冯伢子："是。"

冯伢子走近黄兴亭："给我一杆枪吧！"

黄兴亭："不，你不能再弄进这个队伍里来，听我的话。"

4-18 行军路上 夜 外

雨仍在下，夜色迷茫。

被绳子串连着的黄兴亭步履艰难地在雨夜中行走。

万才宝悄悄地跟过来。

万才宝递给船生一个大米粑："兴亭哥一整天没吃东西了，拿去！"

船生慢慢贴近黄兴亭，从胸口掏出米粑，塞到黄兴亭的嘴里："哥！吃点东西吧，别饿坏了。"

黄兴亭咬着米粑，大口嚼着。

黄兴亭："船生，你知道我想起什么？"

船生："什么？"

黄兴亭："那次被宋老爷绑在石碑上，也是你喂我米粑。"

船生："可惜现在没有米酒。"

黄兴亭："会有的，革命成功了，管你喝个够。"

船生："现在这样子……还有希望吗？"

黄兴亭："雨会停的，黑夜也会过去的。一定要活下来。"

船生似懂非懂地点点头："哥，反正，我一辈子跟着你。"

4-19 山区 夜 外

部队进入崇山峻岭，密林小道，高低不平，爬坡过岭，不能排队直行。

前面火光冲天，有敌军阻挡，先头部队跟敌人交火。

后面有追击的枪声。

一人喊："快走快走，后面有敌人追上来了。快进山林躲藏！"

风雨交加。

黄兴亭对着黑夜喊："放开我们，跟敌人干一仗，死也死个痛快！"

夏特派员走过来，站在黄兴亭面前，审视了他几眼。

夏特派员："你小子七百里行军，表现不错，这地形特殊，串着绳子影响行军，冯伢子，解开吧。"

冯伢子跑过去，首先解开了黄兴亭胳膊上的麻绳。

新兵老兵一齐上去给"改组派"战士解绳子。

黄兴亭伸了伸腰，放下米袋和空枪。

夏特派员："黄兴亭！"

黄兴亭："到。"

黄兴亭立正，向夏特派员敬了个军礼。

夏特派员："我命令你为'改组排'的临时排长。你给我带好这帮人。"

黄兴亭："是。"

冯伢子："夏特派员！枪栓给他们吗？"

夏特派员："枪栓不给，粮袋照背。遭遇到敌人再说。"

冯伢子："是。"

船生走过来："哥，你当排长啦？我跟你。"

黄兴亭："我们是'改组排'，你来掺砂子讨苦吃？"

船生："我不怕，跟着你走我踏实些。"

冯伢子："我跟连长说说吧，反正我们一个连。"

4-20 恩施山村民房 夜 内

万才宝扛来一匹白棉布往地铺上一扔。

万才宝："同志们！上级发的给养来了。五个月来，我们被白狗子追得吃不上饭，睡不好觉，跑得衣不遮体，鞋不裹足……"

冯伢子："你给我少啰唆，背匹大白布来干啥？"

船生摸着布："只是布，又不是衣服，能穿吗？"

黄兴亭扯起布头抖了了抖："披也行，裹也行，总可以遮体挡寒嘛。"

万才宝："上级有令，每人一丈五尺布，自己想办法做衣服。衣服做好了，还得自己染成灰色军装。我这里还领回一包青靛。"

黄兴亭："让我们做衣服？还军装？"

万才宝："这还是打了一家大染坊搞来的哩。时间限在两天之内，做不成衣服，你就披着布跑吧！"

船生拿着一块白布，哭丧着脸："我们都跑了五个多月啦！七千里啦！鞋也破，袜也破，身上军衣破，没得吃又少喝，慌兮兮的好难过哟，这块白布叫我怎么裁，怎么做，我的姆妈娘耶，我妈要是让我学裁缝就好了——"

冯伢子将布往身上一裹："男做女工，到老不中。我就这么来着！"

他把布扯成两段，上包下缠，用一条草绳捆扎着，大家拍手大笑。

黄兴亭："你还没牺牲哩，裹尸呀！"

冯伢子："那你说咋办？"

黄兴亭："活人总不会被尿憋死吧！有布还愁没衣穿吗？把身上的烂衣脱下来，照着葫芦画瓢，找老乡大嫂大婶借剪刀、借针线，各人缝各人的。"

4-21 民房 内 夜

一盏桐油灯吊在柱子上。

战士们在铺上剪裁着，缝着新军衣。

大家嬉笑忙碌着。

黄兴亭做得十分认真。

冯伢子将刚刚缝好的裤子拿起来试穿，一条腿刚伸进去，裤腿就胀裂开来，弄得全场哄笑。

4-22 民房院子 日 外

集合号响起。

战士们全副武装从屋里跑出来。

黄兴亭穿着新缝的衣服，看上去还算整洁，他站在排头。

冯伢子的新军装简直就是几块布用线连着的，屁股都差点露出来。

船生的衣服像戏台上的小丑。

万才宝站在后排用棍子挑开冯伢子的破裤腿，全场大笑。

黄兴亭："立正！"

全体立正站齐，军装各式各样，五花八门，排起队来更让人忍俊不禁。

黄兴亭："肃静！"

全场顿时雅雀无声。

黄兴亭："上级令我们向大洪山转移，甩掉敌人！出发！"

4-23　山野小道　日　外

战士喊："同志们，大洪山到了。我们把敌人甩掉了！"

战士们高兴地唱起歌来："洪湖水呀长又长，洪湖岸边是家乡。霍总来了闹革命，土豪渔霸全扫光……"

山路崎岖，寒风呼啸，天上飘起小雪花。

地上冻着，一脚踏上去，有冰碴子。

黄兴亭和一些战士还穿着草鞋在行军。

特写：黄兴亭的脚下，脚踩过冰碴，留下一个个带血的脚印……

部队依旧在风雪中前行。

4-24　山崖下　夜　外

夏特派员骑马过来。

夏特派员："这里可以避避风，就地宿营。"

疲惫不堪的队伍钻进山洞里。

又饥又饿又累的战士们纷纷放下枪，卸下装备，找地方靠下。

万才宝和炊事员们忙碌着生火做饭。

黄兴亭和船生、冯伢子寻来一些枯树枝生起了火。

黄兴亭："这里的天气真怪，十月还没到，怎么就下雪了呢？"

船生掏出地图册，就着火光查看。

船生："这里是桐柏山主峰耶！海拔一千六百米哪。天哪！我们洪湖海拔才二十八米。我们爬到天上来了，能不冷吗？"

冯伢子："你倒是长学问了，还知道海拔什么的。我可全忘了。"

黄兴亭："敌人暂时被甩掉了，但不可松懈。班长轮流放哨，战士休息。五个人盖一床被子，生一堆火。我们是总部的前哨，一定要按时轮班。"

几个班长："是！"

黄兴亭："我值第三班。到时叫我一声。"

万才宝端过一筐米粑，分给每个战士。

万才宝："吃吧吃吧，吃了好好睡觉，敌人被我们甩掉几百里哪！三天三夜没睡了，放心大胆睡一觉。"

黄兴亭怕误了接班时间，他抽着一支烟，一会儿就睡着了，香烟蒂落在被子上，烧着了被子，一阵臭烟把大家熏醒了。

船生叫了起来扑打着："发火啦！发火啦！"

黄兴亭惊醒："呀！是我抽烟睡着了，被子——"

他跳起来捏灭了火。

黄兴亭："我该接哨了，对不起，把被子烧坏了，让大家挨冻。"

他扛起枪去接哨。

船生把自己的破鞋递给黄兴亭："哥，你穿我的鞋吧，草鞋太冷了。"

黄兴亭："我走动，不要紧。"

船生："哥！我焐在被窝里，还有火烤着，不冷。"

黄兴亭还是摇手拒绝。

黄兴亭把破草鞋套在脚上，走出山洞。

4-25　村庄里　傍晚　外

部队在山路上行军。走进了一个小山村。

天黑了下来。

黄兴亭的脚冻伤了，走路一瘸一拐，但他仍然走在"改组排"的前面。

前面传来进村休整的命令。

4-26　民房内　夜　内

黄兴亭带着几个战士，住进一户人家。

船生问房东："老大娘，我哥脚冻伤了，您家里有没有治冻疮的药膏？"

大娘："狗獾油擦冻疮是最好的，用完了。不过，涂点桐油也行，是伤口裂开了吧？"

船生："那您就给我一点儿桐油吧。"

大娘："我们这里产桐油，这倒不缺。"

深夜，二十来个战士，睡在用稻草铺着的地上。

豆油灯下，船生抱着黄兴亭冻伤的脚，用桐油涂抹着伤口。

黄兴亭咧着嘴，忍着疼："你手轻点！"

船生："我给你找东家老大娘讨点布来包包。最好是讨双旧袜子套在脚上。不然，你这脚，这鞋……明天怎么行军？"

黄兴亭一把扯住他："不能找老百姓要东西！他们也很穷。"

船生："那我把这破被窝撕一块下来。"

黄兴亭："不行，被子虽破了，是大家公用的。"

船生拿过黄兴亭的包："这不是陈排长的包吗？走了上千里你还没丢呀！我看看里面除了书，还有什么？"

船生掏出一块雪白完好的床单来。

船生："哥，你傻呀！这里还有一幅床单哪！"

黄兴亭："陈老师交给我的遗物，我不能……"

冯伢子："脚没了，你走不远，没命了，还革什么命？"

冯伢子从船生手里扯过床单，要撕。

黄兴亭急急拦住，抱住床单，心疼地："慢！别扯烂了，找大娘借把剪刀来，小心剪一条——"

4-27 山乡小道 日 外

路边有棵大树，黄兴亭独自一人躺倚在树下，昏沉沉的，抱着一根竹竿支撑着身子。

一个背着竹篓采药的山民大伯走过来瞧了瞧。

大伯："小伙子，你是红军吧？"

黄兴亭睁开眼，挣扎着想站起来："大伯，您看到红军往哪边走啦？"

大伯手一指："往东边走了，你掉队了吧？看样子是病了吧？"

黄兴亭："这几天我好像打摆子，每天下午发烧，人没精神，走不动……"

大伯："打摆子？来来来，我帮你弄弄，再给你一点儿草药。"

黄兴亭："谢谢大伯。"

大伯给黄兴亭揉肩，拍背，在太阳穴上用唾沫涂抹后贴上两片什么树叶。再掏出篓里的水壶。

大伯："我这里有点艾蒿籽，你喝下去会退烧的。"

黄兴亭喝了几口。

大伯："好一点儿了吗？"

黄兴亭："谢谢大伯，好些了。我要去赶部队。"

黄兴亭拄着竹拐杆，步履艰难，一瘸一拐地向前追去。

4-28 山路上 日 外

太阳快要下山了。

黄兴亭独自一个在追赶部队。他时而摔倒，爬起来再走，抬眼望着落日。

路边树林里蹿出个人影来。

黄兴亭警惕地大叫："谁！"

那人被吓了一惊，就势滚下来。他爬起来一看。

那人："兴亭哥！"

黄兴亭："才宝！？"

万才宝："我是来寻你的呀！你没死呀！没跑？"

黄兴亭："我跑到哪里去？我在追赶部队呀！快告诉我，部队在前面还有多远？方向不错吧？"

万才宝："哎哟！我的哥耶！我们从洪湖出来，都走了七千里哪！这苦这累也算人世少有吧？你还受着这份委屈。我看这夏特派员，与那个邬晨曦也是半斤八两，'改组派'随时都可能枪毙……"

黄兴亭："我问你，部队在前面有多远？我们快跟上去！"

万才宝："你还跟哪？连我吃得比你们饱一点儿也跟不上了，太苦太累了，我看，还是回洪湖打鱼摸虾快活。"

黄兴亭抓住万才宝的衣领："你说什么？当逃兵？"

万才宝："我看你掉队了，也走不动了，所以回来寻你，跟你做个伴，咱们一起回洪湖……"

黄兴亭："你浑了！"

万才宝笑笑，拿出两块银元给黄兴亭看。

万才宝："盘缠准备好了。就等你这个伴儿——"

黄兴亭一拳将万才宝揍倒，用竹竿猛抽。

万才宝被抽得就地十八滚，但还是手捏着两块银元不放。

万才宝："哥！你饶了我吧！饶了我吧！算我没说好不好？"

黄兴亭："我死也死在红军队伍里。"

万才宝爬起来："那我陪你去追部队吧。"

黄兴亭："这次我饶了你。"

万才宝："那哥你就说我来找你的。"

黄兴亭："你这两块银元哪来的？"

万才宝："平日买菜省下来的。"

黄兴亭："还回去。"

万才宝："我听你的，悄悄还进去。"

黄兴亭："走吧！"

万才宝扶着黄兴亭向前走。

4-29 山坳 日 外

崇山峻岭间一块平地，天寒地冻。

地上盖着一层白雪。

一支红军队伍在雪地里迤逦而行。

特务连的三个人将黄兴亭绑了过来，报告夏特派员。

特务连士兵："在突围中失踪的黄兴亭被抓住了。"

黄兴亭："你们不能乱抓哪，我打摆子，发烧，掉队了，遇了老乡，帮了我一把，给我吃了点药，我追赶部队——万才宝可以为我作证。"

万才宝气喘吁吁追上来："特派员同志，我能作证。"

夏特派员："你不是他的同乡小兄弟吗？你作证，他就不是逃兵？说不定还叛变哩。"

万才宝跪下："夏特派员！黄兴亭的确是打摆子掉队了，绝不是叛逃。我们回来了，这难道有假吗？"

夏特派员："你一直跟着他？"

万才宝："我去树林里解大手，发现黄兴亭追赶部队，他脚冻伤了，我扶着他来的。特派员，他绝不是逃兵。我作证。"

夏特派员："押下去吧，现在是行军，宿营时再审吧。"

夏特派员策马前行。

黄兴亭被绑着押着一拐一瘸在雪地里走着。

雪地上留着他一大串脚印。

4-30　雪地　日　外

天空飞起了雪花。

队伍在雪中前进。

红旗在雪花里飞舞。

黄兴亭被五花大绑着由特务连的人牵着向前行进。

他实在走不动了，抬头望天，长叹一声。

特务连干部跑到夏特派员面前。

特务连干部："夏特派员！我看黄兴亭是个累赘，也没有时间去审了，就地处决算了吧。"

夏特派员犹豫不决："有点可惜——"

特务连干部："反正也拖不动他了。"

夏特派员点点头："那就执行吧。"

黄兴亭被拉到路边一块雪地中间。

船生不知从哪儿得到讯息，飞跑着过来，扑过去抱着黄兴亭。

船生："哥！你不能死呀！不能做冤死鬼呀！让我陪你去吧！"

黄兴亭摸摸船生的头。

船生与行刑人解释着："他是病了，走散了，你们看看他的脚，都烂成什么样啦？那伤口还是我给缠的哩……我到处找你啊哥，走不动你就喊我一声啊，我会背着你走……他怎么会逃跑，怎么会叛变？"

特务连干部不耐烦了："快走开！"

船生："不走，我偏不走！"

一个行刑人端起枪。

船生干脆把整个身子护在黄兴亭身上。

船生："你们不能开枪！不能开枪！"

黄兴亭："船生，你就闪开吧，哥记着你哪。你的胆子大了啊……你就不怕死了吗？"

船生呜咽起来，泪水滴在黄兴亭肩上："哥，我怕死啊，怕……看着枪口怕，看着哥，死在你前面，就不怕——"

队伍后面三四个骑马的人奔跑着过来。

前面的是霍总，紧跟着的是向政委。

霍总："前面吵吵嚷嚷的，他们在干什么？"

警卫员："报告首长！好像是处决人。"

霍总："快！过去看看，叫他们住手。"

警卫员策马狂奔而来："住手！"

夏特派员："你谁呀！"

警卫员："霍总、向政委马上就到！"

霍总和向政委赶到跟前。

霍总喝问："怎么回事？"

夏特派员："报告首长，我们处决一个'改组派'。"

霍总、向政委下马朝黄兴亭走过来。

霍总拉过黄兴亭仔细一看："这不是黄兴亭吗？简直是胡闹！他才参军几天，还是个娃娃，怎么就成了'改组派'？"

向政委："'改组派'不经过甄别就能胡乱处决的吗？我们红军被敌人打死打伤已经够多的了，不能再伤自己人！"

霍总愤怒地："给我放了！我作证，他不是'改组派'。"

警卫员上去解开了黄兴亭身上的绳子。

霍总将绳子扔在雪地上，指着特派员："胡闹！再动他，我就找你！"

霍总上马，策马而去。向政委也跟随而去。

雪地上一阵马蹄声，溅起一阵雪尘。

黄兴亭如梦初醒。

他凝望着霍总与向政委渐渐远去的身影——

黄兴亭朝天大喊一声："啊——"

他跪在雪地上，匍匐着身子，双手握脸，大哭起来。

船生："哥！你没死！霍总救你命哪！"

4-31　桑芝县城　日　外

城门"桑芝城"三个古字被炮火熏得模糊。

城头一片硝烟还未飘散。

白匪军的旗帜从城楼上倒了下来。

红军的旗帜插上城楼。

一大队红军进城门。

黄兴亭依然背着两支空枪，扛着米袋，走在队伍前列。

4-32　县老衙门　日　内

一座大院子。

邬晨曦和保卫部的人严肃地站在台阶上。

一长串被绑着的"改组派"被押进来。

各支部队"改组派"全在这里汇集，一百多人差不多站满了院子。

黄兴亭也被押进来。

他左右看看，表情疑惑。

有人在轻声议论。

士兵甲："怎么还有这么多'改组派'呀？"

士兵乙："'改组派'大集中干吗？"

士兵丙："要杀吗？还是开除，遣返回乡？"

邬晨曦站了起来。

队伍中的人互相望着，不敢再说话。

邬晨曦有气无力地下令："全部松绑吧！"

保卫部人员解开了几个人的绳子。

"改组派"们互相解开绳子。

绳子落了一地。

有的人伸着腰活动着身子，怀疑地望着台阶上的邬晨曦。

邬晨曦拿出一份名册："根据上级指示，经过一段时期的甄别，还有个人表现和考验，念到名字的人，出列，按我指定，分别站在左边或右边。吴国柱——左边；杨怀明——右边……"

他念了长长的一串，两边站了不少人。

邬晨曦："黄兴亭——左边。"

他用手一指，黄兴亭听从命令，出列，站在左边。

左边一队有三十来位。右边的人有六十多位。

黄兴亭神情不定。

邬晨曦走到少数人的队列前，板着面孔，从头到尾地再审视一遍。

在列的人人自危，生死难卜的神态。

邬晨曦："你们解放了，有原单位的回归原单位，没有的，听候组织分配。"

左边的人一个个面面相觑，简直不敢相信自己的耳朵，互相捶着。

人们："我们解放啦？听候组织分配？"

黄兴亭愣住了。

没点到名的人被押走了。

保卫部负责人对站右边的人一部分人："你们被开除了，回家去吧！"

被开除的人大哭起来："我们参加红军，家都没有啦！回哪里去呀！死我也要死在部队里！"

保卫部负责人："不杀你，放你一条活命，还不走！"

黄兴亭走到邬晨曦跟前："邬特派员，我分配到哪里？"

邬晨曦："三连。"

黄兴亭转身，大踏步走出大院。

4-33　院子里　夜　内

院子中间燃起一堆火。

被解放的"改组派"们在换衣服。

黄兴亭举起双手，仰望夜空的星斗，长长地舒了口气。

黄兴亭对天喊道："七千里行军啊！我黄兴亭没死，还活着！"

一组闪回叠影的画面：

突围跳河。

追赶部队。

被同学认出。

被捕。

掉队。

雪地被枪毙，霍总救下性命。

大家都在烧破衣服。

黄兴亭也脱下又脏又破的衣服，扔到火堆上。

脏衣上的虱子在火光里"噼噼啪啪"响。

黄兴亭把自己脱得只剩下短裤衩，一身瘦骨呈现在火光中。

黄兴亭："我黄兴亭死不了！"

万才宝过来："我给你弄了套新军服，换上吧！瞧你胡子拉碴的，明天好好上街去修修自己吧。"

黄兴亭手一摊："身无分文，修什么？"

万才宝掏出两张纸币："给你！"

4-34　街上小理发店　日　内

黄兴亭坐在镜子前，发现自己胡子拉碴，头发凌乱不堪。

理发师瞟了他一眼："多长时间没理发啦？"

黄兴亭："半年了吧，记不清了。"

理发师："老红军吧？四十多了吧？"

黄兴亭："刚二十。"

理发师："那倒有点显老的。"

黄兴亭："你给我理出来看看。"

理发师给黄兴亭披上围布，一阵推剪洗刮，一掸围布几绺残发。

地上落一堆乱发。

黄兴亭在椅子上睡着了。

理发师："好啦！照照镜子吧，还真是个英俊年少的小红军哩。"

黄兴亭站起来一照自己："这才是我呀！爹！妈！陈教官！我黄兴亭没死，黄兴亭回来了！"

4-35　院子　日　外

起床号响起。

战士们起床，黄兴亭在穿衣、扎带。

船生悄悄走到他身边，神秘地："兴亭哥！连长天亮前被抓走了。"

黄兴亭："你说什么？又在抓人啊？"

船生："你睡得太沉，连长被抓走了你都不知道！"

黄兴亭留意往院子里一看，气氛很是诡谲，战士们漱洗着，只听到刷牙漱口声，没有人语。

黄兴亭惊魂未定，也不敢多问，回屋去整理铺位。

黄兴亭发现有个小伙子紧紧地跟着自己，一步不离的，还要给他打洗脸水。

黄兴亭扭过头："你怎么回事？"

小伙子："报告连长！我是你的通信员。"

黄兴亭一摸他的头额："你有毛病吧？不发烧呀？"

通信员："我没毛病。这是上级昨夜下达的命令，让我做你的通信员。"

黄兴亭："我是三连连长吗？"

通信员立正："是。"

黄兴亭："我自己也不知道我是连长。你哪里接受的命令啊！你想冤死我吗？"

通信员："你不冤。我们连长才冤哩，鸡叫三更被保卫部的人带走了。"

黄兴亭惊悚了一下："你说什么？王连长半夜被带走啦？"

通信员："今天清晨，团部直接下任命，由你任三连连长。"

黄兴亭："我看你也算是老同志了，跟我开玩笑，我也是'改组派'刚解放出来的，任过几天临时排长，怎么一觉醒来，就提升连长了呢？"

通信员："不是玩笑，黄连长，请你发指示，今天全连的活动是什么？你下令，我传达。否则，我只能跟着你。我们三连多数也是'改组派'，你来当连长正合适。"

黄兴亭："你爱跟就跟吧。我不是连长，我再也不想当什么长，现在我没指示，我得去问清楚再说。"

4-36 禾场上 日 外

战士们在院子里整理内务。

黄兴亭拿着一把大竹扫帚在门外扫禾场。

通信员还跟着他。

黄兴亭："你该干啥去干啥，不要再跟着我。"

通信员："黄连长，三连就你一个领导了，指导员牺牲了，副连长受伤住医院了。扫地这事，我来做吧，你办公去呗。"

黄兴亭："我办公？"

通信员："连里还有信件要处理。炊事班的伙食……"

黄兴亭："嚯！吃喝拉撒都找我呀？整理内务，水挑满缸，柴火备足，床铺整洁，每个人的被单都给我洗一遍，休整也不能邋遢。"

通信员："是。"

汤福林副师长骑着马进了三连驻地。他带着警卫来巡察。

黄兴亭停住扫地，看着骑马走过来的人。

通信员惊讶："汤副师长来巡察，怎么事先没通知呀！"

汤福林跳下马："黄兴亭！"

黄兴亭跑上前去敬礼："老汤！汤副师长！老同学！"

通信员更惊讶："黄连长跟汤副师长同学？"

黄兴亭："去去去！我跟汤副师长有话说。"

汤福林："有什么话就说呗，怕下属听见？"

黄兴亭把汤福林拉到禾场边的树下。

黄兴亭："我真跟你有话说……我正想去师部找你哩。"

汤福林："什么情况，神神秘秘的，这可不像做事干脆果断的黄兴亭啊！"

黄兴亭："我刚分配到三连——"

汤福林："我知道呀！"

黄兴亭："事先没打招呼，等我一觉醒来，怎么成了三连连长？你跟我解释一下。老实说，老同学，我只想当个好战士。免了我吧。求你了。'改组派'的罪我受够了，差点儿丢了小命——"

汤福林："正因为你命大，霍总都瞧着你哩。三连是突围后重新改编的连队，人员成分比较复杂。多数呢，是有'改组派'嫌疑的人。有不少是军校的教师和同学，你很熟悉呀！他们作战经验丰富，能吃苦，革命底子厚实……"

黄兴亭："我比他们经历少，干不了呀！"

汤福林："你是干不了，还是不想干？"

黄兴亭："干不了，也不想干。"

汤福林："干不了也得干。不想干，我枪毙你！"

黄兴亭立正："那我没话可说了。干！"

4-37　连队驻地民房院子　日　内

黄兴亭："全副武装，全体集合！"

通信员吹起全体集合的哨子。

几十人稀稀拉拉，快慢不一，跑到院子里列队。

黄兴亭全副武装，站在台阶上。

全连列队，松松垮垮，枪也是长短不一，五花八门。

黄兴亭一看这阵势就有点头疼，眉关紧锁，很想发作，但他忍着。

二排排长拖拖拉拉，提着一条破枪想往队列里站。

黄兴亭："你！立正！"

二排长一回头，瞅了黄兴亭一眼："你谁呀！哪儿来的？"

黄兴亭："你——立正！"

排长："你毛头小子？"

黄兴亭："我是三连连长黄兴亭。我命令你！立正！向后转！"

二排长愣了一会，来了个慢动作："你叫我？"

黄兴亭："你迟到，军纪松懈，军容不整。"

二排长嬉皮笑脸："你啥时调来的？哟——蛮像样的哩。"

黄兴亭严肃地："姓名，职务？"

二排长："余根发，三连二排排长。"

黄兴亭："我看你也有点年纪了，老革命吧？"

余根发："当过机枪手。"

黄兴亭："你怎么扛枪的？这还要我教吗？"

余根发把枪往黄兴亭跟前一扔："你瞧瞧这破枪，连枪栓都拉不开。我一个排，二十五条枪，只有三支枪打得响，而且没准星，跟放土铳一样，凭感觉扣扳机。"

黄兴亭接过破枪，一拉枪栓，果然锈在枪膛里拉不动。

黄兴亭："怎么回事？"

余根发："三连本来就是新拼起来的，武器都是别的连队剩下来不要的。"

黄兴亭："你有办法把这些枪整好吗？"

余根发："我以为你新官上任三把火，拿我开刀，关我的禁闭哩。"

黄兴亭："你不是干过机枪手吗？肯定有一套。批评就免了，今天的科目，整理枪械。你负责。"

余根发："给我三斤桐油，一筐包谷心子。"

黄兴亭："干啥用？"

余根发："桐油当机油。包谷心子当擦枪布。我挑十个老兵来干。"

黄兴亭："万才宝，你去弄三斤桐油。洪船生，你去搞一筐包谷心子。冯伢子，你去把所有的锈枪收上来，交给余排长。"

4-38 战地 日 外

黄兴亭率领着三连在急行军。

远方，炮声隆隆。

近处也有零星枪声。

通信员跑过来："报告连长！军分区首脑机关正在渡河转移，命令我连断后阻击敌人，不让他们接近渡口。"

黄兴亭："二排长！"

余根发提着枪上来："到。"

黄兴亭："你带二排去把敌人堵在河堤东边，不准他们接近河堤发现我们渡河。"

余根发："是。二排全体跟我来，向后转，跑步。"

黄兴亭："冯伢子，你带大刀队协助二排阻击敌人。"

冯伢子："是。大刀队跟我来！"

黄兴亭："洪船生。"

船生："连长！"

黄兴亭："你带两个人，悄悄摸到敌人右边那片芦苇丛里，看看一直在追着我们的是谁，番号，属哪支部队，武器配制，人数……"

　　船生："保证完成任务。"

　　黄兴亭："不要把小命丢了哟，快去快回。"

　　船生："哥，你放心好了。说不定我逮个活口回来哩。"

4-39　河堤上　夜　外

　　余根发和冯伢子率领战士，与敌人激战。他们居高临下，把敌人压在一片洼地里。

　　敌人冲上来，被一阵手榴弹炸得满天飞。

4-40　芦苇丛里　夜　外

　　船生带着两个战士，猫着腰，匍匐前进，他们泅过一道小沟，随后爬上岸，钻进芦苇丛。

　　船生发现芦苇丛边有个小棚子，棚子外面有个持枪的哨兵。

　　船生学着野猫叫了两声。

　　两个战士爬近哨兵，扑上去捂住了哨兵的嘴，将哨兵绑了，拖进芦苇丛。

4-41　战壕里　夜　外

　　船生等人押着活口回来。

　　黄兴亭一喜："你还真给我弄了个活口回来。"

　　船生："你审吧。怕误时间，我没有问他哩。"

船生把塞在俘虏嘴里的毛巾拿掉："说吧！老实交代，不许隐瞒。我们是优待俘虏的。"

黄兴亭："说！番号？"

俘虏："长官，只要不毙我，我全说。我们是国民党军先遣营……"

黄兴亭："你们跟了我们多少天？"

俘虏："七天了。我们发现红军撤退，而且发现是共军机关。所以，一直跟踪追击……"

黄兴亭："后续部队离你们有多远？"

俘虏："一两天时间吧。我们行动快，装备好，供给也足。"

船生："嘿，是块肥肉哩。"

黄兴亭："你们营长叫什么？"

俘虏："王全国。"

黄兴亭："你们跟后续部队怎么联系的？"

俘虏："我们备有一部无线电发报机。"

黄兴亭："电台，好呀！难怪我们甩不掉的。"

俘虏："我可全招了，可以饶我一命吧？"

黄兴亭："放心，不杀你。老董！"

通信员："到。"

黄兴亭立即把情报写好："快！把情报报给团长，请求指示。"

4-42 战地 夜 外

团长骑马奔来。

黄兴亭："报告团长——"

团长下马，朝黄兴亭胸前搡了一拳。

团长："好你个黄兴亭！厉害呀！这么快给我把情况弄清楚了。"

黄兴亭："请团长下达命令。"

团长："分区机关全部顺利渡河西进了。"

黄兴亭："那我们的任务完成了吧？"

团长："没有。我根据你们提供的新情报，向师长汇报了。师长指示，命令三连黄兴亭，给我割掉这尾巴。怎么打，由你。"

黄兴亭："割掉尾巴？"

团长："嗯，割掉尾巴。任务怎么完成，就看你的了。"

黄兴亭："我一个'改组连'，人家一个先遣营，团长，这对等吗？"

团长："据说，还有电台，这可是大宝贝呀！能弄来吗？"

黄兴亭："给我补充武器弹药，两天之内，我保证咬掉这个尾巴。"

团长："武器弹药？我到哪里去弄？'改组连'的枪栓我可以叫保卫部全还给你们。再给你们三箱手榴弹。"

黄兴亭："有枪栓，没子弹，放空枪能打敌人吗？"

团长："嘿嘿……我还是第一次碰到下属跟上级这么讲话的。你小子胆子不小哩。"

黄兴亭："我实话实说，巧妇难为无米之炊吧。"

团长掏出一个袋子："这里只有二十五发子弹，是我全部的储备，都给你吧。"

黄兴亭："二十五发？全给我？去打一个先遣营？"

团长："要不要？不要我收回。"

黄兴亭抓住袋子："要要要。"

团长："在军校你不是特聪明，点子多吗？掩护总部突围那一战，你也打得挺漂亮。师长说，你会想出鬼点子的。这是一次考验，打赢了，我向师长报你头功。"

黄兴亭："那我就试试看。"

团长："试试看？哪有这样接受任务的？黄兴亭啊！你怪怪的。好，我等着瞧。"

第五集

5-1　湖区村庄　日　外

　　黄兴亭带着冯伢子、船生、万才宝等一伙洪湖兵，在村子里寻访猎户。

　　冯伢子："这仗怎么打呀？二十五发子弹，当胡椒撒也不够哇！人家可是个先遣营。"

　　黄兴亭："硬拼是送死，所以我们得想法子。"

　　船生："这里是洞庭湖区，跟洪湖差不多，有湖汊、沼泽、芦苇荡……"

　　万才宝："凭我们三连的火力肯定不是人家的对手。"

　　黄兴亭："所以，我们要扩充火力，弄出大响动，装出架势，先把他们吓住。"

　　船生："跟我们在家乡打民团一样？"

　　黄兴亭："访问猎户，借土铳和硝药、铁砂弹。"

　　船生："用推炮伏击敌人阵地。"

　　黄兴亭："对。才宝，你给我搞十个铁桶来，每个铁桶配十只炮仗。土铳袭击之后，给我到处乱放炮仗。同时，手榴弹加冷枪杀伤敌人。"

冯伢子："干吗放冷枪啊？集中冲杀多过瘾。"

黄兴亭："二十五发子弹，放冷枪都不够。我把子弹分给了优秀射手，争取不浪费一颗。你冲得过人家吗？我们要分散兵力，三五人一组，用洪湖围猎大雁'开邀'式的打法。"

船生："'开邀'？我懂了。三面吆喝，一方安静……把他们都邀请到安静地方，然后'轰'！"

黄兴亭："吃掉他太困难，割掉这个尾巴还是能做到的。"

5-2　一组镜头

一些猎民把自家的土铳和推耙拿出来。

船生、万才宝、冯伢子等忙着填装火药与铁砂弹。

他们将土铳安装在推耙上，用芦苇和蒿草做了伪装。

5-3　阵地　夜　外

敌人的阵地在一个高台上，灯火闪烁，鬼影绰绰。

营部在一个小村子里。小村周边是湖滩沼泽。有一条进路，一条出路，不远是一条河，一道堤。

夜阑人静，时而传来几声狗叫。

有零星的枪声。

黄兴亭率领着洪湖兵潜伏在沼泽地带。

他们趁着黑夜，推动着土炮，渐渐靠近敌人阵地。

河堤上，红军战士悄悄爬过河堤，向敌军高台接近。

突然，一道火光冲天，一股烟云腾空。

敌人的哨楼在火光中飞舞。

四面炮声大作。

到处都是喊声：

冲啊！

三连上啊！

六连冲上去！

一连跟我来！

……

其间番号乱叫。

"轰——轰——轰——"的炮声也不断。

冲锋号也响起来。

敌营乱成一团，丢下工事里的武器抱头鼠窜。

敌军长官："往东往东，撤！快撤！"

敌军士兵："红军主力返回来啦！快撤！"

几个射手伏在路边的芦苇丛里，放着冷枪，一枪击毙一个。

5-4 敌营 日 外

天发亮，战斗结束。

敌营阵地一片狼藉，武器弹药成箱，敌人溃逃不见踪影。

黄兴亭带着战士打扫战场。

团长骑马过来："小子，这仗打得么样？"

黄兴亭："击毙十五人，缴获步枪一百二十支、子弹十箱。其余敌人全部溃逃。我们割掉了尾巴！"

团长："打得好！电台见到没有？"

黄兴亭："我们兵力有限，不敢远追。否则就露了馅儿……"

团长拍着黄兴亭肩膀笑："我说，二十五发子弹够了吧？"

黄兴亭："还剩七发哩。"

团长："我给你向霍总请功。"

5-5 师部 日 内

黄兴亭进来："报告汤副师长——"

汤福林："黄兴亭啊黄兴亭，果然不负众望，当连长首战告捷。好，好！师长已经把你的这一功向霍总报告了。"

黄兴亭："嘿嘿嘿……有新任务？"

汤福林："当然。派给你一项特殊的任务——"

黄兴亭："打仗？"

汤福林："打通粮道，为红军筹粮，要跟地方部队配合。"

黄兴亭："就我一个连？"

汤福林："别的师也派出一个连，加上地方游击队，共三个连。"

黄兴亭："武器弹药配备……"

汤福林："我发现你总要讨价还价。这次缴获不是留给你们一些了吗？我再配发你两挺机机。"

黄兴亭："保证完成任务。"

5-6 山路上 日 外

黄兴亭带着几个洪湖兵赶回连队。

冯伢子边走边端着机枪作扫射状。

冯伢子："我终于得到这家伙了——突突突……"

船生把机枪顶在头上："嘚嘚嘚……"

万才宝扛着子弹箱："你们好玩，累死我啦！"

还有几个战士上来抢着扛枪背弹箱。

战士："黄连长，我们换换……换换……"

黄兴亭："我们的主要任务是运粮，当然，打不开运输线，粮也无法运。"

众战士："打！打狗日的张刚，活捉了他！"

黄兴亭："张刚是正规军，可不是软蛋。"

冯伢子："是老虎我也要去拔他一颗牙。"

黄兴亭："嘿嘿……老虎……拔牙……你们看到过老鼠拔猫须的游戏吗？"

船生："好玩！老鼠拔猫须不就是虎口拔牙吗？"

黄兴亭："我们这回就把张刚好好地弄一盘。"

5-7 白果桠 日 外

粮队在山路上隐蔽前行。

船生潜伏在草丛里观察敌情。

河岸上有一片树林。

树林边有岗哨。

一条窄小的山路通过树林，可达小河上的木桥。

桥头有工事。工事里有一个营的兵力把守。

船生回来："报告连长……"

黄兴亭手一挥。

余根发潜行过来："敌人守得严，火力、兵力超过我们三倍，怎么打？"

黄兴亭："方队长，你领着粮队绕到对面山沟里隐藏。一定不要让敌人发现。"

游击队方队长："你夺桥占路人够吗？"

黄兴亭："我先派一个班去骚扰，把敌人引进树林子。"

王连长："我们加起来三个连的兵力，没有统一指挥怎么作战？小黄，你年轻……"

方队长："是呀！黄连长，你年轻，又是军校出来的，你统一指挥吧。"

黄兴亭："那好吧，两位老大哥推举我，我就临危受命吧。"

余根发："我们小黄连长刚打过一场胜仗，二十五发子弹，把敌人的先遣营干掉了。"

王连长："我听说了，我们听你的。"

黄兴亭："二排长，你带一个排，分两股潜伏在树林两侧。"

余根发："是！二排跟我匍匐前进，钻进树林。"

一队战士潜行入树林。

5-8 树林 日 外

船生带着十来个战士，突然从树林里钻出来，向敌人的岗哨亭放了几枪，扔了一颗手榴弹。

敌人刚发现，立即回击。

船生他们拔腿就跑，边跑边放两枪。

敌营长："什么情况？"

哨兵："发现有共军来袭。"

敌营长："人呢？"

哨兵："逃了。"

敌营长："多少人？"

哨兵："十来个吧……"

敌营长："守住，不要轻易出击。"

敌营长刚一转身，左边树林里又钻出几个战士，冯伢子端着机枪，向敌营长扫了一梭子。

敌营长吓得趴下："他妈的，机枪，正规红军来了。"

哨兵："没看到人影啊！"

敌营长："给我到树林里搜！"

成群的敌人在敌营长的带领下向树林扑来。

5-9 敌营 外 日

河岸高坡上响起急骤的枪声。

黄兴亭带着主力连向敌营冲锋。

冯伢子、船生钻出树林，从右边扑向敌营。

敌营防守兵不多，他们立即占领了桥头阵地，在工事上架好了机枪。

树林里，硝烟四起，喊声震天。腾起一道道火光。

敌营长带着敌军企图撤回营防工事。

冯伢子端起机枪："来呀！老子等着你——"

一群敌军在机枪前倒下。

敌营长举手投降。

黄兴亭："守住桥头，接应粮队过河。"

黄兴亭率队奔上桥头，消灭了守桥的敌人。

他冲过河去，控制了对岸。

船生把敌营长押进指挥所。

黄兴亭："赶快停止攻击，迅速清理战场，全体隐蔽，不要再放一枪。"

冯伢子："乘胜追击呀！"

黄兴亭："对面集镇上才是张刚的主力，追过去讨死呀！"

万才宝："那怎么办？"

黄兴亭："听我的……"

他跟船生耳语了一阵。

船生："知道了，我等你命令。"

5-10 白果桠 日 外

一个不大的小集镇。

过桥后有个河滩，河滩上长满半人深的蒿草。

黄兴亭带着战士们借着蒿草的隐蔽，悄悄向驻扎在小镇上的张刚团围上去。

5-11　敌军团部　日　内

张刚："怎么回事？！"

参谋："对面发现敌情，有小股共军偷袭。"

张刚："怎么一会儿又没枪声啦？"

参谋："也许小股共军不禁打呗。"

张刚拿起电话，拨通："刘达子，怎么回事？"

5-12　桥头工事　日　内

敌营长被船生用枪逼着。

船生："接电话，就说没事了，十来个人游击队的偷袭，被打跑了。"

敌营长接过话筒："团……团长！"

船生用枪顶着他的脑袋："好好说，别慌张，露馅儿我毙了你！"

敌营长："报告团长。游击队偷袭，被我打跑了，没事了。"

5-13　敌团部　日　内

张刚坐下来，端起一杯茶。

张刚："我阵地固若金汤，你来找死吧！（哼着京腔）我坐在城头观山景——"

5-14　街头　日　外

突然，街头枪声大作。

黄兴亭率领着部队攻进了镇子。

敌人溃不成军，拼命奔逃。

5-15　敌团部　日　内

张刚跳起来："咋回事？"

一个带伤的军官跑进来。

军官："团长，共军打进来了！快跑！"

张刚连东西也来不及收拾，正准备从后门逃走。

冯伢子端着机枪冲进团部："活捉张刚——"

5-16　小镇上　夜　外

方队长领着粮队马拉驴驮人推着过桥。

粮队顺利穿过白果桠。

冯伢子等将缴获来的枪支弹药堆放在车上。

黄兴亭指挥着队伍："赶快清理战利品，一律运走，此地不能久留，趁夜色赶路。"

王连长："黄兴亭，你小子行啊！三个连打败了一个团，你的指挥才能我服，我服。"

黄兴亭："老叔！这都是你们协调听指挥的结果嘛。"

运粮队消逝在夜色中。

5-17 山路 日 外

走在队伍前面探路的洪船生和冯伢子碰到个陌生人，那人打扮有点奇怪，不像当地人。

陌生人："请问红军小哥，军部往哪儿走？"

船生警觉："你什么人？"

陌生人："我有个堂弟在军部当差，出来好几年了，我想去看看他。"

船生："打听红军机关干吗？奸细吧？"

冯伢子："我一看你样子就怀疑你——抓起来！"

陌生人："我要见你们首长。"

船生和冯伢子把陌生人押到黄兴亭面前。

船生："连长，这人打听军部，自称是来探亲的。"

黄兴亭审视了几眼："把他交给保卫部吧！"

陌生人口气很硬："我要见霍总。"

黄兴亭瞪眼："你？见霍总？口气不小呀！"

陌生人哈哈笑起来。

黄兴亭："伢子，你押他去保卫部，一定要先交给团长，最好能把他送到总部。"

冯伢子："保证完成任务。"

冯伢子押着陌生人走了。

5-18 军部驻地 日 内

保卫部两个人和冯伢子押着陌生人进了总部。

陌生人："请你们直接把我交给霍总本人。"

警卫上来拦住。

保卫部押送人员递上团长的信。

警卫人员搜了一下身,没发现什么:"找亲戚？什么亲戚？"

陌生人："家里人有要事相告。"

警卫："信在哪里？先交给我们转达,首长不是能随便见的。"

陌生人："口信。"

霍总刚好出来："什么人？"

警卫："这人自称来找亲戚,他还说要直接见您。"

霍总："进来吧。"

5-19 霍总办公室 日 内

陌生人被押进来。

霍总上前看了看。

陌生人拉掉化装的胡子眉毛,扔掉破草帽。

陌生人："霍总！"

霍总终于认出来,惊喜地拥抱："老吴！"

陌生人笑起来："总算见到你们啦！我可追寻了两个多月呀！"

霍总："该不是中央派来的吧？"

老吴脱下白色衬衣,铺在会议桌上。

他又从背包里拿出一个小瓶子,拔掉塞子,将药水洒在衬衣上。

特写：衬衣上一行行字显现出来——

是上级党组织给湘鄂西分局的信：

夏曦同志在洪湖根据地肃反犯了不可容许的严重错误，完全不相信群众和自己的同志，造成了极大的损失……责令其反省，并立即停止肃反——

霍总走到门口大声喊："老向！老向！"

向政委应声走过来。

霍总、向政委凝神看毕，两人同时握住老吴的手。

向政委："辛苦你了！总算盼到这一天了！"

霍总："老向，我建议立即将文件抄写出来，向全体红军干部和战士公开。"

向政委："我赞成。快！叫秘书和参谋立即抄写，抄了张贴出去。"

霍总："立即召开团以上干部会议，宣布上级指示！"

副官："好，我这就去通知。"

霍总把衬衣拿起来抖了抖："把密写原件拿给夏曦看看！赶快给老吴同志换件新衬衣，还有，拿酒来！最好的酒，我要喝个痛快！"

5-20　机关驻地　日　外

操场上用两张芦苇席搭成的公布栏，几张大红纸贴在席子上。

许多干部战士围着观看，大家心有余悸，不敢议论。

冯伢子："肃反停止啦？夏曦挨批评啦？在反省，真的吗？"

一个干部指着红纸布告："这还有假,上级刚下来的文件。"

5-21　民房　日　内

一间草房,许多老兵坐在统铺上。

渔阳在念文件。

渔阳："上级新文件来了。肃反,抓'改组派'错了。邬晨曦的特派员也停了,咱们这些'老改''老苏维埃主席'也有了出头之日啦!"

一个老苏维埃主席："是不是又派我们回根据地,再建苏维埃?"

渔阳："你还想回去当主席呀!"

另一个:"我们几十位都是当过乡镇区苏维埃主席的呀!跟着部队转移,全都变成兵了。渔阳同志,你也是区主席呀,当个副连长,还是临时代理的。"

渔阳："谁叫我们外号'主席连'呢?这次大改编,说不定明天上级就派连长来取代我哩。咱们打仗虽然不怎么的,但觉悟高呀!资格老呀!这颗脑袋没割掉,革命路还长哩。"

5-22　民房院子　傍晚　外

黄兴亭背着背包进来。刚好碰上全连集合晚点名。

他把背包放在台阶上,等着主持点名的值星排长向他报告,介绍他是新调来的连长。

主持点名的是值星排长高东升,他简直就像没看到黄兴亭一样，连头也没点一个就开始点名。

高东升："王大毛！"

王大毛："到。"

高东升："李成林！"

李成林："到。"

高东升："刘才茂。"

刘茂才："到。"

高东升还在点名。

黄兴亭立在台阶上，观察着。

这些老兵们松松垮垮，精神不振。连列队也不整齐，应"到"的声音也时高时低，有气无力。

有的人还瞟了黄兴亭一眼，对他的到来有些奇怪。

黄兴亭忍耐着，直到高东升把名点完。没想到高东升直接喊："解散！"

战士们散开，也没有人来理他。

高东升也走开了。

黄兴亭一个人留在台阶上显得十分尴尬。

他拎起背包。

通信员跑过来："黄连长！你什么时候到的？"

通信员接过背包，把他领到连部。

通信员："一切都给你安排好了……"

黄兴亭："你现在就去，给我把高东升排长叫来。"

通信员："是。"

5-23 连部 傍晚 内

黄兴亭坐在方桌前。

高东升进来："你找我？"

黄兴亭："坐！高排长。"

高东升毫不客气地坐下："什么事？要我向你道歉吗？"

黄兴亭："道歉倒不必，我们来摆摆理。"

高东升："摆理？"

黄兴亭："我想，你应该知道我调来当连长的事。"

高东升："那是。"

黄兴亭："咱们都是沔阳人，你早就认识我的。"

高东升："当然。"

黄兴亭："你是老兵，比我年长。当兵的时间也比我长吧？"

高东升："嗯。"

黄兴亭："红军部队是有高度组织纪律性的队伍，一切规章制度是保障部队战斗力的基本要求。听从上级指挥，服从命令也是军人的天职。"

高东升："这些我都懂，不用你来教我。"

黄兴亭："你是排长，我是连长。我来了，你一不报告，二不请示，三不理睬，当着全连战士的面，拿上级不当回事！就算点名，也该点点我的名字！连这个都不懂，当什么排长？"

高东升："我——"

黄兴亭："在排里，班长不拿你当回事，你这个排长还能指挥作战吗？"

高东升："我——我——"

黄兴亭："我我我什么？你讲得出道理来，我这个连长让你来当。"

高东升："大家都听说你在洪湖只是个少先队队长，那时候，我们都是乡里区里的主席。派个娃娃来管我们'主席连'，难道我们'主席连'里就选不出一个连长来吗？我们不是对你有意见，是对上级处理我们'主席连'的方式有些意见。所以，大家都有抵触情绪……"

黄兴亭："有情绪向上级反映去。你们都是从肃反中过来的。九死一生，我懂，我也跟你们一样，差点儿被枪毙……现在肃反停止了。都想出来当连长？前些时，叫你出来当连长排长，吓得你尿裤子哩。"

高东升一拍桌子："你说得对呀！还真不敢当！"

黄兴亭："那你错没？"

高东升："我错了。"

黄兴亭拍拍高东升的肩膀："我们交换一下意见嘛，今后要搞好团结。"

高东升站起来敬礼："报告连长！高东升不该目无上级。"

黄兴亭："算了算了。老兄今后多指点就是，去吧。"

高东升："我就怕，渔阳同志，他的资格，比我们都老……"

5-24　民房　傍晚　内

黄兴亭进来，站定，扫了全屋人一眼，向大家微笑着敬了个军礼，没人吱声。

渔阳歪着脑袋瞧了瞧："这不是黄登庸的儿子黄兴亭吗？"

黄兴亭立正："是,渔阳叔。"

渔阳抱着黄兴亭的肩膀,将他脖子箍得紧紧的,逗着小孩儿玩似的。

渔阳笑："这还差不多,没忘记渔叔。你小子跑到我这里来啦?"

黄兴亭一把将渔阳推开,严肃地:"渔副连长,请你严肃点!"

渔阳:"呵……哈哈……嚯——小伙计,打了两仗,翅膀硬啦?瞧不起老叔?"

黄兴亭正色道:"我现在是五连连长。"

渔阳翘起大拇指:"我知道。乖乖隆滴咚,这么快就爬到老子头上去了,哈哈……"

黄兴亭:"渔阳同志——"

渔阳:"在根据地,我们都是乡、镇、区里的苏维埃主席哩。乡长、区长、镇长都不比连长小的呀!我们参加革命时,你才刚出生哩。记得你满月时,你爹请我去喝过喜酒哩……"

满屋子哄堂大笑。

黄兴亭:"摆什么谱?革命不分先后,我还上过军校,受过专门训练哩。"

渔阳:"哟!军校,还训练过的,你也讲资格呀!"

黄兴亭:"渔阳同志——"

渔阳指着着自己的鼻尖:"我还是董必武介绍入党的哩!"

黄兴亭:"董董……什么?"

渔阳转过指尖指着黄兴亭的鼻尖子:"你小子知道董必武是谁吗?"

黄兴亭后退两步："小时候听我爹说过。"

渔阳："哈哈哈！"

满屋人跟着大笑："哈哈哈……哈哈哈！"

黄兴亭提高声音："这是部队，不是乡政府。军人有军人的纪律。晚点名时，我发现你们纪律松懈……"

渔阳："你小子能，连打两个胜仗，受了表扬，尾巴翘上天啦？"

黄兴亭也火了："我承认你们革命斗争经历丰富，善于做群众工作。打仗你们不行，所以派我来。"

渔阳："嚯！乖乖！你以为我们没打过大仗，是听到枪响就吓得筛糠的新兵？"

黄兴亭："渔阳叔，我尊重你。但你不能总拿我当小孩儿呀！我问你一个问题，你只要答对一半，我就向上级申请让您当连长，我来当副连长。"

渔阳："嘿嘿！你考我？我过的桥比你走的路多，吃的盐比你吃的米多。你还能考住我？"

黄兴亭："你玩过短枪吧？"

渔阳："那当然。"

渔阳把手枪往桌子上一拍。

渔阳："闭着眼睛，我也能把它卸了再装上。"

黄兴亭："我想问问老叔，只要你能说出五种不同型号的短枪的出产地，口径是多少？有效射程是多少？我就认你。"

渔阳："五种？还产地、性能、口径、有效射程？"

黄兴亭："能说准三种，我算你及格。"

渔阳："能打得响，打死敌人就行了。"

黄兴亭："连简单的枪械知识都不懂嘛。哈哈哈……看来这连长还是我当了。我现在命令，整理内务，瞧瞧你们的铺位，简直像个狗窝，我们是军队，不是拉差来的民夫——"

大家都看着渔阳。

渔阳："都愣着干吗？还不快整理？"

5-25 师部 日 内

黄兴亭匆匆忙忙进来。

汤福林："黄兴亭，你来得正好，我有事正找你。"

黄兴亭："汤副师长！我也正有事找您哩。"

汤福林："嘿嘿嘿，是你先说，还是我先说？"

黄兴亭："你是上级——"

汤福林："为邬晨曦的事来的吧？"

黄兴亭："红军建制多的是，哪团哪营哪排安排不下一个邬晨曦？为什么把他偏偏安排给我？"

汤福林："因为你最了解他呀！"

黄兴亭："'主席连'已让我焦头烂额了，现在又来了个邬晨曦——"

汤福林："在军校时我听你说过，他是你革命的引路人，不承认啦？"

黄兴亭："我承认，那是开始。后来他……"

汤福林："他没有叛变，肃反也不是他的决定。他是夏曦的'左'倾路线忠实的执行者，犯了错误，给他个改正的机会嘛。邬晨曦被解除职务。上级的处理决定，我们要服从，难道我们以眼还眼，以牙还牙，把他枪毙了不成？"

黄兴亭："那倒是不能枪毙，他为革命做过不少贡献的。"

汤福林："拿到调令，他不敢直接去找你……"

黄兴亭："他也没脸见我——因为他，韩眉姐还没有下落哩，活该！"

汤福林："哈哈——我以为黄兴亭宰相肚里能撑船哩。"

黄兴亭："我没说不要他……只是——"

汤福林："只是什么？"

黄兴亭："'主席连'大多是老苏区来的人，邬晨曦下令杀害的都是他们的同志和亲友，我怕他去了会受到报复。"

汤福林："总得给他个容身之地嘛，家也回不去了……人家革命可不比我们哩。他革命的意志很坚定的。你听说中国有二十八个半布尔什维克吗？夏曦算一个，他是夏曦的学生，算半个。"

黄兴亭："半个布尔什维克？难怪呀！"

汤福林："他昨天到师部，差点被一些受过他审讯的同志打了。大家都欺负他，我看他也很可怜的。他认识错误倒是很深刻，知过即改。"

黄兴亭："我不会欺负他的。好吧！我领他回去。"

汤福林："邬晨曦同志！"

邬晨曦从里间出来，一副丧魂落魄的样子，佝偻着腰，浑身湿漉漉的，肩上挂着两个大书包，往日的派头一扫而空。

邬晨曦颤颤巍巍："黄连长……唉！过去……"

黄兴亭："过去的事少提了。跟我走吧！"

邬晨曦："是。"

黄兴亭："冯伢子在外面等着你哩。"

邬晨曦受命似的背着书袋子出去："是。"

汤福林："瞧见了吧！那里面全是马列原著，命根子似的。知道什么叫半个布尔什维克了吧？"

黄兴亭："我理解了。"

汤福林："要是把他塞到全不了解他的部队里去，他只有死路一条。那些受害者非整死他不可，所以……"

黄兴亭："师长，我懂了。"

5-26 师部 日 外

邬晨曦走出来。

黄兴亭跟着出来。

冯伢子看到邬晨曦像没有看到似的。

冯伢子朝着黄兴亭："连长！"

黄兴亭："这是老邬！你帮他背背袋子吧，回连队。"

冯伢子重重地："哼！"

邬晨曦："冯伢子同志，今后多帮助……"

冯伢子："帮助？我们能帮你什么？帮你成为杀自己团长的布尔什维克？"

邬晨曦："我执行了错误路线——"

冯伢子："不是说不要他的吗？"

黄兴亭："执行上级命令！回连队。"

冯伢子从邬晨曦的肩上接过书袋子："马列主义我还是愿意背背的。"

邬晨曦不让："我能行能行……"

冯伢子："上级命令，别跟我啰唆了。"

5-27　连队驻地　日　内

院子里，打牙祭聚餐，大家欢聚一堂，说笑，喝酒庆祝。

万才宝："今天是个好日子，难得有鱼有肉有酒，大家吃好喝好，更有劲往前走！"

船生："等一会儿吧！连长还没回来哩。"

黄兴亭、冯伢子领着邬晨曦进来。

冯伢子把邬晨曦的书袋往石磨盘上一扔："好重的包袱呀！"

大家围上来："连长回来了。"

万才宝摸着冯伢子扔在石磨盘上的书袋子想解开看看。

万才宝："又领了什么赏回来呀！"

邬晨曦低着头进来，轻轻地按着书袋。

邬晨曦小声地："万才宝同志，这是我的书。"

万才宝瞪大眼睛看着邬晨曦："邬特派员……邬先生！怎么是你呀——"

大家一见邬晨曦，一起围过来，故意不拿眼看他，而是用身子推推搡搡，一直把他挤到墙角的一口水缸前。

邬晨曦："同同同…………志志们……"

万才宝拿出书袋里的一本厚书，外文，谁也不认识一个字。

万才宝："又背这么两大袋子纸砖头来哄我们哪！我们没文化，啃不动这洋砖头，还是有酒有肉好，那才是共产主义！"

众人起哄："说得对！"

邬晨曦被挤到水缸边，眼镜掉进水缸里，他躬腰去捞，上半身掉进水缸。

众人哈哈大笑。

黄兴亭一把将他捞起来："严肃点。马克思主义是革命的指针！"

邬晨曦抹了一下脸上的水，接过黄兴亭捞起来的眼镜："同志们，我过去对不起大家，我追随夏曦，犯了极其严重的错误，请大家接受我的反省和道歉，监督我改正错误。我愿意同大家一起战斗……"

黄兴亭："从今天起，老邬也是我们连的一员，大家不要歧视他。"

渔阳和高东升走过来，狠狠地盯着邬晨曦。

邬晨曦连忙向渔阳和高东升鞠躬："老渔，老高……我对不起大家……"

渔阳："就这么轻描淡写一句话了结啦？没那么便宜吧。"

5-28 连队民房　夜　内

党员生活会，党员们坐在大统铺上，小桌上放着一盏油灯，渔阳在主持。

渔阳："今天是党员生活会，黄兴亭的党员身份重新登记还没有做完，指导员也没有配下来，由我暂时主持。今天的内容是让邬晨曦作检讨……"

邬晨曦推推眼镜，低着头，翻开笔记本。

邬晨曦："同志们，我对不起洪湖根据地的同志们……我执行了错误路线，追随夏曦，搞肃反扩大化，伤害了许多同志……"

高东升站起来："谁他娘是你的同志？！你杀害了我们多少同志？我兄弟三人就有两个死在你的手里……"

没等说完，高东升就抓住邬晨曦的衣领。

高东升号啕大哭起来："你还我两个哥哥！你把他们杀了，埋在哪里了……我活剥你的皮也不解恨！"

渔阳愤怒地站起来："邬晨曦！你给我老实交代：哪些人是你下令处决的！"

顿时，大家围上来，扯住了邬晨曦，东推西搡。

群声杂乱："打死他，要他偿命！"

渔阳激怒了，他揪住邬晨曦，拎到桌子上。

渔阳："我们区九个苏维埃委员，就被你下令杀了八个，我逃掉了，我要为他们报仇雪恨！宰了你！"

邬晨曦站了起来："同志们！你们杀了我，我也不会鸣冤叫屈。但我要告诉大家，革命不是你们想的那么简单，不光是打土豪，分田地，让工人农民翻身做主人……中国历史上有多少农民起义，夺得江山，也只是换个皇帝……马克思列宁主义的革命思想是一个复杂的思想体系，革命也需要有理论指导……苏联出现了托派，中国不能不引起警惕……"

渔阳："我看你是鸭子死了嘴壳子硬！明明白白杀错了人，还在讲革命需要！"

高东升一脚踹了过去，将邬晨曦踹倒在地上。

渔阳把他拎起来就是几个耳光："我看你嘴壳子还硬

不硬！"

邬晨曦嘴角上的血流出来："光凭朴素的革命热情，革命会遭到失败的。农民意识不是共产主义——"

渔阳更加愤怒，连扇了邬晨曦几个耳光，把他打得满脸鲜血。

邬晨曦硬挺着："你们打吧！打吧！打了解恨，我愿挨……许多同志错误地被杀害，我有责任。"

众高喊："打死他，为冤死的同志报仇！"

邬晨曦不仅没有求饶，反而更坚挺地站起来："靠你们打打杀杀就是革命吗？我也是十八岁就参加革命的。而且在革命的发源地欧洲，马克思的家乡……"

高东升跳上去又是一个耳光："你他妈公子哥儿，有钱去留洋，革命，吃过苦吗？你下令杀我哥哥……"

邬晨曦："你哥死了，我哥比你哥死得更早！他也是为革命被杀头的，在广州，你只要有点革命知识就会知道我哥的名字！"

众人惊呆了。

邬晨曦："为了革命，父亲把我赶出家门，断绝父子之情。为了革命，我变卖了家里良田万顷，把我父亲活活气死！受我牵连，家族里大大小小还丢了七八条命！我为了什么？我也为了革命！有错，我认了，但我绝不是反革命！你找我还你哥的命，我找谁还我哥的命，还我家里那七八条命？"

邬晨曦像个孩子似的痛哭起来。

高东升："那些账，你找白狗子去算，反正是你杀了我哥……"

高东升举手再打。

黄兴亭冲进来："不许打人！"

5-29　十万坪杉木村　日　外

黄兴亭站在村头的小山上用望远镜察看着敌情。

船生奔跑过来："连长，连长！"

黄兴亭："什么情况？"

船生："霍总在瓦屋塘——"

黄兴亭："怎么样啦？"

船生递上信："汤副师长的信。"

黄兴亭拆开。

汤福林的声音："霍总在浯溪河那边跟敌人兜圈子，阻挡湘军，现命令你们在十万坪截断敌人……"

黄兴亭："同志们！我们决不能让敌人越过浯溪河！保证中央红军顺利进驻遵义城。"

望远镜内：一片谷地，两侧山势平缓，遍山长着茂密的油茶林和灌木。杂草丛生，沟壑纵横，十分宜于埋伏。

黄兴亭："停止前进！向右转，跑步，向村子后边的油茶林隐蔽。"

连队立即跟着行动，向杉木村后奔去。

部队顷刻间消失在油茶林里。

5-30　山下　日　外

一批敌军大摇大摆地进了村子。

先头的在号房子，准备住下。

敌人把枪架在一起。有的人在河边洗脸。

有的躺在草地上抽烟。

有的进了老百姓家里，派粮，做饭。

村里闹得鸡飞狗叫。

一个不大的村子，一下子住上了几百号敌军。

5-31　油茶林　日　外

黄兴亭潜伏在油茶树下，仔细地观察着敌人的一举一动。

渔阳爬到他身边："这么多敌人，怕是有一个团吧。我们一个连对付得了吗？"

黄兴亭："两边山上都是我们的人。两个师对两个旅，霍总转去转来，就是为了把敌人引到这块伏击圈子里来。"

渔阳："我们来来回回跑了四五天，原来是为了在这里打伏击？"

黄兴亭："这就是霍总用兵的高招儿，这回我算悟出了道理。"

渔阳："霍总用兵，也有你不解的地方？"

黄兴亭："我才学到一点儿皮毛哩。"

渔阳："行啊，年轻人，你多学点战略战术什么的，以后也教老叔几招儿——"

冯伢子看到不远处的敌人埋锅做饭。

饭的香味飘到油茶林子里来。

冯伢子抻长脖子，情不自禁地站了起来，恨不得冲过去，抢了敌人的饭碗。

万才宝扯了一下他的腿："蹲下，别暴露。瞧你，饿了吧？闻到饭香流口水啦！"

冯伢子："行军五十里，连口水也没沾，饿得我腰也直不起来了。"

黄兴亭捡起一块石子，投向冯伢子。

冯伢子一惊，端起枪作战斗状。

黄兴亭朝他做手势："隐蔽！"

冯伢子立即躲到一棵茶树下。

天将黑，晚霞给山谷涂上一抹余光。

一颗信号弹腾空而起。

总攻的号角响起。

黄兴亭举起枪："同志们！敌人给我们准备好了晚饭，冲上去，吃晚饭！"

冯伢子跳出来："冲啊！吃饭去！"

高东升："二排跟我冲！"

战士们饿虎扑食似的冲向村子。

夕阳里，整个山谷一片火红。

红军满山遍野地扑向谷地。

5-32 师部驻地 日 外

黄兴亭押着俘虏和大批军用物资回来。

汤福林跑出来抱着黄兴亭："黄兴亭！你小子没伤一兵一卒，将两个营连包了饺子，缴获的物资怕是要把你撑破了吧？哈哈哈！"

黄兴亭："缴获粮食弹药全部运来。"

汤福林："全部上缴？"

黄兴亭笑笑："给我提成，以资鼓励吧。"

汤福林："好，我现在就给你开表彰大会，等着！全体立正！师部干部们出来。"

师部干部们听命全部出来。

大家围住黄兴亭的五连。

大家鼓掌祝贺胜利。

汤福林跳到战利品车上："同志们！五连长黄兴亭，带着'主席连'在这次伏击战中表现尤为突出，再一次创造了以少胜多、以弱胜强的战例……"

掌声雷动。

汤福林："现在我军处于非常时期，物资极其匮乏，一切将由总部支配。对黄兴亭和五连的战功，我首先提出口头表彰，马上报总部嘉奖。"

冯伢子跟万才宝耳语："早知道这样，我们打点埋伏就好了。"

汤福林从腰带上解下一块盐巴，举得老高："我现在给黄兴亭授奖，奖励五连一块三斤重的盐巴！"

黄兴亭愣了片刻："这就是奖励？我要的不是这个，就……没有比这个分量更大的了吗？"

汤福林掂量一下盐巴："这块分量也不轻嘛。"

万才宝捅捅黄兴亭提醒："敌占区的盐跟金子似的贵，不要白不要。"

黄兴亭跳上去，接过汤福林手时的盐巴："行吧，那谢谢汤副师长鼓励了！我们有盐吃了。"

他也学着汤福林，把那块盐巴拴在裤腰带上。

5-33　露营地　日　外

二连二排战士们围着锅灶，拿着碗筷准备开饭。

大锅里正熬着一锅菜汤。

万才宝用勺子搅拌着，端起勺子尝了尝，摇着头。

黄兴亭走过来，摸着腰带上的盐巴。

万才宝："连长！奖励奖励，鼓励鼓励呀！"

黄兴亭解下腰带上的盐巴。

黄兴亭："二排表现很好，奖励三圈！"

黄兴亭拎着盐巴，在汤锅里旋了三圈。

万才宝："你慢点嘛，再来一圈！"

黄兴亭将盐巴收进小袋里："三圈是一等奖了。"

万才宝再用勺子醮起一点汤尝尝："同志们，有咸味了！快来一碗咸菜汤，一个大米粑，吃饱急行军，一日百里也不累。"

邬晨曦还在看书。

冯伢子推推他："老邬，吃饭了。"

邬晨曦感激地看看冯伢子，盛了一碗汤："还真有味道了呢，再来条武昌鱼就好了……"

万才宝："你想得美！"

黄兴亭："同志们！争取早日与红六军会师，攻下印江城，就有粮食和盐了。"

5-34　军部参谋长办公室　日　内

黄兴亭有些紧张地进来："报告参谋长！黄兴亭到。"

参谋长："小黄同志，别紧张。进来，坐！"

黄兴亭局促不安地坐下："参谋长，你找我？"

参谋长："你到军团司令部当作战参谋工作都两三个月了吧？"

黄兴亭："是，首长。跟着首长们，我学到了很多东西。"

参谋长："你很好学，肯动脑筋，两次负责侦察都很出色。"

黄兴亭谦虚地笑："首长的正确指导……"

参谋长："红四师正缺一个二参谋，我向霍总建议由你去担任。"

黄兴亭一下子惊得站了起来："参谋长——我……我……"

参谋长："侦察参谋也不是好当的哟！你别急呀！坐下说。"

黄兴亭坐下："参谋长！我怕自己能力不够，资历也不够，太年轻了。"

参谋长："怎么谦虚起来啦？听说黄兴亭一向很自信的嘛。怎么回事？不敢去？"

黄兴亭："嗯……嗯……是有点不敢。"

参谋长："这有点不像黄兴亭了呀！"

黄兴亭："我有点怕卢师长。"

参谋长："哈哈哈……你怕他？"

黄兴亭："去年，有领导推荐我去当副官，就被他拒绝了。"

参谋长："哦！原来有这回事。"

黄兴亭："嘿嘿嘿。请首长派个能力更强更合适的去吧，我留在司令部……"

参谋长："我看你就挺合适。这可是司令部的决定。"

黄兴亭起来敬礼："我去。"

参谋长："湖北军阀急调张鑫汉来围攻我们，形势紧迫，你快赶到四师去，做好侦察工作。"

黄兴亭："是。"

5-35 师部 日 内

黄兴亭轻轻敲门。

卢师长："进来！"

黄兴亭："卢师长——"

卢师长："黄兴亭！你到得很及时呀！"

黄兴亭："我……我……"

卢师长："你……你，你什么？副官没当成，参谋也不想干？李参谋长派你来的吧？他派来的人我可不敢拒绝哟。"

黄兴亭："我好好工作。"

卢师长："你立即带一个侦察小分队，去探明张鑫汉纵队的行动序列，路线、方向，到达各个地点的预测时间以及行动方位。"

黄兴亭："是。"

卢师长："你还有什么要求？"

黄兴亭："报告师长，我要挑选一些熟悉侦察的洪湖兵。"

卢师长："哈哈哈！你总是忘不了你那伙小兄弟！行，你挑去吧。尽快出发。"

黄兴亭："是。保证完成任务。"

5-36 山路上 日 外

黄兴亭带着船生、冯伢子、万才宝等十多个洪湖兵。

他们在羊肠小道上奔跑。

在茂密的丛林里穿行。

越过山涧。

攀上悬崖。

冯伢子："黄参谋！老话说，君子不催饿兵，这样跑呀、跳呀、爬呀，半天走了五十多里，肚子都咕咕叫啦！"

万才宝："坐下歇一会儿，吃点干粮吧。"

大家歇下来吃干粮，喝溪水。

冯伢子："这哪能饱肚子呀！"

船生："兴亭哥，你当了侦察参谋，一上任就拉我们跑长途呀！累死我啦！"

黄兴亭故意地："那好啊，明天把你们都退回去，我再换批人来。"

船生赶紧补白："我话才说了半句，累是累，可跟着兴亭哥，累死也情愿。"

冯伢子跟腔："情愿……情愿……"

船生："兴亭哥到总部才两个月，就又想着咱们呢，这不，大家又在一起啦！"

黄兴亭嚼着干粮："你们几个，动什么心思，我还不明白啊？我一直琢磨霍总头一次见到我，就说你的凉亭的亭太小了，也就容得下十来个人……"

万才宝一乐，指指大家："是啊，刚好十来个。"

黄兴亭瞪眼："你是说，我就配指挥你们这十来个人？"

万才宝："谁都知道你的心大着哩！我是说，哪怕你以后指挥千军万马，也忘不了我们这些洪湖兄弟。"

船生竖起大拇指："才宝，你这话，说得够水平。"

黄兴亭回头看船生："快看看，离李家河还有多远？"

船生从怀里掏出地图册，一边嚼干粮，一边在地图上寻找"李家河"，米粑屑子掉在地图上，他用手摸着。

船生："找到了，在这儿！（用指甲量了量）我的妈妈娘耶，起码还有五十里哩。"

黄兴亭："今天一定要赶到李家河。半夜前赶到忠堡。你再看看，前面是否有小集镇，我们找点充饥的，吃个饱，加点油。"

船生："前面不远，出了这个山谷，有个村子叫黄牛棚。"

黄兴亭："走！一小时赶到黄牛棚。"

5-37　忠堡构皮岭　夜　外

夜幕降临，两侧高山显得阴森险峻。

密林中发出各种怪声打破夜的寂静。

黄兴亭带着侦察分队企图潜入忠堡镇侦察。

他们发现到处都是敌人的部队。

黄兴亭："停止前进！"

船生："发现什么新情况？"

黄兴亭："你个子小，会爬树，悄悄爬上树去看看。千万别摔下来暴露了。"

船生："是。"

船生像猴子一样一溜烟上了一棵大树。

他坐在树桠上观察。

一会儿，船生从树上下来。

黄兴亭："有什么新情况？"

船生："还真有新发现咧！左边山脚下有个大山洞。那里灯火通明，明岗暗哨的，人来人往，出出进进，好像是指挥部什么的。"

黄兴亭："大家注意，赶紧伪装潜入，千万别弄出声响，越近越好。"

战士们立即伪装，头戴树枝，身披草衣，匍匐前行。

黄兴亭和船生冯伢子接近了山洞。

黄兴亭发现石崖下传过来"嘀嘀——答答——"的声音。

他借着一根野藤条慢慢滑到山洞旁，伏在一丛荆棘里，荆刺把他的手刺出血来。

他借着洞里的光亮，发现这里就是张鑫汉的临时指挥所。

借着一丝光亮，他迅速将所在位置标定，绘了简图。

黄兴亭沿着野藤爬上崖顶，一挥手："撤，回师部。"

侦察小分队悄悄消逝在夜幕中。

5-38　师部　晨　内

太阳刚刚升起。

黄兴亭带着小分队赶回。

黄兴亭跑进师部。

卢师长刚起床正在穿衣服。

黄兴亭："报告师长！"

卢师长一惊："这么快就回来啦？"

黄兴亭累得气喘吁吁一头倒在卢师长的床上，手里摇动着一张图。

卢师长："你小子先说了再睡！"

黄兴亭："卢师长，你看吧，我连张鑫汉的指挥所也摸到了，可惜我不认识他。"

卢师长："你看到张鑫汉啦？"

黄兴亭："张鑫汉……兵分三路……平行向忠堡方向前进……敌人五个团……他们以为红军远在恩施……他下令部队明天下午四点赶到忠堡以东……黄牛棚集结……"

黄兴亭说完，就睡着了。

卢师长把被子给黄兴亭盖好："嘿！这小子……睡吧！我立即向霍总报告。"

5-39　构皮岭阵地　日　内

黄兴亭、冯伢子等将活捉的张鑫汉押解上来。

霍总："嘿嘿嘿……张将军，你不是天天叫喊着要活捉我的吗？我现在就在你面前啦。"

黄兴亭："我们抓住他的时候，他正伪装成士兵，企图逃跑哩。"

霍总："看来你是被我的战士活捉了，逃不掉啦！"

张鑫汉："惭愧惭愧……我做了俘虏……"

霍总："是回老蒋那里去，还是跟我们走？你自己定，我不强迫你，也不杀你。"

张鑫汉长叹一声；"我回去也是死，跟红军走吧。"

霍总叫住黄兴亭："黄娃子，你这次侦察有功。不过，听说你最近有点闹情绪？"

黄兴亭："霍总，这个您也知道？"

霍总："什么事瞒得了我？但你这个娃子，这点好，情绪归情绪，不影响打仗，而且能打胜仗。别看走马灯一样把你拎来拎去，我始终关注着你哪。"

黄兴亭："霍总在，我就有底气。"

霍总："不顺的时候，迷惘的时候，要先调整好自己的内心，把这盏灯给点亮……"

他指指脑袋。

黄兴亭一时没反应过来："脑袋？"

霍总："信仰！遵义会议，也是点亮了这盏灯啊！"

霍总飞身上马，疾驰而去，随风飘来马背上遥远的声音："黄娃子，好好干！"

第六集

6-1 村头 日 外

村子里的墙上树上到处贴着扩大红军、北上抗日等标语。

邬晨曦戴着眼镜，站在大树下的一个土堆上，激情地宣讲着。

邬晨曦："我们中国工农红军，是革命的队伍，是为老百姓打天下的队伍，我们的队伍……希望青壮年积极参加红军……革命队伍是个大熔炉，是锻炼我们……"

寥寥几个听众摇着头走开了。

邬晨曦："乡亲们！你们别走哇！听我说，革命的队伍——"

人走光了，邬晨曦还举着喇叭喊着，声音都哑了，没人理会。

他放下喇叭，揩了揩脸上的汗，叹了口气。

黄兴亭带着几个战士走过来。

船生："兴亭哥，瞧！老邬满嘴喷白沫，没效果。"

黄兴亭："不要去打击他。主观愿望总是好的嘛。"

万才宝："黄参谋，我想了个招儿，保证一天给你招一百个兵。"

黄兴亭："你开玩笑！扩红是个认真严肃的工作，各连队都有任务。完不成我打你们的屁股！"

万才宝："屁股没肉，打疼嘞。你给我三块大洋，我保证招三百个新兵给你。"

冯伢子："就你？滚，我们喊破嗓子，串门，求爹爹，告奶奶，才动员了十来个。离任务远着哩。"

万才宝："你没现钱，写个欠条给我也行，我去弄钱。"

黄兴亭掏出三块钱："这是我的私房钱，给你。办不成我剁了你的手。"

万才宝接过钱："没效果，我伸手让你剁好了。"

6-2 老乡家猪圈 日 内

万才宝看着一头百来斤的猪，敲着猪圈。

万才宝："有人吗？老乡！"

老实憨厚的农民王二喜从里边出来。

王二喜："红军同志，你要点什么？"

万才宝："我想要这猪。你卖吗？"

王二喜："这猪都快养了一年哪，不太长膘，正想卖哩。家里的糠食都吃光了。"

万才宝："那正好哇！不过——唉，你贵姓？"

王二喜："我姓王，叫二喜。"

万才宝往里屋一看："家里人——媳妇？你能当家，说话算数？"

王二喜："我没老婆，就我和娘。"

万才宝："你好像比我大哩？"

王二喜："三十了。家里穷，娶不上媳妇……"

万才宝："王哥！你把这头猪卖给我。我请你吃红烧肉、白米饭，管饱。"

王二喜："天下有这等事？"

万才宝掏出三块大洋："丑话说在前，我手里就这三块大洋，换你这头猪，这猪太瘦了，不上一百斤吧，三块钱也够了。"

王二喜盯住大洋："够够够！"

万才宝把三块大洋塞进王二喜手里。

王二喜笑嘻嘻："你把猪宰了请我吃肉？"

万才宝："我说话算数。我劝你呀——"

王二喜："劝我？"

万才宝："这三块也娶不到一门媳妇。你把猪卖了，跟我当红军去。吃肉，大米饭，管饱，不要一分钱，军队嘛，吃大锅饭。免费供给制。"

王二喜："真的？"

万才宝："当然是真的。我就是从洪湖来的。跟红军走遍天下，有吃有喝有衣穿，都不要钱的。就是打仗时苦一点儿。"

王二喜："我打长工卖短工，也够苦的了，破衣烂衫的，一年也看不到两块大洋，连我娘都难养活的。"

万才宝："你没田没地就这破草屋？"

王二喜："嗯——还有这头猪，还是山上抓来的野猪崽养大的。"

万才宝："难怪这么瘦，全精肉呀！做红烧肉味道一定好上天了。卖了猪，换两担谷子留给你娘，跟我当红军去嘛。说不定三年五载打进城里去，弄个一官半职的，还可以娶上城里的小姐当老婆哩。"

王二喜："天下有这等好事？"

万才宝："革命嘛，总得有甜头哇！一点儿甜头都没有，哪来这么多人参加呢？"

王二喜摸着袋里的大洋："也是呀！红军这么多人……"

万才宝："你告知村里的青年人一声，就说明天到红军队里去吃红烧肉、白米饭！就说你猪都卖给了我，要参加红军。"

王二喜："嗯嗯嗯。"

万才宝："王哥！你明天带个头哇！来晚了，当心肉就吃不上。"

6-3 连队伙房 夜 内

万才宝在杀猪，剁肉，搞得满头大汗。

一个老伙夫在帮他打下手。

老伙夫："万班长，今天夜里杀猪，还蒸白米饭，庆祝打胜仗啦！没有呀！最近是休整，扩红……"

万才宝："这是任务，不是打牙祭。"

老伙夫："哦！怎么你一个人忙呢？"

万才宝："不是有你吗？"

老伙夫："你怎么没叫炊事班？"

万才宝："我信得过你嘛。快干，锅里烧旺一点儿！"

老伙夫添柴加水，灶上灶下地忙着……

万才宝将小锅烧热，开起小灶来。

他煎炒烹煮地闹了一通。

万才宝端出三大碗放在小桌上，从小包里取出一个小酒瓶儿，摆上两双碗筷。把伙房门关了，闩上。

老伙夫还在灶上灶下干得满头大汗。

万才宝："老哥！过来，过来。"

老伙夫："万班长，宵夜呀？"

万才宝："炒猪肝，爆肚片，心肺汤。"

老伙夫："你把猪下水都做啦？"

万才宝："这些东西不能放在红烧肉里。也不多，我们劳累了半夜嘛，作为犒赏——吃吧，吃了，有人问下水哪里去了，你可别多嘴。"

老伙夫："那是那是，当然，当然。"

两人吃喝起来。

6-4　村尾巷子　日　外

墙上用大红纸写着：红军扩招，参军光荣，大家都来当红军！

墙根摆着一张桌子，桌子上放着几个大蒸笼，蒸笼里热气腾腾，满是白面馒头、大米白饭。旁边还放着一口大铁锅，锅里煮着肉。

万才宝敲着勺子，挥舞着锅铲。

万才宝大声喊叫："来当红军哪！红军有饭吃，有肉吃！快快来，都来当红军！现来一碗！立即报名！"

很多青壮年围了过来。

万才宝："大白面馒头夹大块肉，来呀！当红军的来呀！"

两个文书在一旁负责报名登记。

老百姓议论纷纷。

村民甲："在家里也饿肚皮，当红军去吧！当红军有肉吃哩。"

村民乙："去吧，我也报名。"

村民丙："反正我啥也没有，当红军，干革命吧。把这小命交给革命。"

王二喜站出来："我报名当红军。"

万才宝拿起一个大碗，盛起大半碗米饭，一勺子热腾腾的红烧肉盖上去："好样的！红军欢迎你！"

报名当红军的人排成长队。

有的报名者手里还捏着馒头夹大块肉，有滋有味地吃着。

村民丁喊着："给我报名——王大壮！"

村民戊："我——胡春来！"

黄兴亭走过来，看着，笑着走到冯伢子身边。

黄兴亭："这是你们连的招兵点？"

冯伢子："是呀。"

黄兴亭："用红烧肉、白米饭、大馒头招兵，谁出的主意？"

万才宝："我。效果好极了，今天报名的就有两百一十五人。"

黄兴亭："我给你的三块钱——"

万才宝敲着锅："全在这里。"

黄兴亭拿过勺子，仔细地在锅里捞了捞。

万才宝得意地："像邬晨曦那样嚼牙巴骨，讲得口吐白沫，一个也没招到。还是我一招儿灵嘛。"

黄兴亭："杀了几头猪？"

万才宝："一头一头。"

黄兴亭："你们的战果我立即向上级汇报。不光讲吃肉当兵，还要讲讲当红军的道理嘛。太农民化了也不是政策，小声点，巷子里别大叫大喊的。"

冯伢子："是。明天保证再招两百。"

6-5 师部 日 内

参谋递过一份招军报表："师长，今天的招兵报表。"

卢师长接过扫了一眼："十二团二连招兵点，半天就有一百多人报名参军？"

参谋："这个数是十二团黄兴亭刚刚报来的。"

卢师长："虚报吧？这小子好大喜功，弄虚作假，如果让我逮住——走，备马，我要现场查实。你再通知十二团政委朱辉，叫他陪我去大陈村招兵点。"

6-6 巷子里 日 外

万才宝还在挥舞勺子叫喊："快来参加红军哪！当红军有肉吃，有大白面馒头！革命成功了还有官当！"

黄兴亭用笔敲着万才宝的脑袋："你这猪脑子，灌水哪，我教你的忘啦？"

万才宝敲着煮肉的大铁锅："跟着共产党走，红军和老百姓是一家人，有肉吃啊！有饭吃啊——快来报名当红军嘞！"

报名的人排了几十个，站满了巷子。

卢师长和朱辉挤进来，站在墙边看了片刻。

卢师长悄悄地挤到黄兴亭的背后："黄兴亭！"

黄兴亭头一扭，慌忙站起来："卢师长！"

卢师长逮住黄兴亭："跟我出来！"

黄兴亭跟着走出巷子。

卢师长："这是你的主意吗？简直是乱弹琴，胡扯蛋！不宣传革命真理，哄老百姓啊！我撤了你！"

黄兴亭笑笑："群众自己出的主意，我默许了罢。这样效果特好，先进来再教育嘛。没有人当红军，光讲空理没人听啊！来点实惠也不是什么大错，你说呢，师长。"

卢师长："他们都是自愿的？"

黄兴亭："你去问哪！有一个是我逼来的，你枪毙我。"

朱辉："黄兴亭，脑子灵光。这方法虽然不宜推广，但还真有实效。"

卢师长："你去吧。今天到此为止。"

黄兴亭笑着走开了。

朱辉："卢师长，我请求让黄兴亭任十二团参谋长。"

卢师长："朱政委，你别宠他。"

朱辉："师长，十二团钟团长和高参谋长都重伤转后方治疗，就我一个光杆政委了。"

卢师长："我考虑考虑吧。"

6-7 连队伙房 日 内

黄兴亭进来。

万才宝："黄参谋，兴亭哥，来伙房视察？嘿嘿嘿。"

黄兴亭："有个问题我还没弄明白，想问问你。"

万才宝："你说，只要我知道的，全让你弄明白。"

黄兴亭："你肯定明白——"

万才宝："那当然，我是谁呀！"

黄兴亭："把分猪肉的账拿给我看看！"

万才宝掏出个小本子，翻开一页："你瞧呗，清清楚楚，明明白白的。哪个点，哪个排，谁领的肉，都签了名的。"

黄兴亭仔细看："这猪怎么没长下水？"

万才宝："都下锅煮了，吃了，哪来下水？"

黄兴亭揪着万才宝的耳朵："你是故意揣着明白装糊涂，糊弄我？我问你下水呢？就是内脏，猪肚，猪肠，猪心，猪肺……账上没有，现场我也没看到。"

万才宝："哎呀！我的哥耶！啥都瞒不了你哟！"

黄兴亭："是吃了，还是私卖了，账拿出来，钱拿出来！"

万才宝："哥耶，饶了我吧！部队半年也没有油水了，我馋哪！近水楼台先得月……月，我……我……我私吃了。"

黄兴亭："你一个人吃独食？"

万才宝："你怎么知道的？"

黄兴亭："如果伢子和船生也吃了，他们肯定会跟我说的。"

万才宝打自己的嘴巴："我馋，我馋——"

黄兴亭："你那德行不改，在革命队伍里还会犯大错的。"

万才宝："你揍我一顿吧。这事传出去……"

黄兴亭："你等着，我会教训你的，让你长记性！"

6-8　村外树林　夜　外

冯伢子带着万才宝走进林子，冯伢子突然转过身来，揪住万才宝的衣领，将他按在树干上。

万才宝："你疯了！伢子，放开我。"

冯伢子："今天放了你，不给你一点教训，改天你还会犯事的。"

万才宝："我犯了什么事，你有资格来教训我吗，一个小破排长。"

冯伢子："我是以洪湖宋家墩哥们儿的名义来教训你的，不让你再丢宋家墩人的脸。"

万才宝："有话好好说，君子动口不动手嘛。"

冯伢子："你私吞了下水，瞒着哥们儿。此事弄出来，宋家墩兄弟们的脸全让你丢光啦！"

万才宝："你怎么知道的？"

冯伢子："以为我没长眼睛啊？今天，我来教训教训你！"

万才宝："知道你馋，下次，我一定叫上你。"

冯伢子："你看你看，还下次！不打你一顿，你还真——"

万才宝："你打吧！家丑不可外扬。"

冯伢子用拳头狠狠地揍："让你长点记性！"

万才宝抱着腰："哎呀！我的腰——你下死手哇！轻一点儿不行吗？"

冯伢子又是一脚踢上去。

万才宝趴下："我的腰，我的腰！"

冯伢子拉他起来："起来，好汉做事好汉当！"

万才宝："哎呀！我起不来了……"

冯伢子："真的，这么不经揍？"

万才宝："你那拳头没轻没重的，往死里打呀！"

冯伢子："再犯不犯？"

万才宝："不犯了！我的腰断了啊！"

冯伢子住手："你给我装吧你……"

冯伢子扭头离去。

6-9　团部干部驻地　夜　内

冯伢子急匆匆来找黄兴亭。

黄兴亭："怎么回事？"

冯伢子："刚才，我把万才宝给打了——"

黄兴亭："你怎么能打人呢，我只是让你教育教育他。"

冯伢子："我……不仅把他打了，还失手把他的腰打伤了。"

黄兴亭："你简直是胡闹。谁叫你往死里揍的。"

冯伢子哭丧着脸："这事怎么处理？我可把才宝得罪了，他会恨死我的。"

黄兴亭："你别管，我来处理，你回连队去，只当没事。"

冯伢子："我打的呀！"

黄兴亭："让他也接受点教训，伤的事我来处理，你只装作不晓得此事。"

6-10　医务室　日　内

黄兴亭来看万才宝。

万才宝躺在床上："骨折了，腰疼，哎哟……"

黄兴亭："我跟团长说了，你是公伤，养些天，放心，李院长和王大夫我也打过招呼了。你放心养病吧。"

万才宝："伢子他——"

黄兴亭："他打人的事，我跟朱政委说了，降级，让他再当班长去。"

万才宝："也太欺侮人了不是？这笔账，我得跟他算！"

6-11　军团司令部后勤处　日　内

渔阳背着背包进来。

韩眉正在晾被单，她伸出头来一看。

韩眉："老渔！"

渔阳："小韩，你怎么在这里？"

韩眉："根据地大转移，我随红二军团转移，后来一直在军团总部妇工部工作。你来总部有事？"

渔阳："我调到总部地方工作处，来联系工作。"

韩眉："那好呀！我们又在一起工作啦。我听说你在红六军二十六团……你知道黄兴亭现在哪个团吗？"

渔阳："这小子上进了。还当过我的连长哩。现在调十二团当参谋长了。"

韩眉："我就知道他是个当兵的好材料，你可知道邬晨曦……"

渔阳："他也在十二团……你还……"

韩眉："他现在怎样？状态如何？"

渔阳："算他命大，没死。情况当然也好不到哪里去。"

韩眉："哦。"

6-12　黄兴亭住处　夜　内

万才宝跑来敲黄兴亭的门。

万才宝："兴亭哥！不，黄参谋长——"

黄兴亭开门："你，什么事，把你急得——进来说吧。"

万才宝："韩——韩——"

黄兴亭："什么咸哪淡的？"

万才宝："韩眉教官——找来了！"

黄兴亭："韩眉姐？她找来啦？在哪儿？"

万才宝："我把她留在我们连里吃晚饭。天黑了，她要来找你，还要见邬晨曦……船生和冯伢子把她留住，叫我来先向你报告。她要见邬晨曦的样子很急切……"

黄兴亭："她是来找邬晨曦的？"

万才宝："好像是，当然，也是来找你和我们。"

黄兴亭："留得好，今天天黑了，叫她先住在你们那儿，我等会儿去看她。"

万才宝："你现在就去见她？"

黄兴亭："邬晨曦现在哪里？"

万才宝："冯伢子把邬晨曦派去宣传扩招，做群众工作去了。

故意没让韩眉姐见着，说是先听你的。"

黄兴亭："你现在赶快回去，叫邬晨曦到我这里来，行李背包全带来，就说，我有新任务给他。"

万才宝："我这就去。"

黄兴亭又喊住他："哎，才宝，你的伤都好了吗？"

万才宝一下子眉头紧蹙："还痛哪，落下病根子啦！我跟冯伢子没完！"

黄兴亭："这事儿，你不能全怪冯伢子，是我让他教训一下你的。"

万才宝："兴……兴亭哥，不会吧？你让他往死里揍我？"

黄兴亭："我让他蜻蜓点水。"

万才宝喊起来："还蜻蜓点水？他是泰山压顶啊！"

黄兴亭："行啦，这事我先当面向你作检讨，当务之急，先把韩眉稳住。"

6-13 宿舍 夜 外

万才宝费力地把邬晨曦的行李搬出来。

冯伢子见状忙跑过来，讨好地抢过去。

冯伢子："我去我去。"

万才宝不理他，只是气呼呼地哼了一声。

6-14 老乡家 夜 内

邬晨曦坐在昏暗的屋子里，跟一位大娘讲着革命道理，动员她儿子参军。

冯伢子背着两个袋子和背包走进来。

冯伢子："老邬！"

邬晨曦站起来："冯排长，你找我？什么事？"

冯伢子把两个书袋子和背包往他身边一扔："黄兴亭参谋长有新任务给你。命令你立即去报到。你的东西我全给你带来了，快去。叫你二十分钟内赶到。"

邬晨曦："是。"

他拎起背包和书袋，立即起身。

6-15　黄兴亭住处　夜　内

邬晨曦匆匆而来："报告，黄参谋长！"

黄兴亭："老邬，你来了，坐坐坐！"

邬晨曦："什么任务这么急？我保证完成。"

黄兴亭从容不迫递过一杯水："喝口水再说呗。瞧，把你跑得满头大汗。"

邬晨曦："冯伢子说有新任务交给我。好像出什么差吧？"

黄兴亭："坐下坐下。"

黄兴亭接过邬晨曦的背包和书袋子，放在一张临时搭起的行军床上。

黄兴亭："你先住这儿，暂时跟我同住一室，咱们好久没聊天了。"

邬晨曦："聊天？聊什么天？我又犯什么错误啦？"

黄兴亭拿过一堆文件："这是在乌蒙跟敌人兜圈子，打过两次小仗的总结材料。你仔细看看，总结一下经验教训，帮我写份报告给师部。"

邬晨曦："哦，这事儿？我看看。"

邬晨曦认真地看资料。

黄兴亭："所以，我想你帮我写成战报，报告给霍总。"

邬晨曦："好吧——"

黄兴亭："吃住就在我这儿，有人专门管你。完成了，我放你走。"

邬晨曦擦了擦眼镜："我不用人管，大家都忙，你忙去吧。"

黄兴亭："你可以开始工作了。"

邬晨曦："是。"

6-16 村子 夜 外

一轮昏月，几片乌云，小村里时而传出狗叫声。

河边的小路上两个影影绰绰的人影向前走着。

韩眉："邬晨曦的现状我听船生和才宝他们说了。"

黄兴亭："这是他咎由自取。"

韩眉："他追随夏曦也情有可原……"

黄兴亭："他亲自下令杀了那么多好同志，而且死得那么惨。陈排长，多么好的同志呀！"

韩眉："他是在执行命令……"

黄兴亭："他还下命令杀你呢，你也原谅他？"

韩眉："他真的要杀我，我也理解。"

黄兴亭火冒三丈："韩眉姐！你怎么善恶不辨、好坏不分？

他给革命造成如此重大的损失，给了个严重警告处分，对他够宽大了。"

韩眉："但他对于革命，仍然是坚定不移的。他有信仰，有理想，他出身大世家……"

黄兴亭："我不想听你给他找说辞！你不要再找他了。"

韩眉："你不许我见他？难怪他们都……"

黄兴亭："我这是对你好。"

韩眉："我理解你对我的一片好心，但你理解邬晨曦吗，理解我吗？"

黄兴亭："开始，我的确崇敬他，但后来，他变得那么狰狞可怕、走火入魔，还差点就枪毙了我。韩眉姐，你对老邬的态度，说实话，我也不理解！"

韩眉叹口气，有点伤感："以后，你……慢慢会明白的。"

黄兴亭："要我理解他，恐怕这辈子都很难。"

韩眉："上级把他安排在你的连队里，你没有折磨过他吧？"

黄兴亭："要不是我护着他，他早就被人暗中整死了哩。听说，他当时掉河里，在场的人很多，只要伸伸手就可以把他拉上岸，但没有人伸手。"

韩眉："邬晨曦有没有动过自杀的念头？"

黄兴亭："没发现。这位老兄，照样革命热情不减哩。一有空就追着教大家学马列、学文化，跟老百姓讲革命道理。"

韩眉眼睛一亮："这就是我认识的邬晨曦。"

黄兴亭："你——简直——"

韩眉决然地："我要见邬晨曦。"

黄兴亭："你等着吧，他出差了。"

6-17　一组镜头

战地上硝烟四起。

6-18　民居　傍晚　内

韩眉借住在老乡家里，她正在帮助大嫂纳军鞋，谈家常，做群众工作。

黄兴亭走了进来："韩眉姐！"

韩眉："兴亭，老邬……这次战斗没上去吧？"

黄兴亭："没有。"

韩眉："他情绪怎么样？"

黄兴亭："还好吧。"

韩眉："我想见见他，跟他聊聊。"

黄兴亭欲言又止："韩眉姐——"

大嫂见状带着孩子出去："我们出去，你们聊正事。"

韩眉："兴亭，我上次就想跟你说，你要相信邬大哥，他并没有亲手去杀人，他只是执行了错误的命令，不能……说他就是杀人犯。兴亭，你要相信我，他是一个纯粹的革命者，他对革命的忠诚是不会动摇的。"

黄兴亭不悦："我跟他煮不到一个锅里，味道不一样。韩眉同志，我知道你们曾经好过，但你不能感情用事。"

韩眉："兴亭，你比我们年纪都小，有的事情也许你还无法理解，但我可以告诉你，虽然我和他家庭出身类似，但我们都背叛了自己的家庭，参加革命，我们是志同道合的同志。革命队伍里可以自由恋爱，婚姻自主。对吗？"

黄兴亭更加惊讶了："你想跟他结婚？"

韩眉："兴亭，希望你能尊重我的选择。"

黄兴亭："韩眉姐，你不会看上这个公子哥的其他东西吧？"

韩眉霍地站起来："你说什么？说他家里的财产？"

黄兴亭意识到自己说重了："对不起，我有点急——"

韩眉叹口气："你想多了，他还有什么啊？走到这条路上，他哪儿还是什么公子哥呀，如果不在革命队伍里，他就是个流浪汉！"

黄兴亭："瘦死的骆驼比马大，那么大个家族，回去还容不了他？"

韩眉转身，在包袱里拿出一张收据："你看看吧！这是湘鄂西特委给他开出的收据。"

黄兴亭拿起一看，愣住了："没想到，他为革命捐款这么多。"

韩眉："他瞒着他爹把乡下的地产、大宅院全卖了。你知道开办洪湖军校的资金是哪里来的吗？"

黄兴亭："难道……"

韩眉："这事，只有特委知道，连唐校长也不知道。他不许跟任何人讲。他把这张收据交我保管，也不让我跟任何人讲。"

黄兴亭："有这事？"

韩眉："这是革命的品质，为这个，他跟家庭彻底决裂，他父亲把他赶出家门，登报断绝父子关系，气死了。老爷子死后，他干脆把渔行，还有值点钱的家当，全部都卖了，全部支援了革命。再说，他家族里的人也都受他牵连，杀的杀，逃的逃，你让他回去？他是回不去的！"

黄兴亭沉默片刻："刚打完一仗，队伍要休整。他做后勤工作，一时还找不到接替他的人，等他回来再说吧。"

韩眉："我等着吧，反正，我也在后勤和妇联工作，跟着你们走。"

6-19　连队驻地　夜　外

黄兴亭走到门口，跟站岗的哨兵嘀咕了两句。

哨兵立即进屋。

随之，冯伢子出来。

黄兴亭拍拍冯伢子的肩膀，拽着他往外走。

冯伢子："啥事呀！你说呀！"

黄兴亭："韩眉要找老邬，你给我想办法拦住。"

冯伢子："你刚才找她没谈通？"

黄兴亭："唉，人哪！什么叫感情？革命感情，你我都弄不懂。但我们不能看着她往火坑里跳。"

冯伢子："难道她要跟他结婚不成？"

黄兴亭："好像有这意思。"

冯伢子："再上战场，让他冲上去报销了拉倒，免得害了韩教员。"

黄兴亭："报销拉倒？这话不能说。他毕竟还是我们的同志，韩眉姐会恨死我们的。"

冯伢子："老邬那家伙，就这么值得女人爱？"

黄兴亭："他比你对革命的贡献大得多哩。"

冯伢子："哇！我的妈耶！你这话也邪乎了吧？我们出生

入死的——"

黄兴亭："有些事，我就不说了，保密的。冯伢子我只跟你说，结婚的事，要想办法拦住，邬晨曦呢，你也要保护好！"

6-20 村头小河边 夜 外

冯伢子目送着黄兴亭远去，百思不得其解。

冯伢子自言自语："保护？他什么贡献哪！比我还大？让他当烈士，真还便宜了他哩。"

韩眉闷闷不乐地走过来，一抬头看到冯伢子："冯伢子，你在这儿说什么？让谁当烈士？"

冯伢子："嘿嘿嘿，眉姐，是你呀！吓我一跳。"

韩眉："你刚才说让谁当烈士？"

冯伢子："我……我说什么来着？没说呀！谁当烈士？"

韩眉："冯伢子，革命战争是严肃的、残酷的，对革命战友可不能心存歹念啊！"

冯伢子："没没，我从来没有想害死同志。"

韩眉："你告诉我，邬晨曦现在哪里？"

冯伢子："我不知道呀！知道早就引你去见他了。"

韩眉："你在瞒我？"

冯伢子："我管不了，也不想管。他的行动是上面直接管的。"

6-21 行军途中 日 外

邬晨曦背着书袋子，扛着背包，走在队伍里。

战士们对他很冷淡。

他居然将一些写着汉字的小纸片往战士们的被包上贴着。

邬晨曦耐心地："同志，请你看着前面战士背包上的字，小声念'革命'。"

战士笑着："邬特派，你可真会抓时间哪！行军带扫盲，教大家学文化。"

邬晨曦："我不是特派员，是文化教员。"

他又拦住后一位战士，指着背包上的小纸片"马克思"。

战士笑道："我认得，马克思！"

邬晨曦欣喜地："好，好，你认字了！"

战士们都笑起来。

朱辉走过来："老邬！"

邬晨曦："政委。"

朱辉："你行军带扫盲啊！好办法。"

邬晨曦："边走路，边认字，分散注意力，不累哩。"

朱辉："你领着大家唱个歌吧！"

邬晨曦："革命战士……（早期红军歌曲）"

6-22　团部　夜　内

黄兴亭回到团部。

朱辉政委和钟团长在研究作战计划。

黄兴亭："政委，是不是有任务？"

钟团长一抬头："黄兴亭。"

黄兴亭："钟团长，你回来了，伤好了吗？"

朱辉："总部紧急命令，钟团长受命立即赶回来的。"

黄兴亭："太好了。有你指挥——"

朱辉："老钟还带着伤哩。你别高兴太早了，你的任务不能减轻。"

钟团长："说说你的想法。"

朱辉："总部命令我团担任紫灰山的主攻，你说怎么打？"

黄兴亭拿起笔，在地图上画了两个圈。

黄兴亭："团长，那我就班门弄斧了，先说说我的想法。虎头山和紫灰山是两座不到三百米高的小山，但它屹立在一块冲积平原上，地理位置十分重要。两山扼一道，是宣威城的门户，紫灰山是来宾铺的制高点，山前是一片河滩……"

6-23　战地　日—夜—日　外

紫灰山前阵地，炮火硝烟。

敌人的飞机也来助战，时而扔下两枚炸弹。

黄兴亭率领两个营交替进攻，时停时进。

敌人猛烈的炮火把黄兴亭率领的两个营压在山前的河滩上。

二营长打红了眼。

二营长："黄兴亭，你让我带二营冲上去。"

黄兴亭："你别冲动。敌人的火力太强，我们不能硬攻。"

二营长："你说怎么办？"

黄兴亭："你先就地构筑工事，我率一营绕到河滩北岸。等天黑，敌人的飞机不会再来时，两边同时发起进攻，夺下山腰指挥所。"

二营长:"那就听你的。"

黄兴亭率一营绕道潜伏到河滩对岸,等待天黑。

天刚黑,团部派人送来总部命令:"晚上七点发起总攻。"

二营长:"好个黄兴亭,我算服了你,把总部进攻的时间都掐准了。"

总攻的号声响起。

黄兴亭率一营迂回到敌阵地左侧,用突袭攻下两个小山包。

二营同时发起攻击,占领了右边的一块高地。

两面同时夹攻,火力配合,把山腰的敌指挥所打得一片狼藉。

朱辉和黄兴亭率团占领了紫灰山头,建立起临时指挥所。

敌人向阵地反扑,加大了重炮力度,迫击炮、榴弹炮向指挥所猛烈轰炸。

一颗炮弹落到指挥所的掩体顶上。

高副团长和两个参谋倒在血泊中。

朱辉政委从尘土里爬出来。

黄兴亭冲上去,抱着朱辉:"政委!"

朱辉:"老高——"

黄兴亭:"卫生员!快快!"

卫生员赶过来,扶起鲜血淋淋的高副团长。

卫生员:"副团长,他牺牲了……"

敌人又一阵炮火。

朱辉:"黄兴亭,这里由你指挥!快,打退敌人的反扑,保住阵地！"

黄兴亭："一营、二营，原路反击，打退敌人的增援；三营跟我坚守阵地！"

火光硝烟，夜空一片红色。光影里敌人血肉横飞。

东方出现了鱼肚白，天渐渐亮了。

硝烟渐渐散尽。

黄兴亭站在指挥所掩体的顶上，一面红旗在风中飘扬。

战士们跳着叫："胜利啦！胜利啦！"

几个战士抬着高副团长的遗体。

黄兴亭脱帽向他默哀。

黄兴亭用望远镜看着宣威城。

城头飘着红旗。

6-24 师部 日 内

朱辉和黄兴亭向卢师长汇报紫灰山战斗。

朱辉："夺取紫灰山，牵制虎头山，在河滩地上借芦苇掩护两边迂回迷惑敌人，这都是黄兴亭的主意！"

卢师长："仗虽然打胜了，但你们损失惨重，有什么可夸的？"

朱辉："黄兴亭同志临危不惧，担当了指挥责任，而且巧妙地把反扑过来的敌人打退——"

黄兴亭："师长，敌人比我们多一倍呀，而且，他们有重炮，还有空中支援……"

卢师长不冷不热带着讥讽："高副团长都阵亡了，黄兴亭，你力挽狂澜，反败为胜，你好有本事。"

黄兴亭有些气愤了："师长，你别挖苦人。"

卢师长："老朱一再给你表功，我挖苦你？"

黄兴亭："我不过是个代理参谋长，那好，我回连队去！"

卢师长："嘿！好你个黄兴亭。少了张屠户，吃带毛猪不成？"

朱辉："师长，师长，黄兴亭年轻气盛，不知深浅……"

卢师长："你犟，犟吧！参谋长让他挂着，下连队去反思反思再说。"

6-25 连队驻地 日 内

黄兴亭垂头丧气进屋。

冯伢子："参谋长回老连队啦！欢迎欢迎！"

洪湖兵把黄兴亭围住："这一仗你代替团长指挥作战，团长去后方治疗了，会不会是你顶啊！"

黄兴亭闷闷不乐："团长带伤指挥哩，你们别胡扯，我顶，我顶个屁！"

船生："顶屁？"

万才宝："顶屁？啥意思？立了功，不奖还罚不成？"

黄兴亭："别再叫我参谋长。今天给卢师长撤了，罚我回连队反思。"

大家惊诧，莫名其妙。

众士兵："为什么呀？"

黄兴亭："卢师长以为自己是黄埔出身，资格老，看不起青年人呗！"

冯伢子："找霍总说理去！"

黄兴亭："你莫给我添乱，让我好好想几天。哦！韩眉姐呢？没走吧？"

船生："等着你哩，不见邬晨曦她不肯走的。"

黄兴亭："顽固。"

万才宝："你把老邬藏在哪里啦？"

冯伢子："没让他上前线，算饶了他，上去，子弹不长眼。"

黄兴亭："住嘴！他死了，我还真没法跟韩眉姐交代哩。他在我那儿住着，伢子，你悄悄把他送到团部去。你们先不要告诉她，我来慢慢说服她，让她早点儿回司令部妇工处。"

6-26　宿营地　夜　外

黄兴亭拉着船生到帐篷外。

船生："什么事呀？哥。"

黄兴亭："你手里有没有钱？"

船生："我哪来的钱哪！"

黄兴亭："你那性子我还不知道？那年去汉口卖鱼的两块大洋你一直捏到离开洪湖还舍不得花。平日里，哪怕是见到一分钱，你也积积攒攒的，你没钱？哄我？"

船生："不信，你搜身。"

黄兴亭："藏钱，你可比我强多了。我能搜得到吗？"

船生："你要钱干吗？不想干了，逃回去？"

黄兴亭一巴掌拍过去："放屁！"

船生："那你用钱干吗？"

黄兴亭："有没有，没有我走了。"

船生："哎……哥，我这里只有一块银元。"

他抠了好半天，才从裤腰带里抠出一块银元来。

船生："这钱，我本想有机会回去，给爹和娘做套棉袄的。"

黄兴亭抓过来："等打回去的那一天，别说一套棉袄，盖幢大房子也不成问题哩。这钱，算我借你的。"

船生："亲兄弟，明算账。"

黄兴亭："废话。"

6-27　卫生连宿营地　夜　外

黄兴亭走到帐篷外。

黄兴亭轻声叫："韩眉姐！"

韩眉出来："兴亭！是不是老邬回来了，该不是出了什么事吧？"

黄兴亭："我这几天行军打仗，部队在山里跟敌人兜圈子，哪顾得了他的事呀！"

韩眉："那你找我？"

黄兴亭："我明天回团，韩眉姐，你还是赶紧回原单位去，别在老邬身上浪费宝贵的时间和精力了。"

韩眉瞪大眼睛："你说什么？"

黄兴亭："你何必在他这棵树上吊死呢？"

韩眉转身欲走。

黄兴亭拿出用红布包着的三块大洋。

黄兴亭："眉姐，我的一片好心也希望你能理解，离开他吧！这是我和船生他们积攒的一点儿钱，给你做路费。我们没有时间和精力照顾你，打仗太紧张了，我也希望你快点回到后方去。前线太危险。"

韩眉："我一定要见到邬晨曦。"

韩眉说完赌气进了帐篷。

黄兴亭悻悻地离开。

6-28　团部驻地　日　内

黄兴亭到团部。

朱辉："黄兴亭，你来得倒快呀！"

钟团长："尽快到位。黄兴亭哪，把你要回来，我和政委费了一番口舌哩。"

黄兴亭："谢谢团长和政委的信任。"

钟团长："进入黔东南以来，我军减员严重。最近扩招了一批贵州当地的新兵，他们都是些'干人'，山地农民，连枪炮手榴弹也没见过的。"

朱辉："卢师长这人，刀子嘴豆腐心，同意你回来再任参谋长，是打仗的需要，更重要的是练兵。把这些没见过江河湖海的'干人'练成能打仗的兵。你是军校出身的嘛。"

黄兴亭："我们团……原班人马还有多少？"

钟团长："你现在是参谋长，你去查。"

黄兴亭："我建议把仅存的几位洪湖老兵调过来，参加新兵训练。尤其是冯伢子、洪船生、万才宝等。"

朱辉："这个要求不高，在你的职权范围内。"

黄兴亭："我怕人家说我搞老乡小圈子。"

钟团长："你也胆小慎为啦？你打算怎么训练这批新兵？我们正为此事犯难哩。行军打仗没有休整时间,更不用说练兵。"

黄兴亭："既然他们都是山民，肯定有猎手，而且肯定有人还会制造土炸弹之类。把这些人先拎出来……"

钟团长："这倒是没想到，好！"

朱辉："时间怎么办？"

黄兴亭："在没有遭遇敌人的空当里，把这些贵州新兵集中起来，交给我。"

钟团长："就这么办。半月之内，你给我把他们训练成能打仗的兵。"

6-29 山村 夜 外

一轮明月当空，一块崖壁之下的一方空地。

一批战士在月光下训练嘶喊的身影。

一组夜练的镜头。

黄兴亭站在一块岩石上。

黄兴亭："这里很隐蔽，又是夜晚，敌人发现不了我们。冯伢子，拿一筐实弹来。"

冯伢子："投弹……来真的？"

黄兴亭："都半个月了，光学会跑不行。要学会打。每个人发两发子弹。"

万才宝："多留几颗打敌人吧？"

黄兴亭："连枪都打不准，上阵放空枪也是浪费子弹。不如实地检验。至少可以看见打到靶上没有。"

船生："那也是，上阵放了空枪，子弹飞到哪儿去了也不知道咧。"

6-30　训练场上　夜　外

夜空响起零零落落的枪声，枪声过后是万才宝的报靶声。

万才宝："八环……三环……两环。"

手榴弹炸响之后，传出冯伢子的报靶声。

冯伢子："二十米命中……二十三米……"

黄兴亭在给新兵射击示范的身影。

冯伢子给新兵做投掷训练的身影。

朱辉来到训练场，拍着黄兴亭的肩膀。

朱辉："黄兴亭，成绩如何？"

黄兴亭："大部分能及格了。"

朱辉："我看你搞得震天价响，可要节约子弹喽。"

黄兴亭："今天来真的，明天就是真的。今天来假的，明天也可能还是假的。浪费也要看真假。"

朱辉："有道理。还练多少时间，让战士们休息。"

黄兴亭："还有一个科目——"

朱辉离开："好吧。"

黄兴亭跳上岩石："全体卧倒——匍匐前进！"

战士们全体卧倒。

他们在月光下匍匐前进。

冯伢子："冲锋！"

战士们一跃而起，端起枪向前冲去。

黄兴亭一吹哨子："停停停！重来。"

冯伢子："为什么？"

黄兴亭："像这样冲，让他们去送死吗？"

冯伢子："怎么冲？"

黄兴亭："他们是新兵，难道你也忘啦？陈排长是怎么教我们的？"

冯伢子："蛇一样绕弯儿寻找隐蔽物，跳跃式前进。"

黄兴亭："你亲自给他们示范。"

冯伢子大声喊："来，跟我学！"

战士们在冯伢子的带领下练习冲锋。

6-31　小河边　傍晚　外

部队临时驻扎在一个小山村，村外有条小河缓缓流淌。

一丛茅草旁，一块平滑的天然石板。

邬晨曦戴着眼镜，一顶破草帽盖在头上，如果不是身穿红军军装，如同山民。

他在晒几本打湿了的书。

风吹起书页，他捡上石子，压在书上。

他如同守着婴儿一般地守在书旁。

夕阳西下，一抹余光照在书上。

《共产党宣言》上的五个红字闪着红光。

他翻动着，扶扶眼镜，认真地读着。

不远处，韩眉怀里端着一个木盆，朝河边走来。

她是来河边洗衣服的。

韩眉渐渐走近。

邬晨曦全神贯注在看书，没有发现韩眉。

韩眉觉到这个人有点儿奇怪，朝他走了过来。

韩眉："同志！你在这里看书呀！"

邬晨曦连头也没抬："我在晒书，前两天行军下雨，书打湿了，今天才有点儿空——"

韩眉顺手拿过一本："呀！《国家与革命》。"

邬晨曦："别动，还没晒干哩。"

韩眉又拿起一本："《毁灭》，鲁迅翻译的苏联的法捷耶夫小说……这是邬晨曦的书。你从哪里弄来的？"

邬晨曦一抬头："我就是邬晨曦呀！"

韩眉摘掉邬晨曦头上的破草帽，看见他一头乱发。

特写：邬晨曦的脸，表情木讷而诧异。

邬晨曦："女同志！你——"

韩眉丢下木盆，一把将邬晨曦抱住。

韩眉："晨曦——"

邬晨曦捧起韩眉的脸，一脸的泪花。

邬晨曦有几分疑惑："韩眉……韩眉？"

韩眉："我是韩眉！我是韩眉！"

邬晨曦取下眼镜揉了揉眼睛，瞪大眼再看。

邬晨曦："韩眉！真的是你吗？"

韩眉："晨曦。"

一抹晚霞照在他们相拥的身上。

他们渐渐地放开对方，并肩坐在石头上。

邬晨曦："你是怎么到这里来的？"

韩眉："我是专门寻你来的。"

邬晨曦："专门来寻我？"

韩眉："嗯。"

邬晨曦："你离开洪湖啦？"

韩眉："根据地丢失，我随红军转移，后来调红三军，做后勤和妇女工作。"

邬晨曦："你来了好多天了吧？红军天天打仗赶路，缩编，扩军，忙着哩。你一直跟着？"

韩眉："我一直在找你呀！"

邬晨曦疑惑地："黄兴亭他们没告诉你，我就在十二团，在冯伢子的排里。"

韩眉："我找过他们，他们——嗨，一会儿说你出差，一会儿又说你做地方工作去了。"

邬晨曦："唉！他们是不想让你见我呀！用心良苦，也可以理解。不要怪罪他们吧。"

韩眉："黄兴亭反对我与你相见。"

邬晨曦："也许他是对的。"

韩眉："但我一定要见到你！老天有眼哪！终于让我见到你了！"

万才宝来河边洗菜，嘴里还哼着沔阳小调《十月望郎》。

邬晨曦："万才宝来了。"

韩眉："你怕他什么？"

邬晨曦："他们千方百计阻止我与你相见——"

韩眉："我们不还是见到了吗？"

万才宝："韩眉姐，你怎么在这儿？哎呀！老邬——"

韩眉："我见到老邬了，请你告诉黄兴亭一声。"

万才宝："那好那好！"

6-32　团部　傍晚　内

万才宝跑来："参谋长！"

黄兴亭："啥事？慌里慌张的。"

万才宝附耳："韩眉跟邬晨曦见面了。"

黄兴亭："在哪儿？！"

万才宝："就傍晚时分，在河边。一个在晒书，一个在洗衣服，我到河边洗菜，刚好撞上……"

黄兴亭："唉！天要下雨，娘要嫁人，拦都拦不住。"

万才宝："那就顺水推舟吧。"

6-33　营地　傍晚　外

邬晨曦背着书包，佝偻着腰，向团部方向走来。

韩眉陪着他说些什么。

两人很亲密的样子。

黄兴亭站在远处看着。

一个战士从他旁边走过。

黄兴亭："小王！"

小王敬礼："参谋长！"

黄兴亭："你去把邬晨曦给我叫过来，说我找他有事。"

小王："是。"

邬晨曦与韩眉分开，各回住地。

小王上前拦住邬晨曦："老邬同志，黄参谋长找你有事，叫你马上去！"

邬晨曦："团部吗？"

小王一指："就那儿，他等着你哩。"

邬晨曦急忙走过去。

邬晨曦："黄参谋长，你找我？"

黄兴亭："我找你？你找谁啦？"

邬晨曦："韩眉她找我……"

黄兴亭："你不是曾经要下令杀她的吗？"

邬晨曦："我从来没有产生过杀她的念头。开始只是嫌疑，抓不等于杀，第二道密令下达，要执行她之前，你和船生救了她。"

黄兴亭："你现在倒好，还这么平静，内心就不抖一抖吗？她可是以德报怨哪！"

邬晨曦："我理解你阻止我们见面，动机与愿望都是良好的，我不怪你。"

黄兴亭："韩眉姐是想把你从泥坑里拔出来。"

邬晨曦："我知道自己陷得太深，一时半会儿出不来，但我对革命——"

黄兴亭："你有自知之明吧？别把韩眉姐也扯进泥潭。"

6-34　行军路上　日　外

霍总骑在马上跟另一位首长说话。

霍总："顾祝义这头笨牛，调动几个纵队来追我们，寻找我们主力作战。我会跟他硬碰吗？"

首长："你这办法好，牵着牛鼻子，在乌蒙山里兜圈，我们化整为零，东躲西藏，神龙见首不见尾。碰到合适的战机，狠狠地咬他一口。"

霍总："命令黄兴亭那小子，带着十二团，狠狠咬万耀驹一口。"

6-35　山林小路　日　外

船生和冯伢子抓住了两名国民党军的逃兵押过来。

船生："政委，参谋长，我们抓住了两个国民党军逃兵。"

黄兴亭："你们哪部分的？"

逃兵甲："长官！饶命！我们是万……"

黄兴亭："万耀驹的部队？"

逃兵乙："我们是抽壮丁拉来的。在这大山里转了好多天了，又累又饿，才想逃回去。"

黄兴亭："万耀驹在哪里？"

逃兵甲："大部队在章坝山谷的杨家湾。司令部就设在那里……"

黄兴亭："你们把详细情况——跟我讲清楚，我放你们回家。"

逃兵跪下："长官，我们全讲全讲……"

6-36　山谷坡上　日　外

晨雾弥漫，天蒙蒙亮。

黄兴亭率部在山林间穿行，渐渐接近山谷。

整团部队在山林里埋伏下来，等待敌军。

黄兴亭举起望远镜。

镜头里：万耀驹骑在马上，一群副官和警卫陪着，在山谷里观察探路。

黄兴亭一声令下："打！活捉万耀驹！"

冲锋号响。

大批战士同时冲下山坡，势如破竹，手榴弹雨一般地从天而降。

枪声炮声，火光冲天，连初升的太阳也被硝烟笼罩了。

黄兴亭带着冯伢子冲在前面，直扑万耀驹的指挥所。

6-37　万耀驹指挥所　日　外

万耀驹被突然发起的进攻弄懵了，眼看退守到指挥所也难守住，他抓起一袋金银细软，惊惶地跃上马背。

万耀驹："撤！撤！"

他策马奔逃而去。

6-38　山谷坡上　日　外

冯伢子挥着大刀追着马。

冯伢子高喊："活捉万耀驹！"

6-39　何家湾　日　外

霍总率领主力进入何家湾。

黄兴亭："报告！"

霍总："咬住万耀驹没有？"

黄兴亭："让他跑了。不过，俘获两百余人，重机枪八挺。"

霍总："这一口也咬得他鲜血淋淋的。"

首长："黄兴亭是块指挥员的料，胆大心细，头脑灵活，十二团钟团长一直带伤工作，我建议他先还是把伤治好。让黄兴亭暂时代理团长。"

霍总："我同意。"

6-40　连队驻地　日　内

邬晨曦在统计战果。战士们在跟他讲打万耀驹的事。

战士甲："我看见万耀驹了，好家伙，骑高头大马，威风啊！"

战士乙："威风个屁，被我们冯排长追得屁滚尿流。"

邬晨曦："谁击毙了敌人，报上来！"

黄兴亭进来。

众士兵："黄参谋长！"

黄兴亭："缴获敌人的肉罐头，每班发三听。"

众欢呼："美国罐头，开洋荤喽！"

邬晨曦把统计表交给黄兴亭："黄参谋长，这是你要的数据。"

黄兴亭："没有遗漏的吧？"

邬晨曦："不会有吧，我每个排都查到了。"

黄兴亭："好吧！韩眉姐还在后勤处吗？"

邬晨曦："不知道。战斗打响前，我们见过。"

黄兴亭："你劝劝她快回后方吧，为了她的安全。"

邬晨曦："我会的。"

黄兴亭递过一听美国罐头："带给她。"

邬晨曦接过："谢谢！（想了想，又把罐头推回去）我不想再见韩眉。"

6-41　帐篷　夜　外

韩眉却找上门来。

邬晨曦听到韩眉的喊声，要求两个战士："快，把我看押起来，别让她进来。"

韩眉："邬晨曦在你们营房里吗？"

战士："在。老邬被我们看押着，他说不想见任何人。"

韩眉愤怒："他又不是犯人，谁下令羁押他的？"

战士："是他自己要我们押他的。"

韩眉："那就让我进去，你们可以撤了。"

战士："你是他什么人？"

韩眉："爱人。"

两个战士将信将疑地走开。

韩眉进了帐篷。

战士甲："老邬这种书呆子也有女人爱呀！"

战士乙："自寻倒霉吧。"

第七集

7-1 帐篷 夜 内

一盏马灯下，邬晨曦坐在灯下发呆。

韩眉进来："你为什么要自暴自弃，孤独自省，而且连我也拒绝？"

邬晨曦："唉！韩眉，你对我的这片真情，我领了，但我不能把你也牵连进来呀！他们既然都不赞成你和我……那你又何必呢？"

韩眉："他们对我的关心，并不能阻挡你和我的那份情谊。"

邬晨曦："我犯了极其严重的错误，误杀了许多同志，我现在是赎罪之身。革命队伍里还容我一席之地，我已很满足了。"

韩眉："你不能这样消沉，我们一起投身革命，共同发誓要为革命奉献终身，难道现在你想放弃？"

邬晨曦："我死也不会放弃革命的！"

7-2 帐篷 夜 外

船生和万才宝朝邬晨曦住的营房走过来。

船生："兴亭哥要我们看住老邬，韩眉姐要是又跟老邬在一起——"

万才宝："人家相爱，在一起就在一起嘛。"

船生："那……我们把他们扯开不成？"

万才宝："你——狗拿耗子。"

船生："兴亭哥也管得太那个了。"

万才宝："听听，里面好像有人说话哩。"

船生："嘘……果然是韩眉。"

两个人贴近帐篷窃听。

7-3　帐篷　夜　内

韩眉："但你目前的状态实在令人担忧。长征还远得很，你能走下去吗？"

邬晨曦："只要他们容我，一万里两万里我也会走到底。"

韩眉抱着邬晨曦："我陪你。"

邬晨曦推开她："我不能让你因为我而受到歧视。你有很好的前程。"

韩眉："你可知道我为什么来找你？"

邬晨曦："看在那份情缘的份儿上，来鼓励我一番，目的已经达到了，你快点离开前线，到后方去，那里会安全些。这里天天打仗，部队时刻都有人牺牲。"

韩眉："我是来跟你结婚的。"

邬晨曦呆住了："你说什么？"

韩眉："我是来——跟你结婚的。"

邬晨曦抱着韩眉感动得哭泣起来。

邬晨曦："韩眉同志！不能啊！这是什么时候呀！你怎么能拿自己的政治生命开玩笑！"

韩眉："诚笃的爱情跟对革命忠诚应该是一致的。我爱你也是坚定不移。你并没有叛变革命。"

7-4　帐篷　夜　外

船生："我的妈妈娘耶！"

万才宝："这太动人了。"

船生："这怎么跟兴亭哥说呀！"

万才宝："直说呗。"

两个身影悄无声息地离开。

7-5　帐篷　夜　内

邬晨曦："韩眉呀！我爱你，但我不能让你受委屈。我现在的问题，不是一时半会儿能够得到组织的谅解的，也许我可能永远也平不了反的，我的一生都会活在生不如死的悔恨当中。你还年轻，你不能钻进来跟我一起受苦。"

韩眉："我相信你的政治觉悟，我会帮你，我要扶着你走出这片阴影。"

邬晨曦："那我就更不能把幸福建立在你的痛苦之上。"

韩眉拿出一份文书："你看看吧，我来前跟组织申请跟你结婚，希望能挽救你。所以——"

邬晨曦抱住韩眉嘤嘤而泣。

7-6 营地 夜 外

同住一帐篷的战士们训练结束回营休息。

战士在帐篷外大声喊。

战士："老邬，你又在研究马列呀！"

7-7 帐篷 夜 内

邬晨曦牵起韩眉的手。

邬晨曦："训练的战士回营了，我送你回去吧！"

韩眉："不用，我自己回去。"

7-8 营地 夜 外

韩眉出来："你们训练回来啦？"

七八个战士："哟！什么时候来了一位大姐呀！老邬，是你的什么客人？"

韩眉一笑："爱人，来看看老邬同志，希望大家多关照。"

战士们一阵哄笑。

7-9 团部宿营地 夜 内

黄兴亭架好行军床，正躺下。

警卫员："报告参谋长！有人找你。"

黄兴亭披衣而出："谁？"

船生、万才宝："我们！"

黄兴亭："怎么？看到了什么？他们什么情况？"

万才宝："情况相当严重……"

黄兴亭："怎么严重？快说呀，谁跟你们开玩笑了！"

船生："哥，的确严重！"

黄兴亭："严重到什么程度？睡在一起啦？"

万才宝："也差不离了。"

船生："韩眉姐这次来的目的……"

黄兴亭："目的是什么？"

船生："跟老邹……结婚！"

万才宝："的确是……结婚。"

黄兴亭："只听说火线入党，没听说过战场结婚的事。唉！真是天要下雨、娘要嫁人……"

7-10　民户家　傍晚　内

部队又转回了何家湾，临时宿营在老百姓家里。

黄兴亭忧心忡忡来找韩眉："大娘，有位韩大姐住你家吧？"

大娘："有有。在里边屋。韩姑娘，有人找你哩。"

韩眉："谁呀！"

黄兴亭："姐，我。"

韩眉："兴亭，你主动找我是有什么事吗？"

黄兴亭："听说你来的目的是跟老邹结婚？"

韩眉："嗯。不错。"

黄兴亭带着怒色："姐！你怎么不听劝？！"

韩眉："这是组织认可的。"

黄兴亭惊讶："组织认可？"

韩眉拿出那份由高层领导亲批的结婚申请书递给黄兴亭看。

黄兴亭看了眼："姐！你会受苦的。"

韩眉："这是上级党组织对邬晨曦同志的关心。"

黄兴亭："那我就没话可说了。不过，部队行军打仗，恐怕不会有结婚的时间。"

韩眉："我们会一切从简的，放心。"

7-11 小河边 夜 外

当天夜里。

河边的一棵柳树下。

一轮明月，满天星斗。

韩眉："（画外音）月作证，花为媒，云当婚纱，风作伴娘。这是一场浪漫而纯洁的婚礼，没有第三个人参加。天幕当作红绫帐，大地当作新婚床。萤火当烛，树荫是洞房……"

韩眉和邬晨曦摘了许多花草，在树荫下的草地上铺成一个床。

邬晨曦用野花做成一个花冠，戴在韩眉的头上。

他们相拥着。

邬晨曦："眉！除了革命，我什么也不能给你——"

韩眉："还有爱情，革命的爱情！"

邬晨曦："你还记得我那年给你的那首诗吗？"

韩眉："当然记得，那是一首奥地利的爱情诗，你跟我讲过，恩格斯非常喜欢这首诗，把它寄给马克思和燕妮，并且将这首诗译成英文，收在自己的文集里。"

邬晨曦："《菩提树下》。"

韩眉："你把它从德语译成中文，给我的。"

邬晨曦："你还能背诵这首诗吗？"

韩眉："能！我永远忘不了。"

邬晨曦："今天就让这首诗做我们的结婚证词吧！"

两人同声低诵：

草原上／那儿是我们俩的床／你们可以看到／我们俩亲昵地摘草寻芳／在树林前面的山谷里／一只好听的夜莺在唱歌／我漫步走到／芳草坪／她殷勤地把我迎……除了我和她／我们俩的事……还有一只夜莺……

7-12 山村 日 外

一条弯路绵长的小道。

韩眉一身乡下妇女的打扮，身上背着包裹上了小路。

黄兴亭和冯伢子、船生、万才宝等来给她送行。

万才宝拿出个大纸包："韩眉姐，这是我给你准备的干粮。路上你慢慢吃吧！"

船生欲哭："眉姐，如果回洪湖，给我爹妈带个信，就说我好得很！"

冯伢子："眉姐，对不起。我……"

韩眉："别说了，你们都是为我好，我理解。"

黄兴亭拿出两块银元："眉姐，你拿着。"

韩眉含泪接过："谢谢，我们还会有见面的日子的。"

邬晨曦："一路上注意安全。"

韩眉扶扶邬晨曦的眼镜："晨曦，你的近视越来越深了，在战场上，你……你的眼镜——"

邬晨曦笑笑："没事，等革命胜利了，重新配一副。"

韩眉："保重。"

他们挥手而别。

韩眉远去的身影。她三步一回头。

7-13　阵地　日　外

炮火硝烟中，黄兴亭带着战士们向敌人的一个土圩子进攻。

敌人火力很猛。

冯伢子冲了两次也没有拿下圩子。

好几位战士在炮火中倒下。

邬晨曦也上了阵，他举起手枪，朝敌人射击，手枪的后坐力将他的眼镜打掉在地上，他伸手去摸寻眼镜。

冯伢子把眼镜捡起来递给他："你就别瞎放枪了，浪费子弹，我瞧你放了三枪，连敌人毛也没有打到一根，装什么勇敢？"

邬晨曦："枪技不行了，那年我三枪打中两个敌人！"

冯伢子："吹牛！"

邬晨曦："黄兴亭可以作证！"

冯伢子："没时间听你编故事了。"

邬晨曦："我也要为死去的战友报仇！"

他又举起枪。

冯伢子一把将他拉下掩体："你站这么高当靶子呀！"

一颗子弹飞来，将邬晨曦的帽子打飞了。

他一摸脑袋，手里沾了一手鲜血。

他的手颤抖着。

冯伢子："你受伤啦？"

邬晨曦再摸了摸："不要紧，擦破了一点儿皮。"

他再次举枪射击。

黄兴亭："注意隐蔽，不要硬冲。船生！"

船生跑过来："到。"

黄兴亭："你带两个人，从西边山坡上绕过去，测量一下，能不能爬到敌人圩子的左上角那块凸出的岩石上往下甩手榴弹。用天女散花的法子，把它炸掉。"

船生："是！我这就去侦察。"

7-14 团指挥所 日 内

黄兴亭跑进来："团长！敌人火力太猛，工事坚固，敌我力量悬殊。看来，是块硬骨头。"

钟团长："你不就是喜欢啃硬骨头的吗？给我啃下他。"

黄兴亭："我已派人去侦察，寻找敌人的弱点——"

一颗炮弹飞来——"轰——"

指挥所的掩体被炸了个大洞。

钟团长倒在了掩体上。

朱辉被压在一个参谋的身体下面。

黄兴亭被一块大木板挡住，没有受伤，他从木板底下钻出来，上去翻起血肉模糊的钟团长。

黄兴亭："钟团长！"

朱辉也爬出来："老钟！"

指挥所内炸死了五六个人。

朱辉："阵地上战士伤亡严重吗？"

黄兴亭："不轻。"

黄兴亭和朱辉抱着钟团长的尸体。

朱辉："组织上说好转移到潘县后就让老钟去后方治伤的，真没想到……"

黄兴亭握紧枪，打开保险："我要为团长报仇！"

他冲出了指挥所。

7-15　阵地　日　外

战壕内。

黄兴亭从团部回来。

船生："报告参谋长！"

黄兴亭："地形怎么样？"

船生："完全可以，有一条山缝可以容七八个人钻过去，再攀上岩顶，上面只能站五个人，要力气大的投掷手……"

黄兴亭："冯伢子，你挑选八个人，跟船生去，每人带十颗手榴弹，带一挺机枪上去，劈头盖脑炸翻他！"

邬晨曦："我也去！"

黄兴亭："你去找死呀！跟着我，正面进攻！"

船生和冯伢子带着一伙人跳出战壕，隐蔽着进了草丛，钻进了山缝。

黄兴亭举枪射击："把敌人火力吸引过来，给我狠狠地打！"

一颗颗子弹射向敌人的圩子。

敌人更加猛烈地还击。

邬晨曦："给我一支长枪！我要亲手杀死敌人。"

黄兴亭："老邬，你就下去吧。"

邬晨曦："我坚决不下火线，死也死在战场上。"

7-16 山岩上 日 外

冯伢子和船生带着战士在攀岩而上。

岩上有一棵树，他们全部攀上来后，聚集在树下，避免敌人发现。

冯伢子："准备！每人两颗一起甩！"

战士们掀开手榴弹。

手榴弹引线冒起浓烟。

冯伢子："扔！"

十多颗手榴弹同时飞向圩子。

"轰"一声，敌人的圩子浓烟腾起，肢体横飞。

黄兴亭跃出战壕。

黄兴亭："冲啊！为团长报仇！"

战士们一起冲出战壕，向敌人冲去。

圩子里残存的敌人顽强抵抗，两挺枪机仍在不停扫射。

好几位战士在冲锋中倒下。

邬晨曦也爬出战壕，举起手枪："冲啊！"

一梭子弹向他扫射过来。

他倒在战壕上，仍向前爬着。

爬了不到十步，再也不动了。

7-17　岩头上　日　外

冯伢子："准备——扔！"

又一批手榴弹从天而降，炸得圩子里再也没有反击的枪声了。

冯伢子从岩头上飞身而下，冲向敌群。

黄兴亭攻进了圩子，敌人被全歼。

阵地上响起集结号。

战斗胜利结束。

7-18　战场　日　外

战士们打扫战场，缴获的武器弹药堆放在车上。

卫生兵和万才宝在清理战友们遗体。

冯伢子、船生和战士们一起，将一具具尸体抬到一个大坑前。

在坑前排了二十多具尸体，准备集体下葬。

冯伢子和万才宝将钟团长的遗体抬过来，放在一块门板上。

黄兴亭和朱辉伏下身，给钟团长整理衣冠。

朱辉："老钟啊！你本来接到命令，前天就要去后方医院继续治疗的，可你非要坚持打完这一仗再走……"

黄兴亭拭着泪，从钟团长的衣兜里掏出了一封信，他展开信一看："我走后建议组织由黄兴亭同志担任我的职务，任红十二团团长。"

黄兴亭抱着钟团长的遗体泣不成声。

朱辉站起来："全体起立！向烈士致哀！"

战士们默立致哀，许多战士看着战友的遗体，恸哭着。

万才宝和卫生兵们给烈士遗体盖上白布。

黄兴亭向全体战士扫了一眼，他没有发现邬晨曦。

他走到遗体前，一具具地察看，也没有看到邬晨曦的遗体。

闪回：

黄兴亭跃出战壕："冲啊！为团长报仇！"

战士们跟着他冲出战壕。

邬晨曦戴着眼镜，举起手枪，爬出战壕。

敌人的一梭子弹打过来。

邬晨曦向前爬着。

闪回毕。

黄兴亭朝战壕那边走过去。

7-19　战壕边　日　外

邬晨曦静静地躺在山坡上，面朝着前方敌人的圩子，成匍匐前行的姿态，手里握着枪。

黄兴亭向船生、冯伢子和万才宝招招手。

船生等连忙跑过去。

万才宝："还有谁？我们都清点过了。"

黄兴亭沉痛地："邬晨曦……"

船生上去翻过邬晨曦的身体，惊恐："老邬牺牲了！？"

万才宝整理着邬晨曦的遗体，从他口袋里掏出一本书来捧在手里。

黄兴亭拿过来看。

特写：红色的鲜血浸染着"共产党宣言"五个字。

黄兴亭把书捧在胸口："……放心！我会把她交给韩眉姐的……谁手里有笔？"

船生从邬晨曦上衣兜里抽出一支钢笔来，递给黄兴亭。

船生："邬大哥的笔——"

黄兴亭抽开笔："我要把邬大哥牺牲的时间和地点写在书上，把这两件珍贵的遗物交给韩眉姐！"

他写完，把书和笔收进自己的口袋。

黄兴亭："把邬晨曦同志抬过去，跟战友们埋葬在一起！"

冯伢子和万才宝抬着邬晨曦的遗体，放到烈士们中间，黄兴亭拿过一块白布亲手给他盖上。

朱辉："老邬他……"

黄兴亭沉痛地："牺牲了！"

朱辉摘下军帽，低头默哀："唉……"

黄兴亭也摘下军帽。

战士们都摘下军帽，一起向死去的烈士致哀。

一阵悲壮的军号响起。

战士们鸣枪致哀！

战壕当成了葬坑，一具具遗体放了进去。

村里的老乡们也来到坟地，撒纸钱，吹着悲哀的唢呐，为牺牲的战士送行。

一锹锹泥土，撒盖在邬晨曦的身体上，邬晨曦渐渐地被埋进土里。

7-20　后勤总部院子　日　内

韩眉正在照料伤员。

远方，一声重炮"轰"的一响，声如闷雷。

韩眉心头一震。她望着天空。

天空一朵乌云遮住了天井。

风雨欲来，雷声滚滚。

幻化出她与邬晨曦结合的那个月夜。

她和邬晨曦分别的情景。

那首诗在低沉地朗诵。

一个女战士跑进来告诉韩眉："韩姐，快快！转移——"

韩眉："前方……"

女战士："万耀驹纠结残部，配合孙杜的两个纵队，在潘县又堵截我们了。"

韩眉："有红十二团的消息吗？"

女战士："不清楚，听说打得很惨，牺牲了很多人。正在突围。总部命令我们马上转移。"

韩眉："同志们，准备好，马上跟我走！"

7-21　山路上　日　外

韩眉领着一队老弱病残的战士，推着小车，赶着骡马，缓慢地向前行进着。

敌机从头顶上飞过。

韩眉："快快！隐蔽！"

人们躲进了竹林。

7-22　县城十二团驻地　日　内

卢师长带着警卫员，骑着马赶到十二团团部。

朱辉和黄兴亭出门来迎接。

卢师长："召开连、营级以上干部会，我有紧急任务布置。"

黄兴亭："是。"

7-23　团部作战会议室　日　内

这是一户财主的大宅院，大客厅当成作战指挥部。

干部们围桌而坐。

卢师长："我宣布，从今天起，黄兴亭同志正式担任十二团团长。"

大家鼓掌。

黄兴亭向大家敬礼。

卢师长开玩笑地："你不是老想当主职的嘛。"

黄兴亭："师长，我太年轻……担此重任怕是……"

卢师长："你怕什么？怕没仗打？还是没饭吃？"

黄兴亭："让战士吃饱肚子，才有劲打仗。"

卢师长："这可不能说空话哟！你们十二团可以在潘县休整三天，三天之内，要筹粮筹款，不达到我说的那个数，你就别想溜。"

黄兴亭："保证完成任务。"

卢师长："由于战斗减员，急需补充兵员至少一百名，这任务可不比打孙杜的一个加强团轻。"

朱辉："师长，你放心。我们一定完成。"

7-24　黄兴亭住处　夜　内

一间干净整洁古香古色的卧室。

黄兴亭独自在整理自己的床铺。

黄兴亭打开被包，拿出陈排长遗留下来的那张白床单，剪去的那条边毛糙糙的，他将那毛边折进去，铺在床上。

陈排长："（画外音）职业军人就要像个职业军人的样子……"

黄兴亭拿出陈排长赠给他的那本《共产党宣言》和邬晨曦遗留下来的那本绝版《共产党宣言》，还有两支不同的钢笔。

陈排长："（画外音）你如今是团长了，不再是一个普通战士。你要做一个优秀的指挥员。"

他整整容装，站在衣镜前照了照自己。

门外敲门声："报告！"

黄兴亭："是船生吧，进来！"

船生进来，环视了一周："哥！"

黄兴亭："以后严肃点，别老是哥呀哥的。"

船生立正："是，黄团长！"

黄兴亭："也别太那个。"

船生："舅舅、舅妈要是知道你当了团长，一定会高兴死了。"

黄兴亭："高兴还会死？臭嘴！"

船生打嘴："我真不会说话，臭嘴！除了警卫员通信员，有啥要我帮忙的，吩咐一声就来。"

黄兴亭："你去侦察排先当个副排长吧。别老喜欢缠着我。跟屁虫似的。"

船生："从小跟惯了嘛。诶！"

黄兴亭："又什么事，大惊小怪的。"

船生："瞧，卢师长骑的那马，啧啧啧！团长也够资格骑马了吧。"

黄兴亭笑："怎么，你给我缴获一匹？"

船生："那还没有，不过我会努力的！好马好枪，团长威风就出来了，嘿嘿嘿……"

黄兴亭："先给我筹粮筹款去，完不成任务，我踢你屁股。"

船生："万才宝把这条街上的财主们集中起来了，正向他们开借条哩。"

黄兴亭："开借条？谁借谁的？"

船生："革命队伍借资本家财主的钱粮呀！留个条儿，革命成功叫他们找新政府去要钱。"

黄兴亭："走，我去看看，要注意政策，别做过头了。"

船生："他还想给你弄匹好马哩。"

黄兴亭："胡扯！"

7-25 祠堂外 日 外

一群干部从大祠堂里出来。

十二团团长黄兴亭和政委朱辉并肩而行谈着什么。

十八团团长陈尚新和政委杨洪山跟了上来。

杨洪山："黄兴亭！"

黄兴亭："杨洪山！"

杨洪山："老伙计，好久不见了，听说你进步啦？"

黄兴亭："听说你进了医院，你的伤好了吗？"

两人相见，紧紧拥抱，相互拍着，十分亲热。

朱辉对陈尚新："陈团长，你瞧你瞧，这两个'沔牯佬'老乡见老乡……"

杨洪山："听说你差点儿把万耀驹抓住了吧？"

黄兴亭："嗨，别提了，现在想起来还觉得可惜。"

杨洪山："这回我们一起进乌蒙山。你们打头，我们打尾。"

黄兴亭："争取抓条大鱼。"

杨洪山："跟着霍总，给敌人摆迷魂阵，牵制敌人，好让中央红军突围北上。"

朱辉："你们两个小伙计，完了没有？走哇！回团还有任务哩。"

黄兴亭："伙计，你上战场老受伤，今后可要机灵点儿。再见到你，可别缺胳膊少腿的哟！"

杨洪山："你说点吉利话吧！伙计！十八团、十二团协同作战，说不定哪一天，我们会在一口锅里捞饭哩。"

黄兴亭："那是求之不得！"

7-26　山道上　日　外

峰峦叠嶂，山道崎岖，春寒料峭，崖壁挂着冰凌。

黄兴亭带着部队在山道上前行。

黄兴亭喊："洪船生！"

船生跑步上来敬礼："到！团长！什么情况？"

黄兴亭："怎么绕过山又是水，绕过水还是山，一眼望去，山不转水在转的，简直让人有点眩晕了。你给我查查地图，前面是什么镇，后面是什么乡。距离多远？"

船生掏出地图册，查看了片刻："报告团长，这里是赫章与威宁交界地，往东边是镇雄，往南是安顺。相距都在百公里开外。"

黄兴亭："别扯得太远，最近的。"

船生："向前大约三十里有个镇叫奎香，往后退五十里有个村叫寸田坝。"

朱辉："洪船生还真是本活地图哩。"

黄兴亭："在军校时，他得了陈教官的真传哩。所以，我一直带着他。"

船生："朱政委，他是我亲表哥哩，从小我就跟着他。"

朱辉："让你当侦察排长看来是适得其所呀！"

黄兴亭："离我们最近的团是哪个？"

船生："报告团长，是十八团。在我们后边大约三十里。"

黄兴亭："杨洪山和陈尚新。加快行军速度，争取天黑前到达奎香。"

7-27　敌军樊松府部　日　内

樊松府在作战地图前部署作战任务。

樊松府："我们一定要在天黑前把共军这两个团堵在奎香与寸田坝之间的狭窄地带，一举歼灭之……司令有令，令我部将共军困死在乌蒙山中，决不让他东进镇雄，南逃安顺。"

众军官："是！"

樊松府："谁要是放走共军，军法处治。"

7-28　奎香镇　日　外

通信员骑马奔来。

通信员："黄团长，总部有令！"

黄兴亭接过命令，看后递给朱辉。

黄兴亭："总部命令我们与十八团配合，在奎香虚晃一枪，迅速折回寸田坝，引诱樊部到以则河畔的谷地，狠狠咬他一口，让万耀驹向镇雄调兵。"

朱辉："霍总用兵神出鬼没，这下要叫樊松府丈二和尚——摸不着头脑。"

黄兴亭："冯伢子，你带一个排，在奎香大造声势，让敌人以为主力红军进了奎香。"

冯伢子："空喊，不打？"

黄兴亭："当然要打，真打。不过，只许你顶半小时就撤。"

冯伢子："半小时就撤？往哪里撤？"

黄兴亭："原路返回。我们的大部队在以则河潜伏，等你把敌人引进包围圈。"

冯伢子："是。保证完成任务。"

黄兴亭："不许恋战。贻误了战机我毙了你。"

船生："团长，你是说让我们绕着山，沿着水，转一圈？"

黄兴亭："我们牵着樊松府的鼻子，打头。让十八团揪住樊松府的尾巴，揍屁股。船生！"

船生："到！"

黄兴亭："你迅速赶到十八团，将我们的作战计划通告陈团长、杨政委。"

船生："是。"

黄兴亭："命令全团向后转，急行三十里到达以则河！"

7-29　奎香镇　夜　外

国民党军奔袭而来。

冯伢子带着战士在镇头顽强抵抗。

炮火连天，硝烟弥漫，杀喊声不断。

敌军官："堵住，千万别让共军跑掉，抓一个赏大洋三块！给我冲！"

冯伢子："手榴弹！一起扔！"

一排手榴弹扔向敌阵，浓烟滚滚。

冯伢子："撤！"

敌军冲上来，占领了阵地。

樊松府骑马赶到："共军呢？"

敌军官："刚才还在顽抗，火力很猛，一眨眼，怎么不见人啦？给我搜！"

樊松府："东边有枪声，给我追！"

敌军官："往东，返回去，追。"

敌军侦察兵："报告长官！共军大部队向以则河方向逃窜。"

樊松府："掉头，乘胜追击！"

7-30　以则河畔　夜　外

狭窄的河滩，两岸高山，一条盘山道，山上树木茂密。

黄兴亭的部队潜伏在丛林里。

奔袭追击的樊松府带着敌军紧追不舍。

冯伢子带着一个排边跑边喊："敌人追上来了，快跑呀！"

冯伢子突然消失。

敌军官带队追上来，不见人影。

敌军官："跳江了吗？给我朝江里打！"

敌人端起枪向江里扫射。

黄兴亭一声命令："打！"

战士们猛冲猛打，把敌军压到了河谷里。

樊松府："撤！我们中计了！快撤，往回撤！"

敌人掉头往奎香回撤。

黄兴亭："追！再回奎香与十八团会合。"

黄兴亭率队追击。

7-31　以则河畔盘山道　夜　外

樊松府骑在马上，在一群士兵的掩护下狼狈逃命。

7-32　奎香镇　夜　外

十八团守着奎香，迎接回撤敌军。

杨洪山："敌人果然回撤了，黄兴亭这家伙还真有两手，对霍总的战略战术理解得太深透。"

陈尚新："打！再把他们打回去！"

7-33　以则河畔盘山道　夜　外

炮火中，樊松府勒转马头。

樊松府："怎么回事？"

敌军官："报告长官，共军又占领了奎香。"

樊松府："今天是见鬼啦？这又是共军哪一部分？"

敌军官："不知道呀。"

一颗手榴弹飞过来，在樊松府的马前爆炸。马惊，腾空跃起。樊松府落马，马受惊狂奔。

几个军官将倒地的樊松府扶起。

敌军官："长官，您没事吧？"

樊松府拍拍身上的灰，摸一把脸，满脸灰土。

樊松府："我的马！"

马在夜幕里狂奔而去。

樊松府："撤！向镇雄撤。快快发电，请求万耀驹长官增援。"

樊松府在军官们的扶持中逃窜。

7-34　奎香镇　夜　外

陈尚新："咬住他，追上去再撕他一块肉！"

杨洪山："我们赶快跟十二团会合吧，霍总有令，不能贸然南进。"

黄兴亭率队赶到："杨洪山！"

杨洪山："你们吃掉了他多少？"

黄兴亭："至少两个整连。你们啃下他多少肉？"

杨洪山："不下一个整连。"

黄兴亭："我们可是二进奎香哩。"

霍总带着一班人骑马前来。

黄兴亭和杨洪山见霍总。

黄兴亭，杨洪山："报告首长！"

霍总："不用报，我已经知道了。你们两个团打得漂亮。你这两个'沔牯佬'配合默契。陈尚新，你好像是汉川人吧？"

陈尚新："是。离沔阳很近的，邻县。"

霍总："樊松府往哪个方向逃啦？"

黄兴亭："往南，我们没追。"

霍总："追不得的。人家搬救兵去了，我们追上去找打吗？万耀驹的三个师在那里等着我们呢，老子偏不去，他等得不耐烦了，会进来找我们的。你们可以在奎香休整一天，再返回章坝，我们在章坝伏击他。"

7-35　民房院子　夜　外

万才宝敲着勺子。

万才宝："开饭喽！打了个小胜仗，缴获不少，腊肉豆腐大米饭，打牙祭啦！"

战士们围上去。

突然，一声马嘶响起。

大家端着碗往院门外一看。

冯伢子牵着一匹大白马出现在院门口，那马不肯进院子，举蹄嘶叫。

船生惊喜跳起来。

船生："团长，团长哥！马马马——大白马！冯伢子，你在哪里搞来的？"

冯伢子拍拍马背。

冯伢子："听说是樊松府的坐骑，被我擒获了。"

黄兴亭放下碗筷，跑过去，接过马缰，抱着马头，勒住辔口。

黄兴亭："好漂亮！你叫什么？"

他翻身上马，双手勒缰，在院场上转了一圈。

黄兴亭："从今后，你是我的了！"

黄兴亭放开缰，让马跑起。

黄兴亭："你们吃饭，我跑一圈就回来！"

白马载着黄兴亭，箭一般射出去，消逝在夜幕中。

7-36 河岸 日 外

黄兴亭带着几个人在河岸的竹林里侦察地形。

船生拿出地图，比画着。

船生："这就是金沙江的一条支流，叫普渡河，我们在东岸。"

黄兴亭举着望远镜。

望远镜里：河水并不是很宽，水流很急，河两岸各有一座山。

黄兴亭："对面那座山有名字吗？"

船生："我们站的这座山叫大坪山，对面叫鹦鹉山。"

黄兴亭仍举着望远镜。

镜头在两山间移动。

近景：两山之间有一座铁索桥，桥上的木板已全部拆掉，只剩下几根光铁索吊在空中，通向铁索桥头堡的门被石头木头封起来。

对面的国民党军正在修筑工事。

黄兴亭："不行，这里不能过了。到附近村里去问问，桥是什么时候拆的，有没有船只。"

船生："我带人去侦察过了，敌人是今天清晨到达的。比我们早了大半天。他们一到就先拆桥上的木板，再把所有能用的船只扣留封锁起来了。"

黄兴亭和船生等披着隐蔽用的草衣，找了一处僻静平坦的小路，溜下河边看水情。他们匍匐着爬到河边。

黄兴亭："试试看，水有多深。"

船生猫着腰，潜到河水中，手里挂着竹竿试探水深。

黄兴亭打手势叫他回来。

船生没看到，继续往前。

他差不多到了河中央。

黄兴亭捡起一颗石子朝他扔去。

船生慢慢涉水回来。

黄兴亭："怎么样？"

船生："能站住，可以涉水，但这里恐怕不行，离桥太近，人多了，敌人会发现。如果用机枪封锁……"

黄兴亭："走，回团部，立即向总部报告，普渡河渡口情况复杂，不能强渡。"

船生："行，我这就去。"

7-37 团部 日 外

黄兴亭进来。

朱辉："情况如何？"

黄兴亭："不能强渡，但我有一个办法。"

朱辉："什么法子？"

黄兴亭："根据水文和地势，在下游找个可以徒步涉水过河的地方，趁夜色偷渡，我们团偷渡过河之后，再绕道迂回到鹦鹉山，偷袭守桥部队，拿下两岸桥头堡，让大部队通过。"

朱辉："好办法。"

黄兴亭："我先带小股人去探找水浅的河段，你率大部队借着夜色，沿着河谷低洼地摸过去，千万不要弄出大的声响，绝不准放枪。"

黄兴亭带着冯伢子、万才宝一个排进了河谷。

7-38　河上　夜　外

黄兴亭率领着部队在浅水河段偷渡。

河两岸用几根长绳索挂在水面上做牵引。

黄兴亭："冯伢子，带着你的排先过，过去后从鹦鹉山后面登山，从上往下猛攻。"

冯伢子："三连一排跟我来！"

他率先涉水蹚到河心，抓住引索，泅水过河。

战士们紧跟着，他们一个个无声无息溜到对岸。

有几个新兵溜到一半，畏难不敢再向前。

船生抓住引索轻声喊："只有中间不到一丈远的是河沟，两边都是浅滩，到了中间，脚下落空时抓住引索使劲一甩就过去了。"

他自己做了个示范动作，一甩过去了。

新战士学着样子顺利过河。

黄兴亭过河登岸："不要发出声响，隐蔽前进！"

7-39　鹦鹉山　夜　外

冯伢子率队登上山顶，如虎下山，直冲到桥头，一批手榴弹将守军炸得血肉横飞。

冯伢子带着战士占领桥头堡。

两侧的守军这才发现我军的目的，从两侧围了上来。

黄兴亭率团赶到，截住了支援桥头堡的敌人。

战斗很快结束。

卢师长骑马赶到。

黄兴亭："报告师长！普渡河渡口完全被我军控制。"

卢师长："好呀！黄兴亭，偷渡普渡河，夜袭鹦鹉山，干得漂亮！"

黄兴亭："下一步行动，请首长指示！"

卢师长："霍总把渡河的任务交给我，那我就交给你十二团——立即筹集船只，修好桥面，掩护大部队渡河。两天两夜，红三军和红六军都从这里过河，跟孙杜和万耀驹兜圈子。"

黄兴亭："兜什么圈子？"

卢师长："立即执行任务。"

黄兴亭："是，师长，我们侦察过了，上下十五里不见一条船。"

卢师长："没船？铁索桥上的木板能在短时间内筹齐吗？"

黄兴亭："全被他们毁了。"

卢师长："那你想办法，我可没现成的给你。"

黄兴亭："此地竹子遍山，我想就地伐竹编排……"

卢师长："那是你的事，明天下午大军就到，我还要带十一团去打阻击。"

卢师长策马而去。

7-40　渡口　日　外

河岸两边，堆满了新砍来的大楠竹。

战士们砍竹编排，将排放入河水中，用竹缆连接起来。

黄兴亭指挥着万才宝："你去把会竹活的人都抽调来，搭浮桥。"

万才宝掏出一个米粑："你两顿忘记吃了吧？"

黄兴亭站在竹排上："都忙晕头了，连吃饭也忘了。"

万才宝："你东奔西跑的，我给你开点小灶找不到你的人，只好揣在怀里，手没得空，我喂你吧！"

黄兴亭手里扯着竹缆，绞着竹排。

万才宝将米粑喂到他口里。

黄兴亭："别别别……"

船生接过黄兴亭手里的竹缆。

船生："你先吃几口吧，我来！"

黄兴亭这才接过米粑，咬了一大口，嚼着。

万才宝："干咽不下去的，喝点水。"

黄兴亭伏下身子，用手做勺子，掬了几口河水，吞咽着。

7-41　桥面上　日　外

黄兴亭指挥着战士将一块块竹板铺在铁索上。

黄兴亭："搭牢，搭牢。两板竹板间用篾拴死，不能滑动。"

铁索桥铺通。

红军大部队穿桥而过，首尾连绵不断。

7-42　浮桥上　夜　外

黄兴亭带着船生和万才宝、冯伢子等，守卫着桥。

红军部队从浮桥上踏过。

浮桥竹缆承受不住太多的战士同时过桥，浮桥摇晃得厉害。

黄兴亭："单列过桥！不要拥挤！"

浮桥突然断裂。

冯伢子跳下水用肩膀扛起："过过过！"

黄兴亭："快快，拿竹缆来绞上。稳住浮桥。"

万才宝拖过一串长竹缆，将断处重新拉拢。

战士们飞身而过。

水冲击着冯伢子的身体，他一动不动挺住。

黄兴亭："绞住了，冯伢子你可以上来了！"

冯伢子翻身上浮桥。

黄兴亭怜惜地："快去找身干衣服换上。"

冯伢子点点头，走了。

黄兴亭站在空荡荡的浮桥上。

通信员："报告团长！"

黄兴亭揉着疲惫不堪的双眼："什么事？"

通信员："霍总命令我团做后卫，守着桥，不过河。"

黄兴亭疑惑地："我们不过去啦？守着桥？"

通信员："是。这是霍总手令！"

黄兴亭接过手令，摇着头："啥意思？"

黄兴亭："船生，传我命令，原地待命。"

船生："是。"

7-43　土地庙　外　夜

黄兴亭慢慢爬上河岸。

一座很小的土地庙就在路边的一棵大树下。

他一屁股坐下来，倒在土地庙中。

7-44　浮桥河边　日　外

船生发现黄兴亭不见了，急得到处寻找。

船生看向冯伢子："你们看见黄团长吗？"

冯伢子："我们过江了，他过来了吗？"

万才宝："没有发现他过江啊！"

船生："问问警卫员去？"

警卫员和通信员靠在一棵树上睡着了。

冯伢子一脚踢过去："团长呢？在哪儿？"

警卫员跳起来，揉了揉惺忪睡眼。

警卫员："在哪儿？我刚才还跟着哩。"

冯伢子："你做梦跟着吧。团长不见了。"

警卫员大惊："啊？！"

通信员："我传达了霍总的指示，就没有看到他了。"

船生："我都寻了半天了！"

万才宝："该不会牺牲吧？才当了几天团长啊！"

船生："攻下桥头堡时他还在指挥哩。"

万才宝："冷不丁被流弹击中，倒在哪里也不知道呀！这种事不是经常发生吗？"

船生哭了起来："我的团长哥耶……"

冯伢子："二连一排，全部给我找团长！"

朱辉跑过来。

冯伢子："报告政委，团长不见了。"

船生："他失踪一天半我们才发现，肯定完了。"

万才宝："大部队刚过完，我们还没来得及清点人数，他命令我们原地待命。"

朱辉着急地："那他干吗去啦？"

船生："不会被水冲走吧？"

冯伢子："他是水猫子，哪怕水？"

朱辉："你们继续找，活要见人、死要见尸。我这就向师长和霍总报告去。"

战士们在竹林里、河边、山坡上，到处呼喊着找团长。

天快黑了，也没有发现黄兴亭。

7-45　铁索桥上　日　外

大部队又返回普渡河。

冯伢子在桥头堡里搜寻黄兴亭。

卢师长从桥上过来。

卢师长："冯伢子，你们十二团不是后卫变前卫，要往东走，怎么还逗留在这里？"

朱辉："黄兴亭不见了，正在寻找。"

卢师长："全团都在，团长怎么失踪呢？这也太奇怪了吧？"

朱辉："很难说，夺桥时打得很激烈……"

卢师长也着急了："牺牲了也要见尸呀！"

万才宝："我们正在寻找。"

卢师长："快快，找到他的下落，才当几天团长就玩失踪。"

船生哭着："这回可玩惨啦！我的姆妈娘耶！"

7-46 浮桥上 日 外

霍总牵着马过浮桥。

他上岸，牵着马爬上坡，朱辉和卢师长迎了过来。

卢师长："霍总——"

霍总："十二团呢？叫你们后卫变前后，再做前锋，怎么没动？"

朱辉沮丧地："团长黄兴亭他——"

霍总用马鞭指着好像要发火。

霍总："他怎么啦？！"

卢师长："黄兴亭他——失……"

船生惊喜地大叫："他在这儿哩！"

7-47 土地庙 日 外

黄兴亭的半个身子躺在土地庙里面，一双腿露在外面。

船生躬着身子推搡着他。

船生："团长，团长！兴亭哥！你醒醒！"

黄兴亭："嗯嗯唔唔……谁呀？"

船生："霍总，卢师长来啦！"

黄兴亭大惊醒来，一骨碌跳起来，钻出土地庙，头在庙门口碰了下。

黄兴亭："哎哟！霍总在哪儿？"

黄兴亭摸着头还没有完全清醒过来。

黄兴亭问船生："你吓我？"

船生："我们以为你牺牲了，全团都在找你，你钻进土地庙睡大觉。"

霍总笑着走过来。用马鞭轻轻地敲着他的头。

霍总："丈二和尚摸不着头的样子？居然睡大觉？哈哈哈！"

黄兴亭顿然醒悟立正："十二团团长黄兴亭贻误军机，请求处分。"

霍总："你小子没有贻误军机，任务完成得很好。"

黄兴亭："大部队不是过江了吗？没有前进怎么又返回来啦？让我们断后怎么又当前锋啦？"

卢师长："这叫战术迂回。"

霍总："让你小子得了好还想卖乖吗？没让你过江，省了你跑一百里，让你躺在土地庙里睡大觉，你还真会捡便宜呀！"

黄兴亭扭过头问船生："我睡了多久？"

船生："一天，你把我们可吓死了。"

霍总："率你的团，当先头部队，向金沙江上游迂回前进！"

黄兴亭："是！"

第八集

8-1　行军途中　日　外

黄兴亭率领着部队在山地里行走。

通信员骑马来报："黄团长，师部命令你团急速南下，直抵昆州，袭击云虎的老巢。"

黄兴亭："怎么回事？不是要渡金沙江西进的吗？"

朱辉："霍总自有打算，我们执行命令吧。"

黄兴亭："全体向后转，向南，跑步前进！"

8-2　富民城外　日　外

阵地上，黄兴亭举着望远镜。

富民县城出现在镜头里。

城楼上插上了红军的旗帜。

船生跑来："报告！"

黄兴亭："十八团进城啦？"

船生："十八团抢在我们前占领了县城。"

黄兴亭："好个杨洪山，跑到我的前面去了，那我们就绕过富民，向昆州进发。"

8-3　小河边　傍晚　外

一抹太阳的余晖照着潺潺细流的河水。

白马站在水边。

黄兴亭在洗马。他刷洗着马背，马夫小李牵着缰绳。

小李："团长，我来洗吧？"

黄兴亭："它跟我多亲近，才驯服哩。"

小李："团长，你骑这匹马真帅气，少年英俊，像个将军。"

黄兴亭："这马，打了埋伏，还没有上报哩。"

小李："那就不报呗。"

黄兴亭："这么大的家伙瞒得住吗？"

小李："那我就好生对它，让它吃好，休息好，溜须拍马嘛，让它舍不得离开团长。"

黄兴亭："嗯，好办法，畜牲是通人性的嘛。"

白马低头啃着黄兴亭的手背。

黄兴亭喂了一把青草给它。

8-4　行军途中　日　外

黄兴亭骑着白马与卢师长并驾而行。

卢师长："我听说，你很喜欢这匹马，我就不追缴了，算是对你的奖赏吧。"

黄兴亭："谢谢师长！"

卢师长："你甭谢我，霍总那里你如果能埋伏过去，我就不追究了，他可也是爱马如命的老军人哪。"

黄兴亭："如果被他看上了，我也只能割爱了。"

卢师长："当然，他更爱的是人才。"

黄兴亭："霍总真是用兵如神，有些东西我当时真是不解，但事后总能悟出道理来。比如，这次忽南忽西地跟敌人兜圈子，打一下就走，一时前变后，一时后变前，搞得敌人晕头转向的，打赢了，我们也明白了。"

卢师长："嘿嘿，这叫作龙摇头、鱼咬尾，等敌人追上去想跟我们主力交锋时，发现只是个尾巴，我们的头摆了过去，咬住敌人的尾巴，并咬断了一截。"

黄兴亭："等敌人发现上当时扑过来，我们却早走掉了。让他空跑一趟。"

卢师长："指南打北，声东击西，出其不意，攻其不备，甩开敌人，继续前进。"

黄兴亭："这就是霍总指挥的艺术。"

卢师长："打仗啊，学问很深，还真是一门艺术哩。就说我们这次佯攻昆州吧，云虎把老本押在普渡河上，昆州成了空城，他也学唱空城计，我们可不是司马懿，胆子那么小的，我们真的打进了昆州城，缴获不少呀！这下子，把顾祝义也吓了一跳哩。"

黄兴亭："在普渡河我们是虚晃一枪。"

卢师长："霍总对地理山川也是摸得透透的，江是死的，人是活的，我何必死守那一段？你趁夜绕道浅水段偷渡，夜袭鹦鹉山，霍总很是赞赏。"

黄兴亭："嘿嘿嘿……卢师长，我那是临时抱佛脚想出来的。"

卢师长："今天怎么谦虚起来啦？"

黄兴亭："要学的东西太多了，这些天，我一边琢磨霍总的排兵布阵，一边琢磨'战斗'这两个字，战是勇，斗是智，智勇双全，才能胜利！"

卢师长赞许地点点头："这话，总结得不错！"

8-5 丽春城 日 外

城南东元桥头"接官亭"。

上百名穿着少数民族服装的当地老百姓和乡绅，在亭子里摆了长桌，桌上摆满各类食品，纳西古乐悠扬婉转，身着五彩衣的纳西族青年男女跳着舞，欢迎红军进城。

黄兴亭和朱辉率队进城。

黄兴亭和朱辉跟乡绅握手。

乡亲们往战士手里塞鸡蛋、粽子。

万才宝："还是少数民族好，我们走了几千里，第一次碰到这么欢迎红军的。"

船生："国民党把红军说成是吃人肉喝人血长红发的红鬼，他们才不信哩。瞧，人家夸我们是文明之师哩。"

"接官亭"和东元桥上都挂着"欢迎文明之师"的大横幅。

黄兴亭："我们要好好利用这里的条件，补充给养，准备渡江。"

朱辉："我这就去布置。"

黄兴亭："冯伢子，洪船生！"

两人齐声："到！"

黄兴亭："船生，侦察分队立即出发，赶到石鼓渡口，察明敌情，征集船只，了解水文和地形。"

船生："是。保证完成任务。"

黄兴亭："冯伢子。你去把关押的老百姓全部释放，向他们了解当地情况，一定要封锁消息，不让敌人知道我们的企图和行踪。"

冯伢子："是。"

8-6 石鼓镇 日 外

拂晓，黄兴亭率领着十二团主力，到达石鼓镇。

连续一整天整夜的急行军，已是人困马乏。

黄兴亭举起望远镜。

镜头：远景，高远的天空是天龙雪山，白雪皑皑，延绵千里。

中景中，白雪线下却是青松翠柏，崇山峻岭，重岩叠嶂。

近景中，两山之间，一道奔腾咆哮的浑黄色的江水如奔马脱缰，江面上漩涡一个叠着一个在波涛中旋转，在石鼓镇前突然转了个 180 度的大弯。

黄兴亭下马。

马举起前蹄，对天长啸一声，那马嘶声在峡谷里产生回响，震撼人心。

黄兴亭摸了一下马背，马背上汗水湿漉漉的。

黄兴亭心疼地摸着马："你也该歇歇气了。"

小李上前来牵过白马。

黄兴亭："原地休息。"

朱辉："这里江面太宽，水流又急，没桥，大部队怎么过？"

黄兴亭："我考虑的也是这个问题。船生的侦察分队还没有回来吗？"

船生带着两个侦察兵跑过来。

船生："报告团长、政委——"

黄兴亭："情况如何？快讲！"

船生："当地民团头子汪家鼎是个土司，土家族人。十分反动。为了配合国民党军阻止我军渡江，昨天就逼着江两岸的老百姓把所有的船撤到北岸。还在北岸的一些通道上设卡制造障碍……"

冯伢子："老子去干掉他！不就一个民团吗？"

黄兴亭："不要轻敌。尤其是少数民族的土司之类的武装，很不好对付的。"

冯伢子："土司是啥玩意儿？"

万才宝："就是恶霸嘛。"

冯伢子："欠揍。"

黄兴亭："一条船也找不到吗？"

船生："我们总算找到了一条船，船不大，一次只能渡二十多人。我们还找来了两个船夫……"

黄兴亭："先给我把两位船夫叫来，我要亲自问他们，向他们请教渡江的办法，在哪里渡最省事、距离最近。"

船生："是，叫船夫来。"

8-7 江边 日 外

两个船夫跟黄兴亭说着，比画着，用树枝在地上画着。

黄兴亭："木瓜寨离这里多远？"

船夫甲："往上不到五里。"

黄兴亭："那里的江面比这里窄多少？"

船夫乙："不到这里一半。"

黄兴亭："水流水深比这里如何？"

船夫甲："岸没有这里陡，滩坡比这里平一些。水流稍急一点儿，当然都很深。"

船夫乙："船来往可以省一半时间。"

卢师长骑马过来。

黄兴亭："报告师长，我觉得上游五里的木瓜寨要比这里渡江条件好得多，我问过船夫，我想先带人亲自去勘察。为大部队重选渡河地址，如果情况顺利，我先把江北的滩头拿下来，争取弄到更多的船只接应。"

卢师长："那你先去，我这就去向霍总报告情况。"

黄兴亭："政委和参谋长，你们率领全团在江边树林里和村庄里隐蔽。等候我消息。"

朱辉："你先去吧，注意安全。"

黄兴亭带着冯伢子和船生一行人上了船。

卢师长上马，朝黄兴亭挥挥手。

8-8　江上　日　外

黄兴亭率领小分队乘着那艘木船，一个船夫在船尾把舵，一个船夫在船头撑竿。

冯伢子和船生十来人在岸上拉纤。

他们都化装成当地船夫。

船在急流中劈波斩浪逆水而行。

黄兴亭举着望远镜在观察岸上的敌情。

拉纤的川兵居然唱起了川江号子。

8-9　木瓜寨渡口　夜　外

黄兴亭率领着侦察分队趁夜色悄悄登上北岸。

十来个民团兵丁蹲在渡口的窝棚里抽着烟，打着瞌睡。

江边停着一条较宽大的专用渡船，可载几十人。

渡船用铁链锁在一块巨石上，一个哨兵看守着。

哨兵抱着枪睡着了。

黄兴亭打了一个手势：“上！”

冯伢子一个箭步上去抹了哨兵脖子，将其扔进江中。

黄兴亭带着战士扑进窝棚，一锅端了民团。

民团小头目用钥匙把大铁锁打开。

黄兴亭：“伢子，你带人扫清障碍，保住渡口滩头。”

冯伢子：“是。我保证北岸安全。”

黄兴亭：“船生，我们把两条船绑在一起，绞成帮子，上面再铺上木板，人、马和车能通过。”

船生：“好主意！”

黄兴亭：“沔阳洪湖的兵都跟我过来，绞船帮子，铺板子，编篾索，拉帮子摆渡是我们老家的活儿。”

一群洪湖兵跑上前：“团长！这活儿我们都会。”

黄兴亭：“船生，那你带两个人回去报信，全团立即在此开辟渡口，为大部队渡江作准备。”

船生：“是。”

战士们立即忙碌起来，两岸火把通明，人影绰绰。

绞船帮，编篾索，摆竹板。

黄兴亭：“万才宝，把民团俘虏给我看好，不许他们走漏消息。”

万才宝：“把他们毙了扔在江里，不就全闭嘴了吗！”

黄兴亭：“胡扯！我还要靠他们去找汪家鼎算账的。”

万才宝和几个战士将俘虏绑在树上。

万才宝：“这样行了吧！”

黄兴亭：“你亲自去村里，找几个船夫来。”

万才宝：“这个好办。”

黄兴亭：“不能强迫。可以出钱雇用。”

万才宝朝村里跑去：“听团长的。”

火把忽明忽暗。长龙似的队伍在夜里渡江。

8-10 渡口 日 外

北岸滩头。

卢师长骑马而来。

黄兴亭骑着白马迎上去："报告师长！我部渡江完毕，无一损伤，俘虏民团兵丁十二名，击毙一名。缴获船只七条。雇用船夫二十八名。"

卢师长："你小子干得漂亮！大部队立即过江，派人给我在渡口写几条大标语。"

黄兴亭："立即去办。"

卢师长："根据情报，我命令你团立即向金沙江上游吾竹地区前进，抢先占领巨甸以北的格鲁湾。此处由民团头领汪家鼎把守，他很反动，配合滇军企图切断我军去路，是我们渡江的最大障碍，也是翻过雪山的一颗钉子。"

黄兴亭："我一定把这颗钉子拔掉。"

黄兴亭策马奔向前，渐渐远去。

渡口已空无一人。

村头的墙上大字写着：

吓死川军，拖死滇军，气死中央军。英雄是红军！

来时接到宣威城！走时送到石鼓镇！费心啦！请回吧！

滇军旅长刘正宽率军赶到。

刘正宽看着墙上的标语，空空的渡口，仰天长叹："不是我不追，追不上啊！"

8-11　格鲁湾　日　外

一个不大的高寒少数民族小集镇。

黄兴亭率领部队到达镇上。

黄兴亭下马，把马交给小李。

船生："报告团长！"

黄兴亭："怎么没有发现民团设防？"

船生："汪家鼎见我军来势凶猛，民团撤到山垭口去了。"

万才宝笑嘻嘻上来："一群小毛贼，我们正好安安逸逸住两天，补给补给。"

船生："据说，垭口要塞易守难攻，储粮充足。"

冯伢子："正好端他的老巢。"

黄兴亭跳上高台子，挥了挥马鞭。

战士们列队。

黄兴亭用马鞭一指："前面就是雪山！我们要翻过去，同志们，别以为现在还是六月天，穿单衣行军都热。上去可是冰天雪地呀！我们一定要准备好棉衣棉鞋，把所有能穿上的东西都穿上。我们在镇上休整两天，做好充分准备。千万不能马虎呀！"

战士甲："六月天，用得着穿棉袄吗？"

战士乙："瞧那雪山也并不高呀！一翻不就过去了吗？"

战士丙："听说先头部队有人冻死在上面哩，还是听团长的话，多穿点儿上去。"

8-12 街上　日　外

黄兴亭牵着马在遛街，察看街上的行市。

万才宝跑过来："团长！瞧，我买双靴子，怎么样？"

黄兴亭："不要光想到自己，你是搞后勤的，冻死了人，我先罚你。"

万才宝："唉！那些湖南兵，特别不听劝，他们根本不信六月天会下大雪，硬说那山上的积雪是冬天落下的没化掉。"

黄兴亭："你再去看看，能不能弄顶像样的帐篷。"

万才宝："有有，我发现有一顶还是皮质的，就是贵了点儿。"

黄兴亭："贵也买下来，不怕一万，只怕万一。"

万才宝："我这就去办。"

一个卖皮货的小贩走过来："长官！要不要皮货？这件可是虎皮的，穿上既威风，又暖和。"

黄兴亭接过手细看摸着："虎皮背心？"

小贩："真虎皮。"

黄兴亭："多少钱？"

小贩："三个大洋。"

黄兴亭掏出两块大洋："这可是我爹留给我的，带着走了几千里——"

小李："我们团长，你便宜点儿吧！"

小贩有点怕："团……团长？"

黄兴亭："看来我买不起喽。"

小贩："那就两块大洋给你！穿着它，过雪山也不怕。"

黄兴亭："那就谢谢你啦。"

8-13　雪山上　日　外

朱辉因伤发起烧来，拄着拐杖坚持着往上爬。

黄兴亭："政委，你怎么啦？"

朱辉："可能太冷，冻得老伤犯了，没关系，我能坚持。"

船生："政委，我看你不行吧？"

朱辉向前走了几步，倒在雪地上。

黄兴亭："担架！"

朱辉："战士们够累的了，我歇会儿再走吧！"

黄兴亭："歇下来就会冻硬的，不行，抬也得把你抬过去！"

冯伢子拿来担架，把朱辉扶上去。

黄兴亭把虎皮背心脱下来，套在朱辉的身上。

朱辉推辞："这怎么行？"

黄兴亭："我不过少了件背心，你可不能丢命啊！"

朱辉泪水夺眶而出。

万才宝倒了小半碗米酒："政委，你喝一口暖暖身子。"

朱辉闻了闻："好香，给战士们喝吧。"

七八个战士也都接过碗，闻闻，又递给别人。

转了一圈，酒碗又回到万才宝手中，万才宝看看这个，又看看那个，摇摇头，也深深闻了一下，小心地把酒倒回壶里。

黄兴亭："往前走，不能停。"

8-14　垭口　日　外

两座雪峰之间，一道垭口，山势险峻。

黄兴亭用望远镜察看着，什么也没有发现。

只有一只苍鹰在镜头里翱翔。

黄兴亭："问问那个俘虏，前面是不是汪家鼎盘踞的垭口山寨。"

　　俘虏被押过来："是是。"

　　黄兴亭："怎么什么也没看见？"

　　俘虏："不走近看不到的。"

　　黄兴亭："还有别的地方可以过去吗？"

　　俘虏："没有。"

　　黄兴亭："冯伢子，你带一个班上去试探试探。"

　　冯伢子得令而去："是。"

　　黄兴亭："停止前进！"

　　号兵吹起停止前进的号曲。

　　空谷里传回号声。

　　队伍停止前进。

　　枪声突然从头顶上的一个山洞里传出来。

　　黄兴亭大喊："卧倒！"

　　有几个战士倒下。

8-15　山坡上　日　外

　　冯伢子率领的十几个突击战士被阻止在半坡上的山坳里，伏在残雪边上。

　　枪声响过后恢复了平静，像什么也没发生似的。

　　黄兴亭趴在一块巨石后用望远镜窥视。

　　镜头里显示出山岩上的数个洞口，却不见人影。

　　参谋长汤福林躬着身子："发现什么没有？"

　　黄兴亭："好像是个天然山洞，里面可能有通道贯连。敌人全部隐藏在里面，地势太高，仰攻难度非常大，会给我们造成很大伤亡。"

汤福林："再审问下俘虏，有没有别的路可过去。"

黄兴亭："没有，我查过地图，问过老乡。"

汤福林："汪家鼎这颗钉子还真不好对付。"

黄兴亭："要是有迫击炮朝洞里放几炮，把他们轰出来就好办了。"

汤福林："我去调几门迫击炮来，记得还有十来发迫击炮弹。"

黄兴亭："那太好了。我先叫冯伢子撤下来再说。"

黄兴亭从巨石边伸出头，对冯伢子做了个撤的手势。

一颗子弹射过来，打在石头上，差点击中黄兴亭。

汤福林一把将黄兴亭拉过来压住。

一串机关枪子弹打在巨石上火星四溅。

冯伢子带着战士冒着弹雨，一个个从山坡上滚下来。

冯伢子："团长，让我再带突击队，爬上去，用手榴弹炸了那狗杂种。"

黄兴亭："怎么上？你长了飞毛腿不成？稍等，汤参谋长调迫击炮来。"

汤福林领着几个战士，摆好地形，架起迫击炮。

炮手瞄准洞口。

汤福林站起身，下令："发——射！"

一颗子弹飞过来，正中他的胸口，他勉强喊出了一个"射"字，便仰面倒下。

炮弹复仇似的射出，在山崖上的洞中爆炸……

"轰——轰——轰——"接连三发迫击炮弹准确射入洞中，爆炸的浓烟向垭口上空腾起。

黄兴亭向汤福林扑过来，抱住："汤参谋长！"

汤福林："指挥——战斗！"

黄兴亭抱着汤福林："迫击炮，再轰！"

又是几炮射向洞口。

洞口冒出浓烟滚滚。

黄兴亭："冯伢子！趁着浓烟，快速爬上去！"

冯伢子："突击队，跟我上！"

黄兴亭："火力掩护！"

伏在雪地上的战士们举起枪，向洞口射击。

山坡上硝烟弥漫。

冯伢子在硝烟中登上山崖。

手榴弹成排飞入洞口。

8-16 洞内 日 内

硝烟弥漫。

敌人一片慌乱，鬼哭狼嚎。

8-17 山坡上 日 外

黄兴亭："一营二连堵上去，火力封住！"

巨石上架起机枪堵住了出洞外逃的敌人。

黄兴亭抱起汤福林："参谋长！汤大哥！你不能就这样离

开我呀！"

汤福林胸口鲜血直涌。

黄兴亭："汤大哥，你要给我挺住啊！卫生员！"

卫生员跑上来给汤福林包扎。

黄兴亭："汤参谋长，大哥呀！大风大浪都闯过来了，小溪沟里你可不能翻船哪！大哥！"

汤福林抓住黄兴亭的手："……领着十二团……走到……陕北……"

卢师长也赶过来："老汤！"

汤福林闭上了眼睛。

黄兴亭："为参谋长报仇，这群乌合之众，老子收拾你！（翻身上马）迫击炮给我轰！二营跟我上！"

他率领一群战士，借着硝烟的掩护，绕过小山坡，直扑山洞。

8-18　山洞　日　内

民团官兵全体被歼被俘。

一部分逃跑的民团兵丁被冯伢子追上去抓住或击毙在雪地上。

冯伢子缴获了几匹好马和枪支。

黄兴亭用枪指着一个俘虏："谁是汪家鼎？"

俘虏指着炸得血肉模糊还有半口气的汪家鼎。

俘虏："他——他就是……"

黄兴亭补了两枪："狗娘养的，去死吧！"

万才宝从支洞里跑出来："团长！"

黄兴亭："叫什么？里面还有残敌吗？"

万才宝："粮食，好多粮食，还有腊肉，几箩筐都是腊肉，还有兽皮、棉被，简直就是一个军需仓库。"

黄兴亭立即进去察看，发现果然是个仓库。

黄兴亭："全部运走！"

战士们扛着武器弹药和粮食下山坡。

8-19　山村民户院子　日　内

两木匠在打做一副很大的棺材。

黄兴亭亲自给棺材上漆。

万才宝进来："报告团长。另外七副棺材也准备好了。"

黄兴亭："用缴获来的钱，给这些战士办一个像样的葬礼，这是我的错误，对敌情判断有误……我对不起汤大哥参谋长，我要给他立碑。"

8-20　村外山坡上　日　外

八座红军坟。

汤福林的坟在中间，石碑竖立在墓前："红九师参谋长汤福林之墓"。

黄兴亭立在汤福林墓前，脱帽致哀。

黄兴亭："汤大哥，我永远忘不了你对我的关爱和照顾，一路扶着我走到团长岗位，我会永远记住你的话，把十二团带到陕北……"

部队重新出发，浩浩荡荡向西挺进。

8-21　甘孜藏族村寨院内　日　内

霍总和杨洪山走来。

黄兴亭跑出门迎接："霍总！你来得真快呀！"

霍总："我给你带来个政委哩。让你们两个'沔牯佬'搭伙吧，哈哈哈！"

黄兴亭拥抱杨洪山："杨洪山！"

霍总："朱辉同志病太重，转后方治疗去了，让杨洪山同志来十二团担任政委，你们俩少年团就开始合作的吧？"

杨洪山："来十二团跟回老家差不多，这里多数是沔阳洪湖兵。"

黄兴亭："万才宝！"

万才宝从里屋跑出来敬礼。

万才宝："到！哎呀！霍总！洪山哥！"

黄兴亭："洪山是新来的政委。"

万才宝："杨政委！"

杨洪山："才宝，行军打仗，你那老手艺丢了没有？"

万才宝："报告政委，一点儿没丢，伙房还归我管，来兴时，我还亲手掌勺。"

黄兴亭领着霍总、杨洪山等进院子，坐在石桌凳上。

黄兴亭："霍总难得来，新政委刚到，万才宝，中午露一手。"

万才宝："我这就去准备。"

小李给首长们倒过茶。

霍总："听说你这次打民团汪家鼎缴获不少？"

黄兴亭："嗯。粮食和武器是有一些，不过损失也大。"

霍总："我知道，汤福林同志牺牲了。"

黄兴亭："主要是我的判断有误，太轻敌了，以为只是民团……"

霍总："打仗嘛，有时阴沟里翻船也是有的。"

黄兴亭："我一定再吸取教训。"

霍总："教训要吸取，粮食要省着点儿吃，前面的路还很长，你们十二团给我再当一次后卫，因为你们储备稍好点儿。那些掉队的，残弱病倒的，你们负责收容。"

黄兴亭："我们保证跟上大部队。"

霍总："这回不是要你们开路，而是要断敌，任务也不轻喽。"

杨洪山："所以，朱政委前天走，我今天就来了。"

8-22 藏族小村 日 外

黄兴亭率部队进入村子，人困马乏。

黄兴亭："就地宿营。不要进村打扰藏族群众了。"

万才宝："团长，政委，我们的粮食都用得差不多了。"

杨洪山："再去挖些野菜吧。尽量省点儿粮食。"

万才宝："战士们都在山坡野地寻过了。能吃的野菜被经过的部队挖光了。长都来不及哩。"

杨洪山："唉，这里本来人烟稀少，又都是牧民，粮食就更难找了，能吃的野菜也差不多全吃了。我们怎么办？"

黄兴亭："就地埋锅搭灶，先煮点清汤度饥再说。万才宝、冯伢子、船生，跟我到村里去看看，能不能筹集到一点儿粮食。"

冯伢子："一排一班，跟我去村里找粮。"

黄兴亭："万才宝，多带点儿钱。"

万才宝甩甩钱袋子："钱也不多了。"

黄兴亭："前面就是茫茫草地，我们不能空着肚子走过去，一米度三关，也得找点儿粮再走。"

杨洪山："我们一路收容了不少掉队的病弱残伤的战士，负担越来越重了。"

8-23 村子 日 外

黄兴亭带着一行人，手里拿着空袋子进村买粮食。

一只藏獒看到他们，咆哮狂吠。

冯伢子举枪。

黄兴亭立刻制止："别开枪！"

藏獒见枪逃跑了。

一个藏族群众走过来。

黄兴亭礼貌上前施礼："大叔，你们家有粮食吗？卖点儿给我们吧。"

万才宝摇着钱袋子："我们有银元！"

藏族群众："没有，没有，被前面过的红军买光了。"

黄兴亭："青稞，糌粑，羊肉，什么都行，多少都行！"

藏族群众摇着头："真的没有了！我们自己吃都不够了。"

8-24　一户大点的人家　日　外

院子很宽大，院子里有羊栏，有一群羊。

一对夫妇在将地上的羊粪做成粪粑往低矮的土墙上贴着。

黄兴亭和船生进院子。

黄兴亭向夫妇俩问好："大哥大嫂，您们在忙什么呀？"

夫妇俩停住手里的活呆呆地望着这群带枪的红军。

黄兴亭："我们是红军。"

男人："红军，见过的，见过的，前面走了不少红军！"

黄兴亭："您家有粮卖吗？"

男人："没有没有。"

女人："自己吃的都不够。"

黄兴亭细看贴在墙上的粪粑，并且将一个晒干了的粪粑拿在手里掰着。

黄兴亭："请教大哥！这是干啥用的？"

男人："冬天烧火取暖的。"

黄兴亭："好像不是泥巴做的，也不是炭，是什么做的？"

女人："牛粪。"

船生指着贴满墙院的粪粑："这么多？"

男人："冬天很长。"

黄兴亭用手指捻着干粪粑，捻成一把灰，用气一吹，草屑飞掉，手心里剩下几颗麦粒。

黄兴亭脸上现出喜色。

黄兴亭将手里的麦粒拿给男人看。

黄兴亭："大哥！这是什么？"

男人："牛吃了青稞秆上没脱尽的几颗青稞，没有消化，拉出来的。"

黄兴亭："这是青稞？"

男人诧异："是哇，你要干什么？"

黄兴亭："能不能把您这满墙的牛粪粑卖给我，让我淘一遍还给你。"

男人："你买粪粑做什么？这东西不值钱，怎么卖呢？从来没听说有人买粪粑的。"

黄兴亭："才宝，拿两个银元来。"

万才宝："团长，你脑子有毛病吧？买牛粪粑子干啥？让我们吃牛粪？"

黄兴亭摊开手中牛粪："你们瞧瞧！我只碾了一把干牛粪，就发现有十几颗青稞。一个大粪粑，肯定能碾出半两青稞来，你们试试。"

冯伢子抓过一个干粪粑，用大手捻了几下，用口一吹，手心里几十粒青稞。

冯伢子："团长发现宝藏啦！"

男人也过来看："是青稞，牛吃了没消化的。"

黄兴亭："人还可以吃吗？"

男人："应该可以吧。"

黄兴亭："这墙上贴的，地上堆的，我全买了。碾碎后筛出青稞后，我们再帮你做成粑贴在墙上。"

男人："这东西就不要钱了。"

黄兴亭："这两块钱你拿着。"

男人不好意思地收了。

黄兴亭："告诉政委，发动全体战士，碾干粪粑淘青稞。"

冯伢子："我这就去。"

黄兴亭："马上动手！"

8-25 团部 日 外

杨洪山在帮炊事班煮稀汤。他将一把米放进锅里。

冯伢子："政委，团长发现宝藏了。"

杨洪山："你说什么？宝藏？能吃吗？"

冯伢子："就是吃的青稞，也就是我们那里的大麦。"

杨洪山："买到啦？"

冯伢子："团长花了两块银元，买了一墙院一大堆晒干的牛粪粑子。"

杨秀山："疯了，花那么多钱买牛粪？"

冯伢子伸出巴掌："你看你看！一个牛粪粑子里能吹出半两青稞来哩，这是团长发现的，他们正在吹牛哩。"

杨洪山："吹牛？还有闲心吹牛？"

冯伢子一边说，一边做："不不不，这样——吹牛粪粑子，再碾碎——"

杨洪山："哦！我明白了，好个黄兴亭，鬼主意真多。同志们，我们进村买牛粪粑子！"

8-26 村中 日 外

三五成群的红军战士们在墙边、院子里，碾牛粪，淘青稞。

黄兴亭和杨洪山在巡查。

万才宝端着满满一筲箕淘洗干净的青稞。

万才宝："团长，你看！一个连一个钟头不到，就淘了这么多。"

黄兴亭抓了一把闻了闻。

黄兴亭："一点儿臭味也没有，能吃。快磨成粉做糊汤。"

8-27　村头大树下　日　外

三营朱营长带着几个战士在寻找粮食。

他有气无力地靠在树上。

几个战士拎着空口袋跑来。

战士甲："报告营长，一粒粮食也没找到，团长发现干牛粪耙里有青稞……"

战士乙："我们三营一点儿也没有弄到，任务怎么办？"

朱营长感觉到脚下软软的，使劲地踩了踩，拿过一把刺刀，往泥土里扎进去。

战士甲："营长！你发现什么啦？"

朱营长："这树底下好像埋着什么，去找把锹来。"

战士跑到老乡家里拿过来一把铁锹。

朱营长挖了几锹，发现土里埋着麻袋。

朱绍清："果真有发现！"

他掀开土，两个战士从土坑里拖出一只麻袋。

朱营长解开麻袋一看："哇！快去报告团长和政委，这里发现一麻袋青稞。"

战士们抓着青稞，惊喜得直跳，有的往口里塞几粒嚼着。

战士甲："刚埋不久，还没受潮哩。"

战士乙："谁埋的呀！钱付给谁？"

战士甲："就算缴获的呗！"

两个战士抬起麻袋，往团部走去。

8-28　山坡上小庙　日　内

两个战士在门外站岗。

朱营长在庙里围绕着三座泥塑的佛像转着，摸着，敲着。

战士甲跑进来："报告营长，庙里的喇嘛躲起来找不到。"

朱营长翻箱查柜什么也没发现。

战士乙："营长，庙里不会藏粮食吧？我们已经找到一麻袋了，超额完成任务了。"

朱营长转到佛像的背面，发现背部正中有个方形洞口，而且用一块黄布盖着，布上写有藏字经文。

朱营长撩开黄布，手往里面伸去，居然掏出一把青稞来。

朱营长："佛像肚里有粮食！"

几个战士围过来，一个个伸手往里掏，掏出一把把粮食来，用鼻子闻着。

战士甲："好像发霉了。颜色发黑，陈粮，好多前年的吧？"

朱营长抓了一把，两手合拢，搓捻几下，放开，成了粉末，他又用舌头舔了几下。

朱营长："陈粮，但也是粮啊！快去报告政委和团长，问问怎么处理。"

战士乙："砸了这佛像，把粮倒出来呗！"

朱营长："这里是藏族群众聚居区，我们红军是讲民族政策的，内地革命砸佛像，这里可不行，得请示上级。"

黄兴亭和杨洪山走了进来。

黄兴亭："朱营长，三营可立了大功啦！怎么，又有新发现吗？"

朱营长："报告政委、团长，又有新发现。"

杨洪山："难道这小庙里藏了粮食不成？喇嘛跑了吧？"

朱营长："小喇嘛躲起来找不到了。但我发现佛像肚里有粮食。"

黄兴亭拍了拍朱营长的肩膀："你真细心，怎么会想到佛像肚子里去啦？哈哈哈！"

朱营长抓出一把来："团长，你瞧，就是陈得太久，发霉，发黑，变味了，不知还能不能吃。"

黄兴亭："是粮食就可以吃。"

朱营长："怎么弄出来，不能一把把抓呀！再说能抓也抓不到底，砸了佛像恐怕不行吧，所以请示政委和团长。"

杨洪山："你还有头脑，没忘记民族政策。"

黄兴亭敲着佛像身子："砸不得，看来这存粮不是一年两年放进去的。可能是祭祀时放进去的。拿出来会不会也犯忌？"

朱营长："那么说，不能动？"

黄兴亭对着佛像作了两个揖："我们向您借粮了，我们长征路上不能没粮食呀！对不起了！"

一个战士举起枪准备砸上去。

黄兴亭："住手！"

战士："团长！你不是说可以借粮吗？"

黄兴亭："我没说要你砸佛像！"

黄兴亭跪下去，用刺刀在佛像底座上掏出个小洞来。

菩萨肚里的粮食流水一般地往外淌了出来。

杨洪山："兴亭，你真有办法。"

黄兴亭把佛像肚里的粮食全放出来，然后还原佛像，打扫干净。

万才宝："是不是留点香火钱、灯油费？"

黄兴亭："你说得没错。刚才拿一麻袋青稞的地方，也去埋点钱放回去。"

万才宝和朱营长放钱。

8-29　草地　日　外

红军行军的画面。

有人倒下，战士们相互扶着前进。

草地看不到边。

黄兴亭："原地休息！"

疲惫不堪的战士们立刻躺在草地上。

黄兴亭从马背上扶下一个战士。

小李牵过马，让白马去啃草。

杨洪山凝望着专心吃草的白马。

黄兴亭望着远方。

他从包里取出那本带血的《共产党宣言》和那支钢笔。

这是邬晨曦的遗物，他还没有机会交给韩眉。

杨洪山回头看着饿得奄奄一息的战士。

杨洪山："黄兴亭——"

黄兴亭："你说，有什么办法渡过这一关？"

杨洪山指着白马："唉！救人要紧，这马——"

万才宝着急："政委，你这是拿刀戳破团长的心哪！"

黄兴亭沉默了片刻："只有这个了，再舍不得也得舍……"

万才宝脱掉外衣，露出一件皮夹克来。

万才宝："团长，等等！这皮子是上好的，能熬汤。"

黄兴亭："给我看看！"

万才宝将夹克扯成两段。

万才宝："吃掉它比穿着死强。"

黄兴亭："你是不是还买过一顶皮帐篷？"

万才宝："是呀！帐篷还在，也熬汤喝吧！"

黄兴亭："船生，把各连连长叫来，分帐篷煮皮汤。"

船生："是。"

8-30 草坡上 夜 外

一堆堆篝火燃起。

一伙伙红军围着篝火。

军锅里煮沸的帐篷皮子。

战士们端着碗喝着。

白马在草滩上吃草。

一轮明月照着苍茫大地。

8-31　小山坡　日　外

黎明时分，草地边沿。

黄兴亭率领部队渐渐走向山坡。

船生回头一望："我们终于走出草地了！"

战士们回头望着渐渐变红的天空。

黄兴亭："太阳就要出来了！天就要亮了。"

杨洪山："同志们加把劲，走上高坡就出草地了。"

冯伢子带着他的连队走在最前面。

黄兴亭策马奔向高坡。

冯伢子："团长，前面山坡洼地里好像有人！"

黄兴亭："注意警戒！"

他举起望远镜来看。

晨雾里，好几个女红军围在一起。

黄兴亭："她们在一块小洼里不知在干什么？船生——"

船生："到。"

黄兴亭："跟我过去看看，可能是掉队的女红军。"

万才宝："那我们就收容她们一起走呗。"

黄兴亭策马前进。

船生紧跟上来。

第九集

9-1 山坡 日 外

黄兴亭勒马："船生，过去问问什么情况，哪一部分的。"

船生和万才宝跑过去，扒开围成一堆的女兵。

船生："什么情况？你们是哪一部分的？"

女兵抬起头，一见是两个男人，一把将他们搡开："滚开点儿！"

万才宝再上前去要看："你们有什么困难直说嘛，我们帮你，我们专收掉队的红军。"

船生："我们是后卫部队红十二团。"

女兵："生孩子，你能帮吗？"

万才宝倒退了几步："哇！我的妈妈娘耶！爬雪山，过草地，居然还生孩子，你们诳人吧！"

被围在中间的女人抬起头。

女人："你们——是——红……十二团？参谋长黄兴亭……"

船生："黄兴亭早就是团长啦！"

女人有气无力："黄兴亭……叫他来……"

船生细看一眼："你认识我们团长？"

女人："船生……"

船生终于认出来："韩眉姐！"

万才宝再上去看："真的吗？是韩眉姐？"

韩眉："才宝……"

万才宝："团长！快过来！是韩眉姐！"

船生："兴亭哥！韩眉姐生孩子啦！"

黄兴亭闻声策马奔了过来。

他翻身下马，走近一看，拉着韩眉的手。

黄兴亭："眉姐！怎么是你？"

韩眉无力地："兴亭——"

黄兴亭："冯伢子，你派一个班过来守护，离远点儿再派出几个哨位，坡地那边预防有马匪从山谷里出来袭击。"

冯伢子："是，我这就去派巡逻哨。"

黄兴亭回过头来拉过一位年长的女兵。

黄兴亭："大姐，你们是哪部分的，怎么会……"

年长的女兵："我们是红二方面军总后地方工作部的，韩主任因为将近临产走得慢，我们掉队了，没想到刚走出草地，她就要分娩……幸好碰到你们。"

黄兴亭："韩眉是我姐姐，我们是洪湖老根据地出来的。"

女兵："哦！难怪韩主任老提到你的名字。"

黄兴亭："她经常提我？"

女兵："我还以为你是她爱人哩。"

黄兴亭欲言又止："韩眉姐的丈夫……"

女兵："她调到我们部当主任快一年了，没听说过她丈夫的事。"

黄兴亭："她从来不提她丈夫？"

女兵："嗯。"

黄兴亭："大姐，拜托你了，好好帮她接生吧。我派人保护你们。"

女兵："放心吧，我是产科医生，孩子估计问题不大，是顺产。只是条件太差了，不知会出什么风险。"

9-2　山坡下　日　外

一群骑着马的匪兵从山谷里奔驰而来。

冯伢子："有敌情，注意，不许他们靠近！"

一个班的战士冲上山坡高坎上，准备阻击敌人。

马匪狂奔而来，肆无忌惮，一边鸣枪，一边嘶吼。

马匪头子："抓住掉队的红军，一个赏大洋十块！"

冯伢子："给我瞄准了打！"

马匪们看到山坡上的红军。

马匪们叫喊着："山坡上有红军！抓住！"

巡逻哨的战士与马匪遭遇，双方打了起来。

马匪们仗着马快，闪电一般向巡逻哨袭来。

领头的匪首骑着一匹黑马，手执双枪，他狂奔过来，一连打中几个战士。

冯伢子："快去报告团长，请求支援！"

一个马匪朝冯伢子飞奔而来，挥刀砍向冯伢子。

冯伢子从土地坎里一跃起而起，将马上的匪徒扯下马来，一刀劈下去，匪徒"哎呀"一声鲜血四溅。

冯伢子夺过马，翻身上马，举枪射击。

冯伢子："一排，给我堵住，决不能让他们接近山坡。"

数十个战士一冲而上，把敌人围在一块洼地里。

9-3　山坡上　日　外

一个战士跑来："报告团长，敌人凶狠，领头的匪首枪法太准了，一连击中我们五个战士，他们骑马，速度快，冯连长请求支援。"

黄兴亭一听大怒："狗娘的，老子非剿了你不可。"

杨洪山："这里不可能是马陆芳的部队呀，看装束像是何国栋的东北军，万万不可轻敌呀！"

黄兴亭："他们一共有多少人？"

战士："十来个，被冯连长砍了一个。"

黄兴亭："一营跟我来！先紧紧围住他们，远距离长枪射击。"

黄兴亭跃马奔向高坡。

9-4　高坡下一块小平地　日　外

十来个东北军匪兵骑着马在横冲直撞。

高坡坎围上来的红军朝匪兵放着冷枪，间或击倒一个。

被击中的匪兵喊叫着。

脱缰的马在狂奔。

骑黑马的马匪头领抢着枪四下乱击。

一个红军刚一露头举枪，被他击倒。

黄兴亭一勒缰绳，放马从高处直冲下去。

为首马匪还没回过神来，待他转过马头应对黄兴亭时，黄兴亭朝他胸口连开三枪。

为首的马匪从黑马上掉了下来，躺在地上。

黄兴亭上去又连开两枪，把他脑袋打开花。

战士们围了上来，所有敌人被击毙。缴获了十匹战马、一批武器和一些干粮。

万才宝朝一匹受伤的马连开两枪。

伤马倒地。

万才宝："有马肉吃啦！拉去剁了红烧马肉！"

几个战士蜂拥而上。

9-5　山坡洼地　日　外

韩眉一阵痛。

女兵："韩主任，再使一把劲！"

"呱"的一声，一个婴儿坠地。

原野上传出美妙的哭声。

战士们："生了生了，韩姐生了！"

东边草地上远远的一轮太阳渐渐腾升。

9-6　坡下　日　外

战士们将牺牲的战士遗体抬过来，一共六个。

冯伢子哭着脸："他们雪山草地都过了，万万没想到会死在这帮东北军手里。"

黄兴亭下马摘下军帽，低头忏悔地："这都是我的疏忽造成的……"

杨洪山："这股敌人仗着他们马快枪快逞疯作狂，也不能光责怪你。"

船生跑过来："团长，韩眉姐生了个男孩儿！"

黄兴亭沉痛地："这是六条红军战士的命换来的。"

杨洪山："好好安葬他们吧！"

9-7　山坡上洼地　日　外

韩眉抱着刚出生的孩子，凝望着那刚刚升起的太阳。

韩眉："我们走出草地啦……刚才枪声是怎么回事？"

黄兴亭走过来抱起婴儿看了一眼。

黄兴亭："孩子，你的命太珍贵了，是六条红军战士的命换来的呀！"

韩眉震惊，痛哭起来，抢过孩子，欲扔掉。

韩眉又懊恼又不舍："你为什么这个时候来呀！"

黄兴亭拦住："别，敌人什么时候来也不会通知我们呀！"

韩眉沮丧地："这孩子是个灾星祸星——"

黄兴亭："不能这么说，他来得也不易呀！眉姐，我能问你吗，他爸爸是谁？"韩眉："他爹就是邬晨曦——"

黄兴亭掐指一算："哦，也是。"

韩眉："老邬他现在哪里？"

万才宝："老邬他……"

黄兴亭一把扯住他："老邬他调到总部……已经过草地了。"

韩眉微笑："去陕北了！？"

黄兴亭："对，去陕北……"

黄兴亭把孩子还回韩眉怀里。

黄兴亭："眉姐，抱着孩子去陕北吧！到了那里，我会把邬晨曦的去向告诉你的……"

万才宝端来一碗马肉汤。

万才宝："韩眉姐，马肉汤！敌人的马，被我熬汤了。"

韩眉喝了几口马肉汤："我连累你们了！"

黄兴亭："碰上你们是幸运，也是我们当后卫的任务。小李，把我的马牵来！"

小李："是。"

黄兴亭："船生，扶眉姐和孩子上马，我们走！"

船生和万才宝将韩眉和孩子扶上白马。小李牵着马向前方走去。

大队的红军从山坡走向更高的山坡，军号响起，红旗在旭日里飘扬。

……

9-8　旷野　日　外

字幕：几年以后

八月的阳光给关中大地披上金辉。

衣衫褴褛的红军营长冯伢子带着通信员在旷野疾行。

一阵轰鸣声，一架国民党军飞机在头上低空盘旋，掠起尘土。

冯伢子抖落身上的尘土，气得跳脚大骂。

冯伢子："有本事怎么不去打日本鬼子，在红军头上逞什么威风！"

冯伢子下意识拔枪，忽又将枪送回枪套。

冯伢子一脸无奈，自言自语："要不是眼下国共合作了，哼！"

冯伢子把帽子往脑后一推，放慢脚步，大摇大摆，目空一切地行走。

9-9　庄里镇十二团团部驻地　日　外

听不到枪炮声，看不见硝烟，通邮可以往家乡寄信了，部队进入相对祥和、宁静的生活。

团部屋顶上那面红军的红色军旗在蓝天白云中格外抢眼。

镇里墙上用石灰水书写的"停止内战　团结抗日"等抗日标语随处可见，均落款"红十二团宣"。

团部驻地附近。

一队队红军战士整装出操，在塬上平地、打麦场操练，各类演习声此起彼伏。

红军战士给房东扫地、担水的身影。

战士争先恐后簇拥着连队通信员，他拿着一叠信件。

连队通信员喊："吴德祥的信，蓝伢子的信……"

拿到信件的战士喜极而泣，没有信件的战士从希望到失望急促转换的表情。

冯伢子靠近通信员："刚才，你喊的是蓝伢子？"

通信员又看看信封："没错。"

冯伢子还不死心："不是冯伢子？"

通信员："去去去，你以为我没扫过盲，冯和蓝都认不得啊？"

冯伢子有点儿失望地走开。

9-10　团部　日　内

团部黄兴亭卧室内，放一张大方桌和几条长条凳。

黄兴亭满脸怒气站着，冯伢子耷拉脑袋蹲地上，看样子黄兴亭和冯伢子争吵有些时候了。

黄兴亭："长征前那会儿，上头已明确'抓改组'是错误的，恢复了各级党组织，我让你恢复党员身份，你不干。三大主力会师后，我和罗政委又和你谈，你还是不干。这次整训，罗政委苦口婆心劝，你还是死活不干！搞什么名堂嘛！"

冯伢子："团长，当'改组派'的苦头你没吃够呀？不提做苦差事，那遭人白眼的滋味，我受够了。临打仗要送死，想到我们了。打胜了理所当然，打败了杀头。你忘啦？"

黄兴亭："你老耿耿于怀干啥，这一页老早翻过去了。"

冯伢子："纠正，哼，说得轻巧，六个字'弄错了、对不起'，一个字一个月啊，你忘了，你是怎么熬过来那六个月苦难的？"

黄兴亭："到头来，邬晨曦不是处分啦？错误不都纠正啦？我经历那事后，认准这一条，要相信组织。我们党组织是有自我纠错自我净化能力的，就像一棵树，被戳了洞眼，树皮照样会修复，一样的道理。再说，纠正后，组织上也没亏待我们，照样放心用我们领兵打仗。"

冯伢子："反正我至今都想不通，革命，哪有自己人搞自己人的？陈排长死得多冤哪……"

黄兴亭："你今天怎么啦？难道你不想干革命啦？！你怕死！"

冯伢子蹭地起身："我怕死？长征一路过来，哪一仗我怕过死？冲锋在前，退却在后……"

冯伢子似觉言不及义，刷地扒开衣裳，露出前胸铜钱大的伤痕。

冯伢子："老子后背就没一块伤疤！喊，哪像万才宝，后背有疤的兵！"

黄兴亭大声地："我说你，到现在还跟万才宝呛来呛去！这么个大个子，心眼怎么就小不点呢？他后背那块疤，又不是当逃兵留的，去战场送饭，让流弹给刮的，你装什么糊涂？"

冯伢子："你刚才说我怕死，我急的，才拿他说事。我是怕死的人吗？我就怕死得不值当，当屈死鬼！路上碰到通信兵发信，又没我爹妈的音讯，我还真有点儿想家了。"

黄兴亭动容，口气缓和下来："家，谁不想呢？我做梦还想呢……好，咱说正事，我知道你不怕死，可让你恢复党员身份比死还难吗？"

冯伢子一屁股坐在条凳上嘟哝："不当党员，我照样打敌人，决不含糊。"

黄兴亭提高声调："你呀你，真是油盐不进！"

冯伢子终于道出原委，心有余悸："团长，这次整训，我又被刮到了，批我有军阀作风、游击习气，我怕——"

黄兴亭打断他的话："怕成'改组派'是嘛？现在哪来'改组派'啊？一朝被蛇咬，十年怕井绳，你蠢！亏你还是个营长，这觉悟……"

他怒其不争，举起手半真半假欲揍冯伢子。

冯伢子昂头反诘："还说我军阀，你敢打我，你犯军阀哩！"

黄兴亭的手在空中划了个弧圈，重重落在桌上，叹了一口气。

黄兴亭："你还要我说多少回呀。这次整训，我不也是被刮到啦？说我也有军阀残余，做个检讨，改就是了。这次整训是解决思想问题，开展批评与自我批评，教育为主，洗温水澡嘛，是捆你了还是绑你啦？！"

冯伢子："我一个小营长，给我扣的帽子也太大了，我无非是严格管教部队，有时（声音降八度）方式方法上过了些……"

黄兴亭："噢，你一年到头管人家三百六十五天，发脾气骂人，人家发扬民主，管你几天，提提几条意见还不行吗？"

冯伢子："那也不能没大没小，斗争我。"

黄兴亭："我们是老百姓的部队，和别的军队的区别，就在于讲个政治上的民主、官兵平等。"

冯伢子："反正我不干！"

黄兴亭勃然大怒："你不干？我撸了你的营长！"

冯伢子："撸了我也不干。我还巴不得哩，哼，我是武大郎攀扛子，再抓'改组派'，上下够不着，就轮不上我了。"

黄兴亭正色地："放肆！冯伢子！"

冯伢子起身立正。

黄兴亭："连我的话都不听了！现在我命令你，立即去罗政委那里，把恢复党籍的手续给办了，执行命令！"

冯伢子勉强答应："是。"

冯伢子敬礼，出屋。

9-11 军需仓库 日 外

权作仓库的富裕人家大院内。

一辆军车停在那儿。一群儿童好奇地围观，几个胆大的爬上车头，隔玻璃摸方向指示标牌，在车身上的灰尘上涂鸦。

万才宝盯视押车的国民党军少尉。挺括的黄军装，那领章金光闪闪的军衔让他眼热，万才宝两眼直了。

少尉："长官。"

万才宝回过神来应答："嗳，嗳。"

少尉向万才宝毕恭毕敬立正敬礼，一双白手套递上清单。

少尉："请长官清点。"

他垂手退一边听命恭候。

万才宝很受用，神气活现，一边驱赶在汽车边瞧热闹的顽童，一边"很长官"地指挥战士搬运物资，取下夹在耳朵上的铅笔，沾唾沫翻清单在上面划拉。

9-12　军需仓库　日　内

万才宝背着手,在库内浏览被服,向随行的干部交代。

万才宝:"马上要开抗日誓师出征大会了,会后你让各营派人带花名册来领被服。"

干部:"是。"

干部衔命而去。

万才宝:"慢。"

万才宝拿起一包装有国民党帽徽的木盒子。

万才宝:"哎,这帽花先发下去。"

干部抱着木盒子出门。

万才宝拆包,取出一套灰色军服在身上比试,他目光停留在一处堆放的马靴上。

9-13　冯伢子营部　日　内

立秋后的院内,一棵槐树上,几只知了声嘶力竭地叫着。

冯伢子正在擦枪,船生来了。

船生:"伢子,你找我?"

冯伢子:"船生,能借我点儿钱吗?"

船生痛快地从上衣兜摸索出一块光洋递上。

船生:"这可是我的全部家当,给。你一开口,我就把家当都抖给你,痛快吧?上次,兴亭哥跟我借,我还打埋伏哩。"

冯伢子拍拍船生肩膀:"够义气,够义气。"

船生:"这可是与中央红军会师时发的,我可一直舍不得花呢。咦，你要钱干啥？"

冯伢子笑而不语，望着船生的补丁叠补丁的军装。

冯伢子沉吟一下，答非所问："你这军装和我差不多，像叫花子。"

船生："明天就穿新军装了，我还舍不得脱这身叫花子衣哪，穿在身上心里踏实。冯营长，我那还一摊事，我回去了。"

冯伢子："慢，你这顶军帽还将就，借我用一天。"

船生摘下军帽，不得要领走了。

冯伢子戴上军帽，走到院中大水缸"照镜"，水缸中倒映他喜滋滋的面容。

有顷，船生回来了，似不放心。

船生："冯营长，记住啊，钱可以不还，这顶帽子可要还我，我还要留下个念想的。"

冯伢子："你放一百个心，帽子，钱，都会还你！"

冯伢子望着船生远去的背影。

冯伢子嘟囔："哼，小兔崽子，我是会耍赖的人吗？"

9-14 打麦场 日 外

冯伢子站着看战士队列训练，眼睛不停寻找什么。

指挥员瞧见冯伢子，叫停。

指挥员跑过来敬礼："报告营长，一连三排正在进行队列训练，请指示。"

冯伢子还礼，指最后一排一个战士。

冯伢子："你叫他到我这来，部队继续训练。"

9-15 小路 日 外

冯伢子背着手前面走，那军装相对磨损小些的战士尾随，战士一脸狐疑。

9-16 路边小树林 日 外

冯伢子和战士钻出树林，他们已互换军装。

战士在换来的衣服上摸摸瞧瞧。

战士："营长，你的衣服还真是破得不像样子呢。我的尽管好一点儿，还是破的呀，听说马上要换新军装了，你把我这身换去——"

冯伢子突然转过身来："你入伍多长时间啦？"

战士："两个月。"

冯伢子："难怪，你还不懂这身军装的意义……回去好好学习吧！"

战士："学习？"

冯伢子："算了，你不懂不懂。回去训练，训练。"

9-17 集镇 日 外

街旁两侧，有几座铺面房，展示关中富庶的风貌。

行人川流不息，摩肩接踵，熙熙攘攘。

卖布的，卖肉的，卖炕席的，卖农副产品的，"叮当叮当"的打铁声，间杂着羊的嘶叫声不绝于耳，伴随叫卖（方言）"柿饼""太后饼""琼锅糖"的吆喝声，显现小镇繁华景象。

9-18　镇上照相馆　日　外

冯伢子和同想留红军装照片的人排一溜长队。

孰料，在照相馆里闪出穿国民党军服、缀国民党军帽花的万才宝。

冯伢子和排队等待的许多红军战士都冷眼看着他。

万才宝不识相，一副耀武扬威的架势，抻抖着军服。

万才宝："瞧瞧瞧瞧！多挺括啊，不都发给你们了吗？咋不穿上了来照相，要是往家寄上这么一张行头的照片，咱们家人不就有个抗日军人的家属名分了嘛，谁还敢欺负？"

冯伢子啐了一口："呸！"

冯伢子这一声，战士们便默契了，一位干部抽抽鼻子。

干部："我怎么闻到一股子臭鱼味？"

一位战士围万才宝转了一圈，故意踩他的马靴。

万才宝抬脚用后裤角蹭去马靴上的草鞋脚印。

万才宝冲冯伢子："喂，也不管管你的兵。"

冯伢子一脸坏笑，却装作没听到。

万才宝更火了，骂骂咧咧："军阀主义作风，土匪习气……"

本来为军阀作风挨批的冯伢子气就不顺，此时气不打一处来，上前一把揪住万才宝的领子。

冯伢子："你说谁军阀？！"

万才宝："说你是又咋的！"

两人由口角演变成肢体冲突，纠扯在一起扭打了起来。

惹事那位红军战士傻了，立在一旁目瞪口呆。

围观的群众不明就里，见红军打国民党军乐了。

旁观的红军战士见干部打架为难了。

几个战士边拉边喊："首长，别打了！别打了！"

冯伢子与万才宝被战士们分别拉开。

围观群众有人朝万才宝吐唾沫，有孩童拣石子朝万才宝扔石块。

冯伢子竭力挣脱战士们的手。

冯伢子气咻咻："奶奶的，老子就犯这回纪律了，揍扁你这乌龟王八蛋……

万才宝看出战士们在拉偏架，拉冯伢子的战士故意任由冯伢子腾出手打，而自己双手被战士们紧紧拽住无还手之力，他情急之下，拔腿就跑。

9-19 镇上小巷 日 外

万才宝抱头喊救命在前头跑，冯伢子在后紧追不舍。

随后跟着一群老百姓和战士的身影。

9-20 团部 日 外

黄兴亭正在院子里对着镜子用剃刀在刮胡子。

警卫员打趣："团长，你就那几根老鼠须须，刮它干啥。"

黄兴亭："霍总他们要来，我得收拾干净！"

正说着，黄兴亭闻嘈杂声觉有异，将围脖布一扯，将剃刀和镜子交给警卫员，疾行出门，与万才宝撞个满怀。

黄兴亭看明白了，眼一瞪喊一声。

黄兴亭："出什么洋相？"

黄兴亭冲冯伢子厉声："冯伢子，你这是干什么？你反啦！"

冯伢子气喘吁吁："团长，你看看他，像个什么样子，简直就是军阀！"

万才宝闪到黄兴亭身后气急败坏："你打人，你才军阀！"

黄兴亭吼："都给我住嘴，胡来，乱弹琴！"

两人哑火了。

黄兴亭挥挥手示意，观望的人群散去。

黄兴亭："丢脸，当老百姓面打架，影响恶劣！我要给你们处分！"

两人被震住了。

万才宝辩白："我只想寄一张照片回家，向家里报个平安，好让家人有个'抗日军人'家属名分，有什么错？（有意刺冯伢子）我只不过早穿了这身老虎皮，过几天，开了出征誓师大会，你不也得穿，还不和我一样？"

冯伢子急赤白脸，无言以对。

冯伢子望黄兴亭一眼，嘀咕："为改编的事，咳，白天当战士的面，我不好哭，只好晚上躲被窝里偷偷哭——"

黄兴亭："看来你思想还没真正打通。"

冯伢子嘟囔："你自己也没想通。"

黄兴亭眼一瞪："胡说八道！（顿了一下）想通了没有？"

冯伢子没好声气："通啦。"

黄兴亭："大声点。"

冯伢子："通了！"

黄兴亭："你犯军阀，自己去禁闭室，给我反省三天。"

冯伢子向黄兴亭敬礼，垂头丧气地走了。

万才宝趁机开溜。

9-21 万才宝卧室 日 内

重新换上红军军装的万才宝，一会儿转一下炕上的纺车，一会儿又望着炕上一边叠放整齐的国民党军军装发呆。

万才宝似乎想起什么，匆匆出门。

9-22 集镇镶牙铺 日 内

镶牙铺中，万才宝对着镜子，镜子中露出那两颗虎牙上的金牙套，可心的笑容。

牙医郎中恭维地："长官，不错吧，多显精神！人靠衣妆马靠鞍，人家一看这金牙，就知道你是有身份的人哪！"

万才宝装矜持："多少钱？"

牙医郎中伸出手指，示意六。

万才宝："六块大洋？上次不是说好四块大洋？"

牙医郎中："那是金子的钱。长官，手工费二块。"

万才宝："手工费哪有这么贵？"

牙医郎中："长官，这十里八乡你去打听一下，我的手艺，但凡有头有脸的都到我这儿弄，不贵的。"

万才宝："四块五。"

牙医郎中装为难使软招："长官，我也是小本经营，也要混口饭吃，一家老少要吃要喝。再说你买得起马，还配不起鞍吗？"

万才宝："那我不装了，你给我弄下来。"

牙医郎中使二招："可以，不过，取下来手工费也是二块。"

万才宝手放兜里掂量："你敲竹杠啊！"

牙医郎中软硬兼施第三招："那就加起来手工费四块，你这金子也就四块，抵了不合算。你们不是在街上贴告示，买卖公平，这事本是你情我愿的。这样吧，我们各让一步，买卖不成仁义在，你付五块吧。"

万才宝："四块五。"

牙医郎中笑笑，使出狠招儿："照你办也行。不过我要找你们更大的长官给评评理，说道说道你们的买卖公平。"

被点了穴的万才宝从兜里掏出五块光洋，朝桌上一放，悻悻然走了。

牙医郎中收了钱，弓腰招手："长官，回见！"

万才宝愤愤嘀咕："回见？打死老子也不会来了。哼，无商不奸！"

9-23　写字摊　日　外

万才宝从镶牙铺里钻出来，刚镶上虎牙的大金牙格外夺目，他一手挎篮子（篮子里满满蔬菜），一手提一挂猪肉，一脸喜气。

万才宝先是在剃头挑子上那面镜子借光照尊容。

随后万才宝四下张望了一下，拐进一小巷，在一挂有"代写书信"字样摊前站定，回头望了望，放下手中的东西，从内衣掏出一封信。

万才宝同时递上一块铜板："老先生，这封信你念我听听。"

老先生扶一下眼镜，瞥一眼万才宝那颗金牙，打量万才宝一下。

老先生："老总，这可使不得。"

他似很知趣，推却万才宝递过来的铜板。

万才宝："先生，我们是红军，讲究买卖公平，不占老百姓便宜。念完信，你还要给我写个东西哩。"

万才宝说着把铜板往老先生怀里送，老先生半推半就收下了。

老先生从信封中取出信，展开。

老先生摇头晃脑拿腔拿调地念了起来："才宝贤侄台鉴……"

万才宝打断："先生，别这么念啦，我听不懂，你就把大概意思给我说一下就行。"

老先生干咳一声，清一下喉咙："这信是你伯伯写来的，你的信他们收到了，知你还活着，家里很高兴。他告诉你，你的童养媳已经十六岁了，该圆房了。让你回去，把喜事给办了。不孝有三，无后为大。说不娶无子，绝先祖祀……"

万才宝眉开眼笑，欣喜若狂。

叠影：万才宝老家。唢呐声、鞭炮声中，新娘子锦帕盖头，在伴娘搀扶下，下花轿……拜堂……入洞房……万才宝挑去盖头，给新娘解衣宽带，新娘着胸衣，显出窈窈窕窕的身躯……

老先生: "老总、老总……"

走神的万才宝被唤回现实。

万才宝: "哦,先生,你帮我写一个《请假报告》。"

万才宝口授《请假报告》的内容,先生持毛笔疾书的身影。

万才宝收起信件,折叠装入内衣,将《请假报告》装入上衣内兜,似不放心,用手在上衣外兜按了按。

他走出巷口,环顾四下,又装作若无其事模样汇入街上人流中。

9-24 团部 日 内

团部会议室内,万才宝不请自坐,从上兜掏出《请假报告》,放在桌上,往黄兴亭面前一推。

黄兴亭觉诧异,望一眼万才宝,接过《请假报告》展读,眉头渐挽成结,把《请假报告》放桌上,用手一拍,背着手在屋里踱步,一声不吭。

万才宝如坐针毡,目光随黄兴亭身躯转悠。

黄兴亭转窗前驻足,背朝万才宝。

黄兴亭拉腔拉调: "你这个思想伤脑筋啊,怎么,想告假开小差。噢,不想过奔波行军打仗步步求生的苦日子啦,国共合作了,和平了,该回家了,回去国民党不会杀你头了,家里不会当'匪属'啦?"

万才宝当然听出黄兴亭的弦外之音,滚动喉结欲言,嚅嚅嘴唇,抿住嘴。

见没回应,黄兴亭转身。

黄兴亭正色地："任何时候都别忘了，我们为什么'闹红'当红军？你革命是为自己学当渔霸有钱的样子吗？"

万才宝不语。

黄兴亭："哑巴啦？你说话呀！"

万才宝急急辩解："我又不是开小差，只是请假回家把老婆讨了，顺道替你和一道出来的兄弟，打听家属的下落……"

万才宝见黄兴亭盯视自己的嘴，赶紧合上嘴唇。

黄兴亭讥诮："哟，镶上金牙嘴里漂亮啰，还真享乐主义上了。"

万才宝斗胆地："我用自己钱镶个牙碍着谁啦？"

黄兴亭："你去看看，部队上上下下，有谁镶金牙的？"

万才宝辩解："这钱哪装在嘴里比放在身上保险，再说，如我被打死了，还可认个全尸嘛。"

黄兴亭："十多年那么艰苦，你都过来了，现在倒好，改编改编，你的思想倒先改变上了。"

万才宝不服："那时不是没条件嘛。"

黄兴亭："噢，有条件了，你就可以腐化啦？留全尸？和我们一块儿出来，冻死在雪山、把命陷在草地的兄弟，留全尸了吗？留下名了吗？"

万才宝："我这不没死在雪山草地上嘛。"

"啪"一声，黄兴亭气得手发抖，拍桌。

茶缸骨碌碌地滚到地上。

警卫员应声入内，收拾地上的水和茶缸。

黄兴亭："学起国民党摆排场讲派头那一套作风来了，你是革命军人吗？"

黄兴亭见万才宝不住用眼睛"挖"警卫员，知万才宝不愿让警卫员看到自己挨剋这一幕。

黄兴亭奚落："这下晓得丢人现眼啦？你带了个很恶劣的头，我正找不到典型，你倒好，送上门来了，我还要集合全团的人，让大家参观你的金牙哩。"

警卫员掩嘴不让自己笑出声，出门。

黄兴亭气哼哼地背着手来回踱步，停步。

黄兴亭："你马上把这玩意儿给我弄掉，再让我看到，我把你牙齿全部敲掉！不信你试试看。"

万才宝心疼地："团长，我积攒点钱不容易——"

黄兴亭："谁让你烧包，活该！"

万才宝："团长，你索性把我遣散了，你眼不见为净，我也落个好，两便！"

黄兴亭呵斥："你想脱离革命？你蠢，混账东西！"

万才宝："我告假不成，那我回家当老百姓总可以吧。"

"啪"，黄兴亭顺手给了万才宝一个耳光，似不解气，又踹了万才宝一脚。

万才宝倒地，一手捂着脸，一脸茫然。

恰这时，警卫员跑进，瞥一眼万才宝。

警卫员："报告团长，霍总、卢师长来了。"

万才宝闻言，眼珠一转，索性撒泼。

万才宝高一声低一声叫喊："团长打人啦！哎哟喂，痛啊！团长打人——"

黄兴亭厉声决然地："姓万的，你还嫌洋相出得不够大？！你再叫响些！让首长们也参观参观你的大金牙，看他们是收拾我，还是收拾你！"

万才宝理亏心虚，立马无声息了。

黄兴亭恶声恶气："你回去给我做出深刻检查，检讨书要在全团大会上念！"

黄兴亭摔门而出。

9-25 路上 日 内

霍总在卢师长陪同下来主力十二团视察，霍总一身缀补丁的旧军服，绑腿笔直裹在小腿上，腰扎一条武装带，腰带右侧上挂着佩枪。

卢师长面对黄兴亭和罗宝莲政委："我好像听见有人在叫，说黄兴亭打人！你又犯军阀动粗啦？！"

黄兴亭一脸无奈："我一个同乡兄弟犯错误，我教训教训他。"

卢师长火冒三丈："你呀你，还不接受教训，这个时候还添乱！"

卢师长欲言又止。

黄兴亭："师长，我们是老乡，家务事，不碍事。"

霍总扭头看着黄兴亭："黄娃子，他是你同乡，可也是你革命同志。革命队伍里可不兴打骂同志，打人就是军阀部队的残余作风。"

黄兴亭："我只是一时气急——"

霍总打断黄兴亭的话："黄娃子，你是团级干部，你怎么能凭意气用事？下面千号人看着你呢！"

黄兴亭有些紧张："我错了，我有军阀主义。"

霍总："军阀主义？你乱戴帽子，你啊，至多是军阀作风残余。"

卢师长："说说怎么一回事，惹你黄大团长大动肝火。"

黄兴亭跟卢师长说话的身影。

9-26　黄兴亭卧室　日　内

霍总在条凳上坐下，手里拿着烟斗，一缕青烟袅袅飘升，脸上漾着富有亲和力的微笑。

霍总开门见山："部队情绪怎么样？"

黄兴亭："还是罗政委先说吧。"

霍总满意地点点头："黄娃子有进步了，看来和新政委配合不错嘛！"

罗宝莲："霍总，我从一方面军调来，我到团里时间不长，对部队有个熟悉过程。是黄兴亭团长主动承担团里军政工作，部队这段整训工作，还是请黄团长汇报吧。"

霍总："黄娃子，你老搭档杨洪山受伤还没好利索，我送他去延安学习，顺带去养养伤。现在你和罗政委搭档了，你们可要配合好了，十二团可是主力，你们要带好哟。"

黄兴亭、罗宝莲不约而同起身。

两人异口同声斩钉截铁："请首长放心！"

霍总挥烟斗，示意坐下说。

霍总："你们就不要谦让嘛。"

黄兴亭："经过前段整训和改编动员，指战员们个个喊着要上抗日前线打鬼子！"

霍总："求战情绪高，好，部队就要有这股子劲！但要教育部队克服急躁情绪，今后仗是有的打的。（提起烟斗指指太阳穴）这里，通啦？"

黄兴亭："我保证，可以说基本通了。"

霍总："我喜欢你的自信。不过，这个弯子转得有点大哟。大的历史转折，有各种想法不奇怪。部队多数是老红军，和国民党打了十多年仗，我们死伤了那么多的好战友、好同志，从南到北，万里行程，千百次战斗，到临了——"

霍总指指帽子上的红五星帽徽。

霍总："把五角星换上死对头的十二角星，怎么会没有意见？感情上一时转不过来，抗日就抗日呗，换什么军装？！可以理解。（加重语气）我也不愿红军改名。不过，这可是党中央的决定，我只能无条件服从。必须要真正让部队明白，为了全民族的利益，实现国共两党合作，团结一致共同抗日，使中国人民不当亡国奴，红军就得改名，不改名，蒋介石不肯抗日。红军是名改心不变，一颗红心为人民嘛。虽说红军改了名，还是党中央、毛主席、朱总司令领导嘛。"

黄兴亭、罗宝莲不住点头。

霍总脱鞋上炕，盘膝一屁股坐上黄兴亭铺。

霍总瞥了一眼黄兴亭逗趣："都说黄兴亭的床单，碰不得，我今天倒要试试你赶不赶我走。"

黄兴亭："您在，我哪敢……"

黄兴亭一脸无奈，众人掩嘴乐了。

罗宝莲接茬："部队传达了霍总和向政委在云阳镇的讲话，

对部队教育可大了。（掏出笔记本）有战士说，霍总放着大官不做，皮鞋不穿，高楼不住，参加南昌起义。洪湖那会儿又和我们一起穿草鞋、钻芦苇、吃芦根，图个啥？就是为了革命。要说仇，家里多少人被反动派杀了，仇更大。现在国难当头，共同为民族生存抗日，霍总带头听从党指挥，接受部队改编，是我们学习的榜样。也有战士说，我们外表是白的，但心永远是红的——"

霍总做了个手势，风趣插话："老蒋给我们发新衣服穿，不穿白不穿嘛。"

大家心领神会地笑了。

霍总提烟斗示意止笑，把烟斗放鞋底磕去烟灰："不要以为前一段工作，就什么思想问题都解决了，改编是我军的一个大转变，工作还要细致，巩固好部队。"

黄兴亭若有所思："提醒得对，现在部队还有另一种不良倾向，对改编有人认为国共合作了，贪图安逸思想有所抬头。我刚才说的万才宝镶金牙，就是一个典型，我准备建议团党委开会研究教育措施。"

霍总："这苗头抓得好，黄娃子领兵有长进哟，细心！这下我可放心了，屁股可坐稳啰。但是，要注意方式方法哟。"

只见霍总装了一斗烟，划火柴，点燃烟。

霍总不紧不慢地："卢师长，走，我们下部队看看去。"

霍总下炕，套上布鞋。

黄兴亭与罗宝莲小声交谈几句。

黄兴亭："霍总、卢师长，上六连吧，六连长王志卿也是湖北沔阳人。"

霍总："好哇，去会会你黄娃子的小老乡。"

9-27　连队战士宿舍　日　内

霍总在一个木板撑起的床前，摸了摸被子薄不薄，又拿起挂在床头的毛巾闻一闻。

霍总俯身拿起战士打的草鞋："草鞋没娘，越穿越长。平时要穿一穿，踩软和了，行军、战斗起来才合脚，不至于打泡。"

霍总双手抱胸前与众战士交谈，亲密无间，气氛随和，不时传来霍总爽朗的笑语。

卢师长在黄兴亭等人陪同下，检查武器。

卢师长忽然眉头挽成结，他发现大家枪带一样长。

卢师长："这样一律化，摆起来好看却不实用。五个手指头有长有短，何况一个班的战士，个头有高有矮，枪带子都一样，高个子背起来短了，矮子背起来又嫌长了嘛！"

黄兴亭随手拿起一支枪，一背不合适。

黄兴亭对王志卿道："王连长，你背上跑几步。"

王志卿听命背枪跑了几步，因枪背带太长，枪托抵到后小腿，跑得不利索。

王志卿一脸羞色，垂头站在卢师长、黄兴亭面前。

卢师长："感觉不好受吧？今后要教育战士不要搞中看不中用的形式主义。"

黄兴亭附和："师长批评得对！一切都要从有利于战斗出发，摆样子害死人，打仗是要死人的。"

9-28　万才宝卧室　夜　内

万才宝欲戴金牙穿国民党军军装回老家光宗耀祖，见请假不准，遂生擅自离队的念头。

昏暗的油灯下，万才宝在卧室神不守舍。

闪回：

黄兴亭奚落："这下晓得丢人现眼啦。你带了个很恶劣的头，我正找不到典型，你倒好，送上门来了，我还要集合全团的人，让大家参观你的金牙哩。"

黄兴亭："你马上把这玩意儿给我弄掉，再让我看到，我把你牙齿全部敲掉！不信你试试看。"

黄兴亭一拳打来。

闪回毕。

万才宝"哎哟"一声，才回到现实。

他起身隔门缝向院内窥视，只见门口两个哨兵，挺立在那儿。

他缩回头，想了想，吹灭了油灯。

9-29　团部伙房　夜　外

一缕缕炊烟从夜空中飘散。

9-30　团部伙房　夜　内

万才宝和面（高粱榆皮）往锅里贴饼子，灶边布包袱皮上已有一摞饼子。

稍顷，一个流动哨兵（通信班季班长）背枪抽着鼻子进屋。

季班长："万参谋，深更半夜还做饼子？"

万才宝大惊失色，手一颤拿在手中的饼子落地。

他很快镇定下来，俯身拾起饼子。

万才宝嗔怪："是季班长啊，吓我一跳。噢，首长们晚上开会迟了，弄点儿东西吃。"

季班长扑哧一笑："瞧你这点儿出息，对了，你不会叫炊事员来弄，还用劳你的大驾亲自下厨。"

万才宝语塞，很快堆笑："不……不麻烦他们了。"

季班长看看包袱皮上一摞饼子，拿一块在鼻下嗅嗅。

季班长："做这么多饼子？太多了，够首长们吃两顿了吧？"

万才宝掩饰："不多，我顺带把明天的干粮准备上，免得首长说走就走，饿肚子怎么工作。"

季班长眼不住地盯着饼子转。

万才宝一阵发毛，手哆嗦着拿起一块饼子，掰了拇指大一块，递给季班长。

万才宝："馋饼了吧？"

季班长拿着饼，笑逐颜开走了。

万才宝如释重负长长吁了一口气。

他急忙脱衣，把裹饼子的包袱系在腰上。

9-31 团部围墙 夜 外

一个黑影翻墙闪过。

不远处，很快传来狗吠声。

9-32 村口 夜 外

月光下，松柏、白杨树叶片哗哗作响，坟头边虫鸣声此起彼伏，受惊的鸟儿扑翅膀飞过，显得阴森可怖。

万才宝正风风火火走着，忽听路边传来"咔嚓"拉枪栓的声音，闪出一个人影。

人影："谁？站住！"

万才宝本能卧倒。

万才宝："别……别开枪，自己人。"

人影："口令？"

万才宝："革命！回令？"

人影："到底！"

万才宝知遇上暗哨了，起身，扑打灰尘。

万才宝："哎哟喂，吓我一跳，连我的声音都听不出。"

万才宝借月光看清对方的脸。

万才宝："警卫连的小张啊，都国共合作了，还紧张兮兮干啥哟！"

小张："万参谋啊，这么晚去哪儿？"

万才宝："唔……唔，我这几天拉稀，唔，怕臭到大家，找远些地方解决一下。"

小张："万参谋，你可要小心，这附近狼群很多，前天老乡一个小孩儿让狼叼跑了咧。"

万才宝："嗯嗯……"

月光下，现出万才宝惊恐的脸。

万才宝走出几步路，回头看看没人了，抽了自己一耳光。

万才宝小声地："该死，想当逃兵！"

9-33　镇上镶牙铺　晨　外

万才宝手掌捂嘴从镶牙铺出来。

牙医郎中望着万才宝背影，一脸诧异。

牙医郎中："这是摊上送钱的主了——"

万才宝啐一口带血沫的唾沫："姆妈娘的！"

9-34　万才宝卧室　晨　内

万才宝拿着虎牙上拆下的黄金牙皮，心疼得龇牙咧嘴。

万才宝自言自语："奶奶的，积攒多年的五块现大洋算玩儿完了。"

门外传来一声："报告！"

万才宝打了寒战，把金牙皮塞入裤兜。

万才宝故作镇静："进来。"

见来人是炊事员，不是保卫部门的人。

万才宝暗喜："找我什么事？"

炊事员："榆树面不多了，好像有人动过。"

万才宝："哦，是我昨晚做了几个饼子，给首长填肚子，谁知首长开会散了，没吃。喏，这些饼子你拿伙房去，我这就去街上买榆皮面粉。"

万才宝解开包袱，将饼子悉数交炊事员。

万才宝坐着发了一阵呆，起身拎着空篮子出门。

9-35　团部大院　日　外

万才宝拎着装满菜蔬的篮子，扛着面袋，与过往的团机关相遇的干部打招呼。

万才宝见无异样，紧绷的脸色缓和了些。

万才宝怕昨夜行径露馅儿，为坐实没暴露，鬼使神差心怀鬼胎地到挂有"保卫股"牌子屋门窥探。不料，与里面出来的保卫股长打了个照面。

万才宝："李股长，在忙啊？"

李股长："万参谋，到这有何贵干？"

万才宝："路过，路过。"

李股长职业性的警惕目光盯视万才宝，让万才宝直发毛。

李股长："万参谋，你双眼怎么那么红？哭过？"

万才宝："我没哭过呀，噢，兴许是昨夜没睡好，愁给养给闹的，嘿，这军需差事不好干啊。得嘞，你忙，你忙。"

李股长："不对，万参谋，你准有事。"

万才宝一怔，定睛看李股长，佯装笑脸。

万才宝："真瞒不过你，不愧是搞保卫的。黄团长叫我写检讨，愁了我一宿，我大字不识一箩筐，深刻不起来。"

李股长不解："检讨？"

万才宝手一招，李股长将耳朵给他，耳语。

李股长笑："好，这检讨我帮你写，不过——"

　　万才宝会意："有数，我给你弄两个鸡蛋。"

　　万才宝抽身走了。

　　行走中万才宝瞧见黄兴亭，正欲回避。

　　黄兴亭喝住："万才宝！"

　　万才宝："到。"

　　黄兴亭盯视万才宝眼睛。

　　黄兴亭突然地："我先问你一句，你有没有贪污腐化？"

　　万才宝："没有呀。"

　　万才宝环顾四周一下。

　　万才宝压低声音："团长，这事可不兴瞎咧咧。你就是借我十个胆，也不敢喝兵血呀，在我们队伍上可是死罪呀。"

　　万才宝做了个抹脖子的手势。

　　万才宝："我那点小毛病你知道，揩点油什么的，但过手公家的款物账目是清白的，几次查账结果你都知道，我手脚是干净的。"

　　黄兴亭："那好。你给我说实话，你镶金牙的钱从哪儿来的？"

　　万才宝："我从洪湖开始积攒的，拢共五块袁大头，这次全掏空了。"

　　黄兴亭沉思一会儿："你给我把揩油的毛病改啰，揩油也是沾公家便宜，是喝兵血的亲戚，小洞不补，大洞吃苦。"

　　万才宝显然没听入耳，用手指嘴巴上的虎牙。

　　万才宝："瞎忙乎了一阵，啧啧，连本都回不来，我亏大了。"

　　黄兴亭嘴一撇："自找的，谁让你屎壳郎带花——臭美。你呀，只会惹事，不会了事。（若有所思）你这么说，倒提醒我了，你的检讨书写好了吗？"

万才宝："报告团长，今天晚饭前一定交上。"

黄兴亭："我看你最近有些反常哩，你可别弄花花肠子的事出来，到时，别怪我不讲兄弟情谊，我的枪可不是吃素的。"

万才宝倒吸一口冷气："团长，你这样看着我干啥？"

黄兴亭："咦，你脑门上出这么多汗。"

万才宝抹一把脑门，把汗甩了，洒落在石块上的汗滴立马干了。

9-36　红军指挥部会议室　傍晚　内

师团干部聚在一起开会。

会议室内烟雾弥漫，地上散落许多烟蒂。

警卫员提长嘴铜壶进来给首长们碗里边续水边嘟囔。

警卫员："首长都是属牛的，真能喝，我都烧了八壶水了。"

聆听记录的霍总放下钢笔，合上笔记本。

霍总："（扳着手指）我粗算了一下，我们这个部队经过大小整编六十多次，大的有木黄整编、湘鄂川整编、桑植整编、甘孜会师后整编，诸位都经历了，部队扩编缩编、体制调整，职务升升降降，正常得很哩。（顿一下，风趣）诸位，有的人这个官哟，恐怕是要越做越小啰。"

一番话引得哄堂大笑。

干部甲插话："咱们官兵平等，有钱发，大家领一样津贴，没钱大家一起吃糠咽菜。"

干部乙："我们革命队伍的官，是冲杀时提前带头送死的官，宿营时检查布岗计划、明天行军路线，最少睡觉的官。"

干部丙："我的家境不错，舍家出来，为闹革命。"

干部乙："要是为当官，我们这些人就不必革命了。"

霍总继续："这次部队整编不同以往。向政委说了，有人要去前线，有人编余，有人平调，有人降职，甚至要连降三级。刚才大家的表态很好，我特别欣赏黄娃子说的，听从党的指挥，服从大局，军人的天职就是服从命令。对于升降，得之坦然，失之淡然。很好很好。还有一点，我要特别强调，这次整编，干部有交流，调出的要向兄弟部队老大哥学习，还要调入一批其他方面军的同志来，大家要主动搞好团结……"

9-37　指挥部　傍晚　外

这是一座中国北方特有的古朴宅院，门前有两只石狮，披着太阳的余晖。

一批师团模样干部从大门走出，有说有笑。

顾团长："霍总在会上表扬黄团长，他得意，翘尾巴了，说晚上他做东请客。"

朱辉："还是黄兴亭大方，我们好久没聚在一块儿打牙祭啰。"

廖政委朝不远处牵马等候的一群警卫员喊："小鬼们，你们先回吧！"

9-38　指挥部驻地　傍晚　外

人流稀疏，街上已有摊贩在收摊了。

黄兴亭从一杂货铺走出，手捧着一个小坛子，坛上红底黑字："酒"。

他后面一前一后跟着冯伢子和万才宝，互不搭理，各走各的，那模样形如陌人。

街上不时有熟人向他们打招呼。

时而有红军的巡逻队走过。

9-39　饭馆包厢　夜　内

饭馆里间包厢，客人相继入座，寒暄、递烟、打闹。

都是二方面军老窝子的人。

黄兴亭进来，将手拎的一坛酒朝上一提，算是招呼了。

黄兴亭向众人介绍冯伢子："冯伢子大家都认识。"

冯伢子向众人点头示意，大方落座。

黄兴亭："这位是我们团的军需参谋万才宝，沔阳和我一块儿出来的兄弟。"

万才宝举手敬礼，放下手发现没空座位了，甚是尴尬，退一步干站着。

黄兴亭言毕，径直坐下。

这时，冯伢子掏出一包皱巴巴的香烟，窸窸窣窣在桌上散发。

冯伢子："各位首长尝尝，大婴孩牌香烟，我可是一直舍不得吸呀。"

顾团长："兴亭请客，咱们放开肚子吃！"

陈尚新："长久没沾油腥了，你可别吃坏肚子，拉稀了可
不好办。"

朱辉："明天开抗日誓师出征大会后，就要出发东渡黄
河去山西打鬼子，各奔东西了，怕是聚在一起打牙祭的机会
不多了。"

王义荣打趣："拉稀总比莫得吃强。"

朱辉："只要打仗不拉稀就成。"

朱辉带头起哄……都是年龄相仿的、职级相当的年轻人，
后面没下属的"眼"盯着，都原形毕露。

万才宝垂手立在一侧，直冲黄兴亭使眼色。

黄兴亭会意起身。

9-40　饭馆走廊　夜　内

万才宝："团长，你偏心，冯伢子级别和我差不多，凭什
么他可以上座？我倒像似个跟班跑腿的。"

黄兴亭："你没资格。"

万才宝："可——"

黄兴亭："可什么！叫你来干什么？不是叫你来吃喝的，
是要你招待好我的客人，来提壶续茶倒酒，这事儿，还让我来
干不成。"

万才宝闭嘴。

万才宝一副愤愤然模样："（画外音）姆妈娘的，厚此薄彼，

兴亭哥就喜欢打仗的。唉，不怪天，不怪地，就怪自己没能耐，摊上这听差伺候人的营生！"

9-41　饭店包厢　夜　内

黄兴亭进屋。陈尚新已微醺。

陈尚新冲黄兴亭嚷："说曹操曹操到，正说你哩，你六盘山阻击战打得漂亮。"

朱辉往嘴里丢了一颗花生米："黄兴亭，说起其他仗，你打得好，老子不一定服，可六盘山这一仗打得好。"

黄兴亭："可六盘山后卫阻击这一仗，我差点儿把十二团给打残了。"

王义荣："你的这一仗，我听卢师长说了，打得精彩得很哩。你能以两个营的兵力，打退敌人两个团的进攻！"

黄兴亭："这是霍总指挥得好！这场仗，险之又险！反冲锋的时候，我后背都出冷汗了。"

王义荣："我打过数不清的仗，有哪场仗事前就能笃定保赢的？很多时候我和你一样，出冷汗。不一样的就是，你的出在后背，人家看得出。我呢，出在手心里，别人看不到。"

廖政委："汗出了，现在喝酒了，看谁先出汗。"

万才宝催促伙计上菜从镜头前划过。

万才宝提壶续水从镜头前划过。

酒桌上万才宝捧坛上酒。

廖政委："我们都憋足了劲，不知什么时候能上抗日前线。"

黄兴亭："我想快了吧。"

朱辉："长久没打仗了，我手痒痒的，浑身不自在。"

顾团长："听霍总说，日本鬼子的单兵作战素质高，装备好，狂妄得很，一个五六百人的大队就敢打国民党九千人的师。"

王义荣撸起袖子："我不信他三头六臂，我真想早点儿上去和小鬼子过过招儿。"

一直不言语的汤成功叹息一声。

朱辉："老汤叹啥子气，今天你喝闷酒啊，情绪不对劲吔。"

顾团长："来，满上满上。"

汤成功将酒扬脖喝下，把酒碗朝桌上一墩，手掌一抹嘴。

汤成功："我怕是一时半会儿和小鬼子照不上面啰。"

众人惊愕。

汤成功："向政委刚和我谈过话，让我去延安红军大学学习，看来这抗日的第一场仗，怕是捞不上了。"

王义荣安慰他："学习是深造呢。"

顾团长："去吧去吧，学习是好事哩。"

黄兴亭："上大学好啊，老汤多喝点墨水，理论水平提高了，这政委更好当。你的仗，我们替你打了。"

顾团长："我们是军事干部，指挥打仗的。"

黄兴亭："你就别刺激老汤了。"

黄兴亭拔出衣上兜那支钢笔送汤成功。

黄兴亭："老汤，祝你学习好、身体好。来，我们再干一碗。"

他抱起酒坛，见告罄了，望一眼万才宝，万才宝正在向他招手。

9-42　饭店柜台前　夜　内

柜台前，万才宝将账单送黄兴亭看。

万才宝："付账的钱不够啊。"

黄兴亭双手摸上胸兜、衣下兜、裤兜，脸现尴尬，他连翻出的裤兜内袋都来不及塞回，一脸窘困。

黄兴亭："万才宝，你再想想办法。"

万才宝："（Os）黄兴亭，你也有求老子的时候啦。哼，国破思良将，家贫思贤妻，这下该你出大洋相啰。"

万才宝双手一摊："让我去偷还是去抢？得，要不你把我押在这儿——"

不意，这一幕让出来小解的廖政委听见了。

9-43　饭店包厢　夜　内

里屋老战友们掏袋翻兜"凑份子"身影。

9-44　饭店柜台前　夜　内

掌柜："长官，这点儿钱算了。"

黄兴亭："这样吧，赊账，我打个借条，明天让这个同志来结清账。"

万才宝："（Os）这家伙鬼机灵，嘿，我还真拿不住他，难怪有人背地里叫他黄猴子。"

万才宝假模假式又似为证明权威性："他是我们十二团团

长黄兴亭。"

掌柜双手拱拳，一迭声："可以可以！"

黄兴亭："那好，再拿两瓶酒，你记上。"

黄兴亭接过掌柜递来纸笔写借条，用毛笔签名递上，拎上两瓶酒离柜。

万才宝从口袋里掏出一枚金牙套往柜台上一放。

万才宝："结账。"

掌柜一脸懵懂，接过金牙套，拿手上验看。

万才宝："这年头藏金子，比藏大洋好。"

掌柜收起金牙套："抵账，这多了点儿，要不我找回你一点儿钱。"

万才宝："不用找，那就再拿两瓶酒吧。"

掌柜想了想，将两瓶酒放在柜台上，嘴里喃喃自语，从兜里摸出借条递给万才宝。

万才宝接过借条："掌柜的，你嫌吃亏？"

掌柜："看老总说哪里去了，我还怕你吃亏哩。"

万才宝："我看你嘴里嘀嘀咕咕的。"

掌柜："哦，我在说，你们八路军不一样，团长这么大的长官，吃个饭还要赊账，连个国民党军的连长都不如。不是这么说来着：连长连长，半个皇上；大炮一响，黄金万两。"

万才宝笑笑，拎起酒瓶离开。

9-45 饭店包厢 夜 内

黄兴亭装若无其事样子拎酒返席："补充战斗力来喽！"

王义荣一拍桌子断喝："黄兴亭，你好大的胆子，没有钱敢请客！"

黄兴亭尴尬干笑，众战友憋不住大笑。

廖政委将一把铜元放上桌："黄团长，这顿饭算你欠着的，寄在你这里，等打胜鬼子第一仗后补上。"

黄兴亭脸上赔着笑给战友逐一倒酒。

万才宝进来，把拎着的两个酒瓶往桌上一放。

万才宝："首长们尽兴喝，不够还有。"

他冲黄兴亭眨巴一下眼睛。

黄兴亭领会，举杯："你们埋汰我啊，瞧不起我呀，把钱收回去。来，我敬你们一杯！"

众战友举杯："干！"

黄兴亭干了酒，小声问万才宝："又上那么多酒，哪儿来的钱？"

万才宝："金牙呗。哼，拿这事当典型，我干脆把它销毁了。"

黄兴亭："才宝啊才宝，怎么说你呢……检讨照样做，这酒钱，算我欠你的！"

万才宝苦笑："命苦啊，又挨检讨又挨揍。"

第十集

10-1　会场　日　外

曙色开始照到远处山顶时，部队集合到一个大场子，召开抗日誓师出征大会。

会场台子前，摆放着各师团裹着炮衣的迫击炮、轻重机枪，整整齐齐地排列成行，很是威武。

重武器后面是步兵分队，一律枪靠右肩盘腿坐地下，一列列战士的脸，肃穆的表情，静寂得没一丁点儿声音。

唯有台边那面国民党军青天白日满地红的军旗迎风飘扬，发出"哗哗"声响，旗套白边处"国民革命军第×××师"的字样时隐时现。

值日干部喊出"起立"口令。

指战员起立，腾起轻扬的灰尘，指战员行注目礼，目视着台上。

向政委开门见山："今天，我们在这里召开誓师出征大会，宣布整编命令。我们先请八路军首长讲话。"

掌声中，首长起身，挥手致意。

首长："同志们，你们思想不通，甚至有的高级干部思想也不通，这个心情我们理解，党中央知道，毛主席也知道。我是受党中央和毛主席的委托，来做你们工作的。现在国共第二次合作了，我们工农红军就要改编成国民革命军第八路军和新四军了。为了消除一切疑惑，我们可以统一服装，穿灰军装，戴白帽徽。毛主席说了，红军改编成国民革命军，统一番号是可以的，但是有一条，一定要在共产党的领导下。"

台下爆发一阵热烈的掌声。

接着是霍总讲话："这是党中央、毛主席的决定，我们大家都要执行。以我本人来说，灰军装，过去我穿过，白帽徽，过去我戴过。（指指军旗）这青天白日旗，过去我打过。想到这一点，我心里很难过，痛恨极了，讨厌死了。（略作停顿）现在国难当头，为了国家，为了民族，我愿带头穿灰军装、戴白帽徽。我们虽然穿了戴了，外表是白的，心里是红的，永远是红的！"

值日干部领呼口号："打倒日本帝国主义！"

向政委举起右手，领读誓词："为了民族——"

指战员们都举起右手跟读："为了民族——"

战士们："为了国家、为了同胞、为了子孙，誓与日寇血战到底！血战到底！"

向政委示意安静："下面由霍总宣读朱总指挥、彭副总指挥的命令。"

在掌声中，霍总带着微笑，咳嗽一声清嗓，台下立马鸦雀无声。

霍总："现在宣读命令……"

霍总点着名。画面无声，像每个指战员期待的心。

台下。点到名的，都立正敬礼，一个接着一个。

在队列中的黄兴亭伸直脖子，急迫的神情，期冀的目光，那只手像拉缰绳般微微一伸一缩，他等待点到名。

霍总："……宣布任命完毕。"

台下掌声聚起。

黄兴亭见没自己的名字，嘴角触电似的抽搐了一下，眼神有些呆滞，透着失望，那只手停止动作，筋弛力懈了。黄兴亭猛然发现自己失态，连忙跟着举手呼口号。

10-2　师指挥部驻地　日　外

霍总和宋友卿从屋内出来，宋友卿一身中央军的黄军装，佩中校军衔，在走动的灰军装中显得刺眼。

宋友卿谦恭地用戴白手套的手做了个请的手势，紧随霍总。

宋友卿："霍总，这次有幸一睹真容，我一直很崇拜你，你可是军界的老前辈，连卫副司令长官都对你敬重有加，特别嘱咐，凡霍总提出的要求，一定要尽量满足。"

霍总："以前你们可是悬赏大洋要我的人头，多少万来着？我姐姐和我的族人都被你们杀了。"

宋友卿："霍总捐弃前嫌，民族大义令卑职敬佩、敬佩！"

霍总："不说这个了。我们东渡黄河入晋作战，我请卫总指挥与二战区阎司令长官协调的事办得怎样啦？"

宋友卿："我奉卫总指挥之命，就是请你去开会协商。"

霍总快步走到门口，看见候在门口的黄兴亭。

霍总似看透黄兴亭的心思："黄娃子，不要想不通，学习是为了深造，为了将来更好打仗。"

看见霍总身后闪出的宋友卿，黄兴亭瘪了瘪嘴，把话咽了下去，怒目相视。仇人相见分外眼红。

霍总觉出有异，扭头瞥一眼宋友卿："你们认识？"

黄兴亭尖刻地："岂止认识，你问他。"

宋友卿尴尬地笑笑："都过去了。今后咱们是友军，共赴国难，同仇敌忾，协力打鬼子。"

黄兴亭："什么叫咱们？你是宋家少爷，我是泥腿子——"

宋友卿："我们还是老乡哩。"

黄兴亭："老乡？你追杀我们时，怎么不讲老乡？"

宋友卿难堪，一时无语。

霍总看出有名堂，瞪了黄兴亭一眼。

霍总打圆场："这位是二战区的中校联络参谋宋友卿，这是十二团团长黄兴亭。（似为缓和，风趣）这黄团长若授衔可授中校，和你宋参谋官位也差不多哟。"

宋友卿自嘲："我是听差的，参谋不带长，放屁也不响。"

说着，宋友卿伸出了友谊之手。

黄兴亭只用手指碰了一下白手套。

霍总："不像话，黄兴亭！要尊重友军。"

黄兴亭没好声气："霍总，有戴手套握手的吗？他先不尊重我。"

宋友卿连忙脱掉手套，伸出手第二次握手。

不料黄兴亭一拉手让他打了个趔趄。

宋友卿佯装不在意搭讪："黄兴亭，你们还好吗？"

黄兴亭没好气："好啊。"

宋友卿吞吞吐吐："韩眉——"

黄兴亭讥诮地："还惦记着呢？她呀，早名花有主了，你怎么还贼心不死？"

宋友卿一时语塞，他装大度恭敬做个请走的手势。

宋友卿："霍总，车在那里等，我们走。"

黄兴亭轻声嘟囔："要不是合作抗日了，我非打得你姓宋的满地找牙！"

宋友卿走了几步又折回来。

宋友卿："黄兴亭，我只想问一个答案，宋家墩轰我们那一炮，是谁打的？"

黄兴亭笑笑，用食指指地面："它晓得！"

汽车催促的喇叭声。

宋友卿一愣，匆忙离去。

10-3　团部　夜　外

万才宝端着饭菜从黄兴亭卧室中出来，警卫员迎上去。

万才宝摇摇头。

警卫员："一天滴水不沾，看来你的脸面也不够大。"

万才宝："你去叫罗政委，他去说可能管用。"

警卫员："罗政委昨晚就打背包去九旅报到去了。"

万才宝："笨蛋，你不会去九旅找呀？"

警卫员："找？我哪知道他分配在团里还是营里。"

万才宝："你呀，平日里看蛮机灵，关键时掉链子……"

10-4 团部 夜 内

月光如银，照进卧室。

黄兴亭坐在桌前伏案，那条凳不住发出"吱吱呀呀"的呻吟，地上散落许多揉团的纸。

猛然，黄兴亭将毛笔一掷，将桌上那张纸揉成一团，推门而出。

10-5 团部 夜 外

门外，正垂头打瞌睡的警卫员一跃而起尾随黄兴亭。

黄兴亭扭头对警卫员恶声恶气："跟着我干啥？这里是我们的地方，谁敢来捣乱破坏。回去。"

警卫员改暗中尾随。

10-6 师部附近 夜 外

不远处独立小屋附近，两个人影在走动。

月亮被浮云遮蔽，晦光，近似黑幕。

向政委："这个事，你找干部科谈嘛。"

黄兴亭："谈崩了，才找你。"

向政委："部队整编，就有人上前线，就有人编余，编余干部除少量等待调配，其余都要送去学习，这是中央的决定，保存骨干，轮战。"

黄兴亭："我是军事干部，是打仗的！"

向政委："不要想不通，学习是为了将来更好地打仗！"

黄兴亭："哼，我倒成了编余，为什么？长征当前卫团、当后卫团，我哪一仗没打好？！"

向政委："兴亭同志，这次整编，国民党当局很苛刻，把八路军编制压得很低，按编制员额发饷——"

黄兴亭："我们当红军从来不发饷，还不照样干革命。只要能让我带兵上前线打鬼子，就是当个连长也行，不要饷我也干！"

向政委："发不发饷不是问题，我们每人匀一口，也养得起你。去红大学习是轮训，就是现在渡黄河上前线的干部，将来也要回红军大学轮训学习。"

黄兴亭："这么说，我是捞不上打第一仗啰。"

向政委："组织上考虑你读过几年私塾、有文化，接受新东西悟性好，选你去是深造……"

黄兴亭："反正我想不通。"

向政委："不要有情绪嘛。"

黄兴亭："我只是向老首长你汇报想法。你是我老首长，了解我，帮我说说。"

向政委："可我也不能违背组织决定，你不能让我徇私犯错误呀。"

黄兴亭："反正我就是不通！不通！"

向政委："黄兴亭！"

黄兴亭："到！"

向政委："我命令你回去，执行命令！"

10-7 卢师长卧室 内 夜

卢师长用脚踢门进卧室，气呼呼解下武装带，连带佩枪朝炕上一扔；紧跟着，便传出身躯倒入太师椅发出的声响。

门口传来声音："报告。"

卢师长起身："进来。"

卢师长看见面前站着的是黄兴亭。

卢师长没好声气："怎么，来参观我解除武装？"

忽闪的油灯下，闪出黄兴亭严肃的脸。

黄兴亭："我可没心思和师长开玩笑。"

卢师长："什么屎（师）掌（长）马掌的，现在你不用叫，我已经被解除武装了！"

黄兴亭将手朝天一戳："我最后请求师长，让我留在部队，东渡黄河去打日本鬼子，干啥都行。"

卢师长："我给你说，谁替我说呀？！"

卢师长苦笑。

黄兴亭涎着脸也苦笑一下："还用得着谁替你说什么话呀！"

卢师长："我现在不管事啰。"

黄兴亭："开什么玩笑哟。你跟霍总交情甚笃，呵呵，你跟他说说，准行。"

卢师长认真地："不是玩笑，现在，我也没心思和你开玩笑，真的。连我都得陪你一起去上红大学习，现在我们可以说是老战友变成新同学了。"

黄兴亭眨巴眼睛不解："不会吧！（自言自语）这可

真是怪了！前方正值用人之际，会放你走？不用你这打仗的好手——"

卢师长起身给黄兴亭倒水。

黄兴亭端着水碗不喝，满脸狐疑。

卢师长："那你去问霍总好了，他刚跟我谈过话。"

黄兴亭头摇似拨浪鼓："不可能，不会的。"

黄兴亭走神。

卢师长："你愣在那儿干什么？黄兴亭。"

黄兴亭还没回过神来。

卢师长："黄兴亭！"

黄兴亭："噢！叫我吗？"

卢师长："这房子里，除了你、我，还有谁呢！不要想不通。兴亭，你还记得独立团吗？"

黄兴亭："长征中被打散了，减员太大，撤编了，部队补充到了四师和六师去了。"

卢师长痛楚地："为执行命令，十多个营团干部留下带伤病员在当地打游击，多数是'年关暴动'的老人哩。"

闪回：

独立团团长带着三十余个指战员和霍总握别。

团长突然跪下："霍总，男子汉膝下有黄金，上跪天地，下跪父母。今天我给你跪下，请求组织还是带上我们走吧。"

后面的指战员也齐刷刷下跪：

霍总，带上我们吧！

我们就是死，也要死在部队上。

我们生是红军的人，死是红军的鬼！

独立团不在了，可我们军团还在，就是让我当战士也行，只要在部队上打仗！

霍总，我当红军就跟着你，你不要我啦？

……

霍总动容，把他们一个个扶起来："我的好兄弟们，我也舍不得你们，可党组织已做了决定，就要听党的命令——（有些哽咽）同志们，独立团撤销了，部队编入其他部队，独立团走过硝烟军魂还在，会继续脉动，会发扬光大！"

一片寂静。

霍总调整了下情绪："你们这批骨干留下来在当地坚持游击战争，是火种！只要留住红军的魂，将来就会有无数个独立团！"

独立团团长领呼口号："我们从头再来，重建独立团！"

众干部呼应："重建独立团！"

闪回毕。

卢师长："都是老骨干。你想想，他们远离主力部队，许多还是伤员，缺衣少药，孤悬一方，单打独斗，处境险恶，至今还生死不明，相比他们——他们把命留给了我们……"

卢师长说不下去了。

昏暗的灯火抖动着，光环中不时隐现黄兴亭沉思的脸，他动弹一下，背灯光抹了一把脸。他感觉到平常冷冷的卢师长内心的温情。

沉寂。

卢师长用一根针，挑了一下灯芯，屋内豁然亮了许多。

卢师长："步调一致才能得胜利，你忘啦？怎么还没有想通？"

黄兴亭："通了。既然师长也去红大，那我还有什么可说的？师长，我的要求你不要提了，我服从党的调遣，我和你一起去红大。"

黄兴亭立正，很标准地行了一个军礼，转身离开。

黄兴亭急步向前。

卢师长在后面喊："我知道你那肠子里绕的什么弯！"

10-8　团部　夜　外

离团驻地不远的旷野上，黄兴亭走着。

渐渐地，他开始在草地上转着大圈奔跑，以军人的标准步伐跑着。

他的警卫员也跟着他跑，冯伢子来了，加入跑的行列。

后来有干部带来了一个班、一个排、甚至一个连，都跟在黄兴亭身后，没有统一口令，却步调一致，默默地跑着。

10-9　团某营部　日　内

桌上放着几只土碗，一盘花生米，黄兴亭拿出一个水壶朝碗里各倒了一点儿酒。

黄兴亭动情地："我就要去学习，以后也不知道能不能有见上面的机会了。"

冯伢子、万才宝、洪船生相对无言。

黄兴亭："我们一个乡里出来参加红军一百来号人，现在就剩下我们几个啦，要珍惜。（有意撮合）伢子、才宝，我知道你们不对付，你们俩那个事，就看我的面子，互相多担待些，不看僧面看佛面哩。"

冯伢子："我就不爱看万才宝耍小聪明，占公家便宜的德行。"

万才宝："你冯伢子比我也好不到哪里去，仗着打了几个胜仗，我行我素，动不动打人骂人……"

黄兴亭感慨："你们三个人啊，船生有过目不忘的本事，可就胆儿小，心不够强大；冯伢子啊胆子大，但太妄为、率性而为；还有你万才宝，算盘打得精，心眼儿狭隘……（叹息）今天我不说这个，我有一件事拜托你们，船生是我带出来的表弟，但我一直把他当亲弟弟——"

船生两行眼泪夺眶而出，滴在面前的酒碗里。

黄兴亭："以后，你们代我多关照船生。"

黄兴亭难过地把头扭一边去，稳定一下情绪，扭回脸。

黄兴亭强挤笑脸举碗："好了，不说了，为我们都活着再见面，来，干啦。"

冯伢子和万才宝将碗举起端到唇边。

船生："这酒我不喝！"

众人一时都愣住。

船生呜咽："兴亭哥，让我随你去吧。"

黄兴亭："啧，怎么像个孩子，莫哭。还要我给你怎么说哩？我是去当学生的，上头有规定，学员一律连警卫员都不准带，我带你去成何体统？"

船生："兴亭哥，我死也要跟着你，就是死也一起死！"

黄兴亭将碗朝桌上一墩，厉声："洪船生，你进了红军的门，就要守红军的规矩。这是命令！"

船生："这个命令我不执行！"

黄兴亭："你反了！我今天就犯一次纪律，以哥的名头教训你！"

他说着脱鞋，欲揍船生，被冯伢子和万才宝拉住。

船生愣怔一下，拔腿出门。

冯伢子见窗外船生抹泪在喂白马："团长，你真不带船生走？"

黄兴亭："还要我说几遍？真不好带人。再说，他在这里有工作。"

万才宝："这好办，新来的顾团长，你去说说，准行。"

黄兴亭扬脖将酒干尽："让别人说我不守规矩，觉悟低啊？我可丢不起那个脸！"

10-10 旷野　日　外

路口，黄兴亭与众人告别。

万才宝从兜里掏出一把红枣。

万才宝伤感地："团长，不知我们以后还能不能见上面——"

万才宝呜咽着说不下去。

冯伢子抢白："你这个乌鸦嘴，呸呸。"

冯伢子朝地上吐几口唾沫。

万才宝："本来嘛，早上起来吃早饭上战场，谁知中午还有没有命吃中饭。"

黄兴亭："又来了不是，你们少斗几句嘴行不？！（顿一下，似宽慰又似调解）我们一起出生入死，遇到过多少次险境，不都过来了嘛。多少战友替我们挡了子弹，我们造化大，活了下来。你俩活腻歪了是吗？碰就斗，不像话！"

大家沉默。

黄兴亭与送行者一一握别，见没船生，不由轻叹一口气。

冯伢子见状，一拍脑袋："咳！瞧我这记性，差点儿把这事给忘了。"

冯伢子从兜里掏出一面嵌铝框架的小圆镜，递黄兴亭。

冯伢子："这是船生让我给你的。"

黄兴亭接过镜子，镜子映照出黄兴亭脸庞，眼睛里霎时闪出柔光。

黄兴亭牵着大白马踽踽而去。

几百米开外一树上，洪船生举手遮眼，远远望着大白马，直至这抹白点消失在天际尽头。

船生："（喊声）哥，你不要我啦——"

10-11 荒野 日 外

上是蓝天白云，下是黄土坡，隔出蓝黄两色的轮廓。

几个远影移动，随马蹄声渐响，一声马嘶声，现出伫立马旁的霍总、向政委、宗旅长的脸庞，他们眺望远处滚滚黄河，指战员集结在渡口。

霍总："宗旅长，欢迎你来工作，连接风酒都没喝上，就出发啦。"

向政委："我们等你来好久了。"

宗旅长："咱们旅是二军团的老底子，是霍总从湘西、洪湖带出来的部队，战斗作风勇猛顽强，能征善战。我水平有限，怕不能胜任，心里直打鼓。"

霍总："打什么鼓呀，你的情况我们晓得，希望你大胆干，我们全力支持你。"

霍总转身向众人介绍："宗旅长可是井冈山的老资格，早年就在毛主席身边工作……"

霍总转而介绍现场各团团首长。

宗旅长："都说你麾下有几个能打的好手，怎么没见到？"

霍总把嘴贴在宗旅长耳旁。

宗旅长："难怪你一个电话接一个电话催我报到。"

霍总："这次卢师长带二十多个师团干部去延安学习，我还真舍不得，（伤感语气）哎，用顺手了哩，都是能独当一面的好手。可就是文化底子薄了些，身上还有军阀残余作风和游击习气毛病，送去开开眼界，学点本领。"

10-12　黄土高原　日　外

大雨过后，道路上泥泞，随处可见积水的洼坑。

一队八路军干部策马前行。

骑马的卢师长和黄兴亭落在后面并行，黄兴亭的白马，在马队里显得另类。

黄兴亭："快到延安了吧？"

卢师长："快了。"

两人见前面战友牵马伫立，不由下马。

10-13　沟底　日　外

对面山梁行进着一支男女混合，或肩扛包裹、或手提皮箱的"洋学生"队伍。

他们穿皮鞋、布鞋，遇到黄土高原雨后下脚打滑不稳、抬步黏着提不动的黄泥巴，就犯难了。

整个行军队伍稀稀拉拉，狼狈不堪，你搀我扶，不是你向前一滑，就是我向后一闪，始终在不稳定中行进，有的还被泥巴黏掉了鞋子，一副愁眉苦脸相。

10-14　黄土高坡　日　外

站在坡上看热闹的这些穿草鞋的年轻指挥员乐不可支。

10-15　沟底　日　外

"哎哟喂"一声，只见有一个男生为扶前面打滑的女同学，仰倒在了泥泞里，弄得一身黑色学生服沾满了黄泥巴。

女同学转身去扶："周玉润。"

叫周玉润的男生："倪莉，我没事。"

他从泥泞里爬起，捋一下头发，自己弄成阴阳脸，还不忘扶女生，结果在女生的士林衫上印上了黄手印。

10-16　黄土高坡　日　外

这一幕逗得这面山梁上的八路军干部捧腹大笑。

10-17　沟底　日　外

倪莉："笑！笑什么笑，还不下来帮忙搭把手。"

10-18　黄土高坡　日　外

黄兴亭用右手食指竖嘴中央，制止大家的笑声。

黄兴亭以手掌做话筒："同学们，我们过不来呀。这陕北高原，沟壑十几丈深，隔一条沟可以聊天，可要想绕过去握个手，要走几十里路哇，爱莫能助呢！"

10-19　沟底　日　外

周玉润："牵白马的八路军，我们这点儿苦都吃不得，怎么打日本啊？！我们挺得过的。八路军同志去哪儿？"

黄兴亭："向延安！你们去哪儿？"

周玉润："向延安！"

10-20　黄土高原　日　外

回声："向延安！"

10-21　瓦窑堡抗大分部　日　外

学员们用锄头、十字镐挖窑洞。

学员们用木料自制单杠、双杠和木马。

学员们席地而坐学习交流。

学员们练习刺杀、投弹。

10-22　团部驻地　日　外

冯伢子和船生坐在地上。

不远处几个乡亲在地里捆绑玉米秸秆。

船生："我降职到侦察连当排长，连降三级。"

冯伢子："我被调出作战部队不说，还被弄到团部警卫连当排长，跟你差不多，反正升升降降又不是第一回。"

船生："我怪想兴亭哥。"

冯伢子："我也是，他一走，没人三天两头训我了，怪不习惯，我真愿天天听他教训。"

船生笑眯眯看冯伢子。

冯伢子："看我干吗？这眼神准没憋什么好屁。"

船生用食指搓拇指做捻钞票的动作。

冯伢子："这不是刚发饷，你怎么又闹饥荒啦？"

船生不好意思用双手搓衣前襟。

船生："想给家里寄点钱去。"

冯伢子从衣兜里摸出一块银元，想一想，又摸出一块，叠加一起。

冯伢子："喏，我们排级干部只发两块袁大头，这可是我全部家当了，一块是还你的，一块送给你。"

10-23　辎重营伙房　夜　内

油灯如豆。

万才宝正在煮鸡蛋。

万才宝："（对船生）你要钱干啥？哦，我知道了，你是身边没有铜，走路像瘟虫。"

船生："一句话，你肯不肯借我？"

万才宝："我哪来钱借你，你这不是从我讨饭篮里扒米吗？"

船生："你没钱，怎么买得起鸡蛋吃？"

万才宝压低声音："你还不晓得吧，部队要开拔了。（提高声音）集合号一响上前线，子弹可不长眼睛，谁知道这鸡蛋还能吃几回呀！我得带路上犒劳自己。"

船生："不借就算了。"

万才宝："慢，吃个蛋再走。"

船生留步，咽口水喉结滚了一下。

万才宝将鸡蛋捞出放入瓦罐里冷却，欲挑一个拿出来给船生，但突然触电似放回，双手捏耳朵，他盯视船生，似洞穿船生心思。

船生心虚地躲避他的目光。

万才宝："哼，团部新来的军需参谋是陕北红军派来的，好像我们自己就挑不出一个军需参谋。"

船生："嘘！"

　　船生环顾四周："你可不要说不团结的话，这怪话是山头主义，谁破坏团结就杀谁的头。"

　　万才宝用拇指抵着小指头尖："瞧你这个胆。凭什么他营级平调，把老子贬到排级。既然不待见老子，此处不留爷，自有留爷处，老子回老家打鱼娶媳妇去。"

　　船生："你要跑路？"

　　万才宝试探撺掇："要不，我们找个机会一块儿？"

　　船生："我回去干啥，我还要跟兴亭哥去抗日。"

　　万才宝一愣："回家了，就不用一天到晚提心吊胆，可以过安稳日子呀。"

　　船生："你不想抗日啦？向政委说，天下兴亡，匹夫有责。没国家就没小家。"

　　万才宝："小兔崽子，你当政委啊，学几句新词，教训起老子来了。"

　　船生不语。

　　万才宝："抗日又不缺我们俩人。"

　　船生急不择词迸出："你这是助纣为虐！我这去找团长检举你。"

　　万才宝听了惊恐色变，一把拉住船生。

　　万才宝扑哧一声笑："我只是随口说说，与你是兄弟之间说说体己话，闹着玩呢，你可别当真，咱们谁跟谁呀。"

　　顺手将一个鸡蛋塞给船生。

　　船生："我不吃了，走了。"

　　万才宝陡然恶声威胁："船生，你敢告发老子，老子就拿你垫背，说你来拉我开小差。"

船生面露难色，瞥一眼那堆鸡蛋，忽然记起什么："你把这些鸡蛋都给我，我对谁也不说。"

万才宝："真的？"

船生："真的！"

万才宝往船生兜里装鸡蛋："瞧你这点出息，哼，长能耐啦，敲起老子的竹杠——"

10-24　侦察连连部　日　内

连长一撩门帘进屋："洪排长，怎么不出操？"

船生床上被子叠放整齐，桌上放着枪，枪下压着一张纸。

连长拿起纸，纸上用铅笔画着一个人，他在向前望，前方画了一个五角星。

连长："坏了。"

他拿着纸一溜小跑。

10-25　村口　日　外

村口有三条岔道。

哨兵指一条道："洪排长往那走。"

连长气喘吁吁："走了多久？"

哨兵："走了有两个时辰了。"

连长发火："你咋不拦住他？"

哨兵："他是干部，我哪敢拦他。"

连长："他说到哪儿去没？"

哨兵："我没问。"

连长一跺脚，返身跑。

10-26 团部 日 内

侦察连长垂手立着，一副小学生犯错挨老师批的模样。

顾团长一手叉腰，咆哮："你怎么带的兵，连个眼皮下的排长都跑了。"

连长不吭气。

顾团长："叫警卫连的冯伢子。"

有顷，冯伢子进来。

顾团长满脸怒容对冯伢子："你带上团部骑兵通信班，把逃兵洪船生给我立即追回来！"

冯伢子："是。"

冯伢子转身离开。

顾团长目光落在桌上那图画，在五角星上定格。

顾团长："慢。"

冯伢子返身。

顾团长："他不是携枪逃跑投敌，不能打死，我要活口。"

冯伢子领命而去。

10-27 旷野 日 外

狂奔的马群，四蹄飞溅起大片泥土。

远处出现小黑点，熟悉的身影，是船生。

冯伢子亮嗓："站住，再不站住就开枪了！"

船生闻声跑得更欢了。

冯伢子向通信班季班长要过长枪，单臂举枪。

准心对准船生晃动的身躯。

船生倔强地："我怪想兴亭哥的。"

"叭"，一声枪响。

10-28　团部　日　内

万才宝神色慌张拉季班长借步说话。

季班长跟万才宝耳语。

闪回：

"叭"，一声枪响。

船生头上飞翔的一只鸟儿倒栽落地，船生"哧溜"一下钻进树林。

冯伢子将枪丢给季班长："不追了。"

季班长一脸困惑："不追啦？"

冯伢子："我们追过了，还开过枪了，可惜，骑在马上打不中，哼，便宜了这小子！"

季班长："顾团长说抓活的，我们搜林子吧。"

冯伢子："这么大林子怎么找？！"

冯伢子说完策马往回走。

季班长犹豫一下，随后跟进。

冯伢子自语："这小子会认道。"

闪回毕。

季班长："事情就是这样，冯排长开枪那会儿，我真担心要了洪船生的老命哩。"

万才宝："这家伙看看胆儿小，可鬼机灵着呢。"

季班长："姓洪的也不想想，往哪儿跑？他当过红军，回到老家，保不定反动派找他算老账杀头？我们的部队也在到处找他，抓住了军法处置，还有国民党部队到处拉夫，抓去了有好果子吃？真是的，放着好好的集体不待，同甘共苦，至少有饭吃，不打人不骂人……"

万才宝："（Os）幸好我没和他一起跑，要一块儿跑，姓冯的没准先打我黑枪。"

万才宝叼着烟发呆，香烟上一大截烟灰欲坠，也不掸。

季班长见万才宝神情怪异："万参谋！"

万才宝如梦初醒，发现自个儿失态，将烟蒂扔地上，狠狠踩灭。

万才宝没头没脑地："龟儿子才跑。"

季班长一头雾水。

10-29 抗大窑洞阅览室 日 内

黄兴亭和同学争相传阅报纸，黄兴亭等学员欢呼雀跃。

10-30 抗大窑洞宿舍 夜 内

油灯下，黄兴亭趴在炕桌上奋笔疾书。

学员们或互搭肩膀或双手抱胸在等候。

粗糙的毛纸上《关于再次要求上前线打鬼子的报告》尽收眼底。

黄兴亭用食指沾印盒，在自己名下按上，捶捶坐麻的腿下炕。

油灯灯光衬出众人争先恐后签名身影。

10-31　一个窑洞　夜　内

夜阑无人，风雨侵袭着这个阴暗狭窄的废弃窑洞。

外头传来一阵阵似小孩儿啼哭的狼嚎声。

在一把松光火的映照下，洪船生戴着破柳斗帽，龟缩在一角，瑟瑟发抖。

船生双手紧握一根棍子："（Os）别怕！兴亭哥说过，狼怕火光……"

10-32　山道　日　外

船生紧走慢赶。

树边树林忽闪出几个人影，那手中的刀寒光闪闪。

见状，船生扭头撒腿就跑。

刚跑几步，只见眼前一个东西"刷"地飞过，船生定睛，前方一棵树上扎着一只飞镖。

女土匪头一声喝："小子，是你跑得快，还是老娘的这玩意儿跑得快？！要不要试试看？"

船生被剥了"猪啰"，一丝不挂地蹲在地上，双手捂着羞处。

女土匪头很老道，先是搜鞋里，抖出沙土，捏捏鞋帮，从鞋垫下搜出两块光洋，朝空中抛一下，接住，装入袋，将鞋子随手一扔，然后熟稔地摸衣裤，找出几个铜元，分发给几个喽啰。

女土匪拿着破衣衫，望一眼船生，想了一想，似动了恻隐之心，顺手丢在船生头上，带喽啰扬长而去。

船生身子纹丝不动，那耳朵在动，在倾听他们离去的动静。

船生双膝磕地，泪流满面。

10-33　抗大教务处　日　内

教育长手拿着一张纸抖着："黄兴亭同学，你的检讨不深刻。还要我说多少回，既来之、则安之。"

黄兴亭不语。

教育长："前方每时每刻都在流血、牺牲，花这么大代价，下这么大决心，让你们在这里集中学习，是为什么？！你们一定要珍惜啊。"

黄兴亭："我怎么不珍惜了，我学习样样合格，哪项落后啦？"

教育长："可你心劲没全用在学习上，心思全系在前线。黄兴亭同学，现在的学习，是为了将来更好地领兵打仗！你一定要明白这个道理。"

黄兴亭："教育长，我肚里就这点墨水，你讲的道理我懂，可茶壶里煮饺子，倒不出来。"

教育长："知道自己文化不高，就要好好学习提高嘛。你回去重写检讨，一定要深刻。如再过不了我这关，嘿嘿，我其他本事没有，不让你结业，留下一期再学习的权力还是有的。"

10-34 小溪畔 日 外

衣衫褴褛的船生，拄根树棍蹒跚走在小路上。

船生突然瞧见一小溪，过去双手捧水喝，似乎有了气力，他倏然眼一亮。

他正在一块已经刨过的、散布山药蔓的地上挖掘，寻找可能残留的山药。他顾不上洗留在山药块上的泥土，往衣襟上一擦，就往口里送。

"哗啦"拉枪栓的声音，船生警觉回首一望。

船生惊恐的脸。

两支黑洞洞的枪口抵住了他脑门。

两个国民党军士兵入画。

船生："老总，我是走亲戚迷了路的老百姓，抓我干啥？"

士兵甲："国难当头，去当兵去！"

船生："我是独子，不能抽丁啊，我上有八十多岁的老母——"

士兵乙："少他娘的废话！"

士兵乙说着给了船生一枪托。

船生一脸沮丧。

10-35 抗大篮球场 日 外

自制简易的篮板下，部队学员队与学生学员队酣战。

哨子声、双方啦啦队的助阵声此起彼伏。

争强好胜的卢师长，瞥了一眼部队学员队落后的比分。

卢师长叹了一口气："黄兴亭这个主力队员到哪儿去啦？"

陈尚新："咦，怪了，兴亭打球、跳舞、乒乓球比赛场场都不落下，今儿掉队了。"

卢师长："哎，今天我们队看来要输了，输的分哪要用箩筐挑啰。"

啦啦队的周玉润对身边的倪莉说了句什么，抽身出来。

10-36 窑洞宿舍 日 内

黄兴亭独自坐炕桌边，用"七九"枪子弹壳自制的土造钢笔在一张毛边纸下划拉。他突然停笔，显然"卡"住了，躺炕上冥思苦想，又禁不住窗外传来的球场喧闹引诱，趴窗棂朝外窥视，真有点抓耳搔腮的味道。

他总算想出词了，提笔，可笔里的墨水断供了，他用力甩，还是不下水。他下炕，出门。

10-37 抗大操场一隅 日 外

黄兴亭独自拿一个竿子，练习撑杆跳高。

他从高处落下，一屁股落地，摔了一个仰八叉。

周玉润跑来："白马黄（王子），大家正到处找你，你在这里啊。"

周玉润说着快步上前，一把拉起黄兴亭，因瘦弱，自个儿打了趔趄。

周玉润一边替黄兴亭拍打衣上的沙土，一边说："走，我们队要输了，等你救场哩。"

黄兴亭："小周，你笔能借我使使吗？"

周玉润拿出笔给黄兴亭，拽住他："走，先比赛去！"

黄兴亭："我哪有心情去打球，我该回去了，检讨书明天要交呢。"

周玉润："不就是说不深刻？"

黄兴亭："你都知道啦？"

周玉润："谁不知道你这个好战分子。"

黄兴亭："你帮我想想，怎么深刻法。"

周玉润大包大揽："我帮你弄，我来办。（忽然低声）我请客，走，我给你尝个新鲜玩意儿。"

周玉润用手拍拍鼓鼓囊囊的灰色制式饭包袋。

黄兴亭："你请客？算了吧，别人不知道，我还不晓得，你的津贴费哪个月不是富十天、穷十天、马马虎虎又十天，靠倪莉接济你……"

周玉润："我现在可是'土包子'变大资本家啰。"

10-38　去窑洞宿舍路上　日　外

周玉润："我宁波那当资本家的老子，给我寄来两百块光洋和不少东西。"

黄兴亭："两百元光洋，你要那么多钱干什么？我们一天才八分钱伙食费啊！"

周玉润："我和倪莉商量过，这钱不光自己花，还要给你花。"

黄兴亭："我可不敢用你一分钱。"

周玉润："我们是好朋友嘛！"

黄兴亭："朋友归朋友，公是公，私是私，我不能随便花你的钱，纪律都得遵守。对了，你这样向家里要钱，不合适吧。"

周玉润："老头子给我后勤保障，供给我这个抗日军人，也是间接为抗日做贡献啊。"

黄兴亭："不管什么话，到你们知识分子口里，总能说出道道来。但是——"

周玉润："又来了不是，噢，特殊化不好，要注意影响，工农出身的学员看不惯，说我是纨绔子弟、八旗子弟。哼，连纨绔都念成'执夸'，出口粗话，随口骂人，动不动老子老子。"

黄兴亭："你呀，就是这毛病。不要瞧不起工农干部，不错，文化低，文明水平不如你们，可都是经历战争考验，从死人堆里爬出来的，打仗不怕死，将来你上了战场就知道了，他们是可以彼此用身体为对方挡子弹的过命兄弟。你要学会和他们打成一片。"

周玉润："打成一片，容易。把钱上交'共产'不就成一片啦？"

黄兴亭："你呀脑筋活络过头，想歪了，谁稀罕你的私人财产啦？我是指这里——（指指太阳穴）感情上打成一片，感情上。小周，我也是工农干部，你怎么就和我成了好朋友？"

周玉润："我从第一眼看到骑白马的你，就欣赏你，你和他们不一样，讲究整洁、卫生。之后在队上，看到你衣衫总是扎在裤腰带里，绑腿扎笔直，带头上来和我们一起跳舞、参加音乐会，很少讲粗话，总而言之，言而总之，你可爱一些——（话锋一转）我是小资产阶级知识分子，按有人说法是吃屎分子，你又怎么能够和我们成为好兄弟？"

黄兴亭："我喜欢青年知识分子，当年那些留分头穿鸭屁股衫子的特派员启蒙我参加革命，让我懂得不少革命道理。"

闪回：

邬晨曦在一片掌声中西装革履登台，他脱下西装，拉掉领带，露出依然雪白的衬衫。他把西装领带往桌旁一扔。

邬晨曦："昨天来时，我就要求换装，唐校长说事先没有准备。今天我就当着大家的面，脱掉这套伪装。这里我要讲的第一个问题是：判断一个人是否是革命者，不是看装束，判断一支队伍是否革命，也不是看武器装备。关键还要看用什么来武装头脑。军事学校是学习打仗，我没有当过挥指官，不如大家。但我要讲的是为什么打仗，为谁打仗。我的武器是马克思列宁主义……"

闪回毕。

周玉润："这邬特派员现在在哪儿？"

黄兴亭重重叹息一声："一言难尽啊……"

10-39　窑洞宿舍　日　内

周玉润从饭包袋里拿出一个花里花哨的罐头打开，用小钢勺朝两只碗中放了几勺，用热水瓶中的热水冲泡，用勺搅开。

黄兴亭拿起罐头在手上看了看。

周玉润："这叫速溶咖啡，今天让你开开'洋荤'。"

黄兴亭急切端起喝了一口，眉头挽结，勉强咽下去："这么苦，跟喝中药似的，一股焦糊味。"

周玉润："要这样。"

周玉润端起碗啜了一小口，没咽下去。

周玉润："品一下慢慢下咽，这叫品味，可不兴牛饮。"

黄兴亭碍于情面学着又抿了一口。

周玉润："土包子了吧，喝不惯吧。初喝都是这样，喝多就爱喝了，还上瘾哩。这玩意儿，醒脑，比茶叶好。唉，要是煮起来喝，味道更好。"

黄兴亭放下碗。

周玉润慢慢啜着咖啡："你怎么不喝啦？哦，还是检讨的事吧，这样吧，倪莉是高才生，写这东西，张飞吃豆芽——小菜一碟，让她帮你深刻一下，保准过关。不过，要保密，你抄一遍交上去。"

10-40 窑洞宿舍 夜 内

黄兴亭和室友汤成功、陈尚新等围坐在炕桌旁借油灯看书，记笔记。

陈尚新开玩笑："人家是'同窗'，我们是'同桌''同炕'。"

女声从屋外传来："白马黄、白马黄……"

闻言，黄兴亭一激灵，"霍"地下炕出屋。

陈尚新要看究竟，被汤成功按住，众人贴门偷窥。

10-41　窑洞宿舍　夜　外

远处，两个熟悉的身影。

倪莉把什么东西交给黄兴亭，嘀咕几句走了。

10-42　窑洞宿舍　夜　内

宿舍内打闹成了一团，油灯碰灭。

黑暗中众人审问黄兴亭。

陈尚新："黄驮子，那个女人是谁？"

汤成功："这还用问，学生队那女才子倪莉。"

另一同学："啧啧，这女人眼睛像旋涡，看你一眼就把人吸进去了。"

陈尚新："这些洋学生，那齐耳短发、白袜、黑鞋，个个水灵灵。"

汤成功："难怪，一集合，你眼睛就不老实，往学生队的女生盯着看。"

陈尚新："哟，看上哪个？要不要找组织出面说一下。"

另一同学："叫黄驮子去牵线，他和学生队的人头熟。"

陈尚新："嘁，我还真想哩，可我是大老粗，人家是洋包子，配不上。"

汤成功："未必，自古美人爱英雄，那些女娃娃听你讲红军故事后，不是让你在笔记本上签名？崇拜你哩。"

油灯点亮，出画面。

黄兴亭："别乱说，传出去丢脸。"

陈尚新："黄驮子，倪莉给你那是信吧，我可看真切了。"

汤成功："不会是情书吧。"

黄兴亭："胡说，人家名花有主了，周玉润。"

陈尚新："那你把信拿出来。白马黄，白马王子，叫得多亲热哟。"

黄兴亭："这个，还真不能给你们看。"

战友们相视一眼，随后一拥而上。

油灯下，《检讨书》赫然入目，众人惊愕的脸。

10-43　祠堂　夜　内

船生和一批壮丁每人右手都捆在一根绳子上，被押进了祠堂。

祠堂内汽灯雪亮，神位前摆一张桌，桌边坐一军官，跷着二郎腿，晃动皮靴。

一个军官点头哈腰向他耳语几句，长官起身，用拇指食指倒八字卡喉咙，咳了一声。

长官公鸭嗓子大声吆喝："弟兄们！从今天开始，你们就是抗日军人啦！蒋委员长说，战端一开，就是地无分南北，年无分老幼，无论何人，皆有守土抗战之责任……"

船生："（Os）妈妈娘的，抓壮丁还抓出理来了，这可怎么脱身……"

船生突然一头晕倒，现场一片嘈杂声。

船生醒来，听到议论声。

士兵甲："长官，这个兵就算了，发育不良的，三根筋挑着一个头，不知是枪背他还是他背枪，累赘。"

士兵乙："不能丢。长官，多抓一个多领几块赏钱。"

士兵甲："带上，好啊，你背还是你抬？"

船生有气无力："姆妈娘啊，我饿，好饿啊！"

长官闻言一怔，俯身搭一下船生脉搏："快，去给他弄点吃的。"

有顷，士兵甲拿来两只窝窝头。船生不由分说，抢过就啃。

长官："哎……哎，慢慢吃别噎着了。（转头对士兵甲）你站着这干啥，还不弄水来！"

士兵甲摘下军用水壶递上。

长官咬开壶塞，给船生喂水。

船生有了能量，恢复了神智，身躯由佝偻变挺拔。

船生："这位长官，你放了我，我是友军。"

长官半信半疑："友军？你是——"

船生哧啦撕开衣襟角，取出臂章递上。

长官展读："国民革命军第八路军……排长……洪船生……（递还臂章）难怪，我听你的口音这么耳熟，我的姆妈娘，你是沔阳人吧，我也是沔阳人，刘家墩的。"

洪船生："我是宋家墩的。"

长官低声："你当过红军吧？"

船生不语默认。

长官同情地："你怎么弄成这个样子？一副叫花子模样。"

船生灵机一动："化装去延安。"

长官："有何公干？"

船生故作神秘："这是我们的军事秘密，不方便说哩。"

长官乖巧地："那是，那是。洪船生兄弟，有什么需要兄弟帮忙的？"

船生一本正经地："你们把我弄到这儿来，耽误我不少时间，贻误了军情，上面追究下来，可要——"

船生用手掌做了个抹脖的动作。

长官紧张地："要不，我派马送兄弟一程。"

船生："不行，那太张扬，我是化装行动，身上连钱都不敢带。如兄弟愿帮忙，给我带点吃的东西。"

长官："这好办，好办！"

10-44　延安抗大门口　晨　外

拂晓，大门上挂"中国抗日军政大学"横匾，左右墙上分别写着抗大校训"团结、紧张，严肃、活泼"，门前站双岗哨兵。

时有穿八路军服的人向哨兵提交证件接受查验后进出。

船生拉低柳斗笠帽遮半边脸，装作不经意的样子经过，眼睛朝里偷窥。

他在不远处坐下，脱下鞋子，取出藏好的臂章，警觉地四下看了看，似乎想起什么，又藏了回去。

洪船生假装自然地往抗大走去。

哨兵不约而同举枪刺拦住船生。

哨兵甲："什么人？"

哨兵乙："你是谁？"

船生："同志，我找黄兴亭，他在这里上学。"

哨兵甲："他是哪个大队哪个中队的？"

船生："我不知道，只知道他在这儿。你们这有几个大队几个中队，各地来学员怎么分——"

哨兵乙生疑打断："你连找的人在哪个单位都不知道？你还是回吧。"

哨兵甲也警觉起来，婉转地："老乡，我们这是军事禁区，没证件是不准擅入的。你有证件吗？比如有证明你身份的介绍信之类的东西？"

船生闻言俯身摸鞋帮。

船生："（Os）不成，他们拿着这个东西一核实，我这逃兵就坐实了，押回去就没好果子吃啦。"

船生装捏脚，起身："我……我是黄兴亭的表弟，老百姓，哪有证件，同志，能不能通融通融，麻烦——"

哨兵甲："我们只负责警卫，只认证件，其他事不归我们管。"

哨兵乙："你立即离开这里，别妨碍我们执行任务。不然我打电话叫学校保安处人来跟你说。"

船生："我走，我走。我知道，哨兵神圣，我这就走。"

哨兵甲望船生的背影。

哨兵甲："这个人这身打扮，怎么会知道哨兵神圣？"

哨兵乙："我看他形迹可疑，报告保安处吧。"

船生蹲在校门口不远处一个墙角，用柳斗帽遮脸，柳斗帽一个破洞露出他的眼睛，注视校门口出入的人员。

船生："兴亭哥，我就不信候不到你，除非你不在这里！"

校门口哨兵交接换岗身影。

校门口内，一个人影闪过。

10-45　延安抗大门口　夜　外

船生摘下柳斗帽，看一眼满天星斗，他揉搓一下发麻的腿，起身拍拍屁股上的灰尘，离开墙角，他的步履有些踉跄。

10-46　延安某老乡家　夜　外

船生叩门："老乡，给我点儿吃的吧。"

一个大嫂走出屋门，见状，转身取来一把红枣递给船生。

船生接过枣，狼吞虎咽往嘴里填，直着脖子打嗝。

船生："老乡，讨点儿水——"

船生发现后面有人跟踪，迟疑片刻，径直离开。

大嫂端水出来："人呢？"

船生走快，那人走快，船生走慢，那人躲闪。

船生隐匿在一棵大槐树下。

跟踪者正寻觅船生。

船生突然闪出，用一根树棍抵着跟踪者的腰。

船生："不准动，动一动，我就开枪打死你！"

跟踪者一惊，说时迟那时快，船生利索地卸下跟踪者插在腰上的枪，打开机头，后退几步。

船生："说，你为什么跟踪老子？嚓，玩这一套，你还嫩了些。"

跟踪者："你敢开枪？这里是延安，不是西安！"

船生立马没了脾气，后退几步："你……你……你不要逼……逼我开枪——"

跟踪者："你开枪啊，我告诉你枪里没子弹。"

船生稍犹豫，走神察看枪，谁知形势逆转，周边包围上一群人，用枪对着船生。

跟踪者："把枪放下，举起手来！"

船生放下枪："我不举手，老子当红军以来，就没有举手投降的习惯！"

众人上来像捉小鸡似的把船生捉住。

第十一集

11-1　校保安处　日　内

校园响起起床号。

有顷，操场上传来了出操声。

船生从禁闭室床上醒来，揉眼，伸了个懒腰。

门开了，跟踪者进来，后面跟着一个佩枪的干部，干部将装窝头、小米粥的笊篱放桌上。

船生急不可待抓过就吃。

跟踪者："怎么样，吃足了，喝足了，也睡足了，该说你的身份了吧。"

船生："我不是说了，不见到黄兴亭，我是一个字也不会说的，我只说三个字：八、路、军！"

跟踪者知碰上硬茬了："吕干事,你去校务处查一下花名册,核对一下。"

干部："周处长，机关八点才上班。"

周处长："黄兴亭这个名字有印象，好像在——"

周处长看一下手表。

周处长："吕干事，你去校务处等吧。"

吕干事走了。

周处长费解："小同志，我就不明白啦，说出你是哪个单位的，有什么关系？"

船生俯身欲取放鞋帮内的臂章。

船生："（Os）怎么胆子又小啦？交出臂章，他们知道我是哪个团的，一联系上，我这逃兵就死定了。不成，见到兴亭哥再说。"

船生假装掸鞋面尘灰，直身。

船生："我是八路军。"

11-2 窑洞教室 日 内

教室一片昏暗。

课桌、凳都是泥垒的，讲台也是泥垒的，不同的是桌面支白木板。

黄兴亭等学员专心致志聆听着，不时记录。

黑板上教员板书："山地作战的步兵营。"

教员转身："上节课，我们讲了山地作战的步兵连，今天我们讲……"

这时，校保安处周处长一脸严肃进来，给教员耳语几句。

周处长看向学员："黄兴亭！"

黄兴亭起立："到！"

周处长："你跟我走一趟。"

黄兴亭一脸错愕神情。

学员们面面相觑。

学员甲："有没有搞错哟？黄兴亭我了解，保安处找他干啥？"

学员乙："我们和兴亭一起长征走过来，他是经过考验的老红军，会有什么问题？"

学员丙："是啊，黄兴亭一直在部队里，没有被捕、被俘经历，历史清白，我可以证明！"

众目睽睽、一片嗡嗡嘤嘤声下，黄兴亭垂首随周处长出门。

教员平举双手往下按了按。

教员："安静，我们继续讲课——"

11-3　去校保安处路上　日　外

黄兴亭："周处长，找我什么事？"

周处长背手走前面，手一摆。

周处长："去了就知道了。哼，这小兔崽子差点要了我的命。"

黄兴亭不得要领，脸沉了下来，鼓腮欲言又止，跟进。

11-4　校保安处　日　内

禁闭室，周处长示意哨兵开门。

周处长："这个人你认识吗？"

船生起立。

船生看上去风尘仆仆，蓬头垢面，弓着腰、驼着背，像个叫花子，脸色铁青，双眼无神，人几乎脱形，黄兴亭一时反应不过来。

船生一见黄兴亭，哆嗦着嘴巴，蓄在眼里的泪水夺眶而下。

船生一头扑向黄兴亭怀中。

船生："兴亭哥！"

黄兴亭像被火烫了一下，连连后退："你，船生，怎么弄得——"

船生："兴亭哥，你不要我啦！"

船生号啕大哭。

黄兴亭："处长，这人确实是我的老部下，是我的表弟，叫洪船生。"

船生突然放开黄兴亭，蹲下把放在鞋帮夹层里的臂章取出，"啪"往桌上一甩。

船生冲周处长咆哮："你不是要我身份证明？在这儿！"

黄兴亭断喝："船生，放肆！"

黄兴亭用手捏一下船生胳臂："你好大胆子，还敢到这来找我！"

船生明白了，似被点了穴，蔫了。

周处长看臂章："哟，还是个侦察连的排长。难怪身手不凡，下了我的枪，差点让我脑袋搬家。"

吕干事解释："黄队长，这个同志在校门口转悠，鬼鬼祟祟的，处长为弄清情况，跟踪他，他有反侦察能力，抢了处长的枪，幸好我们及时赶到，把他逮了。"

黄兴亭赔笑脸打圆场："周处长，对不起，误会误会。"

周处长狐疑地："一个侦察连的排长，不去前方侦察，反而化装侦察，侦察到抗大来啦？"

黄兴亭打补丁："哦，可能是团长有口信带给我，见洪船生是我表弟，派他来。"

周处长记起什么："我想起来了，团长是你的后任。"

黄兴亭："对、对。周处长，这娃不懂事。"

黄兴亭顺手拍打了船生一下头。

黄兴亭："船生，还不给周处长赔个不是。"

船生会意，低眉顺眼向周处长鞠躬。

周处长挥挥手："黄队长，人交给你了。"

11-5　抗大窑洞宿舍　日　内

船生随黄兴亭进屋，黄兴亭转身一把揪住船生领口。

黄兴亭："我等你那么长时间，还以为你真开小差不干了。"

船生嗫嚅："你怎么知道？"

黄兴亭："还有谁？早有耳报神，伢子给我写信啦。"

黄兴亭松手，找了一套便衣递上。

黄兴亭："把这衣换了，老远就闻到一股子馊味。"

船生换衣服："兴亭哥，我为找你，一路吃苦头哇……"

船生呜咽着说不下去，潸然泪下。

黄兴亭："没出息，动不动哭鼻子。你让我，咳，怎么说你。"

船生用袖子抹一把眼泪："后来，我后悔了，可我回不去了，我怕——"

黄兴亭："现在你晓得怕了。你擅离革命队伍是什么行为，亏你走过长征，那么苦都没跑。"

船生："兴亭哥，我就是要和你在一起，你当'改组派'

我跟你，你不当团长我也跟你……"

船生抽抽噎噎。

黄兴亭好言相劝："哭哭哭，就知道哭，怎么还像断不了奶的孩子，喏！"

黄兴亭拿毛巾递船生擦脸。

黄兴亭："和我在一起，怎么一起法？我如果战死了，你怎么跟我？要跟部队、跟革命！"

船生："我只晓得跟着你，就是跟着革命！就像你就跟着霍总，霍总就跟着毛主席！"

黄兴亭："哟，这话说的，还有点高度——你还有什么话要说？"

船生："我还是这句话，我不能离开你，我们不能分开，死也死在一起！"

黄兴亭："抗大都是团级以上干部，你还不够资格。学生队都是知识分子，洋包子，你虽在洪湖军校待过，几个月能识多少字？也不够条件。"

船生："我来当打杂的总行吧，我有力气，反正我死活要跟你。"

见船生可怜巴巴样子，黄兴亭缓缓语气。

黄兴亭："你是革命军人吗？"

船生点头。

黄兴亭："一个革命军人，首先要服从党组织安排，三大纪律第一条是什么？擅自离队是违纪。往大了说，你这行为是临阵脱逃性质，当逃兵是要执行军法的！"

船生顿觉事态严重，央求："兴亭哥，我回不去了，就是不枪毙我，我也无颜回团里。"

他眼泪汪汪。

黄兴亭动恻隐之心，想了想。

黄兴亭："老首长在六团当政委，听冯伢子信中说，他和万才宝都调到六团了。这样，我给你写个介绍信，你给廖政委。"

船生觉得又能和熟悉的老乡在一起，破涕为笑。

船生："伢子和才宝都在六团？"

黄兴亭点点头："我这里给你写封信。"

船生脸上现感激之意。

黄兴亭："去，看什么看？滚一边去。"

黄兴亭提毛笔写信。

不一会儿，黄兴亭将信折好，装入信袋，在信封写了几笔，封好交船生。

黄兴亭："你把我这封信送到六团，亲手交给廖政委。"

船生："哎。"

黄兴亭郑重交代："这封信是你的生命，可别丢了。"

船生："这我懂，你放心。"

船生向黄兴亭敬礼。

黄兴亭从口袋摸出一块银元："船生，带在路上当盘缠。"

船生接下，又向黄兴亭敬礼。

黄兴亭回礼："路上注意安全。"

望着船生屁颠屁颠远去的背影，黄兴亭掩嘴笑。

11-6 山路 夜 外

山路曲曲弯弯。

一星点火光忽明忽暗移动。

船生一手举着火把，一手提着树棍在走夜路。

船生哼唱洪湖渔歌为自己壮胆："老子本姓天，家住洪湖边，人若来捉我，除非是神仙。枪口对枪口，刀尖对刀尖，有你就无我，你死我上天……"

11-7 土坡上 日 外

船生隐蔽在树林里，目瞪口呆，紧张而惊恐的脸。

二三十个日军背着枪，从前方三十米左右处走过，皮鞋发出"咔嚓、咔嚓"的踏地响声，就像叩击船生心头的重锤。

船生不由自主打颤的双腿入画。

11-8 村口 日 外

两个儿童团员手持红缨枪警惕注视过往的行人。

船生垂头丧气地被两支红缨枪押进挂有"村救国会"牌子的一间厅堂。

男主任打量一阵，忽然厉声地："你老实交代，谁派你来的？"

船生："我……我……"

男主任拉过船生的手，老练地翻开手掌看老茧。

男主任："你还想瞒谁？你是摸枪的人，不然这块地方茧子不会这么厚！你刚一进来，我看见你额纹，就知道你是长期戴军帽的人。"

女主任一声呵斥："你这个汉奸，跪下！"

两个民兵上前把船生强行按倒在地。

船生确认遇上自己人："哎，哎，我是八路军。"

男主任咄咄逼人："谁能证明？"

船生从鞋帮夹层里取出臂章，递上。

男主任看了臂章，半信半疑。

男主任："到这里来作甚？"

船生："我来给廖政委送信的。"

男主任："你怎么知道廖政委在这里？"

船生窸窸窣窣地从衣角里掏出信，一晃。

女主任欲接信，船生收回信，将信封面一举。

船生："看清楚啊，廖政委亲启！这信任何人不准碰，军事秘密。"

女主任看真切了："哦，误会了，同志。"

男主任："同志，对不起。"

船生摆出老八路架势。

船生大度地："没关系。你们这里革命警惕性很高，应该表扬！"

11-9　师部　日　内

隐约可闻隆隆的枪炮之声，宗旅长披着一身硝烟，匆匆赶达师部，向霍总敬礼。

霍总指着他的脸，笑眯眯："胖了点儿嘛。"

宗旅长捂了捂一侧的腮帮："上火了，牙疼。"

霍总："你们旅打得不错，还着急上火？"

宗旅长："急啊。贺斌要去抗大学习了，缺团长啊。"

霍总："我也舍不得这批干部走，前方正需用人，可中央决定啊。（将茶杯往前一推）先喝口水，莫急。"

宗旅长："我能不急吗？前方战事吃紧，主力团不可一日无军事主官，要打仗啊！"

霍总笑眯眯叼着烟斗，将主席的来电递给宗旅长。

电报尽现眼底："九日电悉，努力奋战击破敌人整个进攻，取得伟大胜利，中央诸同志，闻之极兴奋。伤亡颇大，补充调整极为必要。抗大受训干部，虽因各面需要调出颇多，然月底毕业时，尚可有一个可观数目分配你们。"

宗旅长："霍总，远水解不了近渴。"

霍总："倒也是，你看谁来当这个团的团长好？"

宗旅长略沉吟："我建议调回黄兴亭。"

霍总："为什么？"

宗旅长："我虽没见过他，可部队里流传着他的不少传说哩。不瞒首长，我了解过他，也核实了他的不少战例，此人会打仗，能打仗，是个不可多得的军事指挥员。"

霍总略显为难："可是，毛主席对办好抗日军政大学十分重视，想调他回来，恐不妥当。"

宗旅长："要不，我来向主席提这个要求。"

霍总摇摇头："我看这事还是得由我来出这个头，由师部直接给主席打报告，要回这个黄娃子。"

宗旅长："这就太好了。"

宗旅长说着就要走。

霍总："莫急啊，我让伙房找点绿豆，给你熬点败火的汤，喝了再走吧。"

宗旅长："你肯出面帮我要人，哪里还有比这个更好的降火汤！"

11-10 延安集镇 日 外

黄兴亭和学员们闲逛。

这里是牲口交易市场，驴叫声、羊叫声联成一气，穿梭着交易的农民，清一色陕西男人打扮，头扎白羊肚手巾（脏成灰色），肩搭着搭子，落着一层黄土面儿。有的在观望看驴牙口，有的互相将手插对方袖管里讨价还价。

卖主："就这个价。"

买主把手退出来，摇摇头。

黄兴亭："校部那小包车真好，咻溜一下，跑好快哟。"

周玉润："听说是张学良送的。"

一同学："能坐上去过过瘾就好了。"

黄兴亭："我要是会开就好了。"

陈尚新："是啊，战斗中缴获汽车没人会开，只好烧掉，可惜啦。"

黄兴亭："那一卡车能拉几十号人，机动能力强，又快又省力——"

黄兴亭止言,他侧身瞧见不远处有一个熟悉的身影(韩眉)。

陈尚新斜黄兴亭一眼:"黄驮子,该不会想学开汽车了吧。"

一同学:"谁会让我们学?这要技术,咱有吗?还有,烧的汽油可金贵啦。"

另一同学:"是啊,那校部的车夫肯教吗?仗着会开车,瞧他那架子,比首长还首长,哎,黄驮子——"

黄兴亭无影无踪。

身着灰军装的韩眉提篮前行,不远处黄兴亭时紧时慢跟着。

黄兴亭忽然止步,犹豫了一下。

黄兴亭:"(Os)见,还是不见?韩眉姐肯定要问起邬晨曦,我可怎么说?说邬晨曦死了,韩眉姐肯定受不了,继续瞒下去,以后怎么交代?我可变不出大活人!"

黄兴亭跺一下脚跟进。

11-11 某机关宿舍 日 内

这是一排依山而建的窑洞,有些年纪了,破败不堪。

韩眉从尽头的窑洞出来,手提木桶匆匆走向井台。

她蹲下身子,解下双腿上绑的腿带,又从木桶里拿出一根背包带连接。一头系住腰,另一端系在井台旁的一棵碗口粗枣树杆上,吸一口气,把水桶吊进井里。

她吃力摇着辘轳把,一桶水被摇到一半儿时,她的体力不支,她拼命抓住摇把不敢松手,气喘如牛。

猛然一只有力的手伸过来抓住摇把,是黄兴亭。目光对视,韩眉愣住了。

镜头对着黄兴亭提木桶和韩眉向窑洞走去的背影。

韩眉："你怎么找来的？"

黄兴亭："韩眉姐，我到处打听你，不好找啊！"

韩眉："延安这么多党政军机关，上哪找我这个小女子哟。让你找到我，也真难为你了。"

黄兴亭自得："韩眉姐，我可是侦察参谋出身。"

韩眉感慨："缘分啊缘分。"

黄兴亭："踏破铁鞋无觅处，得来全不费功夫。对，缘分，有缘千里来相会。"

韩眉："你什么时候到的延安？"

黄兴亭："有一段日子了，在抗大学习。"

韩眉："难怪出口成章，有长进。"

黄兴亭："韩眉姐，你呢？"

韩眉："长征结束后，我分配到了中央妇女委员会收发室。"

11-12 韩眉宿舍 日 内

窑洞内，顶部裂一道一厘米宽的缝隙，破烂的门窗根本挡不住风。

窑洞里逼仄，一铺炕，除去锅灶和权当椅子的碌碡外，空间很小。

俩人相对无言口难开，各有话儿在心头。

韩眉带黄兴亭进屋，黄兴亭转着瞧着。

长久沉默。

但两人的内心对话就此展开——

黄兴亭盯一眼炕头熟睡的孩子。

黄兴亭："（Os）看来，韩眉姐带着两岁的娃娃生活挺艰难的，真不知这年头怎么过来的。怪谁，谁让你不顾我们反对，非要嫁邬晨曦不可，好嘛，现在弄到这么窘迫，凭你的文化、资历、能力去干收发员，这活儿，稍识几个字的人都能干，我真为你憋屈。"

韩眉："（Os）兴亭弟弟，你待我情义重，爱护着我，我知道。你至今不肯原谅我，可我还是要感谢你出草地时救了我们母子的性命。"

黄兴亭："（Os）韩眉姐我不恨你，真的。那会儿，邬晨曦把我害惨了，我向他打黑枪的心都有，你居然——唉，我心里这个坎过不去呀。"

韩眉："（Os）我至今都为晨曦伤害你负疚，这负疚随时间的推移越来越深刻。兴亭弟弟，你没经过政治斗争的历练，更没经历过谈恋爱，许多东西你要体验过才知道。姐这是为晨曦赎罪，心甘情愿。我知道你为我现在的境地抱屈，你应该明确什么叫相忍为党。总有一天，你会原谅我的，明白邬晨曦虽犯了错，但仍是同志。"

黄兴亭："（Os）她怎么只字不提丈夫邬晨曦？唉，瞒一天算一天。"

坐着的黄兴亭望着韩眉，目光中五味杂陈。

坐坑沿的韩眉回避他目光，盯虚处。

黄兴亭打破沉默："哦，部队改编后邬晨曦还是在师部机关，我在战斗部队，很少见面。"

韩眉伤感地："孩子都两岁了……"

韩眉："（Os）兴亭弟怕我伤心，不愿把晨曦没了的事儿说出来。"

黄兴亭试探："邬晨曦也真是的，军务再忙，两年多了，怎么也该给你们母子一个音讯啊。将来我回部队，非要说道说道他。"

韩眉："（Os）己所不欲，勿施于人。"

韩眉强颜欢笑："你说他干啥？前方战事紧，捎封信不容易。前不久他托人给我带过一封信哩。"

黄兴亭一怔："这就好、这就好。"

黄兴亭："（Os）韩姐在骗我，显然她已知道邬晨曦牺牲了，在帮我圆谎。"

俩人心照不宣。

韩眉瞥了眼黄兴亭："你好像不相信似的，晨曦真有信给我。我放哪儿啦？"

她装模作样摆出寻找状，翻这找那。

黄兴亭故作轻松："韩姐，别找了，我怎么会不相信你。"

黄兴亭受不了了，起身。

黄兴亭："时候不早了，我该回学校销假去了。"

韩眉想说什么，把话咽回。

黄兴亭："邬晨曦真是个害人精！（语气中透着惋惜）你呀你！我当初怎么就没有拦住你们结婚！"

他拂袖而去。

韩眉掩面。

11-13 延安集镇　日　外

黄兴亭踽踽而行。

闪回：窑洞内，顶部裂一道一厘米宽的缝隙，破烂的门窗根本挡不住风。窑洞里逼仄，一铺炕，除去锅灶和权当椅子的碌碡。

黄兴亭找到一起闲逛的学员们。

黄兴亭："周玉润，借步说话。"

黄兴亭和周玉润耳语身影。

周玉润："就借两块大洋？"

黄兴亭："两块够了，我以后还你。"

周玉润掏出光洋给黄兴亭。

周玉润："什么借不借的，见外了，我们是好朋友，不用还。"

黄兴亭："有借有还，天经地义。朋友归朋友，亲兄弟还明算账哩。"

黄兴亭冲学员们："你们先回去，我去去就来。"

黄兴亭一溜小跑。

11-14 韩眉宿舍　日　内

黄兴亭气喘吁吁入画。

黄兴亭伸出手掌，掌上两枚银元。

黄兴亭："韩眉姐，给你。"

韩眉："我不能要，你每个月就这么点津贴费，攒起来不容易，你自己留着用。"

黄兴亭瞪眼："我这是给孩子的！这窑顶得找人修一下。"

黄兴亭扔下光洋就走。

韩眉拾起银元，盯着黄兴亭疾走的身影，眼眶里溢出泪光。

11-15　窑洞教室　日　内

黄兴亭拿着一张地图认真看着，不住在边上自制的沙盘上插小标记。

卢师长来了，他递给了黄兴亭一本书，一本法文版的《步兵操典》赫然入画面。

卢师长："日军的《步兵操典》实在弄不到，只搞到这本法文版的。我让懂法文的同志翻译中文了，送给你钻研。"

黄兴亭打开操典看，书中空白处用工整的钢笔字翻译好了中文。

黄兴亭："这可是好东西。给我？"

卢师长点点头。

黄兴亭："你舍得？"

卢师长："我用不上了，给你更有用。"

黄兴亭："我先看着，你要用我随时奉还。"

卢师长："我没功夫看了。"

黄兴亭："你是要走？"

卢师长："嗯。"

黄兴亭："回部队去？"

卢师长："不。组织上跟我打招呼了，准备让我去苏联伏龙芝陆军大学学习。"

黄兴亭："那这样，晚上我请你上馆子喝酒，叫上原来我们师的学员，给你送行。先练练你的酒量，听说苏联人喝酒不要命。"

卢师长："留着这一顿吧。"

卢师长突然有些伤感："这一去，不知道还能不能在一个饭锅里摸饭勺了。"

11-16　团部　日　外

门口，船生被哨兵拦住。

哨兵："同志，找谁？"

船生拿信给哨兵看，说了句什么，哨兵放行。

走道上恰遇从团部出来的冯伢子。

冯伢子诧异，揉眼定睛，上去拍船生肩。

冯伢子："船生。"

船生当胸捶冯伢子一拳。

船生："伢子。"

冯伢子与洪船生亲昵交谈。

冯伢子："原来是这样啊，我估摸也是。你也不够仗义，走时不给我说一声。"

船生："那我还走得了吗？"

冯伢子："廖政委在屋里，我刚从他那儿来。你快去，回见。"

船生一把拽住冯伢子。

船生心虚："伢子，廖政委我不熟，你陪我去。"

冯伢子："瞧你这个胆，最多认个错，廖政委还吃了你不成？

好，我陪你去。"

11-17　廖政委办公室　内　日

冯伢子："报告，一参谋冯伢子要求见廖政委。"

廖政委："进来。"

冯伢子和船生进门，向廖政委敬礼。

廖政委回礼，目光打量船生。

冯伢子："政委，他叫洪船生，是黄兴亭团长的表弟，有事向你报告。"

船生有点拘束，手不知朝哪儿放，双脚互搓。

冯伢子用肘捅一下船生。

船生双手将信奉上。

船生喜滋滋地："廖政委，我从延安回来，黄兴亭团长叫我把这封信亲手交给你。"

廖政委接过信，把信展开，读罢信哈哈大笑。

船生一脸茫然，赔笑。

廖政委突然板脸作色，把桌一拍，震得桌上的茶缸颤了一颤。

廖政委："来人！"

船生紧张地后退了两步。

两个剽悍的警卫员拔枪破门而入如临大敌。

廖政委："把这个逃兵给我捆了，送禁闭室！"

船生似被老鹰抓小鸡般地挣扎。

船生："黄兴亭——"

廖政委抖着信冷笑："就是黄驮子叫我关你一个月的禁闭！"

冯伢子不解其意："政委。"

廖政委将信递冯伢子看。

冯伢子读罢："政委，冯船生不是开小差当逃兵，只是一时糊涂。"

廖政委："部队是帮会啊？想来就来，想走就走。"

冯伢子："是不是过了点，他过去可是营级干部。"

廖政委："不管什么干部，犯了军纪，就要处分！这是黄兴亭的意见。兴亭在信中把话说得很清楚了，教训一下他，但又不能……哈哈，还是保他哪！"

话说到这份儿上，冯伢子无话可说。

11-18　团禁闭室　夜　内

万才宝进来了，端一碗粥和一只肉夹馍。

万才宝："船生，吃饭。"

万才宝将饭放桌上，船生不动弹。

万才宝："吃呀。"

船生叹息："真想不到，兴亭哥给我来这一着儿。我的姆妈娘，烧香烧出鬼来了哟。我这脑子让驴踢了，怎么不偷看一下信。"

万才宝："喊，你偷看了信又怎么样，你是回到原来团里军法伺候？还是真开小差回老家打鱼？"

船生："这个事，都怨你。"

万才宝："小鬼头，不要拉不出屎怪茅房，腿长你腿上，你自己跑的。"

船生："要不是你——"

万才宝做噤声动作食指竖嘴，环顾四处轻声。

万才宝："船生，可不兴乱说。"

11-19　抗大窑洞宿舍　日　内

黄兴亭欣喜若狂拿着《命令》冲进宿舍窑洞。

黄兴亭："好消息。"

他将《命令》递给室友。

室友传看命令。

黄兴亭忙不迭收拾东西，往马褡子里塞。

闻迅而来的学员围观。羡慕、妒忌的目光，纷纷议论：

这黄驮子前世修来什么福。

是啊，他又不是这个月底毕业分配，凭啥不毕业就回前线？

看来，前方战事吃紧。

霍总要他去，准是上面同意放人，有名堂。

……

黄兴亭朝门外学员双手拱拳。

黄兴亭："弟兄们，以后前方见。（转身对室友）今天中饭我请客，下馆子。"

11-20　延安某饭馆　日　外

黄兴亭牵着大白马和室友陈尚新、汤成功及周玉润等人到了饭馆。

黄兴亭在树上拴了马，取下马褡子，跟进。

桌上众人坐定，伙计进来，黄兴亭掏出两块银元，往桌上一放。

黄兴亭："组织上给我发钱了。酒菜可劲上，你看够吗？"

伙计收起银元："足够、足够，各位稍等。"

伙计说完弓腰出去。

黄兴亭忽猛拍脑门："我忘了件事。各位同学，你们先喝着，我去去就回。"

11-21　杂货店　日　内

黄兴亭来到一杂货店。

店铺不大，货物十分齐全。

掌柜按黄兴亭要求，将物品捆绑好，递上。

11-22　韩眉宿舍　日　内

黄兴亭提着一小篓柿饼，还有一包东西，来到韩宅。

韩眉感到意外："咦，你怎么来啦？"

她忙着倒水。

黄兴亭："我接到命令，今晚就赶回前线去，来跟你道个别。"

黄兴亭看到破窑已修过，如释重负。

黄兴亭接过韩眉递过来的碗，呷了一口水。

黄兴亭："经过最近这段学习，特别是听了毛主席讲的《唯物辩证法》，真解惑，使我对过去许多事情有了新的认识。"

韩眉："我们也在学习文件。对邬晨曦我也有了新的认识。兴亭，你知道晨曦的家世吗？"

黄兴亭："大户人家，剥削阶级。你还跟我说过，为革命他背着家里变卖家产，全捐给革命了。"

韩眉点点头，叹息一声："是啊，不然他完全可以当少爷，过好日子。他冒着掉脑袋的危险参加革命，他是要革命的人……"

黄兴亭："他革命，怎么会革起自己同志的命？"

韩眉："当时邬晨曦执行夏曦'左'倾路线，因夏曦是中央代表，晨曦能不听吗？邬晨曦从本质上说，是对党忠诚的，问题出在对夏曦的盲从！为纯洁队伍，肃反扩大化，用对敌人的手段冤枉和迫害多少好同志……"

黄兴亭："我也是这么想的。（指脑门）邬特派员这里出了毛病，有学问，但太自以为是，太自负，路线错了全完蛋……韩姐，过去我错怪你了。以前只认为他害我吃了这么多苦头，你还嫁他，对你有意见。唉，不管怎么说，你们是我革命的领路人哩。"

韩眉："你真不怪姐啦？"

黄兴亭点点头："咦，韩姐你有白头发了，你心事太重。"

韩眉："你上次说晨曦是个害人精，我想了很久。他害了革命，害了自己，也害了我和孩子，我说我无怨无悔，不全是真话。唉，做到实事求是，难噢。不说这个了。"

黄兴亭："韩姐，有件事，我想还是跟你说了。我这去前线……当兵的，脑袋掖在裤腰带上……我怕活不过你，以后没机会说——"

韩眉打断他："我知道你想说什么，你不要说了，我早知道了。"

黄兴亭郑重地从口袋里拿出邬晨曦遗留的那本染血迹的《共产党宣言》，黯然递给韩眉。

韩眉接过，潸然泪下。

泪滴在书上血迹洇开。

黄兴亭无言，眼里泛泪欲坠。

韩眉猛然用袖抹泪，将书装入袋。

韩眉："你不是要看看邬征生？"

黄兴亭："嗯，他在哪儿？"

11-23 草坡 日 外

孩子正蹲着地上远眺，地上堆他玩泥巴的"杰作"。

循着孩子羡慕的眼神，远处保育院的孩子们正在老师带领下做"老鹰捉小鸡"游戏。

孩子听母亲呼唤，跑了过来，一把抱住黄兴亭的腿。

邬征生："叔叔好。"

他沾泥的双手接过黄兴亭递上的柿饼，咬了一口，然后将柿饼装入口袋内。

孩子："叔叔，是爸爸让你来看我的吧，妈妈说爸爸在前方打日本鬼子。"

黄兴亭无言以对。

韩眉眼圈红了。

孩子忍不住馋嘴，拿出柿饼在嘴上舔一口，小心放入口袋，小手在袋外摁一下。

邬征生："叔叔，你认识我爸爸吧，他叫邬晨曦。"

韩眉扭头。

黄兴亭点头："认识。我们是战友。"

韩眉转过头，揉眼掩饰："这西北风沙太大了。"

黄兴亭瞥一眼远处嬉戏的孩童。

黄兴亭："韩姐，孩子怎么不送去念书呀？"

韩眉怨怼地："我只是一个区区小职员，资格不够。再说，因为晨曦，别人不待见我。"

黄兴亭："桥归桥，路归路，再说姐，凭你参加革命资历，不应该啊，我要去说道说道，评个理。"

韩眉阻拦："这次'审干'中，因我来延安前一直随部队行动，顺利过了关。只是晨曦的问题要到以后才能做结论。"

黄兴亭一语双关："要相信组织。经历过这么多事，我坚信这一条，我们的党组织，健康力量总是占主导的，一定会给邬晨曦一个实事求是的结论！"

韩眉："晨曦欠革命太多了，就算我们母子救赎吧。"

黄兴亭："这不公平。孩子不学文化怎么行？仗，我们替他们去打，将来搞建设，靠他们。"

黄兴亭难过地转身上白马，把马勒住，调转方向疾驰，身后腾起一股长长的尘烟。

11-24 延安某饭馆 日 内

饭桌上已净盆。

黄兴亭："事情就是这样。"

战友们群议：

再怎么的也不能委屈孩子。

我们流血和拼命，不就是为下一代嘛！

我们打仗破坏了的东西，以后要靠孩子们去修复，去建设。

这个事，我们要管，向组织反映。

对，我们这些团级干部一起去找保育院领导说。

还是我们联名向上级领导上书吧！

黄兴亭："这就算我临行前拜托兄弟们办的一件事。来，为我们在抗日前线相聚干一个！"

黄兴亭举杯，众同学举杯。

众人："干杯！"

11-25 延安某饭馆 日 外

黄兴亭将马褡子往白马背上一放，与众同学握别，大家都恋恋不舍。

周玉润："让我也随你上前线吧！"

黄兴亭语重心长："这怎么行呢？你好好学习，将来成个好指挥员，现在不正在讨论你入党吗？党员首先要服从组织安排。"

周玉润点点头。

黄兴亭与周玉润握手。

黄兴亭："小周，借你的两块大洋，我给韩眉修窑洞了，组织上发我的路费，一高兴我又请客了。一时半会还不上，我记着这笔账。"

周玉润笑："你在前线等着我，我毕业分配上前线，我要和你在一起，我还要问你要账呢！"

黄兴亭故作轻松打趣："好，我等着你。"

黄兴亭挥手："大家回吧，下午还要上课，你们看——"

那匹大白马用蹄子刨地。

黄兴亭："它在催我走呢！"

黄兴亭纵身上马，向同学们敬礼。

白马腾起前蹄，在原地打了一个转，长嘶一声，黄兴亭一抖缰绳疾驰。

11-26 某村 日 外

静静的原野，微风吹拂着一望无际的麦田。

急促的马蹄声骤起。

黄兴亭策马，风风火火疾行在田间小路上。

白马腾起前蹄，黄兴亭跃下马。

11-27 师部 日 内

黄兴亭把马拴在歪脖子树上，朝院子里走去。

他踏进院子向哨兵敬礼，向哨兵询问情况后，径直向霍总住处奔去。

黄兴亭："报告。"

霍总："进来。"

黄兴亭挑门帘而入，伸手抓住放在桌上的茶缸。

黄兴亭牛饮，抹嘴："霍总好！"

霍总叼着烟斗，打量爱将。

霍总："陕北的小米把你养好了，养白了，养胖了，瓦窑堡的炭也没有把你熏黑嘛！"

黄兴亭："我接到调令就日夜兼程赶回来向你报到。"

霍总眯着笑眼："还是猴急的脾性。送你们上抗大，就是为了学好本领打日本鬼子，给你压点担子！贺斌也要去学习，由你来接他的手，当铁六团团长。"

霍总拿起烟斗，往里塞烟丝。

黄兴亭趋步上前，抓起洋火，给霍总点烟。

黄兴亭："我还是回老部队吧，那边我熟悉。"

霍总深深吸两口烟："许多同志你也熟悉呀，廖政委你不熟？还有班以上的干部都是长征过来的老红军，唔，打了一年多仗，部队有了较大发展，补充了很多新面孔，慢慢你也就会熟悉的。"

黄兴亭欲言又止："霍总——"

霍总按黄兴亭肩膀让他坐下，拍拍黄兴亭肩膀。

霍总语重心长地："黄娃子，这铁六团今非昔比啰，实力强过红军时期一个师哩。铁六团可是我手中的宝贝疙瘩，现在交给你带，担子不轻啊。"

黄兴亭："保证完成任务！"

霍总："黄娃子，你说说，你打算怎么干。"

黄兴亭："报告霍总，不，报告师长，一路上我寻思，我觉得离开部队一年多了，这课得补上。归结一句话，知己知彼、百战不殆。"

霍总高兴地："知己知彼，看来去抗大的墨水没白喝，有长进！我放心啰。"

黄兴亭："挑这个担子，我还真有点紧张，责任不轻。"

霍总："你能紧张就好。"

黄兴亭由衷地："多谢霍总的信任和栽培，这次多亏你把我调回部队——"

霍总手一摆："不是我，你知道是谁点名要你的？又是谁主张让你带这个主力团的？"

黄兴亭："谁？"

霍总："你们的旅长，宗旅长。要不是他向师部建议，你回不来哩。"

黄兴亭："宗旅长？"

霍总点点头。

黄兴亭："我这就去向宗旅长报到。"

霍总把烟斗移到桌角上磕去烟灰。

霍总："在我这儿吃个便饭，你再去走马上任吧。"

黄兴亭急切地："饭就不吃了。"

霍总："猴急，也好，见了宗旅长代我问个好。"

11-28　旅部　日　内

黄兴亭来到宗旅长门外，掏出小镜正了正帽子，将小镜塞入裤兜，抻了抻武装带下的衣角。

黄兴亭："报告旅长，黄兴亭前来报到！"

宗旅长："请进。"

黄兴亭进门向宗旅长敬礼。

宗旅长回礼，迎上前与黄兴亭握手。

宗旅长："快请坐。"

黄兴亭有些不自在，坐下挺直腰板，双手放在膝盖上。毕竟是晋见新首长，他不敢像在霍总那儿随便，他遵循规矩，首长不说话下级不能先说话。

警卫员进来倒茶。

宗旅长："兴亭同志喝水。"

黄兴亭双手捧茶杯，礼貌地点点头。

宗旅长感到气氛有些局促，拿起杯子。

宗旅长："没酒给你接风，以水代酒，天长地久，来，我们碰个杯。"

宗旅长："兴亭同志，本想让你休整一下，熟悉一下部队。可鬼子不让，马上就要打仗。"

一听要打仗，黄兴亭来劲了，身子前倾，忘了拘谨。

黄兴亭："好啊，长久没打仗，手都有点儿生了，我早想跟鬼子交手了。"

宗旅长："太原失陷后，日军分散兵力，重点守卫城镇据点和交通干线。（转身指地图）同蒲铁路是敌人守卫的重中之重。日军精锐兵团沿线布防。我决定你们团到同蒲铁路打一仗，策应五团开辟晋绥根据地。你到任后马上着手准备。"

黄兴亭："保证完成任务。首长还有什么指示？"

宗旅长："这次我随你们团行动。"

黄兴亭敬礼："是。"

随着一声"驾"，黄兴亭策马疾驰。

11-29　团部　傍晚　外

廖政委带警卫员在村口漫步。他显得有点儿焦急，看得出来他在等待什么。

终于传来了急促的马蹄声，渐响。

黄兴亭飞身下马，廖政委十五六岁的警卫员熟练地趋步接过缰绳，不料，大白马认生，不就范。

黄兴亭返身，安抚拍拍白马的前额："自己人。"

大白马似听懂了，变乖顺了。

廖政委迎上黄兴亭，朝黄兴亭胸前捶了一下。

廖政委："接到宗旅长电话我就在这儿等，你怎么才到？你真是赶饭和尚，快开饭了，你来了。"

黄兴亭拍拍廖政委的肩笑笑。

廖政委："还是这副娃娃脸。（他停步，指在后面警卫员）小周，这是新来的黄兴亭团长，以后你就当他的警卫员。"

小周腼腆点点头。

廖政委："这小鬼机灵，枪法准，会点武功，跟我三年了。"

黄兴亭面露难色："我怎么能夺人所爱？"

廖政委："我到特务连再找一个警卫员。"

黄兴亭露出笑容："你叫什么名字？"

小周敬礼："报告团长，周大虎！"

黄兴亭："你不认识我吧？"

小周灵巧："现在就认识了。"

黄兴亭："当兵几年啦？"

小周："参军三年多了。"

黄兴亭："噢，红军，红小鬼。"

小周腼腆笑笑。

廖政委："小周，回去后，你告诉三参谋万才宝，通知伙房加几个菜。"

11-30 团部 傍晚 内

团部热气腾腾。

见黄兴亭进门，候在那儿的几个团首长纷纷起身，向黄兴亭敬礼。

廖政委逐一介绍："这是参谋长刘忠，这是政治处金主任……"

黄兴亭握手致意。

黄兴亭刚坐下，门外就传来急切的声音。

冯伢子："兴亭、兴亭。"

黄兴亭起身相迎。

冯伢子心急火燎冲了进来，拉住黄兴亭手直摇。

冯伢子："团长，早就听说你来，总算盼到了，想死我了——"

廖政委白了冯伢子一眼，厉声："一参谋！"

冯伢子："到。"

廖政委："没规矩，没大没小的，撒什么野，条令上怎么规定的？回去重来。"

冯伢子吐舌，出门。

冯伢子少顷重新进屋："报告，作战参谋冯伢子，要求晋见黄团长。"

黄兴亭："进来。"

冯伢子向众首长敬礼。

黄兴亭故意板着脸："本团长现在不想见你，你到一边去吧。"

冯伢子有些沮丧地退出。

门外的白马一声嘶鸣。

廖政委一语双关："兴亭，这匹悍马，也就你能调教。"

众人忍俊不禁，笑得前仰后合。

11-31　团部　傍晚　外

后窗下，蛰伏着洪船生在听壁角。

11-32　团部　傍晚　内

廖政委："打了几仗后，部队是扩大了，但干部伤亡很大，且扩大组建新部队，又抽调出一批干部。旅部在全旅范围内对干部进行调整。整编时降职使用的干部基本上恢复了原职。现在我们团各级干部基本配齐了。只是侦察参谋嘛……"

廖政委止语，与黄兴亭相视一笑，廖政委与黄兴亭耳语。

11-33　团部　傍晚　外

后窗下，船生身影一闪而过。

11-34　团部伙房　傍晚　内

炊事班长老崔正在案板上剁姜末，案板发出"嚓嚓……"的刀剁声响。

万才宝拎着一条鱼进来，望着桌上摆放的三盆菜一坛酒，神情显得有些焦灼。

船生系着围裙，在门口木桶里洗菜，不住地向团部院里张望。

万才宝："船生，你快点儿，你还磨洋工，嘴上好挂油瓶了。"

万才宝顺手将鱼扔入木桶里："把鱼给我抓紧拾掇了。"

船生不悦："我菜还没洗完。"

万才宝："你啰唆个屁，叫你干你就干！"

船生："嫌我慢，你也有手，你自己不会动手吗？"

万才宝："哟嚯，你倒支使起我来啦？"

船生："你少在老子面前指手画脚，支使老子干这干那的。"

万才宝："没处分你，贬你当伙夫够便宜了。"

船生："领导我？哼，先长的胡子总比先长的眉毛长，老子当干部比你早，指不定哪天谁领导谁哩。"

万才宝："不要忘记，你现在归我领导。"

船生："真是虎落平阳被犬欺。"

万才宝："你说谁是狗？"

船生："今天，老子还真不伺候了！"

他将手中的鱼朝木盆里一丢，起身坐到灶台前，悠闲地吹口哨，向万才宝示威。

万才宝摇摇头，只好自己动手。

老崔："我来。"

他接过鱼，麻利干了起来。

万才宝抱起酒坛，拔塞抿了一口酒，从菜盆里抓一粒花生丢入口中。

小周进来催促："万参谋，首长在等开饭。"

万才宝："就来，就来。（对船生）把菜篮拎上。"

万才宝抱起酒坛，见船生不动弹，横眼："你真不想见你的兴亭哥啦？"

船生还是不理会。

万才宝把拎菜篮的差事派给了炊事班长。

炊事班长边将盆菜叠放进菜篮，边对船生交代。

炊事班长："小洪，待会儿水开了，把鱼放进去，记着不要忘记放生姜、放盐。"

11-35 团部 傍晚 内

炊事班长朝桌上布菜，小周忙着分碗分筷，万才宝把小酒坛放上桌，笑盈盈地冲黄兴亭笑。

刘忠捧起酒坛拔塞嗅。

刘忠："好香啊！长久没闻酒味，好香，今天沾黄团长的光啰。"

金主任："廖政委给黄团长的接风酒，满上满上。"

黄兴亭呷了一口酒，撅一口菜。

黄兴亭咂吧："我馋鱼了，要是有鱼就好啦。"

万才宝脸上掠过一抹喜悦又邀功似的笑。

万才宝："有……有鱼，我这就去拿上来。"

万才宝冲炊事班长努嘴，一块儿出去了。

11-36　团部伙房　傍晚　内

油灯下，锅里的鱼在水中翻滚。船生拿起一小碗生姜之类的佐料，突然泼到灶口，转回锅台，朝盐碗里抓一把盐，想了想又放回。他将鱼和汤悉数装入钵子里。

11-37　团部　傍晚　内

团首长们边吃边聊。

黄兴亭："我来时，宗旅长给交代任务，要在同蒲路上打一仗。我寻思，要打一个胜仗，向全面抗战一周年献礼！"

金主任："黄团长这个口号好。"

黄兴亭："这个仗放哪里打？我心里没底，首先要把敌情侦察清楚——"

刘忠插话："团长、政委，我确实需要个侦察参谋，要用人。"

黄兴亭笑而不答："廖政委，你治得好。给这小子套上笼头，不怕他不拉正套。"

廖政委苦笑："让他到伙房背锅不到一个月，老给你调皮捣蛋，不是把菜炒焦了，就是烧夹生饭。机关干部叫苦连天，说，洪船生的饭，上面生，下面糊，中间还有穿甲弹。"

廖政委说着自个儿扑哧笑了起来。

万才宝端着鱼进来了，他将鱼摆放桌上，双手撩起白围兜擦手后，垂手恭候表扬的表情。

黄兴亭拿起勺子，急不可耐品味，眉头紧锁。

见状，万才宝接过勺子。

万才宝："呸呸，没放姜盐，腥气。（说着，端钵子）又是船生搞鬼，看我怎么教训他。"

黄兴亭："你叫船生来见我。"

万才宝："我叫过他，他说他当伙头军，没脸见你。"

黄兴亭："你就说，我叫他来！"

万才宝走了。

廖政委对黄兴亭道："我看这个侦察参谋，就还给他吧。老刘，你稀罕就给你吧。"

刘忠："给我吧。"

廖政委："老金，你意见？"

金主任："我同意。"

黄兴亭："我遵从多数同志意见。这娃子胆子小，就是心眼儿还不够大，还要历练，不能官复原位，先放一下。这样吧，老刘，先试用试用再说吧。"

众人不好拂新团长面子，点头认可。

廖政委："我们言归正传，黄团长新官上任，烧头把火，我坚决支持。"

刘忠："我同意，我早手痒痒了，在同蒲路上狠狠鼓捣一下！"

金主任："打蛇打七寸，打。"

廖政委："好，那就决定打！黄团长，怎么打，可要你拿大主意。"

黄兴亭："容我再想想。"

这时，万才宝将鱼端上。

万才宝："黄团长，尝尝，洪湖的味道。"

黄兴亭："船生呢？"

万才宝："他死活不肯来。"

黄兴亭："这兔崽子脾气不小。不管他。来，我敬大家一杯。"

黄兴亭直身举杯敬酒。

11-38　团部　傍晚　外

马厩，马夫正捧稻草向马厩走来。

船生："黄团长的大白马，可不能与其他马拴在一起，不然要打架。"

船生自说自话解下白马缰绳，将白马牵在独立槽头。

马夫见夜草准备得差不多，走了。

神色黯然的船生从口袋里掏出一把黑豆送进白马嘴中。

大白马嗅嗅船生，用长脸颊在船生身上摩擦着。

船生："雪上飞，你还认得我。"

大白马"咴咴"叫了两声。

船生疼爱地拍拍马脸："还是雪上飞有情有义。"

黄兴亭的声音传来："那你说谁无情无义？"

船生转身，见是黄兴亭，顿时那辗转往返延安一路艰辛、又受捉弄的委屈涌上心头，化成眼泪大河奔流。

一时，黄兴亭欲言又止。

黄兴亭："哥这是为你好。"

船生："有这样对我好的？"

黄兴亭："我走到哪儿你跟到哪儿，在延安死活缠着，我磨不过你，难道叫保安处把你交给老团处置？按逃兵办你？！"

船生："我怎么逃兵啦？又不是开小差回家，我是归队。"

黄兴亭："嗬，你还有理。我问你，你擅自离开部队，是不是违犯军纪？该不该处罚！"

船生用衣袖抹脸："那你也不能这样办我，关我禁闭，罚我到伙房背锅……"

黄兴亭："不这样治你，你不长记性。"

船生："有这样办我的？你怎么不叫你的雪上飞去驮炮？"

黄兴亭："雪上飞那是我的战马呀！"

船生："那我是什么？拉磨的马啊？（声音降了八度）还不承认无情无义。"

黄兴亭："咳，绕了一围，你把我绕了进去，你长本事啦？"

船生："就这个理嘛。"

黄兴亭唬脸："我找你，就是告诉你，团里决定你去参谋处工作，要不是马上要打仗——（话锋一转）你把工作交接一下，马上到参谋处报到。"

　　船生："我不干！"

　　黄兴亭："你敢！"

　　船生："说什么我也不干了！"

　　黄兴亭："行，我再也不找你了，也不要你这个兵了！"

　　黄兴亭背手拔腿就走。

长篇电视连续剧文学剧本

洪湖兄弟

下

章轲 等◎著

总编剧 章 轲

编 剧 楚 良 王槐荣 张 好

中国言实出版社

目录

第十二集

12-1　团部黄兴亭卧室　夜　内

冯伢子把警卫员小周拉到一边："团长的帽檐在哪儿？"

小周不解："你找团长，问这个干啥？"

冯伢子："这你就不知道了，黄团长的帽檐往上抬，说明他心情好，你可以在他面前随便。如果帽檐压在眉毛上——"

小周："那又怎么啦？是什么暗号？"

冯伢子："说明他心里有事，你去就是找骂！"

小周："哦。（思忖一下）对了，团长帽檐现在好像在眉毛上。"

冯伢子闻言掉头就走。

正好黄兴亭出门，瞧见冯伢子。

黄兴亭："伢子。"

冯伢子转身敬礼："团长。"

黄兴亭将帽檐往上一推："你在这里鬼头鬼脑的干什么？我正好要找你哩。"

冯伢子忸怩："团长。"

冯伢子喉结滚动，欲言又止。

黄兴亭："有话就说，有屁就放。"

冯伢子："团长，你看船生的事……"

黄兴亭："我就知道你给船生说情来着。走，去作战室。"

12-2　团部　夜　内

院外明月当空。走动的警卫。

屋内黄兴亭、廖政委、一参谋冯伢子挤在桌上看地图。

刘忠进来了。

刘忠："我迟到了。团长，你这个表弟洪船生够拧的，我苦口婆心让他到参谋处，他软硬不吃，就是不干！"

黄兴亭："真是无法无天了，我们团不需要这样的兵，从哪里来回哪里去，交给他们去处理。（顿一下）老刘，我们不说这个，先研究打仗，我太需要一个胜利了！"

正站在门口的警卫员小周闻此言，不由吃了一惊。

黄兴亭一手擎着油灯，一只手顺着地图上的同蒲铁路线标记，在榆树、岱水、宁河三个黑点上用红蓝铅笔画了一个记号。

黄兴亭："榆树车站向东距岱水车站约三十公里，约十公里是宁河，从哪儿下手？哪儿是敌人的痛点？！"

廖政委："要打就打敌人的要害处！"

黄兴亭："政委，当下要摸清情况，我看，先将部队向这个地方集结，做战斗准备。"

刘忠："这个地方好哇，北指岱水车站，南向榆树车站，东插宁河车站，是个理想的战斗机动位置。"

黄兴亭："我们先去摸情况、看地形。廖政委，我们回来後再決定。"

後再決定。"

廖政委默契地:"好,我组织部队在集结地,严密封锁消息。"

刘忠:"团长,我这真缺个侦察参谋,人手不够呀!你看洪船生——"

黄兴亭自信地笑笑:"老刘,不急,这小兔崽子,到了时候,不请自到。"

黄兴亭冲冯伢子努嘴:"你还站在这里干什么?你该干什么,还要我说吗!"

12-3　炊事班宿舍　夜　内

油灯忽闪,船生垂泪,小周坐在边上急得抓耳挠腮。

船生:"团长真说不要我,打发我回去?"

小周:"我和你这么好,什么时候骗过你?从哪里来回哪里去,团长说得很坚决的。"

船生紧张起来:"真的?"

小周:"真的!(起身)我回去了,团长万一找我找不到,我就麻烦了。(临出门转身吩咐)船生,可别对外说是我说的,害我违犯警卫纪律错误!"

船生想了想,用衣袖抹去眼泪,找出背包带,正欲打背包,冯伢子进来。

冯伢子一看,什么都明白了。

冯伢子板着脸:"团长叫我来找你。"

船生:"我不是说过了,说什么也没用,不干就是不干!"

冯伢子一本正经地:"你不干可以,团长让我送你去老地方。(用手拍拍衣兜)团长的手令就在我这儿装着咧。你呀,那些苦头算是白吃啰。"

船生急了："我不去，我不去……我死也死在这里……"

冯伢子："谁让你摆臭架子，给脸不要脸。团长的话、参谋长的话都不听，还怎么办？"

船生一把拽住冯伢子袖子："伢子——"

冯伢子嘿嘿一笑："呃，你小子，算你识相。快收拾铺盖，搬到参谋处宿舍，我把床都给你弄好了。"

船生由悲转喜："兴亭哥叫你来的吧？"

冯伢子："我的意思就是团长的意思。我在宿舍等你啊。"

万才宝拎着脸盆进来："船生，你去伙房烧点热水，大家都等着烫脚咧。"

他见没回应，定睛，正欲发作又止，一脸诧异表情。

船生似挑衅，吹起口哨，把背包在床上折腾得震天响。

万才宝："你这是干什么？把鱼弄坏了，批评你几句，你就走人，你上哪儿去？！简直无组织无纪律，目无领导！"

船生背起背包，冲万才宝一字一顿："从现在开始，你、没、有、领、导、我、的、资格！"

船生吹口哨扬长而去。

万才宝一脸迷惘神情，自言自语："复职啦？！姆妈娘的，给他三分颜料，就开染坊的家伙——"

12-4 原野 日 外

化装的黄兴亭等人登高勘察地形的身影。黄兴亭和随从交谈。

船生故意落在最后，形单影只。

坟地里，刘忠审讯抓来的伪军。

一辆列车从铁轨上驶过，冯伢子拿着怀表计算时间。

黄兴亭向乡亲打听消息，船生例行公事拿笔边对照边在地图上标记，心劲儿还没过去，不正眼看黄兴亭。

12-5　铁道　夜　外

黑幕，伸手不见五指。

只有沙沙的脚步声。

船生："这就是铁轨，好家伙，怎么挑得起那么大家伙。"

黄兴亭呵斥："你给我闭嘴！注意隐蔽，放轻脚步，不要说话。"

突然，远处敌炮楼上射出一光柱，直射黄兴亭和船生站立的树林。

闪躲不及的黄兴亭一把拉住船生。

黄兴亭："不要动！"

他俩立在那纹丝不动，探照光柱中船生脸色苍白，身子瑟瑟发抖。

探照灯闪过。

灯光离开铁路很远后，船生还心有余悸。

船生："把我吓得够呛。"

黄兴亭："幸好没动，一动就暴露了。"

船生打个寒噤："姆妈娘耶，我全身让汗浸得烂湿了。"

黄兴亭："没出息。"

12-6　坟地　日　外

东方拂晓。

坟地四周环绕白杨树，寂静，唯有白杨树树叶在风中沙沙作响。

黄兴亭等人分散蛰伏在坟头、树干间。

黄兴亭屏声敛气地拿着望远镜观察。

12-7　榆树车站　日　外

随望远镜移动画面：车站四周垒有沙袋，设置铁丝网，候车室两侧伸展出两排平房，一侧是日军警备队的营房，有日军出入，还有一间临时工棚。铁道东侧放一大堆干柴，旁边有一小屋，冒着冉冉炊烟。

车站边上一棵绿油油的树独立在那儿，几只麻雀在树杈上跳跃，叽叽喳喳。

不时有日军巡逻队从铁轨边走过，大皮鞋踩地咔咔作响。

12-8　坟地　日　外

黄兴亭放下望远镜，闭上左眼，伸直手掌，并拢食指中指，从那独立树向右两个指头距离到那堆干柴。

黄兴亭："这个可不能让敌人点着了，否则他们晚上火光报信哩。"

左右的刘忠和船生用黄兴亭同样的手势看目标。

刘忠："鬼子这营房里到底有多少人？装备情况要想办法弄清，不然交起火来，要吃亏。"

黄兴亭："是啊，要派人进去抵近侦察。洪船生，你去。"

船生畏缩："我？（回避黄兴亭的目光，低声）我不去。"

黄兴亭："你不去，还我去？！"

船生满脸虚汗，擦汗不语。

黄兴亭拔枪："你敢抗命？！"

船生："我去，我去还不行……"

黄兴亭："完不成任务，提头见我！"

船生："提头？不知还有没有头……"

黄兴亭轻声地嘱咐："你在炊事班干过的，熟悉这行当，找他们伙房。"

船生似懂非懂："嗯，嗯。"

刘忠瞧船生背影："团长，你要是真开枪，就把鬼子招来了。"

黄兴亭："哪能真开枪？我吓唬他。这娃子，不逼他不行啊。"

12-9　榆树车站　日　外

背着粪筐的船生出现在车站冒炊烟的小屋边，他跨进虚掩的门。

屋内穿伪军服的伙夫，正在用勺子往木桶盛米粥，打量一下这个不速之客。

伙夫："谁呀？你是？"

船生点头哈腰："呃，路过，讨口水喝。"

伙夫："这年头，就是水最便宜，你自己喝吧。"

船生拿起葫芦瓢子，往水缸里舀水喝，"咕嘟咕嘟"。

船生指着两木桶米粥："啊，你这里这么多人吃饭哪！"

伙夫："可不，一百多号人吃饭哩。"

船生："这么多人。"

伙夫："人家兵多将广，光机关枪就有这个数。（伸出四个手指头）清一色的歪把子。"

船生放下瓢子，双手拱拳。

船生："谢谢。"

船生背起粪筐欲走。

伙夫："慢，水不能白喝。"

伙夫指指盛粥木桶，抓起一根扁担。

船生为难地："我，我——"

伙夫望一眼船生打颤的双腿。

船生："这……这怕是不方便吧。"

伙夫："你跟着我，什么都方便。"

船生暗喜。

伙夫背着手在前面走，船生挑担跟进。

斜刺里走出一个鬼子军官熊谷又雄，牵着一条狼狗。

伙夫脸上现出谄媚的笑："站长好。"

船生望着吐长舌的狼狗脖子缩得像小姑娘见了蛇，不敢前行。

伙夫拉了他一把："走啊。"

熊谷又雄看也不看一眼船生，趾高气扬地牵狼狗走了。

场地上，鬼子们拿着腰型饭盒列队出来，伙夫指挥船生掌勺分发，船生默数一、二、三……

不知是惊出汗还是热出汗，船生衣衫湿透了，他脱下衣衫擦脸、背，趁机把日军机枪摆放位置尽收眼底。

12-10　部队集结地　日　外

树丛中藏匿暗哨。

整个村庄随处可见灰军装的八路，有的在擦枪，有的在挑水，有的在给群众种菜。

一个老妪手提包袱，刚走向小石桥，路边树上跳下两个哨兵。

哨兵甲："大娘，这个桥不让过了。"

老妪："那我从河里过吧。"

哨兵乙："河里也不许过。"

老妪不解："我昨天还从这桥进来，今天咋就不能过去？"

哨兵甲："从今天一早开始，整个村庄，人员只准进，不能出。"

哨兵乙和气地："大娘回吧。"

老妪返身，嘟囔："八路军什么都好，就是不让人走路不好。"

黄兴亭和船生说着话走来。

船生："情况呢就这些。哎，我问你一句，上午你送我进虎口，没替我担心吗？"

黄兴亭摆摆手："不担心，不担心。"

船生心有不甘："真的不担心吗？"

黄兴亭："一个男人怎么老撒娇？你呢，心大了，胆也大了，不再是下汉口那时的你啰！"

船生："可我还是吓出不少汗，腿也哆嗦。"

黄兴亭一笑："大热天哪有不出汗的？腿哆嗦，是最好的伪装啊，到龙潭虎穴去侦察，难道像现在这样大摇大摆？"

船生掩嘴笑："兴亭哥，你是想着法子来激我。"

12-11 旅部 夜 内

一盏汽灯炽白的光环下，一幅大地图展现在画面。

宗旅长表情严肃地托腮审视地图。

黄兴亭："（背对镜头）我和廖政委意见一致，我决心就照这计划打这一仗。"

宗旅长转身："你的计划很周密，吻合我的意图，我批准了。但是，我提醒你们务必注意，这是在敌人生命线上打仗，是在刀刃上跳舞，要快要狠，要利落，不能拖泥带水，见好就收，不能恋战。"

黄兴亭："是。"

宗旅长见黄兴亭没走的意思："怎么，还有什么问题？"

黄兴亭："我要动用一个基数的炮弹，要你批准。"

宗旅长："打多少你可临机决定。灶台边柴火少，少丢几块柴；多，就多丢几块嘛。"

黄兴亭："旅长，这次是速决战，可能来不及打扫战场，用缴获来补充炮弹。我想过了，为策应兄弟团挺进大临山，没油水也得打这个消耗。"

宗旅长点头："呃，难得啊，你黄团长有全局眼光，好！我的位置就在你的指挥所后方一公里处。"

黄兴亭自信地："旅长，你就瞧好吧！"

12-12　团作战室　日　内

桌上铺着军毯，军毯上铺着地图，营以上干部围在地图前。

黄兴亭："请参谋长先说说敌情。"

刘忠指着地图，说到哪儿，船生手就指到地点。

刘忠："黄团长和我们这几天一起侦察，将附近村庄的周边道路、山形河流都摸了个遍，有几处还重复着看。敌情现已基本判明：岱水和朔县两个车站是敌人重点守卫之地，岱水车站驻有日伪军至少一千人，朔县车站有日伪军五百人以上。榆树车站有日军警备队一百余人。"

黄兴亭做个手势，刘忠把话停住。

黄兴亭："参谋长把敌情讲得很明了了。我们这次战斗目的是牵制敌人注意力，策应兄弟团行动。现在，问题是这个仗怎么打，打哪里可以起吹糠见米的效果。现在发扬军事民主，集思广益。"

二营长："我主张要打就干大的，岱水车站是敌人防卫重点，把岱水车站的鬼子一锅端了，对敌人震慑力大。"

一营长："我不同意，敌人太多，一时半会儿解决不了战斗，僵持起来，就被动了。鬼子有铁路，援兵来得快，缠住很难脱身。"

特务连长："我同意这个意见，找个软蛋捏捏，我建议打朔县车站，同样是敌人重点守卫之处，只有五百来人，打掉了，事半功倍。"

三营长："依我看，打榆树车站更事半功倍。榆树车站名气大，虽然只能消灭一百来个敌人，对鬼子心理打击更大。"

冯伢子跟黄兴亭一块儿侦察，多少能琢磨出黄兴亭的心思，指地图比画。

冯伢子："宁河是一个小站，站东是一条川流，铁路沿川伸向远方，站西是一片丘陵，林木繁茂，林中有一村庄叫汛河村。小站没有日伪军驻防，只有巡逻队定时经过。我看部队在这里把铁轨扒了，顺手把巡逻队解决了。四两拨千斤，让鬼子铁路瘫痪了，鬼子准急。"

三营长摇头："不行，动静太小，干掉他榆树守备队，才让鬼子觉得疼。"

二营长："我看三营长战法和一参谋战法双管齐下。"

黄兴亭脸上现一丝笑容。

众人停止争执，不约而同地把目光投向黄兴亭，等他拿主意。

黄兴亭沉默着。

刘忠："团长，你说了吧。"

黄兴亭用肘碰一下身边的廖政委。

廖政委侧脸点头："说吧。"

黄兴亭伸出巴掌，轻按在标有榆树车站的地图上。

黄兴亭胸有成竹："我的决心是围点打援，坚决打掉榆树车站这个点，又要在宁河设伏，打掉敌人的救援列车。"

廖政委："这样，既可以使同蒲铁路瘫痪，又可以重挫敌人的锐气，消灭敌人部分有生力量。"

各营长纷纷请战，黄兴亭双手下压，示意安静。

黄兴亭："现在我宣布作战命令——"

12-13　榆树车站　夜　外

榆树车站站台上，四根高高的电线杆上亮着四盏带罩的电灯，四条光柱照射在站台上。

日军的一辆装甲列车正徐徐开进站台，荷枪实弹的日军乘警下车，有序地回到他们的休息室。

由列车进站而掀起的噪声淡去后，日军加强了岗哨，戒备更森严起来。

一个鬼子军官伸臂挺腰，打个哈欠，向车站四周张望一会儿，撒尿。

12-14　榆树车站旁坟堆　夜　外

刘忠参谋长与三营长等干部蹑手蹑脚来到坟堆，卧倒。

刘忠轻声地："三营长，部队布置好啦？"

三营长："三个连从三个方向进攻，把鬼子往池塘边上赶，然后用炮轰。现在部队已进入攻击出发位置。"

刘忠："那堆柴火——"

三营长："我已指定九连一个排上去专门保护，配一挺机枪，决不让鬼子靠近一步。"

刘忠："好。我让你找的四个特等射手来了吗？"

三营长手一招，四个黑影一闪，聚到刘忠身边。

刘忠："哟，都是班排长，呃，洪湖打野鸭子的炮手哩。你们的任务就是一旦转入强攻，给我把那电杆上的灯泡敲掉。去准备吧。"

刘忠又对炮连连长："炮连进入预设阵地了吧？"

炮连连长："已定好射击方案，四门炮用八发炮弹打鬼子四挺机枪，其余喂给压迫到池塘的鬼子。"

刘忠："唔。小心不要误伤自己人。另外，给我悠着点儿打，不要把炮弹打光了，这次仗速战速撤，可没有缴获补充噢。"

12-15　榆树车站另一边　夜　外

一弯新月高挂天际，繁星闪烁，大地一片宁静。

船生扳开驳壳枪机头，警惕地站在电话杆下，注视四周。

一个战士嘴衔一把尖刀正准备攀爬，那刀在月光下闪着寒光。

12-16　田野　夜　外

月光下，沙沙脚步声，喘息声。

二营长提枪催促："快、快！"

担任警戒阻击的一支支八路军队伍从镜前闪过。

12-17　宁河车站南　夜　外

冯伢子挥汗如雨，和战士一起扛起一排悬空的连带枕木的铁轨。

众人："一、二、三……"

一截下坡的铁轨轰然倒地。

冯伢子望了望后面一大段被扒掉的铁轨，意犹未尽。

冯伢子："走，再去弄掉些。把这些铁轨统统丢到那边河里去。"

12-18　宁河伏击阵地　夜　外

丘陵一制高点上，远处传来构筑阵地铁器击打石头的声音。

黄兴亭询问一营长："埋伏好啦？"

一营长："正在弄简易工事作业。"

黄兴亭抬头看了看天上的星斗。

黄兴亭："抓紧，注意隐蔽。再过两个时辰，停止一切作业，做好战斗准备。"

一营长："是。"

黄兴亭："等下，传我的命令，告诉各连长，鬼子救援列车一出轨，便立即用手榴弹伺候。迟不得、早不得，机枪一定要把鬼子主力压在列车里打！不能让鬼子展开战斗队形。"

12-19　榆树车站附近　晨　外

刘忠掏出怀表，画面显示：夜光点上二点差一分。

刘忠对三营长下令："行动。"

一个人影从镜前闪过，又一个黑影闪过……

在摸掉一个哨位后，一队战士迅速控制柴火堆，机枪架起。

"噗"一声，第二哨位鬼子倒地。

恰在此时，警备队营房出来解手的一个鬼子发现情况不对，提溜着裤子往回跑，咿哩哇啦直唤。

"呼"一声枪响，打破凌晨的宁静。

三营立即偷袭转为强攻，从三个方向朝车站外围攻击。

"咣咣咣咣"，我方炮阵地炮弹出膛，空气中传来"嗖嗖嗖"炮弹飞行的声响。

四处火光闪动，沙垒后的四挺机枪飞上天，紧接着四盏路灯被击灭。

熊谷又雄和警备队长打着赤膊，下身系白布条连滚带爬到了调度室，熊谷又雄拿起电话猛摇，毫无反响。

熊谷又雄叫喊："不好！电话线被切断了。（甩下话筒，对身边警备队长）快把站东的干柴堆点着，向岱水报信，要求紧急援助。"

警备队长即转身跑出室外，一排子弹射来，他缩了回去。

营房被三面火力打得抱头鼠窜，一边交替还击，一边从后窗口鱼贯而出，几个鬼子蜂拥着向那口池塘奔命，但立刻遭遇炮击。

天微明，刘忠看得真切，亲自提着一支装有二十发子弹长弹夹的驳壳枪，带着警卫员冲了上去。

12-20 宁河伏击阵地 晨 外

榆树车站传来隐约的枪炮声，可看不到火光。

黄兴亭放下望远镜，宁河车站方向死一般地沉寂。

不远处，一个早已不耐烦的战士，从战壕先是探出头向东张望，继而爬出，手搭凉棚远眺。

当即，遭到一个老兵呵斥。

老兵："你找死啊！（顺手把新兵拉进战壕继续）是你打鬼子？还是鬼子打你！"

黄兴亭找人把新兵叫到自己身边设伏。

黄兴亭："你叫什么名字？"

新兵有点儿拘束："我叫章道仁。"

黄兴亭："刚当兵吧，第一次打仗？"

新兵腼腆地："嗯。"

黄兴亭："今年几岁？"

新兵："十九岁。"

黄兴亭："哪里人啊？听你口音是这一带人吧？"

新兵："三台县人。"

黄兴亭用手指远处："你看那个比我们还高些的山头了吗，能清楚看到什么？"

新兵："两棵树。"

对过山头，两棵树清晰可见。

黄兴亭："晚上，从高处往低处看不清，从低处往高处透空看，目标就清楚。你刚才多危险啊。这些老鬼子，可是个个训练过夜间射击，一个香火头，他们也能打得上的。"

12-21　榆树车站内　晨　内

榆树车站鬼子大部分被歼，残敌全部被压制到车站候车室里。

敌人以候车室的门窗和临时挖开的墙洞射击，做顽强抵抗。

熊谷又雄多处负伤，一副狼狈相。

熊谷又雄气急败坏："我们已发出了紧急求援信号，援兵马上就到了。（再次命令警备队长）去点火，向工棚点火，向岱水报信……"

警备队长一探头，又被密集的子弹挡回。他灵机一动，扯下墙上的旗，砸碎煤油灯。

12-22　榆树车站外附近　晨　外

三营长正在指挥战士从东北侧的小厨房搭人梯上去。

三营长："上去后占领候车室屋顶，给我掏洞扔手榴弹，看这些龟孙子往哪儿跑！"

他瞧见刘忠，急跑过来。

三营长："参谋长你怎么到这里来了，多危险。"

刘忠："怎么样？"

三营长："已完全掌握战场主动权。"

刘忠："你可以下令把那柴火点了。"

三营长："好，我这就去。"

三营长话音刚落，一团燃烧的火球从车站候车室抛出，滚向对过的工棚，大火燃烧工棚，很快波及营房。

刘忠拊掌："嘿，我刚想拉屎，就有人给我递屎盆子，敌人给我们来助兴了。"

三营长："让火烧得更猛烈吧！"

很快柴堆起火，映红半边天。

火光中映出车站候车室房顶战士的身影，他们从挖开的洞口，不时投下手榴弹。

候车室的门窗全被我步机枪火力封锁。敌人一露头，就有弹丸飞过。

洞外传出了喊声："缴枪不杀！优待俘虏！"

回应喊声的是一阵手榴弹的爆炸声。

12-23　宁河伏击阵地　晨　外

黄兴亭瞧榆树车站冲天大火。

黄兴亭喜上眉梢："一营长，准备战斗！"

一营长："是。"

戴着伪装帽的战士们屏声敛息，瞪圆双眼，注视前方。

传来一阵拉枪栓的声音。

一个老兵掏出一粒子弹，在鞋底上蹭了蹭推上枪膛。

一个战士从腰际刀鞘中取出刺刀装上枪刺。

一个干部扭开手榴弹盖。

终于，伏击圈前方传来隐隐约约的机车声，黑幕尽头出现了时明时暗的光柱。

大家精神为之一振。

探照灯把前方照得通明。

挂有四列车厢的鬼子列车，喷吐着浓烟，缓缓行驶，仿佛一个背负重担的长途跋涉者，喘着粗气再也不愿前进一步，"咣当"一下，制动挂上，趴窝了。

阵地上，黄兴亭往后推了下帽子，沉吟一下。

黄兴亭朝身边的一营长："传我口令，一定要沉住气，千万不要暴露目标。"

戴伪装帽的指战员，接力似的小声传口令。

指战员："一定要沉住气，千万不要暴露目标……"

鬼子的救援列车终于启动了，喘着粗气越过坡，大约前行几百米，在机头一侧观察的鬼子一声尖呼。

车上的鬼子发现铁路被破坏，紧急刹车，然而，下坡的惯力，使列车右侧翻，倒地，机头还冒着白烟。

黄兴亭从牙缝里迸出一个字："打！"

枪声顿时大作，形成一股巨浪向列车冲去。

压在列车下动弹不得的鬼子，成了机枪点名的对象。

刚钻出车厢的日军士兵还没有弄清出了什么事，已接二连三地中弹倒下。

一颗手榴弹击穿了煤水车厢的水柜，火星四溅，水流如注，发出一声巨响。

日军士兵利用铁路两侧的土堤，企图组成环形防御阵地。

但立足未稳，二营长手举驳壳枪，率领全营从三个方向冲了上去，瞬间已逼近敌人至十米、五米、三米，密集的弹雨使敌人抬不起头来。

跑在前面的战士与敌人展开了白刃格斗。

12-24 战地救护所 日 外

黄兴亭和廖政委神态肃穆地走向烈士。

黄兴亭："二营长怎么样？"

廖政委："抢救过来了，已脱离生命危险。已和其他伤员一起转送师部医院。"

走近烈士担架，两人摘下军帽。

黄兴亭蹲下身，轻轻揭开白布一角。

这烈士脸被揩得干干净净，军帽下的绷带满是血，已发黑。黄兴亭凝视他的脸，紧攥着军帽的手在颤抖。

廖政委眼里渗出细密的泪花："这是贾连长，给我当过警卫员，洪湖老红军。"

黄兴亭用另一只颤抖的手，轻轻握住烈士僵硬的手，良久，把白布单盖上。

两人又走向紧排的另一个担架，步履有些摇晃。

两人都一条腿半跪着，揭开白布单，凝视。

12-25　团部　夜　内

刘忠："这一仗打得痛快呀！粗略统计，毙敌一百五十多个，只多不少，脱离战场仓促，来不及仔细统计，实际更多些。"

廖政委："是啊，来不及打扫战场，缴获少了些，只弄到两挺歪把子轻机枪、十八支'三八大盖'。"

金主任："部队在传一句歇后语，黄团长的计划——没错。"

黄兴亭："老金，过誉了。我在思忖，这次战斗我是不是太求战性急？榆树这个点，围而不打，兴许伤亡可小点儿。朱营长受伤，牺牲了不少连排干部、党员骨干，都是长征过来的老红军。"

廖政委宽慰他："团长，打仗伤亡不可避免，骨干冲锋在前，是我们的好传统嘛。"

黄兴亭自责："都怪我，逞能，想露一手，计划还是不够周密呀。改编后，交给八路军的，就这些老红军，将来都可以带一个营、一个连，十个鬼子换他们一个，我都不换，可惜了。唉，我怎么向霍总交代哟，我要检讨。"

廖政委："我们要总结经验教训，在今后战斗中尽量减少伤亡。"

黄兴亭："这个责任，我是军事主官，当然我负责。"

廖政委："这一仗打得好，建立了同志们对你这个军事主官的信任。如果计划有失误，要检讨，我担一半责任。"

黄兴亭动情地握住廖政委的手。

12-26　榆树车站　日　外

阴天。

四周布满了日军，戒备森严。

站台一片狼藉，燃烧的余烬冒着青烟，卫生兵把尸体往列车上搬，一节伤兵列车，缺胳膊断腿、头缠绷带的鬼子鬼哭狼嚎。

12-27　宁河遭伏击地　日　外

坡上，一列铁甲车停在那未破坏的铁轨上，那旗垂头丧气戳在车上。

一群日军工兵在修复铁轨。

一群鬼子荷枪实弹地押着抓来的民夫，在河里打捞铁轨、枕木。

前来视察的日军军官在地上走动，军靴"嘎吱"作响，突然停步。

日军军官："这袭击皇军的部队勇敢性令人震惊！"

12-28　参谋处宿舍　日　内

冯伢子坐在椅子上，望着双手扣后脑勺躺床上的船生。

冯伢子："船生你闹什么情绪？压铺板，影响不好。"

船生扭身，将屁股对着冯伢子。

冯伢子："兴亭哥还是很器重你的，这次榆树车站战斗总结会上，说保密工作、侦察工作做得好，特别点名表扬你洪船生，抵近侦察，敌情摸得准，奖你大红旗一面。我玩命拆了鬼子那么一大段铁路，都没捞到兴亭哥的一句表扬，只嘉奖毛巾一条。"

船生："哼，他怕我生分他！噢，给你一个耳光，又来摸你的脸安抚问疼不疼？假惺惺！"

冯伢子："船生啊，你还要我给你说多少遍？兴亭哥这么办你，你怎么就不懂哪？你是他表弟，他了解你才这样做，对你够仁义了。擅离革命队伍，什么性质错误？即便你归队，你脱离队伍这段时间情况得审查，调查核实至少仨月半年，关你一个月禁闭，便宜啦。"

船生："姆妈娘的，把我弄到伙房，憋屈，连万才宝这个厨子都挤兑我埋汰我，先前我好歹也是个营级干部。"

冯伢子："你还想官复原职啊！你就不会为兴亭哥想想，他一到任，立马让你营级，别人会怎么想？往小了说，徇私；

往大了说，扣上宗派帽子。谁让我们都是宋家墩一起出来的，他严格些，我们要担待些。"

船生："反正我咽不下这口气。"

冯伢子："唉，你呀你。"

船生："我怎么啦？"

冯伢子："你是瞎子。唉，兴亭哥算是媚眼抛给瞎子看啰！"

正说着，黄兴亭虎着脸进来了。

冯伢子起身敬礼："团长。"

船生起身，眼睛不看黄兴亭，水面划一棒式敬礼。

黄兴亭眉头一皱："不像话，大白天躺铺，洪船生！"

船生："到。"

黄兴亭："你立即给我把内务整理好！"

船生有轻慢意味地慢悠悠地抚平床单，把棉被叠成豆腐块儿。

黄兴亭做了个让冯伢子回避的手势，冯伢子领会出门。

黄兴亭上前轻轻踹了船生一脚。

黄兴亭："你浑蛋！"

船生："你打我。"

黄兴亭："打你又怎么样，现在我不是团长，以你表哥的身份教训你！（又踹了船生一脚）这是家务事。我带你出来当红军，你爹妈交代过，让我管着你！公家没法管的事，我私家管。"

船生："我没你这个表哥，你也没有我这个浑蛋表弟。以后你走你的阳关道，我走我的独木桥。"

黄兴亭颇感意外一怔："嗬，原来你说的不能离开我啦，我们不能分开啊，都是屁话！"

　　船生："我是说，你当你的团长，我当我的听差。我们井水不犯河水。"

　　黄兴亭："好，好，既然恩断义绝，以后我们公事公办。到此为止，我不会再揍你，动你一根手指头！"

　　黄兴亭扭头就走。

　　船生一头冲上前，从身后抱住黄兴亭，默默的，不说话。

　　少顷，黄兴亭掰开船生手。

　　黄兴亭："你呀，今后不要老是叫着死活要跟我走，你要跟集体走，跟党走，跟革命队伍走。"

　　船生泪眼婆娑，嘟囔："我天生就胆小，你是我在队伍上唯一的亲人，离开你我心就空落落的，没主心骨了。"

　　黄兴亭："我跟你说多少回了，你胆小、你恐惧，因为你的心还不够强大，心大了，遇到事情也就小了。我不能培养你的依赖性，要打掉你的依赖性，你懂吗？"

　　船生似懂非懂地点头。

　　黄兴亭："团里研究过了，决定让你当见习侦察参谋，什么时间去掉'见习'，就看你的表现啦！"

　　船生兴奋敬礼："是，团长。"

　　黄兴亭："别高兴太早。团里还有一个决定，对你擅自离队，给予你留党察看一年处分。"

　　船生："（低声）是。"

　　黄兴亭："又委屈啦？"

　　船生："没有。"

　　黄兴亭："没有就好，大声回答。"

船生挺胸："是！只要能和你兴亭哥在一起，怎么着都行。"

12-29　旅部　日　内

宗旅长拍着黄兴亭肩膀。

宗旅长："兴亭，这仗打得不错，有条不紊，干净利落，我们都看到了。"

黄兴亭认真地："宗旅长，整个战斗我回想一下，存在许多考虑不全的地方。"

宗旅长："这一仗，看得出你黄兴亭不仅能打仗，而且会打仗，我没看走眼，放心了。"

黄兴亭："旅长，谢谢你的肯定。不过，这次战斗的伤亡还是大了些，牺牲了不少好同志。"

宗旅长："你向霍总的检讨，霍总来电话说收到了。要我传达给你们。霍总说，榆树之战，瘫痪了日军同蒲铁路补给线。战绩由战区上报蒋介石，他很高兴，给我们发'粮票'啦，他指示战区，别再卡我们了，可以按约定让八路军齐装满员！霍总听了这消息，很高兴，说黄娃子和小廖的这一仗，虽然直接缴获不多，也有伤亡，可给八路军带来的军事效益，大得很哩。"

12-30　山道　日　外

雪过天晴，蓝天白云。

树上的枯叶在寒风中瑟瑟飘舞。

一队八路军的队伍在蜿蜒的山路上行进，一眼望不到头。

宗旅长与黄兴亭并骑而行。

宗旅长："兴亭，我们谈谈。"

黄兴亭："我正想请宗旅长指导。"

宗旅长一笑："不，今天，我要考考你，听你说。黄兴亭，你已有了关于连是骨头、团是拳头的论断。那我再问你，旅、师、军，是什么？"

黄兴亭："师和旅区别不大，只能放在一起看。师旅如兽，且是杂合的神兽。它有凤头更有豹尾，凤头可穿越，能飞高，能挺进，无险可挡；豹尾呢，是既可把握方向，也可荡地横扫，摧枯拉朽，跃进千里。"

宗旅长："那么军呢？"

黄兴亭："军？那得等我当了军长之后再说。"

宗旅长："嗯，有雄心，更有壮志，好！对军队来说，能打胜仗，就是王道！"

他俩这么说着时，不知不觉地来到一个山坡上。团队竟已开行至远处。黄兴亭看着那条雪后被行军部队碾压出各种印痕、满是淤泥的路。

黄兴亭感叹："不瞒旅长说，我喜欢这种场景，熟悉这种气息，能嗅出它的各种味道！"

宗旅长："有硝烟味吗？"

黄兴亭："有！不过不是那路上，而是战士的身上。"

宗旅长大笑："是啊。军人身上的这股子硝烟味，是掩盖不了、也洗不掉的。它会在我们身上存留一辈子哩，而且，很可能会成为一代一代延续下去的红色基因！"

两名战将相视一笑，驱马向大部队飞奔。

12-31　高洪村堡垒户家　夜　内

室内坐满了分区大队的中队以上干部，个个面色严肃。

大队贾副政委："主力跳出外线作战，迟早要回来的。分区首长要求我们原地坚持斗争，保护人民群众，尽量减少损失。这些天虽然打了几个小胜仗，打击了敌人的气焰，震慑了企图投敌分子，但暴露了我们的实力，部队弹药消耗太大，无法补充，来不及打扫战场，敌人援兵就围上来了。太被动了。我的意见是当下要保存实力，避免无谓牺牲。"

戴大队长："我不同意老贾的意见，越在这个时候，我们越要敢于和敌人干，鼓舞群众信心，让老百姓知道八路军还在！共产党还在！"

贾副政委："老戴，你这是'左'倾盲动主义，部队拼光了，我们拿什么坚持斗争？"

戴大队长："你的思想成问题，右倾主义，当缩头乌龟！现在汉奸多猖狂，兴风作浪，说共产党、八路军越跑越远了，县城丢光了，完蛋了。一些土匪武装蠢蠢欲动，想投靠敌人，不严惩这些汉奸，任他们建立伪政权，你屁股坐哪儿去啦？"

贾副政委："打得赢就打，打不赢就走。这是基本原则，当前敌强我弱，你还当那会儿主力部队在，打不过，主力会来支援呢？现在条件不同，要改变斗争策略，保存自己，才能消灭敌人！"

争执声隐去。窗口，室内油灯光衬出激烈争论的身影。

12-32　高洪村堡垒户家　夜　外

一个黑影（阎二旦）从院墙外闪过。

12-33　高洪村堡垒户家　夜　内

贾副政委听到异声警觉。

贾副政委："有人！"

他迅速熄灭油灯。

一干人抄枪冲出门。

皎月下，四处寂静，树影摇曳。

一只猫在屋顶伸了个懒腰，慢条斯理行走。

戴大队长："老贾，你呀，胆子越来越小了。"

贾副政委："现在敌特、汉奸活动很猖獗，小心没大错。对了，老戴，我们在高洪村待了有些日子，该挪挪窝啦。"

戴大队长："这儿是我们的堡垒村，老百姓心向着我们，这些年，什么时候出过事？就是鬼子来了，要闯进村里的九门九关，休想。你呀，放一百个心！"

12-34　山峁　日　外

天是铅灰色的，远沟近壑积留着斑斑驳驳的残雪，凛冽的寒风卷着枯叶和细细的尘土，打着旋，发出尖厉的呼啸。

黄兴亭牵着战马，对后面的刘忠参谋长道："老刘，我计算了一下，离上庄村不远了。"

刘忠："大概还有二十来里吧，照这个速度，下午四点左右可到达。"

黄兴亭："传我的命令，转入地下行军。"

刘忠："是。"

黄兴亭带着牵两匹马的警卫员小周，大步流星地行走在队伍前头。

行进的队伍中，干部打开手枪保险，战士们上刺刀、推子弹上膛。

12-35　团指挥所　日　外

这是一个堆放杂物的小院，墙角堆放着农具、秋秸，屋檐下结着蜘蛛网。

黄兴亭："（对刘忠）老刘，立即派出通信班，通知各营，封锁消息，绝对保密，部队宿营村庄，人员只能进不能出。另外，以连为单位就地筹措粮食，不能让战士饿肚子，让部队休息好。还有，派人去旅部报告宗旅长，我团已到达指定位置。（转身）万才宝、万才宝……"

刘忠："他刚进村，就跑去弄给养了。"

12-36　上庄村附近　日　外

山野笼罩在一片皑皑白雪中。

黄兴亭穿着褐色老山羊皮夹袄，后面跟着刘忠参谋长、作战参谋冯伢子、侦察参谋洪船生等四五个人，在上庄村周边山头勘察地形地貌（都着便衣）。

黄兴亭拿起望远镜，镜内画面：远处小山庄冒着炊烟，村边一只山羊在啃食被雪浸湿的山药蔓。

黄兴亭放下望远镜，手一伸，船生默契地递上地图、指北针，刘忠凑近脸。

黄兴亭："参谋长，当前你们的首要工作，就是尽快扩大侦察范围，尽快摸清敌情，寻找战机。"

刘忠："（请战口吻）明天我就带领侦察分队出去摸情况。"

黄兴亭："哦，人生地不熟……（沉吟片刻）一营有个小鬼叫章道仁，三台人，带上他。"

刘忠："我正需要当地人，团长想得周到。"

黄兴亭将望远镜掖入怀中。

黄兴亭："老刘，如果有可能，设法找一下当地的党组织和地方部队的同志……"

忽然不远处，一个人影一闪。

冯伢子眼尖，厉声喝道："谁？"

不见动静，冯伢子打开枪机。

冯伢子："开枪了！"

霍地，只见树丛中跑出一个人，丢下一捆柴，撒腿便跑。

冯伢子、船生"蹭蹭"追了上去。

稍顷，那人（阎二旦）一脸惊恐地被抓住。

只见他一身黑棉袄，补丁叠补丁，多处绽出白棉絮，腰上扎根稻草绳，赤脚套双破草鞋。

黄兴亭打量着他，和气地："老乡，问个路。"

阎二旦点头，狐疑地盯视冯伢子手中的枪。

黄兴亭故意示意让冯伢子放下枪："哦，我们是做药材生意的，这兵荒马乱的，走江湖谁不带枪防身，我们不会伤害你的。"

冯伢子与黄兴亭唱起红白脸，仍摆出虎视眈眈的样子。

黄兴亭指着右边一条路："那是去哪儿？"

阎二旦信口开河："高洪村。"

黄兴亭指着中间一条路："这去哪儿？"

阎二旦："石沟村。"

黄兴亭指着右边一条路。

阎二旦："三台县城。"

黄兴亭转身指来路。

阎二旦："那是窑头村。"

黄兴亭不动声色："谢谢你老乡。你住哪儿？"

阎二旦："石沟村。"

黄兴亭："你可以走了。"

阎二旦像得圣旨似的拔腿就往中路跑。

黄兴亭："这个人有问题，不像打柴的，看他那双脚，虽穿草鞋，乡村野夫能有细嫩白皮吗？"

刘忠："我也总觉得这个人哪儿不对劲，可疑。"

黄兴亭："我们这明明是上庄村，他说是石沟村，这里有名堂。"

船生："这地图都印在我脑子里，我不看都知道，这家伙说鬼话。"

黄兴亭拿出地图，船生在图上比画。

船生："我们现处上庄村，应在三台县城南面，石沟村在东面，高洪村在东南面，这家伙在搞鬼！"

黄兴亭沉吟一下，对船生："你悄悄跟着他。"

黄兴亭："旅部通报三台有鬼子。老刘，回去后，通知一营把宿营地挪一下，加强对三台县城方向警戒。"

刘忠牙齿打颤："好，我回去就……就办。团……团长，我冻得够呛。"

黄兴亭瞥一眼刘忠，见他裤角挂冰帘。

黄兴亭手一挥："回。"

12-37　雪原　日　外

雪地上，两个小黑点在移动。

阎二旦的身影隐入冒着炊烟的小村庄。

船生嘴里喷着白气，焦急四下仔细寻觅地上纷杂的脚印。

阎二旦在一片树林中牵出马，急吼吼上马，黑点快速移动，消失在雪原中。

船生一脸沮丧返程，在找他用匕首刻下记号的树。

12-38　旅部　傍晚　内

宗旅长正在吃饭，桌上摊着地图，他一手拿着盛白开水的碗，一手拿着烙饼吃，眼睛盯着地图。

报务主任拿着电文进来。

宗旅长头也不抬："念。"

报务主任："师部转来晋察冀军区电报，这个地区只有三台县有鬼子一个大队，约千人，鬼子大队长叫蚋野。"

宗旅长："还有什么？"

报务主任："没了。旅长，和晋察冀军区联系不上，什么情报都要通过师部转，这时效性……"

宗旅长捡起掉在地图上的饼渣吃掉，摆摆手。

宗旅长："我知道了。你通知黄兴亭，让他的参谋长明天带人去三台方向给我把敌情弄清楚，报告旅部。"

宗旅长仍盯着地图看。

12-39 上庄村团指挥所 傍晚 内

警卫员小周朝炕上铺好白床单，掸平褶皱，拿起抹布拭擦桌、条凳。

万才宝兴冲冲地进屋："团长呢？"

小周："你还不了解他，一到驻地，第一件事准是去看地形。"

万才宝瞥一眼条凳，见湿漉漉，一屁股坐在炕上发黄的白床单上。

小周赶紧拖万才宝起来："万参谋，你是知道团长的……"

万才宝："晓得呢，碰不得。（故意用屁股在床单上搓搓）这黄娃子睡得，老子就坐不得？"

小周："黄娃子是你叫的吗？！"

万才宝："就是团长在，我照样叫，黄娃子、黄娃子……"

万才宝见小周冲他做怪脸，扭头一看，是黄兴亭，骨碌下炕，忙不迭地抚平床单褶皱。

万才宝毕恭毕敬敬礼："团长，我是来向你报告的——"

黄兴亭没回礼，眉头挽成一个结，盯着万才宝，冷不丁拂了万才宝一个头皮。解下腰带重重摔桌上。

万才宝似听惊堂木，脖子一缩，扶正被打歪的帽子，垂脸。

黄兴亭背着手："哑巴啦？有话就说，有屁就放。"

万才宝："报告团长，我弄到一百斤包谷糙子。"

黄兴亭闻言，略感意外，脸绽笑容。

黄兴亭："噢，快，去弄点吃的来，我一天一夜没吃东西，饿坏了。"

万才宝："我这就去弄。"

万才宝转身欲走。

黄兴亭："慢，把粮食分给各个营一些，战斗部队饿肚子怎么打仗！"

万才宝脸呈难色："不够分哪！"

黄兴亭挥挥手："还要我教你怎么分？"

12-40　三台县城　傍晚　外

沦陷后的三台县城——

沉寂在一片萧条中，街道无人影，行道上的树枝有的被枪弹打折，仍连皮挂在树上，在微风中摇曳。两边店铺、作坊紧闭大门。

时而有日军巡逻队耀武扬威走过，翻毛皮鞋踏过一片狼藉的大街小巷。

马队经过，溅起大片泥浆。

一辆载侦缉队长阎二旦（汉奸）的摩托车从街上驶过，他脸上喜形于色。

摩托车驶向前方一宅院。

宅院墙上插一面日军军旗，门口有两个日本哨兵站岗。

12-41　日军大队部　傍晚　外

阎二旦下车，摘下帽向哨兵谦恭地点头，进入。

12-42　日军大队部　傍晚　内

蚋野大队长办公室，衣帽架上挂着衣帽、指挥刀，军衣领上挂着二杠一星领章（中佐）。

他托腮审视地图。

阎二旦进屋，哈腰肃立在蚋野一边，嘀咕几句。

蚋野闻言，腾地从椅子跃起，两眼闪光。

阎二旦趋前一步，把手放在蚋野耳边耳语。

蚋野点头："你的，哟西，哟西。"

蚋野把电话机摇柄摇得山响（画面数次摇电话动作，他多处调兵遣将）。

12-43　三台县某场地　夜　外

场地黑压压集结的几百名日军整装待发，还有两门山炮，几十辆大车，车上除少数载弹药，多数空着。

蚋野双手握支地的指挥刀，脸上露着笑容。

他身边立着手扶自行车的阎二旦，一只肩膀高，一只肩膀低，一副俯首帖耳模样。

12-44 三台县城门口 夜 外

日军倾巢出动。

12-45 雪原 夜 外

西北风发出呜呜呼啸声，天下鹅毛大雪。

船生在雪原中艰难行进，他来到一棵树边，看着树丫上放着的一块石头，喘息。

船生自言自语："奶奶的，又走回来了。该死，认路的本领没啦？我遇上了鬼打墙？"

他望望身后的脚印，被大雪覆盖。

12-46 去高洪村的大道 夜 外

蚋野大队人马行进在大路上，一片嘈杂声，人马的喘息声、轧压雪地的脚步声、铁器磕碰的撞击声。

一阵马嘶声引起船生注意，他拄着木棍探雪，想尽量走快些。

嘈杂声渐响。

船生惊惶的脸。

大路上大队鬼子行进的队伍。

大路一侧山道上，船生悄然尾随。

尾随的船生从山道上攀上山头，瞧见几个窑洞，他掏出地图比对，天太黑，他摸出火柴。

落在队伍后的后卫鬼子，瞧见侧山道的时断时续的微弱火光，从下朝上望透空，显出船生的身形。

一个鬼子举枪瞄准，鬼子军官压下那个鬼子的枪，做了个包抄的手势。

鬼子军官带几个鬼子向船生摸去。

船生："（Os）不错，这儿是呼石子村。鬼子这么多人，去哪儿？前面是高洪村，从地图上看方圆几十里没村庄，我得马上赶回去报告兴亭哥——"

船生将地图装入口袋，忽然机警地蹲了下来，将一只手掌放耳后，侧耳细听。

物体碰树枝的声响，脚踏雪的"嘎嘎"声响逼近。

船生撒腿就跑。

船生在前拼命跑，几个鬼子在后面追逐。

"呼呼呼"，鬼子射击。

行进中的大队鬼子闻枪声，停止行进，向路两边散开，"哗啦哗啦"拉枪栓，进入戒备状态。

枪弹弹道光追着船生，打得船生身边树上的雪块纷纷扬扬。

突然，船生坠入崖洞，消失在雪原中。

鬼子见船生消遁，停止射击，吱吱哇哇叫了一阵，返回。

大路上鬼子蠕动，继续行进。

第十三集

13-1　高洪村　晨　外

大雪纷飞，天刚蒙蒙亮。

远处传来几声狗吠声。

由阎二旦领路，蚋野带领大队日军向村庄开进。

村庄附近，两门山炮和几门迫击炮褪去了炮衣，蚋野手向前一招，敌人分散行动，包围了村庄。

村口，几个人影摸了上来，一个鬼子一个箭步，将八路军哨兵锁喉，一把刺刀带血拔出。

13-2　高洪村另一个口　晨　外

另一个村口，八路军哨兵被俘。

东方拂晓，雪花飘飘。

村里有雄鸡打鸣声。

农家小院升起缕缕炊烟。

13-3　村子里空地　晨　外

和往常一样，大队战士们在空场地徒手列队出操。

戴大队长和贾副政委向队列中间走去。

贾副政委："老戴，我感到不对劲哪，这狗叫得咋这么狂。"

他话音刚落地，一阵枪弹扫来。顿时，后列几排战士应声倒在血泊里，现场一片混乱。

戴大队长拔枪："不好，鬼子来了！快，回去抄家伙！"

贾副政委挥臂："同志们不要慌，往头门撤！"

炮弹在空中呼啸，落地开花，炸声如雷，浓烟四起。

一组镜头：

弹点掀起了带雪的土块。

石块中战士们奔跑。

冒炊烟的房屋被炸飞。

乡亲们从睡梦中惊醒。

一片嘈杂声，孩子的哭喊声、牲口凄凉的"哞哞"叫声。

13-4　高洪村头门　晨　外

戴大队长指挥几个战士凭借石门抵抗前来的日军。

因两侧都是石墙，夹出的巷子狭窄，日军的兵力、火器展不开，暂时遏制了敌人的攻势。

不断有战士仓促提枪、拎手榴弹袋加入抵抗。

贾副政委："（边射击）老戴，我们被包围了。我们弹药不足，没有援军，不能拼消耗！"

戴大队长："老贾，我们立即收拢兵力，集中兵力撕开一个口子突围出去。"

贾副政委："不成。我们是可以突围出去，可二百来户手无寸铁老百姓咋办？平日里他们给我们送吃送喝，又是因我们遭此横祸，你忍心——"

戴大队长迟疑片刻，跺脚："给我留一个中队，我在这堵住敌人，其余你带着，组织区村干部和群众向北山转移。"

13-5　高洪村里　晨　外

村内乱成一团，老百姓提包袱、抱小孩儿、牵牲口，扶老携幼宛如无头苍蝇，被敌人枪弹驱赶得四处乱跑。

贾副政委和两个区乡干部（便装、戴灰军帽）在指挥。

区干部："快，从后大门跑，直接上北山！"

贾副政委："老乡，别怕，有我们部队掩护你们！"

一个妇女抱着孩子，跌跌撞撞跑。

一个战士背枪接过孩子，拉着妇女奔跑，双双中弹倒地，掉在雪地上的孩子发出撕心裂肺的哭声。

一个战士一手提枪，一手牵老乡的牛，和老乡并肩奔跑。

一个干部背着老妪，不断回首用驳壳枪回击敌人。

某屋，一小伙子掀开山药窖，搀扶孕妇、老人、孩子下窖。

小伙子把窖盖好，抱几捆秸秆盖上面，撒腿跑，一只惊飞的鸡，"咯咯"叫着扑腾翅膀跃上屋顶。

他加入了转移的人流。

13-6　高洪村后大门　晨　外

北山脚下，日军已构筑了简易工事，步枪、轻重机枪口，大小炮口张着黑洞洞的血口，对准后大门前的开阔地。

蚋野举望远镜观察，他身后站着旗语兵。

望远镜中呈现清晰的画面：八路军灰色的军装呈前三角队形，中间是老百姓，向开阔地迅速移动。

蚋野放下望远镜，脸上现狰狞的笑容，他将手向前一招，旗语兵打旗。

13-7　敌炮兵阵地　日　外

敌炮兵阵地，四门迫击炮，炮弹尾翼已塞在炮口上，两门九二步兵炮装填炮弹声。

13-8　高洪村里　日　外

步机枪声、炮声连成一片。

敌人子弹在地上泛起雪土窜动，弯腰奔跑的八路军战士、老百姓纷纷倒在雪地上，殷红的鲜血染红了白雪。

卧地的人们，一露面便被子弹击中。

眼见冲不出去，贾副政委指挥战士就地还击，掩护老百姓回撤村庄。

八路军战士的呐喊声，奔忙中老百姓叫爹喊娘的呼唤声。

贾副政委带着一名区乡干部和几个战士依托一个小坎抗

击敌人。

贾副政委被子弹击中胸部，对前来扶他的区乡干部：
"老——百姓——"

贾副政委头一歪牺牲。

枪炮声中，天空下起鹅毛大雪。

13-9　上庄村团部　日　外

纷纷扬扬的大雪笼罩着严冬的大地，仿佛白花花的棉絮铺
在地上，银装素裹。

13-10　上庄村黄兴亭卧室　日　外

黄兴亭站在桌子旁，认真地看着一张军用地图，不时发出
一阵翻动地图的沙沙声。

黄兴亭放下地图，往手上呵热气双手搓耳，跺脚取暖，面
色焦虑。

黄兴亭："（Os）这个船生，怎么搞的？到现在还没回来！"

警卫员小周端着一只碗进来，欲往桌上放。

黄兴亭抽出地图摆放到床上："小周，老刘出发了吗？"

小周："他带侦察排刚走。"

黄兴亭拿起热气腾腾的碗，沿碗沿呷了一口（稀薄的包谷
糙子粥），盯看地图。

黄兴亭："（Os）船生会不会出意外？要派人去找一下。
万一失踪，我怎么向舅舅舅妈交代哟——不成，大雪天的，倘

若派出去的人再走失方向，非战斗减员哪！再等等吧……船生啊，就看你过目不忘的能耐了，看你的造化啦……"

13-11　崖洞　日　内

雪停了。

崖洞约有一张乒乓球桌这么大，一人多高。

船生右脚崴了，再次攀爬，他帽子脱落，头上热气腾腾，他哆嗦的双手已接近洞口，无奈受伤的脚使不上劲，洞壁打滑，徒增攀缘的枯藤的受重。粗枯藤断了，他一屁股落地，龇牙咧嘴双手揉搓右脚踝，喘着粗气。

他环顾洞壁，除数根小指粗不足以承接他身重的细藤枯枝，已无可资攀登的粗藤。

船生一脸绝望，一声高一声低哭："我的姆妈娘哎……兴亭哥哟……"

他耳畔油然响起黄兴亭的声音："你胆小、你恐惧，因为你的心还不够大，心大了，遇到事情也就小了。"

船生："（Os）不行，我不能坐以待毙等死，我还要跟兴亭哥一块儿革命、打鬼子！"

船生艰难起身，用几根细藤条编织"辫子"。

13-12　雪原　日　外

雪地里有数十个小黑点在雪花中快速移动，渐渐清晰。

刘忠等人弯腰收缰策马狂奔。

13-13　高洪村四门　日　外

戴大队长带着十余名战士节节抵抗，已退到第四道门，双方展开激战。

忽然我方吐火舌的机枪哑巴了。

戴大队长吼："怎么搞的？！"

战士们："报告大队长，没子弹了。"

战士甲："我只剩一发子弹。"

战士乙："我还有一颗手榴弹。"

日军的机枪子弹泼水般扫过来，又有几个战士倒地。

枪声逐渐稀疏，终于停止。

剩下的战士与日军肉搏，寡不敌众，全部倒在血泊中。

戴大队长从兜里掏出留给自己的一粒子弹，装入枪膛，将枪口对准太阳穴，正欲扣扳机，一个鬼子向他扑来，他举手就是一枪，然后将枪朝敌人扔去。

敌人见一个黑乎乎的东西飞来，以为是手榴弹，纷纷卧倒。

只见戴大队长头撞石头，血溅一地。

鬼子用刺刀翻动尸体，见没气绝的戴大队长身体抽动一下。

几个鬼子用刺刀同时补刺。

13-14　高洪村里　日　外

扑进了村里的鬼子肆虐。

一个孩童从秸秆堆里跑出，鬼子们端枪射击，他们并不撂倒孩童，左一枪右一枪，让孩童不知所措东躲西藏，他们似猫耍爪下鼠的心态寻开心逗乐，嘻嘻哈哈。

一位奄奄一息的八路军战士呻吟，鬼子用枪托砸、皮鞋踩，活活打死。

鬼子追逐孕妇入屋，屋内传来撕心裂肺的喊叫声和鬼子的淫笑声。

鬼子发现了山药窖，扒开盖朝内扔手榴弹，爆炸后又塞秸秆，倒上煤油点燃。

山药窖内浓烟翻滚。

鬼子像饿狼扑食直奔进院里捕羊抓鸡，在柴堆里、牲口棚乱翻，牵牛羊赶猪。

鬼子凿开紧闭上栓的门，毫不在乎主人的存在，锁着的箱、柜都被砸破，见好东西就往背囊塞，将搜出的粮食装袋扛走。

火光冲天，房檩倒塌。

13-15 三台县城附近 日 外

天气突变，强劲的西北风呼啸着吹过，使人睁不开双眼。

刘忠一干人牵着马，在寒风中踏着没膝的雪艰难前行。

刘忠和砍柴的山农交谈，章道仁在边上比画翻译。

山坡上，侦察排长手搭凉棚张望三台县城。

刘忠："（对侦察排长）情况摸差不多了，天不早了，我们赶快回吧。"

刘忠率马队在雪原狂奔。

刘忠："吁。"

刘忠翻身下马。

紧随的战士不约而同下马，有人拔出驳壳枪打开机头，有人摘下长枪，向四处警戒。

刘忠弯腰朝一坨黄色物体走去，俯身用手扒开，是一堆马粪，他示意部下动手扒雪，又发现多处马粪。接着发现零乱的车辙印，刘忠几乎面贴地对一辙印观察，起身半蹲，用力掰开冰冻的马粪再细细观察。

刘忠："还很新鲜，不会超过一天。"

侦察排长："（用肯定口吻）这是九二步兵炮的轮印，鬼子大队级部队才配这种炮，看来鬼子人数至少有五六百人。"

刘忠取出地图，判断方位："那方向是三台县，县城靠南那地方是我们来的方向，离此地大概十里路上下。"

刘忠冲地图上点了点，仔细看了一下，又用手指指前方。

刘忠："前面东南方向是一个叫呼石子的村庄，离我们这儿毛四十里路，再往前约二十里路是高洪村。"

侦察排长："从地图上等高线看，前面都是山路。"

刘忠："综合情况看，很可能是三台的鬼子出动了，可鬼子朝这个方向去干啥？"

侦察排长："要不，我们再朝前拱一拱？"

刘忠决然地："不！搞不好遇上鬼子，纠缠上难脱身，我们还是立即回去报告。"

13-16　上庄村团驻地　日　外

雪止，战士们在住处院子、道路上清扫积雪，村子里就像水洗过一样的明亮。

指战员们聚集在屋外向阳的地方，有的擦枪，有的缝衣缀鞋。

大家求战情绪非常高昂，边干活边议论着。

战士甲："领导上不是说到三台县这边打敌人吗？怎么还不见动静呢？"

战士乙："听说参谋长带骑兵侦察排去摸敌情了。"

旅部团部与上庄村相距不远。

宗旅长、张主任等来到团部驻地。

战士们见首长纷纷起立敬礼。

张主任望天，见黑沉沉的云层压得很低："又变天了。"

宗旅长："刘忠不知回来没有？"

张主任："从师部转来的情报看，敌人很猖獗。缺少武装支撑，我们许多地方政权垮了。"

宗旅长："要狠狠打击敌人的嚣张气焰！"

13-17　上庄村团部　日　内

黄兴亭和廖政委头碰头在看地图。

黄兴亭听报告说宗旅长、张主任来了，忙迎出门来。

宗旅长："黄兴亭，刘忠回来了吗？"

黄兴亭："我估摸也差不多了，老刘他们该回来了。"

宗旅长盯黄兴亭和廖政委看："你们两人眼睛熬这么红，没睡好吧？"

廖政委与黄兴亭互望一眼："我刚和兴亭碰头，商计打鬼子，有个初步设想。"

宗旅长感兴趣，身子往前倾："哦，说来听听。"

黄兴亭用手指地图上标有三台县的黑点上点了一下。

张主任："打三台县？"

黄兴亭："我和政委分析，我们初来乍到，对敌情两眼一抹黑，同样，我们部队到这里，敌人也蒙在鼓里，我们突击一下敌人，打它个措手不及是有把握的。只是要赶快行动，突然袭击。"

宗旅长双手抱胸前，闭目养神。

廖政委："对，我们认为，尽快打一仗很有必要。现在暂时联系不上地方同志，我们一弄出动静，地方上就会派人和我们联系，解决我们人生地不熟、给养跟不上等困难。"

张主任："你们分析得很好，唔，有道理。"

宗旅长冷不丁地："你们准备打三台县？有几成把握？"

黄兴亭："是这么打算。我设想，直接打三台，据以往作战经验，鬼子一个大队千号人，刨去后勤保障的医务、运输、弹药装填手，实际能投入战力约六成，与我们对比势均力敌。可敌人的骄横可资我们利用，只要突然袭击，有七成胜算。问题是攻城，敌人防御情况不明，贸然打，伤亡太大，再说，打下县城，要分兵守，成了包袱，分散兵力，影响部队机动能力，兵家大忌。"

廖政委接茬："我和兴亭研究，觉得这不妥。"

宗旅长睁眼："说说你们的办法。"

黄兴亭："一个办法是学'东杀鸡西杀鸭'的战法，逼敌人反击，一块一块吃掉敌人有生力量。最好的办法嘛——"

张主任急切地："你就不要卖关子啦，说。"

黄兴亭："创造战机，调动敌人，引蛇出洞。让敌人倾城出动，毕其功于一役。痛痛快快打个大仗，把敌人有生力量一次敲掉，收复三台也在其中啦。我和政委正为这个伤脑筋哩，用什么办法引诱敌人上当，在哪儿布置战场，正好旅长、主任来了，刚好当面请示。"

宗旅长："把球踢给我们了。当前，重要的是必须准确搞清敌情——"

宗旅长止言。他见黄兴亭狡黠地笑，知道自己上套了。

宗旅长嗔道："你这个滑头。"

宗旅长掏出怀表看了看，放桌上。

画面：怀表不紧不慢走，指针指向下午三点钟。

众人不语，一张张焦急等待神情（怀表的嘀嗒声放大）。

13-18　上庄村团部　日　外

阴沉的天，豁然晴空万里。

远处，马踩积雪的细碎蹄声由远而近地传来。

外头几个警卫员首先兴奋起来，一起跑到院外一块高地上眺望。

警卫员甲："我看还有五十丈远。"

警卫员乙："三十来人，声音大了，还有七八十丈吧。"

刘忠参谋长那骑马身影，一起一伏，进入了警卫员们的眼帘，他们兴高采烈地跑回院子，向团首长们报信。

刘忠飞身下马，直奔团指挥所。

黄兴亭迎出门，一把拉住刘忠："情况怎样？"

刘忠喘着粗气："进屋说吧。"

黄兴亭："快进屋，进屋说。"

13-19　旅部　日　内

"嘀嘀嘀"声中，电台译电员放下铅笔，摘下耳机，拿一纸电文，递交报务主任。报务主任看了电文，急急出门。

13-20　旅部　日　外

报务主任上马，收紧缰绳接着又放松，然后腰一弯、腿一夹。大黑马放开了步子奔跑起来。

13-21　上庄村团部　日　内

刘忠："宗旅长、黄团长，情况就这些。我判断，从脚印和不下于十辆大车轮痕迹看，是大股敌人，从携带九二步兵炮配置看，基本可以判明，至少是日军大队级的作战单位。"

侦察排长点头附和。

黄兴亭："从师部通报看，附近除三台县，敌人没有这么大规模的部队。应该是三台的鬼子。"

他拉过地图，众人围看。

刘忠趋前，指示日军行军路线（刘忠手指挪动，地图画面：一条实线，串联高洪村、石沟村、呼石子黑点标识，两边密密麻麻等高线）。

刘忠："从三台到高洪村必经这条大道。此道由三台向东延伸，越往东两侧山势越陡！在横塘湾至石盆口一线，道路紧贴山边而过，从地图等高线看，以呼石子、石沟村这段地势最为险要。"

黄兴亭："这里山峦起伏，沟深路窄，是个打伏击的好地方。"

宗旅长用手指在高洪村至三台县城丈量一下，目光停在地图上，一只手抱胸，一只手托下巴，若有所思。

这时，电讯科长进来，将电文纸交宗旅长。

宗旅长面露喜色，立一侧看电文。

张主任笑笑："黄兴亭，你想睡觉，就有人给你递枕头啦！"

黄兴亭、廖政委、刘忠不约而同围看电文。

电文尽收眼底："三台日军蚺野大队七百余人，昨晚出动，向东进犯，经星夜七十里行军，今凌晨偷袭我分区五大队……"

众人齐刷刷围向地图。

廖政委兴奋地："战机来了！敌人孤军深入，不可能带多少给养，必然要尽快返回老窝，打他个伏击。"

宗旅长："敌人经过一夜行军，人困马乏，今天在高洪村必须休息，今晚或明凌晨可能回三台，敌人携炮带车的，很可能走原路返回，从侦察情况看，其他山路不适合重武器通过，就在他出行原路上设伏。"

黄兴亭："难得者时，易失者机啊，这可是送上门来的战机。"

宗旅长和黄兴亭几乎异口同声："要抓住这股敌人不放！"

宗旅长的手指在地图上的石沟村和呼石子两个黑点上来回挪动一下。

宗旅长："黄团长，我批准了，同意在呼石子设伏。只要我们的部队及时赶到，歼灭敌人是有把握的。"

黄兴亭："从地图上看，我军驻地在这条道路的西南边，走大道得有三十公里以上。我们要走山道，冰天雪地路更难走，万一敌人提前行动，黄花菜就凉了。"

宗旅长："时间就是战机，关键在一个'快'字。要和敌人抢时间，抢先机！争取先敌到达。"

刘忠匆匆地出门。

黄兴亭："旅长，我打算全团扑上去，不留预备队。只留特务连向三台县方向警戒。这仗如打上伏击最好，从时间看，要准备打遭遇战！"

宗旅长："（果断，加重口吻）行，你那个特务连也放上去打，你就放手打！三台县方向警戒，我调团长他们去。"

门外刘忠对通信班长下达命令。

刘忠："（画外音）立即通知各营、团直属队，做好战斗准备！已做好饭的，提前开饭。没做好饭的，争取准备些干粮。告诉他们，任务紧急，一接到命令，便立刻出发，不得延误！"

刘忠匆匆回屋。

13-22 上庄村团部外　日　外

通信班长带四名骑兵通信员向不同方向奔去。

团部一片忙乱，打绑腿的，牵马的。

匆匆的脚步声，马的响鼻声，装具的撞击声，口令声。

团直属队正在集结。

13-23　上庄村团伙房　日　内

伙房一片忙碌，在准备干粮。

万才宝催促："快！快！快点！团部就要走啦！"

炊事班长："万参谋，姜还是老的辣呀，你怎么知道部队马上就要行动？真是早知道。"

万才宝得意地："要是这点经验都没有，我这个军需参谋干什么吃的。"

炊事班长："佩服！"

万才宝："你好好干，将来我这个位置给你留着。"

万才宝俯下身子往木桶里码干粮。

冯伢子跑进伙房，见蒸好的玉米碴窝头，欲伸手抓，横过一只胳膊夺下。

是炊事班长。

冯伢子白了一眼炊事班长："我饿坏了。"

冯伢子欲夺回窝头。

万才宝："住手！（双手叉腰）这干粮没有我同意任何人不许动！"

冯伢子："口气不小，官不大，僚儿挺粗哟。"

万才宝一本正经："这干粮是公家的东西，谁也不准多吃多占。"

冯伢子反讥："你万才宝占的便宜还少吗？你偷吃猪下水的事你忘啦？不要以为新来的人不知道。（拍拍胸脯）老家伙没死，还在哩，要不要给你抖落抖落。"

万才宝被揭短，急赤白脸："老子没功夫和你磨牙。（转身）

大家动作快点儿——"

冯伢子火了："老子揍你！"

万才宝头一伸："你敢？你不是饿了吗，还有力气打人。"

冯伢子望一眼围上来的炊事员们，手在空中猛地一挥，无奈放下，叹一口气。

万才宝奚落："这是团首长的口粮，你还不够资格。你是团首长吗？！"

冯伢子气呼呼地走了。

冯伢子自言自语："哼！等老子当上团首长，办的第一件事，就是叫你万才宝到炊事班背锅！"

13-24　高洪村里　日　外

失去热力的太阳快要落山了。

日军士兵在百姓家锅里利用"现成品"烧煮食物。

院内，篝火中，日军士兵不断地把拆下的门框、窗架丢入火中，伸双手取暖。

或在篝火上烧烤，架在上面的羊、刺刀上的鸡，滴着油，坠入火中溅起火星子。

远处，日军士兵押着十几个老百姓往大车上装抢来的粮食和屠宰的猪羊。

蚋野大队长和一群鬼子军官散坐在炮兵阵地弹药箱上，围着篝火嘻嘻哈哈。

两门步炮、四门迫击炮整齐摆放。

周边堆积着打开的空弹药箱子和散落一地的空弹壳。

日军官甲："蚋野君，天快黑了，我们该回三台县城了。"

日军官乙："我们的弹药消耗差不多了，万一遇上——"

日军官丙："八路军都被我们消灭了，谁来袭击我们？"

阎二旦跑过来拍马屁，把包在衣襟内的驴肉呈献给蚋野。

阎二旦凑上来："皇军威武，天下无敌！"

蚋野并没接阎二旦递上的驴肉块，望望天，抬腕看表。

13-25　崖洞　日　内

洞内静悄悄。

船生双手揪着头发，目光呆滞地盯视跌落在地上已编成"辫子"的藤蔓。

他已无法从洞口攀缘出去。

船生："（Os）姆妈娘耶，真是上天无路、入地无门！"

突然传来一阵轻微的窣窣声，一堆枯草丛中探出一只野兔头，立马哧溜闪没。

船生扒开枯草，喜出望外神情。

一个五六十厘米大小的洞口显现。

船生："（Os）这野兔能进来，肯定有出口。"

船生脱下棉衣。

晦光中，船生在洞中匍匐爬行。

13-26　雪地　日　外

一组画面从镜前闪过。

一支连队炊事人员在路边摆上两只行军锅。

路过的战士或用茶缸舀或用手抓饭团，边跑边吃。

一支连队在奔跑，一边一队炊事人员挑着冒热气的行军锅并行赶路，不断从锅里取出窝头往行进中的战士怀中送。

一支连队炊事人员更绝，租借了老乡的毛驴装载了饭菜赶去队伍头上分发。

冯伢子跑着，万才宝追上来，塞给他窝头。

冯伢子头一扭，不理他。

万才宝："你真不吃啊？"

冯伢子："气饱了！滚远点儿，不想见到你！"

部队在蜿蜒的山路上蠕动，像一条卧在雪地上的灰色巨蟒。

这是抢时间和敌人赛跑的强行军。

怕弄出响声，许多战士的水壶和铁锹缝了布套。

13-27　高洪村里　傍晚　外

敌人集结的队伍，密密麻麻，黑压压的却鸦雀无声，只有一些马匹不时发出几声响鼻，或用蹄子不安地刨着地。

不远处，传来鸡鸭和牛羊的叫声。

十几辆大车装着抢来的物资。

大车边上，有一群牛羊，头角上都捆绑着连在一条绳子上。

蹲在地上的十几个青壮年，也和牲畜一样，右手臂无一例外捆绑，连在一条绳索上。

蚋野手一挥："出发。"

13-28　行军途中　傍晚　外

黄兴亭、廖政委和各营营长在积雪山道上艰难跋涉，黄兴亭边走边下达战斗指令。

黄兴亭："政委，三营拦头，二营打腰，一营堵尾，你看行不？"

廖政委："我同意。你计划，我放心。如若有失，你我共担！"

黄兴亭："三营长。"

三营长："到。"

黄兴亭手指前方：两座高山夹着一条狭长的沟道，弯弯曲曲由东南向北伸展，沟道宽二三十米……

黄兴亭手指停住。

黄兴亭："西面是三四米高的陡崖，不易攀登，东面坡度较缓，容易上下。你营立即占领西侧高地，并以一个排占领大沟东侧突出部，卡住沟口，堵住敌人去路。"

三营长："是。"

三营长转身去带部队。

13-29　行军途中　夜　外

月轮，斜倚在山崖那株老树的枝丫上。

能见度很好。

行进中的黄兴亭驻足。

黄兴亭："团指挥所就设这里。二营长！"

二营长："到。"

黄兴亭："你们二营设伏大沟西侧，拦腰打断敌人行军纵队。"

二营长："是。我立即去布置。"

黄兴亭举着望远镜。

黄兴亭："狭路相逢勇者胜，打的就是气势！"

黄兴亭放下望远镜，掏出怀表看一下，转身。一营长趋前。

黄兴亭："一营长！你们营与二营相接设伏，负责堵尾。"

一营长："是。"

黄兴亭："这次战斗能不能全歼敌人，取决于你们的战斗行动。你们营能不能堵住尾，抢到先机，先下手为强！"

一营长："保证完成任务！"

黄兴亭想了想："你们跑的路要更远，困难更大些。这样吧，为确保不使敌人漏网，把团直的特务连配属给你营。一参谋！"

冯伢子："到。"

黄兴亭："你带特务连协助一营长指挥。"

冯伢子："是！"

一营长瞄一眼冯伢子，有些不服嘀咕。

一营长："团长，我有把握，你还不相信我……"

黄兴亭："废话，我不相信你，能让你当营长？"

一营长："可——"

黄兴亭瞪眼："可什么可？讲价钱，你是团长还是我是团长？！执行命令！"

廖政委："部队要快速行动，身体好的战士先走，走不动的后面跟进，要组织好收容。"

一营长敬礼："是，执行命令。"

13-30　山野　傍晚　外

画外音："快！快……"

干部甲："我们慢一步，就会失去战机！"

干部乙："坚决消灭蚋野大队！"

干部丙："把敌人赶出边区去！"

催促声此起彼伏。

纵队顶着朔风在层峦叠嶂中逶迤行军。

悬崖下面深不可测，战士们小心攀缘侧身通过，滑落的石块，好久才听到落地的声响。

背着手枪的干部抢过战士的机枪扛上。

一个战士滑倒了，另一个战士搀扶起他，并肩跑。

一个战士一只草鞋脱落，正欲找。

班长踢了他一脚："找什么草鞋？你看连长都赤脚往前跑！"

战士顾不上捡鞋，赤脚奔跑。

一干部用刺刀将绑腿割数段，示意战士照自己一样将脚捆上，以减少脚打滑。

前面出现岔路口，一条通向大路，一条继续山道。

九连长开玩笑："营长，快到呼石子了，怪不得石子呼呼地滑得站不住脚了。"

一营长站在岔路口，挥手焦灼地指挥部队继续走山道。

一营长："少废话！快走，同志们再加一把劲，快些走！"

通信员："报告营长，已过去两个连啦。"

一营长招呼："快，三连、四连快跟上。"

冯伢子拿地图带特务连长任进鸿到了岔路口，他看了下地图。

冯伢子："任连长，应该从这儿过大路到对面设伏呀。敌人过来了，就来不及插过去了。"

任进鸿："对。"

冯伢子："任连长，你立即带特务连过大路。"

言毕，去追一营长。

冯伢子着急挥手，压住声音喊："一营长，停……停止前进！"

一营长一愣："敌情顾虑下行军，你咋呼个啥？！暴露目标，当心我枪毙了你！"

冯伢子气还没喘匀："一……营长……再往前不远就是高洪村，敌人如出动了，就过不了大路！"

一营长："谁说的？"

冯伢子："我说的。"

一营长："你？瞎参谋个啥！你知不知道，耽误每一分钟，都要付出血的代价！你给我滚一边去。（他转身向停下来的队伍命令）继续行动，加快速度，快走！"

部队又向前运动。

冯伢子三步并两步，一把抓住一营长的手。

冯伢子："一营长，你瞧这条小路再往前走，都是陡峭的山崖，怎么穿过大路？"

一营长一把甩开冯伢子的手："冯参谋，你是协助我指挥，一营长是你，还是我？一营听我指挥！你不要动摇我的决心，干扰一营行动！"

说完一营长转身就走。

冯伢子摘下帽子，一跺脚。

冯伢子头上冒着热气。

四连许连长带连队走过来。

许连长："冯参谋，什么情况？"

冯伢子气急败坏："现在时间紧迫，千钧一发！你们四连从现在开始，听我指挥！我以团作战参谋的名义，命令你们停止前进，回去，从岔路口穿过大路。"

许连长为难："冯参谋不行啊，我不能把部队乱带，我只执行我们营长指令。"

冯伢子："你懂不懂服从命令？"

许连长："那要看谁的命令。（冲停顿的队伍吼）你们看什么看？快走！"

冯伢子急了，横倒在只有两肩宽的山道中。

冯伢子："部队不能走！"

许连长："你给我让开！"

冯伢子纹丝不动："除非你们从我身上踏过去！"

许连长："胡闹，你知道后果吗？"

冯伢子果敢："当然知道。我也提醒你，万一敌人从这儿漏网，这个后果你负责得起吗？！听我的，由此产生一切后果我负，杀我的头！"

许连长有些迟疑，望一眼指导员，一拍大腿。

许连长："指导员，你们都听到的，这责任我可不担！行，传冯参谋的命令，四连后卫变前卫，前卫变后卫，立即穿过大路！"

战士们一个挨一个，牵着手往前走，突然，前面的队伍停了下来。

一营长气喘吁吁："九连长，怎么停下来啦？"

九连长："营长，不对呀，越走，这小道离大路越远啦。前面没路啦！"

一营长站在断崖前，观察四周，眉头皱成团。

一营长："糟糕。（拿出怀表看了看）要坏事啦！"

战士们用焦灼的目光望着他。

一营长："（望九连长）你瞪我，就有办法啦，你派尖兵班赶快找路去！部队停止前进，就地待命。"

突然，山道远处一个人影柱着木棍一瘸一拐走来。

九连长眼尖认了出来："是团部的洪参谋。"

船生也瞧见他们了，跑起来，左腿蹦跳，右拐杖一挥，连带披着棉衣飞起，活像展翅的大鸟。

一营长："洪参谋，你怎么会在这儿？怎么弄成这个样子啦？快，小心着凉。"

一营长帮他套上棉衣。

船生百感交集，不知是冻的还是激动，涕泪交加。

船生："我终于归队了。"

13-31　鬼子行进路线 A　傍晚　外

大队鬼子队伍缓缓蠕动。

走最前面的是阎二旦带领的十几个骑马的鬼子尖兵分队。

接着是一百多匹马组成的马队浩浩荡荡跟进。

蚋野在马队后指挥，后头是四列纵队行进的步兵，马拉着九二步兵炮的铁轮，叩击雪地石块，时而发出"哐当哐当"的声响。

殿后的是大车。几个日军骑兵背着枪，押着大车、民夫和牲畜，不紧不慢地走着。

13-32　山野　傍晚　外

船生："先不说这个了。一营长，我刚才发现，高洪村有大队鬼子过来啦。"

一营长紧张起来："命令部队退回去，赶快返回。"

部队有些慌乱，传递口令，掉头回走。

一营长："洪参谋，我留两个兵给你，你们慢慢跟进。"

船生断然地："不要管我，多一个人多一份战力，你们先走，我会跟上的。"

13-33　呼石子战场A　夜　外

大沟远处，传来轻微的马蹄声、皮鞋踩在石子上的咔嚓声。

正在行进的我军部队指战员又是兴奋又是紧张，像是接到无声命令，他们高抬脚、轻落地，加快运动速度。

冯伢子："（小声对任连长、许连长）传我的命令，没我的命令不许开枪。"

战士耳对耳传令。

13-34　团指挥所　夜　外

日军搜索前进。

马队走走停停，时不时东张西望、左寻右找，马蹄上还拴着草鞋。

刘忠向黄兴亭报告："敌人来了。"

黄兴亭拔出手枪，将子弹上膛。

前头尖兵分队一骑马鬼子，似发现有疑处，抬枪射击。

"叭"一声枪响，打破寂静。

黄兴亭习惯脱口而出："船生，你到一营去，给我查明谁放的枪？"

黄兴亭见没应答，意识到什么，冲着立一侧的章道仁喊。

黄兴亭："你去，快。"

章道仁："是。"

章道仁领命而去。

13-35　呼石子战场B　夜　外

这一枪歪打正着，打中蛰伏在灌木林特务连任进鸿的左手掌。

任进鸿身边一新兵欲张嘴，被任进鸿用伤掌捂住，鲜血不仅糊了新战士的嘴，还一串串地滚在冷雪上。

开枪鬼子只见摇晃的树枝，收枪继续放心前进。

13-36　团指挥所　夜　外

万才宝气喘吁吁上来了，后面跟着挑担的炊事班长。

他和炊事人员向团部人员分发玉米碴窝头。

万才宝："大家辛苦啦！"

炊事兵甲："还热乎，送来晚了，多担待点儿啊。"

炊事兵乙："挑担子，路不好走，所以晚了——"

万才宝递给黄兴亭一个窝头。

黄兴亭接过刚咬了一口，章道仁前来报告。

章道仁："冯参谋让我报告，这枪是鬼子打的。部队只过去两个连，其他三个连还没过沟，敌人就过来了，无法穿插到达预设阵地。部队已做好战斗准备，他会调整部署，坚决把缺口堵上，扎好口袋，坚决断敌退路。"

黄兴亭思索片刻："你告诉冯参谋，注意隐蔽，我立即派人支援你们。前面三营一打响，就扎住袋口，不让敌人漏网。"

黄兴亭召来万才宝面授机宜（有画面无声）。

不一会儿，万才宝提着手枪带团部勤杂人员，拿手枪的、提马鞭的、举扁担长饭勺的队伍快速向一营阵地奔去。

黄兴亭咀嚼着窝头，拿着望远镜。

镜中：敌人尖兵分队已接近三营伏击阵地。

黄兴亭："这个三营长，怎么搞的？还不开枪！"

13-37　三营阵地　夜　外

三营长脖子上系一根绳子吊两颗手榴弹，一手提马刀，一手提驳壳枪，带着九连突击队下到陡崖，大口喘着粗气。

三营长小声命令特等射手："把那领头的鬼子军官敲掉。"

射手却半天没有动静。

三营长吹胡子瞪眼："干吗不打？！"

射手："营长，天太冷，撞针缩了，子弹打不出。"

射手退出子弹，往枪上撒尿，热气腾腾的尿液注入了枪膛。

很快，"呼"一声枪响。

但是鬼子尖刀分队十余骑已经过去了。

三营的步枪、机枪、手榴弹一齐开火。

13-38　鬼子行进路线 B　夜　外

已冲出的鬼子尖刀分队军官听见枪声，知大部队遭袭。

军官一把从马上揪下阎二旦。

军官："你的，奸细，把我们引进埋伏圈。"

阎二旦拼命挣脱："太君，土八路都被消灭了，我哪里知道还有这么多八路冒出来。"

两队人马绞在一起，在原地打转。

鬼子军官忽然松手，抽出指挥刀。

阎二旦趁他抽刀当口，策马开溜。

鬼子军官掉转马头，指挥刀一挥，带头率队回援。

杀入敌众的十余人突击队，忽遭鬼子尖刀分队回杀接应，腹背受敌。

见状，三营长把棉衣脱下往地上一甩，挽起衬衣袖，一手提驳壳枪，一手拿刀。

三营长大吼一声："冲啊！"

立马，战士们像一阵风似的跟他扑下去。

忽闪的弹道中，战士们端着刺刀，和敌人展开激烈的白刃格斗，喘气声、铁械碰撞声连成一气。

炮连的炮火，炸得敌人人仰马嘶，乱作一团。

剧烈枪炮声中，敌人的迫击炮、重机枪等重装备仍驮在被炸死的马背上，被击毙的日军军官手枪仍装在枪套里。

13-39　二营阵地　夜　外

拦腰的二营出击了。

从敌侧翼杀出，像利剑把敌人分割成两截，一部朝前拱，与三营夹击敌人，一部朝后打，打得敌人首尾不相顾。

13-40　一营阵地外　夜

蚋野发现前路被堵，立即组织全部骑兵疯狂冲击。

蚋野见冲不过去，又指挥部队转过头，企图回撤。

这时处于敌人尾部的冯伢子包抄攻击上来。

回撤的敌人蜂拥而至，冯伢子部队难以招架之际，斜刺杀出万才宝的"后勤分队"，敌人孤注一掷，我军防线眼看被击破。

一营长："上！快！"

冯伢子闻声扭头，大喜，高声喊："同志们，一营主力来了，冲啊！"

三股部队同气连枝，由守势转入攻势。

13-41　团指挥所　夜　外

宗旅长来到了前沿阵地。

黄兴亭敬礼："旅长，你不能靠前，这里太危险！"

宗旅长："你们就不危险？！"

黄兴亭："那，我的团部靠前——"

宗旅长："不用。团长他们已到达呼石子以西位置，你就放开手脚打！"

宗旅长用望远镜观察战场态势。

宗旅长："现在，敌人已被打乱了，不能让他们有喘气的机会。全团应该立即冲击，防止敌人组织反扑，坚决彻底消灭这股敌人！"

黄兴亭令司号员："吹冲锋号！"

嘹亮的号声激越飞扬。

身穿灰军装的八路军，像扑岸的海浪，一波接一波冲下山。

13-42　呼石子战场　夜　外

呼石子战场，整条沟里形成了无数个围歼日军的火力圈、格斗场。

枪声、炮声、刺刀碰撞声、手榴弹爆炸声、冲杀声、呼救声、呐喊声汇成了一股持续不断、震耳欲聋的巨响，回荡在山间，火光、硝烟、灰尘迷漫在峡谷之中。

13-43　呼石子战场C　夜　外

一营长带部队兜底包抄，封死了敌人的退路。

月光下蚋野脸色惨白狰狞，他知道，他已不得不决一死战了。

他的目光四下巡视，目光停留在东侧一处较缓的山坡，上有一座小庙。

他叫过来一名鬼子军官，手指小庙。

蚋野："赶快占领！"

13-44　呼石子战场D　夜　外

与此同时，船生披着月光，提枪一瘸一拐迎镜走来。他止步，手搭凉棚盯视东侧那座小庙。

这时，有一队我军战士朝他奔来，船生挥手。

领队的排长端着机枪，他认出洪船生。

排长上气不接下气："洪参谋，你怎么在这里？"

船生："你是几连的？"

排长："我是一营一连二排长，奉营长命令赶去支援三连战斗。"

船生："你带多少人？"

排长："三十来个吧。"

船生："现在你们听我指挥。（手指东侧山坡小庙）立即占领这个制高点。"

排长犹豫："营长给我命令是赶去支援三连战斗，我不能听你的。"

船生焦虑地跺脚："这个制高点丢了，你再去支援也没用！现在我是这里的最高首长，有权调动这里经过的一切部队。"

排长："（迟疑）营长的命令怎么办？"

船生："（果断）丢了这个制高点，敌人就堵不牢了，听我的！以后追究，我负责！你还愣个啥！"

船生踹了排长一脚，不由分说地一把夺过排长手中的机枪，手一挥，三十余名战士随他向山坡冲去。

13-45　呼石子战场 E　夜　外

东侧小山坡面，日军步兵向山坡上运动。

13-46　团指挥所　夜　外

阵地上黄兴亭举望远镜看得真切，脸色骤变，帽檐往下一拉。

黄兴亭："麻烦大了！（放下望远镜，用手指制高点小庙）小周，你跑步去传我命令，让侦察连全上去，必须把这制高点夺下来！"

刘忠大喊："团长，不用啦，你看！"

刘忠将望远镜递黄兴亭看。

黄兴亭举望远镜。

镜中透空画面渐渐清晰：山坡上，船生拿机枪扫射，数十个战士射击、投弹，敌人像被狼赶的羊一样溃退……

黄兴亭帽檐往上一抬，喜溢言表："是船生！这小子从哪儿冒出来的？我还以为他喂鱼了。"

13-47　旅指挥部　夜　外

宗旅长放下望远镜，一字一顿口述电文："师部，我部铁六团已牢牢掌握了战场的主动权，蚋野大队即将被全歼！具体战果另报！"

一参谋记录完，将记录纸、钢笔一并递给宗旅长。

宗旅长过目，蹲身，在膝盖上签名。

宗旅长签完名后将记录纸递给一边的张主任，张主任就着堑壕沿签字。

宗旅长："立即电告师部。"

参谋接过记录纸，兴冲冲出镜。

13-48　呼石子战场F　破晓　外

崖下有三户窑洞，一伙日军被困在洞里，仍在负隅顽抗。

六连长带领着战士猛冲进去一阵扫射，洞里日军士兵没来得及架起电台与指挥部联系，就被全部击毙。

冯伢子端枪，在手榴弹爆炸烟雾中冲出。见敌营中间杂着抓来的老百姓，奔命四窜的猪、羊、毛驴等，冯伢子眉头皱成一团。

冯伢子当机立断大吼："停止射击，不能瓷器柜里打老鼠！保护老百姓，拼刺刀！老乡们，快卧倒！"

三个鬼子围着冯伢子，冯伢子身后是几个蹲地双手抱头浑身簌簌发抖的老百姓。

冯伢子撂倒一个鬼子，因体力不支，拔不出枪刺，另一个鬼子乘势刺来，冯伢子顺手捡起一把圆锹，左闪用锹向右挥挡开敌人的枪刺，上前一步同时用锹刃砍击敌喉部，空手夺下枪，这时，另一个鬼子嚎叫着冲来，冯伢子用枪刺抵挡，不料一个踉跄（空腹、拼尽全力），眼见日兵刺刀正将捅进冯伢子胸口，"当"一声枪响，鬼子訇然倒地。

只见万才宝上来，把手枪朝腰带上一插，捡起一把枪刺，与冯伢子背靠背与涌上来的日军搏杀。

船生一蹦一跳带着一群战士从坡上冲下来，追击溃逃的鬼子。

万才宝提着枪，冲老百姓喊："老乡们快跟我走！"

万才宝带领老乡组织转移。

冯伢子捶了船生一拳："你这死鬼，跑哪儿去啦？团长找不到你，丢了魂似的……"

冯伢子话音未落，船生瞥见大车底下有一个鬼子军官举起手枪向冯伢子瞄准。船生猛推一把冯伢子，眼疾手快举枪射击。

"呼""呼"两声枪响几乎同时响起。

鬼子军官举枪的手腕被击中，鲜血直流。

船生拉起冯伢子。

冯伢子急切地："没事吧？"

船生摇摇头。

冯伢子察看，见船生无碍，拉船生。

冯伢子："走——"

冯伢子见船生屁股上泅出了血："你挂彩了。"

船生一瘸一拐："不碍事，脚崴了。"

船生似觉不对劲，一摸屁股，一巴掌的血。

船生："我的姆妈娘啊，痛啊！"

船生疼得直叫唤。冯伢子瞪了一眼大车下的鬼子，犹豫一下，不由分说背起船生。

冯伢子："卫生员、卫生员！"

两个战士闻枪声赶到，围住大车下的鬼子军官。

13-49　三台县城　日　外

军号声声。

顾团长率队伍星夜兼程赶到，正排山倒海般在追杀从呼石子逃出的三十余个鬼子。

三台县城护城河上的吊桥缓缓升起。

顾团长挽袖："政委，我看索性来个搂草打兔子，把三台县城给端喽！"

政委："宗旅长给我们的任务是阻援，没攻打县城的任务！"

顾团长："跑了快一百里路，才打这么几个鬼子。唉，撤吧。"

13-50　呼石子战场　日　外

东方一轮红日冉冉上升。

战场已寂静，部队在打扫战场。

战士们有的提枪在拾捡枪支、子弹、手榴弹，有的将遗弃的鬼子大衣披身上，解下鬼子腰带上的子弹盒、腰型铝饭盒。

背驳壳枪的干部拿着纸和铅笔，清点被击毙的日军尸首，指挥战士用简易担架抬牺牲的我军战士遗体。

炮连的战士抬起倒在路边的九二步兵炮、寻找散架的迫击炮零部件。

被解救的高洪村民夫和附近村一些胆大的百姓也跑来捡漏，他们剥鬼子尸体上的衣服，翻动尸体拾捡罐头、食物。

万才宝背着手，望见聚拢在沟里的上百匹军马、毛驴、猪和羊，一脸喜色。

他走到正在指挥战士向大车装粮食的特务连任进鸿连长身边。

万才宝："团长说，这些鬼子抢来的老百姓东西，一定要归还给高洪村的百姓，你可要打收条给我哟。"

任进鸿狡黠一笑："万参谋，不拿群众一针一线我懂。你放心。我还知道一切缴获要归公。不过，这个嘛……"

任进鸿冲万才宝做个鬼脸，悄悄塞给他一只打火机，又递给他一个缴获的罐头。

万才宝心领神会将打火机掖入兜中，罐头在手中掂掂。

万才宝："嗯，这个嘛，个别、例外、例外。"

万才宝走到一处码放着收缴的步枪、轻重机枪、掷弹筒的地方，摘下一把刺刀，打开罐头，迫不及待地狼吞虎咽吃起来。

猛然，他嘴停止咀嚼。似有感应，他抬头，睁圆了眼睛。

冯伢子气势汹汹的面孔。

冯伢子饥肠辘辘兴师问罪："我饿瘪了，皮带扣都扣到最后一个扣洞啦！那个窝头老子没吃上，就差这口力气，奶奶的，差点让鬼子捅死！"

万才宝辩解："我也没吃饱呀，要不是我那一枪，你早回洪湖老家了。喏，给你。"

万才宝把吃得剩下小半的猪肉罐头朝冯伢子怀中一送，拔腿就跑。

冯伢子抬手欲将罐头向万才宝扔去，而后顿了顿，意识到自己手中的是珍贵的食物，悻悻地收回了手，狼吞虎咽地吃起了罐头。

黄兴亭等团首长在巡视。

刘忠："这场战斗打得敌人措手不及，六连缴获敌人一部电台，还有几笼军用信鸽。看来，敌人没来得及报信求援，这些玩意儿就成了我们的战利品。"

廖政委："敌人伤亡还在统计中，现在可以确定俘虏二十一人。我部阵亡干部四人、战士十二人；负伤干部十五人、战士五十二人。干部比例占四分之一，我们的干部表现不错。近战夜战好哇，敌人的兵器无用武之地。"

黄兴亭："一营教导员伤情怎么样？"

廖政委："我去探视过，伤不严重。"

黄兴亭："船生呢？"

廖政委："轻伤，屁股上挨了一枪，没事。"

黄兴亭面色凝重望着群山。

不远处，一个捡漏的老乡，捡到一只毒气发射器，他以为是罐头，不会打开便用柴刀撬，罐头冒出一股烟，老乡口吐白沫倒地。

黄兴亭闻爆炸声："怎么回事？"

　　黄兴亭抽着鼻子，情急之下，似想起什么，抓一把土一扬，观察风向，不由分说，左右手拉起廖政委和刘忠就住背风处跑。

　　几人在山腰停下，跑得上气不接下气。

　　黄兴亭："瓦斯，毒气！"

　　廖政委："难怪味道这么呛。开始我还以为谁在放屁呢。"

　　刘忠："王参谋！"

　　王振南："到。"

　　刘忠："你立即去查明情况。"

　　王振南参谋跑步而去。

　　黄兴亭："走，去高洪村。"

第十四集

14-1　团卫生队　日　内

卫生队内，军医正在给船生清创。

船生哇哇大叫："疼死我啦，我的姆妈娘耶。"

军医："洪参谋，你再忍一忍，马上就好。只有半个弹头打进你屁股。"

船生："啊哟喂，疼死我嘞，这个杀千刀的鬼子！好打不打，打我屁股，叫我怎么坐！疼死我啦……我的姆妈娘耶……"

军医："你叫什么叫？子弹都取出来了，还喊什么？"

船生："这么快呀。"

军医："别动我给你上药。"

船生哼哼叽叽："我的姆妈娘……"

军医用镊子夹一个带血的弹头给船生看。

军医："喏。"

船生胆怯："拿走，我不看……我不看……"

14-2　日军某师团联队部　日　内

联队长宫崎大佐跷着二郎腿在欣赏歌伎表演，轻歌曼舞，煞是舒服。

办公桌上电话铃响，一军官接听电话，放下话筒，匆匆到宫崎身边低语。

宫崎起身接电话，背对镜头。

宫崎："我怎么会听不出你的声音，在日本士官学校，我的同室好友……嗯，你想投奔……谋差事……嗯，好啊……"

14-3　三台县日军大队部　日　内

外面的枪声已稀落。

惊甫未定的阎二旦对着话筒不住点头。

阎二旦："哈咿……过几天我就来报到……哈咿！"

14-4　高洪村　日　外

在呼石子被解救的高洪村乡亲带铁六团先头部队进村。

百姓高喊："灭掉祸害我们鬼子的八路军来了！"

躲藏着的百姓们出来，拿着逃难的饭食出来慰问八路军。

一个老大爷拿着一个棒子面饼递给带队的三营长。

大爷："都是闹鬼子害的，没好吃的给你们——"

村内满目都是死难者的尸体。

战士们慢慢地搬移尸体。

没有棺材，更没有裹身的白布。

只有少数尸体脸上盖着布。

战士们在挖坑。

战士们高高低低的哭声、咽泣声。

戴大队长的遗体被抬来。

战士甲："是个干部。"

战士乙："鬼子好狠，他身上挨了十一刀。"

冯伢子出来："慢，等一下。"

冯伢子一溜小跑，很快吭哧吭哧地背来一只老乡装粮食的大木柜，他指挥战士把戴大队长殓入大木柜。

14-5　团部伙房　日　内

"房"的四壁是烟熏火燎过的土墙，顶是一块苇席搭建的"屋顶"，在风中如同海上飘摇的小船，发出"呱嗒呱嗒"的声响。

旁边是几笼咕咕叫的信鸽，万才宝将一只鸽子拧断脖子，薅毛，羽毛飞飞扬扬。

14-6　团部　日　外

黄兴亭和廖政委边走边说。

黄兴亭："四团干成了我们团的预备队，强行军十四个小时，眼下他们朝三台方向追击残敌，照我对顾团长的了解，他很可能会趁势强攻三台县城！要是这样，我们得表示表示，至少得派上一个营去协助他们。"

廖政委："协助？会要你的支援？！他是个打得再苦，也不会开口要求支援的人！"

黄兴亭若有所思："跑了将近一百八十里路，连口汤水都没吃上。到时，我们的战利品匀点给他，弥补点他的损耗。"

廖政委点点头。

14-7　团部　日　内

黄兴亭进屋，他解下腰带，取下望远镜。

黄兴亭："（对小周）战果统计出来了吗？"

小周："冯参谋刚来过，说正在弄，快了。"

黄兴亭："冯伢子呢？"

小周："他说去看洪参谋。"

黄兴亭："哦，你去通知各营，把宿营地再去检查一遍，是否按我说的，布置好了警戒部队。要接受五大队的教训，血的教训啊！"

小周走后，黄兴亭支着脑袋打起盹来。

黄兴亭听到轻微的脚步声，警卫员小周急急进屋。

小周："团长、团长……"

黄兴亭摆摆手："怎么了，大惊小怪干什么？"

小周："吵醒你了。"

黄兴亭："有要紧事吗？"

小周："有《大公报》等一批战地记者赶来采访。廖政委说让你多休息一会儿，他去接待了。不过……"

黄兴亭："不过什么？说。"

小周："顾团长在等着。"

黄兴亭豁然起身，埋怨："他什么时候来的？怎么不叫醒我？"

14-8　隔壁另一屋　日　内

顾团长在另一屋，也在打瞌睡。

黄兴亭过去见了，也不忍心叫醒他，脱下刚缴获的黄呢大衣给顾团长盖上。

这一盖，顾团长就醒了，警觉地蹭地一下起身。

黄兴亭："你怎么不把三台县城顺手牵羊给打下来？"

顾团长："鬼子一个劲儿地朝城外打炮，说明他城内还留有很强的实力。"

黄兴亭："怕啥？兵力不够我调兵给你。"

顾团长："你想让我违抗军令，让我顶包？"

黄兴亭："撤啦？"

顾团长："撤了。"

黄兴亭："那这件呢子大衣你拿着。"

顾团长生闷气："我自己会弄到的，怎么？你看不起我！"

话说到这个份儿上，黄兴亭无语，苦笑着拍拍战友的肩膀。

14-9　团部　日　内

黄兴亭送走顾团长，刚回屋，万才宝端着盛着一只鸽子的盆子进来，热气腾腾。

黄兴亭抽抽鼻子："你把鸽子杀啦？"

万才宝："嗯哪，留着还要喂，浪费粮食，养不起。"

黄兴亭："你蠢！那是信鸽。"

万才宝："不就几只鸟嘛，你稀罕，改日我帮你去抓几只大斑鸠。"

黄兴亭："真是对牛弹琴！"

万才宝掏出打火机："团长，给，我给你一个稀罕物。"

黄兴亭接过摆弄："哪来的？"

万才宝："特务连长给的，大概是他捡到的。（拿过打火机，打着火，将打火机递黄兴亭）新鲜玩意儿。"

黄兴亭好奇地玩了几下，似想起什么事，收起打火机。

黄兴亭："跟我走，把鸽子给洪船生端去。"

两人一前一后出门。

14-10 团卫生队 日 内

船生趴卧在床上。

冯伢子一脸肃穆："二分区他们一个大队，上百号人全让鬼子杀啦。"

船生："这帮畜生！"

这时，外面传来隐约的喧哗声，冯伢子起身。

14-11　团卫生队　日　外

远处，二十余个头部、肢上缠着绷带的鬼子，或站或蹲在卫生队门前空地上，四处是端枪押解的我军战士。

一个被抬在门板上的鬼子军官拒绝军医给他包扎手腕，他挣脱绳子滚下来，一战士上去扶，他张口就咬。

冯伢子一眼认出这就是击伤船生的鬼子军官，气不打一处来，怒从胆边生，三步并两步冲上去，暴怒下一把揪住鬼子军官领口。

冯伢子："你们杀了我们多少人，当了俘虏还逞什么威风！"

鬼子军官不由自主露出惊恐的神情。

冯伢子抡起拳头。

左手扎绷带的看押干部任进鸿冲过来，右手一把拽住冯伢子的手。

任进鸿厉声地："冯参谋，住手！你干什么？"

冯伢子大吼："你别管！老子教训教训这个王八蛋！"

他抡起拳头就打。

任进鸿起身扑到冯伢子身上，纠扯在一起扭打起来。

任进鸿："你这是犯纪律！"

冯伢子暴跳如雷："老子是替牺牲同志报仇！"

任进鸿："你懂不懂俘虏政策！"

冯伢子恶声恶气："他是鬼子！"

任进鸿："他也是俘虏！"

冯伢子："他们是怎么对待我们负伤的同志，五大队的大队长让他们剐了十几刀呀，今天，老子今天就犯这个纪律啦！"

几个战士七手八脚，边拉边叫。

战士："首长，别这样！"

被拉开的任进鸿见冯伢子还扑打鬼子军官，急了，拔出手枪。

任进鸿："信不信我毙了你！"

冯伢子见他举枪指着自己，被激怒，迁怒于任进鸿，起身。

冯伢子："来啊，朝这来！（指着脑袋）有种你打啊！"

任进鸿怵了，拿枪的手颤抖。

冯伢子会点武术，一把将枪夺过。

冯伢子愤怒："你这个帮鬼子的汉奸！"

路过的黄兴亭听见嘈杂声赶来。

黄兴亭大喝一声："冯伢子，你反啦！把枪收起来！"

冯伢子见是黄兴亭，愣怔一下。

黄兴亭上前夺过冯伢子的枪，一脚将冯伢子踹倒，把枪从空中抛给任进鸿。

黄兴亭："任进鸿，到底怎么回事？"

任进鸿："他打骂俘虏。"

黄兴亭转头："冯伢子，你长脾气了啊？！你们还站着干什么？把他给我捆起来！军法处置！"

14-12　团卫生队病房门口　日　内

万才宝不无担忧："团长，你真要枪毙冯伢子？"

黄兴亭反诘："不应该吗？"

万才宝端的盆子抖动，溢出一手汤汁。

黄兴亭："见船生，刚才的事，你不许提半个字。"

万才宝不解："为啥？"

黄兴亭："我最腻歪船生的磨功。"

14-13　团部黄兴亭卧室　夜　内

黄兴亭和廖政委对坐。

廖政委："团长，冯参谋这事，处理要妥当。"

黄兴亭："不执行军纪，我以后还怎么带兵？"

廖政委："那也不至于死罪。"

黄兴亭："明摆着嘛，他的事影响极坏。这个事我负责，坚决执行纪律！"

廖政委提高声音："你负责？恐怕你负不起这个责！"

黄兴亭："冯伢子历来组织纪律观念就差……类似他这样的营连级干部不少，以儆效尤，这游击习气非刹住不可！"

廖政委："你冷静一下。他打仗可是一把好手。再说他毕竟是个营级干部，你说枪毙就枪毙啦？"

黄兴亭："我冷静不了，他是我兄弟，但我不能徇私枉法！我是军事主官，有战场处置权力。"

廖政委激动地："我是政委，有最后决定权！"

沉默。

廖政委放缓口气："团长，处置营级干部这样的大事，可要报旅部、师部批准。"

黄兴亭："政委，家丑不可外扬，丢我们团的脸面。"

廖政委循循善诱："那你说怎么处理？"

黄兴亭："至少降级？开除？"

廖政委摇摇头："营级干部的这个处分，还是要上报的呀。"

黄兴亭："总不能不处置，这个无法无天的冯伢子这次非狠狠敲打他不可！"

廖政委："是啊，必须严肃执行纪律，不然无法交代。"

黄兴亭："依你看怎么处理？"

廖政委："给个留党察看处分吧。我看一营教导员负伤，一营长去兼任教导员，忙不过来，把冯伢子调一营，当代理副营长。平调嘛，不用上报。至于是什么处理，大家哑巴吃饺子，心知肚明。"

黄兴亭点点头。

廖政委起身："这个事，我是政委，我来处理吧。"

廖政委出门。

黄兴亭："这样处理太便宜伢子，我得给他一个教训！"

14-14　禁闭室　夜　内

冯伢子盘膝坐炕上，炕桌上放着如豆的油灯，还放着酒坛、酒盅，还有肉。

万才宝给冯伢子倒上酒。

万才宝："来，尝尝，这是马肉。"

冯伢子不动筷。

万才宝："兄弟，你可不能当饿死鬼，到时候可别怪我没给你吃饱，当厉鬼来找我算账。"

冯伢子："是团长叫你来，送这顿杀头饭？"

万才宝不置可否："你快吃吧。你真不知道团长有多火，恨不得生吞活剥了你。你犯了三大纪律第三条，虐待俘虏。犯天条了哩。就是死，也不能当饿死鬼。"

冯伢子开始大吃大喝。

万才宝抱不平："再怎么着，也犯不上死罪呀。鬼子抓住我们的伤兵，一刀一刀用刺刀剜死，从不留活口。凭什么我们打一下鬼子伤兵就犯纪律？战场上仇人相见还不就是一个字，杀！"

冯伢子没应答。

万才宝压低声，用手掌作遮，凑拢冯伢子耳语。

冯伢子停止咀嚼："跑？"

万才宝："对，我把哨兵搞定，你从窗口爬出去。此处不留爷，自有留爷处。回老家打鱼，娶妻生子，当安安稳稳过日子的老百姓，有什么不好？好死不如赖活。"

冯伢子反问："我走了，你怎么办？兴亭哥不生吞活剥了你！我可不想拉上个垫背的。"

万才宝以为冯伢子动心了，不假思索："要不，我们一块儿跑。"

冯伢子不动声色，沉默以对。

万才宝一副我只对你说的神态："姆妈娘的，你打伤了老子的腰，有仇哩，要不是看在老乡份儿上——这次我，慈悲为怀，可是既往不咎，豁出去了，舍命陪君子。"

冯伢子："君子？"

万才宝："你这样看老子，什么意思？"

冯伢子："老家那一带，谁不知道你这到处吃百家饭的家伙？到人家地里随心所欲拔菜摘果子吃，到人家灶间偷鱼肉吃，谁也不敢惹你，都怕背上欺侮孤儿的名声。你还配上君子哩？要不是宋家老大厨，看到远房侄子份儿上收留了你……"

万才宝被揭短，不悦打断："好心当驴肝肺，不识好人心。"

冯伢子摇头："我不像你，宋家大厨给你找了童养媳，有念想，有去处。我老家的房子被白狗子烧了，家人都被杀了，回去投靠谁？"

万才宝："跟我呀，谁让我们是兄弟呀。（顿了顿）那时我小，不懂事，乡亲们宽容了我，现在想想，怪对不住乡亲们的，我老寻思能回去，报答他们的养育之恩……"

冯伢子冷笑："别假惺惺，别人不知道，我还不知道，你一撅屁股，我就知道你是拉屎还是撒尿。你就是想回去讨老婆，光宗耀祖……"

万才宝尴尬地笑笑，双手搓前襟。

冯伢子："回老家？我们兄弟当年对天发誓，革命不成功，不回家，你忘啦？"

至此，万才宝明白了冯伢子的心思，似不甘心。

万才宝："可发誓时我们还说过，有福同享，有难共当！我这不是在帮你？我们是同乡，要是别人，我才不冒这个险哪。"

冯伢子突兀地冒出一句："你还是共产党员吗？"

万才宝一愣。

冯伢子正色道："亏你，出来快十年了，还这点觉悟。"

万才宝反讽："你觉悟比我也高不到哪儿去，不然，能沦落到这步田地？"

冯伢子："我悔恨哪！"

万才宝同情地："你发现没？兴亭从延安回来，和过去不一样，架子大了，变了，与兄弟们生分啦。哼，不就是个团长嘛。"

冯伢子："是变了，变得陌生了。唉，怕是我们没有变，跟不上他的觉悟啰。"

万才宝："团长也真是的，我们都是一起从宋家墩出来的，出生入死的兄弟，再怎么着，也不至于如此对待兄弟，他真是六亲不认。"

冯伢子："关了一天，我也算想明白了。我真不该动手，我太冲动。"

万才宝盯视冯伢子："那也够不上死罪呀！"

冯伢子："我们不是法西斯部队，我们队伍是共产党领导的八路军，不能由着性子胡来，那还叫革命军人？"

万才宝："团长口口声声说要枪毙你！换上别人摊上这个事，顶多撤职到伙房背锅。"

冯伢子："我也是让团长口头枪毙多少回的人啦……"

万才宝："我看这次团长像是动真的，那口气不得了啊。你这次祸闯大啦！"

冯伢子："你不要会错意。不怪兴亭哥。你忘记兴亭哥常说的那句话，即便是老乡，也要看对什么人，看对什么事，看对什么环境。这事，我好汉做事好汉当，我认。挥泪斩马谡，我就当回马谡吧。"

万才宝："要不，我这就去找廖政委求情。"

万才宝起身。

冯伢子一把拉住万才宝："你这是干啥？让兴亭哥以后怎么带兵？"

万才宝："都到这时候了，你还替他想，他无情，休怪老子不仁义！"

冯伢子："军法无情！"

冯伢子顿了一下，颇有些人将死其言也善的味道。

冯伢子："平日里我们不对付，老是抬杠……唉，我有一事相托，以后你回老家，不许乱说，只能说老子战死在抗日战场上，说我想着老家的父老乡亲们。你若胡说，当心到了阴曹地府，老子找你算账！"

万才宝点头。

冯伢子："才宝，还有一件事拜托。"

万才宝："你说。"

冯伢子："以后革命胜利了，你要把我的骨头捡出来，拉回老家，我可不想在外地当孤魂野鬼。"

万才宝伤感地叫一声："伢子——"

冯伢子举杯："来，干杯！不枉我们兄弟一场。"

万才宝举杯的手忽然放下，朝桌上一拍："不行，我去找船生，他行。别看他对外胆子小，对兴亭胆儿大。我就不信，团长连船生的面子都不掂掂。"

万才宝说着拔腿欲走。

黄兴亭板着脸，提手枪进来。他看也不看一眼万才宝。

黄兴亭："冯伢子，跟我走！"

万才宝："兴亭——"

刚要说下去，黄兴亭摆手制止他，瞪了他一眼。

黄兴亭转身，冯伢子乖顺跟去。

万才宝反应过来，摸心口："我的姆妈娘耶，团长这眼光像抽了我一鞭子似的，看样子真要下狠手啦！"

禁闭室门口，月光下万才宝、哨兵大惊失色的脸。

万才宝捅哨兵一下："快，我们快去找廖政委！"

万才宝奔跑的身影。

14-15　廖政委卧室　夜　内

廖政委正在用脸盆泡脚准备就寝。

万才宝一头闯进来拉廖政委，险些碰翻脸盆。

万才宝："政委，不得了啦！"

廖政委："急吼吼的，抢去投胎啊！什么事，慢慢说。"

万才宝："团长要枪毙冯伢子，刚才提枪把伢子带走了！（他指指跟他身后的哨兵）他也看到的。"

哨兵点头证实。

廖政委："你是说团长要亲自枪毙冯参谋？"

廖政委用擦脚布欲擦脚。

闪回：

黄兴亭："这样处理太便宜伢子，我得给他一个教训！"

闪回毕。

廖政委将擦脚布丢一边，慢吞吞地用双脚互搓脚背。

万才宝一见急了，跪下双手伏地不住叩头。

万才宝："廖政委啊，救救伢子呀！留他一条命，就让他上前线打鬼子，去换鬼子的命也值啊。廖政委啊廖政委……求求你啊……"

廖政委正色地："成什么样子？你给我站起来，你当是在帮会啊，成何体统？！你是营级干部，不像话，出什么洋相！"

万才宝："你不答应救伢子，我……我就不起来。"

廖政委："你给我站起来，军人就是死，也要站着死！"

万才宝一把抱住廖政委的腿，一副可怜巴巴神情。

廖政委："（柔声）冯营长死不了。"

万才宝将信将疑："真的？！"

廖政委："我当政委的，什么时候给你们说过假话？你放一百个心。"

万才宝一张懵懂的脸。

14-16　野地　夜　外

忧郁的月光下。

黄兴亭："冯伢子，你还有话说吗？"

冯伢子背对黄兴亭，头也不回。

冯伢子："兴亭哥，我无怨无悔，我跟你出来闹红我不悔，我违犯军法咎由自取，军法无情我无怨！我还要感谢你，你没当众执行军纪，给我留了面子。"

黄兴亭语塞。

冯伢子："十八年后我还是一条好汉，来世我们还做兄弟。"

黄兴亭情不自禁："有种！"

黄兴亭朝天"砰"开了一枪。

冯伢子转头。

黄兴亭吹一下枪口的青烟："过去那个不守纪律的冯伢子我毙了，一风吹！今后你给我好好当个令行禁止的好军人。"

黄兴亭将手枪插入枪套。

冯伢子愣在那里。

听到突如其来的枪声，四下传来"踢踏踢踏"脚步声，战士们提枪如临大敌跑来。

黄兴亭挥挥手："我试试枪，大惊小怪干什么？散了。"

黄兴亭："（对冯伢子）你还不滚！你去找廖政委深刻检讨！"

冯伢子扭身就走。

黄兴亭："回来！"

冯伢子站立。

黄兴亭："回头你给任进鸿当面赔礼道歉。"

黄兴亭撇下冯伢子兀自走了。

14-17 高洪村团部 日 内

团部召开营级以上干部会议。

黄兴亭巡视会场，目光在坐在角落的冯伢子身上停留片刻。

黄兴亭："王振南参谋，你通报一下战果。"

王振南起身。

干部轻声议论："冯伢子被撸啦？"

众干部面面相觑，目光投向原一参谋冯伢子，冯伢子回避众人探究的目光，埋下头。

王振南拿起《战斗总结》读：

战果：歼灭日军蚋野大队全部五百余人，其中俘虏二十一人

缴获：战马一百三十五匹

山炮两门

小炮四门

轻重机枪三十挺

步枪三百四十支

子弹一万一千六百五十发

王振南："其他还有电台、电话、电线、指挥刀、望远镜、地图、军需装备。数量较多，还在详细统计中，反复核实后再报告。"

刘忠："我团伤亡不到一百人。"

廖政委："一比五的代价，是个大胜仗。"

黄兴亭："以较小的代价换取了重大胜利，靠的是什么？一是旅部对敌情判断准确；二是部队行动迅速，有的连队一昼夜没吃饭，饥寒交迫赶到伏击地点，体现了良好的战斗作风；三是近战夜战，使敌人的优势火力发挥不出来；四是兄弟部队四团的配合。"

刘忠："从战场情况看，百分之八十敌人是被我们大刀捅死的！"

黄兴亭感慨地："装备差，拿命换啊。（他话锋一转）这次战斗暴露问题也不少。三营长——"

三营长起立："到。"

黄兴亭："你说，你为什么贻误战机，放过敌人尖兵分队？"

三营长："报告团长，我指定开第一枪的特等射手，因天冷，撞针缩了打不出子弹。"

黄兴亭："别的战士都知道用棉衣捂住枪栓保暖，你怎么会忽视？你这营长干什么吃的！"

三营长噤口。

黄兴亭："二营长，那个小庙高地怎么一回事？"

二营长起立解释："团长，这是遭遇战，我只顾带部队冲击，心想……估计……敌人也顾不上抢占，所以……幸好洪参谋发现——"

黄兴亭责问："估计估计，你是靠估计当营长？"

廖政委打个手势，让两个营长坐下。

黄兴亭："一营长，你为什么没按时到达指定位置？"

一营长："我走错方向了，又没听冯参谋的建议，我……我请求处分——"

黄兴亭："（打断）你不是拍胸脯保证过，绝对有把握？"

这时，传来高一声低一声的打鼾声。

黄兴亭瞧见坐角落的万才宝在打盹儿。万才宝知道，按惯例战斗小结与他关系不大。

黄兴亭断喝："万才宝！"

万才宝如梦初醒起立。

黄兴亭："这次缴获了多少骡马？"

万才宝迷迷糊糊："骡子多，马少。"

黄兴亭："我问你多少马？"

万才宝："红的多，白的少。"

黄兴亭："（重复）我问你多少马？"

万才宝仍然答非所问："公的多，母的少。"

众人哈哈大笑。

黄兴亭："（干咳一声，会场安静下来）我告诉你，这次缴获了七十七匹骡马，五十八匹马。"

万才宝手足无措，尴尬站着自嘲："我昨天一晚上忙乎清点战利品，忙晕了，忙晕了。"

黄兴亭："在座的都是营级干部，带兵的，心中无数是最大的失职，什么估计、大概、差不多，都是玩忽职守！在战斗中要付出血的代价的！"

廖政委插话："团长说得好，每打一仗都要有进步。"

黄兴亭："（继续）这次战斗，还暴露出一个严重的问题，我们一个营级干部，太不像话，严重违反军纪，下面由政委宣布处罚决定。"

廖政委："鉴于冯伢子同志……"

14-18 黄兴亭卧室 夜 内

特务连长任进鸿走近房门。

任进鸿："报告。"

黄兴亭："进来。"

任进鸿："团长，特务连押送日军俘虏的队伍集合完毕，请你指示。"

黄兴亭："你稍等一下。怎么样啦？冯伢子有给你赔礼道歉了吗？"

任进鸿："找我了。其实，我也有错，不该用枪对自己同志……"

万才宝行色匆匆跑来："团长，你叫我准备的东西。"

万才宝将一包裹交黄兴亭："四只缴获的肉罐头。"

黄兴亭从口袋里取出一封信，连同包裹郑重递交给任进鸿。

黄兴亭："你把这包东西，还有这封信，转交给师部押俘去延安的同志，务必交给韩眉同志。"

任进鸿看信封磕磕绊绊念："中央妇女委员会，韩……韩眉。（有些好奇）是女同志？"

万才宝斜了他一眼："是团长和我的姐！"

外面传来锣鼓声。

船生进来："兴亭哥……团长，老百姓庆祝胜利来了！"

14-19　霍总窑洞卧室　日　内

霍总叼着烟斗正在阅读文件，炕桌上《六中全会资料》赫然入目。

向政委掀门帘进来，一手摇晃着电报纸。

向政委："霍总，好消息！电报！张旅长黄团长在呼石子设伏，干掉鬼子一个大队，消灭五百多鬼子兵，还抓了二十来个鬼子。"

霍总急迫地从炕上跳下，接过电文阅读。

霍总用烟斗叩了一下炕桌："我方伤亡不到一百，大胜仗咧，漂亮！"

14-20　山间小道　日　外

宋友卿和勤务兵骑马一溜小跑。

勤务兵："宋长官，共军以一个团打掉鬼子一个大队五百多鬼子兵，不可能啊。我们一个旅的战力才相当于鬼子一个大队的战力，要打，至少要动用两至三个旅兵力。"

宋友卿："我也觉得不可思议，八路军的一个团装备，比我们一个团差老鼻子了。"

勤务兵："上次长官召开作战检讨会，你说过，我们与日本人作战，伤亡比是一比三。"

宋友卿："是啊，日本人武器好，枪法准，战术动作规范，训练有素。我反复研究，日军每伤亡一人，我们伤亡三人。况且我们的军官多数和我一样，都是黄埔军校受训出来。"

勤务兵："是啊，他们装备也差，黄团改编时，一个团总共才十三把刺刀，现在也好不到哪里去，凭啥？宋长官，他们会不会谎报战果？"

宋友卿："你当他们是我们部队那帮人，好大喜功，揽功诿过——"

宋友卿发现说漏嘴，止语。

宋友卿若有所思："嗯，也难说。不过，你没和共军打过仗，交过手，就不会知道他们有化腐朽为神奇的本领……"

14-21   高洪村团驻地附近   日   外

宋友卿与黄兴亭见面互致军礼。

宋友卿摸摸领章，拉拉武装带，捋直衣角客套。

宋友卿："兴亭兄，久违了，军务繁忙，今才得以拜会。"

黄兴亭大大方方地："拜啥子会哟，我一个小团长，值得劳你大驾拜会。你怕不会为来见个面，专程跑一趟吧。"

宋友卿支吾："随便转转，随便看看。"

黄兴亭带着万才宝，陪着宋友卿在转悠。

宋友卿："兴亭兄，你从抗大深造过，怎么回来还是个团长？至少也得给个上校副旅长，原地踏步，不应该呀。"

黄兴亭刺一句："你不也是原地踏步，领章上也没长豆豆嘛，还是中校。"

宋友卿一时无语，目光盯着黄兴亭光板的领口。

宋友卿："按理说，你可佩中校军衔。我就不明白你们八路军，那个军衔牌牌都发给你们了，上上下下都不戴，怎么回事呦？"

黄兴亭："那个牌子讨嫌。"

宋友卿认真地："那可是代表军阶，显示长官的权威。"

黄兴亭不屑地："权威？嘁，有这玩意儿就权威，包打胜仗啦？！（摇摇头）我们的官，不要这个，也照样打仗，是靠带头去拼命挣威信，是靠打胜仗来树权威。"

宋友卿："有权才有威，这是文化。"

黄兴亭："文化？就你们的这个文化，怎么老打败仗？你别看不起我们这土包子文化，我们能打胜仗，官兵同甘共苦就是我们的胜仗文化。要不，你们也打个呼石子给我看看？"

宋友卿："（不服口吻）我可没你运气好，能领兵打仗。我只是个区区小参谋，纸上谈兵而已。"

黄兴亭："你们这个官僚文化，就是给你兵带，未必——"

宋友卿："那我们走着瞧。"

黄兴亭："好啊，我们走着瞧。（指指宋友卿领章）戴这玩意儿上战场，敌人的狙击手可是专挑领章上有豆豆的军官打，小鬼子的枪法不赖哟，你可不要未捷身先亡啊。"

宋友卿摸领口，下意识吸了一口冷气。

宋友卿转移话题："黄团长，忻口战役，我们国民党军出动十万人对阵日军五万人，最后还是被突破防线。你们一个团只有一千多人，干掉鬼子一个大队，一夜之间……依我对你们宗旅装备和战斗力的了解——"

黄兴亭："怎么，宋参谋不相信？"

宋友卿："黄兄此言差矣，兄弟是说贵军了不起，能打！"

14-22 临时马厩 日 内

他们来到临时马厩，上百匹马圈在那里。

黄兴亭："这次战斗缴获的马匹，有一百多，可建一个骑兵连。"

宋友卿惊异睁大眼："乖乖个隆咚，都是日本大洋马。"

万才宝双手叉腰，炫耀："草料不够，骡马都掉膘了，都愁死我了。宋参谋，你向上级反映一下，能不能调拨些草料给我们。"

宋友卿躲避万才宝的目光，答非所问："很好、很好。"

14-23 临时武器库 日 内

他们来到缴获武器堆放处，四周围着观看的群众，穿鬼子黄呢子大衣的战士在维持秩序。

一排排轻重机枪、一列列步枪、一溜溜钢盔、掷弹筒、指挥刀……从镜头前划过。

宋友卿绕过摆放的四门迫击炮，在两门九二步兵炮前驻足，放下矜持的架子，爱不释手抚摸。

黄兴亭："这是日本造的。"

万才宝戏谑："宋参谋，这可不是日本人白白送来的。你看清楚啰，是我们用手榴弹和刺刀接收过来的。"

宋友卿站在堆积有一人多高的缴获弹药箱边。

宋友卿："眼见为实、眼见为实，我一定如实向上峰禀报，要嘉奖、要嘉奖。"

黄兴亭俯身找了两件鬼子呢大衣和一把日军指挥刀，递给宋友卿。

黄兴亭："给你。"

宋友卿："送给我？"

黄兴亭："怎么，不想要？霍总特意打电话，交代我办的。"

宋友卿："谢谢、谢谢。"

宋友卿将大衣交勤务兵，从指挥刀鞘里拔出刀，察看刀柄。

宋友卿："哟，是蚋野的指挥刀。"

黄兴亭："我可造不出来。"

14-24　高洪村团驻地附近　日　外

黄兴亭、万才宝陪宋友卿转悠。

某场地，一队指战员穿着缴获的日军呢大衣有坐有站，一个挂照相机的干部正指挥在镜头前摆放缴获的武器。

一个干部看见黄兴亭，跑来敬礼。

干部："团长，二营五连连长向你报告，晋察冀军区记者正在给我连照相，请指示。"

黄兴亭回礼："继续。"

宋友卿："（Os）看来，黄兴亭这个土包子还真有一手！可叹哪，我们国民党军太缺少这么会打的团长！"

老式相机"嘭"一声，照片定格。

照片翻滚，意味旋转的年轮。

14-25　河北河间县田野　夜　外

夜色中，远处炮楼隐约可见，忽闪的灯光，显现出炮楼的位置。

七八个人影相继弯腰穿过公路。

远处传来几声狗吠声。

从炮楼上射出探照灯光柱，在屏幕中划来划去。

激起一片狗吠声。

探照灯熄了。

狗吠歇了。

一片宁静。

传来低一声高一声打更的梆子声。

打更人："平安无事……"

14-26　河间县某庄屋前　夜　外

村里传来某户人家婴儿的啼哭声。

几个人影提枪悄然向一屋子走近。

戚大娘听见脚步声，警觉熄灭了油灯。

侯玉天敲窗棂："戚大娘，是我，大眼侯，玉天。"

话音未落，戚大娘打开了门。

14-27　同一个庄院子里　夜　外

屋外，几个战士关上虚掩的柴门，躲院内，警惕地四处张望。

14-28　某庄屋内　夜　内

戚大娘点亮油灯，从头上拔下一根发簪，在灯碗上拨了拨灯捻，室内亮了一些，燃烧的黑烟萦绕。

戚大娘："玉天，我给你们弄点儿吃的吧，这年头闹鬼子，真没好吃的。"

侯玉天与大娘熟稔："有什么吃什么吧。"

屋内七八个人，有坐炕上的，有坐条凳上的，也有蹲地上的，显得很挤。

侯玉天："同志们，吕司令带冀中军区主力部队转移后，我们这儿的形势很复杂。请渔阳特派员先说吧。"

渔阳："现在，土匪和汉奸兴风作浪，虽然受我党影响的一些抗日武装还在坚持，但战斗力弱，一些民间抗日武装开始动摇溃散，甚至投降，这股风非刹住不可！"

侯玉天插话："有些举着抗日武装大旗的，都是乌合之众，成分复杂、思想混乱、纪律松弛，拖家带口，司令遍天下、主任赛牛毛，各自为政，一击即溃，不能形成抗日合力。"

渔阳:"我和侯总指挥商量,我们的重点工作,就是巩固我们党已掌握的武装,争取和收编一批民间武装,对公然投敌、助纣为虐的汉奸给予严惩。特委决定独立自主担当起本地区抗日的责任。"

侯玉天:"同志们,不久我们主力部队就会回来。我们要坚持住。我和渔特派员各带一个小分队,立即着手这项工作,我把人员分工说一下……"

油灯下人员密谈。

14-29　团部　外　清晨

机灵的警卫员早已准备好缴获的黄呢军大衣,牵来两匹缴获的高头大马。

黄兴亭团长和廖政委披上大衣,跨上战马。

警卫员紧随其后。

四个一式黄呢大衣、并驾齐驱的身影,在雪地格外抢眼。

14-30　师部　日　外

黄兴亭和廖政委兴致勃勃下马。

两人将缰绳交警卫员,快步进院,恰遇师部出来的独立三团许团长。

黄兴亭:"老许,霍总在吗?"

许团长:"霍总、向政委都在,我刚从他们屋里出来。"

许团长穿的是一件皮上衣,伸手掀开,拍拍腰带上挂的日式手枪盒显摆。

许团长："怎么样，新缴获的鬼子东西。"

黄兴亭抽着鼻子贴许团长身上嗅，他围许团长转了一圈。

黄兴亭："老许，这皮衣怎么有股子霉味哩！来来，见识见识老廖和我的警卫员。"

他手一招。许团长眼睛里得意的光消失了。

黄兴亭和廖政委的俩警卫员身着黄呢大衣，肩背同样日式手枪，腰挎日军指挥刀。

许团长被比下去了，自找台阶："老黄，拿警卫员来埋汰我啊。你就没个正形，回见。"

黄兴亭："好，下午开会见。"

见许团长被"比"下去了，黄兴亭、廖政委笑呵呵进去。

14-31　师部屋里　日　内

霍总和向政委见黄兴亭、廖政委进来忙起立相迎。

黄兴亭和廖政委敬礼。

霍总："坐坐。黄娃子、廖政委，你们呼石子战斗打得好哇。这个胜利在晋察冀边区影响可大喽。"

向政委："兴亭，你们呼石子打出了名堂，经验教训总结报告我看了，很好。"

霍总笑呵呵地："仗打得不错，应该表扬，应该鼓励。但是，不要骄傲，不要翘尾巴。"

黄兴亭外出叫进警卫员，让警卫员脱下黄呢军大衣，解下指挥刀捧进屋。

廖政委："这是送给首长的。"

向政委摸摸呢大衣："哟，发洋财了。"

霍总拿起指挥刀，抽刀察看，发出爽朗的笑声。

霍总将刀放回刀鞘。

霍总："把你们缴获的日军呢子大衣、毛毯、战刀全部收集起来送到延安。"

黄兴亭与廖政委迅速对了一眼。

两人异口同声："是。"

俩人行军礼转身就走。

霍总："慢，你们穿的大衣现在就脱下来，留在这儿，将来一起送到延安。"

廖政委麻利地脱下大衣放桌上。

黄兴亭犹豫片刻，极不情愿脱下大衣，重重地扔在桌上。

向政委："还有缴获的战马也全部上缴。"

黄兴亭："全部？"

向政委："对。你们四匹马可以先骑回去。"

霍总："不要有埋怨情绪嘛，延安比我们更困难。延安是脑袋，我们是四肢，保护好大脑，四肢才能活动。这个道理你们应该懂。"

向政委："要顾全大局。"

14-32　师部院子　日　外

黄兴亭出门："烧香烧出鬼来哟。"

廖政委用食指挡嘴中，做噤声动作，回望一下。

廖政委："（轻声）执行吧。你忘了，长征那会儿，千辛万苦背出草地的几万块银元，不也是全部交给中央了吗？霍总就是这么个人，宁愿自己的部队忍受困难，也要想方设法给中央筹物集款，照顾全局利益。"

黄兴亭没好声叫警卫员小周："你现在就回去，通知万才宝，把缴获的呢子大衣、毛毯、战刀和马匹，统统集中收回，带上登记册，立即送师部。"

警卫员："不留点儿？"

黄兴亭："一件都不许打埋伏！"

14-33　一营驻地　日　外

全营官兵挤挤挨挨列队，着清一色的缴获的黄呢子大衣。

队列前摆放着一溜缴获的歪把子机枪，要不是队列里混杂的灰军帽，容易让人误会是日军。

队列前带队四连许连长与三连吴连长小声交谈。

许连长："这仗捡了洋落，我们连级干部都有坐骑啦。其他部队，恐怕连营级干部都未必有马骑。"

吴连长："有马骑好是好，就是没配饲养员，老子到处找马料不说，半夜还得起身喂，伺候不起。"

许连长："你看，我这呢大衣比你那件新。"

吴连长："咦，老许，你这大衣上怎么有个子弹洞眼——"

许连长："不碍事，有的穿总比没有强，今年冬天不挨冻啰。"

似乎为挽回面子，许连长撩开大衣，拍了拍胯部的"王八盒子"（缴获手枪）。

许连长炫耀："这玩意儿，听说能穿透五层棉被哩。"

被比下去的吴连长眼热，又装不在意。

吴连长："（不以为然口吻）好是好，但这玩意儿啊容易卡壳，到要命关头，有你苦头吃！（说着拍拍腰间的驳壳枪）还是这'盒子枪'嘟嘟连发，好使！"

许连长："老吴，这次缴了这么多'三八大盖'的子弹，可惜啦，配不上我们枪的口径……"

正说着，冯伢子咳嗽一声，全场寂静。

冯伢子和教导员（原一营长）互相推让，都不愿领这个差事（宣布团部的命令）。

教导员灵机一动："下面，请我们营的新营长冯伢子同志宣布团部命令，大家欢迎。"

冯伢子硬着头皮："现在，我宣布团部命令，这次呼石子战斗缴获的除武器弹药，其他物资装备统统上交团部……"

战士们嚷起来：

我这大衣还没捂热就要上交，我还没穿过瘾哩。

他娘的，狗咬尿泡，空欢喜一场。

我们拼将性命弄来的战利品，凭什么上交？

是啊，想要，有能耐自己去鬼子枪口下去夺呀！

营长，缴来的皮鞋、铝饭盒、望远镜是武器还是装备？

我已扎上鬼子的腰带，交了，难道叫我扎根麻绳去打仗啊。

……

这些话冯伢子很受听，合他的心。

冯伢子斜睨一眼站在后面的万才宝。

冯伢子板着脸，大吼："发什么牢骚，亏你们还是老兵！一切缴获要归公，服从命令！"

冯伢子撂下话，抽身欲走。

教导员瞄一眼"接收大员"万才宝，低声提醒："老冯，我们是不是陪万参谋清点——"

冯伢子一甩手，没好声气："要陪，你去陪！"

冯伢子背手走了。

队伍一阵骚动。

教导员双手往下压了压，示意安静。

教导员："打了胜仗、缴获多，大家高兴，我也高兴。现在把到手的东西上交，不情愿，我理解。但是，我们是军人，服从命令是天职！部队嘛，就要有铁的纪律，又不是集市可以讨价还价……"

一战士冷不丁地："教导员，我吃了肉罐头，现在都变屎啦，要不要拉出来上交呀！"

一阵哄笑。

教导员立马转换成了先前的营长角色："谁在放他娘的臭屁？顶顶抗抗的！"

下头面面相觑。

教导员："除了武器弹药，其余的一概上交！倘若再讲价钱的、打埋伏的，别怪我执行纪律！下面从一连开始上交物品。"

万才宝耳上夹着铅笔，手拿账本，带随从开始登记。

通信员拉拽教导员衣袖，指指万才宝："教导员——"

教导员眼一瞪："你、去、陪！"

缓缓移动的队伍，指战员脱下呢大衣，脱下绒帽。

有的战士不情愿地将大衣递交。

有些不客气地索性将大衣随手扔地上。

许连长恶作剧地用手指将大衣上的弹洞扩大。

万才宝忙不迭用铅笔登记造册。两个随从拾掇大衣。

一老兵脱下皮鞋，用刺刀在鞋上划了个口子，码在万才宝脚下，冷不丁脱下万才宝的圆口布鞋，拔腿扬长而去。

万才宝赤脚,跳脚大骂:"姆妈娘的,冯伢子带的什么兵？！"

14-34　许连长处　日　外

万才宝夹着铅笔，找到许连长。

万才宝："许连长，现在就剩你这匹马没交了，你立即交给我。"

许连长慢悠悠起身。

许连长："你跟我去？"

14-35　临时拴马处　日　内

临时拴马处，地上遗一堆马粪。

万才宝跳脚："马呢？"

许连长："谁知道，它自己有腿，跑了。"

万才宝气急败坏："你敢打埋伏？！我找你们营部说去。"

许连长："随你大小便！"

14-36　一营营部　日　内

万才宝一副"钦差大臣"的架势，进营部，放下账册，拿碗倒水喝，嘴一抹。

万才宝："我这可是执行黄团长和廖政委的命令。你们一营对上交工作不重视，执行命令不坚决！"

教导员和冯伢子互望。

教导员："万参谋，你言重了。"

万才宝："还不严重？"

教导员："我是说你的话说重了，不至于——"

万才宝："（打断）还不严重？！四连许连长的马不肯交，还顶撞我，还瞒我，说马跑了。"

教导员："是这样啊，我们再做做工作，一定上交。"

万才宝："我无法向黄团长、廖政委交差。"

冯伢子冷不丁站起来："你少他娘的拿鸡毛当令箭！我手下就不会有这样的兵！通信员！"

通信员进屋："到！"

冯伢子："把我那匹马交给万才宝去交账！（随后脸转向万才宝）万大参谋，这总行了吧？"

冯伢子悻悻而去。

万才宝冲冯伢子背影："你当我不敢！姆妈娘的，今儿我就拿你的马去充数！"

14-37　野外　日　外

冯伢子和许连长漫步。

许连长："是有这么回事。没交。"

冯伢子："还真有其事啊，我还打包票，说我手下没有这种兵咧。你在塌我的台！"

许连长："营长，我真想不通，凭什么要我们交？想要，有能耐自己去鬼子枪口下去夺呀！"

冯伢子："嘿，我就知道这句牢骚是你的。（若有所思）上交师部，总有师部的道理，师部也许往上交，也许调剂给兄弟部队，不管怎么说，是上交革命，上交抗日，上交全局。"

许连长感叹："这可是我们拼着老命换来的东西，唉，谁让我们是主力团，命苦啊，真是能者多劳吧。"

冯伢子："一个家庭，是长子就得多辛劳，贴补家用。牺牲，在需要牺牲的地方，要舍得。"

许连长："营长，你就真这么大度？你糊弄谁，我这个老兵还看不出，你也有情绪。"

冯伢子："说实在话，我有，可我们是带兵的干部，不能意气用事，要学会忍，相忍为党。你知道我从团里下放到营里来的事吧？"

许连长："全团谁不晓得，团长差点亲手枪毙你。"

冯伢子："这回，我记取的最大教训啊，是——"

许连长："是什么？"

冯伢子："凡事不能由着性子、脾气胡来，要守规矩顾大局。我们大家脾性不一样，就像伸出的手指有长短，得听大脑指挥，各司其职，若各吹各的号，就乱套啦。你要以我为戒……"

许连长："营长，这道理甭说了。我就是看不惯万参谋那德行，那口气太大，比黄团长还黄团长，黄团长平时每每对我们说话好着呢，除非打仗才用命令口气。"

冯伢子："现在马在哪儿？"

许连长："我是故意气气万参谋，才说跑了的。呃，我住那户房东借去，拉东西去了，回头我亲自给你牵到营部来。"

冯伢子："好哇！（他一拍大腿）土马换上大洋马，赚了，值！"

许连长一脸迷惑。

第十五集

15-1　小树林　日　外

侯玉天的黑衣大个子保镖扳开双手的驳壳枪机头，在林子外警戒。

林内十余个队员分散地躺在地上休息，他们都身着黑棉衣，独特的是腰间交叉都佩插两支驳壳枪，且都枪口朝上。

树林上空传来"嗖"一声，一只鸟"扑通"落地，扑棱着翅膀，一个队员捡起递给田慧琴。

队员甲："慧琴，你这飞镖手艺有长进，击中脑袋哩。"

田慧琴笑吟吟地接过鸟，顺手取下鸟头上的飞镖，抬头寻找目标，正欲出手。

这时传来侯玉天的呼唤。

侯玉天："慧琴、慧琴……"

田慧琴："爹，叫我甚事？"

侯玉天把两根一长一短装有信的芦苇管交给田慧琴。

侯玉天："短的这支信管你交给你高士大伯伯，告诉他，我这儿事处理好，就到他那儿去。长信管你一定亲手交给在惠伯口的吕司令，你就留在他那里。这两封信比性命都重要，千万不能落到外人手中。"

田慧琴："嗯。"

田慧琴将信管熟练地塞入棉衣襟内。

侯玉天嘱咐："路上千万要小心。"

田慧琴："咱十三岁跟俺娘就给你当交通，又不是第一回，哪回出过差错。我都长这么大了，还有什么不放心的。"

侯玉天："正因为你长成大姑娘了，才更加要小心。"

田慧琴："爹，你就放心吧。"

田慧琴提篮子刚要走。

侯玉天："把枪留下。"

田慧琴把篮中的小手枪极不情愿地交出。

田慧琴嘟囔："路上万一遇到情况，我怎么自卫？"

侯玉天接过枪，手还伸着。

田慧琴极不情愿地掏出身上的六只飞镖交给侯玉天。

田慧琴："爹，给。"

侯玉天收起飞镖："你会武术，不带武器更安全。"

侯玉天与黑衣大个子保镖耳语。

15-2　沙石公路上　日　外

路旁，浓密干枯的山楂柳沿河滩延伸，田慧琴挽篮急匆匆走过。

离她不远处，时隐时现黑衣大个子保镖暗中尾随的身影。

15-3　去惠伯口路上　日　外

雪止，田慧琴卧在坟地里，她抖了抖头上的积雪，试图站起来活动一下麻木的身子，很快意识到头凸出坟头，复又卧下。

两个鬼子扛着枪和三个倒背枪的伪军走在路上，伪军手里提着扑棱翅膀的鸡，鸡的叫唤声、伪军的嘻哈声格外刺耳。

田慧琴看得真切，缩回头。

忽传来"花姑娘，哟西"的声音。

只见两个鬼子老鹰抓小鸡似的，追逐一个路过的抱孩子的小媳妇，孩子发出撕心裂肺的哭喊。三个伪军幸灾乐祸地在一边淫笑。

两个鬼子把小媳妇往田慧琴隐蔽的坟头前拖，小媳妇哭喊挣扎，爬着去救被丢在地上的孩子，无奈被鬼子甲按在地上，鬼子乙放下枪，迫不及待宽衣解带。

田慧琴："畜生！"

她跃出，欲解救倒地的小媳妇。

鬼子乙提溜着裤子扑向田慧琴："又一个花姑娘的，哟西！"

蹲地的田慧琴见状，侧一蹬腿，击中鬼子乙胯下。鬼子乙痛得蹲下身子，直冒冷汗，瘫软倒地，双手捂裆部，身子呈弓型。

鬼子甲向田慧琴扑过来，摆开决斗架势，田慧琴就势蹲马步，躲过鬼子甲一拳，借力顺势一拉，鬼子甲重心不稳，一个趔趄摔个嘴啃泥。

路边三个伪军见这一幕，回过神来，举枪瞄准。

"当当"两枪，两个伪军倒地，另一伪军露出一张惊悚的脸，"当"一声，子弹正中眉心，伪军倒地。

　　鬼子甲去抓枪，被一只脚踩住，伴随一声枪响，地上流出一摊血。

　　鬼子乙见势不妙，逃跑，可解去裤带，裤腰脱落，跑不快。

　　田慧琴回眸，是黑衣大个子保镖，刚欲招呼，一只驳壳枪从空中飞过，田慧琴熟稔地接枪，顺手击毙了鬼子乙。

　　黑衣大个子保镖把枪由下往上插入腰，抱起孩子，拉起小媳妇。田慧琴吹吹枪口上的一缕青烟。

　　田慧琴："穆师哥，你怎么在这里？"

　　穆师哥不正面回答："嘿，来得早，不如来得巧。师父在练你的胆咧，要不是见你危险——"

　　田慧琴："我爹也真是的，对我不放心！"

　　穆师哥："慧琴，你爹不是对你不放心，你送的信实在太重要了，所以——"

　　田慧琴赌气："那叫你送不就得了，还多此一举。"

　　穆师哥嘴拙："是啊，我也觉得脱下裤子放屁——"

　　穆师哥察觉话粗野忙打住，他望一眼小媳妇。

　　穆师哥顿一下解释："可怜天下父母心。现在鬼子活动很张狂，也许师父怕你路上万一有个闪失。"

　　他觉得词不达意，不说了，冲田慧琴憨笑。

　　田慧琴悟到让穆师哥尴尬了："师哥，我的功夫有些生疏了。"

　　穆师哥憨厚地："是有一点儿。"

　　田慧琴嗔怪："都是爹不让我带镖，倘若带上，这几个坏种早上西天了。"

　　穆师哥诚恳地："慧琴，我们一起从小跟你爹习武，使枪方便多了，武术倒生疏了，常言说曲不离口、拳不离手……"

田慧琴觉得怠慢小媳妇了，转头对哄孩子的小媳妇说话。

田慧琴："嫂子，这兵荒马乱的，你带个孩子这样上路多危险。"

小媳妇："俺从惠伯口出来，去阎家庄。想想这一带鬼子不会来，谁想到会遇上鬼子，多亏你们救了俺娘儿俩。你们是这个吧。（伸拇指和食指呈倒八字手势）我当家的也干这个，在阎老四的抗日自卫军当差，叫马黑子，俺带着孩子跑去看他。"

田慧琴点点头："你老家是惠伯口？"

小媳妇："是。"

田慧琴："想当家的啦？"

小媳妇羞涩地笑笑。

田慧琴："这里到惠伯口还有多远？"

小媳妇："还有三十来里吧。"

田慧琴柔声地："路上不安全，你还带个孩子，刚才多危险。我看，当家的下回再去看吧。我送你们回家吧。"

小媳妇不好意思："不啦，谢谢您啊，孩子他爹想我们哩。"

15-4 平堡店村 夜 外

一农家小院，油灯下，从窗棂纸上浮现一对男女身影。

侯玉天带七八个队员包抄上去。

15-5 平堡店村 夜 内

女人："朱司令，不，现在该叫朱大队长啰。"

男人："投奔日本人真好，我现在可是有实力啦，过去当司令，也就十来号人，现在一百多号人哩。幸亏老子先了一步，比我晚到的那些七司令八司令，让皇军弄我手下听差，只捞个小队长。"

女人嗲声嗲气："你前途无量，今后发达了，该忘记我这个老相好了。"

男人："你想哪去了。"

女人："那你说，这些天你在哪个相好那宿夜？"

男人："我忙啊。抓你说的那个八路军区干部。"

女人："你真抓啦？"

男人："抓了，做掉了。"

女人："你就不怕八路军回来找你算账？"

男人："现在是日本人的天下，八路完蛋了。老子是有奶便是娘。"

女人撒娇："那你先喊声娘嘛……"

门"哐当"一声被踢开，一股气浪涌入，把油灯打了个忽闪，侯玉天手起枪响，这对狗男女应声倒在血泊中。

狗吠声连成一片。

15-6 平堡店村 夜 外

侯玉天和渔阳会合。

渔阳："我得到可靠情报，阎老四的部队不太巩固，我得去探个虚实。"

侯玉天："凶多吉少！"

渔阳："那怎么办？总是一股抗日的力量，不能放弃，我还是走一趟好。"

侯玉天："这事得我去，倘若我有不测，你留下来，党仍然有希望。"

渔阳："我是党的特派员，我去！"

侯玉天："太危险，不成，我去。"

渔阳笑笑："你还跟我争送死啊？天有九头鸟，下有湖北佬，我是湖北佬，我死不了！"

侯玉天无奈："那你要小心，多带些人去。"

渔阳："人去多了反而不好，容易引起猜忌。"

侯玉天："那好，我在高士大那等你，要是后天不见你回，我们就采取非常行动。"

渔阳："不至于这么糟糕吧。"

15-7　阎家庄某民宅　夜　内

抗日自卫军阎老四的勤务兵马黑子和媳妇小别胜新婚，相拥。

媳妇："我这次来，路上遇到鬼子啦，差点儿被鬼子糟蹋……"

马黑子一听紧张起来："然后呢，你怎么逃出来的？"

媳妇："多亏女八路相救。不然咱娘儿俩就见不到你啦。"

马黑子："啧，太危险了！"

媳妇用手指点马黑子鼻子，呢喃："还不是想你，为你……"

15-8　阎家庄抗日自卫军司令部　夜　内

阎二旦正在诱导当地抗日自卫军阎老四司令："堂哥，我说的事你们考虑得怎么样啦？到我的侦缉队，我保管你们吃香喝辣，你们要识时务。"

阎老四摇摇头："这不成，投靠日本人？我可不能做辱没祖宗脸面的事。"

武魁副司令、刘敢参谋长站在一旁，刘敢是中共地下党员。

刘敢："我绝对不干！宁肯回家种田，也不干。"

武魁："这个事嘛，哈哈哈……"

阎老四："我这点队伍是看家护院的，拉起来不容易，我们隶属高士大司令的抗日五路军，听他调遣。"

武魁："况且，我们和日本人干过仗，日本人会善罢甘休？"

阎二旦："这个不成问题，迷途知返，浪子回头金不换。我和皇军联队长宫崎大佐在日本是同学，我替你们说话、疏通，不就结了。"

刘敢："你说谁是浪子？"

阎二旦不理会刘敢："现在皇军已定天下。你们还指望八路军？八路有什么了不起，你们吕司令扛不住，带他的人马走了，怎么不带上你们？不要你们了嘛。说白了，往好了说，你们充其量是乌合之众，往坏了说，是土匪。就是八路军回来，也要当土匪剿除——"

刘敢拔出手枪："放你娘个屁！你信不信，老子现在就毙了你这个狗汉奸！"

阎老四拍桌："放肆！"

武魁夺下刘敢的枪："老刘，息怒。再怎么说，阎队长也是司令的宗亲，咱们……怕不合适。"

阎二旦闪躲在阎老四身后，跳脚："姓刘的，你等着，以后你不要落在老子手里，哼！"

这时，有人进来报告。

下属："国民党中央监察委员邵专员求见。"

下属说后递上名片。

阎老四看了名片："快，有请！"

阎二旦欲开溜，刘敢一把拽住他的手。

刘敢："阎队长，正好，你也见见这个国民党大员，若策反成功，你可到日本人那领金条呀，机会难得，难得机会……"

阎二旦："（挣脱）诸多不便，诸多不便。告辞。"

三人相望，哈哈大笑。

邵专员双手拱拳入屋。

阎老四："马黑子，看茶。"

阎老四见没回应，正欲发作，刘敢趋前一步。

刘敢："（低声）司令，今儿他媳妇来，我批准他回去了，我来。"

刘敢给众人沏茶。

阎老四一语双关："邵专员，长久不见，你大驾光临，深夜造访，不会是来叙旧的吧？"

邵专员："那我就开门见山，我是来商量收编的事。诸位，只要你们同意，就编入我们地下忠义救国军序列。"

阎老四："收编？"

邵专员："不，不，是改编。以后你们的枪炮、给养统统由我们供应，对了，还给你们配电台。"

武魁："那我们就是吃军饷的国民党军？"

邵专员："当然。在编，还给你们授军衔，封官。"

邵专员从口袋里掏出一叠纸（空白委任状），在手中抖得"刷刷"响。

邵专员："只要我用毛笔往上一填，诸位就是朝廷命官。"

刘敢："邵专员，这恐怕不合适吧。我部已有高士大司令的番号，这一女两嫁，岂不陷我们阎司令不仁不义，司令你说对吗？"

阎老四点头："是啊，高司令救过我们的命，义薄云天呢。"

邵专员不屑地哼了一声。

武魁："那，你能给我们什么官？"

邵专员笑笑："现在大大小小司令太多了，喊，十来个人也敢称司令，这年头，司令名头不稀罕，这样吧，你们一百来号人，叫别动支队，更货真价实些。"

武魁摇头："那我至多只有副支队长名号。"

邵专员："怎么，嫌小？我已经给你们优惠啦，上峰规定，拉三十人封小队长，拉三百人给大队长，你们不到一百来号人，给支队还嫌小。支队长授少将，副支队长、参谋长领上校衔，将军的亲戚哩。怎么样，你们应允，我马上签发委任状。"

刘敢讥讽："邵专员，你手中的官帽不少啊。"

阎老四突然开口："邵专员，这个事不急，容我和兄弟们商量商量。"

一个人匆匆进屋，给刘敢耳语，刘敢快步走到阎老四身边。

刘敢："（轻声）渔阳来了。"

阎老四一怔，起身，向邵专员双手作揖。

阎老四："邵专员，我和参谋长有公务处理，失敬，让武兄陪你，我们去去就来。"

屋内邵专员和武副司令头碰头密谋。

传来时断时续声音："渔阳是共产党的特派员……干掉……取而代之……"

15-9　阎家庄某独立小宅　夜　内

阎老四："渔特派员，有失远迎啊。"

刘敢一语双关："老渔，你现在来，气候可不好噢。"

渔阳："阎司令，我长话短说。我这次来是奉侯玉天总指挥之命，来和你们谈谈。现在冀中的形势很严峻。现在面临投降危机啊，鬼子调兵到冀中，军力占优，有人散布谣言，说八路主力越走越远，共产党完蛋了。我可以负责地说，吕司令还在冀中坚持，不用多少时间就会打回来的，你们可要站稳立场，倒退是没有出路的——"

阎老四心绪不宁，做个打住手势："渔特派员，这点，你尽管放心，我绝对不会投降日本人的！"

渔阳："阎司令有这个态度就好。还有件事，我提前给你们说一下，侯总指挥正在和高司令商量，准备从各部抽调人员，上升到主力部队去。"

阎老四含糊其辞："这个事嘛，容我从长计议，我要和弟兄们商量商量。特派员，天晚了，你先住下休息，我们明天谈，明天再谈。"

渔阳："阎司令，那就恭敬不如从命，我住一宿，明天详谈。"

阎老四出门。

刘敢滞留几步，悄声对渔阳："国民党邵专员在这里，看样子他们有些动摇了。"

刘敢说完后三步并做两步追出门。

15-10 阎家庄 夜 外

路上。

刘敢："阎司令，我们这样冷落'大眼侯'的人，不好吧。"

阎老四："是啊，我也有点儿后悔，可我得为弟兄们的前途着想。"

刘敢："万一吕司令带主力回来，真那样……"

阎老四不语。

刘敢："您打算怎么办？"

阎老四："再看一看，等一等。"

15-11 阎家庄某独立小宅 夜 内

渔阳对着煤油灯，沉思状，神色严峻。

警卫员朝门外望一下，掩上门。

警卫员："特派员，这次来，味道不对呀。要不，我掩护你赶快走！"

渔阳："不行，我一走，这脸皮就撕破了。只要有一丝希望，都要争取，巩固住这支部队。"

警卫员："太危险，万一哗变——"

渔阳："我们哪天不是步步求生？还是见机行事吧。"

警卫员："就怕和侯指挥约定时间过了。"

渔阳："他带人来，更好办。"

15-12　野外　夜　外

侯玉天带着黑衣大个子保镖在骑自行车急驰的身影。

保镖："（画外音）师父，时辰还早。"

侯玉天："（画外音）我想还是早点赶到高士大那儿去，要有所准备，不怕一万，就怕万一。"

月光下，出现一个通公路的二米宽的道沟，只见侯玉天师徒俩"嗖"地前轮抬起，向上一纵，依靠车后轮"飞"到公路上前行。

保镖："师父，怎么走大路，到处都是炮楼，不好走。"

侯玉天："时间紧哩，老渔可能危在旦夕，那自卫军恐怕靠不牢。"

车轮碾压砂石路急促的声响。

15-13　阎家庄抗日自卫军司令部　夜　内

武魁纠集部下开会的身影。

部下纷纷地：

咱们兵谏，先礼后兵。

阎司令耳朵软，弄不好让那姓渔的拉拢过去，要坏我们的好事，不如干掉他。

到时候把那姓刘的也解决了！省得碍手碍脚。

那姓渔的是"大眼侯"的人，不能动，不然将来我们在江湖上怎么混？

是啊，"大眼侯"在咱河北威望这么高，振臂一挥讨伐，哪还有咱们立脚之地？

……

武魁露出狰狞面目："如果这姓渔的识相，咱们礼送出境，不然，嘿嘿……"

武魁作了个抹脖的动作。

武魁："就说是刘敢哗变杀的，死无对证！"

15-14　公路边某炮楼　夜　外

侯玉天俩人穿过炮楼。

一群伪军骑着自行车从炮楼追逐而出。

伪军甲："站住！"

伪军乙："再不站住，开枪啦！"

侯玉天突然掉转车头，横在路中央。

狭路相逢。

侯玉天冷笑一声："小子们，送到我枪口上来了！"

侯玉天说着"噌"地掏出枪。

骑行在前的伪军甲见状，将车倒地下。

伪军甲："八……八爷，别……别开枪。"

后面的伪军车队效仿。

伪军乙："八爷，我们也是混口饭吃的呀！"

伪军丙："八爷饶命！"

恳求声不绝于耳。

侯玉天俩人扬长而去。

伪军们推车回走。

伪军乙："班长，他们只有两个人，你怕啥？"

伪军甲："嘘，轻点，让他听到，你吃饭的家伙不要啦？"

伪军丙心有余悸："幸好班长反应快。你连'大眼侯'的声音都听不出？"

伪军甲："我们上次被八路抓去，这个'大眼侯'训过话，我记得这声音、这说话的口气……"

伪军丙："我看清楚了，这'大眼侯'眼睛特别大，像灯笼。"

伪军甲："这'大眼侯'枪法了得，用盒子炮打洋铁壶，第二枪子弹从第一枪眼穿过，我受他训话后，亲眼看他打过。"

伪军丙："我也见过。"

伪军甲："跟他的几个徒弟枪法也很厉害，就是说书唱戏中说的百步穿杨。哎，你干啥？"

伪军乙立车在路边："我……我想撒……撒尿。"

伪军甲骑上车："我们走。"

伪军乙恐惧顾不上撒尿，回头不住张望："等等我，等等我。"

15-15　阎家庄抗日自卫军司令部　日　内

武魁："司令，这兵荒马乱的年头，你留宿渔阳，你知道姓渔的什么背景？"

阎老四："共产党的特派员。"

武魁："知道就好。你明明知道他有颜色，跟他瞎掺和什么？"

阎老四："我们在夹缝中求生存，不这样办，我还咋办？难啊，顺了哥意悖嫂意，为难啊。"

刘敢："这有什么？我们都是吕司令的部队，来来往往很正常。"

武魁："上升主力部队，说得好听，兵抽光了，我们当光杆司令啊？我们不跟他们干啦！"

阎老四："投降鬼子不成，咱绝对不能干！国难当头，只有抗日才有出路，我既然干上了，大家都拥护我，看得起我，我就决心干到底！当然，我不连累你们，你愿意跟我这个兄弟，就干，不想干，自便，咱们大路朝天，各走一方。"

刘敢："我跟阎司令干！坚决抗日。老武，你脑子让驴踢啦！我们放下抗日的旗帜，谁还跟我们干？队伍散了，咋办？"

武魁："司令，我去意已定。"

刘敢："武副司令，你这是干什么，你拉走队伍，谁会高兴？分裂队伍，只有日本人高兴。"

武魁："我又没说投降日本人，我说是咱们投国民党军，邵专员不是说了，给我们给养、吃皇粮，还给我们升官。"

阎老四："这姓邵的口是心非，不是好东西，我们过去吃他亏还少吗？"

武魁："我带来的人我带走，总行了吧？"

阎老四跺脚，气急败坏："我这点家当非败坏在你手里不可了。好，你的人你带走。不过，我有言在先，倘若以后你们背叛老子，做对不起抗日的事，咱们就不好见面啰！到时候，别怪老子不客气！"

武魁心存希望："我们还是投国民党军吧。"

阎老四："要去，你去，我不去。"

武魁："当真？"

阎老四："当真！老子是王八吃秤砣，铁心跟高司令、侯总指挥干。"

武魁："那就别怪我现在不客气啦！（拔出枪冲门口吼）来人！"

一群卫兵持驳壳枪闯了进来，其中有马黑子。

枪口对准阎老四和刘敢。

刘敢："这是干什么？自家兄弟动刀动枪——"

武魁："你少啰唆，一句话，跟八路，还是跟我投国民党军？"

阎老四气得手发抖："你……你放肆！"

僵持。

马黑子拿枪的手微颤。

闪回：

马黑子媳妇："多亏女八路相救，不然咱娘儿俩就见不到你啦。"

闪回毕。

这时有下属进屋。

下属："报……报告，大……大眼侯和高……高司令带人包围了村庄，说我们反水，叫我们交出扣押的渔特派员。"

阎老四："误传嘛，我去解释。"

武魁一听急了，挡住阎老四去路，用枪点阎老四脑门。

武魁："司令，解释啥，现在是裤裆里的黄泥巴，不是屎也是屎啦。不如随我吧。"

阎老四："你有种，朝这来！"

武魁："我毙了你！"

"砰"一声枪响，武魁背后冒血，摇晃一下倒地。

枪，是马黑子开的。

众卫兵把枪口对准马黑子。

阎老四断喝："把枪都给我放下！你们想造反？！"

众卫兵收枪。

15-16 师部会议室 日 内

铺绿军毯的长方形桌，约定俗成留着首长的座位，四圈摆放参差不齐的条凳、矮椅，先到的与会者，坐在桌上双手捂冒热气茶杯取暖，后到者随意在后面坐下。

会前各团领导聚在一起，嬉笑打闹，互相要战利品，互比各自缴获的小物件——望远镜、钢笔、手表等。

这些团级干部要么穿缴获的黄呢大衣、要么穿黑皮衣或羊羔皮袄，唯有黄兴亭和廖政委着灰粗布军装，显得"寒酸"，互望一眼，现窘迫的脸。

许团长哪壶不开提哪壶："老黄、老廖，你们呼石子缴获的呢子大衣怎么不穿啦，怕我们打你们的'土豪'是吗？"

干部甲："黄团长呼石子一仗出风头啰，《大公报》记者还去了呢！老黄可是知名人物了。"

干部乙："老黄，你们呼石子打了胜仗，发了大洋财了，怎么不给我们送几件战利品啊，别小气噢。"

干部丙："兴亭，听说你连级干部都配上马啦，兵强马壮噢。"

黄兴亭："全上缴了。"

同僚们不理会。

干部甲："你耳朵挺长，人家老黄，现在每一个连有九挺机枪，炮连配上山炮了哩。"

干部乙："老黄，能不能匀点机枪给我们，我们一个连才三挺机枪，兄弟部队嘛，主力部队老大哥，发扬风格嘛。"

黄兴亭："想打老子秋风？没门儿，有本事自己去弄！"

同僚们愈发起劲。

干部丙："听说，赈灾委员会还到你们团慰问，那个叫路易·艾黎的西洋鬼子给了一百块大洋，黄驮子你可阔起来了。"

廖政委："大洋全给伤员了。"

黄兴亭转移话题，从上兜掏出那只打火机在手中把玩。

黄兴亭："这可是好东西。"

他手中打火机"咔嚓"燃出火苗——冷不丁伸过一只胳膊夺过打火机，黄兴亭正欲发作，抬眼，立马没了脾气。

霍总一只手拿烟斗，一只手把那只打火机往上衣下兜里塞。

霍总往主席位走，后面依次是向政委、宗旅长等人。

众人嬉笑声中，廖政委在桌下用脚踢黄兴亭。

廖政委："谁让你烧包，显洋宝，活该。"

向政委打手势示意安静："这些天，你们团以上干部集中学习六中全会的精神，下面就是贯彻问题。现在冀中形势很严峻，根据中央六中全会'巩固华北，发展华中'的战略方针，我们要尽快到冀中平原去。"

霍总诙谐插话："我们不在这吃莜麦山药蛋啰，再这样吃莜麦山药蛋，连人都吃蠢了。"

霍总的话引发一阵笑声。

向政委："师党委认真讨论了中央精神，归结赋予我们师三大任务：一是巩固冀中抗日根据地，坚持游击战争；二是帮助冀中部队三纵队整训发展；三是扩大自身的部队。师党委认为挺进冀中是中央军委战略部署中的重要一环，这项任务必须完成，同时，晋西北根据地也要坚持，两者必须兼顾。"

霍总坚决地："晋西北的天下是我们打的，晋西北根据地是我们东进的依托，不能丢给别的人，宗旅长留在晋西北，让群众知道，我们去了晋中，我们的部队还在晋西北。从现在起，部队对外不得使用原番号，一律使用代号，兴亭，铁六团原来是我们自己喊喊的，现在，就正式用这个名吧，挺进冀中，铁，要有钢铁的样子！"

黄兴亭："是。请首长放心。"

霍总抬脚，将烟斗在鞋底磕掉，放桌上，站起，双手拍拍前襟。

霍总不紧不慢地："两个老红军主力团跟我走了，留下的四团就成了新的主力团，考虑到四团组建时间不长，略单薄些，需要加强骨干力量，师部决定从你们团抽出三个老红军主力连，与四团三个新建连队对调。"

黄兴亭张大嘴，却说不出话来。

霍总目光盯视兴亭："黄娃子，看你脸拉这么长，心痛了吧，有意见吧？还抽筋剥皮不成。"

黄兴亭平静了一下心绪："霍总指挥，我没意见呀。部队是党的呀，听党的调动。师长、政委，我们一定抽调出最好的三个连给四团！"

霍总："哟呵，黄娃子挺会说话，唔，长能耐了。"

黄兴亭："本来嘛。我这张脸，哎，这几天没吃好、睡好，就——拉长了。"

霍总风趣地："你这张娃娃脸，藏不住事。你说瘦了，好啊，我们到冀中去吃白面馒头，把脸吃圆啰。"

众人哄堂大笑。

15-17　师部附近山坡　日　外

宗旅长与黄兴亭谈心。

黄兴亭："旅长，待会我就要回团里去了，你还有什么指示？"

宗旅长："冀中是平原，那儿的日军很猖獗！你团随师部行动，不仅仅要保护好师部机关以及霍总的安全，还要开展好军事斗争的工作，新任务可是很艰巨啊！"

黄兴亭："我们走后，晋西北压力就更大了，你也要注意安全。我和廖政委商量过，从我团特务连调出一个班留你这里。"

宗旅长："我明白你们的心，也领你们对我的情。你们团把三个主力连都给了四团了，再抽，这可不行。这个班过去，用不了多久就能变成一个嗷嗷叫的排，或者响当当的连哪。噢，调入你们团的三个连，都建制不足，许多战士缺乏实际战斗锻炼。"

黄兴亭："旅长，我明白你的意思，一定带好。"

宗旅长："离开习惯的山区，到平原作战，要好好研究新环境、新战术。"

黄兴亭："旅长，我不敢说大话，可一定会好好研究琢磨平原作战的特点，打出几个好仗来，好让旅长放心。"

宗旅长："我要的就是你这句话！"

15-18　河间县东城门　日　外

枪声、炮声和百姓四下逃跑的奔跑声。

硝烟弥漫画面。

宫崎骑着高头大马，带着部队开进城门标识的东门。

15-19　河间县日军指挥部　日　内

这是一户富裕人家的宅邸。

宽大的书房，零乱地放着书桌、太师椅，《诗经》等线装书散落一地。室内光线昏暗。

几个日军士兵正在忙碌，敷设电话线，摇柄试电话；搬运清扫书籍、抬进衣帽架、清理书桌上的文房四宝，往书桌后的墙上挂地图。

宫崎拿起博古架上的一只青花瓷帽托把玩，脸上现出迷惘。

立其后的阎二旦谄笑，将自己头上的鬼子帽摘下扣上帽托，宫崎会意。

宫崎转过身来，与阎二旦日语对话："阎君，你还是干老本行侦缉队长，我只能给你武器，人员你自己解决。"

阎二旦点头哈腰："哈咿。"

宫崎拿起桌上那摆放的相框（他的相片，胸前缀满勋章）把玩。

宫崎转过身来："限定在青纱帐起之前，肃清平原共军。"

阎二旦讨好地："大日本皇军英明，抓住了战机。这高粱林起来，就像南方的甘蔗林，抓个人就像拳头打跳蚤，劳民伤财，疲于奔波，这着棋妙、妙、妙。"

他伸出大拇指拍马屁。

宫崎走到地图前，手指在地图游动："对冀中——（双臂张开）形成夹击。（然后手指地图上几个黑点）这是我联队清剿的范围。"

宫崎顿了一下："这一带的中国民党军队都被打跑了……"

阎二旦附和："剩下的也就是些土八路，兴不起风浪。"

宫崎："也不能大意。蚋野大队遭灭顶之灾，就是情报失误。"

阎二旦辩解："高洪村情报是我亲自弄到的，把八路军五大队消灭了。不曾想到，呼石子突然冒出一股部队。"

宫崎："是什么部队？"

阎二旦："我着急来你这报到，来不及弄清。据我的经验，应是正规精锐部队，一般部队不敢这么打，至少有七八个团兵力。（心有余悸）进攻三台城的部队，攻势凶猛，有炮哩，那重机枪嗒嗒嗒的，弹药很充足……"

宫崎做了个制止的手势："我们部队一贯忽略情报工作，是个教训。你立即把侦缉队建立起来，多吸收些效忠皇军，又熟悉当地情况的本地人，保持情报畅通。再出现呼石子类似事件，你难辞其咎！"

阎二旦："哈咿、哈咿。"

阎二旦点头哈腰，面向宫崎退出。

宫崎用手在地图上丈量三台与刘庄距离，点了点，又移向娄凡国民党军防区丈量，一副若有所思的模样。

15-20　冀中平原某地　日　外

黄兴亭带着刘忠、王振南趴在一大片树林外的土坎上观察。

雪止了，肆虐的寒风呜呜叫。

望远镜的移动画面：

一望无际的平原，覆盖在雪中，没有任何农作物，雪中裸露的秸秆在风中瑟瑟发抖，依稀可见三三两两的坟包，公路路口两侧矗立着岗楼，岗楼上插着的日军旗在风中张牙舞爪，岗楼四周环绕铁丝网，铁丝网外是四五米宽的壕沟，出口有吊桥高高挂起。

近处，一个很大的村落，家家小院升起袅袅炊烟，一片寂静。

村里的房屋都是平顶，顶上有垛口。

一屋顶上隐蔽着我军一哨兵，观察前方，他打个哈欠，又用雪擦脸提神。

村内的巷道里，挤挤挨挨坐着战士，他们没卸背包，怀抱着枪，和衣而睡，保持临战状态。

黄兴亭皱眉，放下望远镜，把帽檐拉到眉际。

黄兴亭："老刘，洪船生去侦察该回来了吧？"

刘忠双手搓耳："有些时候了。团长，天寒地冻的，我们先回去休息会儿。"

他们向树林中走去。

黄兴亭："天气这么冷，部队老是在外露营吃不消呀，得想个办法解决。"

刘忠："部队已有人员冻伤。唉，敌情顾虑下行军部队太紧张、太疲劳，到这个鬼地方打仗，人生地不熟的，没底啊。野外不敢生火煮饭，村庄不敢随便进，又听不懂当地老乡讲话，部队从根据地出来，一路背包都没解开过，没喝上一口热水——"

黄兴亭跺跺脚："我两只脚都冻麻了，冻得够呛。是啊，不如在根据地自在……唉，战士冻坏了，怎么打仗？"

刘忠："估计，快到冀中军区惠伯口根据地了，再克服克服，到那儿再休整休整。"

黄兴亭若有所思："我们到这地方打仗，困难不少哟。"

15-21　林中A　日　外

林子很大。

林间飘来干部们七嘴八舌的牢骚声：

这么大个平坝子，一眼望不到边，种庄稼是好，打仗可不行。

眼下正值冬季，青纱帐倒了，田野里白茫茫一片，连只兔子也藏不住，何况是数千人马呢？

平原上公路四通八达，几十里、上百里，敌人的汽车、坦克轮子一转就到了眼前。

平原上没得山包当掩护，没得沟谷打伏击，没地形地物的掩护，部队怎么隐蔽？战斗怎么打？

遇到敌人就绕道走，哪像主力干的事？真有点虎落平阳被犬欺的感觉！

……

冯伢子瞪眼："带头发牢骚、讲怪话，成什么样子！还都是党员、干部。廖政委动员会上怎么说的，首先骨干要带头，不讲怪话发牢骚，影响战士情绪……"

众人一见冯伢子和教导员来到，顿时鸦雀无声。

冯伢子："都瞪着我干啥？都冲我发牢骚，我朝谁去发牢骚？姆妈娘的，谁再动摇军心，老子枪毙他！"

众人又议论起来，只是声音小了。

干部甲："得想想办法。"

干部乙："有什么办法？"

干部丙："这样下去，部队要拖垮的啊。"

教导员："亏你们还是干部，只晓得讲怪话，光瞎嚷嚷有什么用？我刚才去三连一班走了一下，人家就在开'诸葛亮会'群策群力，倒是有个好建议……"

黄兴亭路过："什么好建议呀？"

见到黄兴亭，营连干部起立敬礼。

黄兴亭盘腿坐下，打手势示意大家坐下。

黄兴亭冲教导员："什么好建议，说说看。"

教导员："团长，我本来想我们几个营干部商量一下，再向团部报告。正好你来了，我就直接报告了吧。战士们建议，由各连派出一个班哨警戒，以少数人的辛苦疲劳，换取多数人的休息。"

黄兴亭将帽檐往上一推："呵，和我想到一块儿了，这个办法好，刚才我还在想这个事。（用征询口吻）老刘，立即下达我的命令，以营为单位，建立值班部队警戒制度，其余部队就地进附近村庄宿营，解背包休息。"

15-22 林子B 日 外

黄兴亭转到林子另一处的炮兵连。

一片随时准备开拔的紧张气氛。

一群骡马，马蹄上蒙着布，马嘴都捆着绳子，马尾巴上都兜着装马粪的袋子，马背上驮着迫击炮管、底盘和架子。有的战士正在用绳索加固大车上的弹药箱，有的正在用布条缠九二步兵炮的铁轮，以消弭行进中铁器碰撞的声响。

炮连长身后晃荡着驳壳枪，跟着黄兴亭。

炮连长："战士们有高度的战斗自觉性，宿营一律装备不卸驮子、人员不脱衣服鞋袜，抱枪倒头而眠，随时准备战斗。我刚才还表扬过。"

黄兴亭："你蠢！"

炮连长不解："我蠢？这炮可是你的宝贝疙瘩，我要保证拉得上、打得响！"

黄兴亭："说你蠢你还不承认，战士战斗热情高，当然好，要保持。可你忘记了指挥员的责任，没有睡眠哪来充沛的精力？旺盛的精力才是高昂士气的基础。不睡好觉，怎么打仗？"

黄兴亭伸一下懒腰："我都疲劳得很想睡一觉，你不想睡觉？"

炮连长默认，不自然地笑笑。

黄兴亭指着马匹："乱弹琴！人精神可撑，生理极限也撑不长久，况且不会说话的战友骡马，就这么立着，它也不会发牢骚，你就欺负人家啊。"

炮连长手伸帽里抓着笑了笑。

黄兴亭："立即卸装，给我休息。"

炮连长不解其意："万一……"

黄兴亭："执行命令。但隐蔽还是要的，马嘴还是要捆的，马要拴牢了，跑掉一匹小心你的脑袋！"

15-23 雪原 日 外

残垣断壁的村庄——倒塌的驴圈、秸秆垛相继出现。

船生头扎羊肚毛巾、肩搭褡裢伏在弹痕累累的断墙边，手拿地图比画。

透过断墙，远远望去，一览无余的开阔雪原尽头，隐约可见矗立着一座高大炮楼轮廓。

最近那座炮楼顶上插日本旗，在寒风中瑟瑟发抖，进出口处悬挂着吊桥。

镜头中界碑赫然：武家庄

船生举手遮眼，眉头皱成一团，掏出拇指大的铜质指北针。

船生自言自语："不对劲哪，地图上去惠伯口公路是朝北方，武家庄应该在公路北面，怎么在南面？不行，我得上去核准，出纰漏就麻烦了。"

雪地里出现一个小黑点匍匐移动，是船生。

15-24 刘庄团部驻地牲口棚 日 外

这是一个大的牲口棚子。

地上铺着一层薄薄的秸秆，有的地方还没铺到。

干部战士或卧或躺和衣挤在一块，身上盖黄军毯、灰棉被，轻微的鼾声。

15-25 村子里 日 外

黄兴亭和廖政委在村里看地形。

廖政委："你的点子好啊。"

黄兴亭："老革命遇上新问题。也难怪这些骨干发牢骚。"

廖政委："这些牢骚，我看不是畏战，是在考虑平原怎么打仗的问题。"

黄兴亭："政委，老实说，平原作战我也心中没底，挺紧张的。脑子里都是这个事。从地形看，一马平川，适合鬼子大部队汽车、骡马机动……"

廖政委："难怪，新环境不适应啊。没了大山、树林依靠了，不过，我们还有最大的靠山，就是群众。你这部队轮休的点子，就是部队内群众集思广益的结果嘛。"

黄兴亭："我们要尽快与地方的党组织联系上，去找到人民群众这个大靠山。"

廖政委："当年'闹红'这么干，现在抗日还是这么干！"

黄兴亭："对，这是我们的看家本领。"

他俩和警卫人员登上一屋顶，眺望。

黄兴亭："这里的房子都是平顶房，用门板、木梯连通起来，就是个大碉堡，居高临下，四处都在射界之内，比我们在山区占领制高点还强，不用扫除树木障碍；我和老刘在这附近转了一下，这村周边的阻水的垴坎、坟头，都是现成的散兵掩体；村庄周围的树林，适合部队隐蔽集结。"

他俩穿行在巷子里，恰一村民挑担过来，两人避让，客气地与村民打招呼。

廖政委："这类小巷好啊，窄窄的，只容一人通过，敌人的炮啊、机枪啊施展不开火力，适合近战搏杀，很合我们的胃口哩。"

黄兴亭："是啊，一枪打去，串糖葫芦，一箭双雕，省子弹。"

廖政委："先把地形搞熟很重要。"

黄兴亭："说到地形，关键是方位判断。这平原村庄都很大，地形地貌都差不多，难分辨。如果方位判不准，麻烦就大了。我想给各营长配一个怀表。我在洪湖军校听教员说过——"

廖政委接茬："时间折半对太阳，12指的是北方。我同意。"

黄兴亭："那我就叫三参谋想办法去弄。"

廖政委扳着手指："会吃、会睡、会判定方位、会休息、会打的问题有眉目了。但是千号人行动，隐匿部队行迹还是个问题呀。"

黄兴亭："会藏、能走问题，是得好好研究研究。"

廖政委："隐蔽部队行踪很成问题，还有许多意想不到的问题。昨晚我们进庄，这狗叫了半宿，我担心跑风漏气呀。"

黄兴亭："嗯，很容易给敌人通风报信。唉，人员好控制，就这狗鼻子太伤脑筋……"

15-26 雪原　日　外

船生眼中看得真切，鬼子军官牵着军犬趾高气扬在喊什么，一队日军从炮楼里鱼贯而出列队，那军犬冲他所在方向吼叫。

船生下意识打了个寒噤，缩头，环顾四下，一脸惊愕。

周边数百十米几个伪军猫腰荷枪呈半包围向他逼近。

船生机警拔枪，把手中的地图撕碎，吃地图，可难以下咽。

他急中生智，跃起，一边跑一边将地图屑四下撒去。

枪声。

船生忽打住脚步。

船生："（Os）不能往刘庄跑，暴露部队，我得把他们引开。"

他弓腰向来路相反方向跑，边跑边射击。

"叭、叭"，跑在前面两伪军中弹倒地。

其余伪军卧地射击，畏缩不前。

伪军们："抓土八路呀……抓活的……你跑不了啦！"

可就没一人前行。

骤起的枪声、喊声，惊动了炮楼的鬼子。

几双穿翻毛皮鞋的脚跑动。

吊桥放下，马队、摩托车冲出吊桥。

船生前方公路上快速移动的迂回的马队、车队，马蹄、车轮溅起带冰碴的一片片雪水，映入画面。

船生奔跑中忽然止步了。

前头公路上的鬼子，停滞不前了，原来前面的道沟成了敌人前行的障碍。

船生在枪声中大步流星提枪往回走着，那伪军见状，顿作鸟兽散。

15-27　团部伙房前空地　日　外

刘庄抗救会会长老郑牵一条狗进来，直嚷："老万，老万……"

万才宝迎出来："老郑啊，我正要去谢你哩，多亏你送来那坛子腌茄子，下饭好吃。"

万才宝咂巴嘴，似在回味。

万才宝瞧见狗了："老郑，你这是——"

老郑："老万，想请你帮个忙，把这狗给杀了。"

万才宝："杀狗？"

万才宝瞥一眼狗，又把目光投向老郑。

老郑点点头："昨晚你们进庄，庄里的狗叫了半宿，影响部队行动。畜牲不懂人事，唉。今儿我们抗救会开会了，决定动员全庄各家各户杀狗，我是会长，要带个头。"

万才宝："杀狗，你自己不会杀？"

老郑俯下身子，捋抚着伏地的狗。

老郑："我下不了手啊，养了三年的看家狗，有感情咧。（眼里溢着泪光，起身决绝）老万，拜托。"

万才宝："这……这……"

15-28 伙房内 日 内

万才宝跑到伙房内："老崔，你快烧热水。"

老崔："是。"

万才宝拿出一根绳子，用水瓢从水缸里舀了一瓢水，匆匆出门。

万才宝进屋："水烧好了吗？"

老崔："快了，还差一把火。万参谋，狗杀啦？"

万才宝："杀了。"

老崔："怎么不见血？挺利落嘛。"

万才宝："这还不容易，把狗脖子用绳子一套，吊树上，狗一张嘴，我就往它嘴里灌水呛死它，这叫兵不血刃拿下。"

老崔："看你这熟练劲，老手呀！"

万才宝："你知道不，我是孤儿，小时候没东西吃，饿急了，就干偷鸡摸狗的营生。不过，是弄财主家的，穷人家饭都莫得吃，哪养得起狗啊鸡啊的。"

老崔："你就没干过侵害群众利益的事？"

万才宝不以为然："小时候有过，到乡亲地里拔过菜，乡亲们没为难我过，兴许是可怜我，兴许怕为难我会招惹欺侮孤儿的骂名。"

老崔："我不信，都不敢惹你？"

万才宝坦白："开始有过，不过后来没人敢惹我。"

老崔饶有兴趣把身子往前倾。

万才宝："有一回，我拔了一户人家的几根菜，他追打我。后来他再也不敢了。"

老崔："为什么？"

万才宝："第二天，我把他家刚种下的菜秧子全拔了。"

老崔笑笑："你够顽劣的！"

万才宝："少不更事咧。唉，现在想想，怪对不住乡亲们的。我是吃百家饭长大的，真不知怎么报答乡亲们对我宽容，等有机会吧。"

老崔："浪子回头，这个习惯怕是到了队伍上后改啦？"

万才宝摇摇头："不是。"

老崔拉腔拉调："嗯？"

万才宝："姆妈娘的，老子后来当了厨子，还愁吃吗？！（又补了一句）参加革命后，我才知道，我那叫作孽。"

15-29　雪原　日　外

船生在道沟里，喜出望外，如同发现新大陆，好奇地东摸西摸，走走停停。

突然，他一拍脑袋，像记起什么。

船生："（Os）坏了，鬼子活动规律还没搞清哩。"

他返身跑起来。

15-30　刘庄团部驻地　傍晚　外

血色黄昏。

黄兴亭站在村口，心绪不宁地踱步，掏怀表，踮脚张望。

小周："团长，都等了两个时辰了，外面冷，你先回团部，我在这儿等。"

黄兴亭焦灼地摆摆手，示意不用。

黄兴亭："这个船生，搞什么名堂！"

15-31　刘庄团部　傍晚　内

老郑与廖政委谈话。

老郑："为了抗日，我们抗救会一动员打狗，大家都干了，但也有少数人舍不得，妇救会主任还在挨家挨户做工作。"

廖政委："乡亲们的心意我们领了，可这打狗的事，没必要嘛。这样吧，没打的就不要打了，已打掉的狗，我们部队照价赔偿。"

老郑直摆手："不成不成。"

廖政委："这事就这样定了。"

老郑不表态。

廖政委："你们统计一下，今天晚上我们部队出发前，我让万参谋给你结账。"

老郑："你们晚上就走？"

廖政委："对。有一件事，还得麻烦你们，就是我们部队来过，消息要封锁住。"

老郑："首长，你放心，我们庄稼人口风紧着哩。"

廖政委："哦，还有一件事，你能不能帮我们联系到你们的上级组织？"

老郑为难地："'大眼侯'长久没有联系啦。"

廖政委："'大眼侯'？"

老郑："'大眼侯'名叫侯玉天，是我们冀中抗日根据地的名人哩。他眼大如铃，大家叫他'大眼侯'，这一带敌人都怕他。这还是抗日前的事。有一次，国民党县党部执委史博文带一伙人骑脚踏车到龙华村抓侯玉天，巧好那天侯玉天没带枪……"

闪回：

史博文一伙推自行车与骑自行车的侯玉天迎面相撞。

侯玉天不及闪避。

侯玉天急中生智，大叫："我正找你们哪，嘿，送到老子枪口上来啦！"

说着一手伸到自行车的马褡子里佯装掏枪。

见状，史博文一干人掉转车头夺路而逃。

前面自行车队飞驶，车轮旋转，哐啷作响。

后面侯玉天佯装紧追不舍骑行。

过了一片青纱帐转弯处，史博文气喘吁吁停车转身，后面空空如也。

闪回毕。

廖政委和老郑的笑声。

15-32　刘庄团部驻地　傍晚　外

远处出现奔跑的身影，跌跌撞撞的船生迎镜走来。

黄兴亭疾步迎上前，暂时忘了团长的矜持，情不自禁一把搂住船生。

黄兴亭："你把我吓得够呛！"

黄兴亭觉察到自己失态，放开船生。

黄兴亭板脸："你怎么现在才回来？部队准备行动了，就等你侦察的情况。"

船生向黄兴亭敬礼，黄兴亭回礼。

船生："报告团长，去惠伯口横穿必经公路情况已摸清，只有武家庄这个大炮楼，有鬼子一个小队，三十来号人，其他那些个岗楼都是伪军站哨，一个岗楼半个班，五到六个人。大炮楼鬼子一个小时出来巡逻一次。（用嘴往双手呵热气）团长，周围没有发现新的敌情……"

黄兴亭迫不及待："行军路线勘查怎么样，这么多人马……"

船生没正面回答，将铜质指北针递还。

船生："团长，还你。国民党发来的地图漏洞百出，图对不上地，地对不上图，照那个标识走，非捅娄子。"

黄兴亭："快，地图拿给我看。"

船生："我撕了，丢了。"

黄兴亭狐疑地："没地图，你怎么找回来？"

船生一拍胸口："你还不了解我？都在我脑子里。找回来的路呀，对于我来说，张飞吃豆芽——小菜一碟。"

黄兴亭严肃地："别吹牛！船生，我们这次进入冀中是秘密行动，大部队行动，隐蔽企图，这行军路线规划，可不能出半点纰漏。"

船生："团长，你放心。"

船生把嘴贴黄兴亭耳边。

黄兴亭点头："走，去看看。"

15-33　道沟　傍晚　外

道沟内，船生前面走，黄兴亭、小周后面跟。

船生："情况就是这样，当时情况紧急，我怕地图落入鬼子手中，让他们嗅出味道，暴露，所以这么处理。"

黄兴亭："嗯，你做得对。"

船生："我测过，这道沟，宽可通过大车，高约二米，一直向前延伸……（顿了一下）兴亭哥，怎么样，这里隐藏大部队行动没问题。"

黄兴亭若有所思："对付敌人的马队摩托车是个障碍，唔，对敌人的汽车和坦克更是个克星哩。"

船生："我看是当地军民想出来的办法，对付鬼子的高招儿哎。"

黄兴亭："嗯，冀中的老百姓不简单。"

15-34　团部　傍晚　内

万才宝："报告。"

廖政委："进来。"

万才宝："政委，你找我？"

廖政委："你和老郑把账结了吗？"

万才宝："结了。开始，他死活不肯收，经我工作，收下了。按照你的吩咐，团直统一分发下去了，只有炮连在野外露营，由我们伙房弄好了送去。正在弄。"

廖政委："好，弄好了，注意保温赶紧送去。"

正说着，黄兴亭、船生、小周进门。

黄兴亭高兴地："政委啊，有新发现啊，解决大问题啰——"

老崔端着冒热气的钵子进门，打断："开饭啰。"

老崔将钵子朝桌上一坐。

船生鼻翼抽动："狗肉。"

船生说着顺手抓起一块狗肉欲往口里塞。

廖政委："放下。"

船生老实将肉放回。

廖政委："万才宝，不是说先给炮连送去？"

万才宝解释："只有一只锅，要分两次烧。团长、政委你们先吃吧，狗肉暖身子咧。"

廖政委望一眼不知所措的老崔，决绝地："端走，送炮连，战斗部队要紧。"

万才宝挥挥手，示意老崔端走。

黄兴亭："慢。"

黄兴亭从老崔端着的钵子中取出一块狗肉递给船生。

船生接过就吃。

万才宝瞪了船生一眼："姆妈娘的，我忙活大半天没吃上一口，凭什么？他营级，我也营级。团长，你偏心。"

船生反诘："你没吃一口？唬人，我还不知道你那德行，在灶台尝尝看、一口一口尝尝看，早吃饱啦。"

黄兴亭："什么营级不营级的，人家船生早上出去到现在没吃东西，能一样吗？他立了一功，我犒劳他不应该吗？"

万才宝无言以对。

黄兴亭："万才宝。"

万才宝："到。"

黄兴亭："你现在立即去舀一碗狗肉汤来，给洪船生喝。"

万才宝："是。"

他出门前回头狠狠地瞪了船生一眼。

第十六集

16-1 雪原 日/夜 外

夜，武家庄鬼子大炮楼探照灯在公路上扫射。

探照灯转向间歇，部队分小股通过公路。

日，凛冽寒风打呼哨，大地白茫茫一片。

镜头下移，道沟里，船生带侦察排在前面走。

后面灰军装队伍悄然行军蠕动的身影。

16-2 惠伯口村舞台下 傍晚 外

部队到达惠伯口，与冀中军区的部队会合。

惠伯口村外一平场临时搭起舞台，上挂"联欢大会"字样，舞台左右挂着两盏大汽灯，把广场照得通明。

两支兄弟部队分坐在台下左右两边。

场外围了许多老百姓，对身边突然出现这么多的八路军，第一次见到这么多枪炮、马匹感到新奇，感到比任何时候都踏实。

小孩子们三五成群，跑前跳后。吵吵嚷嚷的年轻姑娘媳妇们都挤在一起，不时朝队伍里指指点点，喊喊喳喳。

会场前，排放着高、低小板凳的"首长席"。

吕司令："霍总，按照司令员指示，我们冀中军区一些部队混编到铁六团，让主力部队好好带一带。这些新部队组建时间不长，主要是刚放下锄头的农民，没经过正规训练，战斗技能和战斗经验很不足。"

霍总："互相学习嘛。这些冀中子弟兵打鬼子热情高，土生土长，地面熟，补充进来给我们平原作战提供了新生力量。吕司令啊，我也想部队有个熟悉新战场和整训的时间，不过，敌人不给哩，看来，只有一边整训，一边打仗啰。吕司令，你们冀中人民拆城墙、挖地道、麻雀战可是个创举，了不起，可要传授给我们哟。"

吕司令："这次来的铁六团，就是呼石子干掉鬼子一个大队那个团吧。"

霍总招呼黄兴亭。

霍总："这是铁六团团长黄兴亭。"

黄兴亭向吕司令敬礼。

吕司令拉黄兴亭在身边坐下。

吕司令："哟，好年轻哟。"

16-3 惠伯口村舞台上 傍晚 外

戏台上八路军女战士报幕员走了出来。

女报幕员："亲爱的首长、亲爱的战友们，战地剧社演出开始……"

战地剧社的几个女兵演员在幕布边指指戳戳。

在一边瞧热闹的田慧琴听得真切。

女演员甲："第一排中间吕司令边上那个。"

女演员乙："这位团长这么年轻,看着比咱们队长小多了。"

女演员丙："他这团是主力团,打仗可出了名,呼石子一仗,就消灭鬼子一个大队,七百多号鬼子!"

女演员丁："听说,是老资格,走过长征的老红军。"

女演员乙："这就叫人不可貌相。"

女演员丙："我以为团长定是膀大腰粗的汉子,没想到是这么个漂亮小生。"

女演员甲:"咱队长满脸大胡子,像个鲁智深,可不会打仗,只会编快板。"

队长:"喂,你们瞎扯啥,下个节目你们上!"

像鲁智深的队长叫唤了,女演员们伸舌。

16-4　惠伯口村舞台下　夜　外

台下黄兴亭与霍总耳语,悄然离席。

16-5　惠伯口村舞台上　夜　外

见女演员们走了,田慧琴好奇地揭开幕布一角偷窥,只见前排中间,吕司令边上是个空位。

八路军女战士报幕员："下一个节目,请首长和同志们欣赏合唱《到敌人后方去》，作词赵启海、作曲冼星海，由八路军西北部战地剧社演出。"

指挥右手拿一根筷子指挥，雄壮的歌声响起。

女演员们："到敌人后方去，把鬼子赶出境；不怕雨，不怕风；今天攻下一个村，明天夺下一座城；叫鬼子顾东不顾西，叫鬼子军力不集中……"

16-6　往村口的路上　夜　外

黄兴亭带船生、王振南和骑兵通信员往村口观察动静，远处冯伢子率值班部队正在构筑警戒工事。

16-7　马黑子家门前　夜　外

远处歌声传来："到敌人后方去，把鬼子赶出境；两路夹攻才能打得胜；两路夹攻才能打得赢……"

鼓掌声不绝于耳。

一个穿八路军军服的人，蹑手蹑脚向马家门口走去。

16-8　马黑子家　夜　内

孩子在床上熟睡，马黑子怀里拥着小媳妇。

马黑子："我是偷跑出来的。我编入铁六团，正规主力部队规矩特别严，不能待时间太长。"

小媳妇："那就快些。"

小媳妇说完"噗"吹灭了油灯。

16-9　惠伯口村舞台上　夜　外

演员们："到敌人后方去，把鬼子赶出境；不论西，不论东；到处有我们的游击队；到处有我们的好兄弟；看敌人军阀有什么用……"

16-10　惠伯口村舞台下　夜　外

台下，霍总用手指在膝盖上和点着旋律拍子。
远处传来隐约的一声枪响。

16-11　惠伯口村口通往阵地路上　夜　外

黄兴亭往村口阵地上跑，正与往回跑的船生撞个正着。
黄兴亭："哪儿打枪？"
船生："枪声是西南方向河间县一带，我已派侦察排上去了。"
黄兴亭："你立即去带领侦察排，把敌人动向给我看牢啰。"
船生："是。"
黄兴亭："王振南，我在这盯着，你去通知，按预案，会场上二营、三营暂不要动，保护会场，你亲自带特务连往霍总身边靠拢，不要惊动首长。一有情况不惜一切代价，保护首长们和群众转移。"

16-12 惠伯口村舞台下　夜　外

会场骚动了一下。

战地剧社的演员们从容演出。

演员们："到敌人后方去，把鬼子赶出境；我们的旗帜插遍东三省；我们的旗帜插遍黄河东——"

这时又传来几声枪响。

霍总用肘捅了一下身边的吕司令。

霍总诙谐地："吕司令，听到吧，我们的旗帜插遍东三省。要打到你老家去。（对身边稍有些不安的几位首长）没事，黄兴亭的铁六在呢，我们照常看戏嘛！看完再走也不迟。"

本来准备离场的惊慌群众，见霍总纹丝不动，部队稳如泰山，似有了主心骨，返场。

16-13 马黑子家　夜　内

油灯亮光从糊麻纸的窗棂射出。

马黑子从家中匆匆跑出、奔跑的画面。

16-14 惠伯口村　夜　外

马黑子刚入列，被冯伢子叫出。

冯伢子："刚才你到哪去啦？"

马黑子："我去撒尿。"

冯伢子："怎么不说一声就走，你现在是主力部队的战士，不是在游击队。"

马黑子嘀咕："哼，管天管地，还管拉屎撒尿，也管得太宽了。"

冯伢子："稀稀拉拉，吊儿郎当，游击习气。你当是大车店啊，想来就来，想走就走！我们是主力团！你给我入列去。"

马黑子："是。"

16-15　平原大道　夜　外

冀中平原的大道上，一股鬼子和伪军进至某个村庄外。

先派一支鬼子在庄后单膝跪守着，然后自正面朝村庄开上一炮后，鬼子三五成群，展开散兵队形朝村庄攻击前进。

随着炮弹爆炸，村庄里的百姓们纷纷自村后逃出村庄。

16-16　村外远处道沟　夜　外

村外远处道沟，侦察排战士严阵以待。

船生："敌人不是冲师部来的，没有我命令不许开枪。章道仁你回去报告团长，如万不得已和敌人接火，我会把敌人引其他方向，脱离敌人后会迅速到预定地点归建。"

16-17　惠伯口村舞台下　夜　外

会场响起喧闹的锣鼓声，演出已近尾声。

黄兴亭匆匆进场，附耳将敌情及时地汇报给霍总，霍总点点头，点燃烟斗，那烟雾不疾不徐升入夜空。

16-18　惠伯口村舞台上　夜　外

台上，女报幕员走出来。

女报幕员："演出到此结束！"

16-19　惠伯口村舞台下　夜　外

霍总："（悄悄地对吕司令）快走，看样子敌人真的进攻了。"

霍总起身双手拍拍屁股抬步，大声地："我们的戏看完了，把戏台子让给鬼子啰。"

战地剧社的人员有条不紊收拾道具。

有人意犹未尽哼唱小曲。

"鲁智深"牵着拉大车的马向后台不紧不慢走，那马蹄走得慢条斯理。

见首长们离席，值星干部整理部队。

值星干部："全体队伍，起立，拿背包。"

战士们整齐划一，双腿夹枪，背上垫屁股的背包，将枪上肩。

值星干部："向右转，跑步走。"

部队快速有秩序地退出会场。

16-20　村道口　夜　外

夜色中，两支队伍分道而行的路口，霍总向黄兴亭、廖政委交代任务。

霍总："交给你们铁六团的主要任务，待机歼敌，集中兵力先打河间、任丘方向的敌人。务必保证首战必胜！"

黄兴亭、廖政委举手敬礼。

两人："保证完成任务！"

16-21　河间城诗经茶馆　夜　内

高士大、侯玉天和渔阳等人正在后院联络点开会。

渔阳："阎老四调他去抗大分校学习，他愉快去了。部队整编为独立大队，除去自愿去主力部队的人，遣散了武魁手下的一些人和不愿离开阎家庄的人，部队还有百把人。现在驻梁村整顿，由刘敢大队长主持。"

高士大："真没想到事情处理得这么利落，渔特派员有能力。"

侯玉天："不愧为老苏维主席。"

渔阳："当前，我们的工作主要是稳定群众情绪。现在敌人在到处建立伪政权，我们要想办法，把我们的人弄进去，变成白皮红心的两面政权。对那些死心塌地的汉奸，必须严惩！"

侯玉天："河间城里的侦缉队那个阎二旦很猖狂，收罗汉奸，把城里弄得乌烟瘴气，老百姓恨得咬牙切齿，我看为民除害，就先拿他祭刀！"

渔阳："不忙，先留着他，有用。他不是在招兵买马吗？我们顺势派些人进去，到时候他一撅腚，咱就知道他是拉屎还是拉尿。"

高士大："对，放长线钓大鱼。"

侯玉天用手掌在脖上做了个抹脖的手势："随时可取他的狗命。"

高士大："老侯提到狗，我看也是个发怵的问题，我们部队晚上活动，到一个村，一只狗一叫，引起一片狗叫，我们几次行动没得手，就是狗给敌人通风报信哩！"

侯玉天："可敌人偷袭我们，狗也给我们通风报信。"

渔阳："老百姓杀狗，牵扯群众利益，我们只能动员，不能强求。狗是有灵性的。狗辨不出敌我，人有主观能动性，我们要行动，可以提前派人去村里给老百姓打招呼，让群众管好狗。平时就为我们看家护院，岂不是很好吗？"

室内发出压抑的笑声。

渔阳："老侯，小女送信回来没？不知道有没有联系上吕司令。"

侯玉天："该回来了，如果有意外我大徒弟早来回报了。看来吕司令没有离开冀中。"

高士大："正盼望吕司令带部队回来，带我们和鬼子正儿八经打上几仗。"

渔阳："自从鬼子对我冀中两次围攻后，这一次围攻来势不小，敌人目的就是除掉冀中抗日武装，这是敌人的心腹之患。眼下，确实是最艰难的时候，我们要坚持住！老高、老侯，我们的部队不能让敌人各个击破，要适当集中兵力在任丘、河间之间打几仗，告诉老百姓八路军部队还在，鼓舞群众信心。"

掌柜急急推门而入。

掌柜："侦缉队又来查'良民证'了。"

　　掌柜说着，移开供奉关公的香台，台后是一夹墙门，渔阳等人进夹墙。

　　掌柜将香台复原。

16-22　地道中　夜　内

渔阳等人举着蜡烛在地道内行走。

16-23　驴槽口　夜　外

城外一村庄驴槽口，渔阳等人爬出。

16-24　某庄地道　夜　内

侯玉天、渔阳、田慧琴和大黑个保镖等人在挖地道。

　　渔阳："主力部队来了，就不知是哪儿来的，听慧琴说，有重机枪、有炮。"

　　田慧琴："吕司令说我们送去的补充兵员是雪里送炭，有的还补充到了老八路的主力部队。"

　　侯玉天："吕司令的口信说老八路主力来了，让我们做好迎接主力的各项准备。大部队来了，这么多人吃喝住行，解决粮秣是一个问题，大部队初来乍到，地面不熟，情报提供也是问题，当务之急是怎么和他们联系上。"

　　渔阳："他们肯定也在找我们，我们行踪飘忽不定，他们不好找。我想，我们是否找机会打一仗，用枪声招引他们来，这办法灵光。"

侯玉天："鬼子很疯狂，任丘和先县危在旦夕，高士大的部队已退出任丘附近，向我们靠拢。只是不知道鬼子下一步什么行动，目标是哪儿。大部队来，我们得提供准确的情报……"

渔阳："老侯，照这么挖，再三天就跟咱们那地道连上了。"

侯玉天："是啊，你这改进方法好。遇到情况光躲不是办法，村村连上，就有攻有守，主力部队来了可派上机动大用场。"

渔阳停手："老侯，我估摸时候差不多了，不能挖了，该把新土运出去了，天亮就不好办了。"

侯玉天喊："收工，运土。"

渔阳："运土时小心，不要把新土落地上啦。"

16-25 铁六团驻地村口 晨 外

东方显鱼肚白。

冯伢子带着一连长查哨。

冯伢子见哨位上空空如也。

冯伢子大惊："咦，哨兵呢？"

一连长赶快四处寻找，回来朝冯伢子摇头。

一连长："不见了。两个小时前，我带他上岗的呀。"

冯伢子："他是谁？"

一连长："新一连的马黑子。"

冯伢子跳脚："乱弹琴！又是他！你怎么带的兵？兵跑了都不知道，你这个连长怎么当的？！"

一连长："营长，是我的责任，你处分我吧。这马黑子这些天，情绪不是很高，吃菜挑挑拣拣，饭也吃得少。他们班长给我反映过，我以为是我们伙食差，他怕吃苦，没重视思想苗头，只想慢慢会习惯。我也没想到他会开小差。"

冯伢子："问题严重了，携枪跑，会不会投敌？"

一连长："不至于吧。根据我的经验，如要投敌，他在地方干时，早就投敌了。"

冯伢子："他带走武器你怎么解释？"

一连长语塞。

这时，传来了小曲声。循声望去，马黑子肩背着包袱，手提着枪从小路上优哉游哉而来。

一连长断喝："马黑子！你到哪儿去啦？"

马黑子一副若无其事的样子："平日里训练紧，站岗逮着空，想媳妇了，回家看看，不远，离这十里路，我刚才回去和媳妇睡一会儿，就赶回来了。"

冯伢子双手叉腰训斥："你当还是干游击队啊？自由散漫，无组织无纪律！我们这是主力部队！你当是集市啊！我枪毙了你！"

见冯伢子生吞活剥的神态，马黑子知事态严重，埋头不敢看冯伢子。

一连长："多危险，你擅自脱岗，万一敌人摸上来，部队就危险了。"

马黑子小声嘀咕："这是我们根据地，敌人不敢来。"

冯伢子："你还敢顶顶抗抗，反啦！一连长！"

一连长："到。"

冯伢子："给我关他三天禁闭！"

说完，他甩袖气冲冲地走了。

16-26　团部　日　内

黄兴亭、廖政委、刘忠和金主任拿着棒子面饼，就着碗里的水吃早饭。

黄兴亭："老刘，侦察分队派出去了。"

刘忠："大清早洪参谋就带队出发了，昨天是东北的任丘、河间方向，今天是西南的严宁、先县方向。估计，今晚可以对周围的敌情有个大致的判断。"

黄兴亭："要抓紧。这第一仗很重要。"

廖政委："首战必胜，对于增强部队平原作战的士气很重要。"

黄兴亭："部队新编入的战士训练要抓紧，要尽快形成战斗力。"

外面传来冯伢子的声音。

冯伢子："反啦！反啦！"

黄兴亭："冯伢子！老远就听你咋咋呼呼，天塌啦？还是营长，这么沉不住气。"

廖政委："什么事呀，急赤白脸的，坐下慢慢说。"

闪回：

马黑子："平日里训练紧，站岗逮着空，想媳妇了，回家看看，不远，离这十里路，我刚才回去和媳妇睡一会儿，就赶回来了。"

闪回毕。

团首长们个个脸色严肃。

冯伢子拿起黄兴亭面前的水碗，呷了一口水，将碗朝桌上重重一墩。

冯伢子："这个新来连队的兵，我无法带，组织纪律太散漫了，听老百姓反映，把人家一个小店香烟全买空了，老百姓买不到香烟，怨我们部队——"

黄兴亭："我把这个连交给你，你就给我带好！只有落后的干部，没有落后的战士！"

冯伢子："团长，我没辙了，才来找你。"

黄兴亭："是我当营长还是你当营长？！"

冯伢子被噎住了，直喘粗气。

廖政委："小冯，你现在是营长，这些兵交给你带，你就要负起责任。自家的孩子自家抱嘛。"

冯伢子："我是向团首长反映问题。"

黄兴亭："有你这样态度反映问题的？发什么牢骚，自己上茅房拉不出屎，还怪茅房。发牢骚就解决问题啦？"

黄兴亭用食指点点太阳穴，意动动脑筋。

冯伢子："报告团长，为了杜绝再发生类似事件，我打算，是否站岗混编，老兵和新战士各一人。"

黄兴亭："唔，你有点儿开窍了。不过，只是权宜之计，这是你营长职责内事，我不管。但是，你解决问题还是要做思想政治教育，不然，按下葫芦浮起瓢，穷于应付。"

冯伢子走了。

黄兴亭："冯伢子这个点子好，我同意。"

廖政委："我同意。"

16-27　先县城里　日　外

大队日军直扑县城。

日军那皮鞋踏在地上发出"咔嚓咔嚓"响声，拉炮车的马嘶叫声和炮轮金属叩地的"哐当哐当"声。

道两边的街门、店铺门紧闭。

日军大队长吉田骑着大洋马，带着马队在县城内横冲直撞，一块木头的"先县商会"的牌匾被踩得四分五裂。

16-28　沙河桥畔对岸　日　外

河对岸村庄，从铁甲车下来的宫崎和一大队日军、伪军在阎二旦的侦缉队带领下进村抢粮食。

鬼子见手里有刀或锄把、棍子的百姓，一律开枪射杀。

村庄里砸门声、打骂声、鸡飞狗吠声、哭号声此起彼伏。

16-29　沙河桥畔　日　外

河这岸，侯玉天、渔阳带队伍隐匿在丈余的壕沟里，搭人梯，侯玉天和渔阳出了沟，伏在树丛里，侯玉天掏出老式单管望远镜。

画面清晰：日军押着一大批民夫在修复沙河桥，大半身淹在水中的民夫冻得瑟瑟发抖，牙齿打战，有一个民夫劳作动作节奏稍迟钝一些，头上就遭一枪托，顿时鲜血如注，红红的血，很快被沙河水冲走。

侯玉天痛苦地闭上眼睛。

渔阳接过望远镜观察。

画面清晰：河对岸村庄，日本士兵三三两两背米袋往大车上装，有鬼子用绳索扣住羊角，把五六只羊往大路上赶，羊群凄楚的"咩咩"叫声。铁甲车顶上站着一个日军"咿哩哇啦"和对岸一个日军说话。

侯玉天："老渔啊，这桥我们前天就破坏掉了，鬼子又来修，看来这桥对鬼子很重要。"

渔阳："这里有名堂。我寻思，桥弄掉了，鬼子汽车就过不来，机动不了。他修他的桥，我就破他的桥，不让他安生。"

侯玉天："不行啊，弄来弄去的，这么冷的天，鬼子自己不下水，修桥蹚水的是咱中国人，吃苦头的是老百姓，得有个万全之策。"

渔阳："要有炸药就好了，把几个桥墩给轰了。"

侯玉天："咱们上哪儿去弄炸药？把我们全部手榴弹集中起来，劲儿也不足。要不，我们开几枪，折腾小鬼子一下。"

渔阳朝河对岸日军努努嘴："现在不是时候，不忙惊动。咱们得想办法，找机会把看守的十来个鬼子干掉，把民夫解救出来。现在，我们是要打一仗，用枪声给主力部队报信，我倒有一个办法。"

侯玉天用手指在地上写："抢粮大车。"

渔阳点点头："一箭双雕。"

谁也没注意，坡上树林中一个人形从画面一闪（熟悉的章道仁）。

16-30　河间县日军指挥部　日　内

宫崎作战室。

墙上悬挂旗，旗四角处书"武运长久"四个黑字。

汤田凯四、吉田等五六个穿黄呢子大衣的鬼子军官围坐在桌前。桌子上堆着敌我态势沙盘，插满小旗。

宫崎脸上露出冷笑，用手掌盖住严宁县城。

16-31　伊家庄师部　日　内

霍总手提烟斗吸烟，听取黄兴亭、廖政委汇报。

廖政委："宫崎是个侵华老手，在日军中称为建功赫赫的联队长，确实不可小看。这家伙的部队很骄横凶悍，在占领的地方奸淫烧杀，无恶不作。我一区干部全家八口，来不及躲避，被活活烧死在地洞里——"

霍总大口地吸着烟斗，喷出短促的烟雾。

黄兴亭："敌人兵力比较分散，在四处抢粮。我们判断敌人占领周边全部县城，下一个目标，很有可能是严宁县。这是一个好战机。"

霍总把烟斗从口中拿下来，示意继续。

黄兴亭："我和政委、参谋长分析，敌人有从河间向严宁进攻的企图。如果这个判断成立，必经赵家庄。我已初步勘察过赵家庄附近地形，这是较为理想的待机歼敌的地方。"

霍总往烟斗里装烟丝："河间有多少鬼子？"

黄兴亭："有一千多鬼子和少数伪军，宫崎要守县城，不会倾巢出动。这宫崎的部队还没遭受过打击，将骄兵狂，仗着有装甲车、汽车、重炮，常常孤军出动。从目前侦察情况看，敌人尚不知道我们来了，我们就利用这点，狠狠敲它一下，有九成把握。"

霍总吸了一口烟，吐出淡淡的、平静的烟雾。

霍总："好哇，黄娃子，我就喜欢你这自信。但要慎重初战，很可能要打遭遇战。"

黄兴亭："霍总，你如同意，我回去再去看看地形、调整兵力，有个准备。"

霍总拿着烟斗，思考片刻："击其骄惰！"

霍总这四个字言之铿锵，掷地有声。

16-32　空地练兵场A　日　外

在老兵的指导下，战士们有的在练习射击，有的在练习投弹，有的在练习刺杀。

一班新战士在班长带领下，练习低姿匍匐前进。

马黑子爬得很认真，但屁股撅得很高。

冯伢子见状，从身边通信员手里要过枪，举枪就射击。

"呼"一声枪响，子弹从马黑子屁股上方擦过。

马黑子吓得瘫伏在地上，一动不动。

冯伢子将枪朝空中一扔，通信员娴熟地接过，背上枪跟冯伢子上前。

冯伢子："姆妈娘的，是你打敌人还是敌人打你？"

正在察看马黑子的班长起身。

班长："报告营长，一连九班正在进行低姿匍匐训练。"

马黑子起身。

冯伢子："咦，又是你马黑子。你知道吗，你这样，打仗是要死人的！哼，你配当主力部队的兵吗？！"

冯伢子朝闻枪声围来的战士挥挥手。

冯伢子："散了。继续训练！"

冯伢子和班长说着什么，走开了。

班长心有余悸："好家伙，把我吓得够呛。"

马黑子："不像话，哪有这样的干部。"

班长："别看营长吹胡子瞪眼，他是为你好，战场上鬼子的子弹可不长眼睛。"

马黑子："有这样教训人的？他的子弹就长眼啦？"

班长："你到部队时间不长，不了解营长。咳，你还真说对了，我们老兵都知道营长枪法，说打眼睛决不打眉毛。"

马黑子："有这么吓唬人的，欺负我们新兵，干部要爱兵，不行，我要去团里告他！"

班长："冯营长这方式方法不好，我会在军人大会上给他提意见。不过，营长这一枪是对你最大的爱。"

马黑子不解其意："最大的爱？！"

班长说着手一招，让马黑子把耳朵给他。

马黑子直摇头："让我给他当通信员？我、不、干！"

班长："马黑子！"

马黑子："到。"

班长："三大纪律第一条是什么？"

马黑子："一切行动……"

马黑子觉察上套了，把"听指挥"咽了下去。

班长："现在我以班长的身份命令你，立即去找营长报到。"

马黑子："是。"

马黑子暗骂："奶奶的，官大一级压死人。"

16-33　空地练兵场 B　日　外

冯伢子背着手在前，马黑子背枪在后，若即若离。

冯伢子忽然停步："小马，你嘴上都可以挂油瓶了。怎么，不愿意给我当通信员？"

马黑子点点头："我怕你。"

冯伢子："嘀，怕我？我又不会吃人。我们年纪差不多，有什么好怕的？"

马黑子："你是营长、老红军，我是战士、新兵。"

冯伢子过去拂掉马黑子肩上一根草屑。

冯伢子："营长和新兵都是一个饭桶里摸饭勺的同志嘛。"

马黑子："营长，我最怕你吹胡子瞪眼的脸，以后天天低头不见抬头见的，我可受不了，你还是让我回连队吧。"

冯伢子："你还上脸了是不？人家想来我这我还不要哩。这营里的通信员就好比团首长的警卫员，虽说是战士，地位高呀，我见了黄团长警卫员小周还得让三分哩。戏文里不是说，宰相府里的丫头都是六品官。"

马黑子："我可不想当这个丫头。"

冯伢子："你这个丫头当定了，除非这个营长你来当！"

气氛有些僵，沉默。

冯伢子转移话题，半真半假："你想老婆、孩子有什么不好？给我当通信员啊，我准假，你就可以回家看看，多方便。倘若在连里，从班排连层层上报，还得我这个营长批准。"

马黑子心动："真的？"

冯伢子："当然真的。不过，也要看具体情况，条件许可，准假才可以。"

马黑子："营长，看你挺会体贴人的。是啊，男人结婚后，就不一样，有了牵挂，就像变了一个人。我老是想小媳妇，想得都睡不着觉。"

冯伢子："按我们老家说法，有了婆娘，才算做人。啧啧，你和我年纪一般，已有了孩子，有后了，真好。"

马黑子："营长，你也有女人吧。"

冯伢子："哪有啊。不过，老实说，有时还真想有女人。（叹息）没条件啊。谁不想老婆孩子热炕头。"

马黑子："营长，要不让我家娘儿们帮你找一个，我们这边女人心眼实，可会体贴男人啦。冬天给你暖被窝，热菜热饭端你手上，破衣有人补……"

冯伢子："小马，我可没你的福分。我们团级以下干部不许谈婚论嫁，有规定。"

马黑子："规定？"

冯伢子："'258团'，25岁，团以上干部。"

马黑子："难怪干部都是光棍。"

冯伢子："光棍也好，打起仗无牵无挂……哦，我马上要去团部开会了。先聊到这儿，晚上再聊，以后来日方长。你先回去，把背包带营部去报到。"

马黑子愉快地："是。"

冯伢子："不过，当我的通信员，就要像个样子，要配得上主力的样子。对了，我差点忘了对你说。我这个人呀容易犯军阀，先前几次训斥你，是我态度不好，我给你道个歉，你不要往心里去。"

马黑子点点头："都是我散漫惯了，不懂主力规矩。"

冯伢子："还有，当通信员首要一条，比其他战士要更守纪律，口风要严。比方说，就是我晚上睡觉打呼噜咬牙都不许外传。"

马黑子开玩笑："放屁呢？"

冯伢子："屁大的事也不能乱传。（他亲昵地拍一下马黑子肩膀）好好干，多杀几个鬼子，我多让你回家看看。"

冯伢子说完离开，他刚走几步，马黑子喊："营长——"

冯伢子："还有什么事？"

马黑子："营长，你真好。"

冯伢子："你啊，真是姆妈娘的老娘儿们。"

16-34 赵家庄附近　日　外

黄兴亭带刘忠、一参谋王振南、二参谋洪船生及各营长看地形的身影。

黄兴亭："伢子，你又乱开枪了。"

冯伢子："团长，你知道啦？谁他娘的又打我的小报告。"

黄兴亭："你'军阀'啦。"

冯伢子尴尬，不自然笑笑："部队随时要打仗，新来的兵训练时间又不够，临阵磨刀，不快也光，我一急就管教严格了。"

黄兴亭："严格，就可以犯军阀残余？你这使性子的毛病怎么就是改不掉。你可以讲道理嘛。"

冯伢子："我是军事干部，没功夫磨嘴皮子，那是政工干部的活。"

黄兴亭："军事干部也要讲政治！我给你说过多少回啦，要夹着尾巴做人。"

冯伢子："我是夹尾巴了，可尾巴老是夹不住，就像孙猴子尾巴变旗杆，放在庙后，还是被人识破。"

黄兴亭："我让你夹尾巴，不是让你装，你伪装当然夹不住尾巴，要从这里——（指指脑袋）有觉悟，就会自觉把尾巴夹牢啰！"

冯伢子若有所思。

黄兴亭："那个不守规矩的冯伢子已枪毙了一回，你可不要死灰复燃。我再次警告你，我们的枪口是对敌人的，决不允许对准自己人！"

冯伢子垂头。

黄兴亭手拿地图："顺我手指方向是赵家庄，以西是梁村，距杜中堡北侧约一里为解中堡、中堡店，两村相距二三百公尺，五六个村子形成一个菱形群，坐落在河间与严宁之间，是河间敌人去严宁必经之路。一营长——"

冯伢子："到！"

黄兴亭："你立刻在曹家庄附近先摆上一个连，占领有利地形，向河间方向警戒。二参谋——"

船生："有。"

黄兴亭："你带侦察分队马上出发，侦察范围延伸到河间城下，日夜监视。"

16-35　村庄　日　外

黄兴亭带随员村庄外到内转悠身影，时而疾走，时而伫立凝神。

黄兴亭和老百姓交谈。

黄兴亭在巷子里抚摸棚栏。

黄兴亭从搭木梯房顶上走过。

一个绅士模样的人送黄兴亭等出门，黄兴亭双手抱拳告别。

回来路上。

黄兴亭："老先生说得有道理，何时日出，何时日落，月光下、星空里能见度与山区有区别，平原目测距离易误近不误远，王振南你要把这个情况向炮连长交代一下。"

王振南："好，我回去就传达。团长，新调入的三个新连队求战情绪高，让他们集中当预备队意见大着哩，嘴都可以挂油瓶啰。"

黄兴亭："这不能迁就，毕竟野战经验不足，上去只能增加无谓伤亡。战斗顺利时，可以拉上去锻炼一下。人命吧，急不得呀，训练时间不够，只能循序渐进。还有，老连队补充进来的新兵，都是冀中子弟，都是当地人。告诉各营，要有意识采取保护措施，不要无谓牺牲，不然，人家问我要人，我不好向家属交代。"

刘忠："打仗就是闯鬼门关，哪有不死人的，再说参加抗日，就要准备牺牲。"

黄兴亭："说是这个理。我说的是尽量减少不必要的牺牲。"

刘忠："嗯，我会给各营长私下说的。"

黄兴亭故弄玄乎招手，刘忠凑近。

黄兴亭开玩笑："这些人将来堪当重任，可当营长、团长、旅长，要是这么牺牲掉了，将来到阴曹地府找你我算账，可怎么办？"

刘忠："团长，呵呵，你真会开玩笑。"

16-36   河间县日军指挥部 夜 内

会议室。

各村的维持会长聚在一张长方形桌边，有的睡眼惺忪，有的直伸懒腰，有的跺脚取暖，屋内嘤嘤嗡嗡，蛤蟆吵塘。

维持会长甲："深更半夜的叫来开会，还让不让人睡觉？"

维持会长乙："有事天亮说嘛。"

维持会长丙："我骑毛驴走了五六里夜路，耳朵都冻麻了。"

阎二旦趾高气扬过来，候在门口的侦缉队副队长杨波迎上去。

杨波点头哈腰："队长，只到了一半人。"

阎二旦不理会推门而入。

杨波走出门。

阎二旦一出现，屋内寒蝉般噤声。

阎二旦盛气凌人："今天召集各位会长来开会，你们来了很好，还有没来的，老子给记着哪，要惩罚的。我们先干起来！

今天这个会是为了保密起见，才在半夜开，以免有人跑风漏气，泄露军事秘密。太君决定，再过三个时辰出城，去各村筹粮食。你们要配合太君，亲自带路，带太君挨家挨户地搜……"

16-37　宫崎办公室外走廊　夜　内

阎二旦和杨波向宫崎办公室走去。

阎二旦兀自入屋。

阎二旦："宫崎君，按你的意思已放风出去了，我敢保证有人会去通风报信。"

宫崎："好好。"

阎二旦谄媚地："这叫声东击西，严宁城可是三个手指抓田螺，稳拿啊！"

正在门口吸烟的杨波，闻言不由一怔。

16-38　河间城　夜　外

夜幕低垂，穹隆寥寞，月暗星稀。

城门口，阎二旦给侦缉队副队长杨波交代。

阎二旦："你要好好协助太君，特别是要防止土八路进城捣乱。"

杨波讨好地："是，是。"

一个骑自行车的黑衣人风风火火急驶在马路上（面孔是参会的一个维持会长）。

阎二旦带着十余个侦缉队员骑自行车在前带路，尾随其后的依次是日军马队，两门步兵炮、大车和二百多名日军和伪军。

约走了三里路，一股日伪军约三十人忽然带大车向南先县方向的沙河村开进。

大队人马就地在向西严宁方向的公路边停了下来，架起了炮。

16-39　沙河村破庙　晨　内

侯玉天和部下正在察看一门土炮。

侯玉天："这炮有些年头了吧？"

老乡："我爷爷辈的，光绪年在天津轰过洋鬼子。"

侯玉天："还好使吗？"

老乡："整整应该好用，只是没有火药和铁弹。"

侯玉天："唔，火药倒是可以弄些炮仗来掏，只是铁弹——"

他话音未落，一狗狂吠，群狗猖猖，打破了沉睡村庄的安宁。

侯玉天警觉拔枪。

门外那黑衣人丢下自行车，跑入。

黑衣人："'大眼侯'，不好咧，鬼子今天要到各村抢粮……"

16-40　沙河村　晨　外

一队日伪军包围了村庄。

16-41　沙河村破庙　日　内

哨兵气喘吁吁跑入："侯指挥,敌人快进村了。"

侯玉天镇定地："来得好快,有多少人?"

哨兵："我在屋顶往下看不清,前面有二三十人,后面黑压压一大片,好像有炮。"

侯玉天说着拔枪,扳开驳壳枪机头："先掩护老百姓撤!"

16-42　沙河村　日　外

哨兵："鬼子来了!"

睡梦中惊醒的乡亲扶老携幼奔命,一片混乱。

侯玉天带领战士们与敌人交火。

两发炮弹落地爆炸,侯玉天在爆炸的气浪中打了个趔趄。

侯玉天边射击边对身边战士指挥："掩护老百姓撤退后,我们立即分散突围,到村北柳树坟集中。"

枪声、手榴弹声,火光时隐时现。

16-43　公路上　日　外

单腿跪地用望远镜观察的鬼子军官脸上现出狡黠的微笑,手一招,鬼子炮兵收炮,大队人马蠕动着,向西开进。

尾随观察的穿便衣的船生摘下狗皮帽子朝后挥舞,他后面五六十米处的侦察排长飞身上马,在小路上狂奔。

16-44　赵家庄村口屠夫家　日　外

院子里头杀了一头猪，猪背上贴着红囍字，屠夫大概嫌猪太瘦，父女俩把猪给吹起来。

他们起劲地轮换着吹。

16-45　田野　日　外

鬼子下了公路。

骑行在前的阎二旦等十几个汉奸，因雪地路面起冻，自行车难以控制，阎二旦一人倒下，后面人滑倒一片。

鬼子大队人马擦肩而过，无人搭理他们。

阎二旦等人只能推车前进，落在装弹药的大车后面。

16-46　梁村梁大娘家屋内　日　内

房东梁大娘家。

号兵兼通信员李小孬："大队长、大队长，快起来。"

刘敢朦胧中穿衣："火上墙了，怎么咧？"

李小孬："大队长，不好啦，流动哨报告，大批鬼子来了。"

刘敢一跃而起："有多少？离这多远？"

刘敢匆忙披挂跑出。

16-47　梁村梁大娘家屋顶　日　外

屋顶上，刘大队长放下望远镜。

刘大队长："好几百号鬼子。（沉吟一下）李小孬。"

李小孬："到。"

刘敢："通知部队立即向赵家庄转移。"

李小孬："是。"

刘敢："慢。告诉弟兄们，鬼子没发现我们，不要惊动敌人，要是被缠上就麻烦了。"

16-48　道沟　日　外

刘敢带部队悄然从道沟撤退的身影。

16-49　赵家庄临时席棚　日　外

小饭馆按冀中人办喜事的习俗，搭起的临时席棚。

饭馆上空飘着炊烟，饭馆后厨一片忙碌。席棚里摆放桌椅，有人在桌上摆放碗筷。

16-50　临时席棚不远新郎家门口　日　外

新郎家门口，唢呐声声，新郎身穿红马褂，从花轿上把穿红衣的新娘搀下轿，新郎给身边的讨要红包的孩子分发红包。

画面：一小孩儿手攥发皱的红包，手上沾满了红颜色。

爆竹声冲天而起，"噼啪噼啪"骤响，烟雾弥漫。

16-51　赵家庄远处　日　外

正在行进中的领队鬼子军官听到爆竹声吓了一跳，唰的下马蹲下。

鬼子军官命令部队戒备，按战斗队形展开成包围状，两门步兵炮架起，发出炮弹入膛的声音。

16-52　赵家庄村口屠夫家　日　外

屠夫父女刚把头瘦猪鼓吹得圆滚滚。

鬼子的炮弹正好落进院子，把猪炸瘪了不算，还把杀猪匠给炸死了。

16-53　赵家庄外沿道沟　日　外

在道沟里仓促奔跑的刘大队的战士以为被日军发现了，边跑边还击。

鬼子紧追不舍。

16-54　战场　日　外

连长提枪下令战士："立即占领阵地。"

战士们纷纷向前奔跑，有序用梯子爬上屋顶，在垛口架设机枪、步枪进入阵地。

冯伢子急吼吼提枪问连长："哪儿打枪？"

连长手一指，冯伢子顺手指方向手搭凉棚张望。

映入眼帘的是向村口转移的刘大队长。

连长："营长，不对啊，哪里冒出来这么个队伍？"

冯伢子："你没看见他们有人戴灰军帽吗？可能是地方武装。"

连长："会不会是敌人冒充？"

冯伢子："不可能，鬼子在追他们，打死他们好几个人。"

连长："怎么弄？"

冯伢子当机立断："部队立即进入预设阵地，做好开火准备！"

连长大呼："进入阵地，把鬼子放近了再打！"

冯伢子："小马。"

马黑子："到。"

冯伢子："你去通知教导员，立即向团部报告。"

马黑子："是。"

16-55　赵家庄外沿道沟　日　外

刘大队长发现前面有部队，停止了奔跑，蛰伏。

两支队伍对峙。

刘大队长一面指挥部队向追击的日军还击，一边喊话。

刘大队长："贵军是哪个单位的？"

16-56　战场　日　外

这边，冯伢子像问自己又像问连长。

冯伢子："应该是自己同志，如果是友军问询一般是问哪个部分的。"

连长："只有我们自己人才问哪个单位的……"

冯伢子确定了自己判断，喊："我们是八路，你们过来吧。"

16-57　赵家庄外沿道沟　日　外

刘敢气喘吁吁上前："同志，你好。我们是冀中独立大队的，我是大队长刘敢。（他边说边伸手欲与冯伢子握手）首长，请问，你们是——"

冯伢子没理会，背着手："你们跑什么跑？"

刘敢惊魂未定："鬼子追来了。"

冯伢子："哪有放着鬼子不打的！你们给我回去，打鬼子去！"

刘敢："鬼子黑压压一大片，好几百人哩！"

冯伢子："这有什么好怕的！哼，畏战。你马上把部队带回去打，不然老子毙了你！"

这时马黑子走出来。

马黑子惊叫："刘参谋长。"

刘敢："黑子，（若有所思，Os）碰上咱们主力啦。"

刘敢一把拉住马黑子的手。

马黑子："营长，他们是我原来部队的。"

冯伢子作思索状。

马黑子："营长，营部已向团部报告了。"

冯伢子："喔。（想了想，挥挥手）放他们过去吧。"

刘敢指挥部队向庄内撤退。

冯伢子冲一边的连长下令："准备战斗！（Os）让他们上去打，只能徒增伤亡，麻烦！"

16-58　赵家庄内　日　外

听到枪声，老百姓似有逃难的经验，什么东西都没带，蜂拥着往村中跑，那新郎官和新娘的红衣在人群中格外扎眼。

很快，刘大队长的人也加入了其中。

混乱中，廖政委拉住一个群众。

廖政委："你们为什么跑呀？"

村民甲："我们不跑不行啊！"

村民乙："过去有些队伍，打一下就跑，把鬼子招惹来啦，吃大亏的是我们。"

村民丙不信任地："你们打得过鬼子吗？！"

廖政委站上一石磨，双手掌呈喇叭状安抚群众。

廖政委："乡亲们，不要慌，我们来这里就是打鬼子来的，我们还怕鬼子不来呢！"

廖政委边上的政工干部学着廖政委，边喊边向群众跑去。

大多数群众不理会，继续跑，少数群众止步，将信将疑的脸庞。

廖政委镇定自若的神态入画面。

村民甲："这些山西来的老八路身穿灰军装，脚蹬布草鞋，装备不咋样，说话侉里侉气，能打过鬼子兵吗？"

村民乙："他们这么多人往前去，这么玩命不怕死，倒是第一次见到，兴许真能打败鬼子！"

终于有人开始返回。

奔跑中，刘大队长迎面碰上黄兴亭。

黄兴亭："你们乱跑啥？哪个单位的？"

刘敢叫停队伍，打量黄兴亭，视线从黄兴亭身后随从转回黄兴亭腰间佩枪、胸前望远镜上，向黄兴亭敬礼。

刘敢："首长。"

黄兴亭回礼。

刘敢："报告首长，我是冀中独立大队的刘敢。"

黄兴亭伸出手："我们认识一下，我叫黄兴亭。"

小周："这是我们部队一号首长。"

刘敢："一号首长好。"

黄兴亭："你们这是？"

刘敢："报告一号首长，来了好几百鬼子，我们刚整编，部队战斗力差，打不过这么多鬼子。打不赢只好就走。"

黄兴亭指指一队队往村口跑的部队："你看，我们能不能打赢啊？"

刘敢循指望了一眼。

黄兴亭："我还怕鬼子不来咧。"

刘敢："你们是从山里来的老八路吧？"

黄兴亭："不像吗？"

刘敢欣喜地："总算把你们给盼来了，能打赢！能打赢！

这下好了，我们不撤啦，留下和你们一起打鬼子，请首长给任务吧。"

黄兴亭为难："好是好，但我们没有资格指挥你们，这要授权的。不然，出了纰漏，我可负不起这个责任。"

刘敢："没关系，配合主力部队作战，又不是头一回，我负责。"

黄兴亭："你好大的口气。"

刘敢："本来嘛，我们打游击，独立自主惯了。"

黄兴亭："那也不行，我做不了这个主。以后我们相互配合打鬼子的机会多得很，今天，你们还是转移吧。"

刘敢想了想："那好，我们就不给你们添乱了。"

黄兴亭："慢，以后，怎么和你们联系？"

刘敢："我们分散打游击，各自为战，不好找，但我们在河间有个联络点。"

他附黄兴亭耳边低声说话。

黄兴亭频频点头。

刘敢向黄兴亭敬礼，带部队向村后撤退。

黄兴亭："任进鸿。"

任进鸿："到。"

黄兴亭："你立即带特务连一个排跟着他们。"

任进鸿："团长，你不放心他们？"

黄兴亭："小心驶得万年船。是保护还是监视，你懂，还要我教你吗？"

任进鸿："是。"

任进鸿不得要领地走了。

敌人的炮击停止，便呈散兵队形进发。

我军战士从隐蔽处突然冒出，屏声敛气瞄准。

五十米、三十米，各种枪支开火，一排排手榴弹向敌群中飞去，落地开花。

打得鬼子晕头转向，乱作一团。

一个鬼子抱着炸断的腿痛苦的表情，众伤兵哀号声。

骄横的鬼子一时乱了阵脚，指挥官举双手咆哮。

几个胆大的老百姓爬上屋顶观战，拊掌称快，他们也是第一次瞧见鬼子被打得落花流水的狼狈相。

村民甲："打得好！"

村民乙："打得痛快！"

村民丙："这八路不一般，硬是把鬼子打趴下啦！"

村民甲："有这样的队伍，鬼子长不了。"

村民乙："小鬼子，你也有今天，有人收拾你了吧！威风到哪儿去啦？！"

第十七集

17-1　赵家庄村口屠夫家　日　外

鬼子通信分队指挥官进到院子里。

数名通信兵分开去逐个搜索房间。

鬼子通信分队指挥官见有梯子，立即架了梯子，上梯去观察战况，一边则命令背着一部电台的一个小鬼子立即架设电台。

卸下电台的日本兵很快从屋内出来，见一堆秫秸秆下压着一张可用的大凳，便去拖它。

这条凳子就是屠夫父女用来杀猪、吹猪的凳子，日本兵怎么拖都拖不动，便拨开秫秸秆，岂料却拨出张女人的脸来！原来是屠夫的女儿！她手里有一把杀猪刀，抖抖索索闪着寒光，全身缩成了一团。

日兵一脸淫笑："花姑娘的，哟西。"

她被鬼子拖出了秫秸秆堆，往屋里拖，她哭喊呼救。

三个八路军战士闻声赶来，冲进院子，前来解救。

枪声响，院内几个鬼子应声倒地。

八路军战士甲进屋拎起电台。

战士乙拉瘫软的女人转移。

殿后的战士丙发现屋顶上的鬼子军官，"叭"一声，趴在屋顶的敌人抢先开枪。

战士丙倒地牺牲，战士乙下意识拉女人卧倒，扑上去用身躯掩护她，战士甲举枪还击。

鬼子军官从屋顶跳下，一溜烟奔跑，枪弹追击下他的脚后土块溅起。

17-2　铁六团指挥部　日　内

黄兴亭放下望远镜："一连打得好！就这样贴近打，让鬼子的重武器使不上劲儿！"

黄兴亭掏出怀表看，时针接近十一点。

黄兴亭转身："王振南。"

王振南："到。"

黄兴亭："传我的命令，立即通知冯伢子，一营必须要固守住赵家庄，'背'住敌人。"

黄兴亭命令三营长率兵向敌侧后攻击。

17-3　赵家庄　日　外

太阳当空照。

一队队八路军匆匆从村两侧包抄投入战斗。

老百姓看见一下子呼啦啦冒出成群结队的八路军，似有了主心骨，群情振奋。

有老百姓冒着枪弹送来食物，接着送食物的人越来越多。还有些老百姓抬担架送伤员。

一个战士左臂负伤，仍坚持射击，一大嫂把馍掰成小块往他嘴里送。望着他臂上绷带上黑水血浆，她泪流满面。

一大爷俯身给一机枪手的空弹匣压子弹："你们打鬼子，神勇啊！大爷我从没见过这样的军队！"

那位新郎见部队英勇抗敌，也返回村子，连红马褂和插着花的礼帽都没来得及脱下，就与其他青年一起到阵地上抢抬担架，新衣沾上了不少血迹。

廖政委看见他："新郎官，敌人打来时我们部队向前去，你们都跑了，为什么现在又回来帮着抬担架呢？"

新郎："长官你别见怪，过去有些队伍，打一下就跑，鬼子来啦，我们不跑不行啊！你们不一样，有种！"

廖政委打趣："今天，你是新郎官，最大的官！抬担架可别误了入洞房啊！"

廖政委身边的政工干部："新郎官，你还是回吧。"

新郎坚决地："大家都在为抗日出力，你们让我抬几步也好啊！"

17-4 日军战场指挥处 日 外

日军通信分队军官瘸着腿一跳一拐跑来。

指挥官："我们遇到中国精锐军队攻击！向联队长请求支援。"

军官打了个寒战，低头不语。

指挥官发疯似的咆哮："求援！求援！"

军官战战兢兢："电台丢失了。"

指挥官上前一把揪住军官左右开弓打耳光。

军官一个劲儿咬着牙齿："哈咻哈咻——"

指挥官松开军官领子："立即派骑兵、放信鸽！"

军官瘸腿奔跑的身影。

指挥官用力往弹药箱一坐，重心不稳，险些倒地。

他拿起望远镜。

镜中画面：

三营长带队伍以排山倒海之势迂回扑向日军侧后。

日军一骑兵通信员策马冲击，被机枪扫射，人仰马翻。

接着又一骑兵通信员同样下场，军官亲自上马，很快又被射杀。

指挥官放下望远镜，叹息一声，痛苦地闭上眼睛。

天空中飘来"咕咕"声，一只信鸽扑棱翅膀飞上天。

指挥官脸上总算掠过一丝期待的喜悦。

17-5　预备队集结的树林　日　外

远处战火纷飞，这儿一切寂静，林中不时传来鸟的鸣叫声。

林外空地。

万才宝手搭凉棚眺望："怎么还不叫送饭哪？"

老崔："你没看到，老百姓在送，吃的喝的都有，用不着咱们送饭啦。"

万才宝灵机一动，招呼两个炊事员耳语。

他用洪湖当地人抓野鸭方法（下鸭钩或丝线网）抓斑鸠，歪打正着，捉住了鬼子的信鸽。

17-6　公路　日　外

阎二旦和七八个汉奸衣冠不整地徒步逃跑。

17-7　果子洼村坟堆　日　外

柳树坟。侯玉天等人隐蔽在树后、坟间。

远方隐约传来连续不断的枪声。

渔阳侧耳倾听的脸。

爬在树上眺望的侯玉天下树。

侯玉天："特派员，是在赵家庄一带交火，打得很厉害呀！"

渔阳："我捉摸是山里的主力部队已经过来，我们冀中的部队，还不具备与鬼子正面硬碰硬打仗的实力。"

侯玉天："是啊。我觉得有些不对劲，鬼子大队人马不和我们交手就往西去，有阴谋。"

渔阳："是冲严宁县城去的，恐怕撞上了咱们主力部队。"

侯玉天："难怪。嗯，独立大队有消息吗？"

渔阳："没有。刘敢是老游击，不会出事。"

这时，黑衣会长骑自行车从小路飞驶而来，绕到柳树坟把自行车往地下一放，急步跑来。

侯玉天迎上去："怎么样？"

黑衣会长："没事。多数乡亲都跑出来了，人倒没什么，只是鬼子汉奸把村里翻了个底朝天，粮食都弄走了，老百姓没粮吃，可怎么活？"

渔阳："现在他们在干什么？"

黑衣会长："听到那边打仗，（手指赵家庄）看样子有些慌，正在往大车上装粮食。"

侯玉天与渔阳小声商议。

渔阳："如真是咱们八路军的主力部队来了，一定要设法联系上他们首长，把我们的情况告诉他们。"

侯玉天："当务之急，是干掉这股敌人。我看借东风，机不可失，时不再来。"

渔阳："我们想到一块儿去了，这里只有三十多敌人，咱们打掉他。"

侯玉天大声地："同志们，咱们将乡亲们的粮食夺回来！抄家伙！（一声令下）打！"

枪声骤响。

鬼子正在往大车上装粮食猝不及防，原地推磨，举枪四下开枪。

侯玉天双手举枪左右开弓，两个鬼子应声倒地。

他手下个个枪法了得，都使双枪，弹无虚发。敌人一看十余同伙相继倒地，顾不上大车，拖枪逃命。

战士们穷追不舍，又有几个敌人毙命。

17-8 公路上 日 外

侯玉天率部追到公路上。

战士们："缴枪不杀！"

几个腿长的已跑十几米的敌人只顾逃命。

跑最后的是一个鬼子和一个伪军。

伪军听到喊声，把枪放地下，举双手投降，那鬼子听不懂喊话，还是跑。

侯玉天枪起弹出，鬼子倒地。

17-9　河间县日军指挥部　日　内

宫崎瞥一眼身边刚跑回惊魂未定的阎二旦，气急败坏地把电话手摇柄摇得山响。

17-10　先县城日军大队部　日　内

吉田双腿架在办公桌上，拿起电话筒，霍地站立。

吉田："哈咿！遭遇中国精锐部队，哈咿！立即增援。"

17-11　铁六团指挥部　日　内

两发炮弹在指挥所附近爆炸，溅起两个冲天气浪，炸飞的土块、树枝在空中打几个筋斗，天女散花般抛撒下来，指挥部人员落一身灰土。

黄兴亭没抖帽子、身上的尘土，他抹去缴获的电台上的灰，好奇地拨弄，对枪炮声充耳不闻。

王振南放下望远镜："团长，用炮连轰他一下，可以动用二营了，发起总攻击。"

黄兴亭："不急，再等等。"

这时万才宝手拎着一只信鸽跑来，朝黄兴亭面前一举。

万才宝："我也抓了个小俘虏，脚上还带着环哩，团长，这下我没杀烧了吃，给你送来了。"

王振南："鬼子的信鸽，鬼子求援了。"

黄兴亭："三参谋，你这次不蠢！"

这时马蹄疾响，章道仁飞身下马。

章道仁："报告团长，敌人出动援兵有三百多人。"

黄兴亭："确切吗？"

章道仁："二参谋和我一起清点的，三百人左右，不会再多。只是我的马绕了大弯子路，跑不过鬼子的汽车轮子，敌人可能快到了，可惜我没赶到敌人前面。"

黄兴亭："二参谋呢？"

章道仁："他说要进河间城里再摸摸具体敌情，把装备情况弄情楚。"

黄兴亭："这小子啊，长胆啰。"

黄兴亭："王振南，立刻打电话向师长报告敌情。告诉师长，我手里还掌握六个连没动，我决心打！来多少全报销！"

黄兴亭拿起望远镜。

黄兴亭自言自语："这么一来，三营势必腹背受敌。（放下望远镜）章道仁，快！你立即去三营，通知他们放弃攻击，退守杜中堡阵地。万才宝，你站在这干啥？去，把这鸽子给我宰了熬汤，晚上打牙祭。"

万才宝："还抓了好几只斑鸠哩。"

黄兴亭："我就只吃这只鸽子！"

万才宝拎着鸽子屁颠屁颠跑了。

王振南边快步走边对黄兴亭："师长来电话说，这是个遭遇战，周边敌人太多，让我们速战速决，不要恋战，见好就收。团长，你好精明啊，幸好二营和预备队没撒出去。"

黄兴亭："我已通知三营退守杜中堡，你派人去赵家庄，命令一营全部投入战斗，坚决守住阵地，顺道通知廖政委回团指挥所，我们一起商量下步行动。"

王振南："好，我立即就办。"

17-12 炮兵阵地 日 外

炮兵阵地上一溜排开六门迫击炮，稍后面两门九二步兵炮并列，炮弹箱全部打开，炮手们在擦拭炮弹。

黄兴亭和炮连长趴在沟坎上。

炮连长："团长，从早上到现在，我们一发炮弹都没打，看人家打，大家心里痒痒的，什么时候轮到我们炮连'发言'哪？"

黄兴亭："亏你还是个老红军，保密纪律你不知道？不该问的不问！仗有你打的！"

炮连长扮了鬼脸。

17-13 铁六团指挥部 傍晚 外

太阳从地平线上慢慢消失，天色渐渐地黑了下来。

阵地前一片寂静，上堡店村上空传来乌鸦"呱呱呱"叫声，声声凄厉。

望远镜里，隐隐约约可见构筑工事的日军士兵的身影，不时还传来铁锹、十字镐敲击地面的声音以及伤兵的呻吟、号哭。

显然日军见突不出村子，由攻转守。

黄兴亭放下望远镜，脸上露出了笑容。

黄兴亭："参谋长，立即通知那当预备的三个新连队全部归建，拉上去打一打。二营转入预备队。"

王振南："司号长，照团长的命令，发号传达。"

号声骤起。

有顷，远处传来回号声。

司号长放下号屏息倾听。

司号长："报告参谋长，他们回答，已行动。"

廖政委默契地："时候到了，该发动总攻击了。"

黄兴亭："司号长，吹号。"

冲锋号响起，忽闪火光中我军指战员纷纷跃起，呐喊声震天。

17-14　上堡店村　夜　外

突然炮声大作，上堡店村地动山摇。

我军的炮弹"咣咣咣"的声音特别爆烈，很有震撼力。

火光闪闪，鬼子全懵了，很快没炸死的鬼子跳将起来，往墙角等处躲避，鬼子指挥官挥舞指挥刀"咿咿啊啊"号叫，无济于事。

日军溃退。

17-15　赵家庄　日　外

冯伢子带着战士正在追杀溃不成军的日军，一边射击，一边大喊。

冯伢子："给我狠狠地打！只要手中拿武器的，就是日军，一律格杀勿论！"

远处，传来一阵号声。

连队司号员一把抻住冯伢子衣角。

司号员："营长，团部命令，停止追击！"

杀性正浓的冯伢子揉推了一把司号员。

冯伢子："你胡说！你扰乱军心，我毙了你！"

司号员委屈："营长，是真的，不信，你自已听。"

冯伢子驻足，一只手放耳后倾听。

冯伢子不甘心："我再往前拱一拱！"

教导员三步并两步冲上来拉住冯伢子。

教导员："营长，是命令撤的号令。"

冯伢子将信将疑手搭凉棚远望，镜头中：兄弟三营部队正在收兵的身影。

冯伢子将枪插入腰带，冲马黑子吼："你看我干啥，去，通知各连停止追击！"

冯伢子："到嘴的肉不让吃。姆妈娘的，准是新上任的参谋长王振南瞎指挥。"

教导员："不会吧，没团长、政委同意，借他十个胆，他也不敢下这个命令。"

冯伢子："太影响士气啦。不行，我得去找团长。"

教导员："你去找骂啊？"

冯伢子赌气地："部队会有情绪，这思想工作难办。姆妈娘的，我不管了，这是你的活儿，我狗咬耗子管闲事。"

教导员："一时半会有情绪，扭不过来，但马上就会自动平息，不用我费神。"

冯伢子："你说得轻巧。"

教导员："亏你还是老兵，怎么忘了这句话，黄兴亭的计划——没错，大家伙跟团长打胜仗，积累下的信服。要有人不服，那就只有你！"

冯伢子："我？"

教导员意味深长笑笑："你去找团长发牢骚吧，我也是狗咬耗子，懒得管闲事。"

17-16　赵家庄周边　晨　外

天空中纷纷扬扬地下起了大雪，整个大平原成了一个白色的世界，晶莹的雪花无声地飘落在村庄、大道上。

乡亲们架起了过年用的大锅，杀猪、蒸馍，到部队来祝贺、慰问的群众络绎不绝。

17-17　铁六团团部　日　内

小周在收拾行装，嘴里不解地嘟囔："打了胜仗，连战场都没打扫，还要马上转移，过去没有过呀……"

黄兴亭棉衣衣角、袖口上依稀可见子弹噬咬的窟窿眼，他在接电话。

话筒里传来霍总爽朗的笑声。

霍总："（画外音）黄娃子，首战就消灭一百五十多个鬼子，大胜利哩。唔，下面对你不乘胜扩大战果意见肯定不小哩。"

黄兴亭："我感觉在平原作战，鬼子有公路，机动快，又是自行车队，又是骑兵，又是汽车，黏住了怕吃亏，谨慎些好，为保险，我不仅停止追击，现在准备下令部队挪窝。"

霍总："（画外音）迅速转移做得对！黄娃子，你仗越打越精，又成熟一步。可别骄傲哟，别以为打了胜仗，只顾发洋财喽，马上转移，搞不好，今天晚上就有你们的苦头吃。"

黄兴亭："是，我们立马就转移。"

黄兴亭放下话筒："王振南。"

王振南进门应答："在。"

黄兴亭："洪参谋回来了吗？"

王振南："没有。"

黄兴亭："这个船生，搞什么名堂？不等他了，我们准备走。"

王振南："洪参谋回来，怕找不到我们，是不是留个人？"

黄兴亭："不用。我去哪儿，他那狗鼻子灵着哩，准嗅到我的气味。这小子能耐强，放心。"

万才宝端钵子挑门帘进来："团长，鸽子来了。"

他将鸽子汤放桌上。

黄兴亭将鸽子撕开，掰下两只腿，一只递给王振南，一只递给小周。

黄兴亭："小周，这只腿给你。"

黄兴亭招手示意万才宝一起吃。

万才宝："我们在伙房吃过了，廖政委那里一只斑鸠，老崔送去了。团长啊，这一仗，我们没开伙，吃的喝的都是老乡送上去的，这儿老乡真好，送来好多东西——"

万才宝突然语止，目光停在背包上，很老成。

万才宝："团长，部队要动？"

黄兴亭："嗯。"

万才宝："我还一点儿准备都没做。"

万才宝转身拔腿就跑。

17-18 河间县日军指挥部 日 内

头缠绷带的鬼子军官垂手立在一侧。

宫崎背着手在屋里来回踱步，宛若动物园关在铁笼里的猛兽，军靴踏在地板上发出"咯吱咯吱"声响。

汤田凯四、吉田等鬼子军官排成一行，小声在说什么，阎二旦两颗眼珠随宫崎身驱左右摆动。

宫崎："（Os）这是一支能作战的军队！不同以往对手，作战顽强不屈，不断发起冲击，近处相距三十米，远处相距一百米左右就来交战，竟敢主动攻击大日本皇军，窝囊啊！"

宫崎驻足，拿起摆放在桌上的相框，照片上的傲慢的宫崎身着戎装，胸前缀满勋章。

宫崎放下相框，回过身来，双手举起："打了半天，到现在居然还不知对手的番号，真让人窝火！"

阎二旦趋前一步："宫崎君，我倒有个主意。"

宫崎："什么办法？"

阎二旦一只手贴嘴边，凑在宫崎耳边。

宫崎不住点头。

17-19　河间县城街上　日　外

城内一片肃杀的气氛。

街上行人很少，为了生活又临近年关，还是有人支摊卖年货，摊上摆放粮油、酒醋、芝麻、核桃、栗子、大枣、山梨，干鲜果品一应俱全。

17-20　茶楼　日　内

船生坐在诗经茶楼临窗的桌上，嗑瓜子喝茶，望着百米之遥的学校操场（现鬼子军营）观察。

操场上，鬼子、伪军正集合列队在听大队长汤田凯四训话。

茶楼掌柜悄悄地观察着他。

17-21　车内　日　内

船生给了大车主一包香烟，和大车主套近乎。

船生："这一天要送这么多草？"

车主："一百五十多号骡马吃呢……"

船生坐大车进了鬼子辎重部队营地，卸草料，那地上陈列的九二步兵炮、迫击炮尽收眼底。

17-22　日　外

船生来到鬼子联队部门口，四处环顾一下。

船生走到卦摊前算命，心不在焉观望一阵，丢下一枚铜板匆匆离开。

17-23　侦缉队　日　外

那挂有"侦缉队"牌子的青砖宅院门口出现船生的身影。

17-24　田野　日　外

鹅毛大雪中，长长一纵队八路军向小刘庄行进，最后面有两个战士在用树枝扫除脚印。

很远处，三个人影尾随，走走停停，停停走走，鬼鬼祟祟。

是观众已熟悉的阎二旦和两个侦缉队员。

他们看到八路军的警戒哨才停止跟踪。

17-25　小王庄　日　外

雪中的冀中大地显得更加辽阔、空旷。

黄兴亭带着王振南及随从人员四下勘察地形，不时在地图上指指点点。

村后面，战士们来不及放下背包，在构筑环形工事，有的搬石块，有的垒沙袋，有的在用十字镐挖堑壕。

冯伢子指挥战士们挑水往冰块垒起的"碉堡"上泼水，不远处，已有两个"水晶碉堡"，与此"碉堡"形成"品"字型。冯伢子跳上跳下观察射界，他叫一战士将一棵阻碍视界的小树砍掉。

17-26　田野小道　日　外

船生从一个倒塌的废窑中出来。

他一身灰军装，英俊、潇洒，他走得很快，雪地里传来"咯吱咯吱"的踏雪声。

17-27　赵家庄村口某家　日　外

吴大娘将藏东西的菜窖盖好盖子，抱几捆秸秆放在菜窖上掩盖好，正欲出门。

阎二旦三人化装成买卖人进来。

吴大娘："你找谁？"

阎二旦指指另两个肩扛布匹的同伴。

阎二旦："呃，我们是买卖人，讨口水喝。"

吴大娘："有有有。"

吴大娘把他们往屋里让，她径直去露天厨房烧水。

阎二旦："大娘，这里昨天打了一天仗，好热闹啊。还是头次见到敢跟日本人叫板开战的。"

吴大娘正在往灶里塞秸秆："山里来的八路军铁六团呗，你还没听说，老百姓都在传，铁六枪一响，河间鬼子着了慌。"

阎二旦："我们昨天就过来了，怕遇到兵抢东西，不敢过来。"

吴大娘："这些当兵的对老百姓可好了，不骂人不打人，不拿老百姓东西。他们黄团长、廖政委一点儿没长官架子，说话和和气气，还和俺拉话哩。"

阎二旦："这么好的人俺也想见见，怎么村里没见到？他们去哪儿啦？"

吴大娘："大清早就走了，去哪儿没说。走前还挨家挨户问俺们，有没有借东西不还，吃了东西有没有付钱……"

吴大娘拎水壶拿碗出来，屋内空空如也。

17-28　村口　日　外

村口。船生与阎二旦等人擦肩而过。

也许是职业习惯，双方都留意多看了对方一眼。

17-29　河间县日军指挥部　夜　内

宫崎办公室，灯火通明。

阎二旦从室内出来，见汤田凯四大队长全副武装过来，立刻倾身让道，摘下帽子鞠躬。

汤田凯四："报告！"

宫崎："进！"

俩人注视地图。

宫崎："根据可靠情报，现在基本可以肯定，这支能作战的部队是共产党的八路军主力。"

汤田凯四："大佐，何以见得？"

宫崎："这支部队番号叫铁六团，团长姓黄，政委姓廖，中国民党军队，只有共产党的部队设政委。（用手指地图上的晋西北）可能从这个方向来的。"

汤田凯四："我说敌人怎么会有炮？以往交火，很少遇到过。看来，这对我们执行'南号计划'很不利呀！"

汤田凯四踌躇满志双手对标示为赵家庄的黑点作包围状。

汤田凯四："必须消灭他们！一个团也就一千多人，昨天我们稀里糊涂吃了亏，此仇必报！我请求大佐，让我出兵，用胜利来洗刷我的耻辱！"

宫崎摇摇头："不，他们今天已不在赵家庄，在这里。"

宫崎拿起红蓝铅笔在地图上标有小王庄、大曹村和李家疃三个黑点重重地圈了一个圆圈，线条很粗，因用力过猛，笔尖折断了。

宫崎掷笔："战场态势瞬间变化，机不可失，时不再来。"

汤田凯四："我立即出发。"

宫崎："为确保胜利，我把联队的炮兵分队、骑兵分队都加强给你，由你统一指挥。"

汤田凯四："是。"

宫崎："慢，凭我的经验，越是熟透了的葡萄，摘的时候越是要小心，你不要再轻敌！"

汤田凯四若有所思："敌人的炮兵。"

17-30 河间城 夜 外

河间城沸腾了。

河间城制高点的探照灯全部打开，如同汽车的刷雨器从左划到右，从右划到左，循环，把城里照得透亮。

大批鬼子、伪军从军营倾巢而出，跑步的脚步声、喘息声此起彼伏。

马蹄声、大车胶轮滚动声、炮铁轮接地的嘎嘎声交织在一起。

城门口的铁丝网拒马被拉开了，汤田凯四和几个鬼子军官腰挎指挥刀，骑着大洋马，目空一切，率先出城。

17-31 李家疃铁六团部 晨 内

黄兴亭和王振南在看地图。

黄兴亭："各营警戒部队都派出去了吗？"

王振南："派了。团长，按照你的命令，部队连夜构筑防御阵地，应该完成了。"

黄兴亭："哦，洪船生有消息了吗？"

王振南："还没。这小子贼鬼，一般不会有事，我有底。"

黄兴亭："不像话，不请示擅自行动，回来后，你这个参谋长得好好批评批评。（嘟哝）小兔崽子不用拉老子的衣角走啦，现在胆大包天了。不说这个。参谋长，打了个遭遇战，鬼子挨了一记闷头棍，下步会怎么干？"

王振南："团长，每次摆兵布阵，你老让我当鬼子指挥官，这次换个角色，要是你当鬼子指挥官，你会怎么干？"

黄兴亭："鬼子不会善罢甘休，当然要寻机报仇。"

王振南："难怪，你前天打仗顺风时，突然撤退，卖个破绽，让鬼子误以为我们没有连续攻击能力。你在使关公的拖刀计，你胃口好大哟。"

黄兴亭笑而不语。

王振南："冯伢子牢骚最多，说你每次打仗都让他啃硬骨头，打头阵，局面一打开，就把他的营拉下来，让别的营上去吃肉。这次好不容易逮到吃独食的机会，又没捞上。他不敢找你，找我发了一通火，火气不小。"

黄兴亭："这大个子暴脾气！首仗打顺了，后面仗，闭着眼就放心让他打，没问题。但是，他打仗一顺，头脑就发热，我怕他乱来一气，惹事。他还有个毛病，首仗打不顺，后面仗要是交他打，都不顺，只会蛮干。"

王振南："是啊，一营擅长当尖刀，善于穿插分割。"

黄兴亭："这不够，我要的一营，是锤子营，掏鬼子心窝的一个锤子！"

王振南："还是团长最了解冯伢子，知人善任。"

黄兴亭："我现在最想了解对面的鬼子。参谋长，鬼子会怎么想？"

王振南："这些龟孙子报复性很强，肯定要报复，咽不下这口气。"

黄兴亭："弄不好会去报复老百姓？"

王振南："廖政委和金主任正在动员附近的老百姓转移。"

黄兴亭："好。这下我们可以放开手打了。你看，鬼子会从哪个方向来？"

王振南点点地图："小王庄。"

黄兴亭："我也这么估计。他们会怎么打？"

王振南半真半假："团长，你又把我绕进去当鬼子指挥官了。"

黄兴亭："振南，这仗鬼子挨了我们一顿炮弹揍，吃了大亏，我估摸呀……"

王振南不解："团长……"

黄兴亭高深莫测："我昨天前半夜睡不着，叫炮连长准备了。走，我们去炮连、一营看看。"

17-32　我军炮阵地　晨　外

炮连长："报告团长，按照你隐真示假，炮位分散，火力集中的要求，一切准备就绪。"

镜头中：假炮兵阵地后小树林露出几个碗口粗的树茬，有的战士肩扛手提绿色空炮弹箱忙碌，有的在挖猫耳洞。

八门套着绿色炮衣的"迫击炮"一字排开，旁边堆放着空弹药箱，在雪地里格外醒目。战士们用白布覆盖"炮"身，捡树枝条往空弹药箱伪装。

真炮兵阵地上，一小山坡后，六门迫击炮、两门步兵炮间距二十余米依次排列。

战士们用呢军毯盖炮，将擦拭好的炮弹用灰棉被包裹在一起。

炮连长："团长，几个预伏炮火打击区的射击诸元已设定好。"

黄兴亭："现在还有多少炮弹？"

炮连长："前天打掉一些。加上缴获补充炮弹，每门炮有三发炮弹。"

黄兴亭点点头："打一发少一发……没我的命令一发炮弹都不许动。"

炮连长："支援步兵作战，我们炮兵不打怎么行？"

黄兴亭："你有多少本钱？我问你，假定你当敌人炮兵指挥官，你会怎么打？"

炮连长："杀伤力最大的是炮兵，当然是首指敌人炮兵阵地，我们不是设了假阵地？"

黄兴亭循循善诱："为什么？"

炮连长："我懂了，引而不发，后发制人。"

黄兴亭："你懂就好。"

17-33　小王庄一营阵地　日　外

大雪已停，地平线上现出疲惫的曙光。

黄兴亭带着随行人员行进在堑壕中。

经过一天一夜大雪，平原大地银装素裹，被雪覆盖的那微微凸出的"水晶碉堡"（用水浇注冰块构筑）与地貌浑然一体。

黄兴亭用手捶捶"碉堡"壁。

黄兴亭满意地："挺好，和洋灰的碉堡差不多。"

王振南："一营长的点子。一路走来，部队利用村外坟地、村沿沟坎和村边房屋组成了三层防御阵地，我看可以。"

黄兴亭："吸取了前天战斗教训。王振南，你这个新上任的参谋长抓改进的动作蛮快嘛，利用地形地物这课补得好。是要这样，打一仗进一步。"

冯伢子带马黑子迎了上来，冯伢子套着缴获的鬼子军毯（军毯中间开了一个洞，从脖子上套）敬礼。

冯伢子："团长。"

堑壕里的战士在擦拭武器、整理弹药装备，有和冯伢子一样装束的，还有的用割碎的鬼子军毯围脖、裹头、包脚……个个衣冠不整。

他们见黄兴亭纷纷起立敬礼，黄兴亭回礼。

黄兴亭把帽檐往下一拉，板脸："冯伢子，松松垮垮的，像什么样子，还要不要军容？！"

冯伢子："团长，冻得够呛，只要人不冻坏就行，不然怎么打仗？"

黄兴亭："那也讲究军容风纪。"

冯伢子嬉皮笑脸："现在顾不上啦，能打胜仗就行。你给我们上课说过，人从猴子变人上千年，我把人变猢狲只用一天，打好这一仗后，我一天就把人全变回来。"

黄兴亭："你强词夺理。我问你，对付鬼子骑兵的绊马索安好了吗？"

冯伢子："昨天就弄好了。绊马索加排子枪，从我们长征出草地打马家军骑兵就这么干！经验多哩。团长，要不我带你去看看。"

黄兴亭信任他："不看了。我还是那句老话，打胜仗开庆祝会，打败了开斗争会，打死了开追悼会。"

他背手转身带随从走了。

17-34　小王庄　日　外

太阳升起，约一竿子高。

远处，雪野上出现蠕动的人形。

许连长带着十几个战士押着七八个身着黑衣的人迎面走来。

许连长把两把驳壳枪递给冯伢子。

许连长："营长，鬼子来了。这几个家伙在前面我们警戒阵地活动，被我逮了。我看毙了吧。"

这时，示警的枪声响起，担任班哨的八九个战士回撤。接着翻动黄色的波浪，迎面滚滚而来，日军大队人马逼近。

冯伢子拔枪。

见状，两个黑衣人扑通跪下来，磕头如同捣蒜。

黑衣人甲："长官，我们是老百姓。"

黑衣人乙："是他们用枪逼我们带路的。"

黑衣人甲："下次不敢了。"

黑衣人乙："长官饶命啊，我上有老下有小……"

冯伢子用脚一踹："起来，怎么说也是候补汉奸！许连长，把他们交给教导员处理。"

许连长带着这些个黑衣人走了。

冯伢子："准备战斗！"

隐蔽在堑壕的战士们跃起，进入掩体，上刺刀、拉枪栓、拧手榴弹盖。

17-35　李家疃铁六团团部　日　内

一阵马蹄碎步声传来，宋友卿和勤务兵下马，宋友卿将缰绳交勤务兵，往铁六团部去。

王振南出门，主动伸手。

宋友卿板着脸不理会。

王振南把伸出来的手变成往里请的姿势。

宋友卿向黄兴亭敬礼，黄兴亭回礼，表情意外。

黄兴亭："你怎么跑到这里来？"

宋友卿兴师问罪："你们在赵家庄打了一仗，明明可以乘胜追击扩大战果，却撤退，你们这是保存实力游而不击，上峰听了我的呈报，很生气，说你们打滑头仗。"

王振南横了宋友卿一眼出去了。

黄兴亭一拍桌子："你谎报军情！"

宋友卿："谎报？你们撤退是事实吧？"

黄兴亭："打仗，进进退退很正常嘛，那你们忻口会战，那么多部队撤下来，是不是游而不击！"

宋友卿支吾："那……那是战略转移。"

黄兴亭："那你们可以战略转移，就不兴我们战术转移？"

宋友卿试探："你们撤退，霍总同意了吗？"

黄兴亭："我的团我做主。我下的命令，将在外，君命有所不受。"

宋友卿："你目无长官。"

黄兴亭："你才目无长官，你呈报军情，经过霍总同意了吗？"

宋友卿："我是战区联络官，只负责对战区报告。"

黄兴亭慢条斯理地："我们也是战区部队，你绕过我们霍总，不尊重嘛，破坏友军团结。"

宋友卿语塞。

黄兴亭："哼，说我游而不击，我在这里摆开架势准备打一仗，是干什么？"

黄兴亭做了个"我有话给你说"姿势，让宋友卿把耳朵给他。

宋友卿听了耳语，暗笑："你是故意示弱。"

黄兴亭："亏你还是黄埔军校出来的，学得这水平？你蠢。"

宋友卿："（Os）幸好共同抗日，如两军对垒，此人必是长官的心腹大患。"

王振南进来："团长，一营报告，敌人已到小王庄。"

黄兴亭："传我的命令，部队准备战斗！"

王振南："是，部队准备战斗！"

黄兴亭："马上要打仗，你就在这儿督战吧。我得靠前指挥去了。"

宋友卿："你是团长，怎么能上？"

黄兴亭："你们当团长的是喊'给我上'，我们当团长的是喊'跟我上'，宋大参谋——能一样吗？"

宋友卿迟疑片刻："我随你去！"

王振南："宋参谋，这里安全些，你还是留这里观战吧，子弹可不长眼哟，万一出了差池，我们可没法向战区、师部交代。"

宋友卿挺了挺胸脯："太小看我了，我也是军人！"

17-36　大王村团预备队驻地　日　外

一群干部围着三营长。

干部甲："营长，前面打得这么带劲，叫我们在这里吃饱喝足睡大觉，什么意思？"

干部乙："前面打仗，我们睡得着觉吗？战士们意见可大了！"

干部丙："不怪天不怪地，就怪你这个营长没能力，争不到任务。"

干部丁："当预备队，看样子捞不上打仗了，等仗打完，只有去打扫战场的分啰。"

干部甲："营长，什么时间轮到我们营上？"

三营长吹胡子瞪眼："我怎么知道，要听团长的命令。去，都给我回去睡觉去！"

各连长很不情愿地走了。

三营长："通信员。"

营部通信员："到。"

三营长："你把门口给我看好，本营长带头睡觉，任何人不准进来。"

通信员："是。"

三营长插上门拴。

三营长从窗口爬出的身影。

17-37　小王庄阵地　日　外

凶悍打头阵的敌人骑兵开始冲击，那骑兵刀枪林立，在阳光下发出阵阵寒光。

后面的步兵排成方阵，如同受阅似的呐喊着行进。

17-38 小王庄阵地后侧　日　外

黄兴亭和宋友卿分别举望远镜观察。

宋友卿紧张地："黄团长，敌人距你的前沿阵地这么近，为什么还不让你的炮兵开火？"

黄兴亭："我和我的部队打仗历来很耐心。耐心之首是要沉得住气。"

闪回：

"轰——"震天巨响，一缕青烟腾起，一道火光射向哨楼。像是一只凌空而起的凤凰，扑向哨楼。

哨楼在火光中腾起四散，开花似的，一个人影在空中翻滚几下坠落。

宋友卿一只胳膊吊着绷带，头上也绑着。他站在被炸毁的哨楼前，看着那残垣断壁，地下躺着一具尸体，旁边还站着四五个伤兵。

闪回毕。

宋友卿："黄兴亭，这件事我憋了很久，你能告诉我，宋家墩这一炮，究竟是谁轰的？"

黄兴亭对他微微一笑，用食指指天："它晓得！"

宋友卿讨了个没趣。

宋友卿："（Os）上次指地，这次指天，姆妈娘的，你这小子！"

宋友卿醒过神来，指指黑压压的鬼子："可这是场恶仗！这么多鬼子发起冲击，你们能顶得住吗？"

黄兴亭："不能顶也得顶！我就那么几门迫击炮，炮弹呢，也少得可怜，打了几仗，耗掉不少，我得用在刀刃上。宋参谋要是有心，就让老蒋多给我们发点儿弹药。"

宋友卿："回头我就向上峰如实禀告，你快下令开火吧。"

黄兴亭笑而不答。

宋友卿若有所悟："你这是后发制人。"

黄兴亭："这才像个在黄埔军校喝过墨水的人。"

17-39　小王庄阵地　日　外

我军二连阵地"品"字型三个"水晶碉堡"射孔的积雪被推开，伸出三支吐着火舌的机枪，织成交叉火力。此刻敌人东倒西歪，早把武士道精神丢到九霄云外，返身逃命。

冯伢子见敌溃退，一蹦一跳跑到二连。

冯伢子："（对连长）快组织撤退，敌人要打炮了，快跑……"

一营部队交替掩护撤退。

冯伢子突然咬牙切齿："浑蛋！"

他三步并两步往前跑。

落在后面的七八个黑衣人气喘吁吁跑不动叫苦连天，押解战士连拉带拽，一个黑衣人索性一屁股坐地上，号啕大哭。

战士怎么拉也拉不起。

冯伢子用枪点着他们，吼："给我跑，落在最后的五个给我就地枪毙掉！"

闻言，赖在地下的黑夜人一骨碌爬起拔腿就跑。

七八个黑衣人健步如飞，赶超过部队。

冯伢子哈哈大笑。

17-40　小王庄村阵地后侧　日　外

黄兴亭举望远镜，镜中冯伢子指挥部队从沟壕里后撤到村边房屋预设阵地的身影。

黄兴亭胸有成竹："这个冯伢子，慌什么慌？我不点头，鬼子不会开炮。"

黄兴亭和汤田凯四在进行智力、耐心的角力。

宋友卿："（Os）这小子，有鬼名堂，不是等闲之辈！（却对黄兴亭竖着大拇指）今日宋某长见识了，你呀，比起在老家那会儿，简直判若两人，让我刮目相看。"

黄兴亭："你用不着夸奖我，太抬举我啦，更硬的仗还在后面呢。实话说，我也没把握这场仗会以何种方式结束。"

宋友卿："这鬼子也够鬼的，沉得住气，到现在不用炮。看来，对面的指挥官不是等闲之辈，也许他一定思量你们八路军武器不够好，弹药则更少。耗你哩，赌你到一定时候就心会急气躁，就会露出空子来让他们钻。"

黄兴亭："不鬼，还叫鬼子吗？"

17-41　汤田凯四战地指挥部　日　外

鬼子部队重新集结兵力，几挺重机枪搬上土丘。

鬼子炮兵分队长："大队长，要不要炮火急袭？"

汤田凯四："你找到八路军的炮阵地了吗？"

鬼子炮兵分队长摇摇头。

汤田凯四："继续找。"

汤田凯四："（对步兵分队长）暂停进攻！"

17-42　小王庄村后侧阵地　日　外

为了近距离观察，黄兴亭往前跑了二十来米，在一处坟堆前停下。

宋友卿跟着上来。

黄兴亭不理会飞来的枪弹直着腰举望远镜观察。

宋友卿先是选择蹲着，蹲一会儿瞧黄兴亭一直站着，宋友卿觉得很失"大将风度"，便也站直，却偏有子弹啾啾地掠过他耳际，便连忙又蹲下了。

黄兴亭对他笑笑："我们官兵都是灰军装，不显山不露水的。你的这身黄呢子和军衔会害死你的！如鬼子的狙击手盯上你，我们无法保证你的安全，我看你还是换个安全些的地方去吧。"

宋友卿："你不怕，我怕什么？"

黄兴亭猛地上去一把将宋友卿领章揪下扔地上。

黄兴亭："这牌牌天天挂脖子上，硬邦邦的，不难受啊？"

宋友卿脸上不由痉挛一下，正欲发作。

黄兴亭："你这身装扮太扎眼了，要暴露我的指挥位置，连累我吃枪子，妨碍我指挥哩，多危险，你还是下去吧。"

宋友卿一副倒驴不倒架的架势："我不怕死！"

黄兴亭反讥："你就别在这看我打'滑头仗'啦，下去吧。"

宋友卿："我倒要看看你的战术，领教领教。"

黄兴亭："有什么好领教的？你们这些黄埔生啊，我见多了，讲起战术一道又一道，打起仗来一道不道，尽吃败仗。"

宋友卿："嘁，你们战术——"

黄兴亭："什么战术，打胜仗就是战术，我们土包子的战术你们学不去的，我们的战术是同志们和敌人搏杀时用鲜血喂养出来的。你不要在这里领教啦，弄不好把命赔上了。"

黄兴亭做了个手势，警卫员小周将宋友卿带离。

宋友卿半推半就，装作很无奈的样子，"体面"离开。

三营长气吁吁跑过来。

黄兴亭："你不在大王村带部队，到这里来干啥！"

三营长涎着脸："来看看。"

黄兴亭板脸："你没见过打仗啊！"

三营长："我来看看有什么任务。"

黄兴亭："没任务。你们三营现在的任务就是在大王村吃饱喝足，给我好好睡觉！"

三营长背脸偷偷朝站一侧的王振南缩脖子、吐舌头，走了。

黄兴亭："好战分子！"

王振南："还不是你宠出来的。"

黄兴亭："他能打硬仗、打胜仗！"

王振南由衷地："你要哪个山头，就给你拿下哪个山头的悍将！"

章道仁陪船生来了。

黄兴亭："你还晓得回来？大家都为你着急，我还以为你喂鱼去了哪。"

船生："我溜到河间城里去摸情况，谁知昨晚上鬼子关了城门，我出不来呀。"

黄兴亭："无组织无纪律。咦，你怎么找到这儿的？"

船生："枪声招来的呗。"

黄兴亭："对面敌人，是河间来的吗？"

船生："肯定是。"

黄兴亭："你肯定？！"

船生："肯定！从我对周边了解的情况看，附近没有千人以上大队规模的日伪军。"

黄兴亭："我也这么判断，只是敌人装备情况还不知底细。"

船生："敌人一个大队的装备情况我们都知道。河间城这个鬼子大队是加强的，我去摸过情况，统共有五门步兵炮、八门迫击炮，全部来撑死也就这个数。我就纳闷，以往鬼子都要先打炮，炮火延伸后才进攻，这次有点怪怪的，竟然不开炮，这里面有鬼。"

黄兴亭开玩笑："船生，有眼光了，看来可以当个团长啦。"

船生："只要他开炮，我就能弄清他的位置和有多少门炮。"

黄兴亭："我有办法让敌人开炮。"

船生："你有什么办法？"

黄兴亭："你立即带几个人去。你只要把敌人炮阵地给我找到就行，弄清敌人到底有多少炮。另外，搞到敌人的指挥位置。"

船生："是。"

黄兴亭："你先去炮连，把侦察来的情况，直接就报告给炮连长，他知道怎么做。"

船生："保证完成任务。"

看神态，船生还是没摸到团长的要领，带章道仁走了。

黄兴亭："（画外音）让冯伢子再顶一顶。"

17-43　雪原　日　外

船生、章道仁和另两名侦察员反穿棉衣（白色），时而像蛇行匍匐前进，时而像兔子，从这个坟包跃到另一个坟包。

17-44　我军炮兵阵地　日　外

炮连长放下话筒："通信员，快去通知一班长，可以行动了。"

假炮兵阵地。战士们不慌不忙，掀掉伪装炮上的白布，显出穿炮衣的"炮"，将弹药箱的树枝移开。

17-45　汤田凯四战地指挥部　日　外

一直用炮队镜观察的敌炮兵分队长喜形于色。

敌炮兵分队长："大队长，发现敌炮兵阵地！"

汤田凯四急切拿起望远镜一看："还等什么，开炮……慢。"

他与敌炮兵分队长耳语。

炮兵队长："哈咿，留两门山炮，后发制人！"

敌炮兵队长眼看炮队镜观察，手拿话筒下达射击诸元。

17-46　我军假炮兵阵地　日　外

空气中传来炮弹飞行摩擦空气的"嗞嗞"声，富有经验的炮兵们不约而同卧倒。

"咣""咣"，两发炮弹在假阵地五十米处爆炸，掀起冲天烟柱。

一班长大呼："试射校正弹！快跑。"

趁这间隙，炮兵们连蹦带跳进入后方小树林。

一班长刚钻进猫耳洞，敌人密集的炮弹接踵而至，那白布片、绿炮衣如同纸片卷到空中，木炮身被炸飞随沙石掀起。

假阵地上，一片火海。

17-47　敌炮兵阵地　日　外

敌甲炮阵地上八门迫击炮和三门九二步兵炮一字排开齐射。

发令员举着小红旗哇啦哇啦叫唤，弹药手忙不迭运输炮弹。

三百米开外，船生隐藏在坟包后，章道仁和战士持驳壳枪在后方十余米处警戒。

敌甲炮阵地一百米开外，乙炮兵阵地另两门九二步兵炮画面出现在望远镜内。

船生举望远镜："姆妈娘的，我说怎么还少两门步兵炮，藏在这里啊。"

望远镜镜头在汤田凯四战地指挥部停留片刻，船生放下望远镜，塞入镜盒。

船生招呼："撤！"

三人悄然消失在雪地中。

17-48 我军炮兵阵地 日 外

炮连长和几个干部卧在塄坎上用望远镜观察暴露的敌炮兵阵地，不时讨论几句，用铅笔在夹子上划拉。

底下反斜面的我军炮阵地寂静，没一丁点儿声响。

17-49 雪地 日 外

船生三人已接近小王庄。

章道仁带战士沿沟壕向大曹村我军阵地跑。

船生窝在炸塌的"水晶碉堡"，他纹丝不动。

他眼前出现稀稀拉拉溃退的日兵。

17-50 我军假炮兵阵地 日 外

一片狼藉。

假炮阵地似被犁翻过，浮土约三尺、碎木、碎布片散落，到处是弹坑。

17-51 汤田凯四战地指挥部 日 外

汤田凯四见我军"炮兵阵地"被摧毁，手舞足蹈，抽出指挥刀，冲大曹村方向一指。

汤田凯四："开炮！"

17-52　我军大曹村阵地　日　外

地表被炮弹覆盖，可谓天崩地裂，震耳欲聋。

炮击停止，战士们从掩体探出头，帽子上全是灰尘。

冯伢子掸去帽上的灰。

冯伢子瞪眼大声疾呼："不要跑动，隐蔽，快隐蔽……"

马黑子等几个新战士从来没经历过这猛烈炮轰架势，正在堑壕内手足无措跑动。

冯伢子："姆妈娘的。"

他三步并两步窜出去，一把把跑动中的马黑子和另一个新兵头按倒。

这时，敌人的机枪子弹打在堑壕上沿，土簌簌落下。

冯伢子："你们不要命了啊！"

冯伢子起身，打个趔趄，他老到地用手掀开棉衣，从屁股上抠出嵌在棉裤上的一块弹片，随手一扔。

马黑子看一眼弹片上鲜血："营长，血……"

冯伢子："没见过血呀！（若无其事继续）敌人的炮弹专打怕死的人，姆妈娘的，老子替你们挨了一下。不像话，你们还配做主力吗？"

马黑子："（近似哭音）营长，你挂彩了，卫生员、卫生员……"

冯伢子踹马黑子一脚："你号个啥？你给我闭嘴。（自言自语）老兵怕机枪，新兵怕炮哩。"

冯伢子撕开棉衣角，扯出棉花絮，递给马黑子，朝另一新兵吼。

冯伢子："把耳朵给我塞上！"

马黑子："营长，你怎么知道我怕炮？"

冯伢子："我姓冯，比你那个马字多两点。"

马黑子不得要领："多两点？（心有余悸）这炮弹怪吓人的。"

冯伢子："怕啥，一年三百六十五天提心吊胆还不把人折腾死了，以后仗打多了，你就会有这样的感觉，奇怪十天半月不打仗，就盼快点打完算了……"

卫生员背着药箱赶来。

冯伢子手一摆："卫生员，你把消毒棉球发给每一个新兵，让他们把耳朵给我堵上。"

17-53　雪地　日　外

伏在"水晶碉堡"中的船生见鬼子走远，正起身，一支枪抵住了后脑门。

船生一张惊愕的脸。

他第一次这么近瞧见鬼子脸，害怕得浑身筛糠。

这鬼子满脸络腮胡，眼睛很小，个头足足高出船生一个头。

17-54　我军炮兵阵地　日　外

炮连长与黄兴亭通电话。

炮连长："团长，敌人炮兵太猖狂，该轮到我们发言了吧？嗯，我们测算出，鬼子有十一门炮，九〇迫击炮初速两百多米，九二步兵炮初速慢些，有三门，还少两门。敌人炮弹飞行十五六秒爆炸，离我们这三公里左右。什么？好，等二参谋回来，嗯，再等等……"

17-55 大曹村我军阵地 日 外

敌人炮击停止。

敌人以为我军阵地已成无人阵地，直着腰板进攻。

隐蔽在村沟坎下、堑壕猫耳洞的战士钻了出来，抖落被炮弹掀起的沾在身上的泥土，准备迎敌。

敌人临近二营阵地约十米处。

二营长："受伤的同志不要悲伤难过，我们会为你们报仇！活着的同志，为了胜利给我狠狠地打！"

一排排子弹，一颗颗手榴弹，让从土坎上冒出的鬼子死得不明不白。

敌人退却，与我军对峙对射。

17-56 雪地 日 外

那大个子鬼子忽然止步，用枪口捅船生一下，示意船生解下身上的驳壳枪套和望远镜套。

船生顺从解下放地上。

那鬼子俯身来拾捡。

蹲地的船生灵机一动，说时迟，那时快，突然伸手使劲一捏鬼子胯下。

那鬼子疼弯腰，双手抱裆，呀呀号叫。

船生拾起枪、望远镜，眨眼没了踪影。

17-57　大曹庄阵地 A　日　外

敌人突然分兵，一股敌人向二营右侧迂回，悄悄包抄过来。

17-58　大曹庄阵地 B　日　外

冯伢子带一营正在沟壕里待命休息，通信员跑来。

通信员："冯营长，团长命令你们向前穿插，把二营侧翼这股敌人分割出来。"

冯伢子："你告诉团长，我立即出击。"

一营部队像一把尖刀，插入敌阵，展开利刃，把敌人分割。

17-59　二营阵地上　日　外

二营长组织若干个投弹小组，拎着装手榴弹的篮子，移动投掷，手榴弹像流星雨砸向敌人。

17-60　小王庄村后侧阵地　日　外

敌人又一次的进攻被打退了，横尸遍野，抱头鼠窜。

黄兴亭："王振南，一营这把尖刀穿插得好哟，打得好！"

王振南："二营这斧子砸得也不赖！"

黄兴亭："敌人已是强弩之末。"

王振南："是啊，衰而竭。"

黄兴亭："我看，先把敌人围在小王庄，利用晚上解决战斗！"

王振南："团长，该动用三营的菜刀啦。"

黄兴亭："三营养精蓄锐，吃饱喝足了，晚上投入战斗主攻。"

王振南："那我去找廖政委汇报一下，把大王庄的三营拉上来。"

黄兴亭："好。"

穷凶极恶的侵略者见强攻不下，竟丧心病狂施放毒气。

一时间阵地上烟雾腾腾，呛得人眼泪鼻涕往外流。

许多战士猝不及防，中毒倒地。

指战员们迅速用毛巾、积雪捂在鼻口中，继续坚持战斗，顽强抗击敌人。

一会儿毒气随风来，黄兴亭还没有顾上防毒，机灵的警卫员小周已将一块湿毛巾捂在他嘴上。

真是天助我也，风向突转，毒气向敌人飘去，自作自受的敌人慌不择路逃跑。

见状，小周拿下捂在黄兴亭嘴上的湿毛巾。

黄兴亭咂巴一下嘴："咸的，这是一股什么味道？这么难闻。"

小周一本正经："报告团长，这是尿味。我听说尿能解毒，当时就撒尿在毛巾上了。"

黄兴亭："呸呸。"

第十八集

18-1　团指挥所　傍晚　外

几位营长围着黄兴亭。

黄兴亭："现在对表，七点差三分。七点炮火急袭后，各营按刚才下达的任务，七点二十分总攻击！"

电话铃声急促地响了起来，黄兴亭接电话。

听筒里传来了霍总熟悉的声音。

霍总："（画外音）黄兴亭吗？"

黄兴亭："霍总，是我。"

霍总："（画外音）你们现在马上冲锋吧！听见了吗？"

黄兴亭："是！"

18-2　我军炮兵阵地　傍晚　外

炮连长接电话："团长，二参谋已到。敌人确实是十三门炮，位置已标定。是，立即开炮。"

18-3　敌炮兵阵地　傍晚　外

我军炮弹呼啸而至。

一鬼子炮兵掏出香烟，对着发红的炮管点燃香烟，坐在弹药箱上刚跷起二郎腿吸烟，被炮弹击中。

敌人一门九二步兵炮的轮子被炸飞在空中。

敌炮弹箱爆炸，引连锁爆炸。

18-4　小王庄二三营阵地　夜　外

一阵炮火，小王庄顿时一片火海。

铁六团总攻击开始，集中十多个号兵吹起了冲锋号，让人感受从天而降的摧毁力量。

二营长从雪地站起："冲啊！"

战士们士气大振，纷纷跃起冲击。

三营长挥枪高喊："霍总来电话了，说六团三营能打！"

他带着精力充沛的战士紧追溃逃的敌兵，服装整齐，步伐有力，呐喊声洪亮。

黄兴亭跟随在三营后："乱弹琴，胡来，霍总是叫马上冲锋——"

黄兴亭的声音被手榴弹爆炸声、机枪吼叫声掩盖。

18-5　一营阵地　夜　外

一营进攻受阻，敌人盘踞在四处有围墙的小院，依仗屋顶上的四挺机枪封锁大门。试图翻墙进入的几个战士刚一露头就被击倒。

冯伢子气得摘下帽子："停止进攻！"

马黑子摘下帽子扣在冯伢子头上。

马黑子："营长，你脑袋可招不得凉！"

冯伢子报以一笑，将手中的帽子给马黑子戴上。

冯伢子："你的脑袋也不能招凉！"

这时，炮连长上来了，带来一门迫击炮。

冯伢子："你老兄来得正好，给我轰。"

炮连长为难地："我这只剩一发炮弹，没团长命令，不能动。"

冯伢子："那你来干什么？"

炮连长："我来找炮弹哪。"

冯伢子："你给我轰！"

炮连长："冯营长，就这一发了，我舍不得打。"

冯伢子："舍不得？我还舍不得我的兵，许多是走过长征的老红军。（他踢了炮连长一脚）你给轰！团长那儿我去交代，杀头我去。"

炮连长指挥射击。

"咣"一声，只见火光一闪，一声爆炸声，只掀掉敌人一挺机枪。

冯伢子急眼了："给我用火攻，姆妈娘的，烧死这些龟儿子！小马……"

马黑子："到。"

冯伢子给他耳语，马黑子跑步离去。

冯伢子在指挥。

雪地里，成批战士在雪地上翻找秸秆堆，悄然利用墙角死角运输。

隔一会儿，马黑子一手提一盏马灯，一手抓一只鸡屁颠跑来。

马黑子："营长，我费老鼻子劲才从万参谋那讨来。"

冯伢子熟练地拾石块将马灯砸了，把煤油淋在鸡身上，用小草捆住鸡嘴，卸下刺刀，咬在嘴里，正欲拿过战士递过来的火柴。

马黑子一把夺过鸡："我去！"

马黑子低姿匍匐前进，一串机枪子弹打得他身边尘土飞溅。

马黑子被一颗子弹击中，他闷声不响倒地。

冯伢子向前蛇行，突兀停止。

只见马黑子艰难爬行，有顷，他到了围墙门口处。那只受惊吓的鸡"咯咯咯"叫着往前跑，似火球、似流星。

房屋被火海吞噬，浓烟滚滚，发出"哔剥哔剥"的燃烧声。

屋中冲出浑身拖着火团的日本兵身影向大门冲来，候在门口的我军子弹像长了眼似的，"火团"纷纷倒地。

很快，房檩烧断屋顶倒塌，敌三挺机枪哑了。

冯伢子跃起，扶起倒地的马黑子。

冯伢子："马黑子……"

马黑子呻吟："营……营长，我配……配得上……主力……"

冯伢子急呼："卫生员！卫生员……"

他用手堵马黑子脑袋上的枪洞，那血从他指缝中流出，怎么也堵不住。

卫生员上来给马黑子用绷带包扎，卫生员搭了一下马黑子脉搏，翻翻眼皮，冲冯伢子摇摇头。

冯伢子把帽子往地下狠狠一甩，端起上了刺刀的枪大吼。

冯伢子："一营的，为马黑子报仇，全部跟我冲！"

18-6 小王庄 夜 外

部队正在打扫战场。

许连长扛着一个炮弹箱，喜滋滋地："营长，缴到一箱炮弹。"

冯伢子没好声气："几发？"

许连长："两发。"

炮连长上来了："冯营长，给我们吧。"

许连长："你是地主老财收高利贷啊，只用你一发炮弹哪。"

炮连长："你们留它作啥？人肉做炮弹哪？谁叫你们没炮。"

冯伢子冲许连长吼："给他，这个龟孙！"

他甩袖转身一路小跑。

许连长："发什么神经病！（将炮弹箱朝炮连长手中一送）给。统计战果要算我们的，你不许贪功。"

炮连长脸上笑开了花："那是那是。"

18-7 李家疃铁六团战地救护所 夜 内

油布搭建的简易棚，不断有伤员被抬进，棚内马灯下，罩白衣的医生、护士忙碌地给伤员清创、包扎。

摇晃的马灯叠加伤员的呻吟声。

伤员："轻点儿。"

卫生员甲："同志，再忍忍，马上就好。"

卫生员乙："快，拿碘酒、棉球！"

卫生员甲："什么，碘酒没了，用烧酒！"

画面，医生包扎好前胸受伤的一个伤员，用手掌背朝门一挥。

医生："送师部医院。"

接着包扎另一个伤员。

两个担架员抬着被包扎好的伤员，往门口等候着的一辆大车上送，车上已坐着手吊绷带的伤员和腿上上夹板的伤员，两个挂拐的伤员帮忙，将胸部受伤的伤员安置平躺。大车拉着伤员刚走，另一辆空大车上来等候。

冯伢子到处问询的身影。

不远处一庙宇，一开溜摆着十几具蒙着白布的尸体。

一支白蜡烛忽明忽暗。

冯伢子盘腿坐在一具尸体边。

冯伢子："（小声）兄弟，你就这么走了。我好后悔，我一直想给你说一声你够格主力了，可是我端着营长的架子，一直没说，现在，你听不到了呀……"

豌豆般的泪珠滚落，冯伢子哀号。

冯伢子："我的好兄弟，我给你赔不是啦！"

万才宝正在指挥卫生连战士们将白布包裹的烈士遗体往挖好的坑里排放。

万才宝："（轻声嘀咕）兄弟们，对不住！部队马上要转移，只好委屈你们了，没有祭品、没有明烛纸钱、没有亲人供奉，但我已将你们编号，记下你们的姓名，等胜利后，一定重新入殓。

兄弟们先入土为安吧……"

一个干部匆匆跑过来与万才宝耳语。

闪回：

庙内原先的尸体都移走。

干部拿着花名册，身后跟两个扛空担架的战士。

闪回毕。

战士拿出白布欲包马黑子，被冯伢子手一挡。

冯伢子："我不同意！"

干部："冯营长，部队马上要转移，烈士必须马上埋葬，这是命令。"

冯伢子："谁的命令？我不管，马黑子的家在惠伯口，离这不远，总该让他老婆孩子，最后见一面……"

干部："（冲两战士）看着我干啥？快搬哪！"

冯伢子用身子护着，不让抬。

万才宝："（对干部）你快去找团长！"

万才宝带着两个扛着担架的战士入庙。

万才宝脸上堆笑："冯营长，听我说——"

冯伢子："你的命令？"

万才宝："立即转移，这是命令！"

冯伢子："你有什么资格给老子发号施令？你小子，就不会憋出好屁来。信不信我揍你？"

万才宝冷笑一声："这是团长的命令！姓冯的，你不要忘记上次打俘虏的教训。"

冯伢子被点了穴，口气软了："马黑子有特殊情况，你先不要埋，我找团长、政委去说。"

他话音刚落，传来黄兴亭的声音。

黄兴亭："冯伢子，不用找，我来了。"

黄兴亭上前，拍拍冯伢子肩膀。

黄兴亭："晓得约束啦，不胡来了，不再无组织、无纪律啦？不要个人英雄主义，有进步、有长进。"

廖政委："你想说什么我知道。看来，你了解营里每一个兵，当干部的就要这样，熟悉兵才能带好兵。"

廖政委把头转向黄兴亭："团长，马黑子是当地的兵，我看破例吧，把他送回惠伯口。"

黄兴亭："就照政委的意思办！"

万才宝指挥两战士给马黑子裹好白布，抬上担架出门。

廖政委："万才宝你带上抚恤金，去找两个民夫，一起去，用大车把马黑子送回家。"

黄兴亭向小周伸手。

机灵的小周从上衣掏出一块光洋递黄兴亭，他交给万才宝。

黄兴亭："这是我们团里几个领导的一点儿心意，你要亲手交到他老婆手里。"

冯伢子："慢。"

他倾其所有，掏出十几个铜元，也交给万才宝。

18-8 窝北镇大街 日 外

窝北镇是冀中平原的一个大镇，南北一条大街，骡马店、杂货铺、豆腐房、酒作坊、饭馆、旅馆应有尽有。

届年关，街上一派喜庆景象，百姓们都忙着杀猪宰羊、磨豆腐、打年糕，还架起了蒸酒的大锅。

乡亲们互打招呼。

村民甲："有两年没好好过年了。"

村民乙："都是让鬼子给害的，冷冷清清、人心惶惶、东躲西藏，谁有心思过年？"

村民丙："可不，老八路来了，咱有依靠了，这瑞雪多好，以后可以麦盖三层被，枕着馒头睡啰。"

18-9　侦察分队营地　日　外

铁六团团部边一院子内，章道仁等二十余名侦察队员人手一辆富士牌自行车，列队。

船生居队列前中："我们侦察分队是首长的千里眼、顺风耳，来不得半点马虎。现在按照分配的任务立即出发。"

冲出院子的自行车发出铃铛声。

船生双手放开车把，表演车技。

18-10　窝北镇大街　日　外

镇内一阵骚动。

黄头发、白皮肤、高鼻梁的更德和美国医生两个"洋八路"牵马经过。

后面是驮着医疗器械的马队和十余名医疗队队员。

围观的群众堵住了去路，小孩子欢天喜地跑来跑去。

更德停步，从口袋里掏出糖块分发给孩子们，很快口袋空了，他双手一摊，双肩一耸，表示遗憾。

群众第一次见到这动作，发出笑声。

受感染的更德笑眯眯的，将马缰绳交警卫员，从一个妇女怀抱接过一个两三岁的孩子高举过头，向群众致意。

那孩子见这另类的生人（黄发、蓝眼睛、大鼻子），哇哇大哭，一股尿浇更德一头。

更德哈哈大笑："童子尿，福气！"

更德遂将孩子交给妇女，向群众招手致意。

18-11　铁六团团部　日　内

周玉润和三个穿新军装的八路军进屋向廖政委敬礼。

周玉润将介绍信交给廖政委。

周玉润自我介绍："报告廖政委，我叫周玉润，抗大毕业生，这是彭学军、阮锦琛、方松泉同学，抗战学院毕业生，奉命前来报到。"

廖政委浏览一下介绍信，伸出手与他们握手。

廖政委："坐坐坐。"

警卫员进来倒水。

廖政委："师部说你们要来，来得好快哟。"

四人异口同声："首长，给我们任务吧。"

廖政委："就按师部意见，周玉润同志留团部当见习作战参谋，其余同志待会儿找政治处金主任分配工作。"

周玉润："政委，我想上连队。"

廖政委："都上前线，机关工作谁干？"

周玉润不敢造次，噤声。

廖政委："我们团有墨水的人不多，你们可都是大知识分子。你们来后，除尽快熟悉适应工作外，还要交给你们一个任务，帮助提高我们干部战士的文化水平……"

说话间，黄兴亭推门而入。

廖政委："团长，师部给我们补充的干部来啦。"

黄兴亭："好哇，我就喜欢有墨水的干部。"

周玉润眼睛一亮，上前一把抓住黄兴亭的手。

周玉润激动地："黄队长……不，黄团长。"

黄兴亭攥紧拳头冲周玉润胸前轻轻一捶。

黄兴亭："是你啊，你那小爱人倪莉呢？"

周玉润："我们一块儿要求到你们师，她被留师部当机要员，我坚决要到你们团来。"

廖政委诧异地："你们认识？"

黄兴亭："噢，小周是我在抗大的同学。"

黄兴亭觉得有点儿冷落其他新同志，与他们一一握手。

廖政委："小周留团部，其他三位同志每个营放一个，担任连级干部。"

黄兴亭："好哇。"

18-12 训练场 日 外

一营列队，教导员讲话。

教导员："同志们，稍息。部队又补充进来一批新同志，是冀中子弟兵。我可要提个醒儿，老兵们要像个老兵的样子，给新战友做好榜样！"

冯伢子接茬："新同志已成为六团的人了，就要有主力的样子，很光荣，但是，也要多吃苦。今天训练课目是单兵进攻……"

18-13 师部门口 日 外

更德将淋湿的军帽与警卫员互换，整理军容。

18-14 师部 日 内

坐在那等候的霍总迎出了门。

留着胡子、高高瘦瘦的更德老远就用右手取下叼着的大烟斗，向霍总举起，霍总也举着烟斗，两人的烟斗碰了一下，如同举杯碰杯，算是招呼。

更德坐下，用生硬的中国话："啊！霍总，又见到你了。"

霍总："是啊，上次分手，快一年啰，你上次留给我师的一批医疗器械可派上了大用场，解决了我们没医没药的燃眉之急，谢谢你。"

更德："（英语，边上有人同步翻译）我觉得十分骄傲。我能够在照顾伤员上出一些力气。加拿大和美国有许许多多的人，支持你们的反法西斯斗争。我感到非常荣幸，和你们在一起工作斗争。反抗法西斯和帝国主义，是我们的共同任务。我要向你们表示，同中国同志并肩战斗，直到胜利。日本法西斯一天不赶出中国，我们就一天不离开。"

霍总拿过更德的烟斗，从烟袋里取出烟丝填上，取出火柴欲给更德点烟。

更德不依，拿过霍总的烟斗如法炮制。

两人互换烟斗，互为对方点烟，发出会心的笑声。

更德："我们带来了一个十八个人的医疗队，请霍总帮助安排。"

霍总想了想："分两个队吧，一队留师部，一队去冀中军区，这样安排行吗？"

更德："好啊。"

霍总："更德同志，住处已安排好了，你们长途跋涉，是不是先休息休息？"

更德："我是来工作的，不是来休息的，你们要把我当一挺机关枪用啊。前方天天在流血牺牲，救活一个战士，胜于打死十个敌人。"

霍总："你先喝口水，我马上叫卫生部长陪你去师医院。"

18-15　河间诗经茶楼　日　内

后院。掌柜移动大橱子，拉开大橱子后边的门。

侯玉天、渔阳等人从夹壁墙里出来。

侯玉天急切地："老八路派人来联络了吗？"

掌柜摇摇头。

侯玉天："叫老杨弄的东西搞到了吗？"

掌柜掀起地砖，从中取出两发迫击炮弹。

侯玉天喜滋滋一拍大腿。

渔阳接过炮弹："太好了！"

18-16　铁六团团部作战室　夜　内

黄兴亭、王振南交谈。

黄兴亭："霍总要求我们打一下河间，河间敌情有没有变化？"

王振南："目前没变化。"

黄兴亭："后天就是年三十，可别让鬼子搅了老百姓过个安生年啊。"

王振南："团长，你的意思是以攻代守，袭扰鬼子一下？"

黄兴亭："就用小分队明天晚上干他一家伙！"

18-17　雪原　傍晚　外

足可以行一辆大车的沟壕里，行进着特务连。

王振南小声催促："快，注意隐蔽，不要发出声响。"

前面沟壕，任进鸿带几个战士搭人梯爬上沟沿，往下丢绑腿扎成的绳索，战士们抓绳索攀登上沟沿。

18-18　河间县日军指挥部　夜　内

宫崎对着话筒不住点头。

宫崎："是的，难怪我觉得这支部队非常精锐，在编制、装备、服装颜色方面都同以往交手的军队有明显的不同。该部队战斗勇敢，和过去的敌人相比，战斗作风也有不同，指挥官的用兵方法非常巧妙。哈咿，将军放心，我会给敌人致命一击的……"

宫崎望了一眼坐在太师椅上的吉田大队长和阎二旦。

宫崎："师团长通报，现在可以确认，我们当面之敌是八路军的铁六团……"

一阵枪声响起。宫崎侧耳听了一下，冲吉田摆摆手。

吉田会意，抽出指挥刀去指挥。

阎二旦胆战心惊："宫崎君，这可是在呼石子干掉蚋野大队的部队，不可掉以轻心，他们要攻打河间城。"

宫崎："枪声稀落，只是骚扰，他们不敢！"

阎二旦："宫崎君，现在只是这个团小股部队试探性进攻。"

一会儿，枪声停顿。

宫崎过去拍拍阎二旦肩膀。

宫崎嘲笑："阎君多虑了吧，回去睡觉。"

阎二旦卑躬屈膝："宫崎君英明！"

18-19　河间县日军指挥部宫崎卧室　夜　内

枪炮声突然骤起，宫崎刚宽衣解带准备上床，一惊，拉灭电灯，在黑暗中摸索穿衣。

18-20　河间县日军指挥部　夜　内

各鬼子军官聚在指挥部内。

宫崎下达命令："鉴于前两次作战经验，部队要尽量避免与当面之敌近距离战斗、避免夜战，让其战术失去作用。如遇其基本战术发挥作用时，切忌恋战，要迅速收缩，固守阵地，以待援军……"

18-21　铁六团团部　日　内

黄兴亭等团首长盘腿坐炕桌上吃中饭，桌上是饭汤，一碟腌茄皮，外加一盆窝窝头。

廖政委啃着窝头，一只手接掉下的渣。

廖政委："鬼子七八天没动静啦。"

王振南："我们部队和老百姓总算过了一个安生年。"

黄兴亭："我现在还馋大年初一的那顿饺子。"

金主任扑哧一笑："说起饺子，我想起第一次吃饺子。那次卫立煌手下的一个师长，招待友军吃饭，一上来就是一脸盆的饺子，我还以为是我们南方吃点心，装斯文吃了几只，意思意思。谁料，这脸盆饺子撤下去后，没东西了，白白挨了一下午的饿。"

众人哈哈大笑。

万才宝掀门帘进来，手里拿着装满肉夹馍的一个钵头，笑容满面。

万才宝："好东西来啰，肉夹馍。"

众首长拿起就吃。

黄兴亭咀嚼着："不像猪肉？"

廖政委："像马肉。"

万才宝："是驴肉。这驴肉呀，可是河间特产。天上龙肉，地上驴肉；要长寿，吃驴肉；要健康、喝驴汤；吃了驴肝肺，能活一百岁。"

黄兴亭将一个夹馍放入碗中，端了出去。

18-22　船生宿舍　日　内

黄兴亭端着饭碗进屋。

船生舔着铅笔头正趴在桌上写字。

周玉润站在一侧："给你说过多少遍了，从左到右，一定要养成好的书写习惯，'洪'字先写'水'字旁，再写'共'，你怎么老是先写'共'，再写三点水。"

船生："我姓共，当然先写共。"

周玉润："不虚心，强词夺理——"

周玉润见黄兴亭来了，停止数落。

黄兴亭："小周，你贯彻廖政委的任务挺快哟。"

黄兴亭将馍一分为二，分发给两人。

船生："还是表哥疼我。"

黄兴亭拿起炕上周玉润枕边的《东周列国志》。

黄兴亭："周玉润，怎么又看闲书啦。"

黄兴亭从腰里掏出藏掖的线装的《三国演义》第一卷递上。

黄兴亭："上次没收的还你。（装不经意）有第二卷吗？"

周玉润双手在前襟擦一下，迅捷从枕下取出第二卷，塞给黄兴亭。

黄兴亭瞥一眼船生，船生正在吮手指上沾的夹馍油渍。

黄兴亭拿起书掖入怀："打仗这么紧张，你还有心思看闲书，没收，没收。"

周玉润笑："还好几卷呢，团长到时候再来没收。"

黄兴亭把玩空碗："东西可不是白吃的。我问你们，霍总交代伺机消灭一部分河间鬼子的任务，你们考虑得怎么样了，是'引蛇出洞'还是'见机奇袭'？"

船生："关键是要把敌情摸清摸透。我明天亲自去趟河间，把鬼子的近期活动情况摸个透。"

黄兴亭："这次去，要充分依靠地方党组织的同志，你可先去诗经茶楼，联络暗号是……"

18-23　沙河桥畔　晨　外

飘扬的雪花渐止，白茫茫大地。

还是在上次观察点上。

侯玉天掏出老式单管望远镜，镜中：沙河上那座桥已修复，桥两岸分别修了炮楼。对岸炮楼走动着一个打着呵欠的日本兵，其不时朝炮楼顶张望，像是等换岗。

侯玉天移动老式单管望远镜，镜中：离桥约一百米的那尊土炮蛰伏在那里，被雪掩盖，与周边雪景融为一体。

侯玉天学鸟叫："呜、呜、呜……"

渔阳悄悄移去雪藏在炮口上的秸秆，小心翼翼将一发迫击炮弹填进炮口。

渔阳退回炮杆处，点燃导火索。

18-24　沙河桥　晨　外

火光一闪，一声巨响，中间的桥墩被炸毁。

18-25　船生宿舍　日　内

周玉润聚精会神趴在桌上看地图，河间地图赫然入目。他用铅笔在地图上不断标注。

门帘边钻进一个头，是万才宝。

万才宝环顾一下，进屋："周参谋。"

周玉润："嗯。"

万才宝："他呢？"

周玉润头也不抬："洪参谋出差去了，不在。（放下笔）万参谋，又是来借钱吧？"

万才宝："嘿嘿。都怪我计划不周，过年改善伙食，用过头了，又拉饥荒啦。想找你——嘿、嘿，周转一下。"

周玉润："钱放老地方，你自己拿。"

万才宝爬上炕，取到周玉润当枕头的小包袱，置炕沿打开清点。

万才宝："周参谋，一共二十二块光洋，给你留二块，其他我借去啦。"

万才宝说着将银元装入兜中。

万才宝："老规矩，过些日子，我到师部领到给养费后，一定如数还你。"

周玉润眼看地图："又来了不是。你还要我说多少回，不用还。"

万才宝："有借有还，再借不难。公是公，私是私，我不能犯原则。这个事，可不能让洪参谋知道啊，他会告诉团长的，那我就惨啦。"

周玉润："我有数，不会讲的。这个嘛，只有你知我知。对了，别给我留了，全拿去吧。"

万才宝爬上炕把包袱放回："不啦，都拿走，你再请我下馆子，就没钱付账啦。"

万才宝下炕，坐在炕沿，一声不吭。

周玉润诧异："万参谋，你还有事？"

万才宝笑嘻嘻不应答。

周玉润领会了："想开洋荤，喝咖啡。"

他起身取墙上的饭包袋，把地图移炕上，从饭包袋取出听装咖啡和一小瓶白糖，转身去取坐在火盆上的铁水壶。

万才宝："周参谋，我不喝咖啡，这玩意儿苦呵呵的。"

万才宝扭捏用手指掂掂小半瓶白糖。

万才宝："这个再借点给我。"

不等周玉润开口，万才宝掏出一个空香烟壳，抓起糖瓶往烟壳里倒白糖。

周玉润拿起只剩一丁儿的糖瓶："万参谋，我这一瓶白糖让你'借'走一大半啦！"

18-26　乡村路上　日　外

侯玉天、渔阳和田慧琴骑自行车行驶在田间小路上。

渔阳："侯指挥，这沙河桥鬼子没个三五十天修不好，那汽车轱辘和坦克车只好望河兴叹啰。对了，你急急忙忙拉我来，什么事？我连喘口气喝口水的工夫都没有。"

侯玉天："慧琴刚带来吕司令的命令，要我们去梁村，由我去宣布一个命令。"

渔阳："什么命令？"

侯玉天："冀中区军政委员会决定将我们的独立大队配属给铁六团。"

渔阳："刘敢大队长是老同志，这个同志可靠。"

侯玉天没有应答。

渔阳："侯指挥，怎么不说话？噢，我知道了，让我去和老刘搭档。"

侯玉天："特派员，我真舍不得你离开，唉。"

千言万语，都在一声叹息中。

渔阳打破沉默："侯指挥，我也舍不得离开你这个好兄弟。"

侯玉天："我是代表军政委员会陪你上任，去宣布任命的。只是对你太委屈了，说是当政委，可是人员编制只有一个连。"

渔阳："我这个官是越当越小啰，不过，我上上下下的经历多了，早习惯啦！"

18-27　梁村独立大队营地　日　外

司号员李小孬在练习吹号，号声时而急促，时而舒缓。

村民们在围观，多是抱孩子、纳鞋底的妇女和孩子（其中有房东梁大娘的孙女菊香，约十六岁）。

菊香眼中透着敬佩的目光，一个小孩子叫唤，她用手捂住小孩儿嘴，细心聆听。

李小孬："这是熄灯号。"

他吹熄灯号，悠扬的号声起……

他放下号，几个与他年龄相仿的大男孩儿围上来。

大男孩儿甲羡慕地用手来摸军号。

李小孬不让摸："这是我的武器，不能随便动。"

大男孩儿甲悻悻然："你又不比我大多少，只不过干上八路，摆甚谱。"

李小孬："你还别说，两年前我就参战打鬼子，那会儿，你还撒尿和泥玩儿呢。"

受奚落的大男孩儿："明儿我就当八路，哼，比比看谁有出息。"

大男孩儿乙打圆场："小孬，你该给我们讲故事啦。"

李小孬："好。今天我给你们讲的故事，还是昨天晚上刘大队长给我说的。"

小伙伴不约而同地伸直脖子。

李小孬："19世纪的拿破仑战争——"

大男孩儿甲打断："要拿就拿个好轮子，拿个破轮子做啥用？"

大男孩儿乙："什么叫19世纪？"

李小孬倚老卖老："没文化了吧……"

这时，队部通信员小伍子扯着喉咙喊。

小伍子："小孬，大队长叫你呢，有任务。"

李小孬拿着军号一溜小跑。

18-28　梁庄房东家　日　外

碾台旁房东梁大娘和小孙女菊香正在推碾。

梁大娘："都是鬼子闹的。好歹还有点麦子磨面，给首长包顿饺子吃。"

菊香："是啊，咱总不能让人家老是吃窝窝头。"

梁大娘："别忘了，咱家还有几个鸡蛋，摊了做馅儿。"

菊香："哎。"

梁大娘："刘队长说队伍上还要来个首长，回头，你把我屋腾出来，把我的铺盖搬到放寿材的棚子去。"

菊香："奶奶，还是腾我那间吧。"

梁大娘："不行，你一个姑娘家的，不好睡那里。我迟早要睡棺材的。"

菊香："奶奶，你又来胡说了。呸呸。"

她朝地上啐口水。

李小犟从厨房挑着空木水桶出来，那背上军号的红绺子随他步子飘动。

菊香盯视红绺子走神。

梁大娘："呃。"

孙女被点醒继续推磨。

梁大娘若有所思叹了口气。

梁大娘："闺女大咯。"

18-29　师部　日　内

屋里生着火盆。

霍总："冀中区总指挥部决定，冀中特委军事部长侯玉天领导的一支一百多人的独立大队配属给你们团。"

黄兴亭、廖政委起身："是！"

霍总打了手势，示意坐下："黄娃子、小廖啊，这个部队配属给你们团，不仅是协助执行战斗任务，而且是要以老带新，提高其野战的战斗力。"

廖政委："我们又不是第一回带新部队，我们一定帮助新部队进行军事训练、政治教育，使其早日成为一支嗷嗷叫的部队。"

黄兴亭："霍总，那我就不客气啦，这个大队架子不动，以营建制，我们抽调一部分干部和战斗骨干去任职。"

霍总笑眯眯："好、好、好！"

黄兴亭："独立大队在哪儿？"

霍总："我就知道你猴急。独立大队驻地在梁庄。（故作神秘）有你的老熟人。"

黄兴亭："谁？"

霍总："等见了面你就知道了呗。"

黄兴亭："霍总——"

霍总岔开话题："对了，黄娃子，消灭河间一部分鬼子的任务，你打算怎么干？"

黄兴亭："霍总，已派人去河间城摸情况啦，三天内你就等好消息吧。"

18-30 田野小道 日 外

船生穿灰色军装蹬着自行车，在起伏的土地上发出"哐啷哐啷"声，一路上车铃一个劲儿地响。

18-31 倒塌的废窑 日 外

船生从倒塌的废窑中出来。

船生化了装，还是那顶狗皮帽，他边走边抓路边的雪往身上撒。

18-32 河间诗经茶楼 日内

船生与挑着太阳旗的一队日军巡逻队擦肩而过，他环顾四下，进楼。

船生还坐老位置。

杨掌柜在伙计引领下快步走来，双手抱拳施礼。

杨掌柜："我就是姓杨的掌柜，先生找我？"

船生："掌柜的，我想要一壶上好龙井（暗语）。"

杨掌柜："（大声）龙井没有，我这只有香片（暗语）。"

船生一笑，轻声地："这次我奉团首长命令，来侦察河间城敌情。"

18-33 河间诗经茶楼后院 日 内

后院厢房。

杨掌柜双手握紧船生手。

杨掌柜："我说你有点面熟，总算盼到咧。你们铁六团都把河间的鬼子打成了惊弓之鸟，晚上睡觉都不安生，上半夜住东街，下半夜宿西街，移动式睡觉哩。只有白天才敢出城在周边巡逻，夜间不敢外出。老百姓给铁六团编了顺口溜咧。"

船生："什么顺口溜？"

杨掌柜拖腔拖调："铁六是神兵，来无踪、去无影。"

船生一笑："这次我奉团首长命令，来侦察河间城敌情。"

杨掌柜："你算找对人了。（用手拍拍胸脯）河间鬼子一举一动都在我这里哪。"

俩人密谈画面（无声）。

18-34 去梁庄路上　日　外

黄兴亭和廖政委及两个警卫员骑着自行车飞驰在小路上，黄兴亭背着的盒子枪套露出一绺红绸，在风中飘扬，格外醒目。

黄兴亭："政委，我们有三十多部脚踏车了，我想以此建立一支快速应急分队，抽调团部通信班、侦察排'机灵鬼'组成，每人配备长短枪各一支。平时主要是通信和侦察，战时快速机动应急。"

廖政委："我同意。这适应平原作战，轻便、又快，不像骡马要喂草伺候。可人员挑选要严格，枪法要好，至少以一挡仨，还有出去侦察不带枪，要会点武术。"

黄兴亭："这个分队，我拟交给船生掌握。"

廖政委："我们想到一块儿去了。"

18-35　梁庄　傍晚　外

黄兴亭和廖政委等人下车推车前行,李小孬跑过来,向他俩敬礼。

李小孬:"是黄团长和廖政委吧?"

黄兴亭:"哟,你消息挺灵哟。"

李小孬:"报告首长,霍总来电话说你们要来,侯部长和刘大队长叫我来给你们带路。"

廖政委:"小鬼,叫什么名字?多大啦?"

李小孬:"我叫李小孬,十四岁。我有两年军龄哩。"

黄兴亭:"还是个老兵。小鬼,干啥工作?"

李小孬:"大队司号员。"

黄兴亭喜欢上了这个小八路,半开玩笑:"小鬼,你到我们团来当司号长怎么样?我们团十几个小鬼号兵归你领导。"

李小孬一本正经地:"那可不行,我要听组织的安排。"

廖政委哈哈笑:"小鬼,组织纪律性挺强。"

18-36　河间诗经茶楼　日　内

杨掌柜:"不巧啊,侯指挥今天带部队去炸沙河那座桥,估什应该得手了。要不,等等他?"

船生:"不,我得赶回去向首长汇报。"

杨掌柜:"那我就不留你了。路上可得小心,最近侦缉队到处抓人。"

船生:"侦缉队?"

　　杨掌柜："那侦缉队的队长阎二旦，可坏哩！你知道啵，这个坏种，和鬼子联队长宫崎听说是同学。三台'高洪惨案'就是他使的坏。后来他投靠宫崎，鬼子知道你们在大曹庄，就是他告的密。"

　　船生："难怪我们前脚到，鬼子后脚就黏上来了。"

　　杨掌柜："这阎二旦在河间无恶不作，老百姓说，天见阎二旦，日月不明；地见阎二旦，草木不生；人见阎二旦，不死也要脱层皮。"

　　船生："怎么不除掉他？"

　　杨掌柜："我们一直在找下手的机会，这坏种太鬼。你可千万要小心。要不，从我们地道出城。"

　　船生："不，先不忙出城。杨掌柜你提供的情报很重要，我还得再去摸一下。"

　　杨掌柜："信不过我们？"

　　船生："你不要误会，不是我不相信你，我们团长要求我们有侦察纪律，凡事必须亲眼亲手，不允许听说啊、大概啊，不然我心里不踏实。万一有半点闪失，我们团长——"

　　船生做了一个俏皮的抹脖动作。

18-37　河间城　日　外

　　船生到处转悠的身影。

　　船生在伪军的兵营门口窥视，一只手插口袋里，另一只手从口袋里掏出花生米往口里扔，一副若无其事的样子。

　　船生下意识回头望了一下，发现不远处有一人影，那人见船生回望，拐进一小巷。

船生走走停停，一会儿混入人流之中，一会儿钻进店铺。

船生坐到剃头挑子前，借镜子反射观察，船生一张惊愕的脸。

闪回：

村口。船生与阎二旦等人擦肩而过。他看到阎二旦的那张脸。

闪回毕。

船生正欲起身，四处围过来七八个提手枪的人，一支短枪管抵住了他的太阳穴，是剃头匠。

18-38　独立大队队部　傍晚　内

这是普通农舍。

屋内，刘敢、侯玉天和渔阳、田慧琴正在围火盆烤火聊天，渔阳背对大门。

李小孬领黄兴亭和廖政委进屋，向侯玉天介绍。

李小孬："侯部长，这是黄团长，这是廖政委。"

屋里人都起立。

黄兴亭与田慧琴目光对视。

侯玉天："我是冀中特委军事部长侯玉天，我来介绍一下，这是独立大队的刘大队长。"

刘敢向黄兴亭、廖政委敬礼，握手。

黄兴亭："（握刘敢手）我们见过面。"

侯玉天："这位是我的次女田慧琴，特委的交通员。"

田慧琴羞涩，微微点了点头。

侯玉天："这位是我们冀中区的特派员，现任独立大队的政委——"

侯玉天含笑不语。

黄兴亭眼睁圆了，一脸惊愕。

一身黑棉服的渔阳拽下灰军帽。

渔阳："你这个娃娃，当团长了，架子蛮大呀！怎么，不认我了呀！"

黄兴亭："渔阳？！（攥紧拳头朝渔阳胸前一捶）我当你喂鱼去了！"

渔阳以同样动作捶黄兴亭："你还活着啊！"

黄兴亭："你怎么会到这里？"

渔阳："说来话长，长话短说，洪湖分手后，我就调北方来了。反正又在一起了，以后说吧。"

渔阳举手向廖政委敬礼。

侯玉天示意大家坐下。

侯玉天："黄团长、廖政委，这就算移交了。我和小女，该走啦。"

刘敢："侯部长，吃了晚饭后再走不迟。"

侯玉天："家里还一大摊子事要处理。"

侯玉天与众人握手告辞，刘大队长送行。

18-39　田间　夜　外

侯玉天和刘敢并行，田慧琴随行。

刘敢："侯指挥，根据你能藏能打的指示，乡亲们把咱这个地道，已挖到白马张庄附近啦。"

侯玉天："很好，再加把劲，把地道都贯通起来，就是地下长城啰……"

18-40　独立大队队部　夜　内

黄兴亭："渔阳，可能马上要打仗。"

渔阳："赶巧了！我是好久没打过正儿八经的痛快仗啦！"

廖政委征询他："我和黄团长商量，这次行动，独立大队就不要参加了，当下，是整训，当地老百姓把子弟送来，我们不能做无谓牺牲，我们要负责。以后，还怕没仗打？"

刘敢进门，显然听到了："这怎么行，我们大队归属铁六团，就是铁六团的人，打仗怎么能落下。霍总给我们交代的任务是配属执行战斗任务。"

黄兴亭与廖政委对视，廖政委点点头。

黄兴亭："好吧，拉上去打一打也好，几仗下来就是主力了。"

廖政委："那好。吃过晚饭，部队随我们去窝北镇集结。"

刘敢："小伍子！"

刘大队长警卫员小伍子进门："到。"

刘敢："叫小李子吹开饭号。"

军号声起。

18-41　独立大队队部　夜　外

菊香悄悄递给李小孬一个鸡蛋，李小孬推辞。

李小孬觉得推推搡搡不好意思，接下鸡蛋，正巧让戴军帽准备出发的刘敢瞧见。

刘敢："拉拉扯扯，干啥？"

李小孬掏出鸡蛋，还给女孩儿。

刘敢："磨叽啥咧，走啊。"

刘敢和李小孬一前一后走着。

刘敢："你怎么能随便拿老百姓的东西？"

李小孬："不是我要的，她一定要给我。"

刘敢："给你，你就要？说，三大纪律第二条！"

李小孬："不拿群众一针一线。大队长，我错了。"

刘敢："我先给你记着，等打完这一仗再关你禁闭！"

李小孬眼泪汪汪。

18-42　侦缉队刑讯室　傍晚　内

桌上放着木棍、烙铁、皮鞭等刑具。

船生被五花大绑捆在柱上，他遍体鳞伤，头重重地垂在胸前。

阎二旦从水桶里舀出一瓢水，泼在船生头上。

船生苏醒了，牙齿咯咯打战，浑身颤抖。

阎二旦用手比画了一个"八"字："我知道你是这个，这下你知道生不如死的滋味了吧。你说话呀！"

阎二旦上前抽一皮鞭。

船生不语。

阎二旦上前又抽一皮鞭："哑巴啊，八路军同志，看是你的骨头硬，还是俺的老虎凳硬，准备上老虎凳！"

船生："（Os）兴亭哥，我没完成任务。你得给我报仇啊！"

闪回：

他眼前浮现血色黄昏，他和黄兴亭在湖上小舟上打闹的身影。

两人合唱："老子本姓天，家住洪湖边，没人敢捉我，除非是神仙……"

闪回毕。

老虎凳抬上来。

阎二旦狼一般号叫："用刑！"

这时杨波进来，把手放阎二旦耳边耳语。

杨波："吉田大队长来电话，说你立了大功，要奖赏你。说他明天要亲自审问这个八路。你看他这身板子，如弄死了，不好交代哩。"

阎二旦点点头："人交给你了，你去找个郎中，给他包一下，外相弄好看点。"

18-43　凤翥阁妓院　夜　内

阎二旦嘴里叼一根牙签，入门。

鸨儿从腰间抽出一条手绢朝阎二旦脸上一扑。

鸨儿："哎哟喂，阎队长三天不见你来，到哪儿快活啦？

我女儿们正想你们呢！"

阎二旦淫笑："敢问哪位姑娘在想我？知道我干什么的？"

众粉头拥过来争宠，阎二旦左右各搂一个姑娘。

18-44　妓院内　夜　内

屋内，阎二旦怀里坐拥两个姑娘，一个姑娘嗑瓜子喂他，另一个给他喂酒。

18-45　河间诗经茶楼　夜　内

杨波："哥，开门。"

门"吱"打开，杨波闪进。

杨掌柜："你怎么违反纪律上这儿来？"

杨波上前耳语，杨掌柜大惊失色，把桌一拍，震得桌上油灯颤了一颤。

杨掌柜："这样，你找两个自己兄弟，把这个八路弄出来，连夜送出城门，送到窝北镇，要快！"

杨波："我亲自去送。"

杨掌柜："你不能暴露，不能去，你只负责送出城门。以后侦缉队由我们控制起来。"

杨波："阎二旦？"

杨掌柜："今夜就除掉他。"

杨波："哥，不是说先留着他，要不要请示侯指挥和特派员。"

杨掌柜："来不及了，为你安全，必须干掉他！当断不断，反受其乱。我负全责。对了，这阎二旦今夜会在哪儿？"

杨波："这小子夜夜不得空，前天在馨香楼，昨天在小桃红，今天应该在凤翥阁。"

杨掌柜："好，事不宜迟，我们马上分头行动！"

18-46　侦缉队刑讯室　夜　内

杨波带着两个队员进屋，给船生松绑，扶出。

18-47　刑讯室外　夜　外

门前停着一辆大车。

他们将船生扶上车，蒙上油布。

18-48　城门口　夜　外

杨波给站岗的两个伪军递烟，说了句什么。

伪军将烟放鼻下嗅嗅，夹在耳朵上，然后拉开铁丝网拒马，打开城门。

马拉着大车，迈着碎步出了城门。

杨波拍拍一伪军肩膀，扬长而去。

出了城的马车，随一声鞭响狂奔。

18-49　河间诗经茶楼　夜　外

屋顶上出现一黑衣人，身手矫健，在墙上行走，如履平地。

18-50 凤鸶阁妓院前厅　夜　内

鸨儿双手反绑，嘴里塞上毛巾。

蒙面黑衣人悄然出屋。

18-51　妓院屋内　夜　内

窗棂纸被口水润湿，剜出一个洞。

屋内炕上。阎二旦睡得正酣。

蒙面黑衣人破门而入。

阎二旦欲把手伸枕下取枪。

只听见"嗖"一声，一只飞镖击中他的手，蒙面黑衣人一个上前把他拖下炕。

阎二旦赤裸着身子，握着滴血的手腕。

阎二旦："哪路好汉，有话好说，咱们井水不犯河水，你放我一马。"

蒙面黑衣人："咱们本来就不是一路人，八爷今天来取你狗命！"

阎二旦咬牙去拔腕上的飞镖，欲反击。

蒙面黑衣人眼疾手快，"嗖"一声，又一支飞镖直击阎二旦喉管，阎二旦哼了一声，一股血嘟嘟从他脖腔里喷射，眼前一片红光充满整个画面。

两个粉头如梦初醒，张嘴"啊啊"，不敢喊出声，用棉被盖住羞处，白晃晃的大腿扭动得像筛糠。

18-52　铁六团团部　晨　内

参谋宿舍。

船生全身缠着绷带，只露出眼和嘴，穿白大褂的军医从他嘴里取出体温计，看了看，甩了甩，用棉球擦拭一下，放入药箱。

医生对立一边的周玉润："你按时煎药给他喝。"

黄兴亭和王振南进来。

尾随进入的小周端着一个火盆放地下。

欲出门的军医见黄兴亭和王振南，敬礼。

黄兴亭关切地："伤势怎么样？"

军医："从检查情况看，没伤筋动骨，只是手脚上多处韧带挫伤，主要是表皮挫伤，皮外伤。现在主要是防止伤口感染，再观察几天。"

黄兴亭："唔。你去师部医院去弄点洋药来，我听杨洪山说过，那玩意儿蛮灵哩。"

军医向黄兴亭敬礼："是。"

军医转身走了。

炕上的船生热泪盈眶。

黄兴亭："当兵的流血不流泪！怎么还像个孩子，哭鼻子，没出息，亏你还是个老兵。"

船生哆嗦着嘴，想说什么。

船生有气无力："兴亭哥我冷，好冷啊。"

周玉润："二参谋，我替你汇报吧。（从兜里掏出本子）二参谋昨夜断断续续给我说的情况，我都记录整理了。"

黄兴亭："你说吧。"

黄兴亭、王振南和周玉润围火盆烤火。

周玉润："情况是河间地方党组织提供的，二参谋做了些核对。鬼子宫崎联队长还在河间城。现驻吉田大队的一部分，步兵有四百多人。伪军是桑州保安队，有五百余人。敌人有一个炮兵中队、三门炮，另有通信、辎重分队各一部。"

黄兴亭："附近敌情有什么变化？"

王振南："据侦察分队综合情况，河间城外的敌人不多，城东的八里桥有日本军二十余人，沙河桥有日本军八十余名，两处的敌人都是河间日军派出的守桥分队。饶阴有伪军两百余人，先县有鬼子五百余人。"

黄兴亭："先县至河间沙河桥被炸毁后，不知是否修好？"

王振南："修好没几天刚又被炸了，估计是我们地方部队干的。看来这桥没十天八天修不好。"

黄兴亭若有所思："这么说，先县的敌人十天八天内是无法快速机动支援河间。"

王振南："换言之，可以这样讲。敌人'南号计划'铩羽而归，现采取守势，在马路沿线每隔十里八里建了炮楼，没大规模攻击动作，但时常外出骚扰老百姓，抓夫、要粮要款，多是些伪军。"

黄兴亭将脸转向周玉润："河间的敌人每次出动多少兵力？是每天外出还是间日外出？何时出城，何时归城？"

周玉润看本子："敌人经常出城骚扰，每次出动兵力约两百人，每到一个村子，抓夫抢粮，掠夺老百姓财物；还逼着老百姓填平村庄之间我们部队运动的沟壕。据地方党组织提供情报，河间敌人总是单日出西门进北门，双日出东门进南门，早出午归。"

黄兴亭："敌人活动的半径有多大？"

周玉润："过年前，都在城周围两三里地之内活动，过完年，敌人的骚扰范围扩大到县城周围五六里半径内。敌人每次出动骚扰一个村庄，从不重复。"

黄兴亭："周参谋，你汇报得很好。参谋长，敌人最近骚扰那些个村庄的情况有吗？"

王振南："有，侦察分队有日记。"

黄兴亭："马上给我。"

说着，他转身轻轻抱住船生。

黄兴亭："好样的，兄弟！你受苦了！怕不怕？"

船生眼里噙着泪水，坚决地摇了摇头。

船生语气虚弱："哥，你知道我被敌人用刑时，想到什么？"

黄兴亭："（慈爱的目光）想到什么？"

继续未完的闪回：

血色黄昏，船生和黄兴亭在湖上小舟上合唱："……枪口对枪口，刀尖对刀尖，有你就无我，你死我上天……"

闪回毕。

船生脸上漾起一丝笑容。

18-53　铁六团团部作战室　日　内

黄兴亭伏在地图上，拿红蓝铅笔在地图上比过来量过去。

王振南："据侦察分队统计，2月21日，敌人袭扰了八里铺。"

黄兴亭在地图上用蓝笔在八里铺上圈一下（下面动作依次）。

王振南："2月24日，敌人骚扰了大陈庄。2月26日，敌人袭扰三里庄。至今天2月28日止，敌人已把近城周围的村庄都骚扰遍了，只剩下白马张庄一个村子还没有去。"

黄兴亭用红笔重重地在"白马张庄"黑点上画了个大圆圈。

黄兴亭："参谋长，就这儿了。机不可失，时不再来，战机稍纵即逝，你立即电话向霍总报告我们的决心。"

王振南疾步出门。

18-54　铁六团团部作战室　夜　内

满天繁星闪烁。

作战室。挤挤挨挨坐着营以上干部，个个表情严肃。

廖政委："刚才，参谋长传达了团里的作战意图、决心，以及霍总批准此次作战行动时提出的要求。这是我们平原作战中的第一次伏击战，不同于山地伏击，要依靠人口稠密的村庄设伏。关键在于隐蔽作战意图和伏前作战意图，部队一定要严格遵守参谋长宣布的夜行军纪律与注意事项，随时做好战斗准备。"

黄兴亭："部队到达预伏阵地后，一点儿消息都不能走漏，一切人员只能进村庄，不能出村庄。"

廖政委："这点要向老百姓讲清道理。对个别不听劝阻的，可采取强制措施，战斗结束后再赔礼道歉。这次行动，为防止村庄的狗叫，暴露部队行踪，要走些冤枉路。"

黄兴亭："具体战斗任务，到伏击地再宣布！全团夜十二点出发，现在对表……"

第十九集

19-1　窝北镇　夜　外

村口，更德带着八个人，牵着四头骡子出现在画面。

万才宝迎上去与更德握手。

万才宝："更德大夫，黄团长叫我带一个警卫班负责您的安全。"

更德："谢谢。"

万才宝手一摆，几个战士把准备好的麻布片、绳子拿出来，绑在骡子蹄上、捆骡子嘴，将麻布垫入驮架与铁箱中间，把套子罩在马屁股上。

更德明白了："铁六团的战斗作风很严谨啊，顶好！"

19-2　村外 A　夜　外

铁六团的队伍无声地聚拢，又成单列纵队悄然出村。

远处传来狗吠声。

队列传来"小诸葛"的声音。

小诸葛："方向不对，怎么往西走？"

战士："是啊，白马张庄在东边哪。"

长官："不许说话！"

雪地里只剩下"沙沙沙"的脚步声。

19-3 村外B 夜 外

部队绕过村庄，远离农舍。

白色的路标箭头指向入画。

部队按箭头指示，悄然在村庄与村庄间挖出的一人多高的沟壕里行进，透空往地平线看，可依稀看到沟壕上沿攒动的人头。

远处的狗吠声消失。

月光下，队伍尾巴处，任进鸿带特务连的战士，抹去白色路标，拿着树枝当扫把，清除印痕，他们做得很认真、很仔细。

19-4 白马张庄 夜 外

月色明亮。

白马张庄。村子东西长，南北短，一条大道穿村而过，大道两边是高高矮矮错落的一栋挨一栋土砖结构的平顶农舍。

黄兴亭带着王振南、三营长、二营长、冯伢子、刘大队长等人上了村中最高农舍那层房顶。

黄兴亭俯瞰，踩一下屋顶："这儿就是我的指挥位置。"

周玉润手一招，几个战士随他下木梯。

黄兴亭指着大道通往村东北侧的一片农舍和村沿沟坎："三营长，你们营的阵地放这里。（又转身）二营长，你们二营在路南侧设伏。冯伢子的一营、刘敢的独立大队负责果子洼一线警戒，随时准备穿插攻击。"

二营长从一处已架设重机枪的屋顶，走过权作小桥的一块木板，到了另一处架设重机枪的屋顶。

房后檐墙，里边有战士们朝外掏射击的孔洞，墙外有战士用秸秆掩盖枪眼。

三营长从隐蔽在路侧农舍的七连现身，弓腰向大路一侧村沿沟坎走去，那里战士们正在土工作业，挖掘散兵坑，四挺轻机枪"一"字摆开。

19-5　黄兴亭指挥所　夜　内

屋内，一条灰色的棉被挂在窗户上，房椽子上挂着一盏油灯，警卫员小周和周玉润正朝墙上挂地图。

黄兴亭和王振南进来。

黄兴亭："周参谋，人员都布置好了吗？"

周玉润："报告团长，一切都按照你的指示办了。侦察连一个班已到河间城里去了，一个班化装延伸去果子洼侦察已出发，这里周围，化装侦察分队由章道仁带着，天亮后再出去。"

黄兴亭点点头："政委那边怎么样？"

周玉润："通信员已来报告，那边已准备就绪。"

黄兴亭："好。不能出半点差错，如出问题，拿你是问。"

王振南："团长，窝北跑这里，又在这里转了半宿，我这肚子咕咕叫，提意见哩。"

黄兴亭："你这一说，我倒也饿了。小周，你去找万才宝，让他弄点吃的。"

19-6　白马张庄　晨　外

一轮红日正冉冉升起，早春大地飘逸的晨雾开始散去。

雾中出现章道仁等几个侦察员的身影，他们一身当地农民的装束，头上或系着一块白毛巾或戴柳斗帽，有的斜挎着粪筐，有的正往麦地堆雪，三三两两在田野上忙碌着，不时向东眺望。

村庄里家家升起袅袅炊烟。报晓的公鸡打鸣高亢，远一声，近一声。

黄兴亭坐在高屋平台上看那本《三国演义》，翻页的声音。

王振南放下观察的望远镜，踱了几步止步："按理说，河间城离这里不到七里路，咫尺之遥，怎么敌人还不出动？会不会走漏了消息？"

黄兴亭气定神闲："再等一下。我们制订的计划很周密呀，不会出纰漏的，鬼子肯定要出来，如果不来这里，就执行第二套方案，照样干掉这股鬼子。"

周玉润报告："去河间的侦察员报告，吉田大队步兵二百余人，骑兵二十余名，携山炮一门，重机枪三挺，已经出了河间城，经堤口村，正向果子洼前进。"

黄兴亭："告诉他们继续侦察，把河间城敌人一举一动盯牢了，随时报告。"

王振南："我通知部队准备战斗！"

黄兴亭点点头。

王振南匆匆走了。

黄兴亭用食指沾口水，翻书页。

黄兴亭等待的王振南回来了。

王振南："团长，敌人还是很听你指挥，去果子洼的侦察员来报告，敌人正朝这里来了。"

黄兴亭将书打个折页，起身交小周，又手一伸，小周将望远镜交给黄兴亭。

画面前方，有几个黄影在移动。

敌人先头部队为步兵八十余人，骑兵八人，队前有一军官牵着一条狼狗，如入无人之地。敌人成两路纵队，大摇大摆地走来，帽扇左右摆动像两只猪耳朵。

敌军官放开狼狗的牵线，那狼狗撒欢，拖着血红的舌头，呼哧呼哧喘粗气向一侦察员扑来。

侦察员沉不住气，大喊大叫："鬼子来了，为什么不打！"

那狼狗紧追不舍，日军官双手抱胸前袖手旁观，哈哈大笑。

章道仁抬手就是一枪，狼狗倒地。

章道仁拉侦察员就地卧倒。

这时，机枪怒吼，手榴弹炸响，三十多名日军当场毙命。

被打懵的敌人仓皇散开，有一部分向村北老乡浇水看地的一所独立房屋涌去。

三营长乘敌混乱，指挥部队勇猛突击，以火力阻断鬼子占领独立屋的去路。

三营教导员端着机枪，身先士卒率领部队冲向敌群，左手中弹，仍坚持战斗。

二营设在屋顶的三挺重机枪吐出火舌。

墙洞的秸秆被拱开，伸出黑色的枪筒，射出杀敌的子弹。

黄兴亭脸上现出满足的笑："开邀啰！"

周玉润不解："开邀？"

黄兴亭："在我老家，就是把野鸭子往一处集中赶，用土炮轰，叫开邀，又叫打围场……"

19-7 坟地 日 外

日军全部被压缩在坟地后。

日军指挥官有了抵抗依托，大喜过望："八路指挥官战术的不行！"

他不知已落入黄兴亭设下的陷阱，调整兵力，组织抵抗。

坟包上架起三挺重机枪，那门九二步兵炮昂起炮身，黑洞洞的炮口瞄准屋顶上的我军重机枪。

千钧一发之际，敌上空炮弹倾泻而下，敌九二步兵炮和一挺重机枪被炸翻。

橘红色的光闪耀，烟尘弥漫。

炮击骤停。

烟尘散去，坟地日军尸体显现，因有坟头遮挡，许多死角上幸存的日军负隅顽抗，机枪、掷弹筒和步枪、手榴弹组成火网，阻挡了我军的冲击。

19-8　我方战场阵地　日　外

不断有战士牺牲、负伤。

三营长："停止冲锋！"

双方火力对射，形成互射对峙局面。

19-9　高屋平台　日　外

高屋平台上，炮连长在观察炮击效果。

炮连长："团长，是不是实施第二轮炮击？"

黄兴亭："不忙。已达到重创震慑作用。我的炮弹金贵，这样打，无疑是拳头打跳蚤，不划算。先黏住鬼子再说。"

周玉润："团长，侦察员报告，河间出动鬼子援兵一百五十人已到达果子洼。"

王振南："团长，我看可以照计划——"

黄兴亭打了一个手势："这批鬼子来得好哇。振南再等等。参谋长，通知二营、三营现在必须要拖住敌人，来了，就别叫他们回去！"

19-10　前线包扎所　日　内

帐篷外枪炮声不断。在一块空地，洗晾着的绷带在风中飘扬，格外显眼。

帐篷内，不时传来"快，止血钳""湿纱布"的催促声。

更德戴着白口罩，在手术台上做手术。

护士甲用纱布揩去他额上的汗，他伸出戴乳胶手套的手，护士乙将止血钳递上，"当"，一颗带血的弹头落入白色的托盘里。

伤员互相搀扶踉跄走动。

19-11　白马张庄坟地　日　外

太阳已西斜，远远望去，就像架在高屋平台上。

坟地，鬼子指挥官挥舞指挥刀。

鬼子指挥官："给我死打死守，固守待援。"

另一鬼子军官："中队长，从攻势看，我们遇上敌人那股精锐啦，突围吧？"

鬼子指挥官："你像帝国军人吗？！"

另一鬼子军官："天快黑了，宫崎联队长的战术原则是避免夜战。"

鬼子指挥官不理会："有什么好怕的，打！"

19-12　我军阵地　日　外

我军战士被坟地日军的机枪密集的弹雨压得抬不起头，隐身四周的土被打得尘烟一片。

三营长大喊："不要攻击增大伤亡，只需耗住敌人。"

教导员："节省子弹，天黑了收拾他们。"

三营长："教导员，敌人也不进攻，故意的，我看是在等援军。"

教导员："亏你和团长一起打仗这么多年，看不出来？团长要的就是这个。"

19-13 果子洼 日 外

吉田亲率一百多鬼子向白马张庄气势汹汹扑来。

二、三营包围部队遭夹击，自觉分兵用火力阻击，先头部队不少敌人中弹倒下，后面敌人接着前冲。

19-14 团指挥所 日 外

黄兴亭举着望远镜看得真切。

黄兴亭："敌人援军重武器不多，好机会，利用这个机会，给他们点颜色看看。"

他放下望远镜用征询目光看廖政委、王振南。

王振南："鬼子不到四百人，估计留下几十个勤杂、辎重人员守城，全部鬼子倾巢出动了。"

黄兴亭不语，看着廖政委。

王振南着急："当下，两股鬼子不能让他们会合呀，还有五百多伪军倘若驰援，虽战斗力不强，也是个麻烦哪！"

黄兴亭："我也是这么判断。"

廖政委用长期磨合默契的口吻："团长，你下决心吧。"

黄兴亭会意，果断一挥手："传我命令，一营和独立大队立即从敌后侧实施迂回攻击；预备队特务连向河间警戒。总攻击时间提前一小时，五点钟总攻。"

王振南摇电话手柄。

19-15　坟地　日　外

鬼子指挥官闻密集枪声，慌忙举起望远镜观察，笑逐颜开。

鬼子指挥官："援军到了！（他高声命令）攻击前进，与吉田大队长会师！"

鬼子怪叫着冲出坟地。

我军的炮火向敌军实施拦阻轰击。

19-16　我军行进路线　日　外

我军进攻出发阵地。渔阳和刘敢匆忙跑来。

刘敢："冯营长，什么情况？"

冯伢子："情况严重，二营、三营遭两面夹击，团长命令我们立即出击，迂回、分割、包抄敌人。"

刘敢、渔阳异口同声："是。"

冯伢子："我们一营从这儿出击朝里打。顺我手指方向，你们大队从梁村、果子洼中间这块地穿插兜过去，到白马张庄后往外打。把鬼子的后路抄掉！"

刘敢循冯伢子手指方向，为难地："冯营长，鬼子火力这么猛，这一片开阔地的，大白天的咋过？"

冯伢子："你当还是在干游击队，等天黑啊？现在是野战，就要和敌人硬碰硬，打出主力的威风！现在每分钟都在死人！执行命令！"

渔阳："冯营长，这样过去伤亡太大，不能这么干，我们一百来号人这样插过去，徒增伤亡。我看如果黄团长在这儿，也不会同意这么干，我看——"

冯伢子不由分说打断："你少拿团长压我，我知道你资格比团长老，摆什么架子？少啰唆，执行命令，完不成任务老子照样打你的老屁股。"

他撇下刘敢与渔阳指挥部队出击。

渔阳脸上皱纹气得紧急集合，像堆起的蚯蚓扭动。

渔阳："主力也不能这么野蛮！"

刘敢："老渔，怎么办？"

渔阳："立即去梁庄。"

刘敢一头雾水："梁庄过去要绕一个弓背形大弯，怕是来不及。"

渔阳："你忘了，梁村的地道已通白马张庄。"

刘敢一摸后脑勺："我怎么把这个忘啦？！"

攻击途中。敌人里应外合，一股敌人（援军）从果子洼拼命迎面冲来。

另外一股敌人从后面白马张庄扑来，眼看要打开突破口。

冯伢子急得直跺脚："怎么搞的！"

冯伢子用力拉了帽子。

冯伢子大声指挥："营部所有勤杂人员，还有凡是能喘气的，都跟我上！"

冯伢子说着抢过一挺机枪边冲边扫射。

一个伤员摇摇欲坠地从地上爬起，举枪向敌射击。

又一个坐着的伤员撑地艰难站起来，喘息，积攒一点气力后，拉手榴弹弦，投向敌人。

许连长带三十多名战士赶来。

战斗在这个"突破口"激烈进行。

敌人顶不住溃败，许连长带队追击。

突然，一阵机枪扫来，许连长身上喷出一篷血雾和衣服碎片，他龇牙咧嘴抽搐，驳壳枪落地，他低头一看，右胳膊已经被机枪子弹齐刷刷"削"断了，他晃了晃，訇然倒地。

他半躺在一堆尸体旁，像是牺牲了。

冯伢子见敌人被击溃，吼："每个阵地都独立作战，死打死守，姆妈娘的，谁丢阵地，提脑壳来见我！"

万才宝带卫生连十余人上来抢救伤员。

万才宝："伢子，我刚才看见渔阳这老小子带队从后面朝梁庄方向跑，怎么不在这里打仗？！"

冯伢子杀气腾腾："擅离战场，姆妈娘的，非对他们执行战场纪律。"

万才宝一缩脖子走了。

冯伢子："（小声）哼，本来攻击能力就不足，我还不放心哩。这下，看你渔阳怎么交代？算了，等团长收拾你们。"

万才宝："老许、老许……"

许连长的眼睛动了动，慢慢睁开，张嘴大口喘气。

万才宝急呼："卫生员，快，卫生员，担架……担架！"

19-17　公路上　日　外

敌炮楼上，伪军班长和另一伪军在楼顶眺望，公路上河间方向出现约上百人的伪军，前头是十几个人的车队，领头的是伪军大队。

伪军拉一把伪军班长："班长，你看。"

只见不远处有十几个穿黑衣的自行车队从公路另一端急驶而来。

班长一声惊叫："是'大眼侯'来了。你快去报告大队长。"

伪军哆嗦："我怕。"

班长："怕有屌用。一旦打起来，咱们两头不讨好。"

说着急急下楼，一边朝大队人马跑一边大叫。

班长："'大眼侯'来啦！"

大队长闻言，掉转车头就回头。

伪军们奔命跑，唯恐落后。

侯玉天和属下，放下自行车，都拔出双枪，严阵以待，大有横刀立马气度。

19-18　白马张庄　日　外

一坟包地道口，渔阳站在口上。

渔阳焦急挥手："快啊，同志们上，快些跑！"

独立大队指战员从地道如过江之鲫而出，随即呈散兵线在刘敢率领下出击。

渔阳把帽子甩地下："小李子，吹号！"

一阵急促、嘹亮的军号骤然响起。

李小孬昂首挺立，用力吹着军号。

19-19　团指挥所　日　内

黄兴亭正盯着怀表。

黄兴亭："分针离五点还差五分钟。（闻号声，屏息倾听）我们的号。乱弹琴，谁下的命令？！"

黄兴亭拿起望远镜观察，镜头中，服装不统一的独立大队指战员冲击身影。

黄兴亭："独立大队得手了。嗯，要奖励，每个人发一套新军装。参谋长，总攻！"

王振南："团长，还差三分钟。"

黄兴亭当机立断冲另一边待命的司号长挥手："吹冲锋号。"

激越军号声响起，各营号声接连响起。

19-20　战场　日　外

我军战士呐喊着冲向敌人，灰色的军装像潮水般涌上去，敌黄色军装形同孤岛，似要被潮水淹没。敌群大乱，敌人死的死、伤的伤，纷纷向河间溃逃。

黄兴亭放下望远镜，一脸轻松，招呼周玉润、警卫员小周。

黄兴亭："走，跟上去！"

黄兴亭麻利地爬下木梯。

这时，一发流弹击中李小孬，他仰面倒地，胸口汩汩流血，那把紧握的黄铜军号压在肚上，军号上的红绸带在风中像跳跃的火焰。

附近村庄的乡亲们纷纷来到阵地上，有的送食物，有的救护伤员，平原上涌现出一幅气势磅礴的军民协手战寇图。

19-21　河间城西门战场　夜　外

透空可见环城的壕沟上那吊桥高高收起，城墙上的垛口上射出火舌，不断扔下的手榴弹爆出橘红色的火光。

伪军们忙着用沙袋堵城门。

黄兴亭和渔阳伏在河间城下土坎上，不断有子弹在他们耳边飞过。

渔阳："我们有一个地道直通城里，从那攻进去。"

黄兴亭："老渔，我要的是消灭敌人有生力量，不是攻城掠地。"

渔阳："兴亭，你是越来越练达了。"

黄兴亭转身对身后的周玉润："命令部队撤出战斗！"

19-22　回指挥所路上　夜　外

回来路上。黄兴亭和刘敢、渔阳同行。

渔阳："情况就是这样，这冯伢子太独断专行，连话都不让我说。"

刘敢："还朝我们耍态度。"

黄兴亭："这家伙呀，爱打仗，能打仗，但是离会打仗还差这么一点点，性子来了，老是乱来。这次对你老渔这个态度，没大没小的，不像话。"

渔阳："算啦，你就不要批评他了，谁让他官比我大，脸阔啦，真是官大一级压死人。"

黄兴亭："我才懒得再去教训他，我放手了。他犯这毛病写的检讨书，可用箩筐挑啰。让他自己去琢磨该怎么处理，记性长得牢些。"

黄兴亭望向一边行进的独立大队战士。他们肩扛手提战利品，喜气洋洋。

黄兴亭："你们独立大队战斗力不赖嘛，能打！"

刘敢："跟主力打仗，过瘾，跟着老虎吃肉！"

渔阳："兴亭，部队跟你们一起作战，也不知怎么，胆也大了，底气上来啦！"

刘敢："黄团长，你们不愧为老红军团，这精气神，军号一响，就把我们独立大队的士气给带上来了。"

黄兴亭："说到军号，咦，你们那个小鬼号兵呢？"

刘敢："牺牲了。"

黄兴亭叹息一声，伤感地："可惜啦，还是娃娃。唉，来不及整训，就把独立大队拉上去打了，本想以老带新锻炼锻炼。都怪我考虑不周到。"

刘敢："团长，能不能给我们大队派一些战斗骨干来？"

渔阳："我们配属六团，就是六团的部队。"

黄兴亭："以老带新，薪火相传，老传统，好事。不过，这个事，容我和廖政委商量一下再定。"

渔阳："兴亭，士别三日，刮目相看。你变了，不像过去的你啦！"

黄兴亭："你是说我不再独断专行了吧？"

渔阳爽朗大笑，不语。

黄兴亭："要是刘大队长不和你这政委商量，凡事一个人说了算，成何体统？"

刘敢接茬："政委是党代表，我可不敢不尊重。"

黄兴亭："你我都是党员，就得服从党代表。"

渔阳故意拉腔拉调："我这个政委要求你给我派几个中队、小队长来。"

黄兴亭："你这个政委呀，小点，也要听廖大政委的。"

渔阳："哈哈哈……"

19-23 旷野 夜 外

月光下，冯伢子兀自在路口漫步，显得焦急和不安。

冯伢子："（Os）团长这次遇见了我，以往早劈头盖脑发火骂了，这次只是多看了我两眼，各走各的路，那眼珠子都要砸在我身上了，什么意思？这次，我对老渔确实太那个，唉，当红军时，他当副连长，我还是副班长……"

"沙沙"的脚步声渐响，前面出现一支队伍。

队伍前面正是他等待的渔阳。

冯伢子上去一把拉住渔阳的手："老渔，借步说话。"

渔阳："什么事？怎么要打我的老屁股？"

冯伢子双手卷着衣襟，不语。

渔阳："有话就说，有屁就放，我还要带部队赶回梁庄宿营，没功夫和你磨叽。"

冯伢子言不由衷:"这次,你们大队功过……相抵。"

渔阳:"小子,听好了,这次战斗我们大队是功大于过。"

冯伢子:"还是有过的。"

渔阳:"这个过,不是不听你瞎指挥的过。团长说了,我们不该游击习气,提前五分钟吹冲锋号了,打乱他指挥。"

冯伢子语塞。

渔阳:"你的脾气呀,我也算领教喽。你还要说什么?没事我带部队去了。"

渔阳说着转身欲走。

冯伢子一把拉住他,从口袋里抓了一包东西,塞入渔阳的下兜,头也不回跑了。

渔阳打开包,包内是十几粒金灿灿的驳壳枪子弹。

渔阳掂了掂子弹:"这个玩意儿我喜欢!"

19-24　梁庄房东家外　晨　外

小伍子担水往水缸里倒。

梁大娘:"小伍子,经常和你一起的小李子咋没回来?"

小伍子回避梁大娘的目光:"他受伤了……住院了。"

菊香急切地:"伍子哥,他伤到哪里?在哪儿住院?"

小伍子拭泪:"他……他……(号啕大哭起来)他牺牲了。"

菊香跑入屋。

有顷,她跑出。

梁大娘无声地老泪纵横。她似记起什么事,颤巍巍出门。

19-25　棚子　日　外

梁大娘后面跟着四个后生，有拿麻绳、有扛粗杆，表情肃穆。她带后生进入棚子。棚子里放着两长条木凳，架着棺材。

她站定，用手抚摸棺材，她摸得很慢、摸得很仔细、摸得很深情。

终于，她后退两步，让开身子，后生们默默捆扎棺材，抬出棺材。

她用干瘦的手护着棺材一侧作垫，生怕棚门框碰掉棺材上的漆皮。

闻讯刘敢、渔阳赶来。

刘敢："梁大娘，这使不得哩，不合适！"

梁大娘："怎么不合适？小李子为打鬼子、为我们老百姓折了阳寿的呀……"

梁大娘泪流满面。

刘敢动容，一时无语。

渔阳："大娘，我们有纪律，是这支部队从干红军游击队时候就留下来的铁的纪律，不能随便拿老百姓的东西。要不，算我们买下吧，我们照价付钱。"

梁大娘推回渔阳递四块大洋的手："这是干什么呢？小李子可是认我干奶奶的，可怜的孩子啊……挨千刀的鬼子……让我白发人送黑发人……"

她如泣如诉。

19-26　坟地　日　外

坟地站满了乡亲们，个个泪流满面，有的哭出声。

松柏环绕的坟茔群，增添了几座新坟。

菊香哭晕在李小孬遗体上，她手里拿着一枚鸡蛋。

乡亲们有的掩面，有的把头扭向一边，不忍看这哀恸的场面。

四个后生抬着棺材缓缓走过来。

19-27　前线包扎所前　日　外

万才宝指挥战士们拆解帐篷、往骡马上装器材。

万才宝抬头看看天色，指着尚没拆的唯一帐篷，对身边的护士催促。

万才宝："你去给更德大夫说说，该撤退啦。"

护士："我才不去哩，要去，你去催！老头脾气大得很！"

万才宝摇摇头，急步走了。

19-28　前线包扎所内　日　内

帐篷里，更德就着简易桌写日记："（画外音）今天是我的四十九岁生日。我有这个足以自豪的荣誉——在前线我是年龄最大的战士……从昨天下午七点钟起，我一直在做手术，在四十个重伤员中，我们做了十九个手术……"

19-29　前线包扎所外　日　外

众人正忙着将重伤员往大车上抬运。

黄兴亭和牵着白马的小周来了。

黄兴亭察看重伤员，重伤员不能动弹，向黄兴亭行注目礼，有的吃力抬臂向他敬礼。

黄兴亭脸色凝重，脱帽向他们深深躬身。

黄兴亭戴上军帽："同志们，你们战斗的任务完成了，接下去的任务，是到后方好好养伤！"

他一摆手示意，大车缓缓启动。

等候的万才宝手一挥，指挥两个担架员将一个担架抬过来，担架上躺着右臂连同上半身扎满绷带的许连长。

万才宝敬礼："团长，许连长的伤口是更德大夫亲自处理的。"

黄兴亭俯身："小许，还疼吗？"

许连长微弱的声音："团长，我手断了，今后怎么打仗哟。"

黄兴亭："怎么不能，还有一只手可以打枪嘛。你还记得从我们团抽出去三个连组成的独立三支队，在冀中东一捣西一搞，打出了威风啊！他们两个头儿，也都剩一只手，照样打仗。鬼子一听到'一把手'的部队，望风而逃。"

许连长："团长啊，我是担心，右手断了，来世投胎，没法扶犁种地……"

黄兴亭转过头，用袖口抹一把眼，沉吟一下。

黄兴亭转脸："放心，我会下个死命令，凡是今天在六团的人，无论现在、将来，无论到地方和其他部队的，只要活过你的，都要执行，在你下葬前，必须用木头做个手，给你安上。这个命令永远有效！"

许连长："团长，我有一个要求，我不要去后方——"

万才宝抢白："谁说送你到后方的？团长有交代，送你去师部医院。这不，团长来送你啦。"

黄兴亭用手招呼小周，小周牵马过来。

万才宝、小周和两个担架员小心翼翼地将许连长扶上马背。

许连长泪流满面。

万才宝羡慕地："许连长，这下骑上马了（暗指上次缴马事件），变团首长了！"

小周牵着马踽踽而行。

黄兴亭："万才宝，轻伤员呢？"

万才宝："难啊，总算处理好了……团长啊，冀中不比老根据地打仗，一个战士可以动员两个民工支前，负了伤，有担架抢救在那里。部队随时要转移，除了那些不能带走的轻伤员。"

闪回：

临时搭建的棚下，躺坐着简单包扎的一批轻伤员。

万才宝提着布袋，在给每个伤员一个个分发银元。

万才宝："部队要打仗带不上你们，只能靠自己，能回家的就先回家，回不去，将来再去找部队。"

万才宝："你们找个地方先隐蔽起来，附近几个村庄的老百姓，政治处派人去都说好了，他们会收留你们的。"

万才宝："我会和团卫生队同志经常巡回来给你们看伤的……"

大多战士们很听话，都默默地接受了这个现实。

有的暗自抹泪。

但也有的不愿意离开部队，有的给他钱，他也不要，抱着万才宝的腿，哭着哀求。

一战士："万参谋求求你了，把我带走吧，我还能打仗！"

闪回毕。

万才宝："我心里也不是滋味。可在这种情况下，不这样做，又有什么办法呢？"

黄兴亭重重叹息一声："这点钱不够呀，记着，你们巡回看他们的时候，多给点钱，让他们吃好些。"

黄兴亭忽然指那座尚未拆除的帐篷："这怎么回事？"

万才宝："（给黄兴亭耳语后）这老头脾气大得很咧。"

黄兴亭："走，我去试试看。"

19-30 铁六团团部 日 内

黄兴亭和廖政委、王振南、金主任坐一起开会。

金主任："部队休整有些时日了。抽调了几个骨干去独立大队，加上连续作战，干部缺编，需要调整一下。我与政治处拟了个调整名单，提交团党委决定。"

他将名单交廖政委。

王振南："我这摊子太大，需要配个副手，把团直属部队这块工作分担一下。"

廖政委将名单交给黄兴亭。

廖政委接茬："增个副参谋长的事我已和首长们通过气了，他们的意见是，具体人选由团党委决定。"

黄兴亭将名单传王振南阅。

王振南脱口而出："副参谋长冯伢子。"

廖政委："兴亭，你是军事主官，你的意见？"

黄兴亭："（愤声）我没意见。"

廖政委："团长，没意见？你是同意还是不同意，听你口气，好像有意见。"

黄兴亭："我尊重政工部门的意见。不错，冯伢子这个同志，什么恶仗、硬仗都敢打，多么难的任务都敢接，虽说那火暴脾气有所收敛，但还需考验。再说他的留党察看期没满，当副参谋长火候不够。"

廖政委："你说谁合适？"

黄兴亭："这只是我个人意见。管人、用人是政工部门的事，还是政治处提议吧。我尊重党委多数同志意见。"

金主任："我有一个建议，洪船生怎么样？"

王振南附议："我看可以。进入冀中打了这么多仗，表现好，进步快，尤其是这小子眼界高了，可担此任。"

廖政委征询黄兴亭："团长——"

黄兴亭："他是我表弟。我不好说，说不好，不说了。"

廖政委："举贤不避亲嘛。（顿一下）少数服从多数，就这样定了。回头我找洪船生谈话。金主任，你向师部报告，其他调整干部就由政治处谈话。"

门外传来万才宝的声音。

万才宝："报告！"

黄兴亭："进来。"

万才宝进门，向众首长敬礼。

万才宝："参谋长，接师部通知，让我去师部领这个月的给养，还有两袋空弹壳，要去师部换领子弹。"

王振南："快去快回！"

万才宝："是。"

王振南："以后，这类婆婆妈妈的事就用不着找我请示啰。"

万才宝挠头皮，一头雾水模样："那我向谁报告？"

19-31　郑村一营部　日　内

渔阳和刘敢推门而入。

刘敢："冯营长，小队长以上干部都集中了，等你去讲课哩。"

冯伢子："（边披挂边说）好，我这就去，就去。"

通信员匆匆进门："报……报告，有情况！"

冯伢子："天塌啦？亏你还是老兵，慌什么慌，什么情况？"

通信员："警戒分队发现大批日军。"

冯伢子警觉地："在哪儿？"

冯伢子拔枪，带渔阳、刘敢，在通信员引导下，一溜小跑。

19-32　郑村阵地　日　外

冯伢子等人半卧在阵地上观察。

举目望去，前方一千多米处，二百多名日军打着旗，队尾拉着山炮，正急急向前开进。

冯伢子如释重负："鬼子不是冲我们来的，是朝钱各庄去的。"

刘敢着急地:"不能放敌人过去。驻钱各庄的是四团部队。"

渔阳: "是啊,四团是新部队,我们不能让他们吃亏,应该立即发起攻击,给四团示警。"

冯伢子: "你们就不是新部队?团长给我的任务是训练。不成,没团长的命令,我做不了这个主,不然又要训我不改正,又无组织无纪律,擅作主张。"

刘敢不服: "我们也打了硬仗了,哼,还新部队。"

渔阳耐着性子:"冯营长,战机不可失。我们现在包抄上去,和四团两路夹攻,有把握歼敌!"

刘敢: "要是赵家庄那会儿,我可能是打不赢就走了,没想到今儿你会这样,你主力老大哥的威风哪去啦?!"

冯伢子: "你当是干游击队啊,想打就打,不想打就走。主力就是主力!我得听团长的命令!"

渔阳:"冯营长,机不可失。兴亭在,保准同意我的意见。"

冯伢子: "团长会听你的?嘁。(口气却松了)这样吧,我们先把敌人放过去,等团长命令到,再作道理。"

渔阳: "冯营长——"

冯伢子: "没有命令上去打,你负得起这个责任?"

渔阳冷静地: "小冯,你我都是老红军啦,一路过来,没有命令的仗打得还少吗?灵活机动的战略战术,是我们的看家本领。再不打,怕来不及啦,四团要吃亏呀。"

冯伢子: "我这个营是红军老底子,损失了,我怎么向黄团长、霍总交代!不行,没我命令,不准擅自行动。"

刘敢: "哪有放着鬼子不打的道理。我负责,你们不打我们打!(拉起渔阳)我们走!"

冯伢子气急败坏摊双手阻拦："你们懂不懂纪律?！"

渔阳回敬："你懂不懂从实际出发?"

刘敢一把推开冯伢子的手："老渔，我们走！"

冯伢子望着他们奔跑的身影。

冯伢子恼火地："通信员。"

通信员："到。"

冯伢子："把枪给我。"

通信员犹犹豫豫摘下步枪。

冯伢子一把夺过步枪："姆妈娘的，老子毙了你！"

他"咔嚓"将子弹顶上膛，屏息举枪瞄准——这时枪被伸过来的一只胳臂朝上一抬。

是赶来的教导员，他夺枪，冯伢子不松手。

教导员："老冯，你怎么能这么干！"

冯伢子："他们违抗命令，老子要执行战场纪律。"

教导员："老冯，你冷静点儿！"

冯伢子余怒未消："我冷静不了，他们鱼大，嫌老子水浅，我还不信罩不住他们。反啦……"

教导员："简直胡闹！把枪给我。"

冯伢子仍不依。

教导员直呼其名，表情严肃："冯伢子同志，现在，我以营党委书记、团党委委员的身份，以组织名义，命令你把枪交给我。"

冯伢子乖乖将枪朝教导员怀中一送，抽手走了。

19-33 敌军纵队路线 日 外

枪炮声，火光闪闪。

郑村阵地独立大队各种武器射击，敌人行军纵队被打乱。

钱各庄方向也开火了，水压重机枪喷吐火舌。

连绵的芦苇荡，密不透风。

蛰伏在芦苇丛中的吉田大队长屏息侧耳细听。

一名日军骑兵翻身下马，进入路口，一头钻进芦苇丛。

骑兵："町田大尉的部队遭到攻击，请求支援。"

吉田："让大尉立即脱离战场，迅速向大部队集结。"

参谋上前："怎么撤退？"

吉田："这枪声你还听不出，不是我要找的主力部队，我们的目标在那儿——"

他做了个前进的手势。

日军弯腰弓背在芦苇丛中潜行的身影，枪刺一闪一闪的寒光。

19-34 铁六团团部 日 内

黄兴亭等几个团首长围在地图边，身后站着船生、周玉润。

黄兴亭用手点着郑村、钱各庄。

黄兴亭："又是吉田这个老冤家，鼻子挺灵噢。"

船生上前一步，用手指白塔镇，示意这一带潴龙河边芦苇荡发现敌人活动迹象。

周玉润："我估计敌人还是盯着师部。"

黄兴亭一拍地图："坏了！敌人是冲师部来的！"

王振南："是啊，一个礼拜前师部在钱各庄召开过参谋会议——"

黄兴亭欣赏地拍拍周玉润："合格，你开窍啦。（然后手一摆，当机立断）紧急收拢部队，向师部靠拢！参谋长。"

王振南："到。"

黄兴亭："你把这个情况报告师部，告诉廖政委，让他带二营、三营立即走，组织好部队，保护师部安全。我带团直部队立即赶到。周参谋。"

周玉润："到。"

黄兴亭："你立即去郑村，传我的命令，把一营和独立大队带回。"

19-35 芦苇荡 日 外

茂密的芦苇高达丈余，密密层层，纵横交错。

沼泽浅处没踝，深处过膝。隐约踩踏出的小道曲曲弯弯。

万才宝和炊事班长老崔各背一麻袋子弹在芦苇丛小道中行进，万才宝两脚尖朝外，一只手像划水摇摆。

突然万才宝拉老崔蹲下。

万才宝惊慌的脸。

两人看见日军蹑手蹑脚前行的身影。

万才宝："老崔，不对呀，坏啦，这离师部不远，你快回去报信。"

老崔："你呢？"

万才宝放下麻袋："我把鬼子引开。"

老崔犹豫。

万才宝："我是领导，听我的命令。"

老崔："好吧。"他转身。

万才宝："慢，记着，你一定要把子弹和绑在腰上的三十块光洋带回团里去，是这个月全团的给养哩。"

老崔点头："嗯。"

万才宝："个人可以牺牲，东西不能落在鬼子手上。"

老崔："万参谋，你是干部，还是我去吧。"

万才宝："好了，不要争了，我是党员干部，这里我说了算。来不及啦，我去引开鬼子，如果我光荣了，你一定要找到我，尸体可以不要，我腰上绑着的大洋要找回去。"

万才宝在芦苇林中故意弄出声响。

鬼子伏地观察，不为所动。

万才宝下意识摸枪，猛醒没带枪："姆妈娘的。"

万才宝急中生智唱渔歌："老子本姓天，家住洪湖边，没人来捉我，除非是神仙。枪口对枪口，刀尖对刀尖，有你就无我，你死我上天……"

日军拨开芦苇追逐万才宝。

万才宝赤脚轻快奔跑，宛如他在家乡的芦苇丛中行走。

鬼子笨重的皮鞋踏得泥浆翻溅……

19-36　白塔镇附近　日　外

五月的冀中平原，绿油油的麦田一望无际。

黄兴亭和周玉润牵马并肩而行。

周玉润："团长，冯营长和刘大队长为那事，撤回路上还在吵架，都说要找你评个是非曲直。"

黄兴亭："依我看，他们都没错，要打也各打五十大板。"

周玉润："此话咋说？"

黄兴亭："在我们六团，论对错只有一个标准，四字经。"

周玉润："四字经？"

黄兴亭："四个字：能打胜仗！"

周玉润："这次好险啊，幸亏你部队收拢得快。"

黄兴亭："霍总和师部安全转移了吗？"

周玉润："已转移。只是师直机炮连还没撤下来，估计快了。"

黄兴亭："唔。"

周玉润："我们团已完成掩护师部转移任务，基本脱离战场。"

黄兴亭："那好，我们走。"

两人上马。

黄兴亭："哦。小周，我在延安借了你两块钱，至今没还你，好长时间了，这个账我一定还上。"

周玉润："团长，你又来了不是，我说过多少次啦，就当我支援革命。我知道你没私产。"

黄兴亭："那可不行，一码归一码，革命队伍内不允许侵占个人物品。"

周玉润随口道："团里经费困难，前些天万参谋说拉饥荒了，我还给钱……"

周玉润发现说漏嘴了，止言。

黄兴亭："万才宝又向你要钱啦？这个老油子，屡教不改，真是乱弹琴！"

周玉润："团长，他只是周转不过来借，每次经费下来都如数归还的。"

黄兴亭："你不要给他打补丁，他没少揩你的油吧，肯定没少打你的'土豪'。"

周玉润笑而不答。

黄兴亭："他万才宝就这个德行，我了解。小周，有个事，我得给你提个醒，你来了后，大家对你都满意，但你有些地方还没和大家打成一片，有反映哩。"

周玉润有点委屈："我觉得已打成一片了呀。"

黄兴亭："你买草纸是事实吧，大家便厕都用草秆揩屁股，你用草纸，就你的屁股金贵？还有，漱个口，你要买牙粉，穷讲究……"

周玉润："那是讲卫生，讲文明。"

黄兴亭："这个我知道。现在条件不好，你这一讲究，就显特殊了嘛，要入乡随俗啊。我的兵啊，土是土了点，但能打仗。"

周玉润："以后我注意。"

黄兴亭："还有，你还下过馆子，有这事吗？影响多不好。"

周玉润："那是万参谋他们几个让我请客打牙祭，我推却不了，所以——"

黄兴亭："推却不了就不推啦？他们在吃大户！"

周玉润："大家一个饭锅里摸饭勺，低头不见抬头见，怪难为情！"

黄兴亭："我听说这一档子事……"

闪回：

小饭馆内，桌上杯盘狼藉，万才宝、周玉润、老崔和几个参谋干事围桌。

万才宝往嘴里丢了一颗花生米，朝众人夹眼，举碗朝微醺的周玉润举碗。

万才宝："小周，喝了。"

周玉润："万参谋，再喝我要醉了。"

万才宝："怎么，看不起我？说好了，今天这顿饭我请客，你不买我面子，不够意思。"

万才宝仰脖一饮而尽。

周玉润碍于情面，将碗中酒喝了。

万才宝酙酒："满上满上！"

周玉润趴在桌上打呼噜，嘴角唾液像面条一样挂着。

周玉润摇摇晃晃起身，前脚刚跨出门槛，被小伙计拦住。

小伙计："你们酒饭钱还没付。"

周玉润环顾，早不见万才宝等人，只好掏兜会钞。

闪回毕。

黄兴亭："以后啊，他们再打你'秋风'，你就说要叫上我和廖政委，看他们敢不敢！"

这时，向政委带警卫员策马而来。

黄兴亭："政委，你怎么跑回来了呢？有事派个人叫我们嘛！"

向政委："这个事我放心不下。机炮连两挺机关炮是苏联支援我们抗战的。国民党给了我师，万一落到敌人手里，会造成不好的政治影响。(一阵剧烈咳嗽后)这么件象征性武器丢了,顽固派攻击我们游而不击就有了诬蔑的口实。"

黄兴亭:"(Os)大惊小怪,打仗,丢几件武器就和收稻子丢几粒稻米一样,有什么关系。为这个牺牲人命值吗?(不敢悖政委)向政委,你放心,我绝不让这宝贝落入日本人手里,迫不得已,炸掉也不给敌人!"

向政委:"最好完璧归赵!黄娃子,这任务交你啦。"

黄兴亭目送向政委远去。

黄兴亭:"小周,附近还有我们团的部队吗?"

周玉润:"都转移了。"

黄兴亭:"(Os)'羊'都散了,可怎么办?"

周玉润:"好像撤下来的独立大队没走远。"

19-37　潴龙河畔　日　内

河滩这里茂密的芦苇,茎如拇指。

机炮连战士撤过桥,利用河堤、芦苇掩护阻击敌人进攻。

远处,两辆装甲车隆隆驶来。

机炮连节节抵抗,情势危急。

黄兴亭带渔阳、刘敢独立大队赶到,投入战斗,迟滞了敌人的进攻。

机炮连连长:"黄团长,你们来得正好。"

黄兴亭:"你们怎么撤得这么慢?"

机炮连连长:"让鬼子缠上了,我只有二十来支步枪,轻武器挡不住呀!"

黄兴亭手指前方敌装甲车。

黄兴亭："你的机关炮是烧火棍？干什么吃的，就不会轰他几炮！"

机炮连连长："一年前炮弹就打光了。"

黄兴亭骂骂咧咧："简直就是鸡肋、包袱、累赘，中看不中用——"

黄兴亭停止了"声讨"，眼睛睁圆。

桥那头敌装甲车正朝桥方向开来，一百米……五十米……

黄兴亭把帽子往下拉到眉头，正欲下达指令，只见桥这头出现一个人头，一起一伏向桥中央游去。

黄兴亭拿起望远镜。

镜中画面：是渔阳。随着起伏的身躯，隐约可见背上捆绑在一起的七八颗手榴弹。

黄兴亭大吼："集中火力掩护，给我狠狠打！"

渔阳游到桥墩，摇晃一下，他胸部中弹，血水洇出衣服，他头抵在桥墩上。

敌人的装甲车驶上桥头。

"轰"一声爆炸，桥塌陷，敌装甲车坠河中。

这位老红军的尸体漂在水面，仰望蓝天，鲜血浸染河水，白云在旋转。

潴河水在倾泻。

绿色的芦苇化作棵棵青松。

黄兴亭："（凄苦的画外音）武器差呵，拿命换！老渔，我对不起你啊！"

黄兴亭下令："撤！"

部队交替掩护撤出战斗。

日军望河兴叹。

黄兴亭带着独立大队在前面走，后面跟着抬机关炮的机炮连队伍。

师政治部李干事骑马过来，下马。

李干事："黄团长，机炮连的两挺机关炮弄出来没？"

黄兴亭悲愤："哼！"

李干事："黄团长，是向政委叫我来问的。"

黄兴亭："拿回来让我扔了！"

李干事急了："向政委交代，一定要弄回来！"

黄兴亭："那好，你带部队去弄回那破玩意儿好了。"

李干事被呛住了，纳闷："黄团长，你今儿怎么啦？"

他眼睁睁看黄兴亭走了，转身，见机炮连连长在向他招手。

19-38 潴龙河畔 夜 外

落单的万才宝披着星光，急匆匆迎镜走来。

他戴着军帽，赤裸着上身，肩上挑皮带捆扎卷成团的上衣，腰上缠着布袋，裤腿角湿漉漉淌着水滴。

19-39 河岸芦苇丛 夜 外

河岸边停着两只打鱼的小船。

万才宝躲在岸边的芦苇丛中窥探。

河岸边传来渔夫的说话声。

渔夫甲："来福家的，看样子我们晚上只好在这里宿夜啦。"

渔夫乙："张老三，有什么办法，岸这边都是'二鬼子'监视着，刚才，河上好几条船被打掉了。"

渔夫甲："今天，八爷在这儿和小鬼子干了一仗。封锁哩，查得紧。"

伏在芦苇丛中的万才宝陷入沉思，似乎自己左一个右一个在对话（Os）：

时间不等人，不能再等了。部队明天还不知转移到什么地方去了，不好找。

不如找个地方安顿下来，等有消息了再归队。

你身上可绑着全团这个月一半的给养费啊。

就当老子失踪了、死了。索性回老家，用这笔钱讨老婆，置地买房……

部队等米下锅，饿肚子怎么打仗？

团长会有办法的。

亏你，团长当然会想办法，可他把这摊子都交给你，相信你，你卷款当逃兵，你对得起他？

我这笔钱拿回去又不是自己吞了，多数拿去接济红属的呀，老家日子过得苦啊。这钱花在哪儿都是花。

孰重孰轻，眼下打鬼子正需要用钱，部队天天吃黑豆，屎都拉不出来。就是吃黑豆也不是天天有的吃。

这——

让部队饿肚子打仗，你在帮鬼子！汉奸！

我这是灵活机动。

别找理由了。当初冯伢子犯纪律，执行前怎么说，只准给老家说战死在战场上。你忘了，我们出来发的誓言，同生死！

可这当下这情况，过不了河呀，让老乡送我过河，连累人家送命哩。

天有九头鸟，地有湖北佬。亏你吃了那么多年的鱼，脑子白补啦？

……

月光下，万才宝望不远处的船一眼，想了想，从腰上解下绑带，从中取出一枚光洋，停顿一下，又取出一枚，然后将绑带扎上腰。

19-40　河岸边　夜　外

穿戴整齐，腰扎武装带的万才宝出现。

来福家的："谁？！"

张老三戒备地操起鱼叉。

万才宝："老乡，是我。"

万才宝用食指竖嘴中，示意轻声。

张老三盯视万才宝臂章，放下鱼叉："你是八路？"

万才宝点点头，环顾一下四周。

万才宝："老乡，我和你们商量一下，我执行任务，今晚必须过河去。"

来福家的直摇手："我可不敢，我上有老、下有小的，子弹可不长眼，我命没了，家也完了。"

张老三："送你过河，我怕，万一落到'二鬼子'手上，说我私通八路，不死也要脱层皮。罢了，我这船借给你，你自己过去，明儿我到对岸取，你可要把船拴牢了。"

万才宝："老乡，我任务很紧急。不用借，你这条船我买下行不？（从兜里掏出两枚银元递上）万一船弄丢了，就算补偿你。"

张老三："不用。你们八路是为我们老百姓打鬼子拼命，我明白。"

万才宝拉过张老三的手，将银元放他手上。

万才宝："老乡，谢谢，心意我领了。我不能让你冒这个险，就这样。"

张老三不放心地："这河面宽，水又深，你行吗？"

万才宝："我懂水性！"

三人一起动手搬空船。

张老三要将船桨递给万才宝，万才宝没接，却盯视船舱中一个补漏的木楔。

万才宝："不用。老乡，能给我一根绳子吗？"

张老三递给万才宝一根渔网绳。

万才宝推着船向后方走去。

背后嘟囔声："这八路不用船桨，这船怎么走……"

万才宝解下腰上的绑带，连同衣服用绳子捆扎好，拔开堵漏的木楔，将绳子穿过漏洞，再复原，将绳头固定在木楔上（他寻思利用船的浮力，将吃重的光洋运过河）。

一切安顿好，他将船往前推，河水约有齐胸高时，不远处显现一支大电筒忽闪的光柱，嘈杂的脚步声。

一队"二鬼子"冲小船而来。

伪军班长发现小船，手中的电筒直射小船。

伪军班长："人哩？"

伪军甲："一条丢弃的船，船舱中没东西。"

伪军乙从肩上取下枪准备打枪试探一下。

班长按下伪军乙的枪："别开枪，把八路游击队招来，你不想活啦？！"

"二鬼子"磨磨蹭蹭走了。

19-41　河底　夜　外

船底下，浮出万才宝的头。

一叶小舟缓缓行在河面。

万才宝凫着水，推着小船，时而探头换气。

19-42　团部黄兴亭住处　夜　内

黄兴亭、冯伢子和船生盘腿坐在炕上。

冯伢子眼里泛着泪光："我好后悔，在郑村为要不要支援四团，和老渔吵了一架。嘿，一眨眼，老渔就没了。我们沔阳出来的又少了一个。"

冯伢子呜咽着，说不下去了。

黄兴亭沉着脸："回头看，他要灵活机动，你要服从命令，你们都没有错。不过，你对渔阳的态度不对，要尊重，他革命资格就是比你老，经验比你多。"

黄兴亭咬肌痉挛一下。

黄兴亭隔了一会儿，一字一顿："你、对、不、起、老渔！"

冯伢子："团长，我只是一时心急——"

黄兴亭："没大没小，你这个脾气呀……人都走了，不说了。你回去，把'军阀作风坚决克服掉'抄一百遍，交给我，再不改正，我撸了你。"

黄兴亭手一摆："船生，渔阳的善后工作怎么处理的？"

船生："战后，我找了几个会水性的战士，偷偷去桥的下游找了。尸骨太多，都是鬼子的，只摸到他一截灰军装的腿。桥那边鬼子在捞坦克车，不好办。"

黄兴亭："还是要想办法找全渔阳的遗体。"

船生："嗯。我在河边找了一个地方，把腿埋了，做了记号，向政治处备了案。我担心，万一我光荣了，就无人知晓这个事了。依靠组织牢靠。"

黄兴亭满意地："唔，船生晓得跟组织走啦。"

冯伢子在一旁酸溜溜："人家现在是副参谋长，进步了嘛。"

黄兴亭："万参谋有消息吗？"

船生摇摇头。

黄兴亭："急死人了。"

冯伢子："这老油条死不了，按理说，也该回来了。我担心，这小子携款开小差，也难说。"

黄兴亭："参加革命是他自己来的，在队伍上待这么长时间了，虽然有时豁点边，干些不着调的事，心还是正的。"

船生："要是换以前，我也会怀疑他有这个动机，现在不啦。老崔讲，万才宝交代，如果他死了，尸体可以不要，他腰上绑着的大洋要找来。"

冯伢子："万一是这小子放烟幕弹，玩金蝉脱壳把戏……"

黄兴亭："他不会卷款逃走！这点我托底。我倒是担心他被俘，或者不在了。"

三个人凝重的脸。

19-43　潴龙河畔　晨　内

离岸五米余，万才宝浮出水面，水面漫没在他大腿根处，他拽着船朝岸上走。

万才宝骂骂咧咧："姆妈娘的游了半宿，瞎忙乎，这水连老子肚脐都淹不到……"

万才宝跌跌撞撞上岸，气还没喘匀，猛然发现前面芦苇丛中伸出十几管黑洞洞的枪口对着他。

他下意识转身欲跑。

芦苇中举枪者厉声地："站住！不许动，再跑开枪啦。举起手来！"

万才宝知无路可退，转过身，拍着胸脯。

万才宝："有种开枪啊！姆妈娘的，老子没有举手投降的习惯！"

19-44　铁六团驻地　日　外

万才宝身上都是泥浆，狼狈不堪，被两个持枪的民兵五花大绑押着走来，一民兵身上背着万才宝那绑银元的腰带。

村口两哨兵认出了万才宝。

哨兵甲："万参谋是你呀，怎么弄成这样？"

哨兵乙："你总算回来了。（向两民兵）他是我们铁六团的军需参谋。"

哨兵甲："万参谋，侦察排章排长刚才又带人出去找你哩。"

万才宝横一眼两民兵："我说是自己人，你们不相信。"

民兵甲绷着的脸绽出笑容："大水冲倒龙王庙了，误会误会。"

民兵甲上前给万才宝松绑。

民兵乙："我们看他形迹可疑，身上有这么多钱，一个八路军身上哪来这么多钱……"

万才宝："我不是跟你们说了嘛，我是铁六团的。"

民兵乙："可你没说你是军需官。"

19-45　铁六团团部　日　内

黄兴亭当胸捶了万才宝一拳。

黄兴亭："我当你喂鱼去了呢！把我吓得够呛——"

小周端上一杯水，万才宝夺过一饮而尽，用袖管抹嘴。

万才宝："姆妈娘的，老子饿坏啦。"

黄兴亭："小周，快叫老崔，弄点吃的！"

黄兴亭瞧见门前直立的两民兵，似乎想起了什么。

黄兴亭招呼："同志，来来，坐。"

民兵甲向黄兴亭敬礼："黄团长，不坐了，谢谢。区队长等我们回去复命。"

民兵乙将腰带放在桌上，有点儿拘束。

民兵乙："这里是二十八块银元，请首长清点。"

万才宝迫不及待打开腰带清点："嗯，一文不少。"

黄兴亭见民兵没走的意思，似想起什么："哦，我给你们打个收条。"

两民兵拿收条刚走，廖政委、王振南、金主任等闻讯而来。

廖政委："回来了就好，回来了就好。"

王振南："到处都是鬼子，你小子福大命大造化大。"

万才宝突然呜呜哭起来。

金主任："你哭啥子哟，像个娘儿们，高兴才是呀！"

廖政委："革命军人，流血不流泪，不像样子！"

19-46 伙房 傍晚 内

老崔在灶台烧饭，借着灶火，点燃烟锅在吸烟。

万才宝趴在灶台上，用嘴不住舔铅笔头，在纸上划拉。

灶台上方一盏油灯忽闪忽闪，时而把他的身影放大缩小。

一阵脚步声，船生背着手进来。

老崔起身敬礼："报告洪副参谋长，我正在准备团部晚饭。"

船生点点头："继续。"

万才宝起身，将铅笔夹耳朵上，开玩笑："哦，洪参座驾到，有失远迎。"

他敬礼后，伸出手。

船生还是背着手，没有握手的意思。

万才宝讨个无趣，悻悻然收回手。

船生掀开锅盖，复又盖上。

船生："又是吃黑豆，奶奶的，头都吃大了。"

船生顺手拿起万才宝撂在灶台上的麻纸。

万才宝："保卫股叫我写的脱离部队这段时间和两个银元去处的书面报告。"

船生："哟，我看不清，你把油灯挪过来些。"

万才宝把油灯擎起，移近洪船生，油灯映出他一脸窘态。

船生放下麻纸："我眼拙，看不懂，这个字像鸡爪。你口头说吧。"

万才宝："这两块光洋我不该私自动用，可为了把给养保全，不得已。"

船生："你为了保命？"

万才宝委屈地："命都没了，这给养也没了。"

船生："长征出草地，弄到吃的了，大家买锅盔吃，团供给处长没钱买东西吃，可他身上背的一百块大洋分文不少。"

万才宝："我只是灵活机动一下嘛，再说——"

船生："照你这么说，这两块光洋，还要公家给你报销？"

万才宝："我不是这个意思，这两块钱，以后从我津贴费中扣，我一定还上。至于挪用公款，这帽子太大了些，船生，你帮我说说情嘛。"

他顺手把手搭在船生肩上。

船生把搭他肩上的手扒开："严肃点。现在我是你的领导，没大没小，没规矩！"

万才宝火了："不就比我高了半级，副参谋长还够不上团级，给你三分颜料，你还真开染坊啊！"

船生："够不上团级怎么的？反正，你现在归我领导！"

万才宝："我又没招你惹你，你不要摆架子嘛。"

船生："我来是告诉你，今晚有首长来，馋鱼啦，团长让我通知你，加个菜。"

万才宝："我这就去弄。"

万才宝操起篮子。

船生："今天这鱼得你亲自烧，团长好你的这一口。不要像我那次，忘记放盐……"

万才宝咕噜："小兔崽子，报复我呀。"

船生忽然转身："我呀，对你有了新认识。"

万才宝颇感意外："哦，什么认识？"

船生："你够个爷儿们！"

万才宝得意地："谢谢首长夸奖。"

船生伸出手掌："是这个'手掌'，还是'脚掌'。"

船生顺手捆了万才宝一个头皮，拔腿就跑。

万才宝愤愤然："敢对老子动手动脚，官儿不大，僚儿挺粗。哎，县官不如现管，轮上他领导老子……"

19-47　周官屯日军联队司令部　日　内

宫崎办公室。

吉田："报告。"

宫崎："进。"

吉田进来，一脸沮丧，他一侧领章上布满尘土，衣上沾满斑斑血迹，垂手肃立。

宫崎咬肌抽搐，将桌上的墨水瓶劈头盖脑朝吉田脸上扔去，吉田额上殷红的血水、墨汁流下，他挺着腰板纹丝不动。

黑屏。静音。键盘敲击声，推出字幕：宫崎围攻作战不力，被撤职。

宫崎坐在办公桌前，收起桌上摆放的那帧他胸前挂满勋章的相框，黯然神伤地离开。

19-48　日军联队司令部　夜　内

室内灯火通明。

渡右远（字幕：日军新任联队长）拿着电话筒面对地图。

渡右远背对镜头打电话："本间将军，我立即行动。"

他用红色铅笔在地图上"汇溪"处画了一个圈。

渡右远身后的鬼子聚上前。

渡右远："这个消息绝对可靠，在汇溪、卧佛里一带有八路军千余人，可能八路军冀中指挥机关也在此处。（转身，兴奋地双手搓动）机会难得，难得机会，吉田君——"

吉田："哈咿。"

渡右远："你全大队出动，长途奔袭，把敌人统统地消灭！"

吉田："哈咿。"

渡右远："管沼荣君。"

管沼荣："哈咿。"

渡右远："你们山炮中队归属吉田君指挥。"

管沼荣："哈咿。"

渡右远："长谷君，你运输队能调动多少车辆？"

长谷："五十多辆汽车、八十多辆大车。"

渡右远："好，你负责部队运输。"

长谷："哈咿。"

渡右远提高声调："吉田君，到了河间县城后，部队改徒步行军，昼伏夜行，注意隐蔽作战意图。（从牙缝里挤出几个字）部队立即出发！"

19-49 田野 夜 外

汽车灯光柱照亮路边的麦田、照亮马路两侧隐没在夜色中的一座座岗楼，犬牙交错。光柱在起伏的马路上时隐时现。

汽车的马达声从远到近，从近到远。

第二十集

20-1　河间城诗经茶楼　日　内

城内戒严，街上几乎没有行人。

茶楼空空如也。侯玉天和杨掌柜坐在楼上临鬼子兵营的窗口，借虚掩窗户的隙缝，目不转睛窥视。

杨掌柜："侯指挥，昨夜鬼子汽车响了一宿，这兵营里一下来了这么多鬼子，看样子，要大动干戈。"

侯玉天："有名堂。"

杨波："（忽然闯进画面）侯总指挥、哥，昨晚从沧县来了一千多鬼子，吉田回来了。他们是冲汇溪、卧佛里去的，叫我们侦缉队征集大车哩。"

侯玉天不由一怔："坏咧，是针对我们冀中的首脑机关。"

杨波："鬼子很鬼，不同以往就近调兵，而从沧县调兵，光山炮就有一个中队。"

杨掌柜："要赶快把情报送出去。"

侯玉天："这情报事关重大，我亲自去。"

20-2　公路边某村庄　日　外

田慧中（侯玉天长女）骑自行车在路上跑，一队伪军在后面边开枪边追。

田慧中丢下自行车，往路边村庄跑。

一伪军扶起自行车："准是八路！"

迎面见一男子骑自行车而来，是侯玉天。

伪军们拉枪栓哗哗响。

伪军甲："下来，开什么的！"

伪军乙："再不停下开枪啦！"

侯玉天："我是'大眼侯'。"

侯玉天迎镜驶来，一手把车把，一手伸自行车裆子内掏枪。

伪军甲："（惊呼声）神枪手来啦！"

伪军乙："'大眼侯'来了，快跑！"

伪军们抱头鼠窜，争相逃命。

田慧中："爹，多亏你。"

侯玉天："你九分区的妇救会主任，放着工作，跑这来干啥？"

田慧中："我请假了，去军区战地剧社看慧琴妹妹，怪想她的。听说军区机关在这一带。"

侯玉天："不要去了。"

田慧中："咋的？"

侯玉天："慧琴不在剧社了，组织上送她去抗大二分校学习去了，表现不错，还当上分队长了哩。"

侯玉天从贴身内衣取出一张皱巴巴的报纸递给田慧中。

侯玉天："你快回去，这里马上要打仗！"

田慧中："爹——"

侯玉天一条腿欲上车："还有什么事，快说，我有紧急任务。"

田慧中羞涩地："爹，我处对象了。"

侯玉天："他是谁？"

田慧中："冀中青救会的周克刚。"

侯玉天："哦，认识，北京来的大学生，好哇！你给你娘说吧。"

侯玉天上车匆匆而去。

田慧中目送父亲远去，打开报纸赫然是《抗敌报》，"记抗大二分校女子中队先进青年田慧琴"，标题下画着粗粗的杠线。

田慧中笑吟吟的脸。

20-3　田野　日　外

一望无际的麦田，约有膝盖高，在春风里泛起涟漪。

侯玉天的自行车在田间小路上风驰电掣般疾驶。

20-4　十八里铺　傍晚　外

半个太阳落入地平线，大地笼罩了一层神秘的色彩。

村庄上空升腾着炊烟，村内传来母亲叫儿回家吃饭的呼唤声。

有两个玩耍的孩子，相互打闹追逐向村口跑去，刚出村口，孩子们的眼睛突然间便瞪大，且满是惊恐的神色——自孩子的视野里可见，村庄周边麦地布满了荷枪实弹、拖车拉炮的日军！

俩孩子扭身转头向村里跑。

没有枪声，只有鬼子追赶的脚步声。

一只狗蹭地爬起，对奔跑的鬼子狂吠。

顿时，村里连锁响起连片的狗吠声。

乡亲们拔腿往村外跑，正好与包抄上来的鬼子撞个正着，神色慌张地又退了回去。

乡亲们被刺刀、枪托堵在各自宅里，怒目以对。

近处，一只狗躺在地下，刺刀从它身上拔出，狗抽搐了一下，血溅到身边的土墙上，很快干涸了。

远处，日军端着刺刀追杀几只夹尾四下逃窜的狗。

鬼子没有像往常那样四下烧杀掳掠，强奸妇女，甚至不进民宅。

村内，小巷挤挤挨挨坐着鬼子兵，他们打开铝制饭盒，每人所取出的全是一律的紫菜包饭团，并且还有切成四方小块的牛肉。

两门山炮被马拉进了一个大宅院。

村外，四周绿黄相间，绿色的麦苗丛中，蛰伏着穿黄衣的日军，他们也在啃食相同的食物。

20-5 师部 傍晚 外

周参谋长与侯玉天握别。

周参谋长："我代表霍总，再次向你们表示感谢！你们回去路上，千万要小心。"

侯玉天前脚刚走，一个干部神色紧张跑过来给周参谋长耳语。

周参谋长："来这么快？！"

周参谋长语音没落，一溜小跑进师部。

20-6 师部 夜 内

霍总和向政委、周参谋长从屋内出来。

向政委："这个吉田远距离奔袭，来者不善，是冲我们来的。"

霍总："来得好哇，我现在手里有七个团，这回就不跟他捉迷藏了，该给他尝尝苦头了哟。"

周参谋长："师长，我就按刚才研究的计划办了。"

霍总："行！注意保密，不要让快咬钩的鱼闻到味道跑啰。"

周参谋长："是。"

周参谋长急匆匆走了。

向政委："霍总，联欢会还开不开？"

霍总："照常开，可以把联欢会变成动员会嘛！"

20-7 村边广场 夜 外

这里说是台子，其实就是凸出地面约一米的高地。

两盏汽灯把台上台前照得通亮。霍总等都来到了会场。全场起立，鼓掌。

报幕员："联欢大会开始，请霍总讲话。"

霍总拉拉衣襟上台，他还是腰右侧挂小手枪套，左手掌托着烟斗，浓黑的眉毛下那眼睛闪着微笑。

霍总用右拇指和食指住下理了一下唇胡。

霍总："同志们！为了巩固和发展冀中抗日根据地，这三个月来，我们各部队并肩作战，密切配合，取得一连串的胜利。同志们连续行军打仗，都很疲劳了。本来今天晚上叫战地剧社给同志们演几个小戏，放松一下。现在就不演了。现在，敌人进入十八里铺，离我不到三十里……"

20-8　村边广场一侧　夜　外

周参谋长把聚精会神听霍总讲话的黄兴亭叫到会场外。

周参谋长："敌人现在已到达十八里铺，离你们最近，你们要严密监视敌人的行动，看他们是向东还是向北，随时向师部报告。"

黄兴亭刚一转身，王振南已到跟前。

黄兴亭："立刻派洪船生带侦察人员，一直派到十八里铺敌人鼻子底下，随敌前进，及时报告敌人动向。"

20-9　村边广场　夜　外

霍总："小日本鬼子给我们送好东西来了，我们要不要？"

台下齐喊："要！"

霍总："怕死不怕？"

台下回应："不怕！"

霍总："好！明天就干！要狠狠打，消灭鬼子，缴获武器，一个也不让他们跑掉！等战斗胜利以后，再来开一次祝捷大会！"

他猛一挥手结束了简短且生动风趣的战斗动员。

周参谋长匆匆上台："团以上干部留下，到师部作战室开会。各部队立即带回，连夜做好各项战斗准备，隐蔽待敌，听命令行动。"

20-10　铁六团团部　夜　外

船生带章道仁牵出马。随着战马一声嘶叫，一队骑兵奔驰而去。

20-11　师部作战室　夜　内

周参谋长："从现在敌我态势看，基本可以判定，这股鬼子是一个大队，可以说，是孤军深入。敌人周围据点的人不多，不可能抽出大量兵力援助，而我们在这里集中了七个团，完全有可能吃掉它。"

下面嘤嘤嗡嗡：

奶奶的，鬼子跟着我们屁股后转了三个多月，就像牛皮糖黏着不放，该狠狠教训他了！

说实在的，我们东避西转的，我早窝了一肚子火啦，这哪像主力部队干的事呀。过去条件不足，现在有战机了，干掉他！

每次追尾都少不了他，这吉田大队参加过南京大屠杀，新账老账，该算算了！

还真以为老子好欺侮，到时候了，让他知道马王爷长几只眼！

这就叫不是不报，时候没到；时候一到，统统报销！

……

向政委用手往下压压："你们瞎嚷嚷个啥？！听霍总讲！"

霍总："不放弃有利条件下的运动战、阵地战，我决心打！我们师里几个同志碰头，这次不同于以往，用敲牛皮糖战术，兜圈子寻战机，积小胜为大胜。这次是一口吃掉装备精良的一个大队，必须要准备一副好牙口、好肠胃。各位先回驻地，做好战斗准备！随时听候我的战斗命令。六团黄兴亭、金主任留下。"

20-12 霍总卧室 夜 内

霍总："小金，廖政委调走了，让你给黄娃子当政委，可要配合好哟。"

金主任："报告首长，保证完成任务。"

霍总话锋一转："黄娃子，你对敌情怎么看？"

黄兴亭胸有成竹："我研究过地图。鬼子这次来，外甥打灯笼——照舅（旧），目标还是奔师部来的。从敌人进攻方向，由西向东可能性大于由南向北，理由是向东路线，距师部机关最短，同时可得到东北方向日军策应——"

霍总："我也是这么估计。（赞许地点点头）黄娃子你的判断有道理。噢，你接着说。"

黄兴亭："要是这个判断成立，离十八里铺最近的我们团就首当其冲了。"

霍总："我这次，就是想让你们铁六团打头阵！你们一定要严密组织战斗，给其他部队做出好样子。"

金主任："是。霍总还有什么指示？"

霍总："我只说两条，一是你们放手打，不要顾虑四周敌人增援，有我呢；二是战法给你交个底，白天固守、夜间反击、连续包围、不断损耗、最后全歼。至于怎么排兵布阵，是你们的事，我不管。你们赶快回去部署战斗！"

20-13　十八里铺　夜　外

十八里铺的嘈杂声歇息了。

狗吠声消失了。

恢复了一片寂静。

吉田带了大队鬼子弯着腰出村。

20-14　小淀村铁六团团部　夜　内

作战室内，王振南和各营长、教导员早已集中在那里。

黄兴亭坐下，也不看桌上的地图，捧着茶杯，一口一口呷水。

金政委瞥了一眼黄兴亭，一声不吭。

王振南不安地："主要任务没交我们？"

金政委用手在地图上的"汇溪"点了点。

金政委："还是我们打头阵！"

王振南："嘿，我说嘛，主力就是主力。"

气氛活跃起来。

黄兴亭冷不丁地："主力，哼，打不好，照样挨头一个板子。（似乎已考虑成熟抢先说）根据师部的作战意图，不再和鬼子兜圈子了，决心在汇溪打一个大仗，我们团的战斗重点在汇溪村……"

金政委用胳膊轻轻捅了捅黄兴亭，近似耳语。

金政委："团长，先听听大家的意见……"

黄兴亭："（附耳）你还看不出来，这些营长都精得很，水鬼都能骗上岸的角儿，等他们先说出，我脸往哪儿摆？（清了清嗓子）就在汇溪先摆上一个营……"

全场哗然：

一个营？

只有四百来号人，抗住鬼子一个大队？

我们一个团兵力才和鬼子一个大队兵力不相上下，但装备、火力上差老鼻子呀，只用一个营，小猫喝烧酒——够呛。

团长，开玩笑吧？

……

黄兴亭似早料到这反应，自得地用胳膊碰一下金政委："怎么样？我这一招他们没想到。"

金政委打手势示意安静。

黄兴亭："这不是开玩笑！这个任务嘛……"

他引而不发。

下面蛤蟆吵塘，抢任务争高低：

团长，交给我们二营这把斧头，保管把小鬼子剁成一堆肉酱！

交我们一营，我们是老大挑重担嘛。

我们是尖刀，保证把敌人砍得支离破碎，首尾不能兼顾！

团长，还是用我们三营，老让我们当预备队，这菜刀都生锈啦，该拿出去砍几下了，用小鬼子血祭刀——

得，你们营两个连都是英雄连了，还想打成英雄营？！

主要任务叫你们一辈子包下来啊？

……

黄兴亭笑眯眯看着手下的"好战分子"。

他干咳一声，下面鸦雀无声。

黄兴亭："三营长。"

三营长："到。"

黄兴亭："这次汇溪就交给你们三营。我还要特意给你安架电话，能和霍总通上电话，你打不好，我看你怎么交代！"

三营长："保证完成任务！"

黄兴亭："我决心留下两个营在关键时刻用，始终掌握战场主动。二营长——"

二营长起立："到。"

黄兴亭："你们二营为团预备队，明天白天固守，在防守中歼敌。"

二营长："是。"

二营长坐下。

黄兴亭："刘敢。"

刘敢起立："到。"

黄兴亭："独立大队归属二营长指挥。"

刘敢："是。"

刘敢坐下。

黄兴亭："冯伢子。"

冯伢子起立："到。"

黄兴亭："一营为机动，相机支援三营。"

冯伢子不很坚决："是。"

冯伢子没坐下，小声嘀咕。

冯伢子："机动和预备队还不一样？"

黄兴亭不理会，继续："明天黄昏五点，一营、二营和独立大队全部投入战斗，三营伺机反击，里外夹击。"

王振南拉冯伢子坐下："呼石子那会儿团长不留预备队，这次留大部分机动预备兵力，自有他的考虑……"

黄兴亭："参谋长，军情急，别跟他磨牙！"

金政委："我强调一点，这次战斗是场恶战，大家回去，立即做好战斗准备！完不成任务的，营长、教导员军法惩治！"

黄兴亭："政委说得太客气啦，谁完不成任务，提头来见！散会。"

20-15　汇溪村阵地　晨　外

黄兴亭和三营长在巡视阵地。

三营长："（画外音）团长，其实，我们营进驻汇溪村后，就把沟坎、道沟、土坑加以改造，结合树丛、坟包、水塘、房屋组成一个纵深较大的防御阵地了。"

村沿四通八达的道沟不断有战士扛着木头和沙袋来回穿

梭，几个战士在用树枝掩盖墙上凿出的射击孔，临街的房子窗口被堵上了，房顶垒上了掩体。

三营长手指上方："领受任务后，我们又调整了一下，将单纯固守改成最大限度杀伤、消耗敌人，形成梯次，节节抵抗阵地。"

黄兴亭点点头："你要把敌人牢牢黏在这里，一句话，你要把鬼子'背'住。"

三营长："我把原先放村外准备先打的那个连，抽回营里当预备队，从村沿开打，利用地形地物予敌最大力度杀伤后，退回村里，依托村落建筑与敌纠缠，使鬼子炮火、重机枪优势火力展不开。"

黄兴亭："你这第一脚的内线核心防守，可要踢好，给明天黄昏我们团外线两个营投入踢第二脚打好基础，使霍总能从容地调兵遣将踢上第三脚，全歼这股日军。你一定要把敌人黏到明天天黑。"

三营长："吉田黏我们黏了这么久，这回，轮到我们倒过来黏上他了。"

黄兴亭："对。这回不甩他，也不再小口咬他了，跟他硬碰硬干上一场！"

三营长："一网补前空（网）。"

黄兴亭："不过，你要有思想准备，这是一场恶战，大意不得。"

三营长："团长，我们营这把斧头可不是吃素的！"

黄兴亭激将他："你可不能丢了阵地哟。"

三营长："除非命令撤退，我什么时候丢过阵地？"

黄兴亭："我可提醒你，霍总的意图是黏住敌人，不是打跑，是全歼。我就担心你，不要到时候杀得性起，胡来，一定要有定力！"

三营长："定力？"

黄兴亭："你的任务就是黏住敌人，消耗敌人。"

三营长："我明白，就是我们要打得有章法，不温不火，拿捏好度，拖住敌人！"

黄兴亭沉吟。

黄兴亭："（Os）这个吉田是个逮个蛤蟆都要捏出尿的主儿，好容易逮到与我们决战的机会，岂能放过？三营长又是个善打硬仗的角儿，硬碰硬，不怕你吉田不上钩……"

三营长："团长，你在想什么？"

黄兴亭将帽檐朝上一推："我在想，你三营长已学会了打明白仗！"

三营长："团长，我再蠢，跟你打这么多年仗，看也看会了。"

黄兴亭："你少拍马屁！我可没教过你拍马屁。"

三营长："是。团长，你看这棵槐树，我是不是叫人砍啰，容易给鬼子炮兵指示目标。"

黄兴亭走向老槐树。

黄兴亭："老百姓盖个房子不容易啊。我们打完仗，屁股一拍走人，老百姓怎么活？牺牲大些，你也要尽量给老百姓留个窝。留着它！树砍了容易，再要有这样的大树，你得等一辈子！"

20-16　师医疗队驻地　日　外

更德和战友们帮老乡干活儿。

更德面对一堆拾捡的柴火不会捆扎背运，笨拙地双手抱着一堆柴火行走。正巧一个挑水桶的战士看到，忙放下担子过来帮忙。

战士：“更德大夫早。要打仗了，可能是大仗。”

更德：“你怎么知道？”

战士：“我嗅出了味道，部队在调动，人数比以往多。”

更德丢下柴火就跑。

20-17　师部　日　内

更德：“霍总，听说要打仗，我的任务呢？”

霍总：“你和医疗队就跟师部在一起吧。”

更德请求：“我们是医疗队，得靠前哪！”

霍总：“那为什么呢？”

更德：“战士们需要我们和他们在一起！”

霍总听了，高兴地：“我批准啦！”

20-18　小淀村铁六团团部　日　内

船生下马，上气不接下气，摘下帽子擦头上汗。

黄兴亭迎上去急切地：“情况怎么样？”

船生：“敌人昨晚过了今洋河，现在向南北庄、大石谷一线推进。"

章道仁："敌人很谨慎，每经过一个村庄，都要派小分队搜索一遍，大部队才行动。"

黄兴亭："章道仁，你立即把这个情况通知三营长。"

船生："敌人有两门山炮。"

黄兴亭："按鬼子建制，联队一级才有山炮，看来这个大队被加强了。（冲王振南、周玉润）哎，你们都看我干什么？走啊，向汇溪靠拢，把团指挥所迁到高家里。（继续）船生，你们下一步是监视河间日军，有变化立即报告。"

20-19 高家里 日 外

四月静静的原野，微风吹拂着一望无际的麦田。

黄兴亭笔挺的身子站在高家里南边凸起的麦地里，武装带上的手枪套里露出一块红色绸子随风飘动。他两手高举着一副望远镜向远方眺望，聚精会神地注视着前方敌情，宛如一尊精致的雕塑。

望远镜内清晰的画面：麦田尽头，晃动着日军的旗，蠕动的黄色日军人马。

黄兴亭对身后的周玉润发指令："通知三营，准备战斗！"

周玉润打电话。

20-20 南北庄吉田指挥所 日 外

南北庄一座废弃的砖瓦窑附近，两门山炮进入了发射阵地，两尊黑洞洞的炮口缓缓上抬。

吉田一只脚踏在窑顶上，他似有了顶天立地、压倒一切的气概，抽出指挥刀。

吉田："前进！"

日步兵展开散兵战斗队形，由持枪改为端枪，从西边杀了过来。战斗队形后拖着长长的车队。

日军行至距村外约八百米处，突然停止前进。

汇溪村里一片寂静，没有鸡鸣狗叫，没有人声喧闹，村庄似在酣睡之中。

吉田大感意外："管沼荣中队长，以往这段距离是八路军村外前哨阵地的地方，应该应战，今天怎么啦？"

管沼荣："也可能和前面经过的村庄一样，根本就没有八路。"

吉田："火力侦察一下，你先开一炮。"

20-21　汇溪村我军村沿阵地　日　外

"轰"的一声巨响，打破了清晨的寂静。

守卫在村沿的三营战士们互相传递口令。

战士："营长命令，这是敌人的火力侦察，不要开枪，等敌人靠近五十米再打。"

战士们个个双眼紧盯着前面的敌人，手扣着扳机，跟踪着自己锁定的射击目标，把揭开底盖的手榴弹排放在手边，双耳静候着指挥员发出的口令。

20-22 吉田指挥所 日 外

吉田的火力侦察未收到任何效果，村沿阵地毫无反应。

前方日步兵很有"经验"，解除了"敌情顾虑"，从双手端枪变单手持枪，由弓腰改直身，由散兵呈线型聚拢。

吉田放下望远镜。

吉田将信将疑："难道真没八路？"

20-23 汇溪村我军村沿阵地 日 外

画面：敌人狰狞的面孔越来越清晰地出现在缺口准星的一条线上。

三营长果敢下令："打！"

霎时间，机枪、步枪、手榴弹响成一片。

冲在前面的日军士兵哀号着倒了下去。

20-24 吉田指挥所 日 外

吉田得意地："这是八路军主力！这下让我咬住了，看你往哪儿跑！"

一鬼子军官："他们村外不敢打，可见兵力有限。"

吉田："这是他们的惯用战术，阻击掩护首脑机关转移，必须立即突破他们防线，捣毁敌人的指挥机关！"

他挥舞指挥刀。

管沼荣命两门山炮一齐发射，村子里腾起阵阵烟雾。

日军九挺重机枪一字排开吐出火舌，打得汇溪村内烟尘一片。

敌人的炮火延伸。

日军三个步兵中队从西、北、南三面同时发起冲锋，弯背猫腰向前冲击。

20-25　汇溪村我军村沿阵地 A　日　外

日军的黄军装蚁动，像流沙河一样涌上来，汇溪村像沙流中的孤岛，仿佛随时会被这汹涌的黄潮吞没。

我军架在屋顶垛口的三挺重机枪喷出火舌。

村沿的战士沉着冷静，用排子枪、手榴弹打击敌人。

一波敌人退下去。又一波敌人冲上来。

20-26　村沿阵地 B　日　外

先头的敌人中弹倒地，后面的敌人怪叫着接着往前冲。

通信员："报告指导员，一排长'挂花'（负伤）了。"

指导员："三班长代理一排长！"

战斗激烈。

通信员："报告，三班长'光荣'（牺牲）了。"

指导员："三班副代理一排长！"

20-27　村沿阵地C　日　外

阵地被突破。

阵地两侧飞来一堆手榴弹,炸得敌人东倒西歪。

战士们端着刺刀与敌白刃格斗,缺口被堵上。

敌人被打下去了。

枪声停止了,阵地前一片寂静,又一轮激战前的寂静。

日军的一名医务兵举着红十字旗,几个鬼子畏畏缩缩跟上抬伤员,收尸体。

指导员沉思一下,对通信员:"通知部队,让他们收吧。加强警戒,节省弹药,没有命令,不许开枪!"

20-28　指挥所　日　内

三营长的指挥所就在制高点那老槐树一侧屋内。

三营长正与黄兴亭通电话。

黄兴亭:"(画外音)三营长,你那情况怎么样啊?"

三营长:"报告团长,我营已打退敌人三次进攻。"

黄兴亭:"(画外音)伤亡怎样?"

三营长不语。

黄兴亭:"(画外音)这不是叫苦不叫苦的问题,你要如实报告,不许打埋伏。"

三营长:"团长,守村沿那两个连,伤亡约四分之一,多数是干部和党员骨干,具体数字还在统计。"

黄兴亭:"(画外音)要不要我派人支援你?"

三营长："不麻烦了。我能行，我手里还有一个连没动。团长，村沿阵地上的工事被鬼子打坏不少，为减少伤亡，我决心守村沿的部队逐次抵抗，退守村内预设阵地，拖住敌人。"

黄兴亭："（画外音）好。我就是跟你说这个，要给敌人以我败退抵抗的假象，利用村内地形，最大限度消耗敌人的兵力和弹药。但不要打过了，让敌人跑了。"

三营长自信地："我们又不是第一次和吉田打交道，这杂种好不容易黏上，他才不嫌黏牙齿，肯定与我们死磕。"

黄兴亭："（画外音）你懂就好，吉田狂妄的本性决定他不会善罢甘休。好，就到这儿，有情况随时向我报告。"

三营长刚放下话筒，阵地上响起几声枪响。

三营长一惊，他提枪拔腿就朝前一蹦一跳地跑。

20-29　村沿阵地 D　日　外

村沿阵地，到处是血战的遗迹。

三营长厉声："刚才谁开的枪？！"

正在修工事的指导员过来敬礼。

指导员："营长，是这么回事——"

闪回：

日军正在收尸，一名伤后痛晕的鬼子醒来，不分青红皂白地就朝我方阵地开了一枪，结果打翻了我方一名正往阵地送水和食物的老百姓。

警戒的机枪手朝对方打出一个点射，将对方一名正跑过去欲救伤的医务兵也给撂倒了。

于是，鬼子全趴着，不敢再收尸。

一名伪军举着白旗爬起喊话："八路军兄弟，误会误会，皇军说他们不是故意的，请允许他们抢救伤员，暂时休战……"

一战士来请示指导员："该怎么做？"

指导员："还是让他们继续收尸吧。不老实，就干他们。"

闪回毕。

三营长手搭凉棚观察。阵前鬼子继续收尸，往后面大车上搬。

三营长："（对指导员）不要修工事了，抓住机会，部队交替掩护，转移到村里预设阵地。"

20-30　腾庄　日　外

腾庄离汇溪不远，可以听到隐约的枪声。

腾庄边上只有一个真武庙。

庙只有十几平方大，更德大夫正在紧张地给伤员做手术。

真武庙前散躺着十几个伤员。

场地一片忙乱。

不断有战士抬担架将伤员卸下，扛空担架出去。

老百姓赶着毛驴驮伤员赶来。

医生、护士给伤员清创、消毒、包扎的忙碌身影。

20-31　汇溪村我军村沿阵地　日　外

我军战士弯腰有序撤出阵地。

20-32　汇溪村我军预设阵地　日　外

我军预设阵地，房内相通，房外梯子、木板高架相连，砖房是堡垒，土房是屏障，四处有射孔，里外有掩体。

部队有序到达预设阵地，战士们各就各位，严阵以待。

20-33　汇溪村我军村沿阵地　日　外

指导员与通信员殿后。

通信员："（边走边说）指导员，这么辛辛苦苦修起来的工事，不破坏，太便宜了鬼子。"

指导员老到地："敌人会帮我们破坏的，快走！"

指导员话音未落，一发炮弹"轰"的在身边炸响。

烟尘散尽后，通信员灰头土脸从地上爬起。

通信员："（哭音）指导员，你醒醒啊……"

又是两发炮弹爆炸，火光和烟尘顿时把俩人吞没。

敌人的炮火把村沿阵地摧毁了。

敌人炮击停止，三路敌人呈散兵线走走停停，逐次占领我村沿阵地。

晕厥的指导员醒来，用驳壳枪射击，弹尽。两个鬼子两把刺刀同时刺入他胸口，一口血从他嘴里涌出，他挣扎一下，身边一颗手榴弹拉动弹弦，咝咝冒白烟。

20-34　汇溪村内我军阵地　日　外

三营长带通信员穿梭在阵地的身影。

三营长："（画外音）注意，那里不能留死角……瞄准了再打，要节省子弹啊……同志们！和鬼子拼了！受伤不要紧，更德大夫就在我们后边。"

敌人再一轮进攻开始了，重机枪的枪弹打得地面"卟、卟"直冒烟。

几个鬼子进村窥探，没发现动静，高兴得手舞足蹈，迅捷占领几间空房子，他们端着枪，左寻右找，东张西望，这里捅捅，那里看看。

很快几个鬼子抬着一挺重机枪爬上房顶。

设在高屋顶上我三营的机枪阵地一梭子扫射，上屋顶的敌人应声倒下，正在攀登的敌人晃了晃，像沉甸甸的麻袋包掉地。

鬼子进入一条巷子，不断被不知哪儿射来的枪子射杀，一鬼子军官怒不可遏，抢过一把歪把子机枪漫无目标扫射。

他一下子瞪大眼睛呆住了。

屋顶上呼啦啦掷下的数枚手榴弹在他前后冒烟爆炸，巷子里尸横垒叠。

20-35　汇溪村村沿日军指挥所　日　外

吉田已将指挥所移至此地。

攻了半天，还没攻进汇溪村，吉田从站成一排的军官面前缓缓走过，用眼逐一扫视部下。

吉田："诸位辛苦了。别的我不多说了，今天我们终于有了和主力部队决一死战的机会。"

鬼子军官甲："从战况看，敌人已溃败，退到村内抵抗。地形对我们很不利——"

吉田："他们越是拼死抵抗，更证明他们的首脑机关就在这里。我们要不惜一切代价，速战速决！"

鬼子军官乙："是，决不能像前几次围攻那样，让他打一阵就跑了。"

管沼荣："吉田君，让我的炮火把汇溪夷为平地吧！"

吉田："八路军和我们部队距离太近，打炮会误伤自己人！（狠狠地一挥手）不惜一切手段，用毒气、火攻，天黑前，把铁六团这个番号抹掉！"

20-36　汇溪村内我军阵地　日　外

戴防毒面具的日军施放毒气。

三营长钻出老槐树掩体。

三营长用鼻子抽了抽："什么味？"

通信员不以为然："还有什么味，不就是血腥气、尸体的焦臭味和炸药甜甜的硝烟味。"

三营长："这味不对。"

通信员："那就是营长你又放屁了，你的屁特臭，晚上熏得我受不了。"

三营长："都是整天吃黑豆吃的，屁是人生之气，哪有不放之理——"

三营长突兀警觉地猛一抽鼻子："不好，是毒气！"

说着，三营长从兜子掏出准备好的湿毛巾将嘴捂住。

阵地上，战士们立即把早已准备好的大蒜嚼烂，塞在鼻孔里，再用湿毛巾把口鼻捂严。

大家忍着毒气的强烈刺激，流眼泪、打喷嚏、有的呼吸困难，战士们抢修工事，检查弹药。

20-37　汇溪村村沿日军指挥所　日　外

吉田望远镜画面：阵地上突然沉静，看不到人影。

吉田放下望远镜，他认定毒气攻击奏效，举起指挥刀。

吉田："攻击！"

三路日军从三个方向，又发起了冲锋。

20-38　汇溪村内我军阵地　日　外

突然，三营阵地上，轻重机枪、手榴弹齐发。

敌人的重机枪弹像水泼一样扫过来，我军被密集的弹雨压得抬不起头。

一场激烈的白刃格斗在阵地上展开。

这是一场斗智斗勇的拼搏。

20-39　汇溪村村沿日军指挥所　日　外

吉田大队长见毒气进攻成效不大，气急败坏举起双臂大喊。

吉田："放火烧！"

20-40　汇溪村内我军阵地　日　外

汇溪村一片火海，浓烟滚滚。我军阵地笼罩在火焰中。

房子一间跟着一间倒塌，一些街巷被日军占领。

三营长站在屋顶上挥臂高喊："同志们，东南角隔着一条街火烧不过去，大家往那里撤，坚持到底就是胜利！"

部队边打边撤。

掩护撤退的几个战士，在火苗乱窜的屋顶上瞄准敌人不停地射击。

四名战士被敌人围困在一间屋子里撤不出来，子弹打光了，日军越围越近，情势十分危急。

班长："上刺刀！准备拼！"

四人屏住呼吸，在门侧端枪待敌。

日本兵见到屋内毫无动静，踹门而入，四把雪亮的刺进了日本兵的胸膛，他们乘敌慌乱的瞬间，冲了出去。

20-41　村东南角　日　外

三营撤到村东南角之后，阵地只剩下大院里几座砖房，结构坚固。

勇士们一个个被熏得脸似锅底，衣服被烧、打、撕、挂得千疮百孔，可依然同仇敌忾，战斗情绪十分高昂。

20-42　高家里指挥所　日　外

黄兴亭举着望远镜一直在观察着汇溪村的战斗。

望远镜中，火光中村子核心地域的情况因房屋阻隔，看不到人影。黄兴亭放下望远镜侧耳静听枪声……不时有流弹从他身边擦过。

警卫员小周又着急又紧张："团长，小心流弹。"

他像足球守门员一般，做好了随时用自己的身体来掩护团长的准备。

船生、章道仁带侦察分队来了。

船生："团长，敌人的兵力和师部提供给我们的情报一致，我们核准了。"

黄兴亭与船生交谈的身影（无声）。

王振南急匆匆跑来。

黄兴亭焦急："三营有消息了吗？"

王振南摇摇头："几次派通信员进村联络，都在途中伤亡了。"

黄兴亭："军号联络呢？"

王振南："枪炮声太响，听不清！"

黄兴亭侧耳倾听了一会儿，向汇溪眺望了一下："参谋长，枪声有些稀落？"

船生："团长，我看你兵力部署有问题。"

黄兴亭一愣："有什么问题？我没看出问题。"

船生："这是你的问题，你太自信，汇溪村放一个营，兵力太单薄。你不是说要'背'住敌人？且不说万一守不住，就是守住，放这点兵力，会让鬼子嗅出味道来的，暴露我们企图。"

黄兴亭甩手一巴掌，掴在船生帽檐上："哟嗬，小兔崽子敢干扰我的指挥，你浑蛋！"

船生扶正帽檐，委屈地："我是你的谋士，就有一说一。"

黄兴亭沉吟一下："看来，情况比我想的还要严重。"

王振南："团长，我看可以提前动一营和二营了，减轻三营的压力。"

黄兴亭掏出怀表看一下："火候还不到，不能动这两个营。（想了一下）参谋长你留守，我带侦察分队去支援三营。"

王振南："团长，我们部队都撒出去了，就侦察分队这点机动兵力，我看我去调特务连的警卫排上去更好些。"

黄兴亭："情况紧急，就这么干！"

王振南不由分说："你是团长，不能离开指挥位置，我去！全体都随我去。（手一挥）全体队伍，跟我上。"

周玉润等五六个人和船生及侦察分队紧随王振南出发。

黄兴亭瞪小周一眼："你也去呀！"

小周："团长，我是你的警卫员，要保证你的安全。"

黄兴亭："都什么时候了，跟我干啥？还怕我丢了不成？打败了，砍我脑壳哩，哼！去。"

小周提枪追了上去。

黄兴亭拿望远镜观察。

20-43　支援路上　日　外

王振南带二十余人时而跑动，时而匍匐。

跑动中，王振南气喘吁吁："你怎么可以这样指责团长呢？你要明白，你这个副参谋长要守本分。"

船生："团长看得起我，提拔我，是了解我，不是让我凡事迎合他，而是我敢唱反调。我怎么能为报答他提拔我，而放弃自己的主见？我可不像你——"

王振南："我咋啦？"

船生："遇团长不对的地方，总不说这不对那个不好，总是说，我觉得这么更好。"

王振南："我们是给首长当参谋的——"

船生："我现在带'长'了。"

王振南："你还不是仗着团长是你哥，才敢乱放炮。"

20-44　指挥所　日　内

镜中画面：王振南等人左腾右挪安全进入了汇溪村。

黄兴亭如释重负舒了一口气，放下望远镜。

黄兴亭突然记起一件事："周玉润，立即通知一营冯营长，可以攻击了！"

黄兴亭见没人回应，他猛然发现指挥所空无一人。

黄兴亭拔出手枪朝一营跑，与万才宝撞个正着。

万才宝双手提着盛汤的木桶（少林和尚练功那般），正带着几个炊事员担着担子朝阵地上送干粮。

黄兴亭："万才宝。"

万才宝放下木桶，从老崔担的筐子里拿出一个面饼递给黄兴亭。

万才宝："部队从早上到现在都饿肚子，根据五点总攻命令，我得让部队吃饱打仗，二营都送到了，这不，正往一营送。"

黄兴亭接过面饼："你来得正好。你把担子给我放下，带上你的人，去一营，传达我的命令，一营提前攻击！如传达不到，出一丁儿闪失，哼，你提脑壳子来见我！"

万才宝不敢怠慢拔出手枪。

黄兴亭："慢，叫冯伢子派人通知二营，同时攻击。"

万才宝带人一溜小跑。

20-45　一营阵地　日　外

一阵急促、嘹亮的军号声骤然响起。

司号员昂首挺立，用力吹着军号。

冯伢子端起机枪："冲啊！"

冯伢子机枪猛扫，战士们从道沟跃起，呐喊着冲锋。

20-46　阵地墙角　日　外

墙角，几个人影跑过来。

三营战士举枪："谁？"

战士急切地："是三营的吧，中国话还听不出？"

三营战士认出灰军装："哪个单位的？"

战士："五团七连，快！带我们见首长！"

20-47　阵地屋顶　日　外

屋顶。

七连指导员："报告首长，我连奉霍总命令，突击汇溪村，现接受首长指挥。"

王振南："我是六团参谋长王振南。你们辛苦了，先休整一下，待命。"

七连指导员："是。"

三营长指一小水塘上小石桥："参谋长，七连来了，我可以腾出手了，我打算用预备队，主动出击，把石桥给夺回来。"

周玉润："参谋长，我也去。"

王振南犹豫。

周玉润恳求："参谋长，你就让我到前方实战锻炼一下。"

王振南："好吧，战火考验一下也好，你去协助十连长指挥。注意安全！"

20-48 我军阵地A 日 外

我阵地上重机枪一阵怒吼

十连战士匍匐、跃过、滚翻。

桥头抵近射击、刺刀、枪托、扭打。

桥头被我军占领。

杨连长的肚子已被鬼子刺刀捅进，鲜血染红了他肚子以下的灰布军装，这时，西南方向的坟地里有敌机枪火力向桥面压来。

杨连长声音微弱："要固守桥头，坟地的火力点必须干掉！"

战士们哪里忍心让已被捅破肚子的连长再受伤，纷纷与他抢任务。

战士甲："连长，我是党员，我上！"

战士乙："我是干部，还是我上吧！"

杨连长："我是连长，是我指挥你们，还是你们指挥我？！"

战士们拗不过他。在战士们火力的掩护下，杨连长捂着肚子，以惊人的毅力，朝坟地方向爬去，爬出了一路的血迹。

到达可以扔手榴弹的距离，他扔出了手榴弹，可上半身略抬高了一些，他腹部又中弹了，与之同时，鬼子的机枪火力点被他扔的手榴弹给炸掉！

管沼荣见势不妙，仓促指挥转移炮阵地。

敌人机枪拼命扫射，掩护转移。

周玉润跃起："现在由我代理十连长指挥，同志们，冲啊！"

十连战士在周玉润带领下冲击。

一颗子弹击中周玉润，他訇然倒地。他手捂胸口，挣扎着单腿跪地，又摇摇晃晃倒地。

20-49 一营阵地 日 外

冯伢子带部队冲击，忽见万才宝提枪跑在身边。

冯伢子厉声："谁让你跟来的？你还不回去保护团长，你快给我滚回去！"

敌人炮弹飞翔与空气摩擦的"簌簌"声。

冯伢子猛然扑到万才宝身上。

一发炮弹爆炸。

冯伢子腰部被击伤。

万才宝动了感情，抱住冯伢子号啕："姓冯的，你不能死！咱们俩还没斗够，得斗下去……"

一营龚副营长几步蹿过来，一把抱过冯伢子。

龚副营长疾呼："卫生员、卫生员，快救营长……"

卫生员跑过来给冯伢子包扎。

龚副营长冲万才宝："你号什么！"

万才宝还是哭号着不动弹。

龚副营长一把揪住万才宝领口，恼怒地吼："你聋啦？哭魂呀！动摇军心老子毙了你！"

万才宝不知所措地看龚副营长，他确实被炮弹震聋（暂时）。（注：以后万才宝常装聋作哑以此搪塞他的不乐意）

军情紧急，龚副营长松开抓万才宝领口的手。

龚副营长大喊一声："现在由我代理一营长指挥！同志们，跟我冲！"

龚副营长挥枪冲上前去。

前方有人急呼："卫生员、卫生员！"

卫生员放下冯伢子，提着药箱冲上去。

万才宝扯喉咙大叫大喊："担架担架！"

老崔上来了。

老崔巡视四周，灵机一动，找来两支遗弃的三八大盖。

万才宝和老崔解绑带，扎担架，合力将冯伢子抬上"土担架"。

20-50　汇溪村村沿日军指挥所　日　外

离吉田不远处，刚转移到预设阵地的日军炮阵地，山炮、迫击炮正在射击。

镜头中，一营顽强进攻，受优势火力压制，没攻入村内，仍不断进攻。

吉田笑容满面放下望远镜，坐在弹药箱上，他闭目，似养心，又似神游。

吉田对受一营和二营夹击不以为然，他对五团一个连突进村内误判是预备队。

一鬼子军官有所顾忌："部队两侧遭遇猛烈攻击，像是主力。"

吉田不以为然："哼，不要理会，他们的主力在汇溪。坚决攻下汇溪村，胜利在即！（起身）给渡右远大佐发电报。"

另一鬼子军官上前记录。

吉田："（口授电文）我大队已把八路军主力铁六团紧紧黏住。铁六团黔驴技穷，倾巢出动。遂决定全歼这股八路军主力部队。为不使其漏网，恳请大佐督促附近部队配合我大队行动。"

20-51　二营出发阵地　日　外

黄兴亭侧卧在工事里，身上盖了厚厚一层沙土、麦叶屑。

敌人炮火有些减弱，黄兴亭抖了抖身上的尘土，抬起身向前观察。

二营长过来："团长，冯伢子受伤了。"

黄兴亭："伤怎样？"

二营长："伤有些重，已送到腾庄，更德大夫正在抢救。"

黄兴亭手指深深抠进工事的沙土中。

黄兴亭从牙缝里进出："进攻！"

二营长从背后拔出大刀，刘大队长拔出驳壳枪率先冲锋。

战士们纷纷从工事爬出，嗷嗷叫着出击。

20-52　日军联队司令部　傍晚　内

渡右远气急败坏拿一电文交报务员。

渡右远："快！快！快！"

静音。

键盘敲击声推出电文："吉田君，各路援军都被阻击，无法支援。现已查明，八路军两个战斗力极强的主力团有包围你部的企图……"

20-53　腾庄　傍晚　内

真武庙手术室。

更德大夫给一伤员做完手术，摘下口罩。

更德对护士激动地："我真想象不出，八路军战士忍受这么大的痛苦，居然不哼一声疼！"

20-54　汇溪村村沿日军指挥所　夜　内

一鬼子军官向吉田交电文，吉田浏览，拿电文的手微微颤抖，他将电文交身边的鬼子军官传阅。

吉田醒悟："我说，这八路军打得不疾不徐，怪异反常……

我们落入了八路军布下的陷阱……"

众军官面露沮丧神色。

吉田："依我经验，八路军一贯战法，善利用晚上夜色向我进攻。敌铁六团与我大队战斗一天，倾巢而出，弹药、体力消耗很大，即便攻击也是强弩之末，我们必须拿出帝国军人的勇气，拼死守住已占领阵地，以逸待劳，等待天明后，向东南方向突围。"

他手指在地图上的"麻村"点了点。

吉田顿了顿："现在唯一顾虑的是八路军另一支主力团，会作为生力军向我进攻。"

吉田在地图上移动手指，在"大树村""肖店村"点了点。

吉田："很可能集结在这一带，必须立即摧毁他们的战斗能力！管沼荣中队长——"

管沼荣："哈咿。"

吉田："还有多少炮弹？"

管沼荣："一共带了四百二十发炮弹，经过一天战斗消耗，已打掉三百九十发。不过用来对付八路军炮兵的几发毒气弹，还没动。"

吉田："你给我朝这儿轰！"

管沼荣："哈咿。"

20-55　大树村沿师部　夜　外

霍总在芦苇席搭建的指挥部与黄兴亭通电话。

黄兴亭："（画外音）霍总，我团已发动总攻击！"

霍总："黄娃子，你动手啦？好哇。我已安排设伏，如吉田往南跑，协同你团歼灭之；如吉田向西逃，协同你团歼灭之。"

黄兴亭："（画外音）我估计一口气吃不掉这股敌人。我打算今夜再黏吉田大队一下，在逐屋逐巷争夺中消耗他，逼他退出汇溪村。"

霍总："我也这么想。六团已打了一天，部队很疲劳，连续作战，吃得消吗？"

黄兴亭："（画外音）我们疲劳，鬼子更疲劳。打了一天，鬼子没吃没喝，咱们有老百姓送吃送喝，明天再来个围而不歼。"

霍总："不让他睡觉，而我们白天围困，晚上攻击。"

黄兴亭："（画外音）吉田再武士道也快撑不下去了。"

霍总："你就照你的计划打。"

霍总放下电话。

这时两发炮弹在指挥部后方爆炸。

霍总不动声色，拿起话筒："给我接五团李团长……"

毒气随风弥漫开来。

霍总及指挥部人员顿感头昏目眩，呼吸困难。医务人员迅速上前，要抬霍总进村治疗。霍总摆摆手，把医务人员送来的湿口罩戴上，又继续指挥战斗。

20-56　汇溪村日军指挥所　夜　内

遭受重创的吉田大队在指挥所召集会议。

众人叽叽喳喳：

大队长，部队已遭重创，我请求借夜色撤退，我们这么多伤员、遗体要拉走，还要抽兵力掩护，负担不轻，部队从早上到现在没吃过食物喝过水，已丧失攻击能力。

现在不能撤。固守待援，请吉田君向联队长要求，明天派飞机支援，掩护我们撤退。

大白天怎么撤？没有村舍作依托，旷野下，我们只能给敌人当靶子射。

只有撤，才有生存机会。在这没吃没喝，部队怎么恢复体力？只有趁敌人包围圈没完全形成，攻其一点，集中突围出去。

又饥又渴，又要提防八路军夜袭，弹药不够了，我看晚撤不如早撤。

奇怪呀，这铁六团经过一天战斗，竟还能组织起如此强大的攻势。

……

吉田一声不吭，蜡烛光下，他脸色惨白。

早就标好射击诸元的六团的炮火终于在日军阵地上开花，这炮火又准又狠，专朝重点轰。

"咣"，一发炮弹落到吉田指挥所隔壁，气浪把电台抛入屋中，在地上打了几个滚，电台摔坏了。

20-57　腾庄庙中　夜　内

汇溪东北三公里处的腾庄小庙没有村庄与丘陵的遮掩，四周只有几棵枣树和梨树，孤零零地矗立在平原上。

小庙正中是一张用门板支起来的简易手术台，手术台前挂着一幅遮挡灰尘的布幔。

一盏汽灯把手术台照得通明。

更德大夫弯着腰在手术台前紧张地为伤员们做手术。

炮弹的爆炸声不断地传来，有时附近爆炸气浪把手术台前的布幔掀起。

师卫生部一干部："更德大夫，为了你的安全，霍总派我来，要求将救护所向后转移。"

更德固执地："我的岗位就在前线。"

干部："这里离战场太近，太危险。"

更德："前面有我们部队，不要紧，做军医工作，就是要和战士们一起，即使牺牲了，也是光荣的。"

更德转头对护士："凡是有胸部和头部受伤的伤员，首先抬进手术室。"

更德继续做手术。

20-58 小庙前 夜 外

小庙前，担架队员（服饰有部队配红十字袖套的卫生人员、背枪的民兵和老百姓、吊胳膊拄拐杖抬担架的伤员）匆匆忙碌的身影，人声喧腾。

地上摆放着一溜伤员担架。

军医护士们在巡视。

一军医蹲着身子在担架边，用手测试鼻息，翻开伤员的眼皮，摇下头，挥挥手，示意已牺牲了抬走。两担架员抬起，腾出一只手抹眼泪。

一老大娘，把馍掰碎，置手指上，悉心喂入头缠绷带的伤员口中。

师卫生部干部在庙前维持秩序。

护士出来："下一个。"

大家都争着要把自己抬的伤员先送手术室：

我们这个伤员伤得不轻，现在伤口血还没止住。

我们这个同志腿骨打断了，伤势最重！

这个伤员是副连长，身上多处弹片，更重要……

……

此刻，万才宝和老崔用枪杆抬冯伢子的担架横冲直撞往里冲，招来埋怨、叱咤，他们全不理会，一头冲到头里。

师卫生部干部摊双手拦截："你这个同志怎么这样！都是伤员，有个先来后到，讲究个轻重缓急。"

万才宝暂时性耳聋，听不见，但从手势知道干部在阻拦他，他推开干部阻挡的手，干部打了个趔趄，几个担架队员见状，拉住万才宝。

老崔直嚷："首长，他的耳朵被炮弹打聋了，听不见。各位行行好，担架上是我们六团一营长，后腰炸坏啦……"

护士认出是曾带部队警卫过他们的万参谋，闪开让万才宝进屋。

20-59　吴家大坟日军阵地　日　外

这是一片古老而悠久的富贵人家的祖茔，有数百个坟墓，墓碑林立。坟四周松柏、白杨树环绕，组成树墙。

吉田率残部退守这里。

墓区外只有零星的枪声。

吉田从镜头环视四周，墓区内非常隐蔽，坟墓成了天然的屏障。

士兵们都伏在坟墓间隙中，这里为暗处，对树林外一切看得清清楚楚。

离他不远处，一个士兵有些烦躁地用枪四下瞄准；一个士兵斜靠着墓碑打盹，拉下残破的军帽遮住大半个脸，发出鼾声；一个士兵用肮脏的手指在啖食树叶；还有一个士兵，嘴唇干裂，扒开青草，嘴接地吮吸湿气。

吉田条件反射取出水壶，仰脖，水壶里已无滴水，他恼火地往一墓碑砸去，"哐当"一声，惊醒了那打盹的士兵，他下意识端枪不分青红皂白朝林外开了一枪，顿时招来林外一阵密集枪声还击，打折的树枝、树叶如下雨般落下。

20-60　坟地西侧　日　外

这里停放着十几辆大车，上面堆着尸体和破损的炮件、机枪。

管沼荣中队长正指挥二十余个士兵"吭哧吭哧"奋力地用镐猛刨，一个大坑已初显，有一间房屋大小，深约一丈。

20-61　坟地日军阵地　日　外

几个鬼子军官聚在吉田身边，有的满身血污，有的头缠绷带，有的胳膊吊着……表情沮丧。

吉田："（痛楚、嘶哑）我也知道，部队三昼两夜几乎没睡过觉，给养断了，与联队联系电台打坏了。我正在叫管沼荣中队长挖掘水源，与联队联系的信鸽已放出，告诉帝国的勇士们一定要坚持住，等待援兵……"

鬼子军官蔫不拉叽地走了。

"呱、呱、呱"，一群乌鸦在树林上空盘旋，发出阵阵凄惨的哀鸣。

20-62　吴家大坟我军值班地点　日　外

四周围困的我军少量值班部队在坎沟上监视敌人，有的在擦拭武器。

屯在沟壕的战士们抱枪打盹、隐藏在树林的战士们头枕背包仰天睡觉。

汇溪附近的老百姓，推小车的，抬担架的，提篮子的，赶毛驴的，从三乡五里，组成了一支浩浩荡荡的队伍，向汇溪涌来。

手拿油饼的战士前来换岗。

20-63　吴家大坟日军阵地　日　外

"砰"一声枪响，一只乌鸦掉下来，几个日军士兵一哄而上，转眼间把毛褪净，再用刺刀把肠子扒出，生起一堆火，用刺刀挑着往火上一燎，不一会儿生吞活剥分食。

附近的日兵见状，欲仿效，抬头寻觅，晚矣，林中乌鸦早逃之夭夭。

"呼",又是一声枪响,饿得头晕目眩的吉田摇摇晃晃站起,向枪响方向走去。

吉田:"不要开枪,节省子弹。"

眼前的一幕让他惊异。一个鬼子自杀,他脚趾头对枪扳机,枪口对着嘴巴,嘴里吐出血沫,凹陷的眼睛睁得大大的,仰望。

20-64 大树村师部 日 内

霍总对着话筒:"看来,敌人的战斗意志开始崩溃了!传我的命令,下午六点总攻。对,晚上攻,我们在明处太吃亏,晚上黑对黑,夜战是我们的老本行……"

第二十一集

21-1 吴家大坟我军阵地　黄昏　外

黄兴亭掏出怀表看了看："参谋长，离总攻还差半个小时。"

王振南："我去命令部队准备战斗！"

黄兴亭："和五团、二团联络的人派出去了吗？"

王振南："已联络上了。"

这时，突然狂风大作，飞沙遮天，让人双目难睁，天就像倒扣的黑锅，漆黑一片。

21-2 吴家大坟敌军阵地　夜　外

月光下，吴家大坟一片狼藉，那大坑上盖一层厚土，又脏又臭，丢弃的二十多辆大车都断辕残辋。

战士们在坟地里捕到日军一伤兵。

伤兵开口第一句："我渴。"

21-3　铁六团驻地　日　外

空地上一开溜安放着裹白布的烈士。战士们在挖坑，边上堆着木牌牌，一位干事正在用毛笔在木牌上写字。金政委和万才宝在核对登记。

一队老乡抬着棺材而来。老乡们都头缠白布、腰扎白条，眼泪汪汪。

金政委起身，他明白了，他们是来给烈士入殓的。

金政委："老乡们，这使不得呀。"

一位老乡："抗日英雄怎能不装棺就埋了的！"

又一老乡："我们不答应！"

金政委："乡亲们，在这儿打仗，你们损失已很大了，怎么好再加重你们的负担——"

群众不理会，细心将烈士遗体擦洗干净。

金政委："三参谋。"

万才宝："到。"

金政委："团里还有多少机动经费？"

万才宝装没听见，继续忙碌。

万才宝："（Os）给，把我老本全贴上也不够；不给，给新政委留不好印象，今后怎么混？"

金政委提高声调直呼其名："万才宝！"

万才宝转身，用手指指耳朵："政委，你叫我？我这耳朵让炮弹震聋了，时好时坏，刚才没听见。"

金政委："团里还有多少机动经费？"

万才宝："二十块光洋。"

金政委："全部拿来，付给老百姓，不足部分你打欠条，这件事由你办。"

万才宝心痛咧嘴抽气："是。"

干事引领下，黄兴亭带王振南及随从走向紧排的一副副烈士担架。

王振南："团长，都怪我，都怪我。"

黄兴亭没吱声，他走得很慢，似已迈不开步。

王振南和随从们摘下军帽。

黄兴亭蹲下身，揭开白布单。

周玉润的脸被揩抹得干干净净，军帽戴得齐整，缠满胸部的绷带上的血，结成黑色的血块。

黄兴亭紧攥军帽的手微微颤抖。

船生从皮挎包里掏出一副鞋垫和一封信递给黄兴亭，带哭音。

船生："这是从他床单下找到的，这封信是小周写给师部未婚妻倪莉的，才写了一半……"

画面：鞋垫很新，红色鞋垫上绣着一对戏水鸳鸯。

黄兴亭接过信浏览一下，微微颤抖着手，将信折叠得方方正正，连同鞋垫放置周玉润胸前。

黄兴亭失声："这可叫我怎么向倪莉同志交代哟……"

黄兴亭起身，干事欲盖白布。

黄兴亭："慢。"

黄兴亭从胸前的衣袋里掏出两块光洋，再俯下身，解开周玉润胸兜，装入光洋，然后将那支钢笔插正。冲干事摆了摆手，示意蒙上白布。

黄兴亭喃喃地："好兄弟收好，你走好！"

21-4 铁六团驻地 黄昏 外

黄昏。黄兴亭带全团官兵在祭奠现场。

脱帽默哀，军号声起，舒缓、悲戚、呜咽，此时的"就寝号"让人滴血流泪，向为民族独立自由献身的战殁者致敬。

21-5 独立大队驻地 日 外

黄兴亭一行去独立大队。

黄兴亭："周玉润牺牲后，我在想一个事，把下放在战斗连队的抗战学院来的那几个人，调到团部机关来，有意识保存下来。"

黄副政委："我和金政委议过这个事，这些有墨水的文化人拼掉太可惜，这些骨干，将来要派大用场。"

21-6 村口 日 外

黄兴亭被一站岗战士拦住："哪个单位的？"

黄兴亭一怔："你是新来的吧？"

战士自豪："老子是黄兴亭六团的兵。"

黄兴亭一笑，幽默地："老子是六团的黄兴亭。"

战士呆在那儿。

黄兴亭："怎么，不像？"

战士："团长？我看你年纪比我大不了多少……"

黄兴亭乐了："哈哈，我说你是新兵蛋子吧。"

战士羞愧地："首长，我才补充进来三天。"

黄兴亭："三天也是铁六的人！"

21-7 另一村口 日 外

这时，另一村口传来喧哗声。

几位壮年农民担着几挑鱼，对闻讯迎接的刘敢说话。

老乡甲："我们知道五团六团南方人多，爱吃鱼。你们正打仗时，我们哥儿几个就跑到白洋淀，专门给老八路捉鱼，现在赶到了，你们正好把鬼子消灭了。"

老乡乙："我们分两路送，一路送五团，一路送六团。"

老乡丙："你们是哪个单位的？是不是老八路，是不是消灭好几百个鬼子兵的铁六团？"

刘敢："谢谢老乡，我们是冀中军区独立大队的——"

老乡丙打断刘敢的话："不是，就不给。"

刘敢尴尬："老乡，我们是配属铁六团的。"

老乡甲："那不行，我们老百姓可不管这些，只认得谁打死的鬼子多，就给谁吃这个理。"

黄兴亭趋步上前："独立大队是我们铁六团的部队，我是铁六团团长。"

老乡乙竖拇指："你就是铁六团的黄团长啊，给给给。"

黄兴亭："我们有纪律，不拿群众一针一线。"

老乡乙："团长，这鱼你们非得收下不可。"

黄副政委看着还在活蹦欢跳的鱼儿，脸上充满了喜色，一口浓重的湖广腔。

黄副政委："团长，人家从老远专门为我们打来的，退回去怕不好吧！"

王振南："给霍总、周参谋长送几条，他们准馋鱼了。"

黄副政委："我都不记得鱼肉的滋味了。"

黄兴亭："我看是你们早馋鱼了。（沉吟片刻）鱼收下，按价付钱。（转身对刘敢）这样吧，分一半给大队。"

黄兴亭转脸又对有些不情愿的农民："我们这大队可都是你们冀中老百姓自己的子弟兵呢！优秀哩，文化程度高，生活又很简单，只要有两个窝窝头往肚皮里一装就完事了，睡觉也不盖被，连鞋子都不脱，穿着衣服往炕上一滚就睡，作战又勇敢。到我们团不久，就可以托起枪打冲锋！打鬼子不要命哩，有种！"

21-8　铁六团团部　日　外

团部。提着空筐的农民跟着黄兴亭找军需三参谋万才宝结账。

万才宝："团长，我们借一步说话。"

两人走到一旁。

万才宝："团长，机动费全让金政委要去了。"

黄兴亭："你糊谁？你还有埋伏，当我不知道，至少还有十块机动费。"

万才宝拿款付了鱼账后："团长，我可拉饥荒了，万一上边首长、友军的人来，我可没法招待了。"

黄兴亭："你再想想办法。"

万才宝给黄兴亭耳语，随后摊双手："不然真没办法。"

黄兴亭："亏你想得出，还打起这个主意！周玉润留下的钱，是私人物品，一分都不许动，全部上交师部处理。"

万才宝小声嘀咕："真是不当家不知柴米贵，我可不是大炮一响、黄金万两的角儿。"

黄兴亭："你说什么？"

万才宝："我再想想办法，再去打扫一次战场。你得同意，找到的东西，不作战利品上交，允许我淘换贴补团的机动费。"

黄兴亭："这个我同意，下不为例。"

21-9　汇溪村战场　日　外

万才宝带炊事班去战场捡漏。

汇溪村那废窑（原吉田指挥所）部队已打扫过战场，老百姓又"梳"了几遍。万才宝什么也没找到，只有一个铜皮带扣。一处新土引起万才宝注意，万才宝发现日军毯一角，一扯开，发现日军尸体，都被砍下了手臂，继而起获尸体掩护下的炸坏的重机枪、炮。

万才宝用手掩鼻："我的姆妈娘，鬼子真鬼！"

21-10　铁六团团部　日　内

万才宝附黄兴亭耳语，黄兴亭脸一沉。

黄兴亭："有炮埋那里，走，去看看!"

即带随从出发。

黄兴亭走到门口转身对万才宝："你就不要去了，带上小周去师部送鱼，顺道代表团部去医院探视冯伢子他们一批重伤员……"

21-11　大树村师部门口　傍晚　外

万才宝将鱼丢给师部管理科长："你送到师部去。小周跟我去师部医院。"

万才宝带小周走了，小周手拎兜一擦罐头和一挂羊下水。

21-12　大庙师部医院　傍晚　外

医院门前人来人往，络绎不绝。大嫂、姑娘挎篮子给伤员送吃的，男的扛担架，要求将伤员接回家养伤。

万才宝和小周进院，遇人打听的身影。

21-13　师部医院手术室　夜　内

手术室传来嘈杂声。

胳膊上戴着红十字袖箍的女军医正在劝更德。

女军医："更德大夫，在汇溪你连续工作六十五个小时，救了一百一十个同志，你现在还连轴转可不行，你必须休息了。"

更德训斥："还要我说多少遍，我是来工作的，不是来休息的！"

女护士甲："可我们也吃不消呀。"

更德："抓紧每一分钟，伤员就少痛苦一分钟！"

女护士乙："累垮了，怎么工作？"

女军医："我虽刚来，更德大夫，下面我来接手做手术吧，请你相信我。你快去休息。"

更德生气："老是休息休息的，你……你给我出去！"

21-14　师部医院　夜　外

女军医在一角抹眼泪，恰遇从病房出来的万才宝，小周手中提的网兜里只剩一只罐头和一对腰子。

万才宝："这位小鬼，你可知六团冯伢子营长在哪个干部病房？"

万才宝"很首长"地背着手，后面又跟着警卫员，一口一个小鬼。

女军医敬礼："报告首长，冯营长在哪个病房我知道，我领首长去。"

万才宝听她一口一个"首长"，笑逐颜开，继续"演戏"，从警卫员手中接过网兜，掏出一个罐头。

万才宝："小鬼，哭啥子鼻子哟，给，战利品。"

女军医破涕为笑，领万才宝去见冯伢子。

冯伢子腰缠着纱布，在床上不能动弹。

冯伢子见是万才宝，一副爱理不理样子。

万才宝将羊腰子放床头柜上："给……嗯，我来看看你。"

（因护士在场，他要继续当"首长"，将"受团长委托"省略了）。

冯伢子扭头不待见。

万才宝很大度："冯营长，部队打了大胜仗，地方慰问送羊送猪，我特地挑了一副羊腰子，吃啥补啥，腰很重要，传宗接代靠它哩，我上次的腰伤就是吃这个——"

"卟"一声响，冯伢子伸胳膊将床头柜上的羊腰子扫到地上。

万才宝："哼，狗咬吕洞宾，不识好人心。"

万才宝拂袖而去。

女军医上前替冯伢子扶正身子。

女军医："冯营长，你不可这样对首长。"

冯伢子："屁首长，一个军需参谋。"

女军医："怎么有警卫员？"

冯伢子："那是黄团长的，他狐假虎威！"

21-15　师部　夜　内

电报声密集的师指挥部，时有参谋人员匆匆走过。

宋友卿："报告。"

霍总："进来。"

宋友卿行军礼："霍总，战区少校联络官宋友卿前来晋见长官。我受卫总指挥委托，代他向霍总表示慰问。"

霍总："我现已无大碍，请你向卫司令转达我的感谢。"

宋友卿从上衣下兜取出一油纸包，毕恭毕敬双手递上。

宋友卿："这是卫司令长官让我亲手交给你的。"

霍总接过油纸包打开，放鼻下嗅嗅："哟，好烟丝。"

宋友卿："这烟丝叫大金圆，是卫长官托人到山东河南那一带弄来的。"

霍总掏出烟斗，装入烟丝，将烟斗对着油灯点烟，嚓得灯火忽明忽暗，徐徐吐出烟雾。

霍总："高级烟，比我的那破芝麻秸叶子好抽，嗯，不错。（顿一顿，风趣）要不要我给你们卫长官打个收条？"

宋友卿虔诚地："不用不用，要是霍总喜欢，鄙职回去禀报卫长官，再给弄一些来。"

霍总慢悠悠吐出一口烟："那倒不必，要是枪弹我倒是多多益善，特别是迫击炮弹。"

宋友卿："在下一定把霍总的话报告卫长官。"

宋友卿将夹在腋下的文件夹双手呈霍总。

宋友卿："按卫总指挥命令，今后但凡战果上报，必经霍总过目签字才作数。请您审核。"

宋友卿笔直站立恭候。

周参谋长："哟嗬，宋参谋，你领章上的豆豆怎么少了一颗？"

宋友卿窘迫地用手遮盖领章，尴尬不作答。

霍总闻言，抬抬烟斗，指指条凳，替宋友卿解围。

霍总："宋参谋，你坐呀。"

闪回：

画面一分为二，霍总与卫长官通电话。

霍总："卫总指挥，我们赵家庄战斗是胜仗，怎么叫游而不击？不然怎么来后面大刘村、白马张庄战斗胜利？"

卫长官："具报我看到了，霍师黄团三战三捷，可喜可嘉。"

霍总："你得给我一个交代哟。"

卫长官："霍兄，我对属下管束不严，望海涵。赵家庄的事是宋友卿谎报军情，我已给他降级处分。"

霍总："那就大可不必了。以后可不要再发生这样给我们身上泼脏水的事啰！"

卫长官："那是那是。"

闪回毕。

宋友卿："（Os）他娘的，卫长官话错一风吹，我个当差的话错打屁股，哼！"

周参谋长挖苦："宋参谋，这次汇溪战斗，干掉鬼子一个大队，如何解释？是游而不击吗？！"

宋友卿："两位长官，在下有错，当时我只是看到黄兴亭会打仗，心中不服，遂生嫉妒，才……"

周参谋长得理不让人："小伎俩！你们个人之间有什么宿怨我不管，现今大家捐弃前嫌抗日，你这么干，搬弄是非，儿戏嘛。"

霍总签字，将文件夹交宋友卿："宋参谋，听说我们伙房弄到鱼啦，我们炊事班长可是老洪湖，会烧洪湖菜。沔阳老乡，怎么样，我们共进晚餐如何？"

宋友卿："谢谢师长。卑职公务在身，先告辞。"

宋友卿敬礼走出。

周参谋长："这小子有才干，但心胸狭窄，难成气候！"

21-16　师部　夜　外

路上。

万才宝骂声不断："姆妈娘的，这冯伢子不识好人心，一点儿面子也不给……"

小周："万参谋，你这条命还是冯营长给捡回来的……他有伤，你就别计较了。"

路过师部，万才宝让小周牵马等一下，只身进去。

21-17　师部　夜　内

霍总几位首长正在吃鱼，有说有笑。

不速之客万才宝一本正经进来敬礼。

万才宝："报告首长，我是六团军需参谋万才宝。"

霍总打量他："难怪看着很面熟，什么事？来，坐下说。"

周参谋长："哟，黄兴亭的财神爷。"

万才宝哭穷："我这个军需副官是叫花子坐轿子，真没钱了。这鱼款是我垫付的，师部还没付我钱哩。我可是药渣子都榨干了。"

师首长没想到这一出，挤兑黄兴亭。

一首长："黄兴亭的鱼不好吃。"

另一首长："我说哪，黄娃子今儿会这么大方。"

师首长纷纷自掏腰包凑了钱。

周参谋长递钱给万才宝。

霍总突然哈哈大笑起来。

万才宝站在那儿有点不自在。

周参谋长："这鱼钱你收好了。你再去管理科领二十块钱，就说我说的，以后每个月特批二十块给六团当机动费。记着，不是给你们乱花销的，只能用到招待友军及其他应急。打牙祭可不准动用公家一分钱，老规矩一律个人掏腰包。"

万才宝不住点头，红着脸接过钱。

21-18　铁六团团部　夜　内

炕桌上堆着钞票，万才宝在数钞票。

万才宝："抓到篮里就是菜。"

忽然万才宝松弛的脸绷紧了。

黄兴亭把帽檐下拖："真是乱弹琴，你捅娄子把我的脸丢尽了！"

这时王振南和船生来了，万才宝露出一副你们谈军务我回避的神态开溜。

王振南："团长，弄清了，鬼子尸体都缺右手，是拉回去以后核对指纹档案，以便找出阵亡者姓名。"

黄兴亭："法西斯就是法西斯，一伙毫无人性的东西！"

船生："右手都砍了，来世投胎怎么扶犁种田哟。"

王振南："来世没手不用当兵打仗也好，省得到处侵略。"

船生："这就是恶有恶报。"

黄兴亭："唉，战死的多数也是日本老百姓的孩子，怪就怪当权的军国主义！"

王振南："真是生为侵略离本土，死无完尸归故里啊。"

船生冲黄兴亭挤眼："这吉田和《三国》中那一段相似——"

黄兴亭接茬："马谡失街亭！"

俩人相视而笑。

21-19 原野 日 外

起伏的青纱帐，扬花的高粱、吐缨的玉米棒。

一棵槐树上，知了叫个不停。

霍总拉着吕司令的手，深情眷恋："吕司令，冀中这个地方好啊。你们对我们支持太大了，我们来冀中才六千多人，现在离开时有二万二千人马啰。"

吕司令看一眼霍总身边的黄兴亭："霍总指挥，我对咱八路军这套东西还没有学会，还需要你帮助，你们却走了——"

吕司令欲言欲止。

霍总明白吕司令心思："不是留给你五个支队坚持冀中斗争吗？现在的冀中，水大鱼也大啰。（望了一眼黄兴亭）我也想留六团在这儿吃白面馍馍呀，不能啊，是总部的命令，宗旅长率部队已先过去，师部带六团也要过去呀。"

吕司令："冀中素有平津门户、华北粮仓之称，兵家必争之地，将来反攻，是前进基地，一捅可以出关外。我老家东北，我多想多带几个主力团打回老家去。"

霍总安慰："你放心，留在这儿的，有好些个经验丰富的老红军，用不了多久，就会给你带出好几个嗷嗷叫的主力团……"

21-20　日军旅司令部　日　内

作战室。墙上从天花板处垂落一块白色帷幕。参会人员表情肃穆。

旅团长水原骄傲狂妄："五月我们派兵分路侵犯谢庄，没有得手，就是战术不得当。攻取谢庄，我早有准备，八路军的兵力部署，我已侦探清楚，我只带田中大佐步兵独立联队和附近县警备队，两千人的兵力绰绰有余。"

水原走到帷幕旁，拉开，一幅军用地图展现。

水原："这次以步兵独立联队为主组成精干合成军，抽一百五十匹战马和装甲车等，奇袭重镇谢庄，一举解除对我平汉铁路北段沿线的威胁。我们一定要奇袭成功，捣毁晋察冀边区后方机关……"

21-21　某村镇　日　外

六团部队路过，威武雄壮，那四人抬的重机枪、迫击炮、马拉山炮让群众耳目一新。

村民甲："啧啧，老八路就是老八路，兵强马壮。"

村民乙："八路军主力部队过来了，咱老百姓有主心骨啦。"

沿街两边的群众看着这些奔跑疲惫的子弟兵，背着行李，肩扛大枪，一个紧跟一个地前进着，连喝一口水的时间都没有。

村民们把凉白开水装进水桶放在路边，以便战士们边急行军边舀水喝，有的干脆端着瓢、碗追着给战士们倒水。

一位军属老大娘在追着倒水时看到曾驻过本村的冀中部队

的干部战士，许多都腰勒手枪在队伍里领队前进。

老大娘："咦，这不是秦排长？喔，小郭班长……"

战士甲："现在都升干部啰，现在叫秦连长、郭排长。"

老大娘："你们不是冀中部队的？"

战士乙自豪拍拍胸脯："我们早升主力啦，铁六团的。"

更多战士见人们指名道姓地叫着他们的名字，他们只是亲切地微笑着摆摆手就小跑过去了。

21-22 抗大二分校 日 外

训练场。

学员们卧地上用步枪练习射击。

陈教员走到田慧琴面前："田慧琴同学，别人都那么认真练习，都是新学员，就你不认真。"

田慧琴："老这么瞄来瞄去，有甚用。要打子弹才能检验练习成果啊。"

陈教员："田慧琴同学，咱们部队子弹少，前方打仗都短缺，还是拨给我们学员一点儿练习子弹，只能在考核时用。怎么嫌烦啦？"

田慧琴："那也要因人施教嘛。"

陈教员："哟嗬，你口气好大哟。"

田慧琴矜持笑笑。

陈教员："这么说，你不用练习射击啦？"

田慧琴点点头："我打枪不一定比你差。"

陈教员感到尊严受到挑战，有些恼羞成怒。

陈教员："好，我今天就在我的职权范围内，动用四发子弹，我们每人两发，比试一下。"

田慧琴："谁怕谁？"

陈教员："这子弹金贵，可不能白打，有条件！"

田慧琴："你说。"

陈教员："这两发子弹，你只要打中十六环以上，就算你考核及格，我批准你以后不用上射击练习课。如达不到，哼，以后每天都要加练射击瞄准一小时。"

田慧琴："那我打得比你好怎么办？"

陈教员不假思索："我立马越野跑五公里！"

田慧琴："君子一言，驷马难追。"

陈教员："一言为定！"

陈教员拍掌："同学们休息十分钟。"

学员围观中，陈教员卧姿射击。

很快一学员拿胸靶过来，靶心中一个十环，一个九环。

学员们发出惊叹声。

陈教员抓一把黄泥，将胸靶弹孔填上，示意学员复插胸靶，他从口袋里摸出两发子弹，递给田慧琴。

陈教员笑笑："该你了。"

田慧琴立姿单臂射击。

报靶学员拿胸靶来。

陈教员一瞧，脸上的肌肉绷紧了：两个十环，且弹洞紧挨。

众学员讶然的脸。

学员甲："慧琴，你咋练这么一手好枪法？"

学员乙："看不出来，平时里文文静静的，还有这么一手本领。"

学员丙："咱们的分队长，巾帼不让须眉呀！"

学员丁："你们不知道了吧，她爹在咱们冀中那一带可出名哪，那儿的二鬼子听到神枪手'大眼侯'，就闻风丧胆！"

学员甲："慧琴，听人说你从小就跟你爹习武术，你教我们几招儿吧。"

田慧琴："呀，陈教员呢？"

21-23　操场　日　外

陈教员"吭哧吭哧"越野跑的身影。

21-24　行军途中　日　外

黄兴亭骑马上，侧耳倾听紫峪镇传来的枪炮声。

黄兴亭勒住马："王振南，通知部队立刻转入强行军！"

金政委："兴亭，我们是赶饭和尚，去迟了只有喝汤啰。"

黄兴亭和金政委并驾齐驱策马驰行的身影。

六团指战员奔跑的身影。

21-25　旅部　日　内

宗旅长和张主任站在沙盘前，参谋长拿着杆子在沙盘上比画。

参谋长介绍敌我态势："灵裕距谢庄不到一百里，除几条绕行山路外，主要道路是经慈谷的大道。以往敌人多次对谢庄骚扰，都是走这条路。"

宗旅长："估计敌人这次还是走大路，这么多人在山路展不开，还有重武器、辎重，在小路上不好行军。先按既定预案执行吧。"

张主任："我也这么认为。"

参谋长："敌人占领慈谷镇，今天中午已与我九团交火，按预案，九团一部正节节抵抗，诱敌进入我伏击圈。现在伏击部队都已进入伏击阵地。"

宗旅长："几条山路的警戒部队派出了吗？"

参谋长："已派出。"

宗旅长："不可大意。最近我们缴获日军华北方面军的文件不是说了吗，对付八路军必须采用一种新的战术，找准弱点出其不意，以大胆勇敢的精神进行包围、迂回、欺骗、急袭，在近距离进行快速的袭击，敌人也把我们研究得很透啊……"

宗旅长若有所思："参谋长，师部和六团到了吗？"

参谋长："下午三点刚到，师部在金家沟，六团在东城寨，正在架通电话。"

宗旅长击掌："好哇，霍总和六团到了，我更有底了，完全有把握打个漂亮的歼灭战！"

张主任："对，照单全收。"

宗旅长："我和张政委现在就去师部，向霍总汇报。参谋长，电话接通后，你告诉黄兴亭，部队在原地待命，为旅部的预备队。"

参谋长疑问："让六团当预备队？"

宗旅长："对。我决心已定！"

21-26　金家沟　日　内

霍总、周参谋长及宗旅长、张主任等交谈。

宗旅长不时起身在墙上地图上比画。

几个参谋正在作业将完工的沙盘，在沙盘上插标示敌我态势的小旗。

地图（战前敌我态势），红色的是我军防御阵地，蓝色日军箭标从灵裕开始缓缓移动，移到慈谷镇与我方防御阵地碰出火花。

宗旅长："我两个连与敌接触后，主动退出。敌人占领慈谷镇后，兵分东西两路，以更猛烈的炮火继续向北推进，我九团且战且退，诱敌深入。"

霍总用手在地图上连线一画。

霍总："这里还有哪些部队？"

宗旅长指地图说着什么。

霍总沉吟片刻："嗯。这可是谢庄的南大门，告诉他们，抢占有利地势和险要地点。"

宗旅长："是。"

霍总提着烟斗下达命令："传我命令，第一……"

几部电台"嘀嘀嘀"响个不停，几个参谋不停地放下这个听筒，又拿起那个耳机，忙着记录，紧张传达霍总的命令。

21-27 东城寨铁六团团部 日 内

远处传出剧烈的枪炮声。

各营长教导员齐聚团部要任务、请战。

营长甲："这次主攻该轮到我们营了吧。"

营长乙："政委,你瞧我手中这把请战书,争取不到任务,我回去不好交代呀!"

王振南正在接电话,他忽然用手捂住电话送话筒。

王振南："团长,你的电话。"

黄兴亭接电话。

金政委："大家不要着急,有的是仗打……"

黄兴亭握话筒："请转告宗旅长,希望不要考虑我们长途行军的疲劳,把最艰苦的战斗任务交给我们。(惊讶的脸)什么?让我们团当预备队?!嗯,宗旅长的决定。(放下电话,朝大家苦笑)任务来了,当预备队。"

黄兴亭将军帽摘下,狠狠朝桌上一掼,坐下喘粗气。

营长、教导员们发牢骚。

营长甲："嘁,让我们团当预备队,有没有搞错?"

营长乙："我到六团后,还第一次遇到当预备队。"

营长丙："开什么玩笑,我们六团是呱呱叫的主力,这可是大腿上绑锣,走到哪儿都是响当当的!"

营长丁："让主力团去干追尾巴、打扫战场的活儿,也太瞧不起我们啦!"

营长甲："命苦哇,只有参加'婚礼'的份儿啰。"

金政委制止："你们都是干部,瞎嚷嚷个啥。我们六团是主力，首长要放关键时用——"

黄兴亭站起，横下属一眼："发什么牢骚！有用吗？都回去，做战斗准备。散会。"

黄兴亭拿起帽子，走了。

21-28　慈谷镇日军阵地　日　外

水原亲率日伪军两千余众，携带大炮、汽车、战马和辎重等，浩浩荡荡占领慈谷镇。水原似为了炫耀武力和显示其勇猛无比，像武装示威游行一样，几乎动用了所有的大炮、掷弹筒、轻重机枪等全部火器猛烈射击，向慈谷镇四周大发淫威。

21-29　金家沟　日　外

打谷场上，战士们在进行篮球比赛，尽管篮球架是木桩做成，很简易，但战士们龙腾虎跃玩得很开心，哨声、助威声此起彼伏。

警卫连长认识黄兴亭，带路。

21-30　霍总住处屋外　日　外

这是霍总住处。

这屋在十字路口边上，是不起眼的农宅，进门左侧是牲口棚，走三四米一间房屋就是霍总住处。

屋内只有半张乒乓球桌大空间，左侧一个炕，炕上朝大门方向有一与门相连的窗口。

霍总警卫员坐在门口，在擦枪。

黄兴亭疾呼："霍总、霍总……"

警卫员起身用手指在嘴唇上一碰，做了个噤声的暗示。

警卫员压低声："黄团长，首长刚睡下。"

霍总："（声音从屋内传来）是黄娃子吧？"

黄兴亭："霍总，是我。"

霍总："（画外音）不是你还有谁？敢来吵老子的觉，进来吧。"

21-31　霍总屋内　日　内

霍总穿白色的和尚衫，穿白色大裤衩，摇着大蒲扇，把扇朝炕上点点，示意黄兴亭坐。

炕上摆着一副象棋。

俩人盘膝相对，霍总警卫员端装凉白开水黑瓷大碗递黄兴亭，黄兴亭牛饮，用衣袖抹嘴。

霍总："部队情绪怎样？"

黄兴亭："战斗情绪很高，你也知道，我们团所有战斗骨干都是山地战的老手，驾轻就熟，与一年前去冀中平原不一样，没有那种不踏实、没着没落的感觉……"

霍总用扇子拍拍炕沿："别说好听的，我还不了解你，你有情绪了，准来找我。"

黄兴亭："旅长和张政委说的？"

霍总："他们没说你什么，是你这张脸告诉我的。"

黄兴亭："打小鬼子以来，我还是第一次当预备队，张飞吃豆芽——小菜一碟。嘁，敌人打光了，让主力团来打扫战场，哼，笑话。"

霍总将扇子递黄兴亭，一语双关："啧，这山区中午太热，晚上就凉快了，来，扇扇。"

黄兴亭没接扇子："反正没捞到仗打，我想不通。"

霍总摇扇加大幅度，等于给黄兴亭扇风降温。

霍总："黄娃子，演戏有主角配角，不然怎么演？"

黄兴亭："其他部队也可当预备队。还不就是我们没赶上趟，任务分配完了，给我谋这个差事。"

霍总："我说你蠢。你不要主力主力的，老是挂在口上，你以为还是打游击，主力速战速决，打完走人，打扫战场留给预备队。以后仗越打越大，将来还要逐步转入反攻阶段哩。这次只是练练手。黄娃子啊，打阵地战，预备队非同小可，是关键时刻出击的，是给敌人致命一击的铁拳。"

霍总指指炕桌上的象棋。

霍总："你打仗喜欢琢磨敌人会怎么想，很好。就像一个人下象棋，从黑子、红子双方角度思考。（顿了顿）今后你呀，要学会从战略上考虑问题，从全局着眼，不要老想着我这个部队，那只是局部。就好比让你同时下两副、三副象棋，要统筹，谋大局。"

黄兴亭一脸凝重。

霍总："宗旅长为什么留你六团当预备队？自然有他的章法。你要向宗旅长学习，多去琢磨宗旅长想法，琢磨透了你就通了，就进步提高了。"

黄兴亭点点头。

21-32 炮兵训练场 日 外

黄兴亭带警卫员路过炮连。

战士们正在操炮，炮兵连连长见是黄兴亭，跑步过来，向黄兴亭敬礼。

炮兵连连长："报告团长，炮连正在操炮训练，主要是让平原来的战士学会山地炮击的要领。"

黄兴亭回礼："继续。"

黄兴亭饶有兴趣站在一群战士后面听一个迫击炮班长讲解。

迫击炮班长："刚才，我说了迫击炮是曲射炮，抛线是 n 型，对仰射目标，测距与平原不一样，同样距离射击容易误近。下面说一下山地作战的迫击炮优势，可以从山坡这面向山坡那边射击，你们看到前面山坡上那两个标杆了吗，只要炮目线向远方标杆和延线近方标杆瞄准，三点成一线射击，就可以命中山坡那边的目标……"

黄兴亭悄然离开，炮兵连连长尾随。

炮兵连连长："团长，我这是临阵磨刀，不快也亮。"

黄兴亭："这个兵教兵的办法好，到平原，冀中同志教山区来的同志打仗，到了山区，山区来的同志教平原来的同志打仗。这个办法好！好！好！"

炮兵连连长："团长啊，可惜炮弹金贵，训练舍不得打呀！"

黄兴亭："是啊，只能从战斗中学会战斗，用战场当训练场。"

炮兵连连长："团长，我看你今天情绪很好嘛。"

黄兴亭反问："我有情绪不好的时候吗？"

炮兵连连长："反正有点儿不一样。"

黄兴亭："霍总点醒我，又教会我打仗一招儿数，我当然高兴。"

炮兵连连长："团长，也让我学一招儿。"

黄兴亭："这是军事秘密不能讲。等你当上团长后再教你。"

21-33 铁六团团部 夜 内

金政委拿着一沓纸进屋。

金政委："团长、振南，张政委找我谈了。"

黄兴亭："首长有什么指示？"

金政委："张政委说了，宗旅长把这些请战书一份一份都仔细看了，表扬说六团的战斗积极性很高，部队就是要有这股子精气神！但也有间接批评……"

黄兴亭、王振南不约而同："批评？"

金政委："首长只嘱咐我，带卫生员去找割手指写血书的人，逐一检查，不要感染了。我理解，是不提倡写血书。"

这时，船生带章道仁一头闯进来。

洪船生："团长、政委，一个下午九旅九团多次向日军发动进攻，诱敌出战。可鬼子只是火力还击，就是不出击。"

章道仁："诡异的是敌人全部退出已占领的三个村庄，全部龟缩在慈谷镇。傍晚又从慈谷镇向灵裕县撤退，重武器、辎重撤走很远。"

船生："敌人会不会已经发现我们有埋伏？"

王振南："不可能。九团是刚从自卫军改编的部队，战斗力稍稍差点意思，旅长摆上去故意示弱，意在引诱鬼子进口袋。按鬼子战法，肯定要占便宜，岂有不战而退之理？"

金政委："这里有名堂。"

船生："连重武器、辎重都撤，有名堂。恰恰露出了破绽。我看会不会来演我们在汇溪给吉田演的那一出戏？"

黄兴亭："邯郸学步，东施效颦！"

王振南："有鬼，有诈？坏了！"

黄兴亭环顾，笑吟吟地："大家分析得很好。（不紧不慢摇起电话）要旅部，对，接宗旅长。"

21-34 去灵裕公路上 夜 外

水原和田中大佐骑马并行，水原松缰绳停住马。

水原："命令部队，返回慈谷镇。"

田中不解："水原君，我们完全可以埋伏在慈谷镇，这样往返，部队太疲劳了。"

水原："兵不厌诈！"

日军开始调头。

前头的重武器、辎重变成后卫。

21-35 旅部 夜 内

昏暗的油灯，冒着黑烟。

霍总托着烟斗吸烟。

宗旅长拿万金油在抹额头："刚才黄兴亭来电话，我同意他的看法，这里面敌人一定有欺骗行动。黄兴亭说是明修栈道、暗度陈仓。"

霍总："这黄娃子，《三国》没白看哟。（摆摆手，向参谋长示意）你继续说。"

参谋长："我设伏部队从中午等到黄昏，连个敌人的影子也没有看到。敌人却按兵不动。等到下午四时左右，南谭庄之敌集中火炮向山门口一带发射了一千多发炮弹进行猛烈轰炸。我军预料敌军猛烈炮击，进行火力侦察后可能要前进了，但又出人意外，炮击后的南谭庄、北伍河一带之敌，反而全部撤退回慈谷。傍晚，情况又有了新变化，晋察冀军区电报称，慈谷的敌人正拉着大炮拖着辎重转向灵裕撤退，走了有很远一段路程。（说话间，穿插一些相关画面）"

宗旅长："对于谢庄这块肥肉，水原早就垂涎三尺，肉不到嘴里，他是不会善罢甘休的。那么，水原又有什么理由放弃谢庄撤兵灵裕呢？"

参谋长："难道看到有埋伏撤退？嗅出什么味道啦？"

宗旅长自信地："霍总带主力部队刚到，行动极其隐秘。水原不可能这么快洞察到。"

霍总："我判断有三种可能，一是我们这有八个团，水原已知，真撤退；第二种可能，就是虚晃一枪，施拖刀计，麻痹我们，杀个回马枪；第三种可能是声东击西，走小路出其不意偷袭谢庄。我认为第一种可能基本可以排除，日军历来不重视情报工作，即便有，渗透没那么快。最主要是他摆出大摇大摆撤退这出戏文，演过啰，露出了马脚。我倾向于后两种可能。"

宗旅长："这水原作战一向虚虚实实，善于变化。我研究过他，他三十七岁，毕业于日本陆军士官学校，各门学科成绩优异。由于战功卓著，很快从少尉晋升至少将。这次他可能就采用他最擅长用的'牛刀子战术'。所谓'牛刀子战术'，用水原自己在军校毕业论文答辩时的话来说，那就是屠户将牛刀藏于袖中，对待杀之牛捆绑后故示爱抚，趁其不备，调转刀口，一刀毙命。"

霍总将着唇上的胡须笑了笑："宗旅长，这次是你这个黄埔生与日本的士官生过招哟。"

宗旅长："我决心照既定方案，以逸待劳，准备'迎接'水原杀回马枪，同时，对几条绕山小路加强警戒，如水原走小路，执行预案，歼灭之。只是，对放弃谢庄，是不是太冒险了些？"

霍总："打仗没有绝对把握，只要有六成胜算，该冒的险就要冒。"

宗旅长："为防止水原出这一招儿，我们外松内紧，通知谢庄后方机关做转移准备，布置群众也秘密做坚壁清野工作。"

霍总点点头。

21-36　慈谷镇村口　夜　外

一队日伪军悄悄下了马路向村庄走来。

敌人分散行动，包围了村庄。

村口，一观察哨兵被日军摸了哨。

21-37　慈谷镇村内　夜　外

村中，流动哨兵听到动静，拉枪栓。

哨兵甲："谁？"

带路冒充"八路军"的汉奸带着十几人闪出。

汉奸甲："自己人，县大队的。"

汉奸乙："我们是奉县委齐书记命令给冀五团送信的。"

哨兵甲一看是"自己人"，放松了警惕。

哨兵甲："哦，村里没有部队，只有我们三个人的班哨。"

哨兵乙热情地："团部在南燕川，要不，我派个人给你们带路。"

话音刚落，三个哨兵被"锁喉"，闷声不吭倒在地上。

水原："田中大佐，留下后续部队四百人在慈谷，其余部队奔袭谢庄。"

田中："哈咿。"

月光下，崎岖山道上鬼子急进。

鬼子涉水，连鞋袜都顾不得脱，裤角水湿半截腿，紧张地奔跑。

21-38　七祖院　晨　内

战地剧社。

简陋的排练厅里，那个络缌胡"鲁智深"队长正在指挥乐队排练。

乐器声飘荡。

"鲁智深": "停，停。（用指挥棒指二胡手）二胡刘，你还是调定这么高，演员唱不上去的。再试一下！"

二胡刘"叽嘎"拉几下。

"鲁智深": "还高！（他用指挥棒'叽、叽'敲台面，越说越响）大家陪你练这么长时间，你存心捣乱……"

"噗"一声，"鲁智深"的腰带绷断了，他狼狈地双手提裤子，找绳子系。

哄堂大笑。

宿舍里几个娃娃小演员在指导员指导下整理演出服装、道具、幕布。

指导员手拿汽灯在拭擦玻璃罩上的黑烟垢，婆婆妈妈式唠叨。

指导员："不对，这个服装是第四个节目用的，放四号箱，弄错要砸台子的……孩子们，今天晚上要和谢庄的老百姓开联欢会，你们可要把台词多背几遍，可不兴在台上'吃螺丝'（忘词）噢……小雨来啊，你把你床单拿出去晒一下，昨天晚上又尿床。我给你说过多少回了，睡前不要喝水，你就是不听……还有你，小葛子，这裤子上这多大个洞，就不补，你张姐排练那么忙，顾不上给你补，你要学会自己补。你是八路军，这样走出去，多难为情……小伍子你不要笑，你也好不到哪去，风纪扣老是忘记扣，军人嘛，要讲军容仪表……"

21-39　小山坡上　日　外

几个女演员在山坡上拉嗓子："咿咿咿……咿，啊啊啊……啊……"

小溪边，几位女演员拿木桶打水在洗头、洗衣服，嬉笑追逐打闹，草鞋上拴着的红绣球一跳一跳，格外显眼。

远处的山脊上，出现了日本旗，大批鬼子向北快速移动。

山坡上拉嗓子一位女演员睁大眼睛，揉揉眼睛又盯着山脊看。

女演员尖叫："有鬼子！"

女演员们丢下木桶奔跑的身影。

21-40　七祖院　日　外

战地剧社人员紧急集合。

武装班七八个战士荷枪在四下警戒。

指导员："队长，附近没有作战部队，敌情不明。我看这样吧，你带女同志和孩子们先撤。我带武装班和男同志掩护村里群众转移。我们在北山会合。"

"鲁智深"："还是你先走，我留下掩护。"

指导员："不成，你是剧社台柱子，万一你'光荣'了，我可不会作曲编戏。你就别和我争执了，这事听我的。快，慢了谁都跑不掉啦，你走啊！"

"鲁智深"："可这些道具、演出服……这些家当，唉，怪可惜。这种情况又不是第一次经历，我看——"

指导员："这次鬼子来得突然哪，不同以往。都什么时候了，人要紧，这坛坛罐罐丢了就丢了。快走！"

女演员拽拉小演员、群众扶老携幼往山上走，指导员带武装班和男同志殿后转移。

21-41　抗大二分校某山坡　日　外

山坡上，学员持枪跟着教员打野外。

陈教员："今天打野外，课目是小班哨，大家注意看，前面三个同学示范位置……"

"呼"一声枪响，前一哨兵示警，往后跑没几步，就被接踵而至的枪弹击中倒地。

另一处哨兵狂奔："这不是演习咧！敌人真来了！"

一阵骚动。

陈教员："大家不要慌。我掩护，大家赶快回去报告校部！"

田慧琴："陈教员，我也留下掩护。"

陈教员："不行，你是女同志。"

田慧琴："战场上没有男人女人，只有战士！"

陈教员迟疑片刻："好，你留下和我阻击敌人，掩护转移。"

陈教员和田慧琴朝另一方向跑引开敌人，边跑边还击。

两人弹无虚发，把鬼子压制住。

21-42　抗大二分校　日　外

分校内传来急促的哨声，集合队伍。

一部学员（多数女生）徒手有序撤离。

一部分男学员们持枪投入战斗。

21-43　附近一支队驻地　日　外

驻附近的一支队部队在指导员带领下仓促投入战斗。

21-44　山地　日　外

一个日军刚露头，田慧琴枪起弹出，又一颗脑袋开了花。

枪声停止了。

陈教员："糟糕，我没子弹了！"

田慧琴一拉枪栓，也弹绝。她摸出腰间仅剩的手榴弹。

田慧琴："陈教员，你走，我掩护！"

敌人从一侧向田慧琴、陈教员迂回。

陈教员："要死，我们战死在一起！"

田慧琴拉开弦，手榴弹咝咝冒烟。

这时，军号声起，一支队指战员在指导员率领下斜刺杀出，鬼子掉头应付。

田慧琴手中的手榴弹飞出，"轰"一声，凌空爆炸。

21-45　师部　日　内

霍总坐在作战室，从容不迫地吸着烟斗，吐着不急不徐的烟云。

霍总："驻在谢庄的抗大二分校受到损失没有？"

参谋："二分校的人都转移了，可是东西丢得不少。"

霍总："两校长安全吗？"

参谋："他们也转移了。"

霍总："战地剧社怎么样？"

参谋："也转移了。他们发现敌情后，不约而同和二分校一起，当即开火阻击敌人，迟滞了敌人的行动。驻谢庄附近独立一支队赶来奋力抵抗，但因兵力单薄，于上午十时左右我军撤出谢庄。"

霍总安详地坐在那里，叼着大烟斗"吧嗒吧嗒"地抽烟。

霍总停了一会儿，微笑："这就好，只要人不受损失就好嘛！"

霍总若无其事地磕烟灰，忽然，他一拍大腿。

霍总："好！好！敌人送上门来了，太好了！我们的部队正集结在谢庄周围，打！决不能让狂妄的敌人跑掉！"

霍总吩咐："司令部的人员，迅速打电话或派人下去，传达我的命令，限明日拂晓前，各部队按预案必须赶到谢庄附近隐蔽接敌。命令一支队直插敌军指挥部。"

参谋："是。"

霍总："篮球队、剧社可是我的宝贝疙瘩哟，不知剧社转到哪儿去啦？"

第二十二集

22-1　谢庄　日　外

中午，日军"顺利"进入谢庄。

昔日兴旺的边区重镇，如今宛如墓场，冷清不见人影，户户清室，家家停炊。

迎接皇军的是墙上醒目的标语："打倒日本帝国主义！把鬼子赶出境……"漫画，还有就是间或冷枪、触雷声。

日军饥肠辘辘，水原一脸狐疑。

田中沾沾自喜，溜须拍马："水原君，未经大的伤亡，一举而占领晋察冀边区八路军老窝，这是指挥者的天才！"

崔冶："战斗证实了水原将军的判断，晋察冀八路军只有两个团，被将军打得七零八落，将军真是神机妙算。"

田中："将军英明，这牛刀子战术远程奔袭成功，堪称典范战例。"

水原得意忘形："向华北日军总部报告。"

一鬼子军官上前记录。

水原："（口授电文）我按照阁下批示的新战术，找准敌方的弱点，出其不意，以大胆勇敢的精神，进行巧妙袭击。故未经大的战斗，一举而攻占了晋察冀边区重镇谢庄。我正在谢庄向阁下报告。"

田中："今天是中国人的中秋节，看来八路军没了吃月饼的心情啰。"

众军官哈哈大笑，唯有水原没笑，突然变得一脸狐疑。

水原疑问地："我与八路交战两年，这么轻而易举胜利，还是头一遭。从占领谢庄情况看，是有计划退出，不像仓促撤退，可从拼死抵抗情况看，又不像有组织、有计划的，是战败溃退。"

崔冶："将军，我们每每扫荡八路军根据地村庄，回回都是坚壁清野，八路军的老伎俩。"

田中："旅团长阁下，正是你的牛刀子战术出其不意之效。八路军主力以为我们大路攻击，故以主力阻击，造成后方空虚。"

崔冶："八路军的战术，我们再熟悉不过了，打得赢就打，打不赢就走，历来如此。"

22-2　旅部　日　内

宗旅长和各团长召开军事会议。

宗旅长："现在传达霍总指示。"

参谋长："霍总说，水原几天来的一系列花招儿都是徒劳的，第一，他没有达到迷惑、欺骗、调动、暴露我军的目的；第二，更没有达到消灭我边区机关、团体、学校，破坏我后方基地的目的；第三，其占领谢庄是孤军深入，北无据点接应，南边接济困难。因此，尽管敌人占领了谢庄，他也不敢久留。在敌军回窜时，我们必须抓住战机，坚决把它吃掉。"

宗旅长："现在我们研究一下如何在敌回窜之时，在运动中将其歼灭。关键是要判明敌人从哪条道路走。"

宗旅长掏出笔记本，拿笔记录。

团长们议论：

从以往经验判断，日军的规律是，从哪条路上来，就从哪条路上回去。

黄兴亭六团的呼石子战斗，就是很好的例子。我主张在敌来路上设伏。

既然敌人来的时候玩了一个花招儿，为什么不会再来个花招儿改变以往老规律，来个"新战法"呢？

敌人的所谓新战法，只不过是班门弄斧、声东击西，霍总带我们巧渡金沙江时就用过。我看哪，敌变我变，敌人很可能不走原路，还是在大路上设伏好。

我看了地图，横山岭距灵裕县西北八十里，距谢庄十余里，地形极为险要。的确是打伏击最理想的地方。敌人走大道再好不过了。

……

宗旅长放下笔，用征询的目光看着黄兴亭。

宗旅长："黄兴亭，你一直一言不发，说说你的看法。"

黄兴亭："这次进犯的日军指挥官是个狡猾的家伙，我们不能按以往规律去套。水无常形，兵无常势。如站在水原的角度看，他们顺东南大道回窜，既可以避免像过去那样遭到伏击，又可以和慈谷日军呼应，何乐而不为呢？水原打我们的游击，我们就给他打个运动战！"

众人点头赞同。

宗旅长起身："我决心，改变以往在敌人来路上设伏的老办法，在东南大道上部署部队，歼敌于归途之中。王副旅长，你说说。"

王义荣副旅长手指地图："六团集结于慈河北岸的东寺庄，从北面严密控制敌人东逃大路；二团进入慈河南岸的张沟里、小洋山、刘家庄地区，从南面控制敌人东逃大路。师部一支队和二团各一个营进到谢庄南面的长峪，防止敌人万一从来时小路南撤。一支队另一部顺大路在谢庄东侧七祖院与敌保持接触……"

22-3 铁六团东寺庄预伏阵地 日 外

黄兴亭带随从和各营连长看地形。

大伙儿站在村后北山的一个突出山梁上，几个连长七嘴八舌地议论：

两山之间夹着一河一路，是个打伏击的好地方。

村庄紧贴大路，可以隐蔽部队，进行突然袭击。

北山有两处凸出高地，可以设置机枪阵地控制这条路。

……

黄兴亭此时却一言不发，时而举起望远镜远眺，时而手摸下巴沉思。

黄兴亭放下望远镜："路南侧那个小山包叫什么名字？"

船生："报告团长，那儿是无名山头，我已把它标为五号高地。"

黄兴亭："走，去看看。"

一行人随黄兴亭脚步跨过大路，往对面的山坡爬（五号高地）。

王振南似有顾虑："路南是二团的守备地区。"

黄兴亭："二团划分的是对面的三个小村庄，这个五号高地没有划分给谁。"

王振南："团长，是不是向旅部请示一下？"

黄兴亭："这不用请示，这好比我们家乡一带在湖上划船，手划脚划都一样，方向目标一致，打鬼子嘛。我们两个团各占大道一边，左右夹击，拦腰斩断敌人纵队，虽说是个好地方，但不能从正面给敌人造成致命的威胁，易被拥有强大火力的日军突破，必须找一个前面能拦住敌人去路的位置，我看这个五号高地就合适。你回团部后向王副旅长报告一下，他如有不同想法再调整，我们先这样布兵吧。"

一行人爬上了山坡。

天高云淡。从谷崖向西望去，谢庄尽收眼底；向东远眺，慈河在阳光下闪闪发光，蜿蜒的大道及山脚下的小村庄缠绕在大山的怀抱里。

山坡向西北伸出了一个突出的小山梁，像一扇闸门卡住山下的大道。

王振南惊喜地："团长，这儿真是个理想的阵地，叫你一眼给看中了。"

黄兴亭用脚跺地："就是这里了！"

几个营长争着请战，要把这个卡住咽喉的重任担在自己肩上。

黄兴亭："一营坚守五号阵地。三营在东寺庄设伏。二营随团部在王家沟集结，作为团的预备队待命，随时准备投入战斗。一营、三营，在明天拂晓前必须布置好阵地。"

黄兴亭转身："参谋长，你派人去二团联络通报一下。洪船生留下。"

黄兴亭与船生漫步。

黄兴亭："船生，你去通知应急分队，下午让他们好好睡觉，你也一样。"

船生："大战在即，睡觉？"

黄兴亭："这水原叫我们中秋节不安生，我也不让他睡好觉！"

船生心领神会："有数，晚上我亲自带队去捣鼓。"

黄兴亭："宗旅长肯定会派部队去骚扰，不过你们后半夜去，去点炮仗！注意和兄弟部队衔接，不要误伤自己人噢。另外就留在那里侦察，敌情有变化马上告诉我。"

船生："哥，我又不是第一次。"

船生走了几步，又回来了。

船生："我看到万才宝买了油、糖和白面，做月饼，又杀猪宰羊，准备包饺子。我们出去执行任务，可得给我们留点儿。"

黄兴亭拍拍船生肩膀："放心，一定给你们留。我有好吃的，什么时候都不会忘记你这个小弟。"

22-4　谢庄水原指挥部　夜　内

军用汽灯把屋内照得雪亮。

室内空荡荡，连张桌椅都没有。

地上铺一苇席，上摆一张地图，水原和众日军指挥官拿着铝制的腰型饭盒围着地图在吃饭。

崔冶进来："将军，为轻装，辎重都留在慈谷镇，这儿连骡马饲料都找不到，马无夜草不肥啊。部队给养也不多。"

水原将一只罐头丢给他："将就一下，明天一早撤兵。"

田中不解："撤？"

水原："经过两天奔波劳顿，部队体力、精力都十分疲惫，弹药消耗也很大。我们已达到奇袭目的，证实了我的战术的成功。我们必须尽快脱身。说不定他们这个时候正在调兵遣将往这里跑，我让他们疲于奔命！"

崔冶："将军是胸有成竹啊。"

水原："现在最糟糕的是没抓住一个向导，而我们只有依靠地图。明天行军路线，我们是原路返回还是从大路走？这地图上看标的大路，地形对我们很不利呀。但又是我们出奇兵的地方，我打算——"

众军官头碰头围地图。

突然，外面传来"乒乒乓乓"枪声，众日军官下意识拔枪。

22-5 大槐村附近山沟里 夜 外

皎洁如水的月光下，战地剧社一行人在山沟里疾行，男同志背着小演员，女演员用树棍做杖。

"鲁智深"和指导员小声说话。

"鲁智深"："指导员，那些'家当'是我们的武器，战士不能丢弃武器，你给我武装班几个人，我去弄回来。"

指导员："不成，太冒险。"

"鲁智深"："根据我的经验判断，鬼子只是经过七祖院，目标是谢庄。"

指导员："我不同意。东西丢了以后再置办，人损失了，怎么办？培养一个文艺骨干多不容易。有什么责任，我担！"

说到这个份儿上，"鲁智深"止言。

一侧山头传来间歇的枪声。

前方沟内传来急促的马蹄声。

"鲁智深"拔出手枪，向部队做了个隐蔽的手势。

经历过多次战斗场面考验的队员们井然有序卧倒，有人悄拉枪栓将子弹上膛，有人捡起石块。

光线好，"鲁智深"看得真切。

"鲁智深"嘀咕一声："自家人。"

指导员手卷喇叭："哪个单位的？"

马队前跃下一个人（周参谋长），疾步走来。

周参谋长："是战地剧社吧？"

马队上人纷纷下马。

"鲁智深"："是周参谋长。"

众队员解除敌情顾虑，涌上来。

"鲁智深"和指导员上前敬礼。

"鲁智深"："首长好！"

周参谋长回礼："你们好。"

周参谋长亲热地右手抱起一个小演员。

周参谋长："没事就好，霍总很担心你们，到处找你们——

现在敌情很严峻，有一千多名鬼子。这个战斗估计要打好几天，要打歼灭战咧。"

"鲁智深"拊掌："好哇，打个大胜仗！"

周参谋长："霍总让我告诉你们，让你们赶快赶到刘家沟，搭起台子，把你们最好的戏拿出来。战斗部队轮流下来看戏，部队在山那边打'武戏'，你们在刘家沟唱'文戏'，两边来个比赛！"

周边演员们闻言欢呼雀跃。

"鲁智深"干笑，为难地："首长，我们撤退匆忙，道具箱、幕布、马灯都丢在七祖院啦。"

指导员："乐器没损失、演员都在，将就演出没问题。"

周参谋长："这不好将就，要完美！（沉吟片刻）这样，你们派几个人带路，我们把东西给弄回来。"

周参谋长："郭排长。"

郭排长："有。"

周参谋长："你带一个班随他们去七祖院，把东西给我弄回来。"

郭排长："是，保证完成任务。"

郭排长敬礼转身欲招呼战士。

周参谋长："慢，你们马匹留下，给剧社用。"

周参谋长牵着马，马上驮着小演员，和"鲁智深"并行。

后面马队牵马的是背大枪的战士、男演员，马背上骑着小演员、女同志，队伍在月光下疾行，马蹄嗒嗒。

22-6　铁六团五号阵地　夜　外

皎洁的月光。

冯伢子腰间斜插着两颗手榴弹，左手提着一支驳壳枪，右手提着一把大砍刀，满头大汗，在阵地上转。

冯伢子自言自语："这棵独立树要弄掉，不要成了鬼子炮兵的指示目标……这里多准备点石头，到时滚下去砸狗日的鬼子……这机枪光一个阵地不行，多搞几个预备阵地……"

战士们挥汗如雨，军衣湿透，有的索性光着膀子抡镐。

地表上一个个凹进的散兵坑正在连接成弯曲的堑壕，有的战士们在往挖好的猫耳洞里放弹药箱，有的战士依在壕壁，就着水壶吃月饼，欣赏十五的月亮。

不时传来断断续续的声音。

冯伢子："同志们再快一点儿，互相搭把手……平时多流汗，战时少流血。"

22-7　王家沟阵地　夜　外

战士们和衣坐在背包上打盹。

万才宝带着炊事员挑担过来。

万才宝："同志们饿了吧，饺子来啰。这第一锅饺子，黄团长让我先送到二营。"

战士们纷纷从背包里取出茶缸。

万才宝："不要挤，都有都有……"

22-8　七祖院　夜　内

指导员带武装班四下警戒和郭排长指挥战士搬运道具物品的身影。

22-9　谢庄村东　夜　外

村东头。

一个黑影镜前掠过，又一个黑影闪过，有人将手榴弹扔出，火光一闪，爆炸声，日军蜂拥而出，举枪四下漫无目标射击。

枪声停止了，大地恢复了一片寂静，偶尔传来几声狼嗥声。

22-10　谢庄村西　夜　外

过一会儿，村西出现子弹出膛的火光，日军凭借房屋固守，机枪射击的火光，流星般从镜前划过。

我军两队人马相遇，闪避。

船生："谁？口令。"

干部："好花。回令。"

船生："圆月。"

月光下，船生与对方干部握手。

船生："你们是哪个单位？"

干部："抗大二分校。"

船生："我是六团副参谋长洪船生，奉黄团长命令前来袭扰敌人，村南这一块交给我们吧。"

干部："好。"

村南，枪声骤起，子弹出膛火光，船生朝章道仁点点头，章道仁将放在煤油桶里的鞭炮点燃。

鞭炮"噼啪噼啪"，类似机枪扫射。

和衣坐在苇席上的水原听到"机枪声"警觉起身，令一鬼子兵熄灭汽灯。

水原因彻夜未安，烦恼成怒。

水原："命令炮兵射击！"

炮弹呼啸，把假机枪炸粉碎，另一处又响起"机枪声"。

22-11　王家沟铁六团指挥部　晨　外

黄兴亭双手搓脸，伸展手脚活动走出卧室门，警卫员全副武装，备好马，候在那里。

黄兴亭："先去三营，后去一营。"

警卫员："团长，谢庄方向有浓烟！"

黄兴亭紧跑几步到一高处，手搭凉棚眺望。

谢庄上空浓烟冲天，敌人放火烧房屋。

黄兴亭："敌人要逃跑！立即向宗旅长报告，通知部队做好战斗准备。"

黄兴亭匆匆去作战室。

一片忙乱，通信员或徒步或骑马去各方向传达命令。

22-12　刘家沟舞台下　日　外

简易戏台已搭好，后台演员正对小镜子化装，演出准备有条不紊，丝毫看不出战争氛围。

台下，坐着师直属队、抗大二分校等部队，挤挤挨挨，把能容纳四百多人的土场子占满，四周还有围观的群众。

霍总、周参谋长等首长在前排的小马扎入座。

报幕员小黄："首长和同志们、乡亲们，战地剧社演出开始。第一个节目《歌唱二小放牛郎》。"

台下霍总用肘碰了一下边上的周参谋长，风趣顶拳，大拇指互拜。

霍总："这个是王义荣处的对象吗？"

周参谋长："是啊，天津人，知识分子。这次幸好有惊无险，她如出事，我们无法向王副旅长交代。"

霍总："（对左边的甘主任）老甘，义荣的结婚报告批了吗？"

甘主任："批了。"

霍总："我们等着闹新房、喝喜酒哩。"

22-13　舞台上　日　外

孩子们上台。

周参谋长抱过的那孩子："（童声领唱）牛儿还在山坡吃草，放牛的却不知道哪儿去了……"

22-14 七祖院战场 日 外

日军先头部队与一支队交火。

水原下马，长长行军纵队停顿，重武器都驮在骡马上。

田中："将军，可以展开部队攻击前进了。"

水原与崔冶相视而笑，显得很诡异。

水原："部队原地待命。"

田中不得要领传达命令。

22-15 刘家沟舞台上 日 外

台上。

童声合唱："敌人把二小挑在枪尖，摔死在大石头的上面，我们那十三岁的王二小，英勇牺牲在山间——"

22-16 刘家沟舞台下 日 外

台下，传来哭泣声。

22-17 刘家沟舞台上 日 外

台上，童声合唱："干部和老乡得到安全，他却睡在冰冷的山间……"

在场所有的人唱了起来。

台下，田慧琴站起来，她眼里含着泪花。

田慧琴振臂："为王小二报仇！"

众人："为王小二报仇……"

此起彼伏。

22-18　王家沟铁六团指挥部　日　内

作战室。王义荣副旅长和几位团首长一起围着地图看，王振南披衣进来。

金政委："参谋长，你值了一夜班，刚躺下，你回去再休息下吧，这有我们哩。"

王振南："要打仗了，我这个参谋长怎么好睡大觉？！"

黄兴亭手指地图："前指通报，敌人出了谢庄向东沿大路撤退，在七祖院与特务团交上火了。"

黄兴亭脸上绽出了笑容，将帽檐朝上一推。

王义荣："好！敌人要进口袋了。"

黄兴亭："通知部队注意隐蔽，没有命令不许开火。"

22-19　七祖院战场　日　外

水原突然改变主意："先头部队继续与敌接触，主力部队后撤，离开大路，渡过慈河。"

田中疑惑："将军，从原路返回，八路军主力正埋伏在小路上等我们。"

水原别有意味地："我们大日本皇军怕过谁呢？田中君你畏战？！"

田中急赤白脸欲辩白，崔冶拍拍田中肩膀高深莫测。

崔冶："田中君，什么八路军主力，此地八路充其量不过是土八路而已。放心，将军定会带我们胜利班师回灵裕的。"

22-20　王家沟铁六团指挥部　日　内

王义荣放下电话，对黄兴亭："前线指挥部打来了电话，说敌人主力又后撤了，离开大路渡过了慈河，有从来路逃跑迹象。（又拿起电话）接二团。"

王义荣："兴亭，你们六团要时刻注意敌人动向。"

电话接通。

王义荣："二团长吗？你们立即调动兵力，在敌人可能经过的小路长峪一线，加强力量监视敌人。"

黄兴亭眉头凝成一个结，拉下帽檐。

（两个黄兴亭 Os，其间出现相关画面）：

没有任何迹象表明敌人已经发现我伏击部队。日军先头部队与我特务团在七祖院稍作接触即掉头回撤，这里就有名堂了。

敌人来去一条路已成顽症，是不会轻易改变的。

按理说，鬼子撤退路上受到阻击，应解除遭伏击的顾虑。阻力不大应排除阻力前进。可却一打就撤，会不会又是慈谷攻而不进、改道偷袭谢庄那个花招儿？欲进而先退，是敌人故伎重演。

如鬼子真走小路，那边兵力不足，要不要去增援？

让你好好向宗旅长学习，前指只要求我们团注意敌人动向，说明宗旅长仍坚持敌人按原路撤回的可能性很小的判断。

……

黄兴亭把帽檐向上一推，干咳一声："我看鬼子还是要回来的！"

王义荣："不得不防敌人从原路返回，但我基本同意兴亭的判断。把电话给我接前指。（接通电话）宗旅长，我和兴亭估计敌人很可能还是走大路。唔……前指也是这个判断……是，不动六团，以不变应万变。"

屋内鸦雀无声，虽然军事主官做出判断，众战友们心仍忐忑不安，现在唯一能做的事，就是等待。

桌上那只闹钟指针不紧不慢走着，发出"嚓嚓"声。

黄兴亭紧锁眉头盯视谢庄战斗地图。

显示敌军的蓝色箭标到七祖院，我军红色防御，七祖院爆火光后，蓝箭标停滞、回缩，又越过大路向慈河缓慢推进。

22-21　山野　日　外

日军涉过慈河没走多远，又调转方向，利用河边的芦苇丛做掩护，隐蔽地重新踏上东去的大道。

不远处林中，几个人影一闪，蓦然消失。

一阵急促的马蹄声。日军前卫几个士兵一惊，发现一匹没有骑手的马斜穿大路急驰而去，日兵正诧异取枪，马已冲过去不见踪影。

船生从马肚子下面翻起。

山道上，船生策马疾驰。

22-22 王家沟铁六团指挥部 日 内

一阵急促的马蹄声由远而近，船生翻身下马，朝作战室狂奔。

船生冲进来，黄兴亭急切迎上去。

黄兴亭："情况怎样？！"

船生："敌人又重新上大路了！"

众人不约而同如释重负，长长吁了一口气。

黄兴亭："哼，想糊弄我。关公面前舞大刀！（亲昵地拍船生肩膀）去万才宝那领月饼去，就说我说的，奖励你月饼两个。"

22-23 一营五号阵地 日 外

日军进到四连的预定射击地域时，曾连长一个"打"字刚出口，各种武器一齐开火。

与此同时，二团特务连遥相呼应也开始射击。

日军倒下一片，幸存的纷纷卧倒还击。

山坡上重机枪"嗒嗒嗒……"叫个不停，枪炮声在山谷回荡，阵阵声波向远方散去。

22-24 山野 日 外

正向长峪方向前进的二团主力，听到枪声立即调转方向。

干部："二团都有，后卫变前卫，前卫变后卫，从敌人后面追上去。"

跑步声、喘息声，还有牢骚。

士兵甲："先一个命令往长峪跑，说鬼子往小路跑，又来个命令往回跑，说鬼子走大路，怎么搞的！"

士兵乙："兔子没抓着，倒把鹰给累死了！"

干部："同志们加油！不要怕疲劳，累倒总比伤亡流血损失小！"

22-25　北山三营阵地　日　外

黄兴亭带着警卫员骑马来到北山。

三营长迎上来："团长，一营阵地吃紧啊，已经打退两次进攻，鬼子进攻很猛烈，我们营是否也出击配合一下？"

黄兴亭自信地："不！你们是设伏，要沉住气，一营地形有利，等敌人在东面受挫，转向突围时，你们再出击，以逸待劳出其不意地重创它！不能着急，要给指战员交代清楚。"

22-26　一营阵地　日　外

阵地最前面的山梁由四连一排守卫，郭排长和战士们伏在堑壕里。

数百鬼子数百把刺刀，在阳光下晃着寒光，镜头显露出敌人清晰的眉毛、眼睛、鼻、嘴，敌人的喘气声。

郭排长："打！"

密集的枪声响起，冲在前头的敌人中弹倒地，后面的敌人接着往前冲，一排手榴弹飞下来，炸得敌人东倒西歪，敌人边退边射击。

突然，有几个亡命徒式的日本兵趁机从一侧窜上了阵地。

郭排长大喊一声："杀！"

郭排长端着刺刀冲了上去，十几个战士也随着自己的排长冲出阵地，与敌人展开了肉搏战，枪刺撞击得火星四溅，拼杀声喊成一片。

22-27 一营指挥所 日 外

在一营指挥所的黄兴亭举着望远镜看得真切。

黄兴亭对冯伢子："快，让侧后阵地用交叉火力支援郭排长战斗。"

司号员吹号，发调令。

顿时，侧后阵地轻重机枪吐出火舌，子弹头像蝗群飞向敌人。

黄兴亭："五号阵地是卡住敌人东去大道的咽喉要冲。只要你们守住阵地，全歼日寇的战斗就有了充分的把握。必须不惜代价守住这扇闸门！"

冯伢子："团长放心，我保证做到人在阵地在。"

黄兴亭："要充分利用有利地形，用火力杀伤敌人。尽量减少我们的伤亡。敌人攻不上来，必然要转向攻击。万一敌人死死咬住不放，我会让三营支援你们，从敌人侧后打响。你尽管放心大胆地打。"

22-28　一营阵地　日　外

阵地最前面的山梁再次发生肉搏战。

冯伢子一手提刀一手拿枪，大声命令："绝不让敌人再前进一步！"

郭排长刚刺倒一个敌人，另一个敌人一枪刺中了他的胸脯，他一个踉跄坐在了地上，鲜血直往外涌，那敌人举枪正要再刺过来，曾连长从后面一刀劈了他。

这时，一颗流弹击中曾连长，他晃了一晃訇然倒地。

冯伢子举着刀喊："为曾连长、郭排长报仇！冲啊……"

一片滚石从山上滚下，敌人抱头鼠窜。

我军战士向退滚下山的日军一阵火力追击猛射。

22-29　北山三营阵地　日　内

三营指挥部。

黄兴亭拿起话筒："参谋长，到时候了，按计划，进行炮击，把敌人向一营进攻的出发阵地轰啰！"

22-30　日军阵地　日　外

日军被我五号阵地的火力压在了山沟里，成群地挤在一起，火力无法输出，又无处藏身。

"轰""轰"几声巨响，几个火球在敌进攻出发阵地上腾起。

日军怪叫着窜来窜去，晕头转向。

一堆尸体边，水管大队长浑身是血半躺着，眼睛慢慢睁开，无力地面对前来探视、半蹲的水原。

水管大队长："将军，我们面临的敌人，有重机枪、炮，战斗力强，是精锐——"

水管大队长头一歪咽气。

水原对一军官口授电文："立即向总部发报。我部现在苦战之中，卑职深感忧虑，望急以飞机送弹药粮草来，及增派讨伐队……"

吉田赶来："将军，这地形对我们很不利。"

水原："你立即组织兵力，北涉慈河，抢占东寺庄高地，从北面攻击前进。"

22-31　北山三营阵地　日　外

黄兴亭站在北山上，举着望远镜观察即将涉渡慈河的日军。

黄兴亭对身边的三营长："等敌人大部过河，尚未全过河，已过河的敌人还没有离开河边淤泥地时再开火。时机掌握好，要打得狠一些，集中火力先打前边的敌人。"

22-32　河中　日　外

河面上，蠕动着一片黄色，首批数百个日军在胸口深的河水中艰难泅渡，他们头戴钢盔。

日军的腿部在没膝的水中挪动，日军浸了水的皮鞋笨重、步履艰难地在河滩沼泽地中前行。

就在日军泅渡之时，三营突然猛烈开火。日军猝不及防，一批批地倒在了岸边。部分敌人狼狈地逃回去了。

22-33　指挥所　日　内

指挥所的黄兴亭放下望远镜，一拍大腿。

黄兴亭："三营长，时机掌握得不错！"

22-34　慈河　日　外

慈河南岸三营长带着部队冲杀，黄兴亭亲率二营渡过慈河攻击前进。

敌我犬牙交错搏杀在一起。

大批的鬼子、伪军倒在河滩、沟谷、苇溪、泥沼之中。

一个粗壮的敌人军官和一个小战士拼刺刀，他刺死了这个战士，一转头看见背对着他的船生，他拔出刺刀转身……他端着刺刀眼一瞪不动了。

黄兴亭从他身后拔出刺刀来，敌人"扑通"一下倒地。兄弟俩端着刺刀并肩向前冲杀。

22-35　天空　日　外

空中传来飞机的轰鸣声，三架飞机出现，在空中盘旋。

航拍画面：起伏的山坡上，黄色（日军）和灰色（八路军）纠缠在一起。

对空射击的枪弹在机翼上划过弹道火花。

日飞行员甲："恐误伤，无法射击投弹！"

日飞行员乙："返航！"

22-36　慈谷镇　日　外

三辆坦克车引擎发动，屁股上喷着白烟。

几门山炮炮口缓缓上抬。

几个鬼子军官在屋顶上用望远镜眺望。

火光冲天，炮声隆隆。

日军使用山炮、九二步兵炮、迫击炮、掷弹筒、轻重机枪等全部火力，猛烈地向我阵地攻击，大批的敌军在坦克车的掩护下"呀！呀！"地叫着向我阵地冲来。

我阻援部队沉着应战，机枪、步枪、手榴弹猛烈阻击，各种杀伤武器在敌群中开花，大批鬼子兵倒在阵地上，日援军终因损失惨重，而又突不过我军防线，不得已而撤回慈谷。

22-37　铁六团阵地　日　外

二营部队猛打猛冲之际，战士们投入敌阵的手榴弹，一个个打个转又躺在了地上。

攻势减弱，形成对峙局面。战士们急得跳脚大骂。

万才宝带着一群后勤人员冒着枪林弹雨，在翻日兵尸体，取日造瓜式手榴弹。

空中传来飞机的轰鸣声，三架飞机出现，在空中盘旋，然后投下六个白色降落伞。

有三个降落伞落到我军阵地上。

22-38　铁六团指挥所　日　内

二营长垂头丧气立在黄兴亭面前。

黄兴亭心急火燎："怎么回事？！没手榴弹就不打仗啦？给我用刺刀、大刀、枪托，用拳头打、牙齿咬，也得拿下，你立即发动攻击，必须拿下阵地！不然，我不问大小杀头！"

王振南打圆场："团长，是不是从一营调一个连给二营？"

二营长似受辱似的："我不要支援，打不下来，砍我脑壳！"

二营长敬礼转身欲走。

黄兴亭："慢。参谋长，传我的命令，叫洪船生的快速反应分队随二营长去！"

王振南："是。"

二营长不情愿："我不要支援。"

黄兴亭缓了口气："我还舍不得砍你的脑壳子哩。快速分队是配合你打仗！"

二营长走了。

王振南："团长，这批弹药是从冀中水灾区带来的，我估计是受潮才不发火。"

黄兴亭："万才宝干什么吃的！小周，叫万才宝来！"

警卫员小周小跑而去。

黄兴亭和王振南看地图。

王振南："（对他警卫员）你叫冯副参谋长来领任务。（手指地图）我二、三营已将敌人分割成两块了。"

黄兴亭："四团已过来，封住了敌人东逃的去路。"

王振南："我三营向东寺庄以南进攻，大量杀伤敌人。一营进攻南台头以西敌人阵地，只要二营得手，所有较有利的地形，就全被我占领啦。"

黄兴亭："慈谷那里打得好闹猛，水原很可能向南，向鲁松山推进，与接应的援军会合。"

王振南用手在地图上比画："那地方我们去看过地形，如水原往那去，地形对他很不利呀！"

黄兴亭："敌人狗急跳墙，顾不上那么多啰。"

正说着，万才宝来了。

万才宝："团长，你找我？"

黄兴亭眼睛瞪老大，围万才宝转，一脚把万才宝踹倒，"唰"地拔出手枪指着万才宝怒不可遏。

黄兴亭："补充二营的手榴弹没用，你干什么吃的啊！你失职，贻误战机，我要执行战场纪律，枪毙了你！"

王振南夺枪："团长，等情况搞清楚再说，打完仗再处理。（冲警卫员努嘴）先把他捆起来！押下去！"

两个警卫员稍犹豫一下，刚上前，一个人影闪进画面，船生大喊一声。

船生："使不得！"

船生护着万才宝，哭腔："团长，我们沔阳一块儿出来的兄弟不多了，你让他戴罪立功，不要再自己人杀自己人，邬晨曦的'改组派'事你忘啦，你饿肚子时是才宝哥送东西给你吃！"

黄兴亭余怒未消收起枪。

万才宝突然哈哈大笑："二营的手榴弹我已经解决啦！"

众人惊诧的脸。

闪回：

正在敌尸上收集手榴弹的万才宝见三个降落伞落在我阵地，将装手榴弹的篮子交给一干部。

万才宝："快！把手榴弹给二营送去。"

万才宝拔腿就往降落伞方向跑。

现场，战士们用刺刀撬开箱子，里面有手榴弹、子弹、罐头、饼干。

两个干部在争执。

干部甲："这是落在我们六团阵地上的，是我们的战利品！"

干部乙："这是我们独立营的防区，这缴获应归我们。"

万才宝围箱子转了一圈，双手一背，很"首长"。

万才宝："吵什么吵？我是六团副官主任，我在这里是职务最高的，听我指挥！"

两干部噤言，还是一副互不相让的架势。

万才宝："这手榴弹归铁六团，其他全部东西归独立营。怎么不服气？独立营、六团都是共产党领导的队伍，都是霍总的部队。这样吧，这手榴弹就算我六团向独立营借的。你们清点一下多少，我给你打借条。"

独立营干部："打鬼子用，不用还！"

万才宝："这就对了嘛，都是共产党的部队。"

战士们分拣。

万才宝："（对六团干部）你还愣在这干啥？我是营级干部，还指挥不了你，我下来就可当你们营长！你嘬什么嘴？去给我找四个有力气的战士，跟我把手榴弹给二营送去。"

万才宝带一群人拎篮子负重跑的身影。

闪回毕。

黄兴亭："功过相抵，饶你不死！"

万才宝委屈地："团长，我确实不知道那手榴弹受潮了呀，我又不好一颗颗拿去试验。"

黄兴亭甩手就是一巴掌掴在万才宝后脑上："滚！"

万才宝扶正帽子退下，边走边嘟囔。

万才宝："又是他娘的，有理扁担三，无理三扁担！"

22-39 我军阻援阵地　日　外

日军六架飞机俯冲投弹，对我阵地狂轰滥炸，震耳欲聋。

敌人炮火炸得我军阵地火光闪烁。

坦克轰鸣声从远处滚滚而来。

九团张团长从尘土中钻出来，抖落帽子上尘土。

一参谋："团长，你看！"

前面，敌人簇拥在坦克后面像潮水般涌出。

张团长："告诉部队，不管伤亡多大，必须死打严守！"

阵地上。

连长："全体做好战斗准备——"

堑壕里有几个脚缠绷带的受伤战士注视前方，往枪膛里装子弹、往枪口上刺刀，还有几个重伤员朝机枪匣里压子弹、揭手榴弹盖子。

指导员提枪弯腰过来："你们怎么不撤下去？"

一轻伤员："指导员，我们轻伤不下火线！"
一重伤员："战场上只有战士和烈士！"

22-40　刘家沟舞台上　日　外

台上。正在演唱《卢沟桥小唱》。

22-41　刘家沟舞台下　日　外

台下，一参谋拿《战况通报》递霍总。
霍总看了一下，笑眯眯递给周参谋长。
霍总："那边武戏正式开打啰！"
周参谋长看了一下，拿着纸匆匆向后台走去。
霍总气定神闲从口袋里摸出烟斗。

22-42　刘家沟舞台上　日　外

台上，报幕员小黄上台，示意暂停。
小黄挥手中纸："好消息！好消息！（声音有点发颤）在慈谷的八百多日军企图打开被我军围困之敌的通路，接应水原突围，遭我师和地方部队强烈阻击，在我英勇善战、士气高涨的勇士们面前，日军只能留下成批的尸体，不能越过阻击阵地一步……"
台下的掌声把她的声音盖住。

22-43　刘家沟舞台下　日　外

霍总捅捅王义荣，指指台上的小黄。

霍总："打了这场胜仗，你和她就把婚礼办了，我们开开心心地喝一回喜酒！"

22-44　刘家沟舞台上　日　外

小黄示意安静，继续："敌酋水原的部队，已陷入我师主力部队包围之中，灭亡指日可待！"

她看见霍总站起来高举双手鼓掌。

台下骤起更热烈掌声，经久不息。

22-45　水原指挥所　日　外

水原和众军官坐在地上，沉默无声。

他们都伸着脖子眺望远处传来激烈枪炮声方向。

崔冶："将军阁下，总部来电，据可靠情报，当面之敌是刚从冀中过来的霍师部队。总部已调集部队从慈谷攻击前进，派飞机助阵支援我们。"

田中："八路军霍师太厉害了，太厉害了！"

水原一脸倦容："我们部队伤亡大半，只剩四百多人。总部只投食物和弹药，怎么不派飞机支援我们突围？（声音降了八度）看来，我们成了总部的鸡肋了，食之无味，弃之可惜。"

吉田谄媚地："不管怎么说，将军闪击谢庄成功，在帝国军史上留下辉煌的范例。"

水原："我犯了一个致命错误，不该为轻装奔袭，把重武器留慈谷，不然，战斗力不会差这么多，不该只留一天的粮秣，弄得部队又饥又渴又疲劳，我低估了对手。"

崔冶："将军，这不是你的过错，是总部对敌情判断失误。"

负疚、失望、沮丧的情绪揪紧了水原的心，他脱帽，双手插入头发。

远处的枪炮声渐渐稀疏。

水原看一眼手表，用手指膝上的地图。

水原："其他地方突围肯定行不通了。与其坐以待毙，不如拼个鱼死网破！从这儿，可能有机会，你们看呢？"

崔冶惊恐地："将军，从鲁松山突围，地形对我们很不利呀！"

水原："只有这里离慈谷接应部队最近，我估计八路军因地形对他们有利，会有疏漏，我给他们再来个出其不意。"

吉田竖大拇指溜须拍马："将军再创奇迹的时刻到了！"

水原起身，果断地："吉田君，集中全部兵力，听候我的命令，分四路向鲁松山进攻突围！准备吧！"

吉田挺胸："哈咿！"

水原："参谋长，给总部发电，要求派飞机支援我们。"

崔冶："哈咿。"

22-46　我军阵地　日　外

阵地前一片寂静，偶尔有一两声枪响。

阵地后热闹非凡。

乡亲们翻山越岭，从四面八方赶来，送水送饭，附近村庄的群众背着小米焖饭、饼子，挑着绿豆汤，冒着敌人炮火送来，冒着生命危险抢抬伤员。

22-47　前指指挥部　黄昏　内

霍总坐在地图前，嘴里叼着烟斗，落日的余晖洒在他身上，像是一尊金色的雕像。

霍总正听取前指战况汇报。

参谋长拿杆指示沙盘："……周围制高点均被我军占领，水原部从南山企图突围被堵回，现被我军包围。（将杆指向另一处阻援阵地）敌人陆续到达的兵力至少一千人以上，他们以飞机坦克重炮向我阻援阵地进攻，战斗异常惨烈，阻击阵地失而复得，现在仍牢牢控制在我军手里。"

宗旅长："根据命令，我令五团从沙湾赶至万寺院一线，堵住了敌人逃窜的道路，我旅四团已从山门口、桥塘沿进至沙湾，加强了纵深防御。"

张主任："水原残敌陷入无粮无水，又缺弹药，还不断受到我军杀伤的困境。"

霍总点点头，身子前倾，吐出一口烟雾。

霍总："我们已完全掌握战场主动权啦。这武戏开锣唱得好，下面就是收场戏啰。这水原盼救兵无望，会往哪儿跑？"

霍总猛吸了一口烟，屏息，用手点点"鲁松山"，吐出淡淡烟云。

宗旅长、张主任、参谋长盯视"鲁松山"，不约而同地点头。

霍总将烟斗在鞋底板磕去烟灰，放入兜里起身。

霍总："走，去看看。"

22-48 山头 傍晚 外

山上时而有流弹飞过。

霍总众人拿望远镜观察，有顷，放下望远镜。

周参谋长："这山顶看似制高点，山背面是悬崖，可不足三华里，光秃秃的，既无掩护，又无依托。"

宗旅长："水原如从这走，必须轻装，丢弃负重的辎重、重武器，那就必死无疑。"

张主任："敌人经几天战斗，弹药、粮草所剩无几，士气低落，可谓快弹尽粮绝了哟。"

霍总指崖后那石梯路："这石梯是去哪儿？"

宗旅长："通万寺院。我侦察员已去过石梯，年久失修，只容一人通过都十分困难。万寺院已按您的命令，由冀五团部队防守。其余山间小道、山沟都由地方部队堵住了。"

霍总非常高兴："水原力竭了。今晚七时三十分发布全线总攻击命令。今夜全歼水原残部，结束战斗。"

宗旅长："我完全同意霍总的意见，现在是七时已过，请首长回师部听好消息吧。"

霍总微笑："师指挥部有向政委，不碍事的。"

机灵的警卫员最理解两位首长对话的含义。

警卫员："向政委嘱咐霍总早点儿回去呢。"

警卫员边说边挽住霍总的胳膊离开前沿阵地，奔下山去。

霍总："宗旅长啊，黄兴亭还没轮上看戏哩，解决战斗后，让他们看戏！"

22-49 刘家沟 夜 外

霍总向刘家沟村走去。

路上遇见刘家沟村的村干部带着担架队正急忙奔赴前线，霍总亲热地与他握手，拍着他的肩膀。

霍总："有功，有功，灵裕人民支前立有大功。"

霍总向锣鼓喧响的演出场走去。

22-50 前指指挥部 夜 内

宗旅长手拿怀表，手一挥。

宗旅长："总攻开始！"

22-51 山野 夜 外

几颗红色信号弹划破夜空。

军号嘹亮。

鲁松山左右沟谷枪炮齐鸣，杀声震天。

火光闪闪，火光中衬出我军指战员冲杀的身影。

火光中，鬼子应着枪声一批一批倒下去。

22-52 鲁松山 晨 外

黄兴亭撸胳膊卷袖子，端着刺刀带部队冲锋，二、三营长随他左右，部队像潮水般的从四面八方冲向被围困之敌。

三营长："团长，这里太危险！要拼命也是我们去，除非全团打光了，现在还轮不到你团长！"

话音刚落，警卫员小周猛扑上来，用身子压在黄兴亭身上。

几乎同时，一发掷弹筒弹在身边不远处爆炸。

黄兴亭晃头，抖去帽上的尘土，小周霍地爬起就地一滚。

黄兴亭："你没受伤吧？"

小周摇摇头："团长，你是指挥员，不能这么干！你出事，我只有提脑袋去见政委了。"

黄兴亭无奈地："好吧，为留着你这脑袋，我不当战斗员。"

船生和章道仁赶来，异口同声："团长，你没事吧？！"

黄兴亭："拿地图来！"

黄兴亭问到哪里，章道仁指到哪里。

黄兴亭由衷地："小鬼，进步真快！快赶上洪船生啦！"

战士们卧地用圆锹、刺刀紧迫作业。

22-53 鲁松山顶 日 外

敌阵地。身后枪声渐渐稀疏了，硝烟散去。

水原往前跑，地上都是敌我双方的尸体。

吉田倒在血泊里，满身是血，他嘴角抽搐一下，一口血从嘴角涌出，喉咙里咕嘟。

吉田："（对水原）为我……报仇！"

悬崖上，水原惊恐地探出一双眼睛，眼前的断崖使他缩头，他倒吸一口冷气。

22-54　我军炮阵地　日　外

我军炮阵地甲，几门九二步兵炮炮口抬高。

我军炮阵地乙，十几门迫击炮一字排开，炮手已将炮弹填在炮口上。

22-55　敌阵地　日　外

敌阵地。炮声隆隆，火光四起。

炸飞的敌军装挂在树枝上无助地摇摆。

炮火的威慑使日兵心胆俱裂，抱头鼠窜，大部分敌人连人带马滚下山崖，尸横遍野，炮、重机枪变成"残肢"。

水原不忍看，痛苦闭上眼睛。

22-56　我军阵地　日　外

我军阵地上。炮击停止。

三营长端手枪向后一挥。

三营长："快！上！"

战士们像狂涛一样呐喊冲锋。

二营长用力拉下帽子："快！冲！"

他端着机枪狂射冲向前方。

激烈的拼搏，混乱的厮杀，血火一片。

22-57 鲁松山顶 日 外

远处都是打扫战场的部队，没有枪声，只有树木燃烧的余烟。

黄兴亭一行在巡视。

黄兴亭将帽子往上一推，如释重负："参谋长，通知部队集结，去刘家沟看戏。"

金政委："告诉部队要整理好军容，拿出打胜仗部队的样子。兴亭，你的胡子也该刮了。"

王振南带警卫员下山。

黄兴亭摸摸下巴："嗯，三天不到，这胡子像板刷。"

忽然，峡谷传来一阵枪鸣声。

黄兴亭一惊："船生，你去看看，怎么回事？"

黄兴亭一干人下山。

有顷，船生笑眯眯跑来了。

船生："是一营打枪。"

船生将字条递黄兴亭。

黄兴亭展读："万枪齐鸣，山呼谷应，并非敌骑来犯，而是我营胜利，聊表狂喜之情耳。"

凑在边上的金政委嗔怪。

金政委："这个冯愣子，乱弹琴！"

黄兴亭："冯伢子没这个文化，写不出这文绉绉的东西，还之啦耳啦的。"

金政委："我估计是出自他们副教导员阮锦琛之手。"

黄兴亭："阮锦琛？"

金政委："就是抗战学院分配来的那个学生，你忘啦？"

黄兴亭："唔。这个小阮啊，可别让冯伢子同化了。"

22-58　刘家沟舞台上　夜　外

台上在演《打虎沟》。

后台"鲁智深"以膝盖当桌，写完交一女演员。

"鲁智深"："就用河北民歌套上用。"

几个女演员在熟悉台词。

22-59　刘家沟舞台下　夜　外

台下，前排坐师、旅首长，还有黄兴亭和金政委。

黄兴亭与宗旅长挨在一起交谈。

宗旅长："要战胜敌人，就要让敌人发生错误判断，可敌人并非傻瓜，谁愿意犯错误？战前、战中怎样才能把敌人往错误引，就看指挥员的学问了。"

黄兴亭："这次我们团赶到谢庄，敌人万万没有料到。"

宗旅长："从缴获敌人的作战地图看，水原就没弄清楚我们主力位置，只标注慈谷我军多少不明，其他标注人数也错误百出。至于你黄团长赶来，就更无从知晓了。我原本只打算狠狠打一仗，你六团来了，我更有底气打全歼的主意啦。"

黄兴亭："这场战斗我军主力隐蔽，灵活机动，是造成敌人一系列错误的前提。"

宗旅长："铁六团这次行动果敢，战斗坚决，作风强悍！"

黄兴亭："是霍总、你和义荣指挥得好。我学到不少东西。"

宗旅长："现在明白让你当预备队的意义了吗？"

宗旅长与黄兴亭相视一笑。

正说着，掌声响起。

22-60　刘家沟舞台上　夜　外

台上，女演员："（唱道）日本鬼子住在灵裕城，想到谢庄来扎营，正在扑空来回跑，不料想碰上一条龙。龙在山上一瞪眼，吓得鬼子腿发软；龙在山上一声吼，吓得鬼子浑身抖；龙摆兵又布阵，一千多鬼子全完蛋。边区军民真高兴……"

掌声、喝彩声一片。

22-61　大路上　日　外

我们英雄的部队，昂首走在大路上。

镜头——掠过钢铁战士们英姿飒爽的脸庞。

黄兴亭骑在大白马上疾驰而来，后面，紧紧跟着他的洪湖兄弟们……